# BIBLIOTHÈQUE
## DE L'ÉCOLE
# DES HAUTES ETUDES

PUBLIÉE SOUS LES AUSPICES

DU MINISTÈRE DE L'INSTRUCTION PUBLIQUE

SCIENCES HISTORIQUES ET PHILOLOGIQUES

DEUX CENT VINGT-SEPTIÈME FASCICULE

## RONSARD ET L'HUMANISME

PAR

## PIERRE DE NOLHAC

PARIS

LIBRAIRIE ANCIENNE HONORÉ CHAMPION

ÉDOUARD CHAMPION

5, QUAI MALAQUAIS

1921

Tous droits réservés.

# RONSARD ET L'HUMANISME

# PIERRE DE NOLHAC

# RONSARD

## ET

# L'HUMANISME

AVEC UN PORTRAIT DE JEAN DORAT ET UN AUTOGRAPHE DE RONSARD

PARIS
LIBRAIRIE ANCIENNE HONORÉ CHAMPION
ÉDOUARD CHAMPION
5, QUAI MALAQUAIS
1921



*Cet ouvrage forme le 227ᵉ fascicule de la Bibliothèque de l'École des Hautes Études.*

# PRÉFACE

Qui se contente aujourd'hui pour notre Ronsard de la timide réhabilitation de Sainte-Beuve ? Une époque de recherches critiques le met en place bien plus haute que celle où les romantiques se croyaient hardis de l'élever. Nous sourions de leurs hésitations et de leurs réserves, et notre admiration ne se réduit plus à choisir dans cette œuvre immense quelques odelettes et quelques sonnets. Nous voulons mesurer l'ensemble du monument et en examiner les détails ; les parfaites réussites n'y font pas dédaigner l'effort moins heureux ; la Pléiade entière bénéficie de la curiosité qui s'attache au maître, et rien ne nous laisse indifférents de cette tentative d'où est sortie toute la poésie moderne de la France.

Le gentilhomme vendômois, qui prit ses meilleurs amis parmi les rimeurs et les professeurs de grec, est une des figures les plus originales de notre littérature. Elle commence à être une des plus étudiées. D'excellents érudits s'y consacrent, surtout depuis quelques années ; tandis que la biographie s'éclaire les éditions partielles ou générales des œuvres se multiplient ; cependant que nos poètes, malgré le vieillissement de la langue, se mettent à les lire assidûment. Quelques étrangers s'associent à ce mouvement ; ceux d'entre eux qui y résistent nous font penser que Ronsard est peut-être, comme Racine, un de ces dieux domestiques dont le culte n'est célébré pleinement qu'au foyer de la nation.

Il n'est pas aisé de bien connaître ce siècle de grands écrivains. L'éloignement des temps nous sépare plus qu'on ne

le voudrait des pères de notre lyrisme et de notre prose.
Ceux de la Pléiade méritent pourtant qu'on apprécie exactement la révolution qu'ils ont osée et réussie, les raisons
et les circonstances de leur imitation des Anciens et des Italiens, les principes qui ont soutenu leur effort sans y survivre et ceux qu'ils ont incorporés à jamais dans notre doctrine des lettres. Les opinions les mieux établies à ce sujet
doivent être revisées de temps en temps par la critique.
N'est-il pas insuffisant, par exemple, de croire que la poésie
de Ronsard et de ses amis trouve sa préparation et ses origines dans l'école lyonnaise ? On a établi de ce côté des
filiations spirituelles qui ne sont applicables qu'à quelques
écrivains. Celle qui les intéresse tous n'est pas assez en
lumière, car c'est ailleurs qu'ils ont rencontré le milieu littéraire favorable et de véritables précurseurs.

Les poètes humanistes, c'est-à-dire ceux qui écrivaient en
latin classique, donnaient déjà l'exemple d'une culture intellectuelle entièrement empruntée à l'Antiquité. Pétrarque, de
qui découlent tous les courants de la Renaissance, avait été
leur premier maître et cette littérature savante florissait
depuis près de deux siècles en Italie, alors qu'elle s'implantait à peine chez nous. Dès qu'elle passa les monts, sa fortune ne cessa de grandir. L'Allemagne, par exemple, qui
n'a pas eu de Ronsard et n'a rejoint qu'au siècle suivant
les traces du nôtre, compte presque autant de poètes humanistes que la France. Dans toute l'Europe, ces formes ont
alors suffi à l'expression de l'idée et du sentiment chez les
écrivains les plus cultivés, et quelques chefs-d'œuvre, trop
dédaignés aujourd'hui, en ont tiré une courte, mais éclatante carrière.

La Pléiade, à ses débuts, fut entourée d'un monde latinisant, qui vivait sur le fonds qu'elle exploitera elle-même et
puisait sa vigueur aux mêmes sources. Il n'avait rien de
commun avec l'école de Marot, en faveur auprès des gens
de cour et des femmes, contre laquelle les jeunes réformateurs batailleront, et il s'opposait plus encore à ces Rhéto-

riqueurs démodés qui prolongeaient, dans une indigence croissante de la pensée, l'existence de nos vieilles formes poétiques. L'usage de la langue de Rome et quelquefois du grec, s'il n'encourageait point l'originalité, sauvait d'ordinaire les humanistes de la platitude en leur imposant la fréquentation des grands modèles. Ceux même qui se contentaient de reproduire, en des vers plus ou moins heureux, la grâce horatienne ou la facilité d'Ovide, frayaient la voie aux plus hardis et aux plus savants qui allaient s'inspirer de Pindare et de l'*Anacréon* de Henri Estienne. Mais cette poésie, où les médiocres furent innombrables, eut aussi de véritables maîtres, que Ronsard et les siens admirèrent et ne cessèrent pas de pratiquer. C'est elle qui créa par avance un public pour l'école nouvelle, lui recruta des lecteurs dans toutes les parties de la nation et facilita sa besogne d'enrichir notre langue du meilleur héritage de la double Antiquité. La prose latine du même temps, si riche en tous les genres et dont l'esprit français fit alors si noble usage, ne le préparait-elle pas de la même façon à goûter les *Essais* et à en assurer la diffusion?

Les principales nouveautés de ce livre lui viennent de l'usage qu'il fait de textes, imprimés ou inédits, de la littérature de l'Humanisme. Sans me priver de recourir à d'autres sources, ce sont celles que j'ai particulièrement recherchées, comme les plus négligées jusqu'à présent. Le lecteur jugera de ce qu'elles fournissent d'inattendu pour reconstituer la biographie de nos poètes et le milieu qui les a formés. Les érudits ronsardisants, auxquels ces pages sont spécialement destinées et que j'ai tant de fois nommés avec reconnaissance, utiliseront, je l'espère, des observations qui éclaircissent à leur suite les points obscurs de la vie de Ronsard et de ses amis et peuvent aussi servir à préparer des recherches nouvelles. Elles semblent abondantes pour le *decennium* de la « Brigade » qui va de la publication de la *Deffence* (1549) et des *Odes* (1550) à la mort de Joachim du Bellay. Cette période, qui embrasse l'œuvre ronsardienne du règne de Henri II, est une des plus actives de nos lettres et les destinées de notre poésie lyrique s'y sont fixées.

On verra Ronsard rattaché directement à l'Humanisme, non seulement par ses études, ses imitations, ses proches amitiés et des relations lointaines souvent ignorées, mais encore par quelques fantaisies de sa plume. Les papiers de Jean de Morel devaient garder trace de son intimité avec le poète; ceux de notre Bibliothèque nationale m'avaient donné déjà, en 1882, les premiers autographes connus de Du Bellay; ceux de la Bibliothèque de Munich, que j'ai dépouillés en 1898 et 1910, apportent l'invective contre Pierre de Paschal, qui restitue à Ronsard une œuvre assez curieuse, jusqu'à présent vainement cherchée. Elle est un exemple de ce « bon gros latin », qu'il voulait qu'on écrivît sans nulle prétention cicéronienne, et dont il usait lui-même, on le verra, avec une verve égale à celle de sa meilleure prose française. Ce morceau justifie le chapitre qui évoque quelques visages de « gens de lettres » autour de la victime de Ronsard.

Les premiers documents de ce travail ont été réunis par un étudiant de l'École des Hautes-Études, il y a près de quarante ans. Je méditais alors, avec les ambitions de la jeunesse, une large « Histoire de l'Humanisme en France », dont un volume eût été consacré à la Pléiade et aux formes de l'hellénisme propagées par l'enseignement de Dorat. Ce projet s'est trouvé interrompu par mon séjour à Rome et des études poursuivies de longues années sur les origines italiennes de la Renaissance. Versailles ne pouvait m'y ramener. J'ai abordé, il est vrai, quelques points du sujet dans les conférences de notre École. Plusieurs élèves d'alors, devenus des maîtres aujourd'hui, MM. Dorez, Jovy, Delaruelle, l'historien de Budé, en ont traité avec autorité des parties importantes; d'autres se rappellent quel intérêt nous inspirèrent successivement les précurseurs du temps de

Charles VI et les contemporains d'Érasme. Un seul savant
se préparait à remplir le dessein d'ensemble, dont il avait
mesuré à la fois les difficultés et le mérite; mais René Sturel,
historien d'Amyot, après avoir honoré la patrie par ses premiers travaux, a donné sa vie pour la défendre. Qui repren-
dra maintenant la tâche abandonnée? Quel peintre saura
exécuter en son entier le grand tableau d'histoire littéraire,
dont cette esquisse bien imparfaite ne présente qu'un
fragment?

Paris, juin 1921.

Les textes de Ronsard sont cités d'après l'édition Paul Laumonier
(Paris, 1919), à partir de la page 65. On a maintenu dans l'ensemble
du livre les renvois à l'édition Blanchemain, dont on connaît trop les
insuffisances de toute sorte, mais qui se trouve encore la plus répandue. (On peut croire qu'elle sera remplacée dans l'usage courant par
celle que prépare M. H. Vaganay, d'après le texte des *OEuvres* de
1578.) La grande édition Laumonier, qui reproduit comme celle de
Marty-Laveaux le texte de 1584, est l'instrument de travail par excellence sur Ronsard, grâce surtout à son important commentaire, digne
de l'auteur de *Ronsard poète lyrique*. Le même savant a été chargé par
la « Société des textes français modernes » de l'édition critique des
œuvres de Ronsard ; je cite les *Odes* de 1550 d'après les deux premiers
volumes, seuls parus. Les autres ouvrages du seizième siècle ont été
cités, autant que possible, d'après les éditions originales.

# RONSARD
## ET L'HUMANISME

PREMIÈRE PARTIE

## RONSARD HUMANISTE

### L'ÉDUCATION, LE MILIEU, LES LECTURES

En France, jusqu'au milieu du seizième siècle, la littérature n'est pas moins latine que française. La langue de l'Humanisme, qu'on trouve dans Érasme douée de toutes les ressources de la vie, a longtemps paru suffire aux besoins les plus divers de la pensée. Elle cède lentement la place à la langue nationale, dont les droits s'affirment et se justifient peu à peu par des œuvres de plus en plus parfaites. L'Italie, qui nous devance toujours dans les voies de la Renaissance, a posé et résolu bien avant nous la « question des langues ». Le « vulgaire » y a conquis sa place dans tous les domaines, au même titre que le latin, sauf pour la théologie et l'érudition. Des théoriciens comme Pietro Bembo et Sperone Speroni ont fait triompher, en faveur de l'italien, les thèses dont ils fournissent la matière toute préparée à la *Deffence et illustration de la langue françoise*. Le brillant et presque inutile plaidoyer de Joachim du Bellay a été, même chez nous, précédé de beaucoup d'autres ; et la cause qu'il défend avec une juvénile véhémence, en 1549, n'est déjà pas moins gagnée en France qu'en Italie. Mais la culture latine, à laquelle d'ailleurs le poète rend de si vifs hommages, est tellement complète et répandue que de nombreux écrivains usent presque indifféremment des deux langues.

Il est remarquable que le cardinal Bembo soit à la fois l'auteur des *Prose*, un bon poète pétrarquisant et l'un des « cicéroniens » le plus admirés de son temps ; et l'on peut faire une observation assez semblable à propos de notre Étienne Dolet :

l'homme qui a combattu pour la doctrine du Cicéronianisme et construit en l'honneur du latin le monument des *Commentaires*, consacre la fin de sa vie à « mettre notre langue en tel degré qu'on la puisse doresnavant autant estimer que plusieurs aultres non tant riches en éloquence »[1]. Pour ne citer qu'un autre exemple, mais suffisant, Guillaume Budé lui-même, « lumière du siècle » et prince des hellénistes, sans renier la supériorité des langues anciennes, a cru devoir écrire en français l'*Institution du Prince*, qu'il voulait faire lire à François Ier et à sa cour. Ce mouvement est soutenu par le sentiment patriotique qui se rencontre chez les lettrés[2]. L'Europe connaît déjà une sorte d'émulation entre plusieurs littératures nationales ; on vise à égaler, à surpasser même les Italiens[3]. Mais cette émulation n'existe pas moins dans l'usage de la langue internationale. Au cours des polémiques sur l'imitation exclusive de Cicéron, qui se poursuivent pendant une partie du siècle, plusieurs des nôtres mettent un point d'honneur à revendiquer cette artificielle pureté de langage, peu prisée d'Érasme, dont l'Italie prétend détenir le privilège.

La poésie n'échappe pas à des habitudes qui dominent alors tous les esprits. On se fait une idée bien incomplète du mouve-

1. « Estienne Dolet au lecteur françoys », en tête de l'édition lyonnaise de *La parfaicte amye* d'Antoine Héroet, 1542 (Héroet, *Œuvres poétiques*, éd. F. Gohin, Paris, 1909, p. 9). Dolet qui n'en continue pas moins de faire « profession totale de la langue latine », expose nettement les motifs de conversion à la langue vulgaire dans un ouvrage plusieurs fois réimprimé. *La manière de bien traduire d'une langue en autre* (1540), dont un passage essentiel est cité par Henri Chamard, dans son édition critique de la *Deffence et illustration*, Paris, 1904, p. 161. La bibliographie de la question serait considérable. Voir, pour d'autres exemples, F. Brunot, *Histoire de la langue française*, t. II ; H. Chamard, *Joachim du Bellay*, Lille, 1900 (spécialement sur Jacques Peletier du Mans), et l'étude si neuve de P. Villey, *Les sources italiennes de la Deffence... de Joachim du Bellay*, Paris, 1908, qui forme le t. IX de notre *Bibliothèque littéraire de la Renaissance*.

2. Budé a déjà combattu vivement, dans son *De Asse*, l'opinion qui attribue à l'Italie une prééminence littéraire sur les autres nations. V. Louis Delaruelle, *Guillaume Budé, les origines, les débuts, les idées maîtresses*, Paris, 1907, p. 160-166.

3. « Sommes-nous donques moindres que les Grecz ou Romains...? La France... est de long intervalle à préférer à l'Italie » (*Deffence*, éd. Chamard, p. 321-322). De ces deux idées essentielles de la Pléiade, je ne vois point la seconde soutenue avant Du Bellay, dans l'ordre littéraire ; elle devient commune après lui.

ment poétique en France sous François Iᵉʳ, quand on en borne
l'étude au groupe de Clément Marot et à l'école lyonnaise. La
grande production latine ne peut être négligée et parfois, comme
chez Salmon Macrin ou Théodore de Bèze, révèle de véritables
talents. Même lorsqu'a commencé avec Ronsard la magnifique
rénovation du lyrisme français, on voit se répandre des recueils
en latin toujours plus habiles et plus variés. Aussi les contemporains qualifiés prennent-ils tout à fait au sérieux cette poésie et
lui conservent-ils son rang, à côté de sa sœur cadette. Choisissons
pour le prouver deux témoignages seulement, mais dont on ne
puisse contester l'autorité.

Montaigne accorde aux deux poésies alors en usage le mérite
d'une fécondité égale, sans les distinguer autrement qu'en rappelant la perfection récemment obtenue par la française : « ... Il me
semble aussi de la poësie qu'elle a eu sa vogue en notre siècle ;
nous avons abondance de bons artisans de ce mestier-là, Aurat,
Bèze, Buchanan, l'Hospital, Mont-Doré, Turnebus: quant aux
François, je pense qu'ils l'ont montée au plus haut degré où elle
sera jamais ; et aux parties en quoy Ronsard et du Bellay
excellent, je ne les treuve guercs esloignez de la perfection
ancienne » [1]. Un petit poème catullien de Joachim du Bellay
n'est pas moins significatif. Après avoir établi dans la *Deffense*
que les Français sont capables d'égaler les Anciens et les Italiens,
en les imitant avec hardiesse, il énumère ensemble les poètes
érotiques des trois langues, ainsi qu'il les mêle évidemment
dans sa mémoire et dans son admiration :

> Ob id nunc cupiam hic adesse, Gordi,
> Et quicquid cecinit tener Catullus,
> Et quicquid cecinit tener Tibullus,
> Quicquid Naso canit Propertiusque,
> Gallus, et Iouianus Actiusque [2].
> Quicquid ipse Marullus et Petrarca,
> Quicquid Beza canit, canit Macrinus,
> (Ut nostros quoque nominem Poetas),
> Ronsardus grauis et grauis Thyardus,

1. *Essais*, livre II, ch. xvii.
2. Du Bellay désigne ici les deux napolitains, Giovanni-Gioviano Pontano
et Jacopo Sannazaro, nommé dans l'Académie Pontanienne Actius Synce-
rus.

> Mollis Baifius mihique (si quis
> Probatos locus inter-est poëtas)
> Optarim ueteres meos calores... [1]

Les prétentions de nos néo-latins sont allées beaucoup plus loin que l'égalité qu'on leur reconnaît. Avant l'éclatant succès de l'entreprise de Ronsard, ils s'imaginent assez souvent représenter à eux seuls toute la poésie française issue de la « Renaissance des lettres ». Ils revendiquent, du même ton qu'emploiera la Pléiade, le mérite d'avoir doté la France d'un art véritable et de lui avoir fait perdre sa réputation de nation barbare. C'est ce qu'exprime clairement le plus habile d'entre eux, Salmon Macrin, dans un poème *Ad poetas Gallicos*, adressé à ses principaux contemporains, les seuls qui comptent à ses yeux, Germain de Brie, Jean de Dampierre, Nicolas Bourbon, Étienne Dolet et Jean Visagier (*Vulteius*); et il est à noter que ces *poetae gallici* n'ont jamais fait que des vers latins :

> Brixi, Dampetre, Borboni, Dolete,
> Vulteique operis recentis author,
> Facundi numero elegante vates....
> Vestra namque opera et labore factum
> Insigni simul eruditione,
> Haec ut natio Gallicana, nullo
> Ante humaniter instituta cultu,
> Et quae brbara diceretur olim,
> Iam agrestem exuat expolita morem,
> Ipsa jam Atthida Graeciamque totam,
> Doctos prouocet ac Remi nepotes,
> Nec sese Italia putet minorem [2].

C'était l'époque où, dans toute l'Europe lettrée, les néo-latins d'Italie faisaient des disciples enthousiastes, où les églogues marines de Sannazar se lisaient au même titre que les églogues rustiques de Virgile, où le poème du « divin Fracastor » intitulé *Syphilis* était, sans hésitation, égalé aux *Géorgiques* [3]. Aucun de

---

1. *Ioachimi Bellaii Andini Poematum libri quatuor*, Paris, 1558, fol. 41 v°.

2. *Hymnorum libri VI ad Io. Bellaium*, Paris, 1537, p. 36 (Réimprimé dans le recueil mis sous le nom de Ranutius Gherus : *Delitiae C. poetarum Gallorum*, Francfort, 1609, t. II, p. 478).

3. Ronsard devait avoir lui-même l'habitude de parler du « divin Fracastor », car on relève l'épithète chez Binet, écho souvent fidèle de ses conversations.

« nos latineurs » de France n'atteignit jamais à une telle renommée ; mais ils avaient une assez complète conscience de leur
valeur pour mesurer quelle distance séparait leur culture, souvent étendue et raffinée, de celle des rimeurs en langue vulgaire, tous à peu près étrangers à l'étude de l'Antiquité. Leurs
publications, déjà nombreuses, et qui tendent à se multiplier au
cours du siècle [1], contribuent à préparer un auditoire à Ronsard
et à son école. Elles attestent, en tout cas, que le latin peut alors
exprimer toute la pensée des poètes et leur assurer une réelle
renommée.

Que tel ait été, pendant une partie de sa vie, le sentiment de
Pierre de Ronsard, j'espère en fournir, au cours de ces études,
des preuves assez nombreuses. Mais une des marques les plus
certaines de son génie volontaire est précisément qu'il a su résis-
ter à la tentation d'écrire lui-même dans la langue des grands
lettrés. Il ne s'est presque jamais écarté, sur ce point, d'une
direction délibérément choisie, lorsqu'il eut achevé de concevoir
sa rénovation poétique. Rappelons ici la date de ce mouvement.
On sait qu'il coïncida assez exactement avec l'avènement du roi
Henri II, et Charles Fontaine fixe en ces termes l'époque où les
poètes les mieux doués donnèrent l'exemple de se détacher du
latin :

> Les vers Latins i' ay delaissez
> Pour escrire en nos vers François,
> Ou la Muse vous a poussez.
> C'estoit c'estoit aux temps passez,
> Parauant ce grand Roy François,
> Qu'on brouilloit tout en Latinois [2].

---

1. H. Chamard a dressé le tableau des principaux recueils latins parus en
France de 1525 à 1549, pour donner une idée de l'importance de ce mouvement (*Joachim du Bellay*, p. 103). Il va s'accélérant avec le temps. Les
*Delitiae*, qui choisissent dans tout le xvi⁰ siècle, insèrent des vers de
cent neuf poètes latins, nés en France et dont le tiers au moins a laissé un
nom. L'Allemagne n'est guère moins féconde. On trouve une bonne bibliographie et un choix de ses poètes dans le petit livre de Georg Ellinger,
*Deutsche Lyriker des sechzehnten Jahrunderts*, Berlin, 1893. Mais l'Allemagne de la Renaissance n'a pas eu de Ronsard.

2. Le sixain est adressé, par une dédicace collective, à Du Bellay, Ronsard, Jodelle, Baïf et Magny, dans les *Odes, énigmes et épigrammes*, Lyon,
1557, p. 66. Cf. Richmond Laurin Hawkins, *Maistre Charles Fontaine
parisien*, Cambridge, Harvard Univ. press, 1916, p. 162.

Ronsard a formulé tant de fois ses grands desseins en vers et même en prose, ses contemporains en ont célébré si abondamment la réalisation et la victoire, tant de critiques les ont discutés depuis, qu'il semblerait inutile de les exposer une fois de plus, si nous n'avions à présenter une page d'humaniste excellente et peu connue, qui convient à merveille à notre sujet. L'éloge funèbre du poète, prononcé par Georges Critton au collège de Boncourt, rappelle ainsi les services rendus par Ronsard à la langue et à la poésie de notre pays :

...Nec enim illi patrii et popularis quam Latini et Graeci sermonis notior usus erat aut expeditior, nec ad Latina quam Gallica carmina pangenga infeliciori erat vena : sed patriae nimia charitas effecit ut Gallicam Musam lubentius arriperet, quam externis illis et transmarinis Graecorum ac Latinorum spoliis satis habuit locupletari, verba ipsa populis a quibus ea profecta sunt censuit relinquenda. Sed cum stratam humi submissius repere nec adhuc erigere se potuisse domesticam Musam animaduerteret, nec quid plebeios illos qui tum legebantur poëtas praeter inanem rythmum et verborum similitudinem aucupari, primus altius inflare superioribus omnibus, primus dicendi veneres et lepores in quibus Graeci potissimum floruerunt, nostris versibus intexere, primus ad eorundem exemplum modificare vocabula quaedam et inuertere, noua quaedam audacius excudere, eadem inter se conciunitatis quodam ordine componere, nec minus grauitatem in sententiis quam in verbis amplitudinem coepit consectari. Quod ergo floreat apud nos vernacula poësis, quod cum qualibet alia gente sermonis ubertate possimus contendere, quod nec Homero in Deorum laudibus concinnandis, nec Virgilio in bellicis rebus et heroïcis describendis, nec Pindaro in delicatulis odis, nec Ouidio in flebilibus elegiis decantandis quid debeamus, totum illud quantumcumque sit (quod certe est maximum) Ronsardi est proprium...[1]

Après les années d'un injuste oubli, la postérité lointaine, pour laquelle travaillait le poète, lui rapporte son hommage. En relisant les louanges des vieux biographes, elle s'assure, avec ses méthodes propres de recherche, qu'ils sont demeurés dans la vérité. Ronsard a renouvelé de fond en comble la matière et la forme, l'inspiration et le vocabulaire de notre poésie. Afin de

1. *Georg. Crittonii laudatio funebris, habita in exequiis Petri Ronsardi apud Becodianos... ad... Ioannem Gallandium gymnasiarchum Becodianum,* Paris, 1586, p. 6.

se donner tout entier à cette mission, il lui fallait, sans dédaigner
l'œuvre latine de son temps, refuser nettement de s'y associer,
montrer par un exemple constant que le grand style nouveau
introduit par l'école suffisait à toute la poésie. C'est pour cette raison que, dans ses divers recueils, Ronsard n'a fait aucune infidélité à la muse française[1]. Il eut à cette abstention d'autant plus
de mérite qu'il était, comme le dit Critton et comme on en verra
d'autres preuves, un fort expert latiniste, capable d'en remon-
trer aux plus habiles, et que tout son entourage le poussait à
s'en faire honneur. L'exemple était à peu près général; des
essais de cette sorte ne pouvaient en rien amoindrir son rôle de
chef, ni l'autorité de sa propagande. Plusieurs témoignages nous
montrent que Joachim du Bellay, qui latinisa toute sa vie, en vit
plutôt augmenter son prestige[2]. Aujourd'hui encore, nous feuil-
letons les vers d'humaniste du poète des *Regrets* dans les nobles
impressions de Fédéric Morel, avec le plaisir d'y rencontrer une
poésie naturelle, sincère, vivante, qui présente avec agrément
d'autres aspects d'un talent qui nous est cher. Quelques publications de Ronsard en ce genre ne le diminueraient nullement ;
elles lui feraient seulement dans son temps une figure moins
singulière.

On oublie d'ordinaire que, suivant l'exemple de Du Bellay,
toute l'école de Ronsard a poétisé en latin. Sans parler de Jean
Dorat, dont les vers français ne comptent guère, ni de Marc-
Antoine de Muret, qui commentait en français les sonnets du
maître et composait ses *Juuenilia* à la façon d'Horace et de Catulle,
il y a des poésies latines de Jodelle et de Pontus de Thiard;
Baïf a recueilli tardivement des *Carmina*, souvent heureux

1. Le mince recueil latin qu'on peut réunir n'atténue en rien la portée de
cette observation.
2. « Quelques-uns... ont rendu cet illustre témoignage de cet auteur
qui, comme dans la Poësie Françoyse, à peine s'en trouve-t-il un seul qui
l'égale, on en voit aussi bien peu qui soient au-dessus de luy dans la
Latine » (G. Colletet, *Eloges des hommes illustres... composez en latin
par Scévole de Sainte-Marthe*, Paris, 1644, p. 137). Le texte de Sainte-
Marthe parle des admirateurs du poète, *quorum iudicio ut vix ullum in
carmine Gallico parem, sic paucos habet in Latino superiores* (*Elogia*, Poitiers, 1598, p. 40). Cf. Chamard, *l. c.*, p. 358-360. V. aussi les distiques insérés par Charles Uytenbove aux dernières pages des *Poemata* : *In Bellaicae
Musae et latinae et gallicae carmina.*

et en a tiré quelque vanité[1] ; Remi Belleau a fait imprimer des vers macaroniques assez habiles et traduit des sonnets de Ronsard en distiques élégiaques[2] ; Michel de l'Hospital, le protecteur de toute la « Brigade », a écrit de beaux poèmes latins. qu'on lit encore avec plaisir ; d'autres familiers de la Pléiade, Etienne Pasquier, le grand défenseur du français, Scévole de Sainte-Marthe, Jean Passerat, ont donné d'excellents recueils d'humanistes ; on a perdu les vers latins de Jacques Grévin, mais on a ceux de Louis des Mazures et d'élégantes traductions de l'*Anthologie* par Florent Chrestien ; enfin tout un chœur de *poetae minores*, qui a chanté autour de Ronsard, l'a fait constamment dans les deux langues. Il n'est point téméraire d'affirmer que leur chef a couru lui-même, au temps de ses débuts, le risque d'être un poète bilingue et qu'il a été tenté à son heure par les lauriers faciles de l'Humanisme.

## I

La première jeunesse de Ronsard, traversée d'influences diverses qu'on arrive peu à peu à démêler, le montre dominé par l'étude la plus enthousiaste de la poésie latine. Le grec lui ouvrira des routes nouvelles et fournira à son génie les conditions de sa liberté ; mais, jusqu'au moment où il a le bonheur de rencontrer pour maître Jean Dorat, quels rêves sont les siens et par quels essais marque-t-il sa vocation d'écrivain ? Les témoignages ne manquent pas à qui veut essayer de les grouper.

Faut-il rappeler que son père était imbu de cet humanisme latent que rapportaient d'Italie les gentilshommes qui y guer-

---

1. Il est d'autant plus significatif que ce recueil soit si tardivement publié : *Carminum Iani Antonii Baifii liber I*, Paris, Mamert-Patisson, 1577. On lit, au f. 29 v° :

> Tu ne hunc illepidum meum libellum...
> O M u r e t e, tua manu reuolues ?
> Tu sodalitii memor ne nostri
> Illius veteris Lutetiani,
> Tum cum floridior vigebat aetas,
> Nomen excipies tui Baifi,
> Qui post carmina Gallicana mille
> Nunc s e r u s Latias ciet Camoenas ?

2. A la suite de sa traduction d'Anacréon, dont je parlerai plus loin.

royèrent? S'il tenait parfois la plume du « rhétoriqueur », rimait
en sa langue maternelle, discutait des questions de versification
avec maître Jean Bouchet, c'est en latin qu'il inscrivait sur les
murs de son château de la Possonnière les devises qui l'ornent
encore et qui sollicitèrent, dès qu'il sut lire, la curiosité de son
fils. Le précepteur auquel Louis de Ronsard confia la première
éducation de l'enfant, et qui l'instruisit au rudiment latin, lui
fit-il déjà sentir l'harmonie des vers de Virgile? Le poète dira un
jour qu'il savait Virgile par cœur « dès son enfance ». Mais il y
a la plus grande incertitude sur sa vie écolière, sur le nom et la
qualité de son précepteur [1], sur ce qu'il a appris avant et après
son séjour d'un semestre au collège de Navarre, dont il tira surtout l'avantage de connaître comme condisciple le futur cardinal
de Lorraine [2]. La véritable initiation aux lettres, celle qui compte
seule pour un poète, lui vint d'ailleurs et lorsqu'il n'était déjà
plus un enfant.

Son premier guide autorisé dans le domaine des Muses fut
ce mystérieux « seigneur Paul » des anciens biographes, qui
était en réalité messer Claudio Duchi, seigneur de Cressier, d'une
noble famille piémontaise de Moncalieri. Il avait pour sœur
Filippina Duchi, favorite du Dauphin, plus tard Henri II, et
mère de la future duchesse d'Angoulême. Le jeune Piémontais
avait été, avec Pierre de Ronsard, de l'écurie du duc Charles
d'Orléans et probablement son compagnon en Écosse, à la cour

1. Préface posthume de la *Franciade* (éd. Blanchemain, t. III, p. 23).
Qu'entend le poète par le mot « enfance »? Son souvenir s'applique-t-il à
l'époque qui précède ou à celle qui suit le semestre au collège de Navarre,
où il fut placé, dit-il, « si tost que j'eu neuf ans », et qu'il quitta « sans rien
profiter » (Autobiographie composée pour Pierre de Paschal). Quelque précoce qu'on le suppose, il n'est pas vraisemblable qu'il ait abordé la lecture
de Virgile avant ses neuf ans. Le précepteur dont parle Binet, d'ailleurs
bien suspect pour tous ces détails, me paraît être, plutôt que l'oncle Jean,
chanoine du Mans, archidiacre de Laval, le docte prieur de Sougé-sur-Loir,
Guy Peccate (Pacatus, à qui Ronsard dédie une ode horatienne de son
premier recueil. Le texte de La Croix du Maine permet assez bien l'interprétation qu'en donne Laumonier en faveur de ce personnage.

2. V. ensemble pour contrôler leurs avis divers, les plus récents biographes : Paul Laumonier, *Ronsard poète lyrique*, Paris, 1909, p. 4 sqq., et
commentaire du même auteur à *La vie de P. de Ronsard par Claude Binet*,
édition critique, Paris, 1909 ; Henri Longnon, *Pierre de Ronsard, essai de
biographie*, Paris, 1912, p. 103 sqq.; p. 125 sqq ; J.-J. Jusserand, *Ronsard*,
Paris, 1913, p. 18 sqq.

de Jacques Stuart; il continua à le voir à l'écurie du Roi, « qui estoit lors une escole de tous honnestes et vertueux exercices », et que Ronsard fréquenta quelque temps, après avoir été « mis hors de page » par le duc d'Orléans, son premier seigneur[1]. Plus âgé que le fils de Louis de Ronsard, Duchi, devenu écuyer d'Henri II, ne le quitta donc point de sa douzième à sa dix-huitième année. Il put le faire profiter largement de ses lumières, qui étaient celles d'un humaniste italien d'alors, familier des bons auteurs et rompu à l'usage des vers latins. C'est du récit de Claude Binet et de l'éloge de Du Perron que l'on déduit ces indications, dont la plus intéressante est, je crois, l'origine italienne de cet initiateur, par qui Ronsard connut à la fois les anciens et ceux des modernes qui se flattaient de les continuer.

Claudio Duchi a-t-il versifié lui-même? a-t-il composé un recueil resté ignoré[2]? Cet exemple aurait eu, en tout cas, moins d'importance que la longue intimité littéraire qui l'unit à Ronsard. Celui-ci s'en souvenait plus tard avec complaisance, et les familiers de ses derniers jours n'ont pas manqué de parler honorablement du « seigneur Duc ». « Ce gentilhomme, écrit Binet, avoit fort bien estudié les poëtes latins et mesme, lorsqu'il estoit page, avoit aussi souvent un Virgile en main qu'une baguette, interprétant aucune fois à Ronsard quelques beaux traits de ce grand poète »[3]. Du Perron ajoute le nom d'Horace

1. Je dois à l'obligeance de M. Mario Zucchi, de la Bibliothèque royale de Turin, les recherches établissant l'identité de ce personnage, l'un des deux enfants du sénateur de Savoie, Filippo Duchi et de Lucrezia Panissera. Claudio Duchi épousa une française, Diane d'Argeville. Sa sœur, après avoir mis au monde sa fille Diane, entra au couvent. La famille Duchi est éteinte à Moncalieri depuis 1854 (Révérend, t. II, p. 88). Le prénom de Claudio, et non Paolo, est certain. Le P. Anselme en donne un troisième, lorsqu'il parle de « Diane, légitimée de France, duchesse d'Angoulême, née de Philippe Duc, demoiselle piémontaise, sœur de Jean-Antoine Duc, né à Montcallier en Piémont, écuyer de la grande écurie du roi Henri II » (Histoire généalogique de la Maison de France, t. 1, p. 136). Mais Filippina Duchi n'a eu qu'un seul frère, notre Claudio.

2. Henri Longnon, l. c., p. 133, applique à « Paul Duc » un distique de Du Bellay contre un certain Paulus, auteur de Nugae. Ce n'est qu'une hypothèse ingénieuse.

3. « Et Ronsard au contraire ayant toujours en mains quelque poëte françois » (Binet, texte de 1586, éd. Laumonier, p. 10). Le texte de 1587 ajoute un détail sur Ronsard, lecteur de Virgile, « où il prit un si grand appetit que depuis il ne fut jamais sans un Virgile, jusques à l'apprendre entièrement par cœur ».

à celui de Virgile, et il est probable, en effet, qu'une bonne part
de la poésie latine passa, avec l'italienne, dans les lectures des
deux amis [1]. Le jeune Français possédait, de son côté, un fonds
de livres légués par son oncle, Jean de Ronsard, archidiacre de
Laval, qui s'était intéressé à son enfance studieuse. Trouva-t-il
dans ce legs de famille, premier noyau de sa propre bibliothèque,
le *Roman de la Rose* et les œuvres de Lemaire de Belges et de
Clément Marot, qu'il faisait connaître à Duchi [2]? Il y rencontrait, du moins, de bons livres anciens, et un de ses biographes
humanistes, Jacques Velliard, parfois bien informé, n'hésite pas
à citer l'influence de l'oncle ecclésiastique et bibliophile à côté de
celle du gentilhomme italien. Ayant parlé de la présence du
poète dans la docte ambassade de Lazare de Baïf, il ajoute :

Quid dixi? Petrum Ronsardum, ex sermone habito in ea legatione
primum ad studium poetices animum adiunxisse? Erraui : imo multo
aute, hunc enim poesim a lacte nutricis imbibisse animo, nec alienis,
sed domesticis praeceptis edoctum fuisse, vos iam eritis iudices. Habebat ab auunculo, viro omni liberali sacraque doctrina politissimo, non
solum bibliothecam varia et multiplici librorum supellectile instructam, sed etiam exemplum huius reconditionis disciplinae quod sibi
proponeret ad imitandum. Insuper, dum aderat Regi praetextatus
assecla, incundus erat Paulo praefecto Hippocomiae, fratri Philippae
Castelleronensis [3], qui, cum studio humanitatis coleret et haberet
aures tritas notandis generibus poetarum, seorsim Virgilii et Horatii
intelligentia praestabat. Ibi duo perspicaces et acuti viri cum mira-
rentur bonitatem naturae Petri Ronsardi, huic et ad suscipiendam et
ingrediendam rationem studiorum poeseos principes extitere [4].

On doit mettre au premier rang, parmi les hommes qui ont
contribué à la formation de cette précieuse intelligence, celui qui

1. Sur les imitations italiennes de Ronsard, v. J. Vianey, *Le Pétrarquisme
en France*, p. 135 sqq.
2. Cf. H. Guy, *Les sources françaises de Ronsard*, dans la *Revue d'hist.
litt. de la France*, t. XI, 1902, et les observations de Chamard, Laumonier
et Longnon.
3. *Sic* pour *Castelleraldensis*. La duchesse d'Angoulême, légitimée de
France, avait reçu d'abord de Charles IX, en 1563, le duché de Châtelle-
rault; mais il est ici question de sa mère, qui ne semble pas avoir eu de
titre, ni porté ce nom (Brantôme, éd. Lalanne, t. VI, p. 496).
4. *Petri Ronsardi poetae gallici laudatio funebris...* Paris, 1584. fol. 12 v°.

était alors en France l'incarnation même de l'humanisme italien [1].
Ami de Bembo, de Sadolet et de Jérôme Aléandre, correspondant
d'Érasme, collectionneur de livres et de manuscrits, Lazare de
Baïf avait reçu, pendant son séjour en Italie et son ambassade
à Venise, la culture nouvelle sous sa forme la plus complète.
On s'en aperçoit dans les lettres grecques et latines échangées
par lui avec les savants de son temps [2] ; on le voit mieux encore
dans ses ouvrages d'érudition antique, *De Re vestiaria, De Vas-
culis, De Re nauali*. Il possédait à fond les deux langues, écrivait en grec à Guillaume Budé et à Jean Lascaris, et Robert
Estienne lui rend hommage pour des services reçus dans la revi-
sion de son *Thesaurus linguae latinae*. Ses dépêches d'ambassade montrent en lui, sinon un diplomate d'esprit supérieur, du
moins un agent assez actif de François Ier ; mais il dut regretter
souvent de ne plus vivre au temps où de tels documents ne
s'écrivaient qu'en latin.

Ronsard connut à seize ans cet érudit considérable, qui continua, dans la mesure où il daigna s'occuper de lui à cette époque,
la direction de son camarade Duchi. Ce fut au moment de
l'ambassade de Baïf auprès des princes allemands réunis à
Haguenau. Une parenté éloignée engagea l'ambassadeur à
prendre avec lui pour ce voyage un adolescent bien doué, que
lui recommandait le duc d'Orléans. Étranger aux négociations
fort secrètes de l'ambassadeur avec les chefs protestants, Pierre
assista du moins aux entretiens érudits de Baïf et des humanistes
d'Alsace et d'Allemagne. Il entendit Jean Sturm, Bucer, Sleidan ;
il vit l'helléniste Nicolas Gerbel, éditeur d'Arrien et de Lycophron, qui habitait Strasbourg, et se lia sans nul doute avec son
fils. Celui-ci doit compter le jeune Ronsard, avec le médecin

___

1. « Ces deux lumières françoyses, Guillaume Budé et Lazare de Bayf »,
dit Joachim du Bellay. Cf. Delaruelle, *Guillaume Budé*, p. 13.

2. J'ai eu la fortune de retrouver dans les bibliothèques romaines les
seules épaves connues de la correspondance d'humaniste de Lazare de Baïf ;
elles sont publiées à la suite de l'*Inventaire des manuscrits de Jean Lascaris*,
Rome, 1886, et dans *Pietro Bembo et Lazare de Baïf*, Bergame, 1894. Lucien
Pinvert n'en a pas recueilli d'autres dans son intéressante biographie.
Il faudra y joindre une lettre latine de Baïf au savant ambassadeur de
François Ier, Pierre du Chatel, évêque de Tulle, conservée en copie dans
le ms. *Lat.* 8585 de la Bibliothèque nationale (fol. 140). Emile Legrand a
mentionné de nombreuses relations de Lazare de Baïf avec les Grecs dans
sa *Bibliographie Hellénique*, Paris, 1885.

Charles Estienne, parmi les lettrés de la maison *(familia)* à qui
il envoie son souvenir *(praesertim eos qui sunt studiosi bona-*
*rum literarum et mecum nonnihil commentati sunt)* [1]. Un tel
entourage, de telles fréquentations, l'usage nécessaire de la
langue latine pour les conversations avec les étrangers, l'exemple
surtout d'un chef admiré, tout devait engager le débutant à se
ranger parmi les humanistes et à s'exprimer comme eux. Assurément, il n'y manqua point.


## II


Le goût juvénile de Ronsard pour la poésie latine antique et
moderne correspond à son mépris affiché pour la poésie française
de son temps. Sauf Clément Marot et quelques autres qu'il met
à part, ainsi que fait Du Bellay, et qui sont à peu près tout ce qui
compte dans la génération précédente [2], il n'accorde pas le
moindre intérêt à ce que les rimeurs du siècle ont écrit avant lui.
Il le confond plus ou moins volontairement avec le verbiage insi-
pide des « rhétoriqueurs ». Il n'y a pas à lui reprocher de l'ignorance ou de l'injustice ; ces beaux excès sont communs aux
chefs d'école, dont tous n'ont pas l'excuse du génie. Mais ce sujet
n'est point le nôtre : qu'il suffise de rappeler le souverain dédain
du jeune maître pour une littérature qu'il se sent de force à remplacer.

Entre vingt textes qu'on pourrait citer, le plus ancien et aussi
le plus vif est la préface de la première édition des *Odes*. En
1550, ayant formulé les exceptions strictement nécessaires, le
poète s'en prend aux confrères qui le précèdent ou qui l'entourent : « L'imitation des nostres m'est tant odieuse (d'autant

---

1. L. Pinvert, *Lazare de Baïf, 1496 (?)-1547*, Paris, 1900, p. 69, 75, 119.
Cf. Longnon, p. 134. J. Jusserand, *l. c.*, p. 14, observe que Calvin résidait
alors à Strasbourg et que Ronsard l'a vu certainement dans la maison de
Baïf.

2. « ...Solicité par Joachim du Bellai, duquel le jugement, l'étude
pareille, la longue fréquentation et l'ardant desir de reveiller la Poësie
Françoise avant nous foible et languissante (je excepte tousjours Heroet,
Sceve et Saint-Gelais) nous a rendu presque semblables d'esprit, d'inventions et de labeur » (*Les quatre premiers livres des Odes de Pierre de Ronsard Vandomois*, Paris, 1550. *Œuvres complètes de Ronsard*, éd. Laumonier. *Odes*, t. I, 1914, p. 46).

que la langue est encore en son enfance) que pour ceste raison
je me suis esloigné d'eus, prenant stile à part, sens à part,
œuvre à part, ne desirant avoir rien de commun avec une si
monstrueuse erreur... » Ces audaces sont de l'époque où, s'en-
gageant avec fierté dans le « sentier incogneu » et voulant
« ressusciter... les vieux lyriques », Ronsard déclare qu'il ne
reconnaît comme ses maîtres que Pindare et Horace, et revendique le droit de dire avec ce dernier :

> *Libera per vacuum potui vestigia princeps,*
> *Non aliena meo pressi pede* [1].

S'il s'est refusé à suivre les traces des poètes de sa langue, il
s'est montré moins exclusif à l'égard des néo-latins. Il n'a nullement protesté à cette époque contre l'engouement pour une poésie abondante, mais souvent médiocre, qui se proclamait elle-
même la seule digne de compter en France. Ne voyant point
en ces écrivains des rivaux, il acceptait de les goûter et d'en
honorer plusieurs. Un d'eux surtout bénéficiait de son admiration et de celle de sa Pléiade, à côté de Jean Second dont les
*Basia* et les *Epigrammata* firent les délices du siècle ; c'était
Salmon Macrin, de Loudun, dont la primauté, orgueilleusement
réclamée par ses propres vers, fut longtemps reconnue par ses
émules [2]. A part ce Batave et ce Poitevin, c'est au delà des Alpes
que Ronsard rencontrait l'élite des poètes qui employaient un
réel talent à reproduire, dans les mêmes formes, le piquant de
Catulle, la grâce d'Horace, l'esprit ou la sensualité d'Ovide. Il
les a lus pendant toute sa vie, mais il les a imités davantage
dans sa jeunesse, alors surtout que, n'étant pas initié au grec,
il appartenait encore tout entier à la culture latine [3].

A ce moment, les œuvres dont il s'inspirera le plus volontiers,
celles de Marulle, de Pontano, de Sannazar, celles d'Andrea

---

1. *Epist.*, I, xix.

2. V. sur Macrin, H. Chamard, *J. du Bellay*, p. 30. On lira avec intérêt
pour l'histoire de notre poésie latine à cette époque une lettre inédite de
Salmon Macrin à Théodore de Bèze, à propos de son recueil des *Juuenilia*,
qui sera prochainement publiée d'après l'autographe de la Bibliothèque de
Munich.

3. Un exemple excellent est l'*Hymne de la Nuit* des premières *Odes*
(1550) ; ce petit poème est un décalque de l'*Hymnus in Noctem* de Pontano
(Laumonier, p. 759).

Navagero, qui mourut à la cour de François Ier [1], sont entre
les mains de tous les lettrés de l'Europe. Mais on ne lit pas
seulement les poètes humanistes d'Italie dans les éditions de leur
pays : il y a déjà des réimpressions françaises dont le nombre
indique le succès. Des recherches bibliographiques bien faites
révéleraient l'intérêt de cette pénétration dans notre pays de la
culture d'outre-monts [2]. Si la littérature italienne, considérée
presque par nos poètes comme une troisième littérature classique, jouit à leurs yeux d'un réel prestige, la littérature latine
d'Italie semble encore mieux honorée d'eux, puisqu'ils y voient
le prolongement naturel de celle de l'Antiquité. L'humanisme
italien règne donc en France par ses poètes aussi bien que par
ses grammairiens, ses rhéteurs ou ses traducteurs de grec. Au
temps où Ronsard prépare son recueil, à Paris, en 1548, vient
de paraître une sorte d'anthologie où figurent précisément quelques-uns des poètes qu'il a le plus imités [3]. Elle en annonce

1. Ronsard ne devait point ignorer que le roi avait fait enterrer avec
honneur le charmant poète, mort à Blois, étant en ambassade auprès de
lui. Paul Jove le raconte dans ses *Elogia doctorum rirorum*, Bâle, 1577,
p. 145.

2. On devrait étudier à ce point de vue, avec les éditions de Josse Bade,
celles de Simon de Colines, qui fut non seulement l'éditeur de Macrin,
mais aussi un actif propagateur des productions de l'humanisme italien.
Les grandes bibliographies savantes de M. Philippe Renouard fournissent
une base solide à ces recherches. Colines a publié notamment un volume
qui semble fort singulier dans le Paris de François Ier : *Trinm poetarum
elegantissimorum, Porcelii, Basinii et Trebani opuscula, nunc primum diligentia eruditissimi riri Christophori Preudhomme Barroducani in lucem
edita. Parisiis, apud Sim. Colinaeum*, 1539. Ce sont les recueils élégiaques
dédiés à Isotta de Rimini et à Sigismond Malatesta : ils représentent ce que
la muse païenne de l'Humanisme a conçu de plus raffiné. Relié avec l'exemplaire de cet ouvrage à la Bibliothèque Mazarine (21225), on trouve une
édition parisienue non citée d'un poète connu de Ronsard : *Hieronymi
Angeriani Neapolitani* ἐρωτοπαίγνιον. *Venundatur Parisiis a Theobaldo Char-
ron in clauso Bunelli* (s. d.). L'édition est donnée par *Ludovicus Faber
Parisiensis*. Richelet a rapproché de l'ode « Mignonne allon voir » ce distique d'Angeriano :
> *Pulchra breui duras rosa tempore, forma breuique
> Tempore. sic formae par rosa tempus habes.*

3. *Doctissimorum nostra aetate Italorum epigrammata : M. Antonii Flaminii libri duo. Marii Molsae liber unus. Andreae Naugerii liber unus. Io.
Cottae, Lampridii, Sadoleti et aliorum Miscellaneorum liber unus. Lutetiae,
per Nicol. Diuitem, via Sacerdotum... sub insigni geminae anchorae... ad
insigne Aldi. Cum priuilegio regis* (s. d. : 78 p.). Laumonier, qui a étudié
comme moi ce volume d'une typographie très soignée et en a fixé la date

d'autres plus importantes, qui suivront au cours du siècle, et
tout d'abord cette *Farrago poematum* de Léger du Chesne
(*Leodegarius a Quercu*), qui est de 1560 et semble avoir été
fort appréciée.

Le florilège de Léger du Chesne devra marquer une date intéressante dans la diffusion de la poésie humaniste [1]. Pour la
première fois, en effet, on joint à des œuvres d'Italiens, dont la
maîtrise est reconnue, un choix considérable d'œuvres composées par des Français. Ceux-ci sont pour la plupart des amis de
Ronsard : on y trouve Michel de l'Hospital, Du Bellay, Dorat,
Turnèbe, avec d'autres moins fameux, et cette intéressante réunion s'explique assez par les fréquentations de l'érudit qui l'a
conçue. Le futur professeur au Collège Royal a été le précepteur
de Jean Brinon, protecteur attitré pendant quelques années du
groupe ronsardien. C'est autour du brillant châtelain de Médan
et de Villennes, enlevé prématurément aux Muses, que s'est
accomplie de la façon la plus cordiale cette fusion des humanistes et des poètes qui caractérise la société de l'époque. La
compagnie choisie par lui a donné en France la meilleure et la
plus brillante image des cercles italiens du temps de Léon X, où
toutes les formes de l'art littéraire étaient représentées et rivali-
saient de raffinement [2]. Au sortir des grandes leçons pinda-

---

d'impression, établit que Ronsard s'en est servi pour lire Navagero, et
qu'il en a tiré plus d'une fois le titre de ses imitations (*Ronsard poète
lyrique*, p. 128). On peut ajouter à ces observations que le libraire Nicolas
Le Riche indique, comme compilateurs du florilège, ses amis Abel Portius
et Jean Goupyl, inspirés par Jean de Ganay (*Gagnaeius*), chancelier de
l'Université de Paris. Le texte a passé tout entier dans la *Farrago* de
Léger Du Chesne.

1. *Farrago poematum ex optimis quibusque et antiquioribus et aetatis
nostrae poetis selecta per Leodegarium a Quercu. Tomus secundus* [le tome
I<sup>er</sup> porte le titre distinct de *Flores Epigrammatum...*]. *Parisiis, apud H. de
Marnef*, 1560 (ou *apud G. Cavellat*). Le recueil est du plus petit format de
poche. Un des derniers poèmes, au 415<sup>e</sup> feuillet, est adressé *Ad Ianum
Brynonem de eius benignitate in Lodoicum Querculum olim suum praecep-
torem*. La dédicace des *Iuuenilia* de Muret dit expressément : *Ludouicum
Querculum... institutorem olim suum benignissime et fecisti et quotidie
facis*.

2. Jean Brinon, conseiller au Parlement de Paris, seigneur de Villennes
et de Médan, mort en mars 1555 et pleuré des poètes dans un tombeau en
quatre langues que je ferai connaître plus loin, mériterait l'honneur d'une
étude particulière. Ronsard, qui lui dédie en 1554 le second *Bocage*, ne le
connaissait pas encore au moment de la publication des premières *Odes*,
où le nom du futur mécène de la Brigade ne figure pas parmi les dédicaces.

riques de Dorat, dont on parlera plus loin, les poètes se réunissaient autour de l'élégant humaniste, plus fier de ces amitiés que
de sa grande fortune et de sa charge au Parlement. Il faut
essayer de ressaisir les sentiments des familiers de Jean Brinon, pour comprendre à quel état d'esprit correspondirent les
premiers succès de Ronsard, et comment le jeune poète des
*Odes*, du *Bocage* et des *Amours*, s'est trouvé acclamé dans les
deux langues et choisi pour chef par des représentants d'une
double littérature.

L'auteur du *Commentaire des Amours*, Marc-Antoine de Muret,
est un des écrivains qui expriment le mieux les tendances du
temps et mérite d'être écouté presque au même titre qu'un
Du Bellay. Venu de son pays de Limoges, il enseignait momentanément le droit à Paris et vivait étroitement uni au cercle de
Ronsard. Il réunissait alors un recueil exquis de vers latins et
cherchait à prendre dans cette langue, aux côtés de son ami Ronsard devenu brusquement célèbre, une place que d'autres lui
eussent disputée pour la poésie française. La préface de ses
*Juuenilia*, dédiée à Jean Brinon et datée de la fin de novembre
1552, peut être mise en regard des manifestes français plus
cités et de la préface même du *Commentaire des Amours* [1].
Elle précise assez bien les idées et les ambitions de cette ardente
et docte jeunesse :

...Qui se vernaculo nostro sermone poetas perhiberi volebant, per-
diu ea scripsere, quae delectare modo otiosas mulierculas, non etiam
eruditorum hominum studia tenere possent. Primus, ut arbitror,
Petrus Ronsardus cum se eruditissimo viro in disciplinam dedisset,
eoque duce veterum utriusque linguae poetarum scripta, multa et dili-
genti lectione triuisset, transmarinis illis opibus sua scripta exornare
aggressus est ; cuius postea exemplum insecuti I. Antonius Baifius,
I. Bellaius aliique permulti, breui tempore tantos fecere progressus,
ut res vel ad summum peruenisse iam, vel certe haud ita multo post
peruentura esse videatur. Idem in lingua latina, multum abest, ut
dicere liceat ; in qua cum ex veteribus ab Ausonio, ex recentioribus a
Salmonio et aliis duobus forte, aut summum tribus discesseris [2] ;

1. On lira plus loin un passage de cette dernière préface.
2. Muret compte probablement Théodore de Bèze parmi ces deux ou
trois émules de Salmon Macrin.

ut Graeci prouerbio dicunt, esse multos quidem qui boues stimulent, sed raros aratores ; ita dicas, licebit, multos quidem esse qui versus faciant, sed raros planeque εὐαριθμήτους poetas. De iis loquor, qui scripta sua in publicum edidere. Scio enim et alios esse sat multos, et inprimis eum, quem supra nominaui, Ioannem Auratum, qui vel solus, vel praecipue, si quando sua emiserit, effecturus est ne ulterius suos Iouianos, Actios, Molsas, Flaminios Italiae inuideat Gallia [1]. Cum igitur... in tanta ingeniorum bonitate, in tanto doctissimorum virorum prouentu, in tanta adolescentum poetices studiosorum aemulatione quasique riualitate, tantam poetarum raritatem animaduerto, nihil fere aliud comminisci possum, nisi esse quandam, ut ceterarum rerum, ita studiorum quoque tempestiuitatem... Quod si est, bona spes me tenet fore ut, sub Henrico Rege Christianissimo, tanquam olim sub Augusto, poetarum ingenia excitentur [2].

Ce que Muret voit d'essentiel dans la réforme de Ronsard et ce qu'il considère déjà comme à peu près acquis à l'heure où parait la première édition des *Amours*, deux ans après la publication des premières *Odes* (*ad summum péruenisse iam*), c'est l'enrichissement de notre poésie par l'imitation des anciens (*transmarinis opibus*). Le latin de l'humaniste fait écho, à sa manière, à ce célèbre appel de la *Deffence* : « La donq', Françoys, marchez couraigeusement vers cete superbe cité romaine, et des serves depouilles d'elle... ornez vos temples et autelz... Donnez en cete Grece menteresse..., pillez-moy sans conscience les sacrez thresors de ce temple delphique, ainsi que vous avez fait autrefoys... » [3]. Ce n'est point l'originalité de la pensée que demandent ses contemporains au jeune homme inspiré des Muses, à qui les *Quatre premiers livres des Odes* ont fait attribuer d'emblée la première place ; c'est l'originalité de la seule forme, l'adaptation supérieure des lieux communs consacrés.

Dans le milieu extrêmement cultivé que représente le cercle de Jean Brinon, furent écoutées et applaudies pour la première fois, autant pour les heureux « larcins » qu'ils étalaient que

---

1. Pontano, Sannazar, Francesco-Maria Molza et Marco-Antonio Flaminio.

2. *M. Ant. Mureti opera omnia*, éd. D. Ruhnken, Leyde, 1789, t. I, p. 660.

3. Éd. Chamard, p. 338, 340.

pour la perfection de leur forme française, le recueil des secondes
*Odes*, qui sont les plus parfaites, et surtout, à mesure qu'il se
composait, le *Premier livre des Amours*. C'est dans cette atmos-
phère d'érudition et d'enthousiasme qu'a pris naissance le commentaire de Muret, noté dans des conversations quotidiennes,
écrit sous les yeux de l'auteur lui-même, et qui révèle si clairement ce que son premier public attendait de lui.

Son œuvre devait donc être une œuvre d'humaniste et, pour
répéter le mot souvent prononcé, un « dépouillement » systématique des littératures savantes au profit de la poésie. Mais
cette jeunesse studieuse avait fréquenté de trop près les modèles
antiques et professait un goût trop vif de la belle forme, pour
ne pas souhaiter ardemment le plaisir esthétique tel que nous le
comprenons aujourd'hui. Sur ce point aussi, Ronsard lui donnait
les satisfactions les plus complètes. Ses lectures immenses,
et qu'il allait multiplier encore, n'encombraient pas sa mémoire
au point d'engourdir son inspiration ou de ralentir son vol. Il
était déjà maître souverain du procédé qu'il appliquera jusqu'à
la fin dans ses œuvres lyriques. Il savait prendre, partout où il
trouvait son bien, le sujet ou les développements d'odes, de sonnets
et de chansons, qui se transformaient entre ses mains et dont les
matériaux méconnaissables se fondaient dans l'œuvre nouvelle.

L'exercice ingénieux de l'imitation, auquel il s'est livré par
principe dès sa jeunesse, restera, disons-le déjà, l'amusement de
sa maturité. Parmi tant d'exemples qui viennent à la mémoire,
on peut rappeler ici la chanson *Pour Hélène* des *Amours diverses*,
où passe au milieu des champs Élysées la belle évocation des
grandes amoureuses de l'Antiquité. Le morceau, qui a treize
strophes, commence comme une simple traduction d'un *Baiser*
de Jean Second, lui-même inspiré par Tibulle :

> Plus estroit que la vigne à l'ormeau se marie
>       De bras souplement forts,
> Du lien de tes mains, Maistresse, je te prie,
>       Enlace-moy le corps...
> *Vicina quantum vitis lasciuit in ulmo*
> *    Et tortiles per ilicem*
> *Brachia proceram stringunt immensa corymbi :*
> *       Tantum, Neera, si queas*
> *In mea nexilibus proserpere colla lacertis !*

L'embarquement pour le royaume des ombres suit le mouvement de l'ode latine :

> ...Dans les champs Elisez une mesme navire
> Nous passera tous deux.
> Là, morts de trop aimer, sous les branches myrtines
> Nous voirrons tous les jours
> Les anciens Héros avec les Héroïnes
> Ne parler que d'amours...
>
> *Defectos ratis una duos portaret amantes*
> *At pallidam Ditis domum.*
> *Mox per odoratos campos et perpetuum ver*
> *Produceremur in loca,*
> *Semper ubi antiquis in amoribus heroinae*
> *Heroas inter nobiles*
> *Aut ducunt choreas alternaue carmina laetae*
> *In valle cantant myrtea...* [1]

Le latin contient la plupart des détails du paysage, les danses, le laurier de l'immortel printemps, et les fleurs que Ronsard précise en orangers et en citronniers ; mais l'original est fort bref sur l'accueil fait aux nouveaux amants par les amants illustres, qui les font asseoir sur l'herbe au milieu d'eux (*inque herbidis sedilibus... prima nos sede locarent*), et il indique à peine l'énumération qui donne au poème son mouvement final :

> ...Ny celles qui s'en vont toutes tristes ensemble,
> Artémise et Didon,
> Ny ceste belle Grecque à qui ta beauté semble
> Comme tu fais de nom [2].

De telles adaptations sont des créations véritables. Elles abondent dans la partie lyrique des recueils de Ronsard, qui n'attachait son effort et son mérite qu'à la forme dont il les revêtait. Rien n'est plus instructif que de suivre son travail, d'une

---

1. *Ioannes Nicolai Secundus, Basia,* éd. G. Ellinger, Berlin, 1899, p. 2. Cf. Ronsard, éd. M.-L., t. I, p. 363.

2. Le nom d'Hélène de Sparte, qui paraît au dernier vers du poème latin, a sûrement inspiré à Ronsard l'idée de dédier le sien à Hélène de Surgères :

> *Nec ulla amatricum Iouis*
> *Praerepto cedens indignaretur honore*
> *Nec nata Tyndaris Ioue.*

habileté extrême, et de le voir harmoniser des éléments dispa-
rates, compléter ou alléger les motifs qu'il associe sans asservir
jamais une inspiration libre et vivante [1]. Il aimait d'ailleurs,
suivant les usages du temps, à révéler lui-même aux lecteurs les
sources variées auxquelles il puisait, qu'elles fussent grecques,
latines ou italiennes ; il se faisait gloire d'appliquer aux modernes
admirés, comme aux anciens eux-mêmes, cette méthode de
l' « imitation » conforme au programme de son école et aux préceptes de Quintilien mis en français par Du Bellay [2]. Mais la
pratique des néo-latins lui procurait sans doute l'étude la plus
utile, car elle lui apprenait comment les plus experts d'entre eux
savaient adapter les formes antiques à l'expression d'objets ou
de sentiments de leur époque et ne rendaient point simplement
l'écho du passé.

## III

Il fut un temps de sa vie, assez court assurément, où Ronsard
songea à se ranger parmi les humanistes et à poétiser comme eux.

1. De nombreux rapprochements sont établis dans l'ouvrage de Laumonier, pour Flaminio, p. 116, 446, 458, pour Jean Second, p. 519 sqq., pour
Marulle, p. 534 sqq., pour Navagero, p. 348, pour Pontano (*Hymne à la
Nuit*), p. 759, pour Macrin, p. 760 sqq., etc. L'imitation de Pétrarque et
des Italiens de langue vulgaire a fourni au même auteur la matière de
recherches analogues. V. aussi Piéri, *Pétrarque et Ronsard*, Marseille,
1896, et surtout l'ouvrage classique de Vianey, *Le Pétrarquisme en France
au seizième siècle*, Paris, 1909.
2. La doctrine du larcin légitime en matière de poésie s'appuyait sur
les imitations des anciens par les anciens, qu'un lettré reconnaissait aisément dans ses lectures. C'est ainsi que l'exposait une épître de Dorat
(*Poematia*, part. II, p. 157) :

> ... Autolyci fures sequitur sua quemque iuuentus,
>   Orphaeus, Musaeus, fur et Homerus erant :
> Fur erat Hesiodus, clypeum fratus Achillis :
>   Herculis est, olim tegmen Achillis erat
> Ipsas quinetiam furatur uterque Sibyllas,
>   Seque Sibyllinis ornat uterque modis.
> Neue putes, mendax quia semper Graecia, Graecos
>   Furaces Latiis vatibus esse magis.
> Ennius ipse pater magnum furatur Homerum,
>   Maeonides alter visus et inde sibi est.
> Ennium est ante omnes, alios sic denique cunctos
>   Virgilius furtis vendicat ipse suis,
> Virgilium reliqui longo post tempore nati...

Il n'hésite pas à en faire l'aveu répété, et le premier passage qu'on va lire exprime bien un formel regret :

> Je fu premierement curieux du Latin :
> Mais cognoissant, helas ! que *mon cruel destin*
> Ne m'avoit dextrement pour le Latin fait naistre,
> Je me fey tout François, aimant certe mieux estre
> En ma langue ou second, ou le tiers, ou premier
> Que d'estre sans honneur à Rome le dernier [1].

L'ode *A son luc*, publiée dans le *Bocage* de 1550 et qui a peut-être été composée dès 1547, atteste l'existence de ces essais de jeunesse, auxquels le poète décide de renoncer :

> Si autrefois sous l'ombre de Gâtine
> Avons joué quelque chanson Latine
> D'Amarille enamouré [2],
> Sus maintenant, Luc doré,
> Sus l'honneur mien, dont la vois delectable
> Sçait rejouir les Princes à leur table,
> Change ton stile, et me sois
> Sonnant un chant en François [3].

Cette ode pleine de fraîcheur, dont la forme ne sera pas reprise par Ronsard, étant de celles qui ne sont « pas mesurées ni propres à chanter », célèbre l'éveil d'une inspiration nouvelle ; elle est aussi l'adieu à cet usage poétique du latin que tant de poètes amoureux employaient encore en l'honneur de leur dame. Le nom d'Amarille est remplacé par celui de Cassandre dans les éditions postérieures, et on peut admettre la sincérité d'une substitution qui accentue le témoignage de l'écrivain sur son œuvre. Comme il n'a connu qu'en 1545 la belle Cassandre Salviati [4] et qu'il l'a d'abord chantée en latin, selon son propre

---

1. *A Pierre Lescot*. Éd. M.-L., t. V, p. 177.
2. Les éditions imprimées de 1554 à 1573, date où Ronsard a retranché la pièce, portent la variante : « De Cassandre enamouré. »
3. *Odes*, t. II, p. 156. Cf. Chamard, dans la *Revue d'hist. litt. de la France*, t. VI, 1899, p. 34, et Laumonier, éd. critique de la *Vie de Ronsard*, p. 234. — Remarquons l'imitation d'Horace, *Carm*. I, xxxii (*Ad lyram*) :

> *Poscimur, si quid vacui sub umbra*
> *Lusimus tecum, quod et hunc in annum*
> *Vivat, et plures, age, dic latinum,*
> *Barbite, carmen...*

4. Henri Longnon. *Pierre de Ronsard*, p. 320 sqq.

aveu, on voit à quel instant de sa vie il faut fixer cette production d'une muse latine ignorée, dont aucun vestige ne nous reste.

Les poèmes par lesquels, pour la première fois, fut célébrée la jeune florentine s'inspiraient très probablement de cette poésie amoureuse des Romains que représentent à nos yeux les Élégiaques. Catulle, Tibulle, Properce, Ovide dans une partie de son œuvre, ont fourni des modèles à toute la littérature érotique de l'Humanisme. Leurs éditions sont fort nombreuses et un libraire parisien, Simon de Colines, venait de les publier trois fois en textes portatifs et soignés [1]. Ils étaient des maîtres incontestés pour les poètes du temps de Ronsard, et, pour ne citer qu'un exemple en langue française de la place qu'ils leur accordent, on se rappellera l'agréable morceau où Olivier de Magny prête à Cupidon des plaintes sur un abandon supposé de son culte par les mortels :

> Plus ne sont leuz d'un Ovide les vers.
> Plus ne sont veuz en pris par l'univers
> Catulle, Galle et Properce et Tibulle,
> Plus on n'entend les chansons de Marulle,
> Tous sont esteintz et le monde au iourd'huy
> D'eux et de moy ne reçoit qu'un ennuy.
> Mesmes encor cet harpeur d'Italie,
> Qui bastissoit une neuve Idalye
> Dans son terroir, ce Petrarque fameux
> Passe et flestrit ce me semble comme eux... [2]

Ronsard aussi connaissait à merveille les Élégiaques ; ils faisaient partie de son premier bagage de latiniste et il leur adjoignait sans hésiter, comme ses contemporains, l'aimable et apocryphe Cornelius Gallus du moyen-âge [3]. Il les énumère

---

1. Ces jolies éditions de Colines, 1524, 1529, 1543, avec son caractère italique, sont celles qui ont dû servir à Ronsard et à ses amis. Elles reproduisent le texte des aldines ; la seconde ajoute aux trois noms du titre les mots *multis in locis restituti* (Ph. Renouard, *Bibliographie des éditions de S. de Colines*, Paris, 1893, p. 132, 226, 369).

2. Magny, *Odes*, éd. Courbet, Paris, 1876, t. I. p. 66. C'est une ode à Jean Brinon, sur sa Sidère.

3. L'*Ode à Macée* (t. I, p. 200) est imitée à la fois du *Carmen ad Lydiam* du pseudo-Gallus, qui est une œuvre médiévale, et d'un *Carmen ad Gelo-*

toujours avec complaisance et leur emprunte assez souvent des
détails de sentiment ou des observations morales [1]. Il s'était pro-
posé de les imiter de plus près pour la gloire de sa Cassandre.
C'est, du moins, ce qu'il affirme, au moment où il abandonne ce
projet, dit-il, pour se consacrer à la *Franciade* sur l'ordre de son
roi :

> Mais que me sert d'avoir tant lu Catulle,
> Ovide, et Galle, et Properce et Tibulle,
> Avoir tant veu Petrarque et tant noté,
> Si par un roy le pouvoir m'est osté
> De les ensuyvre et s'il faut que ma lyre,
> Pendue au croc, ne m'ose plus rien dire ?
> ...J'avois desjà commencé de trasser
> *Mainte elegie à la façon antique,*
> Mainte belle ode et mainte bucolique ... [2]

Il honorera encore les Élégiaques dans la *Nouvelle Continuation des Amours* (1557). Il y affirme son retour vers eux, alors
qu'il est guéri depuis longtemps de sa crise de « pindarisme ».
Si Cassandre jadis a été chantée de « son stile audacieux »,
l'amour plus humain de Marie l'a ramené aux poètes passionnés

*nidem* de Salmon Macrin, qui s'en était déjà inspiré. (Les trois poèmes
sont réimprimés ensemble par Laumonier, p. 762 ; cf. p. 525.)

1. Pour les imitations de ces poètes, comme pour les autres, on devra
utiliser les recherches si complètes de Laumonier. Outre les imitations
directes, plus d'un morceau célèbre de Ronsard s'inspire d'eux. Ainsi l'ode
*De l'election de son sepulchre* prend son point de départ de Properce (II,
XIII, v. 18-25, 34-35. Cf. *Odes*, éd. Laumonier, t. II, p. 97, et l'étude des
autres sources par G. Lanson, *Revue universitaire* du 15 janv. 1906) ; mais
l'adieu à Cynthie qui termine le troisième livre de Properce a son écho
dans mainte pièce de Ronsard, depuis l'ode de sa vingt-cinquième année
*A Janne impitoyable*, jusqu'au sonnet de la cinquantaine « Quand vous
serez bien vieille ». De même, l'odelette à Cassandre « Mignonne allons
voir » est inspirée des *Roses* d'Ausone, mais avec quelle liberté !

2. C'est le texte de 1554. En 1567, le second vers se lit : « Marulle, Ovide
et Properce et Tibulle » ; en 1578 : « Properce, Ovide et le docte Catulle »
(*Les Amours*, éd. Hugues Vaganay, Paris, 1910, p. 356). La chanson très
sensuelle de 1553 (« Petite Nymfe folastre » ; éd. Vaganay, p. 405) s'achève
en évoquant les champs Élysées,

> Et les pleines où Catulle,
> Et les rives où Tibulle,
> Pas à pas se promenant,
> Vont encore maintenant
> De leurs bouchettes blémies
> Rebaisotans leurs amies.

de l'élégie antique. Il s'en explique avec une ferme précision en
s'adressant *A son livre* :

> Or' si quelqu'un apres me vient blamer de quoy
> Je ne suis plus si grave en mes vers que j'estoy
> A mon commencement, quand l'humeur Pindarique
> Enfloit empoulement ma bouche magnifique,
> Dy luy que les amours ne se souspirent pas
> D'un vers hautement grave, ains d'un beau stille bas
> Populaire et plaisant, ainsi qu'a fait Tibulle,
> L'ingénieux Ovide et le docte Catulle [1].
> Le fils de Venus hait ces ostentations :
> Il suffit qu'on lui chante au vrai ses passions
> Sans enflure ny fard, d'un mignard et doux stille... [2]

De toùt le groupe, c'est Ovide qui est le plus admiré du poète ;
mais c'est surtout à l'auteur des *Métamorphoses* qu'il se reconnaît
redevable. Tout le moyen âge l'a connu et honoré à l'égal
de Virgile, sans toujours le bien comprendre ; la Renaissance en
a fait un de ses maîtres et, chez nous, Marot a commencé à le
traduire. Ronsard, plus épris de l'Antiquité que ses prédécesseurs, l'étudia aussi avec plus d'intelligence [3]. Il doit à Ovide sa

1. L'épithète de « docte » appliquée plus d'une fois à Catulle par Ronsard s'explique par ses poèmes mythologiques ; c'est la partie de son
œuvre que celui-ci a le mieux goûtée. Il s'est intéressé davantage à la partie légère au moment des *Folastries*.

2. Ces vers si expressifs sont imprimés à la fin de la *Nouvelle Continuation* (édition originale décrite par Laumonier, p. 174). Properce est absent
de l'énumération ; mais Ronsard s'est souvenu, pour l'idée de sa pièce, de
trois distiques de lui (I, ix), dont il s'est précisément servi pour une de ses
épigraphes :

> *Quid tibi nunc misero prodest graue dicere carmen*
> *Aut Amphioniæ moenia flere lyrae?*
> *Plus in amore valet Mimnermi versus Homero :*
> *Carmina mansuetus lenia quaerit Amor...*

3. On ne peut en dire autant de Du Bellay et aussi de Baïf. Dans un petit
livre cher à la jeunesse de Ronsard, comme on le montrera plus loin,
qui est l'*Hecuba* de Lazare de Baïf, parmi les poésies jointes par l'auteur à
sa traduction d'Euripide, on trouve un long poème en décasyllabes : *La
fable de Caunus et Biblis, suyvant Ovide en sa Metamorphose* (p. 77-90 de
l'édition de 1550). Properce est représenté dans le recueil par une *Ballade
sur une elegie de Properce commenceant Quicunque ille fuit*, etc. (p. 99 ;
Prop., II, xii). Ronsard s'inspirera lui-même deux fois de cette élégie, dans
la première strophe de l'ode *A Remy Belleau*, qui contient l'idée principale
de la pièce (*Contin. des Amours*, 1555) et beaucoup plus tard dàns le sonnet
« Quiconque a peint Amour » (1578). Henri Estienne l'a traduite en grec.

plus ancienne connaissance des fables antiques, des noms et des
attributs des Dieux [1], de toute la mythologie helléno-latine, dont
il va se nourrir, et même se gorger, à mesure qu'il ajoutera à ses
informations romaines l'immense trésor de la poésie grecque. Il
mélangera sans scrupule les récits alexandrins adaptés par Ovide
avec les traditions rapportées par les vieux poètes religieux de la
Grèce, lorsqu'il aura appris à les connaître ; les allusions appuyées
ou rapides aux *Métamorphoses* rempliront une grande partie
de son œuvre ; leurs récits formeront la trame sur laquelle il
brodera les siens ; et il lui empruntera des scènes et des tableaux
entiers, d'où l'on tire pourtant l'impression qu'il se représente les
personnages de la fable ou de l'histoire exactement accoutrés à
la mode de la cour des Valois [2]. Il est donc aisé de suivre sur son
esprit l'influence de « l'ingénieux », du « bien-disant » Ovide,

1. L'influence d'Ovide est facile à suivre, par exemple, dans le détail des
deux odes narratives du premier recueil : *La defloration de L'ede* et *Le
ravissement de Cephale*, et dans la *Complainte de Glauce à Scylle Nymphe*,
composée comme elles avant 1547. Un bon exemple postérieur est le
poème intitulé *Orphée*, inséré plus tard au *Bocage royal*, où Ronsard a
utilisé successivement la fable de Chiron, celle d'Iphis et celle d'Eurydice
(éd. Bl., t. III, p. 425-435).

2. Ce n'est pas un simple jeu littéraire que de décrire, par exemple, dans
*Le Satyre* (éd. Bl., t. VI, p. 81), auprès d'Hercule « hérissé dessous la peau
velue », la jeune Iole avec « mille bouquets au sein » :

> De bagues d'or ses mains estoient chargées,
> Son col estoit de perles arrangées
> Riche et gaillard ; son chef estoit couvert
> D'un scophion entrelacé de verd ;
> Sa robe estoit de pourpre Meonine,
> Perse en couleur, chancrée à la poitrine ;
> Ainsi qu'on voit au retour des beaux mois
> Se promener ou nos dames dé Blois,
> Ou d'Orleans, ou de Tours, ou d'Amboise,
> Dessus la grève où Loire se dégoise
> Contre la rive : elles sur le bord vert
> Vont deux à deux à tetin descouvert,
> Au collet lasche...

Des ouvrages comme ceux de Simeoni et les publications de l'archéolo-
gie commençante ont aidé à modifier peu à peu les visions imaginatives
de nos poètes. Parmi les éditions illustrées de gravures sur bois que Ronsard a eues sous les yeux, on peut citer *Le grand Olympe des histoires
poëtiques du prince de poësie Ovide Naso en sa Metamorphose* (Paris, 1538 et
1543), et plus tard le recueil de compositions d'inspiration italienne qu'a
imprimé Jean de Tournes : *La vita e metamorfoseo* (sic) *d'Ovidio figurato
e abbreviato in forma d'epigrammi di M. Gabriello Symeoni* (Lyon, 1559).
J'ai quelque peu étudié ce curieux polygraphe florentin vivant en France,
sans le trouver jamais en relations directes avec le monde de la Pléiade.

qu'il nomme toujours avec respect et dont l'Olympe sensuel et
coloré est devenu tout naturellement le sien.

Parmi ses maîtres latins, Virgile tient une place à part, la
plus haute, celle du « premier capitaine des Muses », comme il
se plaira à l'appeler [1]. Il l'a su par cœur dès son enfance, il l'a
pratiqué toute sa vie et, au moment où s'est ébauché le plan
de la *Franciade*, ce sont « les Aeneides » qu'il a choisies pour
ses modèles. Aisément, par l'abandon aux réminiscences, autant
que par scrupule de poétique, tous les épisodes de l'œuvre virgi-
lienne se sont adaptés aux aventures du héros [2]. « Relisant,
écrivait Ronsard, telles belles conceptions, tu n'auras che-
veu en teste qui ne se dresse d'admiration » [3]. Il les repassait
lui-même sans cesse dans sa mémoire, et savait définir avec
finesse des dons littéraires fort différents des siens : « Il ne faut
s'esmerveiller si j'estime Virgile plus excellent et plus *rond* [4],
plus *serré* et plus parfait que tous les autres, soit que dès ma
jeunesse mon régent me le lisoit à l'école, soit que depuis
que je me suis fait une idée de ses conceptions en mon esprit
(portant toujours son livre en la main), ou soit que l'ayant
appris par cœur dès mon enfance, je ne le puisse oublier » [5].
Cependant la grande influence sur l'œuvre de sa jeunesse ne vint
pas de Virgile, mais d'Horace.

Ronsard est d'abord et avant tout un lyrique, et la vocation
impérieuse qu'il sent en lui le mène, dès la première heure,
au poète de Tibur. Il a admiré les *Odes* autant que l'*Énéide*, et
avec un sentiment plus ardent. Même pour l'expression de
l'amour, il y recourt plus souvent qu'au *Canzoniere* de Pétrarque.
Le mélange de figures féminines qu'on remarque en ses premiers
recueils est une imitation d'Horace : Macée, Rose, Marguerite,
Madeleine ou Jeànne jouent assez bien les Lydie et les Leuconoé.
Laure ne régnera que plus tard sur l'imagination du poète. Longtemps il n'a eu qu'Horace pour guide et pour conseil, et c'est,
n'en doutons point, la séduction de la forme qui a décidé ses
préférences. La riche variété des rythmes horatiens enchantait

1. V. le passage cité plus loin, p. 42.
2. Je rappellerai plus loin les rapports de la *Franciade* avec l'*Enéide*.
3. Seconde préface de la *Franciade* (éd. M.-L., t. III, p. 525).
4. Au sens latin de *rotundus*.
5. Ce passage de la seconde préface de la *Franciade* termine le morceau
cité p. 42.

son oreille musicale et il songeait à la reproduire en français :

> Horace et ses nombres divers
> Amusent seulement ma lire,

écrivait-il au frère René Macé [1]. Un certain nombre d'odes de son recueil primitif, qui semblent pouvoir se dater par cette observation même [2], sont remplies de réminiscences d'Horace et n'en montrent aucune du grec. Celles de Virgile sont beaucoup moins fréquentes et son nom même n'y paraît pas. Alors que Joachim du Bellay témoigne aux deux Romains une égale déférence, Ronsard semble alors tout à Horace, et ce premier enthousiasme prolongera un écho dans son œuvre entière :

> Sus debout, ma lire !
> Un chant je veil dire
> Sus tes cordes d'or ;
> La divine grace
> Des beaux vers d'Horace
> Me plaist bien encor... [3]
> — Je façonne un vers dont la grace
> Maugré les tristes Sœurs vivra
> Et suivra
> Le long vol des ailes d'Horace [4].

1. *Odes*, t. I, p. 265. Ronsard tirait sa connaissance de la métrique d'Horace d'un petit traité, célèbre au temps de la Renaissance, de Niccolò Perotti. On le trouve dans toutes les éditions d'Horace données à Paris par Simon de Colines, de 1528 à 1543, ainsi indiqué aux titres : *Nicolai Perotti non infrugifer de metris Odarum Horatianarum*. Ronsard a dû se servir de ces éditions.— Il a écrit des vers *Contre un qui lui deroba son Horace* (*Odes*, t. II, p. 90). Je crois fort anciennes ces deux strophes, qui se ferment comme une sapphique par une sorte de vers adonique.

2. On étudiera à ce point de vue tout un groupe d'assez longues odes du livre II de l'édition de 1550, que Ronsard n'a pas réunies sans raison au même point du recueil : *A Caliope, A la roine de Navarre sur la mort de Charles de Valois, duc d'Orléans* [1545], *Contre les avaricieus, Prophétie du dieu de la Charante aus matins de Guienne* [1548]. Cf. *Odes*, éd. Laumonier, p. 174-196. Pour les odes plus brèves la même observation est fréquente. Tout le petit *Bocage* de 1550 est horatien.

3. *Odes*, t. I, p. 178. Ces vers suivent un mouvement emprunté à *Carm.* III, IV, 42. Sur les imitations d'Horace par Ronsard et le goût permanent qu'il a montré pour ce poète, voir, outre les soigneuses annotations des textes édités par Laumonier, les p. 53, 55, 69, 351 sqq. de son grand ouvrage.

4. *Des roses plantées dans un blé. Odes*, t. II, p. 125. Cf. *Carm.* II, xx :

> *Non usitata, non tenui ferar*
> *Penna biformis per liquidum aethera*
> *Vates...*

Nos rimeurs avant Ronsard ont imité Horace, mais il l'a fait
d'autre façon qu'un Marot ou un Charles Fontaine [1]. Ses dons de
poète se marquent par la liberté avec laquelle il interprète le
thème horatien, quand il y prend son sujet, par l'ingéniosité
de ses emprunts, quand il se contente de le parer. Il en use avec
le Romain comme un fils authentique de cette lignée de lyriques,
dans laquelle il a réclamé sa place dès ses premiers vers.

Horace est un des rares latins qu'il osera plus tard citer à
côté de ses chers Grecs; il est le seul dont il unira le nom à celui
de Pindare, lorsqu'il invoquera le grand Thébain comme le maître
par excellence de la poésie chantée sur la lyre. Les exemples de
ce double rappel ne manquent point :

> C'est, Prince, un livre d'odes
> Qu'autrefois je sonnay suivant les vieilles modes
> D'Horace Calabrois et Pindare Thébain...
> — Plus les beaux vers d'Horace
> Ne me seront plaisans,
> Ne la thebaine grace,
> Nourrice de mes ans...
> — Je volerai tout vif par l'univers...
> Pour avoir joint les deux harpeurs divers
> Au doux babil de ma lire d'yvoire,
> Que j'ay rendus Vandomois par mes vers [2].

A ces passages tirés des *Odes*, joignons-en un du « poème »
dédié à Jean de la Péruse, lui-même auteur de compositions pindariques ; Ronsard y marque nettement que ce n'est pas seulement par goût de lettré qu'il s'est attaché aux deux poètes, mais
parce qu'il a appris d'eux un secret incomparablement précieux,
celui de la poésie soutenue par la musique. C'est Dieu, dit-il,
qui inspire aux mortels les labeurs de l'intelligence :

> De sa faveur en France il reveilla
> Mon jeune esprit, qui premier travailla
> De marier les odes à la lire
> Et de sçavoir sur ses cordes eslire

1. R. L. Hawkins, *Maistre Charles Fontaine parisien*, p. 190 sqq.
2. Texte de 1587, éd. Bl., t. II, p. 378; cf. éd. Laumohier, t. II, p. 153.
C'est Horace qui a recommandé à Ronsard l'imitation pindarique, dont il
parle au début de *Carm*. IV, II : *Pindarum quisquis studet aemulari...*

> Quelle chanson y peut bien accorder
> Et quel fredon ne s'y peut en-corder...
> Par deux chemins suivant la vieille trace
> Des premiers pas de Pindare et d'Horace [1].

Il semble qu'en Italie, au temps de Bembo et de la *Poetica* de Trissino [2], la musique ait cessé d'être essentielle à la poésie. Elle-même est alors devenue trop compliquée pour vivre dans l'intimité quotidienne de la parole ; surtout elle s'est élevée à la polyphonie. Au début du xvie siècle italien, on distingue nettement le *canto* de la *musica*, c'est-à-dire le chant populaire (et monodique) de la musique savante (et polyphonique) [3]. Il en va de même en France, et l'on sait que c'est toujours à plusieurs parties que se présentent ces divers ensembles de sonnets, odes et chansons de Ronsard mis en musique de son vivant par les maîtres célèbres de l'époque [4]. Cependant, de nombreux indices permettent de croire que certaines de ses poésies eurent leur succès sous une forme plus populaire et bien des chansons de lui furent chantées à une voix « en forme de voix-de-ville ». C'était bien ainsi qu'il chantait lui-même, en s'accompagnant d'un seul instrument, et avant que ses grands succès de poète l'eussent imposé aux musiciens de la cour : « Et ferai encore revenir (si je puis) l'usage de la lire aujourd'hui resuscitée en Italie, laquelle lire seule doit et peut animer les vers et leur donner le juste prix de leur gravité » [5]. Ne pourrait-on penser que Ronsard a contribué pour sa part au progrès de la déclamation lyrique et aidé au retour du goût public vers la mélodie monodique ? Il y a, vers le même temps, un mouvement de ce genre en Italie, particulièrement à Florence [6], auquel on pourrait peut-

---

1. *Les Poëmes*, dédiés à Marie Stuart, avec une épigraphe d'Horace, le *mediocribus esse poetis* (éd. Bl., t. VI, p. 44).

2. Vicence, 1529.

3. Cf. Fr. Flamini, *La Lirica toscana anteriore al Magnifico*, Pise, 1891.

4. A la bibliographie donnée par Comte et Laumonier, il faut ajouter la réimpression du recueil de François Regnard (1579), faite par Henry Expert, chez Alph. Leduc, Paris, 1902. V. aussi J. Tiersot, *Ronsard et la musique de son temps*, dans la revue S. I. M., vol. IV, Paris, 1902, et Michel Brenet, *Notes sur l'histoire du luth en France*, dans *Rivista music. ital.*, vol. V et VI, Turin, 1899-99.

5. Préface des *Odes* de 1550, éd. Laumonier, t. I, p. 48.

6. Cf. Rom. Rolland, *Histoire de l'opéra*, Paris, 1895, p. 32.

être le rattacher ; on signalerait volontiers, pour appuyer cette hypothèse, ces vers de l'élégie « au sieur Barthelemi Del-Bene, gentilhomme florentin, poète italien excellent » :

> Tu commenças d'ourdir un difficile ouvrage,
> Imitant les Romains, les Grecs *et les François ;*
> Ce fut de marier les cordes à la vois,
> Celebrant Tusquement, par tes chansons lyriques,
> Les illustres vertus des hommes heroïques [1].

La suite du morceau, où paraît encore le double exemple de Pindare et d'Horace, montre que tout ce que Ronsard a fait pour la musique s'inspirait de ses notions d'humanisme.

Les allusions de ce genre qu'on rencontre chez lui sont parfaitement précises. Presque toute son œuvre lyrique, en effet, fut chantée avec un accompagnement. De Claude Goudimel à Roland de Lassus, les principaux musiciens du temps travaillèrent sur ses vers, et leur musique est souvent conservée. C'est celle qu'on entendait aux divertissements de la Cour et qui en rythmait les danses [2]. Aussi les mots de « luth » et de « lyre », qui reviennent si souvent dans les écrits de la Pléiade, n'ont pas, comme de nos jours, une valeur de pur symbole, mais bien un sens tout à fait littéral. Le poète écrivait ses odes pour les musiciens avec une rigoureuse symétrie des strophes, chacune pouvant s'adapter à l'air choisi, et la plupart du temps il était assez musicien lui-même pour savoir accompagner sommairement « de son pouce » son propre texte. Ainsi faisait Ronsard, qui s'adresse si souvent « à sa lire », en des images d'une exacte réalité :

> Lire dorée....
> Que la danse oit et toute s'évertue
> De t'obeir et mesurer ses pas
> Sous les fredons mignardés par compas,

---

1. Éd. Bl., t. IV, p. 357.

2. Il est indispensable de se mettre à ce point de vue pour bien juger d'une grande partie de la rénovation ronsardienne et pour comprendre l'intérêt de la fondation de la fameuse Académie de Baïf. Il faut lire, sur ce sujet capital et trop oublié, le travail de Charles Comte et Paul Laumonier, *Ronsard et les musiciens du XVIe siècle* (*Reoue d'hist. litt.*, t. VII, 1900), et l'ouvrage d'Augé-Chiquet, *La vie, les idées et l'œuvre de Jean-Antoine de Baïf*, Paris et Toulouse, 1909, p. 304-334.

> Lorsqu'en bruiant tu merques la cadanse
> D'un avantjeu, le guide de la danse...
> ...Je te trouvai, tu sonnais durement,
> Tu n'avois point de cordes qui valussent
> Ne qui répondre aux lois de mon doi pussent.
> ...Pour te monter de cordes et d'un fust,
> Voire d'un son qui naturel te fust,
> Je pillai Thebe et saccagai la Pouille,
> T'enrichissant de leur belle dépouille [1].

La sujétion étroite de notre poète à la musique, qui fit une part de son succes à la cour de Henri II et de Charles IX, s'explique surtout par l'autorité qu'avaient sur lui les grands souvenirs du lyrisme grec et latin. Il aurait pu se rattacher à des maîtres plus récents ; mais il ignorait assurément que Dante et Pétrarque avaient conçu, eux aussi, leurs poèmes vulgaires avec l'indispensable accompagnement de la musique et que le second notamment accordait un rôle à certains musiciens dans la composition même de ses vers [2].

Les traditions des Italiens, altérées et combattues chez eux par l'abus croissant de la littérature écrite, ne peuvent pas avoir exercé beaucoup d'action sur la tentative de Ronsard. Ce furent plutôt les odes d'Horace, avec celles de Pindare, qui se présentèrent à ses méditations. Ces deux modèles l'aidèrent à renouveler et à ennoblir la vieille chanson nationale. Mais plus d'un de ses contemporains goûta comme nous les odes horatiennes de préférence aux ambitieuses pindariques. Horace, en adaptant habilement Pindare au génie latin, avait compris que les habitudes de son temps exigeaient des modifications importantes. Il ne lui vint pas à l'idée de conserver la triade (strophe, antistrophe, épode), que justifiaient chez les Grecs la musique et le mouvement des chœurs ; Ronsard fut plus hardi, et imposa ses volontés aux musiciens qui voulurent bien le suivre.

---

1. *Odes*, t. I, p. 163.

2. Cette question est encore obscure et je ne la vois pas traitée en Italie avec les développements qu'elle comporte. On consultera Henry Cochin, *La Vita Nuova trad. avec introd. et notes*, 2ᵉ éd., Paris, 1915, p. 33 et 203, et la notice du même auteur *Sur le « Socrate » de Pétrarque*, dans les *Mélanges* de l'Ecole de Rome, t. XXXVII, ann. 1918-1919.

Horace, qui prépara Ronsard à comprendre le lyrisme grec,
s'imposait à lui par des affinités plus intimes que le grand Pindare, qui devait l'éblouir davantage par l'éclat de ses images et
l'ampleur de ses rythmes. Aussi garda-t-il le premier comme
son écrivain favori et lui resta-t-il fidèle jusqu'à la fin. Il retrouvait en lui beaucoup de traits de sa propre nature. Peut-on
dire qu'il lui dut la notion du plaisir mesuré par la sagesse
et celle de l'amour réduit à la seule volupté, qui inspirent
toute la partie légère de son œuvre? Bien plutôt, les deux
poètes étaient nés, à des siècles de distance, avec de semblables
dispositions à envisager la vie et tendaient à résoudre de même
façon les problèmes philosophiques et moraux. Ronsard sensualiste, antiplatonicien [1], inclinait fortement au matérialisme et se
défendra fort mal sur ce chef des reproches que lui adresseront
bien des chrétiens plus attentifs que lui à la logique de leurs
croyances. La lecture assidue de son cher Horace lui a fourni
des motifs de s'attacher à la doctrine épicurienne ; pour un artiste,
l'argument suprême en faveur de celle-ci n'était-il pas la
séduction des formes qui en revêtaient l'expression? Les Grecs,
en ce domaine de l'art, lui enseigneront peu de chose; tout ce
qu'il trouvera à glaner dans les épigrammes érotiques ou bachiques
de l'Anthologie, tout ce qu'il empruntera à l'Anacréon d'Henri
Estienne, toute la grâce, si neuve dans notre poésie, de ses odelettes et de ses chansons, le chantre de Lydie le lui a déjà révélé.
Mais, s'il imite Horace dans le détail par exercice littéraire, s'il
cherche à l'égaler par virtuosité, il lui fallait une sympathie
instinctive et profonde pour s'assimiler si aisément les préceptes
de sa morale ; il partageait assurément, par avance, sa conception
du bonheur et jusqu'aux formes de sa mélancolie.

L'art très pur du lyrique romain a exercé sur son goût, comme
autrefois sur celui de Pétrarque, une influence considérable [2].
C'est ainsi que ses premiers vers n'ont été, il l'avoue lui-même,
qu'une transposition de son maître. On apprend ce détail intéressant, avec plusieurs autres, par un passage souvent cité de la
préface des *Odes*, sur lequel on peut faire encore plus d'une observation : « Ne voiant en nos poëtes françois chose qui fust suffi-

---

1. Cf. Laumonier, p. 560 sqq.
2. Nolhac, *Pétrarque et l'Humanisme*, 2ᵉ éd., t. I, p. 180 sqq.

sante d'imiter, j'allai voir les etrangers, et me rendi familier
d'Horace, contrefaisant sa naïve douceur, des le meme tens que
Clement Marot (seulle lumiere en ses ans de la vulgaire poësie)
se travailloit à la poursuite de son Psautier, et osai le premier
des nostres enrichir ma langue de ce nom Ode, comme l'on peut
voir par le titre d'une imprimée sous mon nom dedans le livre
de Jaques Peletier, du Mans, l'un des plus excelens Poëtes de
notre age... » [1]. Ne perdons pas de vue que Ronsard écrit tout ce
morceau, comme un manifeste littéraire, pour revendiquer des
titres de priorité et pour établir sa grande théorie du transfert des
beautés antiques dans notre langue. Remarquons surtout le silence
gardé sur ses premières compositions en langue latine. Sans les
indications des biographes et les vers où il en fait mention lui-
même, nous serions exposés à ignorer celles-ci ; et sans doute,
dans cette période de discussion et de combat, lui convenait-il
de n'en point parler.

Les dates ont ici quelque importance. La « poursuite »,
c'est-à-dire la « continuation » des *Pseaumes* de Marot reporte
aux environs de 1543 les premières odes horatiennes de Ronsard. C'est l'année même où le jeune homme est conduit par
son père aux obsèques solennelles de Guillaume du Bellay, célé-
brées au Mans. L'épisode marque dans sa biographie intellectuelle,
puisqu'il rencontre dans cette ville Jacques Peletier, secrétaire de
l'évêque René du Bellay, et que ce bon poète reçoit, parmi les
confidences du jeune homme, l'aveu de son admiration pour
les Latins et de son ambition de les égaler. Par ses études et par
ses propres essais, Peletier se trouve tout préparé à lui répondre ;
il met le débutant vendômois, qui cherche encore sa voie, au
courant des théories qu'il vient d'élaborer sur l'adaptation du
français aux plus nobles usages de la poésie. On sait quelle part eut
cette intervention opportune sur la direction de l'esprit de Ronsard
et, par suite, sur les destinées de notre poésie tout entière.

---

1. *Odes*, t. I, p. 44. S'est-on demandé comment, dans ce passage, la
citation si précise d'une édition de Marot s'est présentée à sa pensée ?
Fixant ses souvenirs dans cette préface, écrite en 1550, et se rappelant que
ce fut au mois de mars 1543, à l'âge de dix-sept ans et demi, qu'il connut
Peletier et composa sa première ode française, le poète a remarqué que la
seconde dédicace des *Pseaumes* de Marot, adressée à François Ier, est datée
de Genève, le 15 mars 1543. Cette coïncidence lui a paru digne d'être marquée et, en tout cas, commode pour renseigner la postérité.

La plupart des idées de la *Deffence*, en effet, sont exprimées déjà dans l'avertissement et la dédicace de la traduction de l'*Art poétique* d'Horace, que Peletier publia en 1545; elles laissent peu de chose à l'originalité du célèbre manifeste, si l'on compte les emprunts considérables faits aux Italiens et particulièrement à Speroni, défenseurs bien armés des droits de leur propre langue contre les prétentions des *latineggianti*. On trouve, à n'en pas douter, dans les pages imprimées par l'écrivain manceau, toute la doctrine qu'il inculqua à Ronsard dès leurs premières causeries, et qu'il devait enseigner de même façon à Joachim du Bellay [1].

Elle était trop juste, trop logiquement déduite et trop bien d'accord avec les confus désirs de nos poètes, pour ne pas produire aussitôt la pleine lumière dans leur esprit. Elle ne leur promettait aucune gloire à s'attarder dans l'usage du latin, alors qu'un si vaste champ s'ouvrait à leur langue maternelle. C'est celle-ci qu'il fallait maintenant « illustrer et enrichir », en agissant, disait Peletier, comme Pétrarque et Boccace, « deux hommes jadis de grande érudition et savoir, lesquelz ont voulu faire temoignage de leur doctrine en ecrivant en leur Thouscan » [2]. Par une curieuse assimilation de deux époques décisives pour la littérature de nos nations latines, les destinées de la nôtre étaient remises aux mains de poètes nourris, comme les deux grands Italiens, de la pure substance des lettres antiques.

---

1. Chamard, *l. c.*, p. 32-37, Laumonier, *l. c.*, p. 23-26, Longnon, p. 150-153. On a une thèse de H. Chamard, *De Jacobi Peletarii Cenomanensis Arte poetica (1555)*, Lille, 1900, et une autre de l'abbé Cl. Jugé, *Jacques Peletier du Mans*, Paris, 1907. Quelques indications de détail seront peut-être ajoutées plus loin à ces travaux.

2. La phrase de Peletier se complète ainsi : « Autant en est des souverains poetes Dante, Sannazar, aussi Italiens ». Il est peu probable que Peletier connût les œuvres latines de Dante, comme celles de Sannazar. D'ailleurs, gardons-nous de croire que ce précurseur veuille diminuer en rien, chez son écrivain idéal, la culture humaniste : « C'est chose toute receue et certaine, écrit-il, qu'homme ne sauroit rien ecrire qui lui peut demeurer a honneur et venir en commendation vers la postérité, sans l'aide et appui des livres Grecs et Latins. » C'est exactement le point de vue de Du Bellay (Peletier a repris sa thèse avec plus de vigueur encore dans son *Art poétique* de 1555. Cf. Chamard, p. 33).

## IV

Muni de sa culture latine, qu'il lui restait seulement à fortifier, Ronsard rencontra l'hellénisme dans la maison de Lazare de Baïf. Ce fut pour lui une belle aventure d'être appelé par l'ancien ambassadeur de François Ier à profiter des leçons que donnait à son fils Jean-Antoine un nouveau précepteur, Jean Dorat. Dans l'enseignement du jeune professeur limousin, le grec tenait sa place à côté du latin, et cette place était la première.

Les hellénistes français, dont le nombre avait grandi depuis la génération de Guillaume Budé, se trouvaient unanimes à proclamer la supériorité d'une langue, où Du Bellay reconnaissait d'après eux tant d'affinités avec la nôtre ; et Henri Estienne ne tardera pas à apporter à cette théorie l'appui de son autorité, lorsque, de la *Conformité du françois avec le grec*, il conclura à sa *Précellence* [1]. De telles conceptions, présentées à Ronsard au moment où il rêvait « l'illustration » de sa langue maternelle, ont dû exciter extrêmement sa curiosité et l'engager à surmonter les premières difficultés de la grammaire. Comment lui furent-elles exposées ? Estienne parle, dans un de ses dialogues pédagogiques les plus oubliés, de la méthode qui consiste à apprendre le grec par les poètes ; il expose les avantages et les inconvénients de mettre ainsi les commençants à l'étude des dialectes, et notamment du dialecte homérique [2]. Les procédés

---

1. Estienne ira jusqu'à prétendre que ses compatriotes, par cela seul qu'ils sont nés Français, sont plus capables que d'autres de pénétrer le génie de la langue des Grecs. V. Louis Clément, *Henri Estienne et son œuvre française*, Paris, 1898, p. 197 sqq.

2. *Stephani dialogus de bene instituendis graecae linguae studiis.. : Excudebatur anno 1587* (Bibliothèque nat., Rés. X 739). Le développement commence à la p. 73 :

*PHILIPPUS. Ad eos veniamus qui sumendum a poetarum lectione lectionis Graecae linguae initium censent. Quo illi argumento nituntur ? CORNELIUS. Hoc potissimum quod apud poetas statim dialectorum exempla occurrant. PH. Bellè sanè, quasi quaerendi sunt initio scriptores qui plus molestiae quàm alii exhibere possint... COR. Quid mirum ? illi ex iis sunt qui simul et semel omnia disci volunt, quum ego... nihil magis reprehensione dignum iudicem...*

Un autre passage du dialogue (p. 93) mérite d'être cité ici, car il introduit sur un point intéressant, l'autorité de Ronsard et de Du Bellay : *PH. Dialectos quae vel apud Homerum vel apud alios sunt, tales illis videri*

didactiques qu'il discute à cette occasion sont précisément ceux
de Dorat ; où il est d'accord avec lui, c'est sur la nécessité de ne
point sacrifier l'étude du grec à celle du latin.

Excellent latiniste, bien qu'il ne donnât point dans les excès
de l'imitation cicéronienne à la mode [1], Dorat avait pratiqué
déjà l'enseignement de collège avant de se trouver en face des
deux écoliers d'élite qu'un heureux destin lui envoyait. Il avait pu
jusqu'alors se livrer librement au goût très vif qu'il portait au grec ;
il essaya avec eux de mener en même temps les deux études.
Un biographe de Ronsard nous dit assez vaguement que « Dorat,
par un artifice nouveau, luy apprenoit la langue latine par la
grecque », ce qui signifie tout au moins qu'il faisait du grec la
base de son enseignement [2]. Une anecdote plus sûre et qui s'ajuste
aux dates biographiques nous met sur la voie de sa méthode.
Lazare de Baïf a publié en 1544 une traduction en vers de
l'*Hécube* d'Euripide [3]; il mentionne, fort clairement, dans la

*potuisse imaginatus sum quales hodie Gallo cuipiam, cuius materna lingua
foret Gallica lingua communis, essent cum aliae diuersarum Galliae prouin-
ciarum, tum vero Picardica et Normandica : si ita poetis nostris uti liceret illis,
ut Homerus Graecis uti sibi permisit, id est si ita nostris sermonem suum
variegare, non solum earum vocabulis, sed et earum terminationibus aut
inflexionibus, in vocibusque alioqui communis linguae sunt, concederetur.
— Cor. Aliquid tale factitatum fuit olim a quibusdam nostrorum rhyth-
mographorum, sed in argumentis iocosis potius quam seriis ; et quidem factitatum in Picardica potius quam alia dialecto ; ex qua et Marotum sumere
suum mie (ex significatione qua dicitur* Je n'iray mie), *necnon alia, videmus.
Nec vero Ronsardus noster et Bellaius (inter poetas vel praestantissimos
ponendi hi quidem, ac praesertim ille) nullarum vocum sibi usum per-
miserunt quae ex quapiam dialecto Gallica sumptae dici possent.*

1. Dorat rejetait l'étroite doctrine des Cicéroniens, que quelques esprits
systématiques, en réaction contre la langue médiévale, voulaient imposer aux esprits. Il aimait sans doute à faire lire à ses élèves le savant et
piquant dialogue d'Erasme sur le sujet, dont on retrouve la doctrine sous
la plume de Ronsard lui-même (v. plus loin l'invective inédite contre Paschal). Il se servait, en tous cas, de ses *Adages*, précieuse compilation
de la morale antique, qui prêtait aux exercices les plus divers pour les
écoliers. Dès son premier recueil, Ronsard se montre nourri des *Adages*.
Cf. *Odes*, t. I, p. 131, 160, etc.

2. Binet, éd. Laumonier, p. 12 et 94.

3. Il est étrange que Du Bellay n'en parle pas dans le passage de la
*Deffence*, où il nomme Lazare de Baïf après Budé : « L'autre n'a pas seulement traduict l'*Electre* de Sophocle, quasi vers pour vers, chose laborieuse,
comme entendent ceux qui ont essayé le semblable : mais davantaige a
donné à nostre langue le nom d'*epigrammes* et d'*elegies*... » (v. éd. Chamard, p. 335 et la note).

dédicace adressée à François Ier, l'enseignement installé dans sa demeure et la sorte de collaboration qui lui en est venue : « Or est-il, Syre, que quelques jours passez me retrouvant en ma petite maison, mes enfans, tant pour me faire apparoir du labeur de leur estude que pour me donner plaisir et recreation, m'apportoyent chascun jour la lecture qui leur estoit faicte par leur precepteur de la tragedie d'Euripide denommée *Hecuba*, me la rendant de mot à mot de grec en latin ». L'exercice de traduction d'un texte attrayant, dont usait Dorat, pouvait servir à l'étude des deux langues, surtout avec un élève comme Jean-Antoine, qui savait déjà beaucoup de grec appris avec Jacques Toussain. Il est certain que le travail imposé à ses élèves sur *Hécube* avait un but purement grammatical ; s'il se fût agi de leur faire goûter la beauté de la pièce, il disposait de l'élégante traduction d'Erasme, qui l'a mise en trimètres iambiques avec *Iphigénie à Aulis*[1]. Le mot à mot écrit des écoliers, excellent exercice pour leur apprendre les deux langues, se trouva être en même temps, pour Lazare de Baïf, d'un véritable secours.

L'ambassadeur explique à son roi ce qu'étaient les tragédies des Anciens et l'intérêt qu'il a pris à traduire celle d'Euripide, pendant les loisirs de son service : « Laquelle, pour la sublimité du style et gravité des sentences que je y trouvay, il me prinst envie, Syre, de la mettre en vostre langue françoise seulement pour occuper ce peu de temps de repos à quelque honneste exercice »[2]. On a négligé à tort l'examen de cette première traduction

1. La première édition de ces traductions a été donnée à Paris, en 1506, chez Josse Bade, au moment où Erasme venant d'Angleterre se rendait en Italie. Cf. Nolhac, *Erasme en Italie*, p. 6, 29 et 101. Elles ont été réimprimées par Alde, puis plusieurs fois jusqu'à l'édition d'Henri Estienne, *Tragoediae selectae Aeschyli, Sophoclis, Euripidis, cum duplici interpretatione latina*, 1567. La traduction *ad verbum* de l'*Hécube* est tirée *partim ex Phil. Melanchthonis] praelectionibus*.

2. *La tragedie d'Euripide nommee Hecuba, traduicte du grec en rhythme françoise, dediee au Roy*, Paris, Rob. Estienne, 1544. Je n'ai lu que l'édition de 1550, reproduction exacte de la première par le même typographe du Roi. Elles n'ont point le nom de l'auteur. Cf. [E. Picot], *Catalogue de la Bibliothèque James de Rothschild*, t. II, p. 2. La traduction de l'*Electre* de Sophocle, parue en 1537, ne porte pas non plus le nom de Lazare de Baïf. Les fonctions de Dorat chez Baïf ont commencé en 1544, et nous savons que Ronsard en profitait aussitôt après la mort de son père (du 6 juin de la même année). Le « précepteur » du morceau cité ne peut être que le savant limousin.

française d'Euripide [1], intéressante à plusieurs égards et qui le
devient plus encore, si l'on songe que Dorat, Ronsard et son ami
Baïf y ont collaboré. La version faite en latin par ses « enfans »,
comme disait Lazare de Baïf, ayant été le point de départ de son
travail, il le leur a probablement communiqué à mesure qu'il
l'écrivait. Je crois volontiers que Ronsard, déjà poète, était en
état d'y apporter une certaine contribution littéraire; mais il est
vraisemblable que le précepteur a dû aider l'auteur de ses conseils,
particulièrement pour les parties dites par le « chorus » et autres
morceaux lyriques, où l'on note une variété et une recherche
remarquables de rythmes [2]. Le noble travailleur, habitué à profiter dans ses œuvres des avis de tous, ne pouvait se priver de
ceux d'un homme à qui il venait de confier la formation intellectuelle de son fils.

Le fils de Baïf, quoique plus jeune que Ronsard de sept ans
et demi, était alors meilleur humaniste que lui, ses études
grammaticales s'étant trouvées plus régulières et plus suivies ;
son père ne lui avait point laissé négliger le latin, mais, pour le
grec surtout, il avait bénéficié des leçons du « bon Tusan » et
du calligraphe Ange Vergèce [3]. Celui-ci, ramené de Venise par

---

1. Cf. Nolhac, *Le premier travail français sur Euripide; la traduction de
François Tissard,* dans les *Mélanges Henri Weil,* Paris, 1898, p. 294-307.
Tissard a traduit *en latin* trois tragédies seulement, *Médée*, *Hippolyte*,
*Alceste*, d'après l'édition de Lascaris; son travail dédié à François de Valois,
duc d'Angoulême, plus tard François Ier, est resté inédit, sauf pour les
fragments que j'ai donnés.

2. Voici, par exemple, p. 17. l'entrée en scène d'Hécube :

O moy dolente. helas, ores quels plaincts.
Quels hullemens. quels cris de douleur pleins
Puis je getter, en faisant mes complaincts?
O miserable.
En ta misere et vieillesse plorable
Porter ce faiz si dur et importable.
De servitude a tous intolérable.
He dieux, he dieux,
Quelle cité, quelle gent ou quels lieux
Me secourront? mort est Priam le vieux,
Mors mes enfans au devant de mes yeux :
Ou donc iray?...

On peut comparer au texte des v. 59 sqq. (éd. Weil). Avec moins de prétentions, Lazare de Baïf applique le programme de Thomas Sibilet, si fier du
choix de ses vers adaptés aux mètres grecs dans sa traduction de l'*Iphigénie*
d'Euripide (dédiée à Jean Brinon), qui est seulement de 1549.

3. Ange Vergèce recevait de François Ier, dès 1539, une pension comme

l'ambassadeur qui avait apprécié ses talents dans la confection des manuscrits, allait être employé par Henri II à dresser les catalogues des volumes grecs de Fontainebleau. Il n'était pas dénué de connaissances littéraires, bien qu'il parlât « fort mauvais françoys », et, comme Grec authentique, il se trouvait recherché dans les familles distinguées où les jeunes gens étudiaient sa langue. Ronsard ne fut pas le moins empressé à profiter de la fréquentation d'Ange Vergèce. Il se lia en même temps avec son neveu Nicolas, beaucoup plus latinisé que l'oncle, et que Baïf et lui introduisirent dans la première Brigade [1]. Mais il s'attachait ardemment à Jean Dorat et, son âge lui permettant de regagner le temps perdu, il devint bien vite le principal disciple de l'initiateur.

« escripvain expert en lettres grecques » et figurait encore à ce titre, en 1545, sur la liste de paiement des professeurs et lecteurs du Collège royal. Des particuliers, notamment J.-J. de Mesmes, l'entretenaient pour leur copier des textes grecs. Il a traduit en latin un traité du Pseudo-Plutarque (*De fluuiorum et montium nominibus*, Paris, Charles Estienne, 1556) et publié une édition du *Pimander* mis sous le nom de Mercure Trismégiste (Paris, 1554. Dédicace à Lancelot de Carle). Emile Legrand a écrit la biographie d'Ange Vergèce d'après la liste des manuscrits calligraphiés par lui, dans sa *Bibliographie hellénique*, Paris, 1885, t. I, p. CLXXV sqq. Les vers que Baïf adresse à Charles IX sur son ancien maître (dédicace des *Euvres en rime*, Paris, 1573) peuvent renseigner pour Ronsard comme pour lui :

> Ange Vergèce, Grec à la gentille main,
> Pour l'écriture greque écrivain ordinère
> De vos grandpère et père et le vostre, eut salère
> Pour à l'accent des Grecs ma parole dresser
> Et ma main sur le trac de sa lettre adresser.

On lit dans une lettre d'Henri de Mesmes (à L'Hospital?), du 29 sept. 1566 : « Monsieur, ce pauvre vieil Grec, *qui nous a enseigné touts à escrire*, M. Angelo Vergecio, m'est venu trouver ce matin... (*Revue critique* de 1872, t. I, p. 160). Ses livres ont servi après sa mort, en 1569, à l'enseignement de Dorat (v. plus loin). De très beaux autographes personnels de Vergèce sont à signaler dans les papiers d'Henri de Mesmès (*Fonds Latin*, 10327, ff. 106-109, 123) et permettront de compléter les notices d'Henri Omont et d'E. Legrand.

1. Nicolas Vergèce, à qui Baïf dédie la *Contretrène* remplie de détails sur ses études, a pris part à la fête du bouc de Jodelle et publié des vers latins en divers recueils, notamment une ode adressée à Ronsard dans le « tombeau » de Turnèbe (réimprimée par Emile Legrand, t. II, p. 405). Sa mémoire a été honorée d'une épitaphe du poète : *Epitaphe de Nicolas Vergece, grec-cretois, grand amy de l'autheur* (éd. Marty-Laveaux, t. V, p. 311.

Les idées nouvelles que jetèrent en lui de telles études n'ajoutaient pas seulement à celles qu'il tenait de ses premiers conseillers, latinistes et italianisants ; elles les rectifiaient sur bien des points essentiels. Très promptement, la littérature des Romains, qu'il avait étudiée en se jouant et dont il possédait toute la fleur, lui apparut comme une simple littérature d'imitation : « Les Poëtes Romains, écrira-t-il un jour avec irrévérence, ont foisonné en l'abondance de tant de livres empoulez et fardez qu'ils ont apporté aux librairies [bibliothèques] plus de charge que d'honneur, excepté cinq ou six, desquels la doctrine accompaignée d'un parfaict artifice m'a toujours tiré en admiration » [1]. On voit bien quels maîtres il met à part ; ce sont ceux que son ami Muret feuillette avec lui et que Dorat ne dédaigne pas d'expliquer en ses leçons. Mais, avec Virgile, Horace et Ovide, Catulle, Tibulle et Properce, la liste est close des poètes romains admirés par Ronsard ; les Élégiaques eux-mêmes ne tiendront pas dans ses réminiscences autant de place qu'on l'attendrait d'un chantre passionné de l'amour [2].

Il est trop poète pour ne pas sentir vivement la beauté de certains vers de Lucrèce, mais il ne voit en lui qu'un philosophe, comme en Lucain qu'un historien. Les autres poètes de leur langue lui semblent pouvoir être négligés ; et la courte liste de ses emprunts suffirait à établir qu'il leur a toujours préféré les Grecs [3]. Au reste, nous tenons de lui-même l'exposé de ses idées sur les Latins et, bien qu'il l'ait écrit vers la fin de sa carrière, on peut croire que l'enseignement de Dorat en contenait déjà la substance :

1. *Abrégé de l'Art poëtique françois*, texte de 1567 (éd. M.-L., t. VI, p. 449). Texte de 1565 dans l'éd. Bl., t. VII, p. 318.

2. Ils sont dans l'énumération des *Isles fortunées* (éd. Bl., t. VI, p. 176).

3. On trouvera au t. I, p. xxxv, de l'édition Laumonier, la bibliographie des recherches faites sur les sources de Ronsard depuis la thèse de Gandar ; Laumonier lui-même y excelle plus que personne et a retrouvé les sources combinées de beaucoup de poèmes. Citons, comme un bon exemple d'utilisations latines, la seconde partie de l'*Ode à M. le Dauphin*, relative aux futurs exploits du prince et à la description de son triomphe. Ronsard a utilisé d'Ovide l'horoscope de Caïus César, l'un des fils adoptifs d'Auguste (*Ars. am.*, I), et le triomphe d'Auguste (*Trist.*, IV), de Tibulle le triomphe de Messala, d'Horace l'éloge d'Auguste (*Carm.*, IV), de Claudien l'éloge de Stilicon, de Sidoine Apollinaire le panégyrique de Majorien, enfin la prédiction des Parques imaginée par Navagero pour la naissance d'un prince italien.

N'en cherche plus d'autre, lecteur, en la langue romaine, si ce n'estoit de fortune Lucrece; mais par ce qu'il a escrit ses frenaisies, lesquelles il pensoit estre vrayes selon sa secte et qu'il n'a pas basti son œuvre sur la vray-semblance et sur le possible, je lui osté du tout le nom de poëte, encore que quelques vers soient non seulement excellens, mais divins. Au reste, les autres poëtes latins ne sont que naquets [1] de ce brave Virgile, premier capitaine des Muses, non pas Horace mesme, si ce n'est en quelques unes de ses Odes, ny Catulle, Tibulle et Properce encore qu'ils soient tres-excellens en leur mestier [2]; si ce n'est Catulle en son Atys [3] et aux nopces de Peleus, le reste ne vaut la chandelle. Stace a suivi la vray-semblance en sa Thebaïde. De nostre temps, Fracastor s'est montré tres-excellent en sa Syphillis, bien que les vers soient un peu rudes [4]. Les autres vieils poëtes romains, comme Lucain et Silius Italicus, ont couvert l'histoire du manteau de poësie; ils eussent mieux fait, à mon advis, en quelques endroits, d'escrire en prose. Claudien est poëte en quelques endroits, comme au Ravissement de Proserpine; le reste de ses œuvres ne sont qu'histoires de son temps, lequel comme les autres s'est plus estudié à l'enflure qu'à la gravité. Car, voyans qu'ils ne pouvoient egaler la majesté de Virgile, se sont tournez à l'enflure et à je ne sçay quelle poincte et argutie monstrueuse, estimans les vers estre les plus beaux ceux qui avoient le visage plus fardé de telle curiosité [5].

Ronsard ne fait jamais de réserves de ce genre, lorsqu'il s'agit des Grecs. Il ne distingue point entre eux et les adopte en

1. Ce vieux mot signifie « laquais ».

2. Sur la manière dont Ronsard conçoit l'élégie, v. ce qu'il dit en tête de son propre recueil (éd. Bl., t. IV, p. 210):

Amour pour y regner en a chassé la mort...

3. Ronsard fait ici à Girolamo Fracastoro l'honneur de le nommer seul parmi les Anciens. Le poème du véronais *De morbo Gallico*, dédié à Bembo et dont le succès fut retentissant, parut pour la première fois à Vérone, en 1530. — On remarquera, dans l'énumération de Ronsard, l'oubli du nom d'Ovide. Cf. plus haut, p. 25.

4. Ronsard dit pourquoi il se plait à raconter la fable d'Atys, dans son poème *Le Pin* éd. Bl., t. VI, p. 114. :

...Atys, tu le mérites;
Catulle, honneur des Romaines Charites,
Te feit Romain en imitant les Grecs.

5. Préface posthume de la *Franciade* (éd. M.-L., t. III, p. 525). La suite du morceau, relative à Virgile, est citée p. 27.

bloc, comme fait Dorat. Celui ci lui a appris à voir en eux les
vrais Anciens, ceux à qui il faut demander « le savoir et la doctrine », l'enseignement des plus ingénieuses fables et les
modèles pour de grandes créations poétiques ignorées encore
des Français. Après les tâtonnements de sa jeunesse, il a rencontré enfin la main ferme qui va le guider et les sources profondes de l'art qu'il rêve.

V

Ces idées étaient sans doute tout à fait arrêtées, quand il
décida, avec Baïf et Du Bellay, qui avait rejoint ses amis, de
suivre Dorat à Coqueret, où l'enseignement allait s'étendre à
un plus large auditoire. L'helléniste limousin, nommé principal
de ce modeste collège de l'Université de Paris, voulait y offrir
à des élèves choisis les facilités studieuses d'un internat volontaire. L'amour du grec, ou plutôt l'avidité des richesses idéales
dont l'étude du grec pouvait combler sa poésie, décida Ronsard
à quitter la Cour, à renoncer à ses divertissements ainsi qu'aux
avantages qu'elle promettait à ses ambitions. Il s'astreignit lui-
même à la retraite austère sur la montagne Sainte-Geneviève,
dans ce collège qui n'était même pas des plus illustres et dont
un seul enseignement faisait la renommée [1]. Il aimait à rappeler
plus tard les nuits qu'il ajoutait courageusement au travail du
jour. Habitué par la vie du Louvre aux tardives veillées, il étudiait aisément jusqu'à deux heures après minuit et réveillait
alors Baïf, « qui se levoit, et prenoit la chandelle et ne laissoit
refroidir la place » : Baïf a même recueilli, en ses vers mesurés
à l'antique, ce joli souvenir de leur jeunesse :

> Quand c'est que mangeant sous Dorat d'un même pain
> En même chambre nous veillions, toi tout le soir,
> Et moi davançant l'aube dès le grand matin... [2]

---

1. Au reste, Ronsard cherche aussi son bien au dehors. C'est à ce moment
qu'il fait la connaissance de Denys Lambin, à peine plus âgé que lui et
avec qui il travaille particulièrement les matières philosophiques. J'étudie
plus loin les relations qui s'établirent entre eux et dont il existe de nombreux témoignages.

2. Le poème *Aus poètes françoés* (*Etrénes*) a été imprimé dans l'orthographe spéciale à Baïf (*Œuvres*, éd. Marty-Laveaux, t. V, p. 323).

Il fallait être assuré de bien hauts plaisirs pour soutenir cet effort avec tant de volonté. C'est que Ronsard, devenu helléniste à si bonne école, était alors dans toute la ferveur de son enchantement et marchait de découverte en découverte. Une anecdote, que Binet insère dans sa biographie, montre le jeune homme initié au grand lyrisme par la volonté réfléchie du maître : « Il luy... leut de plain vol le *Promethée* d'Æschyle, pour le mettre au plus haut goust d'une Poësie qui n'avoit encor passé la mer de deçà, et en sa faveur traduisit cette tragédie en françois, laquelle si tost que Ronsard eut goustée : Et quoy, dit-il à Dorat, mon maistre, m'avez-vous caché si long temps ces richesses ? [1] » Dorat devait être un admirable interprète d'Eschyle, pour lequel il eut toujours un goût particulier [2]; mais combien l'écolier était fait pour le comprendre ! On devine son émotion en écoutant les chœurs des Océanides, les lamentations du Titan enchaîné, cette succession d'images sobres et rapides, de pensées mystérieuses sur l'homme et sur les dieux [3]. Auprès de cette forte poésie, pâlissaient les charmes de l'ode horatienne. Mais n'y avait-il pas en Grèce d'autres sources du lyrisme ? Précisément, Horace faisait connaître le nom du maître qu'il y avait choisi ; et la grande révélation qui vint à nos poètes fut Pindare.

Elle appartient, sans doute possible, à la période de l'enseignement privé de Dorat dans la maison de Baïf. L'érudit limou-

---

1. Suit, dans Binet, la phrase qui a prêté à des interprétations diverses et qui nous apporte au moins un détail sûr, l'étude d'une œuvre d'Aristophane avec Dorat : « Ce fut ce qui l'incita à tourner en françois le *Plutus* d'Aristophane et le faire représenter en public au collège de Cocqueret, qui fut la première Comedie françoise joüée en France. »

2. V. l'index de ce livre au nom d'Eschyle. — Que penser de cette indication alléchante fournie par Hoffmann (*Lexicon bibliographicum... script. graec.*, Leipzig, 1832, t. I, p. 34) : « 1548. 8° *Aeschyli Prometheus, graece. cum praefatoria Ioannis Aurati epistola. Paris, apud Christianum Wechelum* » ? Ce serait la plus ancienne édition d'une pièce isolée d'Eschyle, dont on ne possédait alors que le texte d'Alde, 1518. Malheureusement, cette édition si précieuse pour nos études, et que j'ai fait rechercher dans beaucoup de bibliothèques, me semble purement imaginaire.

3. Ronsard a toujours été poursuivi par les images du drame d'Eschyle : dès les premières *Odes*, il parle du mythe de Prométhée, qu'il pouvait connaitre, il est vrai, par d'autres sources (t. I, p. 158, t. II, p. 111). Deux vers colorés (éd. BL., t. VI, p. 41 ; M.-L., t. V, p. 32) évoquent pour Brinon

...le vautour beccu, dont la griffe cruelle
Pince de Promethé la poitrine immortelle.

sin, qui avait connu Budé dans sa jeunesse et s'était formé
auprès de Germain de Brie et de Jacques Toussain [1], faisait
depuis longtemps des vers latins et grecs. Une ode à Robert
Estienne, typographe du Roi, qu'il écrivait étant encore à
Limoges et qui célèbre d'une façon charmante cette docte maison et l'art qu'on y pratiquait, marque le moment où sa maîtrise
d'écrivain s'était affirmée [2]. Estienne reçut encore de lui des
vers grecs et latins, et les imprima avec ceux d'autres amis [3];
mais au moment où il connut Ronsard, moins âgé que lui de
dix-sept ans [4], Dorat n'avait encore rien publié et attendait sans
impatience l'occasion de se faire un nom parmi les versificateurs
latins. Alors qu'autour de lui, chez les lettrés, les recherches
de forme se multipliaient, il eut l'idée de se distinguer à son
tour par une innovation; il se mit à composer en latin des odes
à la façon de Pindare, tentative dont une parole fameuse d'Horace semblait décourager à jamais ses successeurs [5].

L'Italie venait d'ouvrir cette voie et un poète humaniste,
Benedetto Lampridio, de Crémone, y avait recueilli la célébrité.

---

1. Ces détails importants paraissent ignorés des biographes de Dorat. Ils
figurent dans les mémoires de Jacques-Auguste de Thou, au moment où
l'illustre historien parle de ses premières relations avec Ronsard.

2. *Ioannes Auratus ad Robertum Stephanum typographum nobilissimum.*
Goldast, *Philologicarum epistolarum centuria una diuersorum a renatis
literis doctissimorum virorum*, Francfort, 1610, p. 235-245. Cf. Maittaire,
*Stephanorum historia*, Londres, 1709, t. I. p. 94. Comment les biographes
ont-ils pu ignorer ce curieux poème? Il est daté : *Lemouicibus 4 non. maii
anno 1538.*

3. Marty-Laveaux a décrit (*OEuvres poétiques de Jean Dorat*, p. LXXXj)
deux feuillets in-folio imprimés sans date, contenant des éloges de l'imprimerie et des hommages à Estienne, parmi lesquels sont des vers français
de Grévin, de Fr. de Belleforest et de C. Clausse, des vers grecs de Florent
Chrestien, et une traduction du grec de Dorat en latin (*In Typographiam Musarum matrem*) par Camille de Morel. La contribution de Dorat à
cette sorte de plaquette n'a aucun rapport avec son ode de 1538. Il est,
d'ailleurs, à cette époque *poeta regius* et signe Ἰωάννης Αὐρᾶτος βασιλέως ποιητὴς
ἀμφίγλωσσος.

4. En acceptant, contre La Croix du Maine, l'âge indiqué sur son épitaphe, qui le faisait naître en 1508.

5. *Od.*, IV, 11

> *Pindarum quisquis studet aemulari,*
> *Iule, ceratis ope Daedalea*
> *Nititur pennis vitreo daturus*
> *Nomina ponto.*

Ce précurseur de Dorat, et par conséquent de Ronsard, appartint à la cour érudite de Léon X et fut l'ami de Bembo, de Gian-Matteo Giberti, de Pietro Mellini ; Tebaldeo et Baldassare Castiglione firent son éloge. Ayant dirigé à Rome, après Jean Lascaris, le collège des Jeunes Grecs, il vint enseigner à Padoue, puis éleva à Mantoue les enfants de Frédéric de Gonzague [1]. Ce fut Lampridio qui, le premier, avec un talent reconnu par ses contemporains, composa des odes latines calquées, pour la forme strophique et pour le mouvement de la pensée, sur celles du lyrique thébain [2]. Comment Dorat eut-il connaissance de ses ouvrages, qui ne furent réunis pour le public qu'en 1550, par les soins de Lodovico Dolce [3] ? On doit penser que la chose fut facilitée par les relations littéraires continuelles établies entre les deux pays, grâce aux lettrés italiens qui habitaient Paris et fréquentaient la cour où régnait une Médicis. Luigi Alamanni, qui fut parmi eux le plus notoire, n'avait-il pas lui-même mêlé

1. Luzio et Renier, *Coltura e relazioni letterarie di Isabella d'Este*, dans le *Giornale storico della letter. ital.*, vol. XXXVI, p. 345 sqq. Cian, *Un Astigiano del Rinascimento*, Florence, 1901, p. 40, 45 sqq. Il n'y a aucun travail moderne sur Lampridio.

2. La notice de F. Arisi sur ce personnage oublié en France contient les indications suivantes : « *Benedictus Lampridius nuncupatus at vero cognomen Alpheus, seu Alphenus, in imitando Pindaro Graecorum lyricorum corypheo contra Horatii sententiam lib. 4, ode 2, Icarium nihil habuit praeter volatus sublimitatem. P r i m u s enim T h e b a n o s  m o d o s  i n L a t i u m i n d u x i t ; primus Pindaricis numeris latinas aures assuefecit ; Graeci quippe sermonis peritissimus, quo et varia cecinit, Odas Metropindaricas primus latine modulatus est, et tanta quidem cum maiestate ut a nemine superandum credam, quod eo libentius affirmandum fuit quod minus ab hoc abhorruit rigidus poetarum censor Gyraldus* [Lelio Giraldi]*, qui durus in aliorum commendatione de Lampridio scribere non dubitauit :* « B. *Lampridius Cremonensis non Epigrammatum modo, sed Lyricos versus facit, quibus in primis Pindarum cum inuentione, tum phrasi aemulari nititur. Idem et Graeca aggressus est, dignus certe vel tanto ausu. a quo nos deterret Horatius, commendari* » (*Cremona literata*, Parme, 1702-1706, t. II, p. 93).

3. *Benedicti Lampridii nec non Io. Bap. Amalthei carmina. Veneliis, apud Gabrielem Iolitum de Ferrariis, M D L.* L'élégante édition est précédée de dédicaces de Lodovico Dolce au comte Collatino da Collalto, qui avait été au service de notre Henri II. Il lui recommande « le ode de M. Lampridio da lui tessute secondo l'ordine e la maniera serbata dé Pindaro ». Il y a, contre sept odes horatiennes, vingt-quatre » odae metropindaricae », dont une à la louange de Crémone, d'autres dédiées à Francesco Sforza, à Bembo, à Lascaris, à Matteo Giberti, à Vittoria Colonna, à Henri VIII, etc. La plus longue est *In Petri Mellini villam, ubi ille poetas de more familiae coena exceperat*.

à ses poèmes italiens imprimés à Lyon quelques hymnes de
forme pindarique, qui ne purent passer inaperçues chez les
poètes [1] ? Certains de ses compatriotes avaient tenté des essais
analogues à ceux de Ronsard. Dès 1513, l'année même où
Zaccaria Calliergi éditait à Rome son beau texte de Pindare,
Gian-Giorgio Trissino insérait dans les premiers chœurs de sa
*Sofonisba* la triade du poète grec (strophe, antistrophe, épode);
la tentative n'avait pas de suites; mais, en 1535, Ant.-Sebas-
tiano Minturno publiait, dans la même forme, deux grandes
canzones dédiées à Charles-Quint [2]. La première édition des
*Hymnes* d'Alamanni est de 1532. L'idée flottait donc dans l'air,
quand Ronsard s'en saisit. Mais les Italiens attestent la priorité en latin de l'humaniste de la cour de Léon X, dont
l'œuvre était, d'autre part, fort bien connue du précepteur de
nos poètes [3].

On trouve Lampridio particulièrement célébré par un grand
ami de Dorat, Gian-Matteo Toscani, dont le rôle fut précisément de faire connaître chez nous les écrivains de sa nation.
Dans son *Peplus Italiae*, que recommandent au lecteur françois
des poèmes liminaires de Dorat, il écrira plus tard cette notice :

*Cremona Lampridium nostri saeculi miraculum edidit, qui quod
Horatius stultae temeritatis esse existimauit tentare, sibi procliue
admodum esse declarauit, Pindari imitationem, quem felicissime*

---

1. Henri Hauvette, *Un exilé florentin à la Cour de France, Luigi Alamanni (1495-1556:, sa vie et son œuvre*, Paris, 1903, p. 231 sqq., 452 sqq
La partie de la thèse de cet important ouvrage relative au pindarisme français ne paraît pas acceptée par les ronsardisants; les odes de Ronsard ne
devraient rien à celle d'Alamanni, ni pour le style, ni pour la forme
métrique. L'exemple a pu cependant compter.

2. Les désignations strophiques importent peu : Minturno dit *volta*,
*rivolta* et *stanza*, Alamanni, *ballata*, *contraballata* et *stanza*. Cf. Carducci,
*La poesia barbara nei secoli XV e XVI*, Bologne, 1881, et l'étude *Dello svol-
gimento dell' ode in Italia*, dans le vol. XVI des *Opere*, Bologne, 1905,
p. 374-375; Gaspary, *Storia della letter. ital.*, trad. V. Rossi, Turin, 1891,
vol. II, 2e part., p. 135, 290. La question n'a jamais été traitée à fond en
Italie.

3. La connaissance de Benedetto Lampridio par Dorat fournit probablement la clé d'une anecdote de Brantôme (éd. Lalanne, t. IX, p. 663) à propos de la matrone d'Ephèse : « La première fois que j'ouys ceste hystoire,
ce fut de M. d'Aurat,... qui disoit la tenir de Lampridius... » Lalanne naturellement ne voit pas ce que le nom d'Aelius Lampridius, biographe de
Commode et d'Héliogabale, vient faire avec ce conte du *Satyricon*.

*Latinis est versibus aemulatus : ut Aurato Poetarum regi et omnibus Graecae linguae peritis videtur. Nam Iouius quae non assequitur, ea non probat. Eius carmina ab innumeris mendis vindicata nos semel recudenda curauimus, quàe post maiore cura emendauimus et de tertia editione cogitamus* [1].

C'était bien le Crémonais que les contemporains désignaient comme l'imitateur attitré de Pindare, le créateur du genre, pourrait-on dire, et il faut voir en lui le modèle suivi par Dorat. Au reste, celui-ci paraît reconnaître sa dette par des vers admiratifs, non recueillis dans ses œuvres, qui attribuent sa place légitime au prédécesseur italien :

> *Lampridius vates inter non alter Homerus,*
> *Inter sed Latios Pindarus alter erat.*
> *Dum tamen et Latiis affectat Horatius alter*
> *Esse, minor Graja est et Venusina chelys ;*
> *Quantum Pindarico modulans assurgit hiatu,*
> *Tantum deprimitur pectine, Flacce, tuo ;*
> *Sed quo desperarat Horatius ipse venire,*
> *Lampridius venit Lampridioque sat est* [2].

Nous venons de découvrir, une fois de plus, l'Italie à l'origine des curiosités et des tentatives de l'humanisme français ; nous retrouvons, à son tour, celui-ci à la source d'une innovation dans notre littérature. Il est admis que le conseil de composer des « odes pindariques » a été donné à Ronsard par son maître ; il

---

1. *Peplus Italiae*, Paris, Fed. Morel, 1578, p. 56. L'édition à laquelle fait allusion l'écrivain toscan est la réimpression partielle de celle de Dolce, dans ses *Carmina illustrium poetarum italorum*, Paris, 1576, t. I, p. 82-102. Celle qu'il annonçait n'a pas vu le jour. Citons encore ces vers du *Peplus :*

> *Lampridi Alcaïco tractas dum barbita plectro,*
> *Sola tuum testudo Appula vincit ebur.*
> *At cum Pindaricus tibi pectora concutit horror,*
> *Tum te submittit Flaccus et ipse tibi.*
> *Quem victum pauci, victorem nullus at aequat,*
> *Non poteras vinci, aut vincere nobilius.*

2. *De Lampridii carminibus Io. Aurati Poetae Regii iudicium.* Ces vers publiés par Volpi (Vulpius), le dernier éditeur de Lampridio, sont reproduits à la suite de son édition des *Poemata* de Sannazar (Bassano, 1782, p. 321), à laquelle il a ajouté une ode pindarique de Lampridio en 33 strophes, dédiée à Nic. Leon. Tomeo. (Des vers de Lampridio étaient imprimés à Paris dès 1548. Cf. p. 15, n. 3.)

n'est pas douteux non plus que des essais en latin, de Dorat, en
aient fourni l'exemple à son élève [1]. Nous savons maintenant où
il avait pris le sien et l'on jugera moins obscur le passage de
l'ode latine, qui accompagne le premier recueil des *Odes* et en
célèbre l'art tout nouveau. Elle débute par un appel à la muse
de Pindare, que le jeune « prince de la lyre nationale » a faite
sienne et française, ce qui permet à Dorat d'opposer celui-ci aux
« plectres » d'Italie, qu'il lui a fait connaître :

STR.

*Lyrae potentes Camoenæ*
*Agite, quis deûm herosve,*
*Homo quis fidibus inseri*
*Poscit ? Satis Pisa* [2] *iam*
*Iouisque memoratus*
*Olympus, sacrum et*
*Herculis patris opus :*
*At nunc patriae principem*
*Chelys, apud Celticos*
*Decus grande populos,*
*Decet nos suo*
*Sibi Pindari can-*

*tu personare ; numeros-*
*que Gallicos Latiis*

ANTISTR.

*Remunerari haud inultos.*
*Itaque par pari reddens*
*Noua plectra resequar nouis,*
*Clauumque clauo velut*
*Retundam ergo repèrta*
*Meis Italis* [3]
*Patria Indigenaque,*
*Ronsarde, tua....* [4].

Les débuts pindariques des deux poètes devant le public se
firent en même temps. L'ode du maître, dont on vient de lire

1. On trouve mal appuyée l'opinion contraire formulée dans une note,
d'ailleurs intéressante, de Lucien Foulet (*Revue d'hist. litt.*, t. XIII, 1906,
p. 312).

2. *Pisa Arcadiae oppidum est, practerfluente Alpheo amne. Ab hac igitur
et Elidae ciuitatibus, teste Seruio, venerunt qui Pisas in Italia condiderunt*
(Robert Estienne, *Dictionarium propriorum nominum virorum, mulierum.
populorum....* Paris, 1551, p. 400). *Pisa mihi patria est*, dit la nymphe Aré-
thuse dans Ovide, *Metam.*, V, 494.

3. On vient de nommer quelques Italiens auxquels pouvait penser l'auteur. Pour l'ode horatienne en Italie, on doit rapprocher des compositions
de Ronsard celles de Bernardo Tasso, le père du grand poète, dont certaines lettres datées de 1553 sont intéressantes pour le sujet. V. Carducci,
*l. c.*, p. 379. Il faut noter aussi Bartolommeo del Bene, gentilhomme florentin vivant en France, que Ronsard a fort bien connu. V. *Odi XXVIII di B.
del Bene*, Bologne, 1900, et C. Couderc, *Les poésies d'un florentin à la cour
de France*, dans le *Giornale storico della letter. ital.* de 1891.

4. *Ad P. Ronsardum virum nobilem Io. Aurati ode* (*Odes*, t. II, p. 216).
Suit l'ode alcaïque du même Dorat (*Quis te deorum caecus agit furor —Ronsarde...*) que Ronsard a réimprimée, avec la pindarique, aux liminaires de
toutes les éditions collectives de ses œuvres.

le début, figure à la suite du premier recueil de Ronsard, *Les quatre premiers livres des Odes*, qui est de 1550. La seconde ode de Dorat parut l'année suivante dans le *Tombeau* de la reine de Navarre, auquel collabora toute l'élite des poètes humanistes à côté du groupe batailleur des amis de Ronsard [1]. L'ode pindarique prenait donc droit de cité en France, à la même heure, sous la forme latine et la forme française. Elle allait avoir, comme on le sait, une brillante, mais courte fortune ; et l'on sait aussi que notre poésie lyrique, en l'abandonnant à juste raison, a gardé cependant de l'avoir connue le goût du style soutenu et de la grande envolée.

Pindare a toujours été considéré comme un auteur difficile, et le XVIe siècle y trouvait assurément plus de difficultés que nous. On ne l'étudiait qu'en des textes mal fixés, l'aldine de 1513, l'édition romaine de Calliergi [2] et l'édition bâloise de Ceporinus, sur lesquelles on avait fait à Zurich une médiocre traduction latine, enfin l'édition de Wechel, de 1535, qui comprenait seulement les *Olympiques* et les *Pythiques* [3]. Quelle que fût l'expé-

---

1. *Le Tombeau de Marguerite de Valois, reine de Navarre, fait premièrement en distiques latins par les trois sœurs princesses en Angleterre* [Seymour], *depuis traduicts en grec, italien et françois par plusieurs des excellens poëtes de la France, avecques plusieurs odes, hymnes, cantiques, épitaphes sur le mesme subject*, Paris, 1551. Le traducteur grec est Dorat. Les traducteurs français sont Nicolas Denisot, surnommé le comte d'Alsinois, qui a pris l'initiative de la première publication et a réuni les éléments de la seconde (v. son épître en prose, du 25 mars 1551, à Marguerite, duchesse de Berry, Jacques Peletier du Mans, qui traduit aussi en italien, Joachim du Bellay, J.-A. de Baïf et Antoinette de Loynes. L'ode latine de Dorat est traduite en italien par Jacques Peletier, en français par Du Bellay et par Baïf. Suivent les vers de Ronsard (*Hymne triomphal sur le trépas...*), des vers grecs de Dorat, du médecin Jacques Goupil, de Baïf et Gérard Denisot, des vers latins de Mathieu Pacius, jurisconsulte, Salmon Macrin, Nicolas Bourbon, Claude d'Espence, Nicolas Denisot, Dorat encore, Antoine Armand, de Marseille, Jean Tagault, Pierre des Mireurs et Charles de SainteMarthe, enfin des vers français de Ronsard encore, d'Antoinette de Loynes, de Baïf, de Jean de Morel, de Pierre des Mireurs, de G. Bouguier, angevin, de Martin Séguier. — Sur les sœurs Seymour et Nic. Denisot, v. Winifred Stephens, *Margaret of France, duchesse of Savoy*, Londres, 1912, p. 323-338.

2. Dans le même volume que Pindare, l'Aldine donnait en édition princeps Callimaque, Denys Périégète et Lycophron. L'édition de Rome (1515) est princeps pour les scholies de Pindare (A. Firmin-Didot, *Alde Manuce et l'Hellénisme à Venise*, p. 363 et 563).

3. La traduction latine est de Lonicerus (Zurich, 1528). La traduction de

rience philologique de Dorat (et nous allons voir qu'elle était
grande), soyons sûrs qu'on ne lisait pas le poète thébain, dans
la maison de Baïf, sans des contresens assez nombreux. Les
allusions continuelles aux légendes et aux usages de la Grèce
antique contribuaient à compliquer une étude, à laquelle le
maître revint plus d'une fois par la suite, pour en augmenter la
précision. Il est certain, d'autre part, qu'il ne mit jamais en
garde les poètes qui l'entouraient contre l'abus de la métaphore,
l'étrangeté ou l'exagération des comparaisons et des images,
contre ce « pindarisme » [1] et cette manie de « dithyrambiser »
qui ne tarderont pas à être condamnés par les gens de sens ras-
sis et ridiculiseront longtemps la jeune école [2]. Dorat est en partie responsable des excès du genre. Mais il sut, mieux que personne, faire sentir la force, le mouvement, la couleur des chants
vénérables; et cela importa, beaucoup plus que quelques fausses
directions du goût, à l'avenir de notre poésie.

Dorat lisait et commentait à Ronsard ces quatre recueils
d'odes fameuses chez les Anciens, fort peu lues par les modernes,
d'une forme imprévue et entraînante, où ruisselait un flot
d'images et de métaphores, où se déroulaient de rapides et brillants tableaux et se fixait en sentences majestueuses la sagesse
antique. Le rôle du vrai poète, éducateur des hommes, qui sait
dire la vérité aux puissants, flétrir les méchants et distribuer
aux héros les palmes de l'immortalité, apparaissait au jeune
homme penché sur ses livres comme le plus enviable et le plus
digne d'une âme ambitieuse. Qu'était, auprès du nom laissé par
Pindare, la misérable réputation viagère des rimeurs courtisans?
Reproduire dans sa langue de telles beautés devint pour lui
l'étude de tous ses instants. Les années qu'il consacra à ce travail, où bien des réussites heureuses font oublier les adaptations

---

Ph. Melanchthon a été imprimée à Bâle en 1558, l'année même où G. Morel
donnait à Paris une nouvelle édition de Pindare. La première des éditions
d'Henri Estienne est de 1560.

1. Delboulle a relevé le mot « pindarisme » chez Blaise de Vigenère, en
1578; le mot « pindariser » est partout.

2. Le mauvais goût dérivant d'une fâcheuse compréhension du lyrisme
grec a trouvé chez Estienne son premier critique, et l'un des plus sévères.
Une analyse fort complète de ces idées est donnée par Louis Clément dans
son excellent livre, *Henri Estienne et son œuvre française*, Paris, 1898,
p. 167 sqq.

moins adroites, ne furent pas fécondes pour lui seul, mais pour
toute son école qu'il orienta vers la grandeur [1]. On lit peu, dans
son œuvre, les longs poèmes antistrophés où il s'est astreint à
décalquer le désordre apparent d'une *Olympique* ou d'une
*Néméenne*. En célébrant la victoire du comte d'Enghien à Céri-
soles ou le succès de Jarnac dans son duel avec La Chastaigne-
raye, en louangeant, pour l'honneur des lettres et de la patrie, le
roi Henri II, la reine Catherine, Madame Marguerite, sœur du Roi,
le cardinal de Lorraine et le chancelier de l'Hospital, comme
aussi ses amis les poètes, Ronsard abuse d'une érudition mythologique, qui intéressait jadis, aux fêtes de la Grèce, les auditeurs de son modèle, mais qui paraît souvent chez lui un pur étalage de pédantisme. Il est obscur plus qu'il n'est sublime, et la
savante combinaison de ses rythmes n'a parfois d'autre mérite
que celui de la difficulté vaincue. Mais l'ouvrage était vraiment
neuf et d'une puissante hardiesse; le chant compliqué du poète,
qu'appuyait pour l'oreille l'art de ses musiciens, a intéressé les
contemporains à la fierté de sa tentative; il a enrichi du premier
coup la langue et le style sans leur faire violence trop rude;
son effort, qu'il n'a pas ménagé, son élan, qui vise toujours au
plus haut, sa constante recherche de la pensée la plus noble, ont
élargi le domaine de la poésie tout entière.

## VI

La fortune des lettres françaises a voulu que Ronsard rencon-
trât, pour l'introduire auprès des véritables maîtres de son génie,
un guide incomparable, à la fois docte et enthousiaste. Dorat
possédait avec puissance ce double don, qui a tant de force sur
la jeunesse. Le témoignage éclatant de son plus illustre disciple, les louanges dont le siècle entier entoure son nom, ne permettent pas de douter que l'helléniste de Coqueret, plus tard
professeur au Collège royal, n'ait été une manière de grand
homme. Cinquante mille vers, qu'il aurait, dit-on, composés

1. « Telles inventions encores te ferai-je veoir dans mes autres livres,
où tu pourras (si les Muses me favorisent, comme j'espere) contempler de
plus près les saintes conceptions de Pindare et ses admirables incons-
tances, que le tens nous avoit si longuement celées » (Préface des *Odes* de
1550, éd. Laumonier, t. I, p. 48).

dans les trois langues [1], ont contribué à sa gloire, plutôt des-
servie aujourd'hui par ceux qu'il a faits en langue française.
Nous avons grand'peine à comprendre qu'ils lui aient valu l'admiration générale de son temps. Mais, s'il fut un poète sans
flamme, il a su enflammer pour la poésie la meilleure jeunesse
du siècle; son rôle n'est pas celui d'un simple professeur de
grec, d'ailleurs fort habile; il a enseigné aussi le métier d'écrivain, avec une toute autre expérience qu'un Thomas Sébilet ou
qu'un Peletier du Mans. Ses meilleurs disciples reconnaissent
leur dette hautement; Dorat « m'apprit la poésie », dit Ronsard
expressément [2]. Si les faiseurs de vers latins ou français jouent
sans se lasser sur le nom de cet homme « d'or » (*Auratus,
aureus*) [3], c'est qu'il a rendu d'immenses services à des intelli-
gences très différentes. Hors de la Pléiade, il a formé une foule
d'excellents esprits et révélé les richesses littéraires de l'antiquité grecque à tout un public, qui semblait attendre sa venue
pour se passionner à ces études. Il a ainsi marqué sa place au

1. C'est Du Verdier qui donne ce nombre répété par Scaliger : « Et combien qu'il se soit entièrement adonné à faire des odes, épigrammes, hymnes
et autres genres de poësies, en grec et en latin, en grand nombre, iusques
à passer plus de cinquante mille vers ne cedant aucunement à ceux des
anciens, il n'a laissé de poëtiser en nostre langue... » Les poésies de Dorat
sont dispersées dans un grand nombre d'ouvrages et on rencontre encore
dans les manuscrits une œuvre inédite assez considérable. J'ai recueilli
moi-même quelques pièces qui pourront servir à l'histoire littéraire du
siècle.

2. La variété des genres où excellait Dorat faisait l'étonnement de son
temps. Aux témoignages innombrables des poètes sur son talent, on préfére-
ra le latin non moins excessif de Denys Lambin, écrivant à Dorat dans
une dédicace de son *Lucrèce* : *Cum enim dithyrambos scribendos suscipis, cum
Pindaro ancipiti Marte certas ; cum versus lyricos scribis, cum eodem Pindaro, cum Simonide, Stesichoro, Alcaeo, Sapphone non sine vincendi spe contendere videris. Cum elegos decantas, Mimnermum, Callimachum, Philetam
si non superas, at certe assequeris, breuissimo quam proximus interuallo.
Cum bucolica ludibundus componis, Theocrito nihil concedis. Quid de tuis
scriptis Latinis dicam? Cum te ad epigrammata scribenda confers, Catullum
spiras ; cum versus lyricos canis, lyram videris tractare Horătianam ; cum
elegos amatorios ludis, Tibullum et Propertium et Ouidium exprimis. Denique
reteres illos in singulis poeseos generibus elaborasse et praestitisse videmus ;
te unum tanquam et epicum et melicum et lyricum et elegorum et bucolico-
rum et epigrammatum scriptorem optimum admiramur.* On ne dirait pas
mieux de Ronsard lui-même.

3. Une petite collection de ces pièces jouant sur le nom de Dorat, termine la première réunion de ses poésies, à la suite du recueil de Buchanan,
Bâle, 1568 : *Io. Aurati Lemouicis regii graecorum literarum in Academia*

premier rang des hommes de la Renaissance. Quand on a mesuré
cette action et vérifié attentivement les titres de cette renommée, on n'est nullement tenté de sourire de la grandiloquence de
Ronsard :

Puissai-je entonner un vers          Si en mes vers Tu ne vois
Qui raconte a l'univers              Sinon le miel de ma vois
Ton los porté sur son aile,          Versé pour ton los repaistre,
Et combien je fu heureus             Qui m'en oseroît blasmer ?
Suçer le laict savoureus             Le disciple doit aimer
De ta feconde mammelle.              Vanter et louer son maistre...

Sur ma langue doucement              Si j'ai du bruit il n'est mien,
Tu mis au commencement               Je le confesse estre tien,
Je ne sçai quelles merveilles,       Dont la science hautaine
Que vulgaires je randi,              Tout altéré me treuva
Et premier les épandi                Et bien jeune m'abreuva
Dans les Françoises oreilles.        De l'une et l'autre fontaine [1].

Combien de fois a-t-il repris ce thème, sur tous les tons et
dans tous les rythmes ! Le nom de Dorat paraît à bien des pages
des *Odes*, des *Gayetez*, des *Hymnes*, des *Poëmes* [2]; il est tantôt

*Parisiensi professoris Poematia* (Marty-Laveaux, notice sur Dorat, p. lxxiij).
On y pourrait joindre l'épigramme de Claude Roillet, régent de Boncourt,
de date ancienne (*Cl. Roilleti Belnensis varia poemata*, Paris, 1556, fol. 137) :

> *Aureus est animus tibi, et aurea pagina, vena*
> *Aurea, simplicitas aurea tota tibi,*
> *Aureus ergo ut sis totus, quid nomine falso*
> *Sic deceptorum ludis in aure virûm ?*
> *Aut tu quae tibi sunt cuncta aurea pone, nitorem*
> *Vel rebus digno nomine redde suis.*

On n'a pas oublié la pièce de Du Bellay :

> *Aurate, Aoniae decus caternae,*
> *Aurate, aureolis tuis camoenis*
> *Nobis aurea secla qui reducis...*

La plus fameuse est celle de Ronsard lui-même dans l'*Hymne de l'Or*,
dédié « à Jean Dorat, son precepteur » (éd. Bl., t. V, p. 213) :

> Je ferois un grand tort à mes vers et à moy,
> Si, en parlant de l'Or, je ne parlois de toy
> Qui as le nom doré, mon Dorat,...

1. C'est le premier texte des *Odes* (t. I, p. 136-138).
2. V. au Ronsard de 1623, les p. 96, 136, 379, 408, 482, 537, 735, 922,
1113, 1239, 1275, 1533, et, pour l'ensemble de la Pléiade, l'index général de
Marty-Laveaux.

la « sirène limousine », tantôt, par une belle expression, le
« réveil de la science morte »[1]. Lorsqu'un jour notre poète
réclame ses droits contre Du Bartas qu'on lui oppose, c'est à son
vieux maître qu'il adresse sa protestation fameuse, d'un accent
si fier :

> Ils ont menty, D'Aurat, ceux qui le veulent dire
> Que Ronsard, dont la Muse a contenté les Rois,
> Soit moins que le Bartas...[2]

Non moins éloquent est le sonnet du second livre des *Amours*
sur les métamorphoses de Dorat :

> Ecoute, mon Aurat, la terre n'est pas digne
> De pourrir en la tombe un tel corps que le tien :
> Tu fus en ton vivant des Muses le soustien,
> Et pource après ta mort tu deviendras un cygne...[3]

A l'admiration reconnaissante du grand écolier s'associent
avec Du Bellay et Baïf tous les poètes français et latins, leurs
biographes et leurs commentateurs. Remi Belleau rappelle que
par le labeur de Dorat « se sont polis mille gentils esprits à la
cognoissance des lettres, ayant esté un des premiers qui a soigneusement recueilly les cendres de la venerable antiquité »[4].
Pour Binet, Dorat est « la source de tous nos poètes »[5]; pour

1. Ed. Bl., t. I, p. 50. — *Odes*, t. II, p. 200.
2. Ed. Bl., t. V, p. 348. C'est à cette occasion que Ronsard adresse à
Dorat la formule de goût si souvent citée :

> Ny trop haut, ny trop bas, c'est le souverain style :
> Tel fut celuy d'Homere et celuy de Virgile.

3. Roland Bétolaud, limousin, a traduit le sonnet en vers latins (*Delit. C.
poet. gall.*, t. III, p. 506).
4. Commentaire du *Second Livre des Amours*, éd. de 1623, p. 136. Le
même texte se retrouve dans *Les Epithetes de M[aurice] de la Porte parisien*, Paris, 1580, fol. 39 vº (prem. éd. en 1571, étudiée par A. Lefranc, dans
la *Revue du XVIe siècle* de 1913, p. 1-5). Voici les « épithètes » appliquées
à Dorat par ce curieux répertoire alphabétique : « Truchement d'Homère,
divin, allégoriste, interprète des Muses, fils d'Apollon, poëte grec. »
5. Ed. Laumonier, p. 9. On trouve d'intéressants vers de Binet à Dorat,
dans son recueil : *C. Petronii Arbitri itemque aliorum quorundam veterum
Epigrammata hactenus non edita*, Poitiers, 1579, p. 28 :

> *Illa sidera quae tibi inuidebant,*
> *Bellaioque tuo, meo tuoque*
> *Ronsardo...*

Thevet, le « père de toute la troupe » [1]. Édouard Du Monin l'appelle « l'Homérique Lucine des François » [2]. Étienne Tabourot dit que de lui, « comme d'un cheval Troyen, sont sortis des meilleurs esprits de notre France » [3]. Le mot sera repris par Guillaume Colletet, héritier des traditions de la Pléiade, quand, après avoir nommé Dorat « le docte fleuve... qui abreuva les François des nouvelles eaux de Castalie », il énumère « une infinité d'excellens esprits qui sortirent si savans de son école, comme les héros sortoient autrefois de cette machine si fatale à Troye » [4]. Du Verdier constate que Dorat, « le plus rare et subtil esprit de notre siècle », « a mis le filet et l'aiguille en main... à nos principaux poëtes françois,... si bien que l'honneur du principal enrichissement de nostre langue luy en est deu » [5]. Jacques-Auguste de Thou fait dans son noble style d'historien humaniste l'éloge d'un grand homme qu'il a fréquenté avec admiration dans sa jeunesse et par qui il a connu Ronsard et ce qui restait de la Pléiade [6]. Enfin, les poètes qui se servent du latin multiplient à leur tour les hommages adressés au plus illustre de leurs confrères :

> *Auratum a quo uno vatum, ceu fonte perenni,*
> *Gallorum Aonia labra rigantur aqua* [7].

L'auteur du chapitre plein d'érudition et de goût, « De la grande flotte de Poëtes que produisit le règne du Roy Henry deuxiesme

1. *La Cosmographie universelle d'André Thevet*, Paris, 1575, tome II, fol. 643.
2. Vers liminaires de l'édition des *Poematia*.
3. *Les Bigarrures du seigneur des Accordz*, Paris, 1583, fol. 96 v°.
4. Vie de Dorat inédite (Biblioth. nat., *Nouv. acq. fr.*, 3073, fol. 162).
5. *Bibliothèque françoise*, t. IV, p. 404. Les surnoms hyperboliques ne coûtent guère aux admirateurs ; après « Pindare grec-latin », on trouve « Homère gaulois », ce qui est beaucoup. Cf. Antoine du Verdier, *Prosopographie*, Lyon, 1604, t. III, p. 2571, 2575.
6. « ...Poetica facultate imprimis excelluit, in qua, ut alii ipso docente multum proficerent, sedula foelicitate effecit; siquidem ex eius aula prodierunt cum multa praeclara fere huius saeculi lumina, tum rarum illud ornamentum, Petrus Ronsardus, qui Aurato quicquid in ipso ingenii, quicquid poetici spiritus erat (fuit autem in eo tantum, quantum in ullo post felicia illa Augusti tempora) tanquam praeceptoris suo gratus discipulus acceptum referebat » (*Hist. sui temporis, s. a.* 1589. Ed. de 1620, t. IV, p. 266).
7. *Scaeuolae Sammarthani cons. reg. et aerarii apud Pictones antigraphei...* Paris, F. Morel, 1575, fol. 61 v° (*Ad Lemouices*).

et de la nouvelle forme de Poësie par eux introduite », Étienne Pasquier, a exprimé mieux que d'autres le sentiment unanime, dans une épigramme catullienne qui débute par un intéressant portrait physique [1] :

*Auratus meus ille quem videtis*
*Macro corpore, languido, pusillo,*
*Ieiuna macie et cadauerosa,*
*Sed coelesti animo integraque mente,*
*Tanto prae reliquis Poëta maior,*
*Quanto corpore natus est minori.*
*Tam scit scribere Graece, ut ipsae Athenae*
*Non possint magis Atticam referre;*
*Tam mirus Latii artifex leporis,*
*Ut ipsum sibi vendicent Latini.*
*Quin et protulit eius officina*
*Ronsardumque grauem Belumque mollem [2],*
*Qualeis Gallia vidit ante nullos.*
*Quantus ergo sit hinc licet videre:*
*Scribunt carmina caeteri poetae,*
*Summos at facit unus hic poetas [3].*

Ce que Pasquier dit pour les poètes, Muret l'affirme pour les érudits. Écrivant de Rome à Fédéric Morel le fils, il apprécie dans son vieil âge les hommes de sa jeunesse et désigne celui qui les domine dans ses souvenirs: « Saluta mihi diligenter illa ornamenta Galliae, Auratum meum, omnium eruditorum magistrum, omnis eruditionis parentem. Patiantur, quaeso, alii opibus et honoribus florentiores eum sibi in hac recensione anteponi, cum praesertim plerique ipsorum ex ipsius schola prodierint » [4].

1. L'épigraphe de Pasquier s'applique à merveille, non seulement à la médaille de Primavera et aux portraits gravés par J. Granthome et Léonard Gaultier, mais aussi à un crayon inédit, beaucoup plus intéressant, que j'ai retrouvé au Cabinet des Estampes (N. A. 21 a, fol. 172) et qui est publié dans cet ouvrage.

2. Cette forme latine du nom de Du Bellay est inattendue.

3. *Les Œuvres d'Estienne Pasquier*, t. I, col. 1131. Il est remarquable que Pasquier ne nomme pas Dorat dans le chapitre des *Recherches de la France* consacré à la Pléiade. Il le cite seulement parmi les professeurs de grec, au chapitre sur le Collège royal. Cf. *Œuvres*, t. I, col. 701, 927 et 1149. Dorat et Pasquier ont collaboré pour un « tombeau » d'Elisabeth de France, reine d'Espagne (Paris, R. Estienne, 1569).

4. Nolhac, *Lettres inédites de Muret*, dans *Mélanges Charles Graux*, Paris, 1884, p. 398.

Ces témoignages remplissent les livres du temps [1]. Poetes et humanistes multiplient envers Dorat l'expression de leur gratitude. Si la méthode de cet enseignement reste pour nous un peu incertaine, l'efficacité n'en fut pas douteuse. L'auditoire du collège de Coqueret, qui suivit plus tard le maître au Collège royal, où il professa à partir de 1559, a compté tout ce qui s'intéressait aux « bonnes lettres » dans le Paris d'Henri II et de Charles IX. Les étrangers trouvaient en lui l'égal des professeurs italiens qui avaient formé les générations précédentes et peuplé l'Europe de leurs élèves, comme le faisaient encore un Carlo Sigonio à Bologne, un Pier Vettori à Florence [2]. Les Français, qui tiraient orgueil de voir cette belle tradition transportée chez eux par la fondation du Collège de François Ier, savaient apprécier la part brillante qu'y prenait Dorat. Celui-ci exagérait à peine, quand il montrait son public recruté dans l'Europe entière :

> ...Et per discipulos quot Gallia nouerit ipsa
> Eximie doctos graece doctosque latine,
> Perque alios aliis docui quos semper ab oris
> Germanis, Italis, Scoticis, pariterque Britannis,
> Atque adeo Graecis graeca hinc repetentibus ultro[3].

C'est bien l'auditoire magnifique qu'immortalise Ronsard, quand il chante à son ami :

> Combien ta douce merveille
> Emmoncelle par milliers

1. On étudiera plus loin l'enseignement de Dorat et sa valeur philologique. Les témoignages utilisés jusqu'à présent sont groupés par Chamard, *J. Du Bellay*, p. 42-84, Augé-Chiquet, *La vie de Baïf*, p. 30-42, Laumonier, *Ronsard poète lyrique*, p. 47-55, et édition de Binet, p. 93-105, Longnon, *P. de Ronsard*, p. 176-186. Mark Patisson a bien entrevu le rôle de Dorat, dans ses *Essays*, Oxford, 1889, t. I, p. 206-209.

2. J'ai publié des lettres de ces deux célèbres personnages dans les *Studi e documenti di Storia e Diritto* de Rome, année 1889. Le second seul est en relation avec notre groupe littéraire. Marc-Antoine de Muret, dès qu'il se rend en Italie, est en rapports suivis avec Piero Vettori. Henri Estienne, qui passe à Florence au mois de mai 1554, communique à ce grand philologue une ode de son recueil d'Anacréon encore inédit, afin qu'il puisse juger de l'intérêt de son édition, attendue avec impatience par les poètes de Paris ; l'année suivante, il lui dédie son édition de Denys d'Halicarnasse.

3. *Ioannis Aurati poematia*, part. I, p. 205, répété p. 221 (à Nicolas Moreau, seigneur d'Auteuil).

> Un grand peuple d'écoliers
> Que tu tires par l'oreille [1].

Au pied de cette chaire illustre, des conseillers au Parlement,
des seigneurs de la Cour se mêlent aux écoliers de l'Université.
L'amour des lettres les réunit autour d'un maître qui ne vit que
pour elles. Ce petit homme, maigre, pâle, aux traits durs de
paysan limousin, s'anime, dès qu'il parle, d'un feu extraordinaire [2]. L'éloquence lui est naturelle ; il traduit d'un seul jet,
illuminant les textes par des rapprochements que lui fournit en
foule une abondante mémoire, invoquant tour à tour les modernes
et les anciens dans une improvisation entraînante. Il a le regard
ouvert sur beaucoup d'horizons : lié comme Ronsard avec des
artistes, il versifie sur la peinture et sait goûter un objet d'art [3].

1. *Odes*, t. I, p. 128.
2. V. l'épigramme citée de Pasquier et l'éloge de Papire Masson : « Homerum, Pindarum, Lycophronem, et caetera Graeciae lumina interpretaba-
tur, magna industria et facilitate dicendi, tametsi vultu subrustico et insuaui
erat » (*Elogia*, éd. Balesdens, Paris, 1638, t. II, p. 288).
3. Il recommande le peintre Jean Rabelle et la requête à Séguier d'un
artiste ami, qui est peut-être le même peintre (*Poematia*, p. 105 ; 2e part.,
p. 31). Il a composé un petit poème sur un tableau de Lucas de Leyde : *In
tabulam cæci illuminati a Luca Batauo depictam* (dans Robiquet, *De J.
Aurati vita*, p. 130). — La part de Dorat dans les divertissements de la
Cour, les solennités, les « entrées », lorsqu'il fut devenu « poète royal », le
mit en relations avec beaucoup d'artistes employés aux décorations. Il s'est
occupé avec eux de la mise en scène du ballet des nymphes de France, à
l'entrée du roi de Pologne par la porte Saint-Antoine, en 1573, dont la description, avec des gravures de l'école de Jean Cousin, accompagne une de
ses publications. On relèverait dans ses œuvres, comme dans celles de
Ronsard, plus d'une allusion intéressante aux choses de l'art. Voir, par
exemple, en 1581, son *Chant nuptial sur le mariage de Anne, duc de
Joyeuse, et Marie de Lorraine*, où après avoir cité la contribution aux fêtes
apportée par « Desportes le doux et Baïf le nombreux » (*numeris aptus*) et
les « cartels » de Ronsard, « le pere aisné des deux » (*Loria grandisonus
Ronsardus flumina linquens*), il évoque l'ouvrage des artistes :

> la Montiosieu desseigne un pourtrait plus qu'humain
> Qu'on diroit avoir peint d'Archimede (*sic*) la main,
> Et non des Poetes seuls, mais toute l'excellence
> Des plus industrieux artisans de la France.
> Pilon, qui ne craindroit un Scopas en sculpture,
> Et Charon, qui deffie un Apelle en peinture,
> Commandant l'un et l'autre à grand nombre d'ouvriers
> Qui travaillant souhz eux...

(*Poematia*, p. 263 ; le latin qui est à la p. 252, fournit la correction *Apelle*).
La suite du poème décrit les scènes mythologiques peintes en l'honneur
d'Henri III sur deux arcs de triomphe.)

Prompt à animer son sujet, il peut le renouveler sans cesse. Quoique le grec soit sa langue préférée, qu'il aime à employer même dans la conversation [1], il lui arrive d'interrompre l'étude de sa littérature favorite, pour s'attacher aux poètes de Rome et varier l'intérêt de ses leçons [2]. On ne verra pas de longtemps, au Collège royal ni ailleurs, un pareil éveilleur d'esprits.

Les jeunes poètes à qui il offre des modèles se sentent en confiance avec lui. Malgré l'aspect maladif de son visage et la tension intellectuelle que lui imposent ses travaux, il annonce déjà le joyeux compère, à la main cordiale, à la gauloise gaîté, qu'épanouira sa verte vieillesse [3]; alors, plus fortuné qu'au temps de Coqueret, il pourra tenir table ouverte pour ses amis, dans sa maison du faubourg Saint-Victor, « séjour des Muses » [4]. A l'époque que nous étudions, et qui est celle de sa plus étroite intimité avec Ronsard, Dorat se récrée au cabaret avec la jeunesse écolière. Il est aussi des parties plus fines qui s'organisent à la campagne, à Villennes ou à Médan, chez l'aimable conseiller Jean Brinon, quelquefois en la présence de sa maîtresse, la

---

1. Un des meilleurs élèves étrangers de Dorat, le hollandais Guillaume Canter, termine ainsi une lettre écrite à Muret de Francfort, en 1564 : « Bene vale, vir doctissime, et eum te a nobis haberi crede, ut quod aliquando de nobis Auratus, coudiscipulorum comparatione, ludens dicere solebat, id merito tibi doctorum omnium respectu tribuamus. Quid hoc? inquies : τὰ δ' ἄκρα κορυφοῦται τῷ Μουρήτῳ. » (*Mureti opera*, éd. Ruhnken, t. I, p. 464.)

2. Outre les témoignages mentionnés ici même, voici celui d'un étudiant, Clovis Hesteau, secrétaire de la Chambre du Roi, qui rappelle « aucuns poëtes tant grecs et latins ouïs sous Monsieur d'Aurat, mon précepteur » (*Les œuvres poëtiques de Clovis Hesteau, sieur de Nuysement*, Paris, 1578, fol. 2 v°).

3. « Ab accessu quotidiano neminem arcebat, urbanos interdum sales et iocos spargens, lautisque et oppipariis conuiuiis nonnunquam excipiens, viridemque senectam garrula dicacitate ostentans et nonnunquam parcus; quod existimaret poetico nomine indignos quicunque nimium frugi esse vellent... » (Papire Masson, *Elogiorum pars prima*, Paris, 1690, p. 288).

4. Plusieurs de ses ouvrages portent l'indication : « Chez l'auteur, hors la porte Saint-Victor, à l'enseigne de la Fontaine » (Marty-Laveaux, *Notice sur Dorat*, p. xxviij). La maison, qu'il partagea en 1567 avec son gendre Nicolas Goulu, avait un jardin et était disposée pour recevoir des écoliers. Cf. *Poematia*, 1re part., p. 220 :

> *In Marcellino, quo monte salubrior urbis*
> *Pars non est, domus his empta duobus erat,*
> *Musarum sedes, Musis et amantibus ipsas*
> *Hospita et urbanis commoda discipulis .*

belle Sidère [1]. A une réunion du premier janvier, il apporte en
étrennes au châtelain un charmant poème, contant comment la
nymphe Villanis fut métaphorsée en une source qu'il veut rendre
aussi fameuse que la fontaine Bandusie ; et il se fait acclamer à
table en le recitant, par la troupe des poètes que mène chez Brinon l'auteur des *Amours*, en attendant qu'un autre jour l'on
applaudisse Baïf créant à son tour le mythe de la nymphe
Médanis [2]. Vers la fin des joyeux repas, à l'heure des hymnes
bachiques, Dorat n'est point le dernier à chanter « le père
Lyæan », d'une voix qu'il a fort belle et qu'il accompagne lui-même
sur le luth. Il déclame aussi le vers tragique, et l'un de ses auditeurs le montre entouré du groupe qui l'applaudit, par un beau
jour d'été, au bord de la Seine :

> *Spectate multis carminibus iugo*
> *Pridem bicorni: seu Lyricis modos*
> *Aptare neruis, seu cadenteis*
> *Marte duces tragicis cruento*
> *Iunit cothurnis flere, stetit rapax*
> *Late sopitis Sequana fluctibus,*
> *Mollique inhaerenteis querelas*
> *Naïades obstupuere ripae:...*
> *O te canentem dum licuit, Lyrae*
> *Aurate Graiae e Romuleae decus,*
> *Audire* [3]...

Le vrai Dorat des poètes, le compagnon de leurs amusements

---

1. *Poematia*, p. 173-184 :

| | |
|---|---|
| *...Saturnalitio lepore munus* | *Ianus Brino colit colatque villam* |
| *Quod Iani iocularibus Calendis* | *Aeternum precor; et viros disertos* |
| *Inter vina poëticasque mensas* | *Illuc ducere saepe rusticatum* |
| *Non tristi recitetur in corona...* | *Saeuit...* |

2. Sur l'élégie grecque et latine de Baïf, *Medanis*, v. Augé-Chiquet, p. 50,
210, 483. V. aussi, dans le *Bulletin du Bibliophile* de 1849, p. 12, le *Voyage
de plusieurs poëtes à Médan chez Jean Brinon, conseiller au Parlement, seigneur de Villaines et de Médan*, et le « tombeau » que je signale plus loin
aux bibliographes.

3. *L. Francisei Ducatii Trecensis praeludiorum lib. III. Ad virum ill. Ianum
Brinonem*, Paris, 1554 (fol. 31). Le Duchat donne les mêmes détails dans
ses vers à la nymphe Villanis (*Fonti Brinonio*), à laquelle Dorat a consacré tout un poème :

> *Aspice ut hinc sacra iucunda umbracula lauru*
> *Auratus pulchris inferat ordinibus,*
> *Auratus Graiae decus Ausoniaeque Camoenae,*
> *Seu pulsat Cytharam, seu Tragico ore tonat.*

comme de leur labeur, Ronsard nous le fait connaître, en ce pittoresque récit de 1549, si nouveau dans la littérature française, intitulé : *Les Bacchanales ou le folastrissime voyage d'Hercueil près Paris, dédié à la joyeuse trouppe de ses compaignons* [1]. On va voir que tout n'a pas été dit sur cette page fameuse d'histoire littéraire.

Partis de l'Université avant l'aurore, en portant sur leurs épaules les provisions et le vin, les jeunes gens et leur maître sont venus faire, auprès de la fontaine d'Arcueil, le plus gai des repas sur l'herbe. Il y a eu mille folies innocentes, que le poète note d'un trait sûr en y mêlant sans lourdeur une mythologie scolaire assez amusante. Ces joyeuses parties sont de tous les temps, les futurs grands poètes ayant l'usage d'aller déclamer leurs vers dans la banlieue et d'y annoncer leur gloire ; mais la note du siècle est donnée ici par la présence de l'humaniste, qui ajoute au plaisir de ses écoliers le régal d'une ode nouvelle en beau latin.

C'est l'heure où l'on songe à regagner la ville, et l'étoile Vesper commence à briller. Dorat va dire les vers que le site et la promenade lui ont inspirés. Du Bellay, Baïf, Denisot, le médecin Des Mireurs, Ligneris, Bergier et les autres l'entourent, et Ronsard réclame le silence pour ce moment solennel de la journée :

| | |
|---|---|
| Io ! compains n'oyez-vous | Et tous les Dieux de ces champs. |
| De Dorat la voix sucrée [2] | Prestons doncq à ses merveilles |
| Qui recrée | Nos aureilles : |
| Tout le ciel d'un chant si doulx ? | L'entusiasme limousin |
| Io ! Io ! qu'on s'avance ; | Ne lui permet de rien dire |
| Il commence | Sur sa lyre |
| Encore à former ses chants, | Qui ne soit divin, divin… |
| Celebrant *en voix Romaine* | Quand je l'entens, il me semble |
| La fontaine | Que l'on m'emble |

1. Sous sa forme primitive, ce petit poème est un chef-d'œuvre de grâce, d'esprit et d'habileté rythmique ; mais il a été mutilé et réduit par Ronsard lui-même, à partir de l'édition collective de 1560, où il prend pour titre *Le voyage d'Hercueil*, et surtout de l'édition de 1584. Il faut savoir gré à P. Blanchemain, puis à Ad. Van Bever, d'avoir réimprimé le texte original, ce dernier à la suite de son édition du *Livret de folastries*, Paris, 1907, p. 137-163. Il est à la p. 214 des *Amours* de 1552, et à la p. 126 du *Cinquiesme livre des Odes* de 1553, et ne compte pas moins de 107 strophes.

2. La correction *sacrée* apportée par les réimpressions modernes est inutile ; l'expression *voix sucrée*, équivalente à *mellita vox*, est d'usage courant dans la Pléiade.

Mon esprit d'un rapt soudain,               Tel.e grace
Et que loing du peuple j'erre               Se distile de son miel
            Sous la terre                   Et de sa voix Limousine
Avec l'ame du Thebain.                            Vrayment digne
Avecques l'ame d'Horace ;                   D'estre Serene du ciel [1].

N'aimerait-on point posséder le poème qui a mis Ronsard et
ses compagnons dans une telle exaltation lyrique ? Il est tout au
long dans les recueils de Dorat, où l'on a oublié de le chercher [2].
L'humaniste paraît avoir composé son ode dans la journée, en
face d'un paysage qu'il y a nettement décrit. Il égrène tout un
chapelet de mythes grecs en l'honneur de la fontaine populaire,
où les jeunes gens, en ce brûlant jour d'été, n'ont vu qu'un
endroit commode pour rafraîchir les bouteilles. Il évoque les souvenirs du vieux terroir parisien devant les deux arches à demi
ruinées de l'aqueduc construit, disait-on, par l'empereur Julien [3] :
si ces arches ne sont pas l'origine du nom d'Arcueil, il veut le
rattacher à celui d'Hercule, venu en Gaule après avoir accompli
des travaux en Ibérie et dont la mémoire est demeurée dans la
fable de « l'Hercule gaulois ». La double éminence, que cou-
ronnent des maisons de campagne de bourgeois de Paris, rappelle
au poète la double cime du mont Parnasse, et la source est pareille
à celle d'Hippocrène jaillie sous le sabot de Pégase ; quant au val-
lon où se réunissent nos poètes, il est digne d'être comparé à ces
lieux illustres, puisqu'on y célèbre aussi le culte des Muses,
d'Apollon et de Bacchus. Toutes ces allusions, familières aux
auditeurs de Dorat, s'insèrent avec aisance dans la pure forme
horatienne. mêlées à des observations de nature :

1. Strophes 96 à 101 du texte original (éd. Bl., t. VI, p. 375. Cf. l'éd.
Van Bever, p. 161-162).

2. Il est imprimé d'abord aux p. 374-376 de la *Farrago poematum* de
1560, recueillie par Léger du Chesne et citée plus haut, p. 16 ; il est
réimprimé par les soins d'Uytenhove dans *Ioannis Aurati Lemouicensis
regii graecarum litterarum in Academia Parisiensi professoris Poematia*,
2e partie des *Variorum poematum Silua*, de Bâle, p. 155-157 ; enfin dans la
2e partie des *Poematia* publiés par Linocier en 1586, p. 104-197. Je cite le
texte le plus ancien.

3. Les restes de l'aqueduc d'Arcueil étaient encore souvent dessinés par
nos peintres du xviiie siècle.

*Ad fontem Arculij siue Herculij pagi in agro Parisino*
*I. Aurati Carmen.*

*O fons Arculij sydere purior,*
*Aestum marmoreo frigore qui domas,*
*Quamuis arua furens Erigones canis*
    *Lentis excoquat ignibus;*
*Seu tu nomen habes arcubus a tuis,*
*Quorum relliquiae semirutae patent*
*Moles, quae geminis nunc quoque cornibus*
    *Incumbunt geminae tibi;*
*Magni forsan opus regis apostatae,*
*Qui, missus Latij finibus, aduena*
*Sedes hic posuit, iugera Gallici*
    *Princeps multa tenens soli;*
*Seu fors grata tibi causa vetustior*
*Huius nominis est, atque libentius*
*Audis Herculij fons et ouans tui*
    *Crescis laudibus Herculis;*
*Nam fama est et in haec clauigerum loca*
*Aduenisse patrem, siue tricorporis*
*Cum monstri domitor gente ab Iberica*
    *Victorem retulit pedem,*
*Seu tunc Hesperidum cum decus auferens*
*Syluis ac pretium, ditibus aurei*
*Mali ponderibus tardus, Atlanticis*
    *Vix undis caput extulit.*
*Hinc Graiis etiam Gallicus Hercules*
*Notus, cuius erat forma catenula*
*Aures quae traheret pensilis aurea*
    *Vulgi orator* [1]...
*Fons tu nobilium gloria fontium,*
*Quotquot Naiadum Sequanidum sacra*
*Semper voce sonant, semper amabili*
    *Nympharum strepitant choro.*
*Nec te vincat honos famaque gurgitis*
*Quem pendentis equi protulit ungula;*
*Sic te celsus et hinc claudit et hinc duplex*
    *Vmbo structilis aggeris,*

---

1. Ronsard a parlé plusieurs fois de la fable de l'Hercule gaulois. J'allège ici l'ode de quatre strophes où Dorat s'égare à parler des Colonnes d'Hercule, à propos des deux éminences du site d'Arcueil.

*Instar montis, aquas qui gemini tegit*
*Vmbra verticis et Pegasidum nemus ;*
*Haec Phaebo sacer, haec non ululatibus*
*    Vnquam Bacche carens tuis.*
*Sunt hic et sua Baccho et sua Apollini*
*Consecrata loca ; est numinibus suis*
*Non indigna quies, seu genium soli,*
*    Artem siue quis exigat.*
*Hinc Blandina patent tecta* [1] *salacibus*
*Gratas in latebras Capripedum iocis,*
*Lasciuique gregis qui sequitur Deum,*
*    Cui colles virides placent.*
*Illinc Aonidum lusibus et patri*
*Phaebo cara domus stat Seguieria,*
*Non aduersa viris numen amantibus*
*    Et Musarum et Apollinis* [2].
*Tu dum nostra tuo flumine temperas*
*Exsiccanda piis pocula vatibus* [3],
*Nos circum vada, circum latices tuos*
*    Has laudes canimus tibi.*

De cette description des lieux et de cette évocation des légendes Ronsard garde, bien entendu, les Naïades et les faunes « front-cornus », mais aussi quelques traits précis :

Iô, je voy la vallée
    Avallée
Entre deux tertres bossus,
Et le double arc, qui emmure
    Le murmure
De deux ruisselets moussus.

C'est toy, Hercueil, qui encores
    Portes ores
D'Hercule l'antique nom,
Qui consacra la memoire
    De ta gloire
Aux labeurs de son renom [4].

---

1. Les mots *Blandina tecta* désignent une chapelle dédiée à sainte Blandine plutôt qu'une ferme ou une maison de campagne.

2. Il s'agit sans doute d'une maison du lieutenant-civil Pierre Séguier, à qui Dorat adressa plus d'une fois des requêtes en vers latins.

3. Cf. la strophe 92 des *Bacchanales :*

Que l'on charge toute pleine
    La fontaine
De gros flacons surnoüans...

4. Strophes 78 à 80 (éd. Laumonier, t. V, p. 221-222 ; éd. Bl., t. VI, p. 372. Cf. l'éd. Van Bever, p. 157). Henri Longnon a bien parlé (p. 211 sqq.) des promenades de la Brigade aux environs de Paris.

Le sentiment de la nature qui déborde dans la poésie de Ronsard n'était point étranger à l'âme de son maître. Ils ont, l'un et l'autre, une façon horatienne de l'exprimer qui n'exclut point l'émotion directe. Comme pour Ronsard le pays du Loir, la campagne parisienne vaut pour Dorat celle de Tibur. Après les joyeuses parties d'Arcueil viennent les excursions paisibles, au côté d'un ami, la poche bourrée de livres, de ceux qu'on choisit pour lire aux champs. Baïf, qui accompagne souvent Dorat, le peint sur les chemins rustiques, s'arrêtant pour assister à la danse des pastourelles et s'amusant à voir le « bestial » lever « leurs mufles » à son passage. Ce petit tableau de « champestres délices » se colore un peu comme ceux du grand Vendômois :

> Nous allons pourmener tous deux
> Alentour de ces prés herbeux
> Où paissent les vaches penchantes
> L'herbe lentement arrachantes,
> Tandis que les gais pastoureaux
> Font retentir leurs chalumeaux.
> . . . . . . . . . . . . . . . . . . . . . . . . . . . . .
> Et pour mieux les heures seduire
> Nous avons coustume de lire
> Ou les vers qu'Ovide a sonnez,
> Ou ceux qu'Horace a façonnez,
> Ou les raillardes chansonnettes
> Que le Syracusain a faittes,
> Ou du Berger Latin les chants
> Qui monstrent le labour des champs.
> Tantost mussez dans un bocage,
> Tantost le long d'un frais rivage
> Sous l'ombre palle aux saules vers,
> Nous pourpensons quelques beaux vers... [1]

L'intimité qui résultait de ces promenades, comme l'enthousiasme littéraire qui régnait dans les réunions plus nombreuses, créait entre le maître et les étudiants une familiarité charmante. Vivant parmi les jeunes gens, Dorat conservait leur confiance.

---

1. Ce petit poème des *Passetems* est envoyé à Henri Estienne, à qui agrée « le bruit de Paris ». Il commence par une description des rues de la capitale, aussi réaliste que la satire d'Horace sur les embarras de Rome, que Baïf transpose éd. Marty-Laveaux, t. IV, p. 417-419).

S'il conseillait leurs travaux, il ne s'intéressait pas moins aux
incidents de leur carrière. Voici, par exemple, que Charles
Uytenhove, protégé de Ronsard et de Du Bellay, qui habite
chez Jean de Morel et dirige l'éducation de ses enfants, est tombé
malade à l'automne et a dû manquer au Collège royal de belles
leçons sur Sophocle. Comme il ne s'en console point, Dorat compose affectueusement pour le distraire un fort joli poème, écrit
au courant de la plume, où passent les images de l'aimable foyer
de Morel, des vendanges à la campagne, faites par des écolières
gracieuses et par leur mère, et aussi le souvenir des travaux
littéraires interrompus :

> *Si tibi pauca legi permittit carmina morbus,*
> *Nunc licet Aurati carmina pauca legas,*
> *Carmina missa tui morbi lenire dolorem,*
> *Nam mihi de morbo maxima cura tuo est.*
> *Non quia discipulo mea nunc sit rarior uno*
> *Turba Sophocleis erudienda modis :*
> *Unus eras mihi tu gregis innumerabilis instar,*
> *Te schola semper erat nostra frequente frequens.*
> *Uteuhouina mihi pro multis auribus auris,*
> *Unicus Utenhouus densa corona fuit.*
> *Nunc quoque, cum solita circunder plebe meorum,*
> *Solus te videor deficiente mihi...*
> *Quod si te incolumem rursus schola nostra videbit,*
> *Quae sine te vasta est pene videnda sibi,*
> *Bina Deo inscribam, cui nostra Tragoedia seruit*
> *Iuncta Sophocleis carmina carminibus.*
> *Bacchus amat Sophoclem...* [1].

Les jeunes poètes tenaient la première place dans l'auditoire
de Dorat, qui semblait parfois parler pour eux seuls. Ils béné-
ficiaient, dès leur entrée dans la vie des lettres, d'une pleine initiation à l'Antiquité, qui avait manqué à leurs aînés. Plus d'un
suivait les « lectures » avec l'ardeur passionnée qu'on raconte de
Ronsard :

*Ut iam tum Graecarum artium desiderio flagrabat ! ut pendebat*

---

1. La pièce, datée de 1558, non reproduite dans les *Poematia*, est à la
suite du recueil de Buchanan, p. 166. Uytenhove paraît avoir été l'éditeur
de ce recueil, où tout ce qui regarde ses élèves et ses propres travaux est
mis en lumière.

ab ore doctoris, cum hic Delius Auratus Aeschylum, Pindarum, Musaeum, Hesiodum, hostes antea et barbaros [1], primum Galliae donabat, quos ille tum sic auide arripuit, quasi diuturnam sitim explere cupiens! ...O felicem tanto doctore discipulum ! o beatum tali discipulo doctorem ! Ah, quid dixi tali discipulo? imo talibus discipulis...

Le biographe latin enfle encore son style et applique une légende antique du temple de Jupiter Capitolin au modeste collège de Coqueret, orné pour enseigne, comme il nous l'apprend, d'une tête de saint Jean « décollé » :

Te iam appello, Iohannes Aurate, dicere solebas Petrum Ronsardum Gallicum fore Homerum. Doctoris dictum sapiens discipuli solertia comprobauit... Etenim si caput humanum, quod iuuentum est cum templi Jouis iaciebantur fundamenta, designauit fore ut Roma imperii atque adeo totius orbis caput eminentius appareret, Diui Johannis caput, insigne quod appenderas tuis aedibus, quid aliud (quaeso) portendebat, nisi te, qui hoc insigne sustuleras, et eos, qui sub tuo vexillo in illis castris Palladis militabant, fore quondam Galliae capita, Republicae literariae decus et ornamentum [2] ?

C'était l'honneur de Dorat de conserver parmi ses élèves celui qu'il saluait avec toute l'école comme le chef de la poésie nouvelle ; et plus d'un étudiant, qui a parlé de ces leçons, a rappelé avec fierté la présence d'un aussi glorieux condisciple. Ceux qui vinrent plus tard s'enorgueillirent de s'asseoir sur des bancs qui avaient vu les deux plus grands poètes français, Ronsard et Du Bellay, recevoir le même enseignement. Parmi divers témoignages, celui de l'angevin Jean Le Masle, dont la forme est assez bien venue, est assurément un des plus oubliés :

> Scavant Dorat qui fais de ta plume dorée
> D'excellens et beaux vers tant Latins que Gregeois
> Et qui as d'ignorance icy l'ame tirée
> De plusieurs auditeurs par ta diserte voix ;
> Je croy qu'il n'y a point de poete François
> Escrivant aujourd'huy d'une ancre de durée,
> Qui ne tienne de toy et qui n'ait autrefois
> Cueilli les mots dorez de ta bouche sucrée.

1. Le mot *barbarus* est pris ici au sens d'étranger.
2. *Petri Ronsardi... laudatio funebris... ad I. Gallandium... Iacobus Velliardus*. Paris, 1586, f. 7-7 v°.

Ronsard, qui le premier pindarisa en France,
  (Duquel l'esprit gentil tous les autres devance)
  Avecques du-Bellay tes propos doucereux
Ouyrent à Paris ; aussi, de mes oreilles,
  Au lieu mesme ay gousté tes douceurs non pareilles,
  Heur duquel entre tous je me repute heureux [1].


## VII


On peut chercher à connaître quelle était la méthode d'enseignement de Jean Dorat et quelles habitudes d'esprit la dirigeaient. Voici, un certain nombre d'observations groupées sur cet obscur sujet, et qui permettent de l'éclaircir ; on y verra, au moins dans une certaine mesure, quelles différences et quelles analogies cet enseignement a pu présenter avec celui qui fut en usage à d'autres époques.

Professant avant tout pour des poètes ou des amis de la poésie, c'est Homère que Dorat a étudié le plus souvent et les cours qu'il lui a consacrés ont laissé, chez ceux qui les ont entendus, une impression profonde [2]. Il revenait sans cesse à l'*Iliade* et à l'*Odyssée*, qu'il étudia successivement à Coqueret, au Collège royal, et pour les élèves privés qu'il eut plus tard dans sa maison. A propos de l'un d'eux, le jeune fils de Paul de Termes, conseiller au Parlement, il a exposé un jour ses idées sur cette poésie et sur le point de vue, à la fois littéraire et moral, où il se plaçait pour la faire comprendre :

1. *Les nouvelles recreations pœtiques* (sic) *de Jean Le Masle angevin...,* Paris, Jean Poupy, 1580, fol. 32 (Bibl. de l'Arsenal, 6607). L'auteur raconte sa vie *A Monsieur Dorat poëte du Roy*, dans une longue pièce intitulée : *De l'excellence des poëtes et de leur honneste liberté* (fol. 50 v°-54). Dorat y répond par des distiques insérés à la suite : *Ad Ioannem Masculum virum amicissimum*. Le Masle a traduit les vers latins de Dorat *Sur la paix faitte l'an 1570* (fol. 87). Parmi les dédicaces, je relève celle du fol. 77 : *A M. de Ronsard et de Baïf, vrays·ornemens de nostre poesie françoise.* Quelques exemplaires de ce recueil très rare portent un nouveau titre (Paris, Guill. Bichon, 1586).

2. Quand Gérard-Marie Imbert, retiré à Condom dans son pays de Gascogne, revoit en songe son maître Dorat, il en ressent, dit-il, « aussi grand plaisir et confort »

  Qu'il semble que je l'oy expliquant l'Iliade.

(*Première partie des Sonnets exotériques*, éd. Tamizey de Larroque, Paris et Bordeaux, 1872, p. 39.

*Ergo non multis, sed paucis, quos ego legi,*
*Vel qui me potius legere suis velut aptum*
*Artibus et studiis ad me venientibus ultro,*
*Vtraque magniloqui mysteria rimor Homeri,*
*Siue per Iliacos Regum populique furores,*
*Vnde quid ira decem nocuit funesta per annos*
*Discitur, et quod clara Ducum capita egerit Orco ;*
*Siue in Vlyssaeis erroribus atque periclis,*
*Non modo quanta fuit duri patientia Nautae,*
*Quantum consilii, pietatis, iuris et aequi,*
*Et quantum moderati animi speculamur in illo,*
*Quem sibi virtutis perfectum exemplar ad unguem*
*Proposuit describendum diuinus Homerus,*
*Seria multa iocis inuoluens veraque fictis ;*
*Qualis apud Veteres nondum corrupta Sophia*
*Virginis instar erat sinuoso insignis amictu,*
*Vnde suum peplum doctae sumpsere Mineruae*
*Cecropidae, variis quod acu pinxere figuris,*
*Sistere Palladia soliti quod in arce quotannis*
*Donum insigne Deae, et Sophiae mirabile textum.*
*At nimis infoelix rerumque ignara latentum*
*Aetas posterior* [1] .....

La sagesse antique, les grandes leçons morales de l'humanité
présentées sous le voile allégorique, voilà donc ce qui fut d'abord
montré à Ronsard dans les poèmes d'Homère. Ainsi Virgile était-
il apparu, pendant des siècles, comme un moraliste ésotérique
enfermant ses préceptes dans les épisodes de ses poèmes, met-
tant sous chaque détail, parfois sous chaque mot, un sens caché [2].
On sait que dans cette conception, qui datait de la fin des temps
romains, les aventures d'Énée n'étaient qu'un immense aperçu de
la vie humaine. C'était l'application des idées d'un livre singulier, qui a pesé sur toute la lecture de Virgile au moyen âge et
même au delà, le *De continentia Virgilii* de Fulgence [3]. Des
trois sortes d'utilisation qu'on tirait d'un même mythe, au sens
naturel, au sens moral, au sens historique, les premiers huma-

1. *Poematia*, 2ᵉ part., *Epigrammatum lib. I*, p. 15.
2. « In singulis verbis lumen aliquod sub nube poetica » (*Petrarcae opera*,
Bâle, 1581, p. 410. *Rer. mem.*, II, 2).
3. V. les développements dans *Pétrarque et l'Humanisme*, 2ᵉ éd., t. I,
p. 128-137, 146.

nistes trouvaient des exemples chez les auteurs païens ou chrétiens de l'Antiquité, ce qui autorisait la liberté d'interprétation dont Dorat usait après eux. Pour Homère, il avait, sans le savoir, un prédécesseur illustre. Lorsque les vieux poèmes furent entrevus par Pétrarque ignorant du grec, dans la traduction latine qu'il en fit faire pour apaiser un peu sa curiosité passionnée, ce fut encore par la signification morale qu'il tenta d'en expliquer les mythes [1]. Son goût littéraire très fin lui avait heureusement permis, il est vrai, de comprendre aussi Virgile en pur poète ; mais la rêverie médiévale, qu'il avait renforcée de son autorité d'humaniste, s'était imposée sur Homère à la Renaissance tout entière. Malgré quelques railleries de Rabelais, elle était implantée en France pour longtemps [2], et nous la voyons s'épanouir dans une leçon de Dorat, la seule dont l'analyse nous soit parvenue.

C'est une défense d'Homère contre le reproche que lui adresserait Aristote, en sa *Poétique* [3], d'avoir fait déposer au rivage d'Ithaque Ulysse plongé dans le sommeil, faute qui ne serait pas supportée d'un autre poète. Dorat justifie l'auteur de l'*Odyssée* en invoquant le mérite, que lui reconnaît Aristote lui-même, de soigner parfaitement sa μυθοποία et de coordonner si bien ses récits qu'ils présentent toujours une allégorie d'ensemble. Le poème lui paraît une grande allégorie. Homère peindrait en Ulysse l'homme qui désire la vraie sagesse et le bonheur symbolisés par Pénélope et par Ithaque ; pour les chercher, il est soumis à mille épreuves ; il n'a pas de compagnons dans ce noble désir ; victimes de leur intempérance, les siens ont péri ; il arrive tout seul dans l'île des Phéaciens, et il y meurt, pour obtenir après sa mort le retour à Ithaque, c'est-à-dire la félicité. Les détails qui se suivent dans l'*Odyssée* se rapportent évidemment à la mort d'Ulysse,

---

1. *Pétrarque et l'Humanisme*, t. II, p. 178-180.

2. En pleine période classique, on admet encore la thèse de l'allégorie perpétuellement enclose dans l'épopée antique et qu'il appartient à l'ingéniosité des commentateurs de découvrir. Les écrivains du siècle de Louis XIV en feront une des lois du genre ; Chapelain tirera honneur de l'avoir suivie dans sa *Pucelle d'Orléans*, et Louis Racine enseignera encore qu'une allégorie secrète est présente dans toutes les parties de l'*Iliade* et de l'*Odyssée*.

3. Cf. *Poet.*, éd. Butcher, Londres, 1907, ch. xv, et *Odyss.*, XIII, v. 117-119. Il est imposssible de trouver dans Aristote le passage visé par Dorat.

qu'Homère exprime par l'heureuse fiction du sommeil. Il est endormi par Minerve, en abordant l'île des Phéaciens, à cette fin du livre V où se trouve la belle comparaison : ὡς δ'ὅτε τις δαλὸν... ; il dort de nouveau sur le navire, et l'allégorie reprend alors son développement. Tout ce qui est raconté entre les deux sommeils a rapport aux rites funèbres, de façon à bien faire comprendre que le sommeil a été continu. La nef qui ramène le héros à Ithaque signifie si évidemment un tombeau, qu'elle se trouve ensuite changée en pierre [1]. Il ne peut régner avant d'avoir vaincu les prétendants ; c'est la purification dernière, la victoire sur les troubles de l'esprit et sur les passions, qui s'opposent au bonheur suprême. On ne doit donc pas s'étonner qu'Homère, voulant conduire Ulysse au seuil de la « céleste patrie », l'ait endormi, c'est-à-dire fait mourir. Le docte philologue, qui rapporte respectueusement ces subtilités, ajoute ce témoignage : *Haec e cuius ingenio prodierint, si quis requirat, I. Auratum maxime sane virum, unicum et optimum Homeri interpretem, auctorem laudabo* [2].

Le jeune Ronsard n'a pas moins admiré les éloquentes démonstrations du maître, appuyées d'érudites références. Il y a fait allusion une fois, dans l'*Hymne de l'Automne*, lorsqu'il s'est déclaré

> Disciple de Dorat, qui long temps fut mon maistre,
> M'apprist la Poësie et me monstra comment
> On doit feindre et cacher les fables proprement,
> Et à bien desguiser la verité des choses
> D'un fabuleux manteau dont elles sont encloses [3].

Telle est la doctrine admise ; mais notre poète, par bonheur, en tient fort peu de compte, quand il compose. Une intelligence française est réfractaire à ces conceptions compliquées. Alors qu'un contemporain, le grand Torquato Tasso, s'évertue à donner,

1. Exemple des arguments de détail : sur l'itinéraire « entre Corcyre et Ithaque, doit se trouver Samos » (?), dont le nom signifie σῆμα (tombeau); puis vient l'île Asteris (stellata), qui fait penser au chemin du ciel. Ces puérilités paraissent prises au sérieux.
2. *G. Canteri Ultraj. nouarum lectionum libri octo*, 3ᵉ éd., Anvers, 1571, p. 333-337.
3. Ed. L., t. IV, p. 313 ; éd. Bl., t. V, p. 190.

au moins après coup, un sens didactique et moral aux épisodes de
ses poèmes [1], l'auteur de la *Franciade* n'en prend aucun souci.
Si quelque chose peut révéler l'indépendance de son esprit à
l'égard de l'enseignement qu'il a reçu, c'est l'absence de préoccupations allégoriques dans son poème, et aussi le silence observé
à ce sujet dans la théorie complète qu'il formule de l'épopée.
Son bon sens robuste, son goût de la réalité et de la clarté ne
s'accommodent point de ces singulières idées, toutes héritées des
mythographes alexandrins et de quelques moralistes du moyen
âge. Il aime assurément, ainsi que les poètes antiques et tant de
vieux poètes de France, à personnifier les abstractions ; mais chez
lui l'allégorie est directe, les figures sont nettes et souvent
détaillées pour les yeux. La Renommée, la Fureur, la Peur, la
Justice, la Discorde, comme Raison, Volonté, Fortune et vingt
autres, sont décrites avec leur physionomie, leur costume, leur
cortège. D'autre part, les mythes qu'il évoque ont une valeur
précise et rationnelle, que le lecteur peut parfois ignorer, mais
qui ne risquent nullement de l'égarer [2]. Sauf en quelques poèmes
pédants de sa jeunesse, Ronsard n'a point recherché l'obscurité ;
il n'a pas embrumé sa pensée des brouillards de l'allégorie morale
prônée par Dorat ; il n'a pas préparé des symboles enveloppés
à la recherche incertaine des scoliastes.

Soutenu par la curiosité infatigable de ses élèves, porté lui-
même par le grand courant d'enthousiasme qu'il déchaînait,
Dorat. qui avait commencé par leur expliquer Homère et Pindare, faisait peu à peu le tour de la poésie grecque tout entière.
Cette littérature, que le vieil Alde Manuce avait imprimée le
premier dans son ensemble, était mise entre les mains du public
européen par les éditions de Venise et de Bâle, auxquelles s'ad-
joignaient depuis peu quelques impressions parisiennes. Elle
n'était cependant nullement familière aux lettrés français, et l'en-

---

1. *Opere minori in versi di T. Tasso*, éd. A. Solerti, t. I, Bologne, 1891,
p. 9-12. Pour la *Jérusalem délivrée*, l'interprétation allégorique est reproduite en France, en plein XVIIe siècle, dans la traduction de Baudoin.

2. V. les observations de Laumonier, p. 409 sqq., sur l'allégorie chez
Ronsard, avec lesquelles celles-ci ne font peut-être pas double emploi.
Ajoutons que Ronsard n'est point responsable du commentaire de Pierre
de Marcassus sur la *Franciade*.

seignement de Dorat, quoique un peu cursif et rapide, constituait pour eux une révélation précieuse. Pour satisfaire une avidité qu'il excitait à mesure, il cherchait à « lire » le plus grand nombre de textes possibles ; et l'on peut être assuré qu'une telle propagande, venant d'une chaire réputée, a largement contribué au développement extraordinaire de ce goût pour les poètes grecs, dont les collections générales vont dès lors se multiplier [1]. C'était, en effet, des poètes que les poètes demandaient à Dorat. Attentifs à appliquer la théorie de l'imitation et du « larcin » prêchée par Du Bellay et par Ronsard, ils attendaient de lui sans cesse l'étalage de nouveaux trésors [2]. Aussi, bien qu'il ait étudié plus d'un prosateur, Hérodote, Démosthène, Xénophon [3], peut-être des dialogues de Platon [4], et qu'on ait de lui des corrections sur Plutarque [5], il prenait dans la poésie la plupart de ses lectures. Il guidait avec la même aisance ses auditeurs vers des œuvres de ton très différent, abordant un jour Sophocle et le lendemain Théocrite [6], traduisant pour eux tantôt une tragédie entière, tantôt le recueil d'un petit poète [7], les initiant à des

1. En 1560, le petit volume d'Henri Estienne, dédié à Ph. Melanchthon, contenant Pindare et les huit lyriques, choix trois fois réimprimé, une fois par Plantin (v. plus haut, p. 50). En 1556, l'in-folio du même Estienne, *Poetae Graeci principes heroici carminis et alii nonnulli.* En 1568, chez Plantin, la collection due à Fulvio Orsini, *Carmina nouem illustrium feminarum.* En 1569, à Genève, les poètes géorgiques, bucoliques et gnomiques, édités par Crispinus. En 1573, la *Poesia philosophica* éditée par Estienne, etc. Il y a un public pour dévorer ces recueils et d'autres semblables.

2. On a lu plus haut, p. 21, une curieuse page de Dorat sur le « larcin » ; c'est un écho de son enseignement.

3. Le poème ancien de Ronsard, intitulé *La Chasse*, dédié à Jean Brinon, est inspiré en partie par le traité de Xénophon (éd. L., t. V, p. 37).

4. On trouve chez Ronsard et Du Bellay des souvenirs précis du *Phèdre*, du *Banquet*, de l'*Ion.* Ils sont notés par H. Chamard, p. 53. Mais il est peu probable que la connaissance en soit venue aux poètes par Dorat ; c'est plutôt Turnèbe qui a été pour cette génération, avec Ramus et Louis Le Roy, le révélateur de Platon. Comme on le verra plus loin, c'est avec Lambin que Ronsard l'a étudié.

5. Elles sont présentées dans l'édition des œuvres complètes donnée à Francfort, 1599, 2 vol. in-fol. Cf. l'édition de Reiske, Leipzig, 1774, t. I, p. xxxvi, et l'édition Sintenis de la vie de Périclès, Leipzig, 1835, p. 274.

6. Sur Sophocle, v. p. 67, 75, n. 1 et 78 ; sur Théocrite, v. p. 78 et 103.

7. Teissier met dans la liste de ses œuvres : « Hippolytus Euripidis et Phocylides carmine redditi » (*Eloges des hommes savans*, t. III, p. 462). Ces travaux sont aujourd'hui perdus ; mais Niceron n'a pas de bonnes raisons pour mettre en doute qu'ils aient existé (t. XXVI, Paris, 1734, p. 119).

auteurs difficiles comme Eschyle ou Aristophane, éclaircissant
devant eux maint passage qu'ils n'eussent jamais compris sans
ses lumières [1], en même temps qu'il résolvait pour lui-même de
menus problèmes innombrables contenus dans des textes encore
mal établis.

On constate que Dorat recourt, pour constituer ses textes, à tous
les manuscrits qu'il peut se procurer. Il a libre accès à la bibliothèque de Catherine de Médicis, et chacun sait qu'il est en
mesure de faire acheter par la reine-mère des textes particulièrement précieux, dont il passe pour connaisseur [2]. A la
mort d'Ange Vergèce, le duc d'Alençon sollicite de Charles IX
l'attribution de son héritage par droit d'aubaine au « lecteur »
Dorat, « non tant pour le prouffict qu'il espère tirer des biens
délaissez par ledit Vergesio, mais pour les livres en langue
grecque..., desquelz il pourra cognoistre quelque chose pour
l'instruction de ses disciples et auditeurs » [3]. La bibliothèque
d'Henri de Mesmes, si riche en manuscrits grecs et latins, est

1. On pourra se faire une idée de la méthode d'enseignement de Dorat
par des notes prises par un auditeur de son cours sur *Œdipe Roi*, et conservées dans un manuscrit de Bongars, à la Bibliothèque de Berne, n° 659.
C'est un cahier de papier de très petit format de 26 feuillets intitulé : *Ex
Aurati recitationibus in Sophoclis Œdipum tyrannum*. En tête est une date :
*prid. non. sext. 1578.* On sait que Bongars recueillait avec curiosité les
souvenirs des humanistes, leurs correspondances et les livres annotés par
eux. Il y a à Berne des volumes annotés par Jacques Toussain, Cujas,
Ramus, Henri Estienne, etc.

2. On lit dans une lettre de Pierre Delbene à Claude Dupuy, écrite de
Padoue, le 28 décembre 1571 : « ...Un grec m'avoit monstré quelques livres
pour scauoir si la Royne i voudroit entendre. J'en ai envoyé le catalogue
au s[r] Corbinelli auquel j'avois commis de le vous monstrer. Vous le pouvez
envoyer querir, si le voules voir. J'ay les livres entre les mains, et voulant
conferer le Thucydide je treuve qu'Henry Estienne a eu de fort bons livres
et crois qu'il a veu cestuyci, car il a esté autrefois à Franciscus Portus. Si
la Royne les veut acheter, ce seroit pour amplifier sa librairie, mais j'en ay
escrit au Corbinelly qui en parlera au m[e] de sa bibliothèque, mais, par ce
qu'il est un peu negligent, *j'en escriray un mot à Mons[c] Dorat.* »(Bibl. nat.,
*Dupuy 490*, fol. 159-160.)

3. Lettre du 30 avril 1569 : « Depuis quelques jours Angelo Vergesio, un
de vos escrivins, seroit allé de vie à trépas sans avoir laissé aucuns enfants
ou héritiers, vous estans par ce moyen tous et chascuns ses biens acquis
par droict d'aubeyne... » La pièce porte, d'une autre main : « Il a plu au Roi
de le accorder pour le bien du service. » Elle est publiée d'après l'original
du portefeuille de la Chambre des comptes de Lille, dans les *Analectes historiques* d'André Le Glay, Paris, 1838, p. 245-246.

celle à laquelle l'humaniste fait les plus fréquents emprunts,
car l'obligeance du propriétaire est proverbiale [1]. Voici un
billet inédit demandant un manuscrit des *Hymnes homériques*,
que Dorat désire avoir sous les yeux pendant ses leçons. Le lecteur y trouvera un exemple des improvisations badines que
multiplie sa facilité, et qu'il a dû échanger plus d'une fois avec
Ronsard :

1. Conseiller au Parlement, maître des requêtes au Conseil d'État, plus
tard chancelier du roi de Navarre, Henri de Mesmes, d'abord connu sous
le nom de M. de Roissy, forma avec amour la célèbre bibliothèque dont les
mss. furent achetés sous Louis XV pour la Bibliothèque du Roi (L. Delisle,
*Le Cabinet des manuscrits*, t. I, p. 398). En 1606, Peiresc y admirait « tout un
quartier garni de manuscrits grecs, dont il y en a une grande partie écrits
de la main d'Angelo [Vergèce] ». (*Mémoires de H. de Mesmes*, éd. Frémy,
p. 109.) Pour s'en tenir au témoignage des seuls contemporains de Ronsard
sur la libéralité et les richesses bibliographiques d'Henri de Mesmes, on
pourra lire la dédicace du premier livre de *Lucrèce* du Lambin (Paris, 1563),
la préface de la 2ᵉ partie des *Aduersaria* de Turnèbe (Paris, 1565), les vers
grecs de Dorat mis en tête du *Cicéron* de Lambin (Paris, 1566), etc. Turnèbe écrit : « Cum tu de literis ita bene meritus sis, ut nemo fere huius
aetatis melius, mihique et collegis meis re tam saepe profueris, et imposterum prodesse velis bibliothecamque omni librorum egregiorum copia
refertissimam instruxeris et tanquam Musarum et Apollinis aedem cons-
truxeris...» Lambin dit que trois *codices Memmiani* lui ont été d'un grand
secours pour établir le texte de Cicéron : « Cum Gallis tuis exterarumque
nationum hominibus ea munera largiris, Errice Memmi, quae non ex arcis et
loculis tuis, sed e reconditissimis et locupletissimis bibliothecae scriniis
deprompta, utilitates eis afferunt... Neque vero veteres solum tuas mem-
branas ad communem omnium et publicam utilitatem confers, sed etiam
auctoritate et gratia tua, quibus in primis flores, assequeris... » Rappelant
ces services dans le *Lucrèce*, Lambin ajoute : « Neque vero id solum fecisti,
sed etiam (qua in re industriam ac diligentiam tuam incredibili litterarum
amore coniunctam admiror) scripturas omneis inter se dissimileis atque à
vulgata lectione discrepanteis ad oram unius exempli typis excusi, partim
tua, partim tui librarii manu adscriptas mihi commodasti, ut minore meo
labore ex talibus scripturis quasi sub uno aspectu positis, Adriano Turnebo
interea et Io. Aurato collegis meis, quorum iudicium est, ut scis, in hisce
litteris subtilissimum, adhibitis et consultis, eam potissimum sequerer ac
probarem, quae et M. Tullio esset dignissima... » Dorat avait eu de tout
temps ses entrées chez Henri de Mesmes. Il était anciennement lié avec le
précepteur de celui-ci, Jean Maledent (*Maludanus*), limousin comme lui, et
d'autre part grand ami de Lambin (*Clarorum virorum epistolae*, Lyon, 1561,
p. 366-378). Il avait même eu de bonne heure, avec le maître et l'écolier, un
commerce épistolaire et poétique, dont les documents encore inédits sont
conservés en grand nombre parmi des papiers littéraires collectionnés par
H. de Mesmes et fort intéressants pour nos études. (Bibliothèque nationale,
*Lat.* 10327, f. 72 sqq.). Ces documents aideront un jour à reconstituer la
jeunesse si peu connue de Dorat.

*Memmij clare nepos Lucretiani,*
*Quo te nomen auo probat creatum [1],*
*Sed multo magis illa mens auita*
*Tam propensa viris fauere doctis :*
*Es si tu mihi quod suo poetae*
*Antiquo fuit ille, fac Homeri*
*Hymnorum mihi codicem vetustum*
*Paulum commodites [2], sed ante primam*
*Horam, namque hodie poema graecum*
*Illud putre situque et ulcerosum*
*Mendis aggrediar meo labore,*
*Optatoque tui fauore libri.*
*Tanquam paeonia leuare cura.*
*Quem spero mihi haud irritum laborem*
*Susceptum fore, si modo ipse Phoebus,*
*Quem primus canit Hymnus [3], autor artis*
*Et praeses medicae fauet modenti*
*Et si cultor Apollinis pius tu*
*Non laudi inuideas Apollinari [4].*

Consciencieux collecteur de variantes, chercheur de manuscrits, comme on verra plus loin que le fut Ronsard lui-même, Dorat est aussi un excellent connaisseur de la langue. Beaucoup de témoignages révèlent en lui un complet philologue. On l'a jugé sur ce point trop légèrement ; les plus sûres autorités de son temps auraient dû imposer silence à l'irrévérence du nôtre. Qu'elles viennent de France ou des pays étrangers, elles se prononcent toutes avec déférence pour ce « grand grec », comme l'appelle Scaliger [5], que l'on consulte de toutes les

1. Le poète fait allusion au Memmius à qui Lucrèce a dédié son poème (*Memmi clara propago*). Lambin n'a pas manqué d'insister sur ce rapprochement de noms, qui justifie la dédicace du premier livre de son édition à Henri de Mesmes.

2. Montfaucon, qui a catalogué la bibliothèque du président de Mesmes (t. II, p. 1326-1330), n'y fait figurer aucun manuscrit des Hymnes homériques.

3. L'*Hymne à Apollon* est le premier du recueil mis sous le nom d'Homère.

4. Biblioth. nat., *Lat.* 8139, fol. 103-104. Ce ms. contient un grand nombre de morceaux inédits de Dorat, mêlés à d'autres parus en divers recueils.

5. *Prima Scaligerana*, Amsterdam, 1740, p. 20. L'opinion de Bullart, de Baillet et de quelques autres ne ferait ici qu'une vaine bibliographie.

parties du monde érudit, dès qu'il s'agit d'établir avec certitude un passage difficile. Il est, en ces matières, « l'oracle », et le mot vient naturellement sous la plume de Muret, s'adressant de Rome à Claude Dupuy : « J'escris au seig^r [Benedetto] Manzuolo d'un lieu de Platon, de quo vellem istic meo nomine consuli Apollinem, id est Auratum. Si le seig^r Manzuolo est trop empesché pour aller lui mesmes à l'oracle, ie vous prie, prenés ceste peine là pour moi » [1]. Le même Muret note des corrections de Dorat au texte de Théocrite et de Callimaque [2]. Juste Lipse, qui l'honore grandement, l'appelle *magnus ille Auratus* [3]. Les éditions critiques d'auteurs grecs préparées par le louvaniste Guillaume Canter, d'Utrecht, diligent reviseur des textes grecs publiés chez Plantin, contiennent nombre de corrections de Dorat [4] ; ses *Nouae lectiones* le citent sans cesse pour Théocrite et Sophocle, et même pour Virgile et Properce [5]. Les *Verisimilia* du jeune Lucas Fruytiers (Fruterius), de Bruges, sont remplies de scolies et de conjectures obtenues de Dorat pendant un long séjour à Paris, et qui portent pour la plupart sur un texte latin, Festus, Tibulle, Properce, le prologue de l'*Amphitryon* de Plaute [6];

1. Nolhac, *Lettres inédites de Muret*, l. c., p. 395. La lettre est du 27 décembre 1573. Benedetto Manzuolo, évêque de Reggio, est cité plus loin.

2. *Mureti opera*, t. II, p. 54, 150. Proposant une conjecture différente de celle de Dorat (κονίαν au lieu de κενεάν, Théocrite, XV, 14) il ajoute avec bonne grâce : « Cedamus igitur non inuiti. Aurato enim in litteris aduersari, οὐ θέμις. »

3. « Fr. Raphelengio filio suo, Lutetiam, 1584 »(*Opera omnia*, t. II, 1675, p. 101). Cf. une lettre de la même année à Wiltius (*Iusti Lipsi epist. centur. duae*, Paris, veuve G. Cavellart, 1599, p. 132, cent. I, ep. 98).

4. Dans son *Sophocle* (Anvers, Plantin, 1579), Canter donne son *assentior* à plusieurs des corrections de Dorat sur le *Philoctète*; dans son *Eschyle* (Anvers, 1580), il le donne à des corrections sur l'*Agamemnon*. Dorat n'est pas nommé dans son *Euripide* (Anvers, 1571). Pour les corrections d'Eschyle, l'appréciation de Gottfried Hermann est à citer : « Ille omnium qui Aeschylum attigerunt princeps Auratus... » (*Aeschyli tragoediae*, Leipzig, 1852, t. II, p. 484. *Agam.* 1396). Fabricius dit que les remarques de Dorat sur Eschyle sont restées manuscrites (*Biblioth. gr.*, 2e part., p. 589) ; un témoignage de leur existence est cité par nous, p. 81. Dorat s'était aussi occupé de Stace et d'Ausone (*G. Papinii Statii quae exstant Gaspar Barthius recensuit*, 1664, t. I, p. 94, 447; t. IV, p. 1659).

5. *Gulielmi Canteri Ultraiectini nouarum lectionum libri octo* (*editio tertia*), Anvers, 1571, p. 117, 256, 282, 330, 337, 373, 424.

6. *Lucae Fruterii Brugensis Verisimilia* (Anvers, 1584), réimpr. dans *Thesaurus criticus a Iano Grutero...* Francfort, 1604, t. II, p. 819, 827, 829, 855, 857, 867, 868, 869.

l'auteur les introduit toujours de la façon la plus laudative :
« A nullo satis neque pro merito laudari potest ingenium praeceptoris mei Ioannis Aurati. Hic enim vir unicus, si quam auare
premit scripta sua, tam ea liberaliter in lucem atque oculos
studiosorum permitteret, esset nimirum, nec fallor, cur neque
Robortellos suos, neque Sigonios Italiae inuideret Gallia [1]. » Et
ce bon juge insiste sur la sûreté que possède Dorat pour constater la faute et sa promptitude pour y remédier. Cet art délicat,
Dorat lui-même le définissait avec bonheur, en écrivant à un
chercheur de manuscrits qui ne voulait, comme lui, rien laisser
perdre de l'Antiquité :

> ...*Ut veteres omnes consumpseris unis utraque*
> *Authores, lingua nec periisse sinas,*
> *Restituens corrupta loca et luxata reponens*
> *Integra et haec reddens quae mutilata prius,*
> *In quemcunque tua tractaueris arte libellum*
> *Qui lacer aut carie pene peresus erat* [2].

Le maître de Ronsard était donc, en ces difficiles exercices
où tant de bons esprits ont excellé, tout autre qu'un simple
amateur. Pour abréger cette démonstration, je ne retiendrai
plus qu'une attestation, celle de l'auteur du *Thesaurus linguae
graecae*. Henri Estienne mettait Dorat, pour son habileté à
corriger les fautes des textes, sur le même rang qu'Adrien Turnèbe. Il mentionne à plusieurs reprises, au cours de ses travaux,
les heureuses conjectures de ce confrère, « qui... in restituendis
multis... poetarum locis sagacitatem suam ostendit », et il
s'émerveille de voir qu'une des corrections de Dorat, sur un passage corrompu de Callimaque, est vérifiée par le témoignage
d'un ancien manuscrit [3]. Lorsqu'il rend hommage à son profes

---

1. *Thes. crit.*, p. 819. Fruter indique, p. 857, à propos de Properce, que
son maître, *vir princeps in his disciplinis quas liberales appellamus*, est
appelé chaque jour (*quotidie*) à se prononcer sur des cas qui lui sont soumis. Sainte-Marthe dit, de son côté : « Summa eruditione et acerrima con-
iectura praestans optimi quoque critici laudem quotidie merebatur ».
(*Gallorum doctrina illustrium elogia*, Poitiers, 1598, p. 87.)

2. *Poematia*, 2e part., p. 131 (à B. Manzuolo).

3. *Poetae graeci heroïci carminis et alii nonnulli. Excudebat Henricus
Stephanus*, Paris, 1566, 2e part., p. xxxvii (sur le v. 31 de l'*Hymne à Apollon*
de Callimaque). Il faut lire tout le morceau qui commence ainsi : « Quoties
huius versus recordor, toties Ioannis Aurati recorder necesse est... » ; il est
cité en partie par Maittaire, *Stephanorum Historia*, p. 281.

seur Pierre Danès, doué d'un particulier talent « ad eluendas abstrusissimas etiam librorum labes et maculas », il nomme Dorat parmi ses dignes émules : « Ab eo... quum discessi, nullos qui maiori cum dexteritate et foelicitate id praestent inuenio, quam duos magni apud nos nominis viros, Adrianum Turnebum et Ioannem Auratum... » [1]. Ce genre de mérite était tellement reconnu au précepteur des poètes que Denys Lambin, le rapprochant à son tour de Turnèbe [2] et lui dédiant le sixième livre, le plus beau, de son édition de *Lucrèce*, assure qu'il semblait avoir été le contemporain des écrivains dont il reconstituait avec tant d'aisance le texte véritable [3]. De telles qualités, qui assurent une place à Dorat parmi les philologues, devaient donner aux leçons écoutées par Ronsard et ses amis une vie et un mouvement extraordinaires.

Dorat n'a laissé que dans les livres d'autrui les traces de son

1. *Ex Ctesia, Agatharchide, Memnone excerptae historiae. Appiani Iberica... Omnia nunc primum edita cum Henrici Stephani castigationibus,* Paris, 1557. Dédicace à Carlo Sigonio, f. 4.

2. Lambin réunit sans cesse le nom de ses deux collègues au Collège royal. Il déclare à plusieurs reprises, aux préfaces de son Lucrèce, qu'il les consulte ensemble pour faire approuver d'eux ses conjectures (« Galliae nostrae atque adeo totius Europae principes, collegas meos, Adrianum Turnebum et Ioannem Auratum... »). Dédiant le cinquième livre à Turnèbe lui-même, il les unit encore dans son estime : « Ac de Io. Aurato quidem, homine ingenio et doctrina tui simillimo et poene gemino... » (*T. Lucretii Cari de Natura deorum*, troisième édition de Lambin, Paris, 1570, p. 410, 521, etc.). Dans son Cicéron de 1566, Lambin fait appel deux fois à l'autorité de Dorat (t. III, p. 466 ; t. IV, p. 337). Les conjectures portent sur des passages grecs des lettres de Cicéron.

3. Citons le passage du bon latiniste ami de Ronsard à la louange de Dorat « lecteur » du Collège royal : « Neque enim mihi fas fuit te praeterire primum collegam meum, deinde in ipsa Collegii necessitudine easdem litteras docentem ac profitentem, deinde, quod caput est, amicum. Et vero cum de eximia ac poene dicam diuina tui ingenii praestantia singularique doctrina cogito, et cum tua scripta vel relego, vel memoria repéto, videor mihi felicius illis et fertilibus nobilium poetarum temporibus natus esse ...Ceteros enim homines admiramur et in doctis viris numeramus, qui veterum illorum siue. Graecorum, siue Latinorum sententias saepe perobscuras et aenigmatum simillimas explicare atque enodare possunt. Te autem quid dicam eam laudem esse consecutum, qui non solum antiquorum scripta vel obscura sic illustras, vel corrupta sic corrigis ac restituis, ut cum illis vixisse videaris, verum etiam scribendi similitudine proxime ad illos accedis ?... » (La suite du morceau est citée en note p. 76). La première édition du Lucrèce de Lambin, où le second livre est dédié à Ronsard, est de 1563. L'épître à Dorat est du mois d'octobre 1563.

labeur philologique. Il n'a jamais pris la peine de préparer une
publication analogue aux *Aduersaria* de Turnèbe, aux *Variae
Lectiones* de Vettori ou de Muret. C'est aux recueils de ce genre
publiés par d'autres en divers pays et aux éditions savantes du
temps qu'il faut recourir pour retrouver le témoignage de son
activité. La recherche, jusqu'à présent, n'a tenté personne [1].
Quelque manuscrit de Dorat se retrouvera peut-être, par exemple
ce travail de jeunesse sur Eschyle, dont il annonçait l'envoi à
Muret pour un prélat italien qui désirait le voir mettre au net [2].
Il apporta apparemment quelque coquetterie à faire désirer ses
travaux d'érudit, qu'il ne donna jamais.

Il semble s'être satisfait de la renommée que lui faisaient ses
élèves et des services que son enseignement rendait aux lettres.
Assez fier d'être compté dans la Pléiade de Ronsard, honoré
du titre et de la pension de *Poeta regius*, qui l'obligeait à ver-
sifier en l'honneur du Roi et des princes, il ne lui arriva jamais
d'imprimer autre chose que des vers. Il ne se soucia même pas
de réunir l'ensemble de sa production trilingue, dispersée en ces
nombreuses plaquettes de « Tombeaux » de défunts notoires,
dont la mode fut de cette époque, et surtout parmi les « liminaires » d'ouvrages de toute nature, dont les auteurs invoquaient
devant le public l'autorité de son nom.

Il exerçait ce métier honorifique avec une complaisance infatigable et un certain scepticisme [3]. Il présentait indifféremment
les « Premières poésies » d'un jeune versificateur de province,

1. J'avais réuni les éléments d'une étude sur Dorat philologue, à l'époque
où j'étais préparé à traiter ce sujet. Ne l'envisageant plus qu'au point
de vue historique, je rappelle qu'un philologue qualifié, Jacob Reiske,
écrivait de notre humaniste : « Aurati pallium, h. e. praelectiones in optimos quosque auctores graecos publice Parisiis tum habitas, dicuntur(meum
haud est quaerere quo iure quaue iniuria) Scaliger, Muretus, Canterus,
Stephanus, alii dilaniasse ». (Préface du Plutarque de Leipzig, 1774.)
2. Ce travail fait penser à la première lecture d'Eschyle faite à Ronsard,
dont parle Binet (v. plus haut p. 44, et aussi p. 78, n. 4). Voici le passage
de l'épître adressée à Muret, alors à Rome, et où il est question de Pincé
et de Benedetto Manzuolo, évêque de Reggio (*Poematia*, 3ᵉ part., p. 62) :

> *...Rhegius Antistes, qui nunc mea in Aeschylon instat*
> *Scripta sibi ut mittam, sed nec pes, nec caput ullum*
> *In schedulis nostris iuuenilibus, et mihi nec mens,*
> *Nec visus facit officium, tamen illa reuisam*
> *Primo tempore quoque et Manzolo omnia mittam.*

3. Ne le déduit-on pas de la pièce suivante ? Elle figure, avec des vers

enivré d'imiter la Pléiade, les travaux philologiques de ses collègues du Collège royal, l'édition d'un ouvrage de Dante donnée par un ami italien [1] ou un recueil de musique composé sur les œuvres de Ronsard [2]. Comme il s'intéressa toujours aux ouvrages traitant de l'Antiquité, il recommandait avec bonne grâce les textes inédits ou les éditions nouvelles d'auteurs anciens que multipliaient les érudits [3]. Ses admirateurs auraient souhaité qu'il ne laissât point ces petits poèmes, parfois ingénieux et spirituels, se perdre parmi tant de volumes où nous les retrouvons peu à peu aujourd'hui, et où le nom de Ronsard n'est pas sans apparaître avec intérêt [4]. On aurait voulu qu'il y joi-

---

français de Pierre de la Ramée, Jean Vauquelin, Baïf, Sainte-Marthe, etc., en tête de *La Tragédie d'Agamemnon, avec deus livres de chants de Philosophie et d'Amour par Charles Toutain*, Paris, 1557 :

*In Caroli Tutani iuueniles conatus.*

*Multa rogant multi me carmina, do quoque multis :*
  *Officium nam cui carminis ipse negem ?*
*Si tamen usque nouos des uates Gallia, non sat*
  *Vates laudandis uatibus unus ero.*
*Quod potero certe, tam plaudam uatibus unus*
  *Omnibus : et, quâ fas, cuique satisfaciam.*
*Sin aliquis culpet, quod cancta poemata laudo :*
  *Plaudo non laudo : quid minus esse potest ?*
*Omnibus ingeniis si laus non debita par est,*
  *Omnibus at plausus debitus ingeniis...*

1. V. l'éd. du *De vulgari eloquentia* procurée par Corbinelli, Paris, 1577. Cf. Farinelli, *Dante e la Francia*, Milan, 1908, t. I, p. 465.

2. V. le recueil de Guill. Boni, *Sonetz de P. de Ronsard mis en musique à IIII parties*. Dorat dit que Némésis, qui avait privé Homère de ses yeux, priva Ronsard de ses oreilles :

*...Inuida mox iúueni, Ronsarde, tibi obtudit aures,*
  *Arte sua Bonius quas tibi restituit ;*
*Nam tua dum blando modulatur carmina cantu,*
  *Mille tibi auditus, mille dat auriculas.*

3. Il l'a fait pour Joseph Scaliger comme pour ses collègues du Collège royal. Parmi les volumes moins aisés à retrouver, je relève, pour la fin de sa vie, les *Animaduersiones* de Simon du Bois (*Bosius*), accompagnant une édition des *Lettres à Atticus* (Limoges, Barbou, 1580), le *Justin* de Jacques Bongars (Paris, 1581), le commentaire de Hiéroclès sur les *Aurea Pythagoreorum carmina*, tiré d'un ms. de la bibliothèque de Fr. de La Rochefoucauld (Paris, 1583), le poème sur la Création, du diacre Georges Pisidès, mis au jour par Fédéric Morel le fils (Paris, 1584).

4. Je ne veux retenir ici, de la vaste bibliographie que j'ai réunie, qu'un volume où se trouve une mention curieuse d'un médecin de Ronsard. Il est publié par le jeune médecin limousin Valet, à qui Dorat a servi de « Mécène » et confié quelques poèmes pour les joindre à son travail (*Ant. Valetii oratio in scholis medicorum ante licentiatum habita...* Paris, J. de

gnît de belles odes inédites dont il régalait quelquefois ses familiers. Plusieurs le lui disaient joliment en latin :

> ...Unum est quod abs te, si pateris, peto,
>   Aurate, ne quantum tuorum
>     Et operumque poematumque
>   Tam longo in arcis tempore supprimas ;
> Sed tandem in aurae lumina publicae
>   Prodire, te viuo ac vidente.
> ...Ah desine, desine
> Cunctationum, non dubiam tuis
>   Spondens amicis spem fidemque,
>     Nempe breui fore, quo fruamur
> In luce aperta felibus integris.
> Post fata si quis forte recenseat
>   Volumine uno comprehensos,
> Ne labor arte vacet limendum est [1].

Baïf appliquait à cette exhortation un de ses sonnets en rimes
féminines :

> Que ne descouvres-tu ton immortel ouvrage,
> Que des neuf doctes seurs la bande favorable
> T'a doné de la mort pour ne creindre l'outrage [2] !

Devenu fort épicurien d'habitudes à la fin de sa vie, Dorat
reculait toujours devant cette fastidieuse besogne. Ce fut seulement deux ans avant sa mort, en 1586, alors que la maladie
l'empêchait d'y veiller lui-même, que des élèves et des amis
unirent leurs soins pour publier, un peu du hasard et avec bien
des incorrections typographiques, un ensemble fort incomplet

Bordeaux, 1570). Parmi des épigrammes adressées à divers médecins de
Paris et qu'on ne trouve pas ailleurs, celle-ci est dédiée *Simoni Pietre d. m.*
(cf. *Poematia*. II, p. 50) :

> Petraei tibi si Petri domus illa Galandi
>   Nota, vetus nota est si domus illa mihi :
> Si mensa iuuenes usi, sale si sumus uno :
>   Si tua Ronsardus, si mea fama meus :
> Cuius ego ingenium, tu corporis omnia curas,
>   Et vitia, et morbos quos labor ipse dedit :
> Auratum simul et Ronsardum ambire putato,
>   Pro patria cuius me pius urit amor.

1. *Les Amours de Ian Antoine de Baïf*, Paris, 1572, f. 52.
2. Ode de Paul Melissus, dans ses *Schediasmata* de 1586, p. 523-525.

de ses *Poematia*. « La mort récente du célèbre Ronsard, disaient-ils, leur a fait craindre celle de leur maître et la perte de ses œuvres, et ils se sont mis à ramasser celles-ci partout où ils ont pu les trouver, consultant plutôt leur désir que le sien » [1]. La publication plus ample et plus correcte qu'annonçait l'imprimeur Linocier, le recueil que prépara ensuite Scévole de Sainte-Marthe et que Jacques-Auguste de Thou promettait de divulguer, sont restés de simples projets et la mémoire littéraire de Dorat en a souffert. On vient de voir que ses titres de philologue n'ont pas été mieux sauvegardés, puisque la postérité en est venue à douter du témoignage, jugé trop lyrique, des poètes ses écoliers.

VIII

A l'heure de la Renaissance où étudiait Ronsard, la littérature romaine était déjà classée. Depuis près de deux siècles qu'on la lisait à la suite de Pétrarque, qui fut le premier à l'embrasser dans son ensemble et à en révéler l'esprit véritable, on ne reconnaissait qu'aux grands écrivains l'autorité didactique, et les *minores* n'envahissaient pas le rang réservé aux maîtres. Il n'en allait pas encore de même pour la littérature grecque, dont les œuvres, jetées pêle-mêle dans la librairie aux premières années du seizième siècle, n'avaient subi ni l'épreuve du temps, ni celle de la discussion savante. Toutes les pièces d'un trésor si neuf paraissaient également précieuses. C'est par là qu'il faut expliquer, plus encore que par l'insuffisance de son goût, l'attachement de Dorat à des auteurs de rang inférieur, et la part qu'il leur fit dans son enseignement.

On ne saurait oublier pourtant que, pour ce qui regardait la prose, la même génération eut assurément de meilleurs guides. Un humaniste plus modeste que Dorat, mais dont l'œuvre d'écrivain et de professeur est considérable, Louis Le Roy, dit Regius, s'était imposé la tâche de révéler aux Français, par des

---

1. *Ioannis Aurati Lemouicis poetae et interpretis regii Poematia...* Paris, G. Linocier, 1586. Cf. *OEuvres poét. de Jean Dorat*, éd. Marty-Laveaux, Paris, 1875, p. 70. La bibliographie des œuvres de Dorat est établie à peu près entièrement dans les notes de cette édition.

commentaires et des traductions en leur langue, les principaux
représentants de la pensée grecque. Les préférences de son labeur,
bien loin de s'égarer, s'étaient attachées aux œuvres de trois
grands prosateurs de la Grèce; il traduisait Platon, Aristote et
Démosthène, c'est-à-dire « les lumieres des lettres et les precepteurs appelez par Seneque du genre humain, qui ont demeuré
longtemps cachez en escholes ou ensevelis aux librairies » [1]; et
il comptait avec eux Isocrate et Xénophon. Louis Le Roy, de
Coutances, que Du Bellay a assez malencontreusement malmené
dans les *Regrets*, avant de se réconcilier avec lui et de lui
rendre justice [2], mérite d'autant mieux d'être rappelé ici que
Ronsard l'a certainement connu. Il a lu, et même avec passion, les
travaux du traducteur du *Phédon* et des *Politiques*, à mesure
qu'on les donnait au public ; il leur a dû de compléter ainsi les
connaissances philosophiques auxquelles l'avait initié Denys
Lambin et dont il y a mainte trace dans son œuvre [3]. La sûreté
des choix de l'humaniste normand, dirigé, il est vrai, par les
jugements latins, lui fait d'autant plus d'honneur que ceux de
Dorat, pour les poètes, se sont montrés plus incertains et moins
éclairés.

Le maître de la Pléiade a bien étudié d'abord, et assurément
avec une déférence marquée, Homère et Pindare ; mais, à toutes
les époques de sa carrière, il donne une place considérable et
surprenante aux Alexandrins, même à ceux d'entre eux qui n'ont
d'autres titres que la préciosité de leur style ou la bizarrerie de

1. Préface du *Sympose*, citée par A. Henri Becker, *Loys Le Roy de Coutances*, Paris, 1896, p. 85. Dolet l'avait précédé pour Platon.
2. C'est le « pedante » que Du Bellay poursuit de ses invectives, pour des
raisons personnelles (Becker, p. 19-21). On sait que l'auteur de la *Deffense*
considère, d'ailleurs, le travail de la traduction comme « peu profitable,
inutile, voir pernicieuse à l'accroissement de la langue ». Ronsard, admirateur d'Amyot, ne paraît pas avoir partagé cette opinion.
3. V. l'importante lettre de Lambin à Ronsard citée plus loin. Voici les
principales traductions de L. Le Roy, dont les dates des premières éditions
sont à noter : *Trois oraisons de Demosthène* (Vascosan, 1551 ; sept chez
F. Morel, 1575), trois livres d'Isocrate (1551), *Le Timée de Platon* (1551),
*Le Phédon* (1553), *Le Sympose* (1559), *Les Politiques d'Aristote* (1568), *La
République de Platon* (1600, posthume). La collaboration de J. du Bellay
pour la traduction de « plusieurs passages des meilleurs poëtes grecs et
latins citez au Commentaire » est attestée au titre même du *Sympose ou De
l'Amour et de la Beauté*. Comment Ronsard n'aurait-il pas goûté ce bel ouvrage, dédié à Marie Stuart et à son époux ?

leur sujet. L'abondante production de la décadence hellénique est traitée par lui avec une piété qui nous semble manquer de discernement. Il est même ravi d'avoir à lutter contre des difficultés plus grandes d'interprétation ; il se plaît au sens obscur des allégories érudites usitées autour des Ptolémées, qu'il s'efforce de remettre à la mode autour de lui et dans lesquelles ses élèves croient recueillir un héritage de la plus pure antiquité [1]. Sous sa direction, aucune étude ne les rebute, dès qu'il s'agit d'un poète grec, et d'étranges interversions de valeur se produisent dans leur esprit. Aratos, Nicandre, Apollonios de Rhodes prennent rang pour eux à côté des plus grands anciens. L'un d'eux, Joachim Blanchon, compatriote limousin de Dorat, paraît avoir dressé une liste des auteurs préférés par celui-ci, dans un sonnet qui commence ainsi :

> Divin Dorat, qui des cendres d'Homère,
> De Theocrit, Callimach, Licofron,
> Pindare, Arat, Alcée, Anacreon,
> As le premier esclarcy la lumière... [2]

Parmi de singulières énumérations qui abondent dans la littérature du temps, on peut citer encore celle que fait un autre élève de Dorat des ouvrages grecs dont il demande à un ami de le munir à la campagne. Avec Homère, dit-il,

> Qu'il m'envoye l'Arat et de Procle la Sphere ;
> Theocrit, Callimach apporte aveque toi,
> Eschyl, Anachreon, Sophocle porte moi
> Et la Chasse adressée à l'enfant de Severe [3].

1. Dorat en était venu à avoir la réputation d'expliquer les prophéties et les oracles. Je signale l'étrange dialogue en latin où il est introduit comme interlocuteur par le collecteur des Centuries de Nostradamus, Jean Aimes de Chavigny, beaunois (*La première face du Ianus françois...* Lyon, 1594, p. 30). L'auteur, qui dit l'avoir entendu expliquer Pindare *in Pythiis* (p. 34 et 291), loue l'étendue de sa science et ajoute : « Eo te ingenio Natura parens dotauit ut et per te inuenire multa et abstrusissima quaeque et ab oculis captuque caeterorum hominum remotissima in lucem euocare tibi facile sit ac promptum. »

2. *Les premières œuvres poétiques de Joachim Blanchon...*, Paris, 1583, p. 279. Cf. sonnet à Muret, « orateur du pape », p. 230 ; ode à Dorat, p. 301. Des vers liminaires de Dorat sont reproduits dans les *Poematia*, part. I, p. 12.

3. *Première partie des Sonnets exotériques* de Gérard-Marie Imbert, réédité par Tamizey de Larroque, Paris et Bordeaux, 1872, p. 29. Le dernier

Le rayon des livres grecs dans la « librairie » de Ronsard montrait des confusions pareilles. Dans la plus savante de ses odes, celle qu'il adresse *Au chancelier de l'Hospital*, où il conte la naissance des Muses et le voyage des belles divinités auprès de leur père Jupiter, il a essayé de se reconnaître, au moins une fois, parmi la vaste littérature de la Grèce. Au-dessus de tous les autres, il met les poètes de l'époque primitive, celle d'Eumolpe et de Musée, de Linos et d'Orphée, qui a produit Homère et « l'Ascrean » Hésiode. Ce sont là « les poètes divins »,

> Divins, d'autant que la nature
> Sans art librement exprimoyent.
> Sans art leur naïve escriture
> Par la fureur ils animoyent...
> Les secrets des Dieux racontoyent ;
> Si que paissant par les campagnes
> Les troupeaux dans les champs herbeux,
> Les Démons et les Sœurs compagnes
> La nuict s'apparoissoyent à eux ;
> Et loin sus les eaux solitaires,
> Carolant en rond par les prez,
> Les promouvoyent Prestres sacrez
> De leurs plus orgieux mysteres.

Ensuite est venue la « jeune bande » des « poëtes humains, degenerans des premiers », dont les vers s'éloignent « bien loin De la saincte ardeur antique », et Ronsard désigne pêle-mêle sans les nommer Théocrite, Apollonios, Lycophron, puis en bloc les tragiques et les comiques d'Athènes :

> L'un sus la flûte departie
> En sept tuyaux Siciliens
> Chanta les bœufs, l'autre en Scythie
> Fist voguer les Thessaliens ;

ouvrage est le poème d'Oppien, les *Cynégétiques*, dédié à l'empereur Caracalla ; le premier de la liste est désigné par son titre en tête de l'ode de Ronsard *A son laquais* (éd. Laumonier, t. II, p. 213) :

> J'ay l'esprit tout ennuyé
> D'avoir trop estudié
> Les Phenomenes d'Arate :
> Il est temps que je m'esbate
> Et que j'aille aux champs jouer...

> L'un fist Cassandre furieuse ;
> L'un au ciel poussa les debas
> Des rois chetifs, l'autre plus bas
> Traina la chose plus joyeuse [1].

« Après ces poëtes humains » et « par le fil d'une longue
espace », les Muses ont encore inspiré « les prophètes romains »,
sans leur accorder les dons des premiers, ni même des seconds
parmi les Grecs. Ces velléités de classification sont à noter, mais
elles ne persistent pas dans la pensée de l'écrivain ; lorsqu'il
compose l'*Hymne de la Mort*, tout est brouillé et confondu :

> On ne voit aujourd'huy sur la docte poussiere
> D'Helicon que les pas d'Hesiode et d'Homere,
> D'Arate, de Nicandre et de mille autres Grecs
> Des vieux siecles passez, qui beurent à longs traits
> Toute l'eau jusqu'au fond des filles de Memoire... [2]

On ne se trompe guère en faisant remonter aux idées de Jean
Dorat les illusions de cette sorte, qui égarent nos poètes d'autant plus facilement qu'ils ont plus d'information et de lecture.
Un exemple surtout demeure célèbre. L'helléniste qui les a guidés
ne semble pas s'être aperçu qu'il n'y a rien de commun entre
Homère et Lycophron de Chalcis, qui représentent les points
extrêmes de sa vaste investigation littéraire ; et il étudie presque
aux mêmes titres l'*Iliade* et la *Cassandra* [3], dont le texte vient
de paraître à Bâle accompagné du commentaire byzantin de
Tzetzès [4]. Dorat a fait aussitôt de ce poème son butin préféré, et
le versificateur de la Pléiade ptolémaïque va jouir, grâce à lui,
aux bords de la Seine, du regain éphémère d'une gloire qui a
peu duré sur les bords du Nil.

---

1. Strophes xvii-xviii. Ed. L., t. II, p. 139-140 ; éd. Bl., t. II, p. 87-89.
L'ode, définitivement classée la dixième du livre I, a paru d'abord au cinquième livre publié en 1552.

2. Ed. L., t. IV, p. 365 ; éd. Bl., t. V, p. 240. L'hymne a paru en 1555.

3. « *Homerum, Pindarum, Lycophronem et cetera Graeciae lumina inter-
pretabatur* » (Papire Masson, *Elogia*, éd. cit. Paris, 1638, 2e p., p. 284).

4. L'édition venait d'être donnée à Bâle, chez Oporin, en 1546 par Arnol-
dus Perexylus Arlenius et Nic. Gerbelius, après l'édition partielle de 1513,
dans laquelle Alde Manuce avait déjà uni ce nom à ceux de Pindare et de
Callimaque. — Pour les *Phenomena* d'Aratos, Dorat faisait usage d'une édition de Paris. Pour Apollonios et Nicandre, on se servait des Aldines, en
attendant les éditions d'Estienne et de Fédéric Morel, qui ont dû se trouver
plus tard entre les mains de Ronsard.

L'ouvrage n'est, comme on le sait, qu'un long monologue de
la prophétesse Cassandre sur la ruine d'Ilion et la destinée future
des héros Troyens et Achéens. L'érudition la plus indigeste, l'abus
des allusions historiques et fabuleuses en rendent proverbiale
l'obscurité, et Meursius a intitulé son édition : *Lycophronis Alexandra poema obscurum*. A cette confusion s'ajoutaient celle des commentateurs et l'interpolation, non reconnue alors, des passages
sur la conquête du Latium par Énée et sur celle de l'univers par les
Romains. Tout cela ne faisait que rendre plus précieux le « téné-
breux » Lycophron pour les curiosités de la Renaissance. Celles-
ci sont attestées par les traductions latines que vont tenter successivement Guillaume Canter et Joseph Scaliger [1]. Remarquons
que l'un et l'autre, liés avec Dorat, sont plus ou moins inspirés
par lui pour ce travail difficile, désiré par les poètes de l'entourage de Ronsard [2]. Ses distiques grecs, qu'il faut chercher en
tête de la publication de Canter, font à Lycophron un mérite de
tant d'ombres sibyllines [3]. L'engouement de ses élèves témoigne
mieux encore de cette popularité singulière. Un commentateur
des premières *Odes* a loué le travail fait par Dorat « en demel-
lant les plus desesperés passages de l'obscur Lycophron, que
nul de nostre age n'avoit encores osé denouer » [4]. C'est une
besogne où la philologie a besoin d'être aidée d'une sorte de
divination, que Ronsard ne manque pas de célébrer chez un homme

1. Cf. Bernays, *J. J. Scaliger*, Berlin, 1855, p. 272. L'édition de J. Meursius est de Leyde, Elzévir, 1697.
2. Van Giffen écrit d'Orléans à Buchanan : « Basileae editus est proxime
Lycophron a Cantero nostro cum Scaligeri filii versione antiquitatis plena,
stylo Pacuuiano... Auratus hisce diebus Poetae Regii titulo donatus, et
satis amplo honorario et annona annua ; docendi munus, ni fallor, omittit...
Aureliano, 17 cal. feb. 1567 ». (*Buchanani op. omnia*, Leyde, 1725, t. II,
p. 726.)
3. *Lycophronis Chalcidensis Alexandra siue Cassandra, cum versione
latina Gulielmi Canteri. Eiusdem Canteri in eamdem adnotationes. Apud
Hieronymum Commelinum*. S. l. 1566. Le travail de Canter, sans les vers
liminaires, est reproduit avec soin dans l'édition de H. G. Reichard, Leipzig,
1788 ; Dorat y est cité aux p. 54, 85, 158.
4. *Les quatre premiers livres des Odes de Pierre de Ronsard Vandomois...*,
Paris, G. Cavellart, 1550, fol. 159 (commentaire des fameuses anagrammes
grecque et française de Dorat sur le nom de Pierre de Ronsard). On attribue
ce trop court commentaire à Jean Martin, l'architecte écrivain qui a traduit Vitruve, Alberti, Serlio et le *Songe de Poliphile*. Cf. Pierre Marcel,
*Un vulgarisateur, Jean Martin*, Paris, 1903.

> Renommé parmi la France
> Ainsi qu'un oracle vieus,
> Pour denouer aus plus sages .
> Les plus ennoués passàges
> Des livres laborieus [1].

Guillaume Canter, qui fut un des meilleurs élèves de Dorat, a mis en tête de sa traduction de la *Cassandra* les distiques grecs de son maître qui la recommandent [2] ; il nous informe aussi de la part que prit celui-ci à l'amélioration du texte, et nous savons qu'il lui avait dédié son abrégé en vers anacréontiques composé pour l'éclaircir [3]. Mais c'est un autre écolier qui nous montre Ronsard dans l'auditoire. Le médecin Frédéric Jamot, de Béthune, helléniste habile et auteur d'odes pindariques en grec imprimées plus tard chez Plantin, rappelant les souvenirs de sa jeunesse et les explications précieuses de Dorat sur Pindare (*Dircaei carmina cycni*), mentionne avec plus d'insistance encore les mémorables leçons sur Lycophron. Pour éclaircir son auteur, le maître recourait au commentaire de Tzetzès de Chalcis, récemment publié et non moins obscur que le poème :

> *Seu soluis nodos, Phrygiae aenigmata vatis,*
> *Chalcidica quondam graeca notata manu,*
> *Undique conueniens studiosas applicat aures*

1. Même édition, fol. 22 v° (a *Ian d'Orat*). Éd. Laumonier, t. I, p. 127. Aux témoignages du goût de la Pléiade pour Lycophron s'ajouterait celui que cite G. Colletet dans sa vie inédite de l'angevin Pascal Robin, sieur du Faux (fol. 424). Celui-ci contait ses études à des amis :
> Or Lycophron et la prison obscure
> De sa devine enferme mes soucis.

2. Voici l'épigramme de Dorat non recueillie dans ses œuvres :
ΕΙΣ ΛΥΚΟΦΡΟΝΑ ΙΩΑΝΝΟΥ ΑΥΡΑΤΟΥ ΕΠΙΓΡΑΜΜΑ
> Φεῦ, τίς ἀνήρ ποτε ταῦτα σιβυλλιάων ἀγόρευσεν
> ἔκπαγλος, ὡς θείης ἔμπλεος ἦν σοφίης ;
> ἢ ρ᾽ ἐτεόν τό Πλάτωνος ἔπος γε μάλ᾽ εἵνεκα τοῦτο
> ἔνθεον ὅς μανίην εἶπε τά μουσοπόλων.
> οὐ γὰρ Ἀλεξάνδρα ζωῦσά περ εἶπεν ἂν ἄλλως
> μαινομένη, φρονέων ἢ φάτο νῦν Λυκόφρων.

3. Il dédie une de ses premières publications à son maître d'Utrecht (*Cornelio Valerio Vltr.*), comme il vient, dit-il, de faire pour son maître de Paris : « Sicut ante dies aliquot Lycophronis oraculorum compendium versibus breuibus utraque lingua conscriptum Aurato misi. » (*Aristotelis Stagiritae pepli fragmentum siue Heroum Homericorum epitaphia nunc primum auctori suo restituta*, Bâle, 1556).

*Turba, Lycophronios erudienda modos.*
*Addit se socium et socios supereminet omnes*
*Ronsardus, patriae maximus arte lyrae...* [1]

Ronsard lui-même attestera l'influence des leçons de Dorat,
non seulement par quelques imitations de Lycophron assez
laborieuses, mais en plaçant la prophétie de « Cassandre furieuse »
à côté des *Argonautiques* d'Apollonios, parmi les plus grands
poèmes que les Muses ont inspirés aux Grecs [2] ; et l'on se rappelle
de quel accent vigoureux il l'évoque au début de cette chanson
à sa dame, où il confond, par un jeu pédantesque qui lui est familier, la belle Cassandre Salviati et la fille de Priam :

> D'un gosier masche-laurier
> J'oy crier
> Dans Lycofron ma Cassandre,
> Qui prophetize aux Troyens
> Les moyens
> Qui les reduiront en cendre... [3]

C'était encore à l'autorité de Lycophron, ou plutôt de Tzetzès
rapportant une anecdote de la cour de Ptolémée Philadelphe, que
se référaient Dorat et d'après lui Du Bellay, pour « remettre en usage
les anagrammatismes », dont la Pléiade française a tant abusé.
Du Bellay garde le goût assez sûr pour ne pas trouver dans les
défauts de la *Cassandra* des gages du génie de l'auteur et ne voudrait pas dire « que Lycophron feust plus excellent qu'Homere,
pour estre plus obscur, et Lucrece que Virgile pour ceste mesme
raison » [4]. Ces opinions n'en étaient pas moins professées par
quelques néophytes enthousiastes.

1. *Fed. Iamotii medici Bethuniensis Varia poemata graeca et latina*,
Anvers, Moretus, 1593, p. 114. Cet ouvrage, qu'a signalé Louis Delaruelle,
contient des odes pindariques, dont l'une est dédiée à George Buchanan,
des distiques latins adressés à J. du Bellay, des distiques grecs dédiés à
Henri Estienne à propos de son édition d'*Anacréon*, et les contributions
de l'auteur aux « tombeaux » de J. Straccel, P. Galland et Turnèbe, professeurs au Collège royal, dont il a suivi les leçons en même temps que celles
de Dorat. Ces indications, je crois, permettent de dater son séjour à Paris.
2. Ed. L., t. II, p. 140 (ode au chancelier de l'Hospital).
3. *Les Amours*, éd. Vaganay, p. 368. Cf. le commentaire de Muret qui
cite les vers du début de Lycophron, où Ronsard a trouvé le « gosier
masche-laurier » (δαφνηφάγων φοίβαζεν ἐκ λαιμῶν ὄπα) : « Les prestres et pres-
tresses anciennement, lorsqu'ils vouloient prophetiser et chanter les oracles,
mangeoient du laurier. »
4. *Deffence*, éd. Chamard, p. 275 et 158.

## IX

Cette génération a visiblement attaché d'autant plus de prix à
certaines études qu'elles lui ont coûté plus d'incertitudes et de
labeur. De là d'étranges ardeurs, dont l'âge suivant éliminera les
excès. Au reste, Dorat n'est pas seul responsable des erreurs
qu'on lui reproche ; Ronsard et Baïf l'y ont poussé, dans leur
fureur de tout connaître, dans leur crainte de laisser échapper
quelque beauté dont pouvait se parer leur jeune muse. L'auteur
des *Mimes* et des *Passetems* en a jusqu'à la fin encombré ses
ouvrages ; mais Ronsard lui-même se montre, pendant plus de dix
années, comme grisé de sa science d'helléniste. Bien qu'on sache
les ressources et l'ennoblissement qu'en a tirés sa poésie, on se
prend souvent à regretter que l'apprentissage de sa pensée ait
duré un aussi long temps.

Un pédantisme puéril se révèle dans la recherche systématique
des fables les moins connues, des allusions les plus difficiles à
saisir. Le commentaire de Muret fut nécessaire aux admirateurs
de Ronsard pour comprendre le *Premier livre des Amours* dans
une grande partie de ses détails. Ils devaient rencontrer avec
soulagement les scolies  par lesquelles s'éclaircissaient des
vocables obscurs, brusquement jetées dans le texte, comme si
le poète, dédaignant le suffrage du vulgaire, n'eût daigné écrire
que pour des savants. Il y avait sans doute, de son temps, peu
de lecteurs capables d'entendre, sans le secours d'un Muret, que
« le dieu médecin » en qui « vit encore l'antique feu du Thessale
arbrisseau », c'est Apollon, « qui premier inventa la médecine »
et aima Daphné, « pucelle Thessalienne qui fut changée en laurier » ; que « la serve vertu du fort Thebain », c'est la vertu d'Hercule, serve « parce que tout ce que fit Hercule fut en obéissant
à Eurysthée » ; que « le Dulyche troupeau », c'est l'armée
d'Ulysse, Dulyche étant une « isle de laquelle Ulysse étoit seigneur » ; que « les flambeaux du chef Égyptien », c'est la cheve-
lure de Bérénice ; que les mots « ton dormeur de Latmie », quand
on s'adresse à Diane, désignent Endymion, et que « le sentier qui
roulle de travers », n'est autre que « le cercle appelé Zodiaque »[1].

1. Exemples cités par J. Vianey dans la préface de l'édition Vaganay,
indiquée ci-dessous, p. xxvi.

Les rares lecteurs de Lycophron reconnaîtront dans ces allusions
accumulées le procédé habituel du versificateur alexandrin. Il
se justifie chez lui par le sujet, qui est une prophétie, où rien ne
doit être exprimé d'une façon trop claire ; chez les hommes de la
Pléiade, cette imitation vient d'une aberration véritable.

Des difficultés, qui nous arrêtent fâcheusement parmi les vers
les plus beaux, n'étaient pas plus aisées à franchir pour les contemporains. On s'étonne qu'un livre destiné à plaire aux femmes
en ait été tellement surchargé : « Croyez-vous, écrira un critique, que votre Cassandre, pour qui vous aviez fait ce sonnet [1],
en eût une pensée si avantageuse ?... Pensez-vous que le *Dolope
soudart*, le *Myrmidon*, le *Corèbe insensé*, le *Grégeois Pénelée*, lui
fussent des noms fort intelligibles, et n'étoit-ce rien pour une
fille que d'avoir à déchiffrer toutes les fables du siège de Troie ? » [2]
Les protestations trop justifiées qui s'élevèrent décidèrent sans
doute Muret, dès la seconde édition des *Amours* (1553), à les
« commenter » [3]. L'entreprise eut l'approbation de Dorat, en trois
distiques grecs, qui ne reconnaissent l'obscurité de Ronsard que
pour lui en faire un titre d'honneur (σοφὰ ἀλλ' ἀσαφῆ) ; Baïf, « frère
d'alliance » de Muret, après avoir composé un sonnet liminaire
pour la première édition du recueil, en écrivit un second pour le
commentaire :

> Quand deux unis suivent une entreprise,
>   Moindre est l'ennui, le courage plus grand...
> Ceci disoit, celle nuit qu'epiant
>   Le camp vainqueur du Troien endormi
>   Tydide grec s'accompagna d'Ulysse.
> Ainsi, Ronsard, de Muret t'alliant,
>   Fausse le camp du Vulgaire ennemi,
>   Quoy qu'une nuit ton chemin obscurcisse [4].

---

1. « Je ne suis point, ma guerrière Cassandre » (éd. L., t. I, p. 4).

2. *Le Parnasse réformé*, cité par Bayle, *Dictionnaire*, 2e éd., Rotterdam,
1702, s. v. *Ronsard*.

3. *Les Amours de P. de Ronsard, Vandomois, nouuellement augmentees
par lui & commentees par Marc Antoine de Muret. Plus quelques Odes de
l'auteur non encor imprimees*. A Paris, chez la veuve Maurice de la Porte,
1553.

4. Éd. Vaganay, p. XLIX. Les vers de Dorat ne sont pas reproduits avec
les autres pièces liminaires des éditions.

Indispensable pour comprendre le détail du texte, le commentaire de Muret aide à replacer dans son moment l'activité de Ronsard à ses débuts et en donne la signification véritable ; mais il
vaut d'être étudié pour lui-même. Écrit un peu vite, l'auteur ayant
dû « autant composer par chacun jour comme les imprimeurs en
pouvoient mettre en œuvre », c'est cependant un beau texte français, plein de suc, qu'on a trop négligé de notre temps [1]. Tous les
emprunts du poète à des passages d'auteurs anciens, sans oublier
les néo-latins, ni les Italiens [2], toutes les réminiscences mythologiques ou historiques sont relevés avec soin par le jeune érudit
et expliqués au lecteur dans une langue claire et savoureuse [3].
Le travail dont il s'est chargé est considérable ; il y attache du prix
avec raison, « ayant usé de *sa* seule diligence » pour les choses
« qui pouvoient se tirer des autheurs Grecs ou Latins », et
d'éclaircissements personnels de Ronsard sur le sens et l'intention
de certains sonnets [4]. Celui-ci reconnaît l'importance de l'œuvre,

1. On doit remercier M. Hugues Vaganay d'avoir recueilli les commentaires de Muret et de Belleau dans sa belle et savante édition : *Les Amours
de P. de Ronsard commentées par Marc-Antoine de Muret... d'après le texte
de 1578*, Paris, Champion, 1910. M. Joseph Vianey y a mis une précieuse
préface, qui est la première étude sur l'œuvre de Muret, considérée surtout
au point de vue philologique. Le commentaire des *Amours* a été traité
bien légèrement par le dernier biographe de Muret, Ch. Dejob (*Marc-Antoine
Muret. Un professeur français en Italie*, Paris, 1881, p. 28). On me permettra de rappeler que j'ai noté jadis les lacunes de cet ouvrage dans un
article étendu de la *Revue critique* de 1882, t. I, p. 483.
2. Les Italiens sont Pétrarque, Arioste, Bembo, Lelio Capilupi et
Renieri. Le commentateur de 1604 et, de nos jours, M. Jos. Vianey ont
découvert d'autres emprunts qui avaient échappé à Muret. Cf. la préface de
Vianey, p. xviii-xxxii.
3. Il est puéril de dénigrer Ronsard sur une phrase qui s'applique
notamment à toute la poésie amoureuse d'alors et de bien d'autres temps :
« Il n'y a point de doute qu'un chacun autheur ne matte quelques choses
en ses escrits, lesquelles luy seul entend parfaitement : comme je puis
bien dire qu'il y avoit quelques Sonets dans ce livre qui d'homme n'eussent
jamais esté bien entendus, si l'autheur ne les eust, ou à moy ou à quelque
autre familierement declarez. » Cette observation se relie à la phrase précédente : « Et pleust à Dieu que du temps de Homere, de Virgile, et autres
anciens, quelqu'un de leurs plus familiers eust employé quelques heures à
nous esclaircir leurs conceptions, nous ne serions pas aux troubles auxquels nous sommes pour les entendre » (éd. Vaganay, p. liv).
4. Commentaire du sonnet « De soins mordans et de soucis divers » :
« Ce Sonet a été fait contre quelques petits Secretaires, muguets et mignons
de Court, lesquels ayant le cerveau trop foible pour entendre les escrits de
l'Autheur, et voyans bien que ce n'estoit pas leur gibier, à la coustume des
ignorans, feignoient reprendre et mespriser ce qu'ils n'entendoient pas »
(éd. Vaganay, p. 261).

en laissant mettre aux feuillets préliminaires le portrait de son
ami en même temps que le sien. Muret rend service en effet,
non seulement à l'auteur, mais à l'école entière, en imposant
silence aux « abbois de l'ignorance populaire » et en vengeant
d'attaques injustes le chef qu'elle s'est donnée,

lequel, pour avoir premier enrichy nostre langue des Grecques et
Latines despouilles, quel autre grand loyer en a-t-il encores r'apporté?
N'avons-nous pas veu l'indocte arrogance de quelques acrestez mignons
s'esmouvoir tellement au premier son de ses escrits, qu'il sembloit que
sa gloire encores naissante deust estre esteinte par leurs efforts?
L'un le reprenoit de se trop louër, l'autre d'escrire trop obscurement,
l'autre d'estre trop audacieux à faire de nouveaux mots ; ne sachans
pas que ceste coustume de se louër luy est commune avecques tous
les plus excellens Poëtes qui jamais furent ; que l'obscurité
qu'ils pretendent n'est que une confession de leur ignorance ; et que,
sans l'invention des nouveaux mots les autres langues sentissent
encores une toute telle pauvreté, que nous la sentons en la nostre [1].
Mais le temps est venu que presque tous les bons esprits cognoissent
la source de ces complaintes, et d'un commun accord se rangent à
soustenir le party de ceux qui taschent à dessiller les yeux du peuple
François, ja par trop long temps bandez du voile d'ignorance [2].

C'est un pur travail d'humaniste que Muret a accompli, en
commentant Ronsard de la même façon qu'il fera plus tard pour
tant d'écrivains de l'Antiquité. Il répond aux gens qui pourraient
trouver étrange qu'il se soit « mis à commenter un livre François
et composé par un homme qui est encore en vie....Mais veu qu'il
y a beaucoup de choses non jamais traitées, mesme des Latins,
qui me pourra reprendre de les avoir communiquées aux François?»
Muret, qui deviendra bientôt la grande lumière professorale du
Collège Romain, saisit avec entrain une occasion d'enseigner ses
compatriotes et de les fournir des connaissances diverses nécessaires pour bien goûter l'œuvre de son poète comme celles des
Anciens. Il n'a pas besoin d'autres raisons pour justifier le tra-

1. Ronsard n'a pas conservé, dans ses revisions, tous les mots nouveaux
qu'il introduisait et la plupart de ces suppréssions lui ont été suggérées par
Muret lui-même. Quoiqu'on ait pu dire, il n'était nullement entêté de néo-
logismes. V. l'étude de Vianey, p. ii-x.
2. Cette préface de Muret est dédiée à Adam Fumée, conseiller au Parlement de Paris, que Ronsard ne nomme nulle part.

vail considérable auquel il s'est livré; il lui importera peu que des railleurs, quelques-uns assez fins, s'en soient moqués [1].

Pour la mythographie notamment, Muret mérite d'autant mieux d'être consulté qu'il s'étend avec abondance sur les légendes antiques, encore peu familières aux lecteurs français, et parmi lesquelles Ronsard accueille souvent les plus abstruses. Le jeune commentateur prend soin d'indiquer ses sources qui sont, la plupart du temps, celles même où le poète a puisé [2]. C'est ainsi qu'il narre au lecteur, à mesure que les sonnets des *Amours* lui en fournissent le prétexte, les histoires de Prométhée, d'après Phérécyde (de Leros), « le commentateur d'Apolloine [Apollonios de Rhodes]... et Valere Flacque, au quatrieme et cinquieme des Argonautiques » [3]; de Bellérophon, « comme raconte Pindare aux Olympies » [4]; de Phinée et des Harpyes, selon Apollonios et Valerius Flaccus [5]; d'Orphée, d'après Pindare, Apollonios et Ovide [6]; de Tantale et d'Ixion, d'après Homère, Pindare et « ses interprètes », Euripide, Virgile et le commentaire de Didyme « sur le vingt-uniesme de l'Odyssée » [7]; de Sisyphe, d'après les scholiastes d'Homère et de Pindare [8]; de Télèphe, roi de Mysie, blessé et guéri par Achille, d'après Dictys et « le commentaire de Lycofron », avec citations d'Ovide, de Pline et de Claudien [9]; celles

---

1. On en verra un exemple, à signaler pour d'autres raisons aux curieux, dans le ms. 843 du fonds Dupuy, fol. 168. C'est un commentaire, dans le genre de celui de Muret, sur le fameux sonnet de Florent Chrestien contre Ronsard, où le mot *Pléiade* est prononcé. Il y a là une fine critique du genre, que j'attribuerais volontiers à Chrestien lui-même.

2. Ils ont l'un et l'autre une prédilection pour les sources alexandrines. Laumonier, qu'il faut consulter sur ce point, p. 378 sqq., indique un recueil de mythologie et d'astronomie mythologique paru à Bâle, en 1535, et qui contient, outre Fulgence et d'autres auteurs, les textes grecs d'Aratos (*Phœnomena*) et de Proclos (*De sphæra*) avec une traduction latine. Nos poètes ont pu lire aussi le *De genealogia deorum* de Boccace, réimprimé à Bâle en 1532 et souvent « allégué » par Lemaire de Belges.

3. Ed. Vaganay, p. 12 et 13.

4. Ed. Vaganay, p. 33.

5. Ed. Vaganay, p. 34.

6. Ed. Vaganay, p. 134.

7. Ed. Vaganay, p. 88-89.

8. Ed. Vaganay, p. 90.

9. Ed. Vaganay, p. 234-236. Citons ici un exemple de l'allusion ronsardienne :

> Ainsi jadis sur la poudre Troyenne,
> Du soudart Grec la hache Pelienne
> Du Mysien mit la douleur à fin :
> Ainsi le trait qué ton bel œil me ruë
> D'un mesme coup me guarist et me tuë...

d'Ulysse et de Circé, de Progné et de Philomèle, et beaucoup
d'autres. Il « récite » la fable de Jupiter se transformant en pluie
d'or pour séduire Acrisie, qui est « en la métamorphose d'Ovide »,
mais il ne fait que mentionner celle d'Europe, « parce que Baïf
l'a divinement décrite au livret appellé Le ravissement d'Europe;
on la pourra prendre de là » [1].

Fidèle à ses intentions didactiques, le scoliaste attentif insiste
de préférence sur les légendes le moins connues, contant par
exemple à loisir celle du serpent écrasé par Hélène sur le rivage
d'Égypte, à son retour de Troie, et qui est « prise des Thé-
riaques de Nicandre » : « Helene, marrie de la mort de son
pilote [Canope], accourut et de colère écrasa de ses pieds l'es-
chine de ce serpent, et luy en fit sortir les entrailles et les nerfs
qui font la ligature du dos....Depuis ceste heure, les serpens ont
toujours glissé à doz rompus » [2]. Notre humaniste narre avec
verve, d'après la *Théogonie* d'Hésiode, la naissance de la déesse
que le sonnet de Ronsard nomme « l'escumière fille », en lui
comparant sa maîtresse « s'habillant au matin », et c'est une
occasion de citer une strophe des *Amours* de son cher Baïf, un
sonnet italien « fait par Messer Lelio Capilupi » et « un épigramme de Léonide », sur le fameux tableau d'Apelle, qui lui a
semblé « merveilleusement gentil » [3]. C'est d'ailleurs, une de ses
joies d'imprimer des passages grecs plus souvent que des passages
latins. Il glane en chemin une foule de menus détails sur l'origine
du nom des divinités, sur l'emplacement des lieux antiques cités
dans les sonnets, etc. Il s'attache également à éclaircir les allusions philosophiques de Ronsard, la théorie des atomes (« Ces
petits corps qui tombent de travers...») [4], selon « Empédocle,
Épicure, et leurs sectateurs » ; il explique le sens du mot *enté-*

---

1. Sur le sonnet xx. Ed. Vaganay, p. 45.
2. Ed. Vaganay, p. 144. Muret cite plusieurs fois ce poète que Ronsard
a beaucoup lu. De même, à propos du sonnet « Celuy qui boit, comme a
chanté Nicandre », Belleau parle « De l'Aconite et des remedes alleguez
dedans les Allexifarmacques de Nicandre ». Ronsard lui-même, dans le
petit commentaire de quatre odes cité plus loin, mentionne « la fable dans
les Theriaques de Nicandre, de l'ânesse qui portoit la déesse Jeunesse sur
son dos... »
3. Ed. Vaganay, p. 82 (v. p. 159 le grand éloge de Baïf).
4. «...Comme on peut veoir dans Lucrece et dans Ciceron en plusieurs
lieux ». Ed. Vaganay, p. 74.

*léchie* d'après Aristote (« Estes vous pas ma seule Entelechie ? » [1]),
le sens platonicien du mot « idée », que le poète emploie si fré-
quemment, l'allégorie des deux chevaux (le noir représentant
« un appétit sensuel et désordonné guidant l'ame aux voluptez
charnelles », le blanc, « un appetit honneste et moderé tendant
tousjours au souverain bien »), qui est « extraite du Dialogue de
Platon nommé Phaedre ou De la beauté [2] ». On jugera que les
connaissances de cette nature ne sont pas nécessairement familières aux lecteurs d'un recueil amoureux.

Ces commentaires d'un confident de la pensée du poète équi-
valent souvent à ceux qu'il aurait pu donner lui-même. Mais nous
avons, pour le petit recueil des quatre odes qui suit les *Amours*,
des annotations qui sont précisément de Ronsard et deviennent,
à ce titre, fort précieuses [3]. Leur authenticité ne semble pas
douteuse et leur composition s'explique, ainsi que celle du grand
travail de Muret, par les critiques que certains amis de l'auteur
lui avaient faites sur l'obscurité de ses trop savants passages,
qui déconcertaient son meilleur public. Michel de l'Hospital venait
d'en écrire à Jean de Morel : *Non est praetermittendum ut in iis
abstineat nouis et insolitis, si vult placere* [4]. Acceptant cet avis
sincère, Ronsard comprenait au moins la nécessité des scolies
pour quelques expressions singulières [5] et aussi pour quelques
fables, dont il indiquait l'origine de cette façon :

1. Ed. Vaganay, p. 128. Remarquons qu'à cette date Muret prend parti
contre Ramus, quand il s'étend sur « ce grand Aristote, duquel l'erudition
a toujours esté celebrée par les doctes, et de nostre temps en l'Université
de Paris, comme à l'envy, clabaudée par les ignorans ».

2. Ed. Vaganay, p. 47.

3. Elles n'ont été imprimées qu'une fois, dans l'édition de 1553, tandis
que les commentaires de Muret sont reproduits dans toutes les éditions
du xvi° et du xvii° siècle. Aucun éditeur moderne ne les a connues. On les
doit à Laumonier, qui les a publiées comme attribuables à Ronsard dans
la *Revue d'hist. litt. de la France* de 1903, p. 252-253. On ne voit pas,
Muret étant exclu puisqu'il y est cité, de qui ces notes pourraient être,
sinon du poète lui-même. Il n'y a guère que lui, par exemple, qui a pu
mettre à l'ode IV cette note charmante : « *Les plis de sa robe pourprée.* Les
feuilles vermeilles repliées l'une pres de l'autre, comme les plis d'un beau
vestement. »

4. Lettre du 1er décembre 1552, reproduite dans ce livre. Cf. *Revue d'hist.
litt. de la France* de 1899, p. 355.

5. « *Les presens de Cerès*, les blés. *Jouvence*, jeunesse, vieil mot françois », etc.

*Phèdre*), fut la seconde femme de Thesée, lequel accusa à tort son fillatre Ippolite fuiant l'ire de son père Thesée ; deschiré par ses chevaus mesmes mourut sur le bord de la mer. Voi Oppian au livre qu'il a fait des poissons. — *Biblis*), fille de Menandre, fut tellement amoureuse de son frère Caunus, que laissant toute vergougne requise et à une sœur et à une pucelle, osa bien solliciter son frère Caunus de son deshonneur, lequel la refusant, de dépit elle quitta le païs et s'enfuit en Phrygie, où elle fut muée en fontaine, qui porte encore aujourd'hui son nom. Voi le neuvième livre de la métamorphose d'Ovide. — *Léandre*), pour jouir de s'amie Eron, passoit toutes les nuits le destroit d'Ellesponte nommé aujourd'hui le bras Saint-George. Et advint que, comme il passoit l'yver par là, pressé des vens et de la tempeste il fut noïé. Voi ce qu'en a escript Musée.... — *L'ânesse*), voi la fable dans les Theriaques de Nicandre [1], de l'ânesse qui portoit la deesse Jeunesse sur son dos, et comme à la fin elle la donna à un serpent nommé διψάς, pour lui enseigner quelque ruisseau pour boire [2].

Une partie du travail de Muret a porté sur l'éclaircissement des termes obscurs employés par le poète et qui font de lui, à ses heures, un auteur difficile. Mais les *Amours* sont, sous ce rapport, assez différents des *Odes* ; c'est dans celles-ci que Ronsard a usé sans modération de son vocabulaire d'épithètes à forme grecque et latine, qui pouvait déconcerter bien des lecteurs. Ce sont, la plupart du temps, des qualificatifs tirés du grec, (« père Bromien », « bords Piseans », « ondes Aganippides », « ruisseaux Pimpleans, » etc.), incompréhensibles au lecteur profane qui n'aurait pas sans cesse sous les yeux le *Magnus Elucidarius* ou ce *Dictionarium proprium nominum* de Robert Estienne, dont Ronsard lui-même a dû se servir [3]. N'évitant pas d'étonner les « ignorants » et y prenant sans doute quelque

1. Cf. Nicandre, éd. Lehrs, Paris, 1846. *Theriaca*, v. 333-358.
2. Les premières notes portent sur *Les Isles fortunées* ; la dernière, sur l'ode à Ambroise de la Porte. Ronsard cite encore dans ces scholies Homère, « Pindare en ses Pythies », « le premier de la Métamorphose », et deux livres de la *Thébaïde* de Stace. Laumonier relève des notes marginales plus courtes, également de Ronsard, expliquant l'élégie à Jean de Morel, qui sert de dédicace à la *Nouvelle Continuation des Amours* (renvois à la 4e *Pythique* et au liv. IV d'Apollonios).
3. Ce répertoire des noms propres des auteurs anciens a été imprimé en 1541. Le *typographus regius* en fait valoir la nouveauté dans sa courte préface, ainsi que l'utilité pour l'intelligence des poètes. Il ne cite avant lui qu'un petit livre fort incomplet (*libellus qui Elucidarius carminum vulgo inscribitur*), qui est le *Magnus Elucidarius* édité par J. Petit, Paris, 1516.

plaisir, il use assez noblement de ces ressources verbales, quand il mêle les divinités aux jeux familiers de son imagination; telle de ses prières païennes sonne à la façon des Hymnes orphiques :

> O Pere, o Phebus Cynthien,
> O Saint Apollon Pythien,
> Seigneur de Dele la divine....

Le plus souvent, il abuse du procédé et, lorsqu'il aborde Bacchus par exemple, chacun des mots qu'il emploie appelle la glose. Dès le « folastrissime voyage d'Hercueil » (1549), il s'est amusé à nommer le dieu du vin de maint nom singulier que lui suggèrent ses lectures (« Nysean, Père Evien, Lynean ») ; puis sa mémoire s'est enrichie de toutes les légendes dyonisiaques collectionnées par les Anciens et dont chacune comporte une dénomination nouvelle. Dans l'*Hymne de Bacchus* (1554), il en déchaîne la litanie retentissante :

> O Cuisse-né Bacchus, Mystiq, Hymenean,
> Carpime, Evaste, Agnien, Manique, Lenean,
> Evie, Evoulien, Baladin, Solitere,
> Vangeur, Satyre, Roy, germe des Dieux, et pere
> Martial, Nomian, Cornu, Vieillard, Enfant,
> Pean, Nyctelian ; Gange vit trionfant
> Ton char enorgueilli de ta dextre fameuse,
> Qui avoit tout conquis jusqu'à la mer gemmeuse [1].

Par ces invocations sonores [2], le poëte et ses amis (car il n'était pas le seul à s'en servir) s'imaginaient évidemment reproduire le

---

1. La deuxième partie du poème, qui contient ce morceau, est imitée de l'*Hymnus Baccho* de Marulle, où figure une litanie semblable; mais celle de Ronsard est mieux fournie. Celle des *Dithyrambes* me semble calquée sur la sienne. V. les observations qui seront présentées plus loin à propos de Marulle.

2. Il y en a une suite notoire dans les *Dithyrambes récités à la pompe du bouc de Jodelle* (1552), insérés au *Livret de Folastries* (1553). Certains érudits, en étudiant cette pièce trop fameuse, se refusent à y reconnaître une œuvre de Ronsard. Ni le style, presque toujours plat, disent-ils, ni le rythme, souvent boiteux, ne sont de lui. On peut admettre, je crois, la collaboration de Bertrand Bergier pour les parties les moins heureusement venues de ces vers libres. Au reste, le groupe entier des compagnons de Jodelle a pu y participer, par manière de jeu. Ainsi s'expliquerait que ce morceau de Ronsard fût resté si amusant pour la Brigade et les amis du poète.

délire sacré des Corybantes et des Ménades et retrouver certaines
formes des cultes de Bacchus et de la phrygienne Cybèle, dont
on n'ignorait point les contacts antiques [1]. Mais, en bon poète
lyrique qu'il était, Ronsard, s'enchantait surtout de la beauté
des vocables. La musique des mots qu'il créait plaisait à son
oreille, au même titre que le fameux refrain *Iach, iach, évohé !*
formé des appellations mystiques du jeune dieu. Ces jeux inoffensifs, ces essais dont la langue ne profitait guère, mais où le
vers français n'était pas sans s'assouplir, ont fait beaucoup de tort
à la réputation de Ronsard et lui ont été reprochés autant que
ces fameux mots composés, si rares en somme dans son œuvre et
qui ne caractérisent nullement son vocabulaire. Bien des critiques
ont dénoncé sans autre preuve son « faste pédantesque », et ces
fantaisies de sa muse, auxquelles il cessa lui-même assez vite
d'attacher du prix, ont contribué injustement à le discréditer
auprès de sa postérité littéraire.


X


Le commentaire sur les *Amours* forme une sorte de répertoire
des connaissances de nos poètes à la date où il est publié.
Presque tous les auteurs anciens qu'ils ont lus s'y trouvent
« allégués », et l'on distingue aisément ceux qui devaient être
le plus familiers à Ronsard. Muret nous dit, par exemple, qu'il
avait pris de Théocrite sa devise·amoureuse, ὡς ἴδον, ὡς ἐμάνην,
« c'est à dire que la premiere fois qu'il vit Cassandre, il devint
insensé de son amour » [2]. Les écoliers de Dorat pratiquaient, en
effet, avec une ardeur singulière les œuvres de Théocrite [3], et leur
professeur avait consacré à son texte des recherches particulières

---

1. Cf. Laumonier, p. 380-382, pour l'indication des sources utilisées.
2. Je ne vois, sauf erreur, cette devise de Ronsard citée nulle part ailleurs. Ed. Vaganay, p. 9 ; Muret vise les vers du sonnet II :

> Quand je la vy, quand mon ame esperdue
> Perdit raison...

3. Dans son commentaire sur Lycophron (paru en 1556), Guillaume
Canter donne l'indication suivante, à propos de Troilus, frère de Cassandre :
« Epitaphium eius elegantissimum extat apud Theocritum, βωμοῦ nomine,
quod cum a nemine ante intellectum fuisset, primum I. Auratus regius in
Gallia linguae graecae professor, diuino vir ingenio atque eruditione sin-
gulari, dexterrime, ut reliqua Theocriti omnia, et emendauit et expo-

et de nombreuses leçons. Quelle étude passionnante que celle qu'ils firent avec lui du dialogue des *Syracusaines* [1] !

Les découvertes sur le poète qui les charmait étaient loin d'être complètes et ils se tenaient au courant des recherches faites à son sujet [2]. Ils lisaient sous le nom de Théocrite les fragments de Bion et de Moschos que leur présentaient les deux éditions parisiennes, celles de Wechel (1543) et de Guillaume Morel (1550). Mais Ronsard avait distingué tout au moins l'œuvre de Bion, lorsqu'il composa, en son temps d'enthousiasme pour Anacréon, des odelettes de caractère anacréontique tirées « de Bion, poëte grec » [3]. Il devait sans doute cette information à Henri Estienne, le meilleur investigateur de manuscrits qu'il y eût alors en France, qui avait rapporté de Florence des renseignements précieux. Une petite publication d'Estienne chez Alde révélait les noms de Bion et de Moschos, avant que les éditeurs se décidassent à isoler les morceaux qui restent d'eux [4].

suit. Vide Nouas Lectiones nostras » (*Lycophronis Alexandra*, 1566, sub v. 308. Cf. p. 54 de l'édition Reichard). Corbinelli écrit à Pinelli, en 1566 : « Mandovi il luogo di Teocrito, quello m'è detto che è bello, et è dell' Aurato ; se così parrà a voi, potrei forse vedere se ce n'è più » (Rita et Aristide Calderini, *Autori greci nelle epistole di J. Corbinelli*, Milan, 1915, p. 73). Jean Le Masle, dans *Les Nouvelles Recreations poëtiques*, Paris, 1580, fol. 52 v°, rappelant qu'il a suivi « dedans Paris » les leçons de Turnèbe et de Dorat, dit à ce dernier :

> La je t'ouy du grand Lyriq' de Thebe
> Interpreter lés œuvres doctement
> Et Theocrit ; alors soudainement
> D'un chaud desir mon ame fut saisie
> De suivre icy la douce poësie.

1. Sur l'idylle XV, v. p. 78, n. 2.

2. Une communication de Claude Dupuy à Pierre Delbene peut être relevée, car elle est en fait adressée à Dorat, dans une lettre écrite de Padoue en juillet 1570 : « Mitto tibi versus Theocriti nunc primum a M. Antonio Gabaldino Veneto iuuene supra aetatem, ut audio, erudito, qui Romae apud Cardinalem Sirletum uiuit, ex codice perantiquo in lucem reuocatos ; quos tibi gratiores fore confido quam suspiciones, vel potius nugas meas. Eos velim cum Aurato, Lambino et Passeratio communices ; eorumque de illis iudicium, tuumque item ad me prescribas (Bibl. nat., fonds Dupuy, *16*, fol. 14).

3. « La belle Venus un jour », aux *Meslanges* de 1554 ; « Chere Vesper, lumiere dorée », dans la *Continuation des Amours* de 1555 ; « Un enfant dedans un bocage », dans la *Nouvelle Continuation* de 1556 (sans indication de l'auteur imité). Muret mentionne de Bion « quelques fragmens qui nous sont restez de ses Bucoliques » (éd. Vaganay, p. 199).

4. Bion et Moschos ne sont édités séparément qu'à partir de 1565 : *Mos-*

Les réimpressions fréquentes des bucoliastes grecs montrent
l'intérêt qu'on portait en France à des poètes qui ont si souvent
inspiré les nôtres. Même alors, cette imitation, recommandée
d'ailleurs par l'exemple de Virgile et de Sannazar, n'était nullement une nouveauté. Saint-Gelais, Forcadel et d'autres la pratiquaient avant ceux de la Pléiade ; l'églogue allégorique commençait à pulluler en France comme en Italie, et tentait les versificateurs les plus médiocres. Le succès de Sannazar avait été
prodigieux [1] ; Du Bellay l'honorait en bonne place : « Chante
moy d'une musette bien resonnante et d'une fluste bien jointe
ces plaisantes eclogues rustiques à l'exemple de Theocrit et de
Virgile, marines à l'exemple de Sennazar, gentilhomme néapoli-
tain » [2]. Tout le monde croyait facile de suivre ces modèles,
parce qu'il était aisé de les goûter.

Dans la Brigade, l'exemple fut donné par Dorat lui-même,
salué comme l'importateur du genre en latin [3] ; ses *Poematia*
sont suivis de deux livres d'églogues, où dialoguent des personnages notoires à peine déguisés [4]. Belleau en a rempli sa *Bergerie*, et la pièce qu'il composa sur la mort de Du Bellay, à l'imitation de celle de Bion sur la mort de Théocrite, a connu la célé-

*chi... et Bionis... Idyllia quae quidem exstant omnia, hactenus non edita...*
(trad. lat. d'A. Mekerchus), Bruges, chez H. Goltzius, 1565. La publication
toute latine d'Estienne a pour titre : *Moschi, Bionis, Theocriti elegantissimorum poetarum idyllia aliquot ab Henrico Stephano latina facta. Eiusdem
carmina non diuersi ab illis argumenti. Aldus, Venetiis, MDLV.* Il y a quatre
traductions de Moschos et quatre de Bion. Une intéressante dédicace est
adressée à Giovanni della Casa, le célèbre archevêque de Bénévent.

1. Cf. F. Torraca, *Gl'imitatori stranieri di Jacopo Sannazaro*, Rome, 1882,
et mon art. de la *Revue critique*, 1883, t. I, p. 10.

2. *Deffence*, éd. Chamard, p. 225. « Vergile, au champ duquel Theocrite
recounoistroit beaucoup de ses biens... », écrit à ce moment même Guillaume des Autelz. Le dernier travail sur les *Pescatoriae* de Sannazar est dû
à un érudit américain, W. P. Mustard, *The Piscatory Eglogues of Jacopo
Sannazaro*, Baltimore, 1914 (avec une édition du texte).

3. V. le résumé de l'histoire de l'églogue que fait Baïf, en racontant celle
de la « challemie », l'instrument que se sont transmis d'âge en âge les
bergers chanteurs.

> Janet premièrement l'apporta d'Italie,

dit le poète parlant de Jean Dorat (éd. Marty-Laveaux, t. III, p. 16).

4. C'est la 3e partie des exemplaires complets des *Poematia*, avec pagination distincte. Notons-y, p. 26, l'églogue à Marguerite de France, sœur de
Henri II, où le poète s'endort sur la montagne de Montmartre et rêve qu'il
voit en songe un berger d'Italie, avec qui il converse et qui n'est autre que
Pétrarque (*Petreolus, Aureolus*).

brité [1]. Baïf se livra avec fureur à la bucolique, bien que, sur les
dix-neuf églogues qu'il a laissées, onze soient de simples traductions, dont cinq de Théocrite [2]. Les églogues de Ronsard ont
une tout autre valeur. Celles qui sont dialoguées mettent en
scène, sous des noms de bergers antiques ou français, des personnages contemporains, princes, poètes ou secrétaires d'État, et
ce sont les événements du jour qu'elles allégorisent [3]. Cependant les jolies réminiscences n'y manquent point, et les poètes
travestis, qui sont réunis un jour autour de Jean Dorat, savent
célébrer le cardinal de Lorraine en « contrefaisant la Muse

> Qui chanta les Bergers ès bois de Syracuse » [4].

L'églogue antique leur fournit les moyens d'exprimer leur champêtre allégresse sur les coteaux de Meudon et de remercier la
puissance bienfaisante qui leur fait ces loisirs :

1. *Chant pastoral sur la mort de Joachim du Bellay Angevin*, Paris, R.
Estienne, 1560. Les noms des interlocuteurs Toinet, Bellin et Perrot, sont
transparents.
2. Cf. Augé-Chiquet, p. 251-253. Il n'est pas douteux que la traduction
reproduite par l'auteur (v. p. 59 et 589), d'après une publication de 1549, ne
soit une poésie de la première jeunesse de Baïf. Le titre est le suivant : *La
24. Edition (Edition par erreur) de Theocrite, auteur grec fait latin par Heob.
Essus et depuis mis en Françoys par Lazare de Baïf le jeune* (sic).
3. La troisième églogue du recueil de Ronsard est la plus caractéristique
de sa manière. Elle a pour interlocuteurs Du Bellay sous le nom de Bellot,
Ronsard sous celui de Perrot, et Michel de L'Hospital sous celui de Michaut,
réunis tous les trois dans la grotte de Meudon, très exactement décrite,
chez le cardinal de Lorraine appelé Charlot dans l'églogue :

> Un pasteur Angevin et l'autre Vandomois,
> Bien cognus des rochers, des fleuves et des bois,
> Tous deux d'âge pareils, d'habit et de houlette,
> L'un bon joüeur de flute et l'autre de musette...
> S'escarterent un jour bien loin des pastoureaux...
> Et montant sur le dos d'une colline droite
> Un peu dessous Meudon, au rivage de Seine...
> Au travers d'une vigne, en une sente estroite,
> Gaignerent pas à pas la Grotte de Meudon,
> La Grotte que Charlot (Charlot de qui le nom
> Est saint par les forests) a fait creuser si belle
> Pour estre des neuf Sœurs la demeure éternelle.

Le poème avait paru à part, chez Wechel, en 1559, sous le titre : *Chant
pastoral sur les noces de Monseigneur Charles, duc de Lorraine, et de
Madame Claude, deuxième fille du roy* [Henri II.
4. Ed. Laumonier, t. III, p. 430. Eglogue sur Du Thier, avec le chant
alterné de Du Bellay et de Ronsard.

Nous luy bastirons d'herbe un autel comme [à] Pan ;
Nous chommerons sa feste et, au retour de l'an,
Tout ainsi qu'à Palès ou à Cerès la grande,
Trois pleins vaisseaux de laict luy versant pour offrande
Invoquerons son nom, et boivant à l'entour
De l'autel nous ferons un banquet tout le jour,
Où Janot, Limosin, prendra sa chalemie
A tous Bergers venans pour l'amour de s'amie ;
Car c'est un demi-Dieu à qui plaisent nos sons,
Qui fait cas des Pasteurs, qui aime leurs chansons,
Qui garde leurs brebis de chaud et de froidure
Et en toutes saisons les fournist de pasture [1].

Si Virgile a plus de part que Théocrite dans un tel genre
d'églogue [2], le poète syracusain, que Ronsard a beaucoup lu avec
la plume à la main, a pu l'inviter à cultiver son goût de l'observation familière et de la peinture réaliste de la vie, que ses premières
œuvres ne connaissaient guère ; il a aidé à nettoyer son style de
l'enflure et de l'artifice, à lui montrer, par son exemple, que les
plus humbles détails de la nature sont aussi matière poétique.
C'est ainsi que, malgré tant de différence de temps et de lieux,
le paysan vendômois, dans ses travaux et dans ses divertissements, fait songer aux pêcheurs de Sicile et aux traits brefs et
précis par lesquels leur poète les caractérise. Au reste, Ronsard
a utilisé à bien des usages le recueil théocritéen. Si les commentateurs des *Amours* n'y renvoient que six ou sept fois [3], on constate ailleurs des emprunts considérables. La grande ode *De la
Défloration de Lède* est imitée de l'*Enlèvement d'Europe* de
Moschos, autant que des « enlèvements » d'Ovide et de Claudien ;
l'*Epithalame d'Antoine de Bourbon et de Jeanne de Navarre* fond
ensemble un *Epithalame d'Hélène* par Théocrite, et celui de Julie
et de Manlius par Catulle ; l'Eurotas y devient le Loir qui baigne
le château des ducs de Bourbon-Vendôme, et ce sont des princesses de France qui remplacent sur ses rives les vierges de
Lacédémone [4].

1. Ed. L., t. III, p. 406 ; cf. éd. Bl., t. IV, p. 57.
2. On n'a besoin d'indiquer à personne, pour le passage ci-dessus, l'imitation d'*Ecl.*, I, 6 sqq.
3. Une fois pour une idylle de Moschos [II, 5], à propos des songes pro-
phétiques, « ceux qui se font au point du jour, desquelz parle Theocrite en
son Europe ». Le passage est de Belleau (éd. Vaganay, p. 419).
4. Cf. Laumonier, p. 388 sqq.

Les poètes instruits par Dorat étaient préparés à goûter les
Alexandrins par l'estime qu'ils avaient déjà d'Ovide, leur meilleur disciple latin. Apollonios de Rhodes fournissait Ronsard de
fables diverses et d'une matière poétique toute préparée [1].
Nicandre, popularisé par une récente édition du médecin Jean
de Gorris, comptait assurément parmi ses auteurs favoris [2]. Callimaque surtout, le chef de l'école, de qui l'œuvre nous est parvenue si réduite, lui plaisait par les brillants morceaux de ses
*Hymnes*, où les détails familiers se mêlent aux grandes pein-
tures, où l'art le plus savant sait quelquefois se revêtir de
grâce :

> Les Hymnes sont des Grecs invention premiere :
> Callimaque beaucoup leur donna de lumiere,
> De splendeur, d'ornement. Bons Dieux ! quelle douceur,
> Quel intime plaisir sent-on autour du cœur,
> Quand on lit sa Delos, ou quand sa lyre sonne
> Apollon et sa Sœur, les jumeaux de Latonne,
> Ou les Bains de Pallas, Cerés où Jupiter [3] !

Ronsard lisait certainement Callimaque dans l'édition donnée
à Paris en 1549 et qui servit aux leçons de Dorat [4]. Il fut de ceux
qui encouragèrent Charles Uytenhove, déjà au travail sur le
texte inédit de Nonnos, à entreprendre en latin une traduction
des *Hymnes*, que l'helléniste Goulu, gendre de Dorat, réalisa un
peu plus tard [5]. Catulle avait d'abord, par sa célèbre traduction,

1. Le deuxième des *Hymnes* (*De Calaïs et Zethès*) est tiré du livre II des
*Argonautiques* ; le troisième (*De Pollux et Castor*), d'Apollonios, de Théocrite et de Valerius Flaccus.

2. L'index de notre livre renvoie plusieurs fois au nom de ce poète. Gorris
(*Gorraeus*) a publié, en 1549, *Nicandri Theriaca et Alexipharmaca graece et
latine* (nouvelle éd. en 1557), louée par Turnèbe dans ses *Poemata*, p. 99).

3. Vers placés en tête des *Hymnes*, dédiés à Marguerite de France (éd.
L., t. VI, p. 29 ; éd. Bl., t. V, p. 11).

4. Callimaque avait été édité pour la première fois à Florence, par Jean
Lascaris, puis par Alde et par Froben. La Pléiade se servit du texte de
Vascosan (Paris, 1549), qui donne les scholies et la traduction de l'*Hymne à
Diane* par Franc. Floridus. Il y eut plus tard la réimpression de J. Benena-
tus, Paris, 1574, avec une traduction de Nic. Goulu, une importante édition d'Henri Estienne, Paris, 1577, et une autre de Christ. Plantin, Anvers,
1584.

5. V. la pièce de Dorat intitulée : Εἰς Καλλίμαχον ὑπὸ Καρόλου τοῦ Οὐθεν-ό-
βίου εἰς τὴν ῥωμαίων φωνὴν μετενεχθέντα (*Variorum poematum silua*, éd. George
Buchanan, 1568, p. 170). Uytenhove s'occupait de traduire un autre alexan-

fait connaître à la Brigade l'élégie consacrée par Callimaque à
la métamorphose en constellation de la « perruque de Bérénice » [1].
Ronsard y avait appris que le poète des Ptolémées offrait en
abondance les matériaux mythologiques dont il était avide. Les
emprunts qu'il lui fit dès lors furent continuels. A plusieurs
reprises, Muret eut occasion de les citer dans le commentaire des
*Amours*. Ronsard s'inspira bientôt plus directement du docte
alexandrin dans le recueil de ses propres *Hymnes* [2], qui sont,
non pas des pièces lyriques, mais des poèmes héroïques et des-
criptifs comme ceux de Callimaque [3]. L'étude qu'il en fit lui-même
eut un caractère très personnel, en dehors des directions de son
maître, ainsi qu'il a tenu à l'attester :

> Et comme imprimant ma trace
> Au champ Attiqu' et Romain,
> Callimaq', Pindare, Horace,
> Je deterrai de ma main [4].

L'apparition de l'Anacréon d'Henri Estienne, au mois de mars
1554, fut un grand événement littéraire et vint ajouter au fonds
commun où puisaient nos écrivains. On se rappelle l'odelette où
Ronsard, s'adressant à son page, célèbre la révélation due à
l'imprimeur parisien :

> Fay moi venir d'Aurat icy,
> Paschal et mon Pangeas aussi,
> Charbonnier et toute la troupe [5] :

drin, Nonnos ; G. Falkenburg, qui donna l'édition princeps des *Dyonisiaques*
chez Plantin en 1569, annonce l'importance de son travail, auquel nous
voyons s'intéresser Dorat par une lettre d'Uytenhove datée de Londres,
1563 (Ménage, *Remarques sur la vie d'Ayrault*, p. 148). Sur Dorat correcteur du texte de Callimaque, v. plus haut, p. 78, n. 2, p. 79, n. 3.

1. V. Muret, dans son commentaire sur les *Amours*, éd. Vaganay, p. 301.

2. Ed. Vaganay, p. 308, 387. Muret a consulté deux fois l'*Hymne à Zeus*,
sur les Corybantes et les Curètes cités par Ronsard (« Arat aussi le raconte »)
et pour annoter gravement, par un souvenir du nombril de Jupiter et de la
plaine d'Omphalion en Crète où il tomba, le sonnet léger « Petit nombril
que mon penser adore ».

3. Il s'inspire aussi des *Hymnes* de Marulle.

4. *Odes*, t. I, p. 78 (à Madame Marguerite, sœur du Roi). On relève dans
ce premier recueil des *Odes* plusieurs imitations de Callimaque, notamment
de l'*Hymne à Phoibos*, et un passage de l'*Hymne à Zeus*, transposé dans
l'*Avant-entrée du Roi treschrestien* (t. I, p. 21, 66, 76, 121).

5. Ces trois noms appartiennent à la « troupe » d'Olivier de Magny, y
compris celui de Jean de Pardaillan, protonotaire de Pangeas.

> Depuis le soir jusqu'au matin
> Je veux leur donner un festin
> Et cent fois leur pendre la coupe.
> Verse donq et reverse encor
> Dedans cette grand coupe d'or,
> Je vois boire à Henry Estienne,
> Qui des enfers nous a rendu
> Du vieil Anacréon perdu
> La douce Lyre Teïenne [1].

Le recueil d'Estienne était aussi impatiemment attendu par les poètes que par les érudits. Ronsard en connaissait à l'avance quelques parties, soit par Dorat, qui était lié avec les Estienne, soit par Muret qui commentait déjà en ces termes un sonnet des *Amours* de 1552 : « La fiction de ce sonnet, comme l'autheur mesme m'a dit, est prinse d'une ode d'Anacréon encores non imprimée » [2]. Dès que le volume fut entre ses mains, Ronsard se mit à l'étudier avec cette fièvre joyeuse, dont témoigne le recueil de vers qu'il publia au mois de novembre suivant. Il y insérait vingt-trois imitations et paraphrases d'Anacréon, auxquelles un choix habile de rythmes courts et légers conservait l'aspect et le mouvement des textes grecs [3]. Il donnait ainsi le signal de toute une littérature qui allait suivre, et dont la verve fut souvent moins généreuse.

Le nom du poète de Téos, l'ionien voluptueux et subtil, courtisan de Polycrate et d'Hipparque, arrivait aux lecteurs de la Renaissance recommandé par plusieurs écrivains de l'Antiquité et se retrouvait à plus d'une page de l'*Anthologie* de Planude. C'est là que Ronsard avait pris le texte qu'il traduisit dans la plus charmante des « épigrammes » du *Livret de Folastries* (« Du

---

1. Tel est le premier texte, celui des *Meslanges* de 1554. Le nom de Jodelle a remplacé plus tard ceux des amis de Magny (éd. Bl., t. II, p. 352),

2. C'est le sonnet « Ces liens *d'or*, ceste bouche *vermeille* » dont les tercets sont empruntés à l'ode Σὺ μὲν φίλη χελιδών. Muret ajoute que Ronsard a depuis longtemps traduit la pièce d'Anacréon : « Voy. la xxii Ode de son cinquième livre des Odes ».

3. Dans le *Bocage* et les *Meslanges* parus en novembre 1554. Deux mois après, dans la 3ᵉ édition des *Odes*, Ronsard insère « Ma douce jouvence est passée » et « Le petit enfant Amour », et au mois d'août 1555 six nouvelles imitations dans la *Continuation des Amours*. Ces précisions et quelques autres sont dues à Laumonier (p. 160).

grand Turc je n'ay souci ») [1]. Jean Second et Salmon Macrin avaient utilisé déjà ce double thème essentiellement anacréontique, l'incertitude du lendemain et la coupe pleine qui aide à n'y point penser ; Ronsard se complaisait à le mettre en jolies strophes françaises, et l'on peut deviner avec quelle impatience il attendait la révélation de tout un recueil du poète, promis par Henri Estienne à la curiosité des humanistes. Dès les premiers coups d'œil jetés sur le travail du philologue et sur les épreuves de l'imprimeur, il salua avec ses amis l'œuvre qu'on crut authentique d'Anacréon et qui, pour n'être qu'un recueil d'imitations alexandrines, n'en gardait pas moins le reflet de l'art original qui les inspira.

Tout concourait à leur plaire. Le volume, intitulé Ἀναχρέοντος Τηίου μέλη, présentait son grec dans l'élégante typographie des grands caractères d'Estienne, avec les plus belles marges et le plus beau papier [2]. Le format même était celui des plaquettes habituelles de Du Bellay et de Ronsard. La préface en grec était suivie de vers latins et grecs du seul éditeur, qui n'associait aucun collaborateur à son travail et y joignait vingt pages d'annotations savantes, rapprochant son Anacréon de tous les poètes anciens, d'Homère à Horace et de Théocrite à Properce. Ce recueil était d'autant mieux l'ouvrage d'Estienne qu'il était le seul à savoir à quoi s'en tenir sur l'auteur qu'il enrichissait si hardiment, et qu'il ne mettait sous un nom connu sa découverte que pour y donner plus de retentissement. Il s'était amusé lui-même à cette demi-mystification, que Robortello fut le premier à lui reprocher, mais qui ne pouvait éveiller aucun soupçon de son

1. On retrouve la pièce d'Anacréon scindée en deux dans le recueil d'Estienne, où elle forme les odes xv et xvii. C'est, comme on le sait, de l'Anacréon authentique. La pièce de Ronsard reparaît dans une version différente et plus longue aux *Meslanges* de 1555. Cf. l'éd. des *Folastries* d'Ad. van Bever, Paris, 1907, p. 107, et Laumonier, p. 122.

2. La suite du titre est en latin : *Anacreontis Teij Odae ab Henrico Stephano luce et latinitate nunc primùm donatae. Luteliae, apud Henricum Stephanum, M. D. LIIII. Ex priuilegio Regis.* In-quarto de 110 p. Estienne a joint au pseudo-Anacréon, deux odes d'Alcée, une ode et un fragment de Sappho. Il l'atteste formellement dans la note qui suit le texte (*H. L. lectori S.*) : *...eas Anacreontis odas, quas iam antè Gallicas feceram, in aliquot amicorum gratiam Latinè quoque aggressus sum vertere... Ut quae meis intimis dicaueram, cum externis etiam communicanda forent* ». Parmi les « intimes », on peut, je crois, compter Ronsard.

premier public. Une traduction latine partielle en vers latins
permettait à des lecteurs plus nombreux de goûter les beautés
du texte nouveau. Estienne, qui en avait fait aussi une traduction française, ajouta par la suite la traduction plus complète
qu'Élie André dédia, en 1555, à Pierre de Montdoré, bibliothécaire de Fontainebleau [1]. Aucune édition princeps d'auteur grec
ne fut traitée avec plus de soin et n'obtint un si vif succès; on
en juge par la popularité du nom d'Anacréon parmi les poètes,
par leurs imitations françaises et latines, par la traduction en
vers qu'entreprit aussitôt le dernier venu de la Pléiade, Remi
Belleau [2]. Ronsard n'avait laissé à personne le mérite de le
devancer et l'on sait par quelles exquises paraphrases il venait
de précéder son disciple [3] ; il n'en célébra pas moins ce travail
avec enchantement :

1. La première édition est datée de 1555, chez T. Richard ; la suivante se
joint à la seconde édition du texte grec : *Anacreontis Teij antiqaissimi poëtae
Lyrici Odae ab Helia Andrea latine factae. Ad Petrum Montaureum Con-
siliarium et Bibliothecarium Regium. Lutetiae apud Rob. Stephanum et G.
Morelium*, 1556. La deuxième édition du travail d'Henri Estienne, parue
chez les mêmes libraires au début de 1556, est de petit format et ne porte
ni la préface en grec, ni les vers liminaires. Elle ajoute en revanche une
deuxième ode de Sappho, la plus célèbre, Φαίνεταί μοι κεῖνος, que Belleau
traduit aussitôt à la suite de son *Anacréon* (éd. de 1556, p. 61).

2. *Les Odes d'Anacréon Teien traduites de grec en François par Remi Belleau de Nogent au Perche. Ensemble quelques petites hymnes de son invention.* Paris, Wechel, 1556. En 1578, dans l'édition de Mamert Patisson,
la dédicace de la traduction et celle de la pièce de Ronsard citée ici
ont passé à Jules Gassot, secrétaire du Roi. Belleau écrit à celui-ci :
« Il y a dix-huit ans qu'apporté d'Italie il [Anacréon] commença à prendre
l'air de la France. Moy, en ce mesme temps, essayant à rendre en nostre
langue la naiueté et mignardise des Grecs, pour coup d'essay ie fis chois de
cest autheur... » (*Œuvres de R. Belleau*, éd. Marty-Laveaux, t. I, p. 4).
L'édition originale porte, aux pages finales 101-103, un petit travail d'humaniste de Belleau qui doit être signalé ici : *Traduction de quelques Sonetz de
P. de Ronsard, par le mesme Belleau.* — Amour, quiconque ait dit que le ciel
fut ton pere (« Quisquis te genitum parente coelo ») — Que lâchement vous
me trompés mes yeux (« Quam me decipitis maligne ocelli ») — Voiant les
yeus de toy, Maistresse elüe (« Mellitos dominae videns ocellos... Et fac-
tus tenero comes Tibullo | Errem myrteola vagus sub umbra »).

3. La priorité de Ronsard est aujourd'hui bien établie (par Laumonier,
p. 160-163). Sainte-Beuve croyait à celle de Belleau, et pensait l'avoir démon-
trée dans une étude célèbre (*Anacréon au XVI* siècle*, à la suite de son
*Tableau*), où plus d'une inexactitude s'est glissée. C'est ainsi qu'il faut
expliquer, non par une critique de lettré, mais par un gai reproche bachique
à un ami qui ne boit pas assez, les versiculets de Ronsard :

> Tu es un trop sec biberon,
> Pour un tourneur d'Anacréon.

...Tu as daigné tanter d'exprimer la faconde
Des Grecz en nostre langue, et as pour ton patron
Choisy le doux archet du vieil Anacréon,
Qui montre comme il faut d'une parolle douce
Plaindre nos passions, lors que Vénus nous pousse
Sa fleche dans le cueur ; comme il faut souspirer,
Comme il faut esperer et se desesperer,
Comme il faut adiouster [1] la lyre chanteresse,
Et le pere Bacus à Cypris la Deesse ;
Comme il faut s'egayer, ce pendant qu'Atropos
Nous permet les plaisirs d'un amoureux repos ;
Comme il faut que l'on dance, et comme il faut qu'on saute,
Non pas d'un vers enflé plain d'arrogance haute,
Obscur, masqué, broüillé d'un tas d'inventions
Qui font peur aux lisans [2], mais par descriptions
Douces, et doucement coulantes d'un doux stille,
Propres au naturel de Vénus la gentille,
Et de son filz Amour... [3]

La découverte du philologue arrivait à l'heure des poètes. Elle
révélait une poésie en parfait accord avec certaines tendances de
l'école ronsardienne et que les odes légères d'Horace la prépa-
raient à goûter. Il importa peu que le recueil fût presque entièrement apocryphe et que, dans ces pastiches alexandrins mis sous
le nom d'Anacréon de Téos, la vigueur du modèle fût fort affa-
die ; telles qu'on les lut alors, avec leur élégance mignarde et leur
fine sensualité, ces odelettes devaient séduire infiniment le public
de la Renaissance [4]. Elles ont imposé même aux arts plastiques,
pendant trois siècles, le type de l'enfant ailé et capricieux qui
voltige, l'arc en main, avec ses petits compagnons, entouré des
colombes de Vénus et cherchant les cœurs que blesseront ses
flèches :

1. Les recueils de Ronsard corrigent *adjuster*.

2. Il est impossible de mieux caractériser, et de mieux renier, les excès
de l'ode pindarique.

3. *A Christophle de Choiseul abbé de Mureaux, en la louange de Belleau.*
P. 8. de l'édition originale de Belleau. Ce texte offre de légères différences
orthographiques avec celui que donne Ronsard dans ses recueils. Il l'a
réimprimé pour la première fois après août 1556, dans le *Deuxiesme livre
des Hinnes*, édité par Wechel. La publication de Remi Belleau est de ce
même mois d'août.

4. Cf. Sev. Ferrari, *Di alcune imitazioni delle « Anacreontee » in Italia
nel sec. XVI*, dans *Giorn. stor.*, vol. XX, p. 393-424.

> Petites mains, petits pieds, petits yeux,
> Oiseau leger qui voles d'heure en heure,
> Sans foy, sans loy, sans arrest ny demeure...
> Sorcier, charmeur, affeté, mesdisant,
> Confit en miel et en fiel tout ensemble,
> Ton coup de fleche au coup d'aiguille semble,
> Petite playe et le mal bien-cuisant [1].

Toute la Pléiade s'amuse à de telles images. Baïf écrit l'*Amour échaudé* et l'*Amour se soleillant*, et ce sont là des traductions « du grec de Dorat », qui a pastiché lui-même le pseudo-Anacréon [2]. Les poèmes où Ronsard peint l'*Amour piqué*, l'*Amour mouillé*, l'*Amour logé*, sont des emprunts directs à cet Anacréon alexandrin, enrichis de sa vision pittoresque et de toute la vivacité française [3]. Il lui doit tant de plaisir, qu'il a renié délibérément son cher Pindare, avec la sincérité d'un poète voué à des enthousiasmes successifs et contradictoires. C'est pourtant le grand lyrique qu'honore en lui avant tout Jules-César Scaliger, quand il lui dédie ses *Anacreontica*, nés également à la suite de l'édition d'Estienne :

> *Quo te carmine, qua prece,*
> *Quo pingui Genium thure adeam tuum*
> *Immensi sobolem aetheris,*
> *Qui Musis animi prodigus imperas?*
> *O cantus decus aurei*
> *Qui solus stupidis auribus immines,*
> *O flexus veteres nouo,*
> *Quos foelix superas, nectare condiens*
> *Sublimis fidicen Lyrae,*
> *Graiis picta notis Celtica temperans :*
> *Qui solus scatebris tuis*
> *Latè Pegaseos imbuis alueos :*
> *Te solo magis ac magis*
> *Implens Castalii consilium chori...* [4]

1. Ed. L., t. III, p. 320.
2. Baïf, éd. Marty-Laveaux, t. IV, p. 257, 277. Cf. Augé-Chiquet, p. 388 sqq.
3. Les imitations de Ronsard font l'objet d'une pénétrante étude de Laumonier, p. 591 sqq. L'*Amour logé*, à qui Ronsard fait choisir son logis à Blois, « à l'embrunir du jour », parmi les hôtels de la Cour, montre l'utilisation la plus libre et la plus piquante du motif ancien (*Bocage royal.* Ed. L., t. III, p. 319-322).
4. Les *Anacreontica* ont paru seulement en 1574, dans les *Poemata Iulii Caesaris Scaligeri*, publiés à Genève par les soins de son fils Joseph.

A ces courtes notes sur Anacréon au temps de la Pléiade, on en peut joindre une d'un caractère plus inattendu. Le poète des amours, dont la grécité était fort appréciée, ne pouvant servir à l'instruction de la jeunesse, un humaniste, appelé plus tard à une chaire de grec du Collège royal, Daniel d'Auge, s'avisa d'en composer une traduction latine expurgée. C'est, du moins, ce qu'on apprend d'une petite pièce inédite de Dorat, qui fait allusion à ses propres essais de traduction versifiée mètre par mètre, que la difficulté du travail lui aurait fait abandonner. Ronsard a dû rester fort indifférent aux bonnes intentions pédagogiques, auxquelles son maître rendait justice en ces termes :

*Ad Danielem Augentium Io. Auratus.*

> *Quis non, quis probet illius laborem,*
> *Quisquis primus Anacreontis hymnos*
> *Impuros, malè sobrios, profanos,*
> *Puros reddere sobrios, piosque*
> *Tentauit ? neque passus et iuuentae*
> *Mores colloquiis probos proteruis*
> *Corrumpi. Tuus est sed et probandus*
> *Augenti labor, exprimentis illa*
> *Nobis cantica canticis Latinis.*
> *Et pro parte mea iuuem libenter :*
> *Tentatum mihi saepe nec negabo*
> *Versus reddere versibus sed iisdem,*
> *Atque eodem numero, laboriosum,*
> *Et quod non habeat parem leporem*
> *Graecis, Musa quibus rotundiore*
> *Quam nobis dedit ore personare.*
> *At tu, quâ potes et licet, labora :*
> *Forsan quod mihi durior negauit,*
> *Indulgens tibi Musa non negabit.*
> *Pro quo suscipis hunc pium laborem,*
> *Ut de virgine facta iam meretrix*
> *Rursus de meretrice virgo fiat [1].*

Comme il s'était enthousiasmé pour Pindare, Ronsard s'enchantait maintenant d'Anacréon et, pendant quelque temps, avec la même ferveur exclusive et passionnée. Il semble qu'il

---

1. Bibliothèque de Munich, *Coll. Camerariana*, vol. 14, fol. 380.

ait fallu la publication d'Estienne pour lui faire goûter complètement cette poésie légère des Grecs, que l'*Anthologie* ne lui avait révélée qu'à-demi. Dorat lisait pourtant celle-ci et la faisait lire, et aucun texte grec n'était mieux connu des lettrés que le recueil de Planude, publié à Florence par Jean Lascaris dès 1494 et sept fois réimprimé depuis. L'*Anthologie* retrouvée par Lascaris, et éditée depuis Alde Manuce sous le titre de *Florilegium diuersorum epigrammatum in septem libros*, avait eu à Paris une édition de Josse Bade (1531, *sub praelo Ascensiano*) ; mais les éditions familières à nos poètes durent être celle de Bâle, qu'illustre un commentaire de Brodeau (1549), et la troisième aldine (1550-1551), la plus ample et la meilleure avant celle d'Henri Estienne (1566)[1]. Cette abondance d'éditions indique la curiosité qu'inspirait une collection si variée, où le nom de tant d'écrivains et le souvenir de tant d'écoles poétiques étaient conservés. Comme jadis Catulle, Properce, Ausone, la littérature néo-latine antérieure à Ronsard était revenue puiser à cette source vive, avec Marulle et Jean Second.

Notre poète, longtemps absorbé par le grand lyrisme, prêta moins d'attention que Baïf à ces petits confrères de l'Antiquité sauvés par miracle de l'oubli. Il les lut cependant, puisqu'il lisait tout, et Muret les cite quelquefois dans le commentaire des *Amours*[2]. Au reste, Muret lui-même s'attachait à eux moins qu'on ne le croirait ; son recueil des *Iuuenilia*, paru en janvier 1553, renferme une série d'épigrammes, dont l'inspiration reste presque exclusivement latine[3]. Le fait s'explique par la préférence qu'il porta toujours aux lettres romaines et par le cours

1. Depuis 1530, on pouvait lire d'autres poètes dans le *Florilège* de Stobée, dont il y a une édition parisienne de 1552.

2. A propos du sonnet des *Amours* « Quand au matin ma Déesse s'habille », Muret rapporte le mythe de Vénus Anadyomène et le tableau d'Apelle qui représenta « l'escumière fille » : « Sur ceste peinture ont été faits beaucoup d'Épigrammes grecs, desquels j'en ay mis ici un de Leonide [*Anth. Pal.*, XVI, 182], qui m'a semblé merveilleusement gentil... Baïf aussi à la fin de ses Amours a touché ceste fable ». Sur le sonnet des *Amours* « Je voudrois être Ixion et Tantale » ; « Ceste fin est prinse d'un Épigramme grec de Rufin [*Anth. Pal.*, V, 94], tourné par Baïf au premier livre de ses Amours ». (Éd. Vaganay, p. 82, 91).

3. *M. Ant. Mureti opera*, éd. Ruhnken, t. I, p. 693-725. Les épigrammes sont dédiées *Diuo Iulio Caesari Scaligero patri meo*. Nicolas Denisot (*Comes Alsinous*, à qui Muret adressait une ode, ainsi qu'à Dorat et à Ronsard,

qu'il venait de professer à Paris sur Catulle. Très peu après les *Juuenilia* de son ami, au mois d'avril, Ronsard donne au public le *Livret des Folastries*, avec un petit recueil d'épigrammes : mais, sans y négliger Catulle [1], c'est plutôt l'inspiration de l'*Anthologie* grecque qu'il veut y étaler. La *Traduction de quelques épigrammes grecz, à Marc-Antoine de Muret*, comporte dix-sept courts poèmes précédés du nom de l'auteur imité et des premiers mots de son texte : « Du grec de Posidippe, Du grec d'Anacreon, Du grec d'Automedon, Du grec de Lucil, De Palladas, De Ammian, De Nicarque... » Toutes ces pièces ont leur original dans l'*Anthologie* de Planude [2]. Il en est de même des treize quatrains, qui paraîtront un peu plus tard et qui traduisent autant d'épigrammes fameuses dans l'Antiquité, « sur la jenisse d'aerain de Myron, excellentement bien gravée » [3]. Ce sont, dans les *Folastries*, de courts exercices sans prétention, improvisés peut-être après boire sur le livre grec feuilleté avec des amis. La transcription des vers initiaux indique qu'on a voulu rendre exactement un original. Ronsard se réclamait ainsi de nombreux poètes, tout en suivant ailleurs l'inspiration catullienne, qu'il partageait avec Muret. C'était, il est vrai, pour le seul cercle de la Brigade, car on sait que le « livret », où se mêlent des vers franchement lascifs, était imprimé sans le nom de l'auteur ; mais, sur ce domaine encore, il tenait à montrer qu'il ne le cédait à personne et que rien de la poésie des Grecs ne lui demeurait étranger.

. Ronsard subissait alors d'autres influences, celles des humanistes italiens, portés presque tous à chanter sur les modes

mettait en tête du recueil un témoignage excluant tout à fait l'inspiration grecque :

> Vis, lector, tragici sonum cothurni,
> Vis, lector, numeros Catullianos,
> Vis, lector, numeros Tibullianos,
> Vis, lector, numeros Horatianos ?
> En, libro tibi dat Muretus uno.

1. Il l'imite jusqu'en ses rythmes, analogues aux hendécasyllabes catulliens, et, bien entendu, dans sa dédicace qui reproduit celle du recueil latin avec un souvenir de celle de l'imitateur humaniste Flaminio.

2. Cf. Laumonier, p. 95.

3. Dans la *Continuation des Amours*, qui est de 1555. Ces épigrammes y sont dédiées à François de Revergat. Laumonier a remarqué qu'une a disparu en 1560, pour faire le compte de douze, et qu'elles peuvent venir du latin aussi bien que du grec, Ausone et Calcagnini les ayant traduites.

classiques, l'amour et le plaisir. Il revenait avec un intérêt
renouvelé à ces bons héritiers de l'Antiquité. Il imitait surtout
un grec du *quattrocento*, italianisé à Florence, cet agréable
Marulle aimé des Médicis, que la désinence de son nom engageait à nommer à côté des Élégiaques latins et qui en était digne
par l exquise facilité de sa poésie [1]. Dans l'*Hymne de Bacchus*,
Ronsard lui emprunte, comme il sait emprunter, la plus grande
partie de cet *Hymnus Baccho*, dont il s'est inspiré déjà, beaucoup
moins adroitement, pour les *Dithyrambes chantés au bouc
de Jodelle* [2]. Plus de vingt pièces de la *Nouvelle Continuation des
Amours* sont « prises » de Marulle ; une ode familière au cardinal de Châtillon l'est également, avec des transpositions ingénieuses qui adaptent au Paris d'Henri II un petit tableau du
*quattrocento* florentin [3]. Sannazar, Navagero, Flaminio, fournissent notre poète d'idées et d'images, qui demeurent en sa
mémoire et viennent dans ses vers au premier appel. Ces inspirations néo-latines s'accordent fort bien avec celles qu'il tire
de ses nouveaux maîtres grecs et qui tempèrent définitivement
l'excès de son lyrisme. L'ode qu'il écrit à présent, amoureuse ou
bachique, morale ou descriptive, vivra autant que ses modèles
antiques et fera oublier tous ceux des modernes qui les ont
imités avant lui.

Les savants dont il continue à rechercher la compagnie sont
précisément occupés à mettre en lumière les poètes secondaires
de la Grèce. A côté de l'éditeur d'Anacréon, voici Turnèbe, qui
recueille méthodiquement des poèmes et des fragments gnomiques épars dans les manuscrits. Comme il est typographe du Roi,
il peut imprimer sur ses presses en 1553 une collection formée

1. Les *Hymni et Epigrammata* de Michel Marullos Tarchaniotès ont été
d'abord publiés à Florence en 1497. V. sur le poète les notices de Const.
Sathas, Νεοελληνικὴ φιλολογία, p. 77, et *Docum. inéd. relatifs à l'hist. de la
Grèce au moyen âge*, t. VII et VIII, Paris, 1888 ; Nolhac, *La bibliothèque
de Fulvio Orsini*, p. 165, 213 ; Gaspary, *Storia della letter. ital.*, trad. V.
Rossi, Turin, 1891, t. II, p. 354.

2. Laumonier a institué, p. 736-742, des comparaisons instructives entre
les trois textes et s'en est servi pour établir que les *Dithyrambes* appartiennent à Ronsard. J'ai dit plus haut, p. 100, quelles raisons en ont fait
douter. L'*Hymne de Bacchus*, imprimé dès l'année qui a suivi la fête de Jodelle, est digne de l'œuvre de Marulle et garde la même majesté.

3. C'est l'ode de 1556, « Mais d'où vient cela, mon Odet ». Laumonier,
p. 423-426.

par lui, qui provient de vingt-sept poètes différents et dont le
titre se décore des noms de Théognis, Phocylide, Solon, Tyrtée,
Callimaque, Mimnerme, Panyasis et Simonide [1]. On traduit
aussitôt ce petit florilège de Turnèbe, que Ronsard dévore avi-
dement. La trace de ces lectures diverses se retrouve dans les
poésies qu'il donne à cette époque. Les *Folastries* contiennent
des traductions de l'*Anthologie* ; l'ode *Sur les misères des hommes*,
dans la seconde édition des *Amours* (1553), s'inspire des fragments gnomiques de Mimnerme et surtout de Simonide [2], édités par Turnèbe. Le *Bocage* de 1554 et les *Meslanges* de la même
année, qui font apparaître partout Anacréon, utilisent également
des passages de Théognis, de Tyrtée, de Mimnerme, de Simonide, un fragment de Sophocle cité par Stobée, un fragment de
Callimaque du florilège de Turnèbe. Le grave recueil des
*Hymnes* (1555) met en français plusieurs passages du « comique
Ménandre », de Simonide, de Théognis, en citant avec respect le
nom de ces maîtres de sagesse :

> Ah ! quiconques sois-tu, escoute Simonide,
> Escoute Theognis, qui se plaint en ses vers,
> Qu'on ne peut trouver mal dedans tout l'Univers ,
> Si grand que Pauvreté... [3]

Un groupe exquis de poèmes, les « vœux » du *Bocage* (*D'un
chemineur à une fontaine, D'un vaneur de blé au vent Zefire,
D'un pasteur au dieu Pan*, etc.) appartiennent au genre des
Ἀναθήματα groupés par le vieux Planude ; ce n'est pas au grec, il
est vrai, c'est aux adaptations latines d'Andrea Navagero que
Ronsard paraît les avoir pris [4]. Ils n'en attestent pas moins quelle

---

1. Γνωμολογίαι παλαιοτατῶν ποιητῶν. Paris, impr. par Turnèbe,
1553. Cf. Louis Clément, *De Adriani Turnebi praefationibus et poematis*,
Paris, 1899, p. 136. La traduction latine imprimée par G. Morel dut paraître
en même temps. Elle a pour titre : *Sententiosa poetarum vetustissimorum
quae supersunt opera*, et n'est pas l'œuvre de Turnèbe.

2. On ne distingue pas alors les deux Simonide. Turnèbe a donné
à imiter à Ronsard, dans l'ode *Sur les misères*, deux pièces sous le nom de
Simonide d'Amorgos (Bergk, *Lyr.gr.*, II, 236 ; III, 1146). La première, qui
développe un vers d'Homère, est de Simonide de Céos (Alfred et Maur.
Croiset, *Littérature grecque*, t. II, p. 194, 251).

3. *Hymne de l'Or*, éd. Laumonier, t. IV, p. 338, 339, 348, 351. Les morceaux sont au recueil de Turnèbe.

4. Ces rapprochements et d'autres encore sont dus à Laumonier. Cf.
notamment p. 112, 114, 124, 129, 137. La 2ᵉ édition des *Meslanges*, par une

veine imprégnée d'idées antiques exploite à ce moment le poëte.
L'odelette *Mignonne allon voir* est exactement de cette époque ;
elle vient, si l'on veut, des *Roses* d'Ausone ; mais elle est née en
un jour heureux, dans un esprit tout vibrant de chants hellé-
niques.

On a un témoignage décisif de l'ardeur ressentie par Ronsard
pour les poetes dont il fait alors son étude, par une pièce mise
en-tête de l'*Anacréon* de Belleau. Il va jusqu'à leur immoler Pindare, décidément trop étranger aux réalités de la vie ; il
exprime avec bonheur la nature du plaisir qu'ils lui donnent et
les leçons d'art et de morale qu'il veut tirer d'eux :

> Me loüe qui voudra les replis recourbez
> Des torrens de Pindare en profond embourbez,
> Obscurs, rudes, facheux, et ses chansons congnues
> Que je ne sçay comment par songes et par nües.
> Anacreon me plaist, le doux Anacreon !
> Qu'encores voulust Dieu que la douce Sapphon,
> Qui si bien reveilloit la lyre Lesbienne,
> En France accompaignast la Muse Teïenne !
> Mon Belleau, si cela par souhait avoit. lieu,
> Je ne voudrois pas estre au ciel un demi-Dieu
> Pour ne lire en la terre un si mignard ouvrage,
> Qui comme nous souspire un amoureux damage,
> Une plaisante peine, une belle langueur
> Qu'Amour pour son plaisir nous grave dans le cueur.
> Encore je voudroy que le doux Simonide,
> (Pourveu qu'il ne pleurast), Alcmam et Bacchylide,
> Alcee et Stesichore, et ces neuf chantres Grecs
> Fussent ressussitez ; nous les lirions exprés
> Pour choisir leurs beaux vers pleins de douces parolles ;
> Et les graves seroient pour les maistres d'escolles,
> Affiu d'espouhanter les simples escoliers
> Au bruit de ces gros vers furieux et guerriers...

fantaisie de Ronsard, indique la source de dix-neuf de ses morceaux, dont
seize sont « pris d'Anacréon », les autres « de Punyasis poëte grec », « de
Bion poëte grec », « de Sophocle » et « du latin de D'Aurat ».

1. Dans le petit recueil d'odes qui suit la deuxième édition des *Amours*,
celle de 1553. L'achevé d'imprimer est du mois de mai. L'odelette est, avec
les *Isles fortunées* dédiées à Muret, une des quatre odes « non encore
imprimées » qu'annonce le titre ; on voit assez que le poète, malgré la
brièveté de la pièce, y attache quelque prix.

Mais Dieu ne le veut pas, qui couvre sous la terre
Tant de livres perdus, miseres de la guerre [1],
Tant d'ars laborieux et tant de gestes beaux
Qui sont ores sans nom, les hostes des tombeaux... [2];

Il se trouve que ce brillant passage, où Ronsard se montre un helléniste assez informé, apporte une preuve nouvelle de ses relations avec les philologues. Son ami Henri Estienne lui avait certainement fait confidence du nouveau recueil qu'il préparait, et qui ne parut qu'en 1560, à la suite de son texte de Pindare. Il devait l'intituler : *Carminum poetarum nouem, lyricae poeseωs principum, fragmenta* [3]. Ronsard faisait allusion à ce titre projeté, quand il indiquait à Belleau « ces neuf chantres grecs » et nommait précisément les principaux poètes qu'Estienne allait réunir, en regrettant que de tels maîtres il n'existât que des fragments. Il a donc annoncé à l'avance un florilège important, qui eut au seizième siècle un vif succès et marqua un nouveau progrès des études grecques.

Plus on avance dans l'étude des sources de Ronsard, plus on en découvre la richesse. L'extrême étendue de son information permet d'assurer que toute la littérature grecque connue de son temps a passé sous ses yeux. Bien des auteurs dénués d'attrait littéraire, et qui ne font appel qu'à notre curiosité, lui ont apporté

1. La variante postérieure « naufrages de la guerre » améliore l'image. Ed. L., t. V, p. 187.

2. Je tiens à donner le premier texte, celui de l'édition originale de Belleau, *Les Odes d'Anacréon*, 1556, p. 9. La variante la plus importante est au onzième vers du morceau, que Ronsard a imprimé ensuite : « Pour lire dessous l'ombre... » (Au v. 17, Belleau a laissé passer une faute évidente : *ses* pour *ces*.)

3. Estienne dit dans sa préface : *Haec in praesentia habui fragmenta ex carminibus principum lyricae poeseωs nouem, quae cum antiquae lyrae studiosis communicarem*. Ces amateurs furent nombreux, car, après qu'il eût donné deux fois son recueil (1560 et 1567), Plantin le reproduisit une troisième fois, en 1567, toujours joint au tome contenant Pindare (la dédicace de l'ensemble à Ph. Melanchthon est ainsi modifiée chez l'éditeur catholique : *Henricus Stephanus P. M.*). Les fragments réunis par Estienne à Pindare appartiennent à Alcée, Sappho, Stésichore, Ibycos, Anacréon, Bacchylide, Simonide, Alcman, à quelques poètes non annoncés sur le titre, Archiloque, Mélanippide, Telestos, Erinna, à plusieurs auteurs de l'*Anthologie*. Des traductions latines de divers humanistes, quelques-unes en vers, accompagnent toutes les pièces. Estienne donne pour Anacréon la traduction en vers d'Elie André, à côté de la sienne.

leur tribut. On en trouvera surtout des exemples dans les moins
lus de ses recueils, qui ne sont pas toujours les moins intéressants. Un récit écrit en beaux alexandrins, et fort supérieur dans
l'ordre épique à ceux de la *Franciade*, est intitulé *Discours de
l'équité des vieux Gaulois* [1]. C'est l'histoire d'un Gaulois qui sacri-
fie sa femme sur l'autel des dieux pour faire honneur à un Milésien, hôte de sa maison. Cette femme fut jadis celle du Milésien
et l'abandonna pour suivre le Gaulois ; l'ancien mari est venu
chez le nouveau avec l'intention de se la faire rendre ; l'épouse,
qui aime celui-ci et désire rester avec lui, veut l'exciter à tuer
son hôte ; mais les lois de l'hospitalité sont sacrées entre toutes
et l' « équité » gauloise condamne la femme à mourir. Cette
anecdote étrange et violente, remplie dans le texte français de
dialogues vivants et de traits colorés, a été racontée seulement
par Parthénios de Nicée ; il la place à Massilia et en nomme
l'héroïne Hérippé [2]. Notre poète n'a pu la connaître que par lui.
L'édition princeps du Περὶ ἐρωτικῶν παθημάτων avait été donnée
en 1531, chez Froben, par Janus Cornarius, avec une traduction
latine réimprimée vers 1555 dans un recueil moral d'*Exempla
virtutum et vitiorum* [3]. Qu'il ait lu le texte ou la traduction, on
s'explique que Ronsard se soit jeté avec empressement sur un
ouvrage annoncé comme traitant « des passions de l'amour ».

Le recueil des *Hymnes*, qui paraît en deux livres en 1555 et
1556, est peut-être celui où l'immense érudition du poète se
laisse le mieux entrevoir. De là vient pour cet ouvrage la prédilection de Dorat, qui l'exprime nettement dans ses distiques
liminaires :

> *Post querulos in amore modos, post dulcia mentis*
> *Tormenta et tenerae ludicra nequitiae ;*

---

1. Ed. L., t. III, p. 215-224. Je signale un ms. de ce poème, sans titre et
sans le nom de l'auteur, dans un recueil du fonds Dupuy, 843, fol. 116.
Léon Dorez lui-même, dans son impeccable inventaire, ne semble pas
l'avoir identifié.

2. I *Mythographi graeci*, vol. II. *Parthenii libellus*, éd. Paul Sakolowski,
Leipzig, 1896, p. 16-18. Cf. *Erotici scriptores gr.*, éd. Hercher, t. I, p. 10.
V. *Revue d'hist. litt. de la France*, t. II, 1894, p. 185. Faguet, *Études litt.
sur le XVI^e s.*, Paris, 1894, p. 247, croyait ce sujet emprunté à « une vieille
chronique du moyen âge ».

3. La réimpression s. l. ni d. signalée par Sakolowski, p. vi de sa préface,
est accompagnée d'Achille Tatios. Je crois que Ronsard a eu en mains l'édition de Bâle ; n'a-t-il pas utilisé ailleurs des récits de Parthénios ?

*Post iam consumptum patrio tibi Pindaron ore,*
  *Dum canis et Reges Regibus, et genitos ;*
*Ne quid inexpertum foelix audacia linquat,*
  *Naturae rerum cantica docta sonas* [1].
*Et nunc hoc tibi, nunc alio de flore corollam*
  *Texis inexausto feruidus ingenio...* [2]

Les *Hymnes* fourniront au répertoire des auteurs consultés par
Ronsard les indications les plus inattendues. Ainsi, parmi les
sources de son *Hymne de Bacchus*, qui utilise toutes les légendes
sur le culte du dieu dans les Indes et sur les mœurs des Ménades,
on voit figurer le poème de Denys le Périégète, la *Description.
du monde*, que Robert Estienne avait réimprimée en 1547 [3] ; cet
ouvrage, déjà plusieurs fois édité, existait dans la plupart des
bibliothèques d'humanistes, et l'on ne saurait être étonné de le
trouver aux mains de Ronsard. On l'est davantage, lorsqu'il s'agit
d'un compilateur de basse époque, Michel Psellos, à qui il aurait
emprunté, suivant Richelet, le thème de l'hymne intitulé *Les Daimons*. Il y évoque tour à tour, d'après les traditions des différents
pays, les êtres fantastiques qui hantent l'imagination des hommes,
elfes et gnomes, « larves, lares, lemurs » [4]. On aurait à rechercher
dans lequel des nombreux ouvrages du σοφώτατος byzantin il a pu
puiser quelques détails [5] ; mais n'est-on pas surpris de le voir
profiter de tant d'écrivains divers, aujourd'hui presque oubliés ?


XI


En peu d'années, Ronsard venait d'être acclamé comme le
Pindare de la France, puis comme son Anacréon ; les sonnets des
*Amours* l'égalaient à Pétrarque ; on attendait à présent qu'il

---

1. L'allusion au titre de Lucrèce indique les hautes ambitions de notre
poète.
2. *Les Hinnes de P. de Ronsard, vandomois. A tres illustre et reverendissime Odet, cardinal de Chastillon*, Paris, Wechel, 1555. Les liminaires ne
comportent que les sept distiques signés *Auratus : In P. Ronsardi Hymnos.*
3. Cf. Laumonier, p. 382, 406.
4. Ed. Bl., t. V, p. 122 ; éd. L, t. IV, p. 223.
5. Beaucoup de compilations de Psellos ont été publiées au seizième
siècle. Cf. Em. Legrand, *Bibliographie hellénique*, t. I, p. 209, 212, 214 et
*passim*.

prît place à côté d'Homère. L'épopée, non moins que l'ode, manquait à la littérature renouvelée de notre pays, ce « long poëme
françois », dont Du Bellay espérait « l'honneur de la France et
grande illustration de nostre langue » [1]. Jacques Peletier avait
appris à Ronsard, dès leurs premières conversations littéraires,
que tel était le but le plus élevé à atteindre, « l'œuvre héroïque
qui donne le prix et le vrai titre de poëte »; et Du Bellay lui
montrait encore, par une phrase fort belle, la récompense due à
ce grand labeur : « C'est la gloire, seule echelle par les degrez de
la quele les mortelz d'un pié leger montent au ciel et se font compaignons des dieux. »

Ronsard n'oubliait ni ces exhortations, ni la promesse qu'il
avait faite de les exaucer. Peu après la publication des *Odes*, il
annonça qu'il préparait l'œuvre nationale désirée par tous et pour
laquelle il estimait mériter dès lors les plus amples pensions du
Roi. On sait l'attente ardente, l'admiration à l'avance prodiguée
par ses amis, et aussi le long retard qui se produisit dans la composition de la *Franciade* et qui laissa inachevé, avec quatre chants
seulement, le poème où devaient être évoquées les plus antiques
légendes de la dynastie et les origines fabuleuses de la race. Il
est fâcheux qu'il soit interrompu au milieu des prédictions qui
forment un résumé assez brillant de l'histoire de France, et que
l'énumération de nos rois ne dépasse point Pépin le Bref; les
règnes postérieurs au père de Charlemagne auraient fourni à
Ronsard des sujets dont son patriotisme eût tiré quelque éloquence [2]. C'était même la seule partie de l'œuvre qui pût en justifier la conception. Artificielle et tronquée comme elle est
demeurée, l'épopée de Francus n'a que trop mérité l'oubli où
elle reste ensevelie.

1. *Deffence*, IIe p., ch. v ; éd. Chamard, p. 233-246.
2. « Et si je parle de nos monarques plus longuement que l'art Virgilien
ne le permet, tu dois sçavoir, lecteur, que Virgile (comme en toutes autres
choses) en cette-cy est plus heureux que moy, qui vivoit sous Auguste,
second Empereur, tellement que, n'estant chargé que de peu de Rois et
de Césars, ne devoit beaucoup allonger le papier, où j'ay le faix de soixante
et trois Rois sur les bras » (Première préface de la *Franciade*, éd. Bl., t. III,
p. 91 ; éd. L., t. VII. p. 67). — Un jeune humaniste bordelais, qui publiait
en 1563 un essai d'épopée latine intitulé *Gallia gemens*, où Francus est
aussi célébré, a eu la fortune de pousser jusqu'aux Valois l'evocation royale
que Ronsard n'a pu qu'aborder. V. Paul Courteault, *Geoffroy de Malvyn*
(*1545 ?-1617*), Paris, 1907, p. 41-60.

Une erreur fondamentale de l'auteur annulait déjà l'intérêt de
sa tentative, ainsi que les contemporains le sentirent sans se
l'expliquer ; c'était ce caractère de pastiche étroit de l'*Iliade*, de
l'*Odyssée* et de l'*Énéide*, qu'il croyait nécessaire d'imprimer à son
ouvrage. Nulle aspiration originale ne l'anime, tandis que, par
un travail de mosaïque singulier, tous les épisodes classiques
familiers à la mémoire des lettrés se trouvent prendre place parmi
les aventures du héros. Ce héros est Francus ou Francion, nommé
jadis Astyanax, fils d'Hector et d'Andromaque, qui navigue vers
les pays d'Occident, où de magnifiques destinées attendent sa
postérité lointaine [1]. Comme Ulysse, il rencontre un fâcheux
Cyclope et évoque les ombres sur le bord de la fosse ensanglan-
glantée ; comme Énée, il rejette l'amour d'une princesse que les
oracles lui commandent d'abandonner, et célèbre ensuite pour un
de ses compagnons des funérailles solennelles, avec des courses
et des jeux. Le début de l'inévitable tempête rappelle celle de
l'*Énéide*, la fin, celle de l'*Odyssée*. Bien que le plan général
soit tout virgilien et fasse songer d'assez près à « cette divine
Æneide qu'aveq toute reverence nous tenons encores aujourd'huy
entre les mains », bien que Ronsard adore également ses deux
maîtres antiques,

> Ces deux grands Demy-dieux dignes chacun d'un temple [2],

il est certain que, dans le détail, c'est le « demi-dieu » grec qu'il
a choisi pour modèle. Dès la première préface de son poème,
celle de 1572, il tient à faire connaître aux lecteurs qu'il l'a
« patronné... plustost sur la naïve facilité d'Homère que sur la
curieuse diligence de Virgile ». L'imitation de Virgile n'est pas
une nouveauté ; elle a donné notamment l'*Africa* de Pétrarque,
ouvrage au reste beaucoup plus personnel que celui de Ronsard ;
mais celle d'Homère n'a pas encore pénétré en France, et c'est
pour la première fois qu'un de nos écrivains se montre ainsi nourri
de la substance de ses deux poèmes.

---

1. Dès 1560, dans ses *Recherches de la France*, Pasquier commence à
ruiner la légende de Francus. Cf. Gust. Allais, *De Franciadis epica fabula*,
Paris, 1891, p. 19.

2. Préface en vers de la *Franciade* (éd. Bl., t. III, p. 37 ; éd. L., t. VI,
p. 14).

A partir du moment où il s'est mis à la composition de son ouvrage, commencé d'abord en vers alexandrins, réalisé définitivement en décasyllabes [1], et qui occupe son esprit pendant de longues années, on peut croire que Ronsard garde sans cesse Homère sur sa table de travail. Il se sert sans doute des éditions de Strasbourg reproduisant le texte de Jean Lonicer (de 1525 à 1550) ou des éditions de Bâle (1544 et 1551), auxquelles s'attachent les noms de Jacques Molsheym (Micyllus) et de Joachim Camerarius, la dernière avec le commentaire d'Eustathe. Il a rencontré Homère dès le seuil de l'enseignement de Dorat, et la singularité du dialecte n'a pas empêché que l'explication des deux épopées ait servi de point de départ à son étude du grec [2]. Dorat l'a initié à l'interprétation allégorique de l'*Iliade* et de l'*Odyssée*, sans l'y intéresser beaucoup, à ce qu'il semble [3]. Un peu plus tard, il devient l'ami d'Adrien Turnèbe, l'helléniste qui donne la première édition parisienne d'Homère [4], avec le désir de fournir à des lecteurs toujours plus nombreux un texte commode et correct. Ronsard honore d'un beau poème l'œuvre d'Hugues Salel, la première traduction française de l'*Iliade*, qui est en vers et dont Olivier de Magny publie deux chants inédits avec le « tombeau » du traducteur [5] ; il pousse ensuite son cher Amadis

1. Dans sa première préface, Ronsard, discutant les raisons de son choix, dit des alexandrins qu'ils sont « pour le jourd'huy plus favorablement receuz de nos seigneurs et dames de la court et de toute la jeunesse françoyse, lesquels vers j'ay remis premier en honeur » ; il les eût préférés, dit-il, « sans la honteuse conscience que j'ay qu'ils sentent trop leur prose ».

2. Je crois avoir expliqué comment, p. 36.

3. V. plus haut, p. 70.

4. *Homeri Ilias, id est de rebus ad Troiam gestis. Excudebat A. Turnebus.* 1554. Les élèves de Dorat suivirent ses leçons désormais sur le texte de Turnèbe.

5. La partie de l'*Iliade* de Salel publiée par Magny en 1553 comprend les chants X et XI. La pièce de Ronsard insérée dans le *Tombeau* de Salel a été reprise dans le recueil des *Epitaphes* (éd. L., t. VI, p. 211 ; éd. Bl., t. VII, p. 267). Elle rappelle la dédicace du début de l'ouvrage à François Ier :

> François le premier Roy des vertus et du nom,
> Prenant à gré d'ouïr l'Atride Agamemnon
> Parler en son langage, et par toy les gensd'armes
> De Priam son ayeul faire bruire leurs armes
> D'un murmure François, Prince sur tous humain,
> Te fit sentir les biens de sa royale main ;
> Et le fit à bon droit, comme à l'un de sa France
> Qui des premiers tira nostre langue d'enfance...

Jamyn à continuer sous ses yeux cette grande tâche [1], de même qu'un autre de ses disciples, Louis des Mazures, a composé la traduction de l'*Énéide* [2]. Jamyn a, d'ailleurs, pris dans la maison du poète le goût de lire Homère, puisque c'est lui qui l'aide à relever les comparaisons, épithètes, apophtegmes, descriptions et autres « matières » propres à être transportées dans la *Franciade* [3]. Tous ceux qui aiment Homère deviennent chers à notre poète, et il assure que l'hérétique Théodore de Bèze lui-même, pour en avoir fait bonne étude et savoir en parler dignement, ne peut pas être tout à fait un méchant homme [4].

L'ensemble de l'œuvre homérique est connue de Ronsard dans ses moindres détails ; il recourt aux *sortes homericae*, c'est-à-dire à la consultation de l'avenir par les feuillets du livre ouvert au hasard [5] ; il prêche Homère aux poètes de sa troupe et loue la « majesté grave » de Muret, lorsque celui-ci déclame devant eux les plus beaux épisodes du siège de Troie [6] ; il s'enferme en sa maison pendant trois jours, pour relire tout à son aise l'*Iliade* dans la solitude ; il l'a fait, à la vérité, tant de fois au cours de se vie que, si la doctrine platonicienne sur la réminiscence était vraie, il serait, dit-il, devenu Homère lui-même,

1. La traduction de Jamyn des chants XII à XVI, imprimée à Paris, chez Lucas Breyer, en 1574, porte parmi les pièces liminaires une ode que Ronsard omit de recueillir lui-même dans ses œuvres. V. éd. L., t. VI, p. 435 (*Pour Amadis Jamyn, sur sa traduction d'Homère*) :

> Homere, il suffisoit assez
> D'avoir en Grece, aux tems passez,
> Fait combattre pour toy sept villes...

2. *L'Énéide... translatée en françois avec les carmes latins correspondant verset pour verset*, Paris, 1560 (et 1572).

3. Laumonier, p. 247.

4. *Continuation du discours des misères de ce temps* (1564). Ed. L., t. V, p. 340 ; éd. Bl., t. VII, p. 22 :

> Certes, il vaudroit mieux à Lozanne relire
> Du grand fils de Thetis les prouësses et l'ire...

5. *Les Amours*, éd. Vaganay, p. 319 :

> Les vers d'Homere entre-leus d'aventure,
> Soit par destin, par rencontre ou par sort,
> En ma faveur chantent tous d'un accord
> La guarison du tourment que j'endure...

Muret : « C'estoit une chose usitée aux anciens d'ouvrir un Homere, ou un Virgile, ou un tel autre poëte à l'aventure, et de vers qu'ils rencontroient à ceste fortuite ouverture, colliger les choses qui leur devoient advenir. Les exemples en sont assez frequens aux histoires. »

6. On le déduit aisément d'un passage des *Isles fortunées*.

> Car veritablement depuis
> Que studieus du Grec je suis,
> Homere devenu je fusse,
> Si souvenir ici me pusse
> D'avoir ses beaux vers entendu... [1]

Ce n'est pas seulement dans la *Franciade* que Ronsard procède par imitation directe d'Homère. Il lui plaît de distinguer les épisodes des deux épopées et de prendre tel ou tel d'entre eux pour sujet d'un de ses poèmes :

> D'Homere l'Iliade et sa sœur l'Odyssée
> Est une Poësie en sujets ramassée,
> Diverse d'arguments : le Cyclope eborgné,
> D'Achille le boucler, Circe au chef bien peigné,
> Prothée, Calypson par Mercure advertie,
> Est un petit Poëme osté de sa partie... [2]

Les personnages d'Homère ont pour notre poète des figures vivantes et familières. Il les a présents à l'esprit avec leurs vertus et leurs défauts. Malgré les faiblesses amoureuses d'Achille, qu'il relève avec la verve la mieux informée [3], il juge le fils de Thétis le plus parfait et le plus grand des héros de l'*Iliade*, et il ne se croit pas obligé, ainsi que font les trouvères, de le sacrifier à Hector, père de Francus [4] ; il l'offre en modèle au jeune Charles IX [5] ; c'est à lui qu'il compare le duc de Guise, comme Montmorency au sage Nestor, comme Lancelot de Carle ou Avanson au prudent Ulysse. Mais Ulysse le fait surtout penser au cardinal de Lorraine, et le grand hymne qu'il lui dédie fait défiler, pour la gloire du sage prélat, tous les exploits de l'*Odys-*

---

1. *Odes*, t. II, p. 16 (III, 7. *A maître Denys Lambin*).

2. Préambule des *Poëmes*, dédiés à Marie Stuart (éd. L., t. VI, p. 42 ; éd. Bl., t. VI, p. 7).

3. C'est au passage d'une élégie (éd. L., t. IV, p. 74; cf. var., éd. Bl., t. IV, p. 283), qui finit par ces vers :

> Va! tes gestes sont beaux, mais ton amour legère
> Deshonore tes faits et les chansons d'Homère.

4. Cf. Gandar, *Ronsard... imitateur d'Homère et de Pindare*, Metz, 1854, p. 16-18.

5. *Institution pour l'adolescence du Roy tres-chrestien*. Ed. L., t. V, p. 349 ; éd. Bl., t. VII, p. 35.

*sée* [1]. S'il veut honorer son roi Henri II d'un hommage digne de lui, c'est à l'*Iliade* qu'il s'adresse ; le ciel t'a comblé de dons, lui dit-il :

> Il t'a premierement, quant à la forte taille,
> Fait comme un de ces Dieux qui vont à la bataille,
> Ou de ces chevaliers qu'Homere nous a peins
> Si vaillans devant Troye, Ajax et les germains
> Roys pasteurs de l'armée, et le dispos Achille,
> Qui rembarrant de coups les Troyens à leur ville,
> Comme un loup les aigneaux, par morceaux les hachoit
> Et des fleuves le cours d'hommes morts empeschoit... [2]

Les héroïnes du vieux conteur subissent quelques déformations capricieuses, dues à des sources moins pures. C'est ainsi que la fière Pénélope devient une rusée créature, qui envoie son fils à Sparte pour mener plus librement une vie dissolue [3]. Hélène cependant, que Ronsard a si souvent nommée, reste en sa pensée l'idéale beauté que les vieillards de l'*Iliade* voient passer « dessus le mur troyen ». Au reste, il ne se prive point de compléter les renseignements qu'il emprunte à Homère par d'autres qui viennent de Darès, le compilateur par qui le moyen-âge a connu le siège de Troie, et aussi par les racontars alexandrins que fournissent Lycophron et Apollonios aux bons élèves de Dorat. Il y a là un mélange qui nous déconcerte, mais qui laisse intacte la ferveur de son culte pour le grand aède.

Les secrets de l'art homérique, pénétrés par une longue lecture, n'ont pour lui aucun mystère ; la précision des descriptions, l'épithète colorée et pittoresque, les brèves images empruntées à la nature, ce qui donne en somme à sa propre poésie, hors des excès pindariques, ses caractères de réalité et de simplicité, Ronsard le doit en grande partie à cette fréquentation magnifique. Com-

---

1. *De tres illustre prince Charles cardinal de Lorraine* (éd. L., t. IV, p. 233-235 ; éd. Bl., t. V, p. 88-90). On voit avec curiosité les négociations diplomatiques du cardinal rapprochées de celles d'Ulysse dans l'*Iliade*.

2. *Hymne de Henri II* (éd. L., t. IV, p. 187 ; éd. Bl., t. V, p. 65). Ce qui suit continue la comparaison avec les qualités physiques d'Achille, « pied-vite », « coureur », « sauteur ».

3. Lycophron est pour quelque chose dans la fantaisie, d'ailleurs pleine de verve, des « Paroles que dist Calypson, ou qu'elle devoit dire, voyant partir Ulysse de son isle » (*Poëmes*, livre I. Ed. L., t. V, p. 62 ; éd. Bl., t. V, p. 7). Cf. *Hymne de l'Or* (éd. L., t. IV, p. 353). V. le commentaire de Muret sur Catulle (éd. Ruhnken, t. II, p. 803).

ment ne pas être assuré qu'il en est conscient, lorsqu'on l'entend
livrer à son lecteur certaines recettes de sa poétique : « Quant
aux comparaisons,... tu les chercheras des artisans de fer et des
veneurs, comme Homere, pescheurs, architectes, massons, et
brief de tous mestiers dont la nature honore les hommes... Tu
n'oublieras les noms propres des outils de tous mestiers et pren-
dras plaisir à t'en enquerre le plus que tu pourras, et principalement de la chasse. Homere a tiré ses plus belles comparaisons de
là [1]. » On reconnait la théorie, chère à la Pléiade, de l'adaptation
des termes techniques au style poétique ; Du Bellay l'a exposée
lui-même assez vivement [2] ; mais c'est Ronsard qui, par ce passage, en désigne dans Homère la source et l'autorité. Il a même
relevé chez lui assez de traits familiers, pour se permettre de le
considérer parfois, comme a fait Rabelais, sous l'aspect inattendu
d'un poète badin et bachique. Il s'amuse à le célébrer à ce titre
dans la « gayeté » qui commence ainsi :

> Assez vrayment on ne revere
> Les divines bourdes d'Homere,
> Qui dit qu'on ne sçauroit avoir
> Si grand plaisir que de se voir
> Entre ses amis à la table,
> Quand un menestrier delectable
> Paist l'oreille d'une chanson,
> Et quand l'oste-soif eschanson
> Fait aller en rond par la troupe
> De main en main la pleine coupe.
>     Je te saluë, heureux boiveur,
> Des meilleurs le meilleur resveur;
> Je te salue, esprit d'Homere... [3]

On comprend que Ronsard n'ait jamais pu se lasser d'un poète

1. Dernière préface de la *Franciade* (éd. L., t. VII, p. 87 et 92 ; éd. Bl.,
t. III, p. 26 et 31).
2. Dans le morceau fameux de la *Deffence*, II, xi : « Encores te veux-je
advertir de hanter quelquesfois, non seulement les scavans, mais aussi
toutes sortes d'ouvriers et gens mecaniques, comme mariniers, fondeurs,
engraveurs et autres... » (éd. Chamard, p. 303). Ronsard donne une énumération analogue dans son *Art poétique* (éd. L., t. VII, p. 48 ; éd. Bl., t. VII,
p. 320). Cf. Marty-Laveaux, *Langue de la Pléiade*, t. I, p. 360-420, sur l'usage
fréquent des mots techniques par nos poètes.
3. *Gayeté*, II (éd. L., t. II, p. 36 ; cf. var. « o bon Homère », éd. Bl.,
t. VI, p. 343). On reconnaît le passage, *Il.* VI, 261, auquel a pensé Ronsard.

chez qui il trouvait toutes ces richesses diverses, le mythe et la
nature, le symbole et la réalité. Pour lui, qui a tenté à son tour de
les réunir dans son œuvre, c'était l'inspirateur par excellence,

> De qui, comme un ruisseau, d'âge en âge vivant
> La Muse va tousjours ses chantres abreuvant [1].

## XII

Chargé de tant de dépouilles de l'Antiquité, usant de tant
de réminiscences des littératures grecque et latine, Ronsard
attachait un prix considérable à ce qu'on le sût, pour qu'on
appréciât mieux ce qu'il en tirait pour enrichir la nôtre. Plus il
s'inspirait des Anciens et leur rendait hommage, plus devait être
jugée méritoire l'offrande faite à son pays. En tête d'une édition
revisée de ses œuvres, celle de 1578, il a placé ce quatrain destiné
à écarter d'elles le « vulgaire » grossier et ignorant :

> Les François qui mes vers liront,
> S'ils ne sont et Grecs et Romains,
> Au lieu de ce livre ils n'auront
> Qu'un pesant faix entre les mains.

Une affirmation aussi tranchante ne visait, en fait, que la *Franciade* [2]; mais il faut comprendre que Ronsard tenait à être reconnu
pour un docte parmi les doctes, et qu'un lecteur, selon lui,
ne pénétrait tout à fait sa pensée, ne goûtait ses allusions dans
leur plein sens et ses images dans leur exacte beauté, qu'autant
qu'il en connaissait lui-même les sources. Il s'est exprimé ailleurs
de façon moins absolue et en définissant mieux les principes de
son art :

> Mon Passerat, je resemble à l'abeille
> Qui va cueillant tantost la fleur vermeille,
> Tantost la jaune, errant de pré en pré

---

1. *Hymne de l'Or* (éd. L., t. IV, p. 338; cf. var. « les poëtes », éd. Bl.,
t. V, p. 214).

2. Jusserand remarque que le quatrain, parfois cité comme se rapportant
à l'ensemble de l'œuvre ronsardienne, « ne vise et ne pouvait viser que la
*Franciade* ». (*Ronsard*, p. 141.) Il faut, je crois, en étendre l'application un
peu davantage.

> Où plus les fleurs fleurissent à son gré,
> Contre l'Hyver amassant force vivres.
> Ainsi lisant et *fueilletant mes livres*,
> J'amasse, trie et choisis le plus beau,
> Qu'en cent couleurs je peints en un tableau,
> Tantost en l'autre, et prompt en ma peinture
> Sans me forcer j'imite la nature [1].

Ces vers pourraient être écrits par Jean de La Fontaine, cet autre « pilleur » de génie, à qui nul ne s'avise de contester son originalité, comme on l'a fait jadis et si injustement pour notre Ronsard. Au temps de celui-ci, nul ne se trompait aux apparences, et l'on savait qu'en abordant, comme il l'avait voulu faire, tous les genres des Anciens, il les francisait à jamais :

> *Et cum sit Maro totus et Catullus,*
> *Totus Pindarus et Petrarcha totus,*
> *Ronsardus tamen est sibi perennis* [2].

Parmi les témoignages rendus par Ronsard à l'Hippocrène hellénique qui l'a abreuvé et avec lui toute notre poésie, je n'en citerai plus qu'un seul. C'est un récit perdu dans la longue épître « A Iehan du Thier, seigneur de Beau-Regard, secretaire d'Estat », qui fut un des protecteurs importants de notre poète à la cour de Henri II ; il loue ce personnage de pratiquer lui-même la poésie, au milieu de ses absorbantes occupations, et cite en exemple de son respect pour les lettres cette intéressante anecdote :

> ...Si ne veux souffrir qu'un acte grand et beau
> Que tu fis à deux Grecs, aille sous le tombeau,
> Deux pauvres estrangers qui, bannis de la Grèce,
> Avoyent prins à la Cour de France leur adresse,
> Incognus, sans appuy, pleins de soin et d'esmoy,
> Pensans avoir support ou d'un Prince ou d'un Roy.
> Mais ce fut au contraire, ô Princes ! quelle honte
> D'un peuple si sacré (helas !) ne faire conte !
> Ils estoyent delaissez presqu'à mourir de faim,
> Honteux de mendier le miserable pain,
> Quand à l'extremité portant un thresor rare

---

1. Fin du poème d'*Hylas*, dans les *Poëmes* (éd. L., t. V, p. 132).
2. *OEuvres d'Estienne Pasquier*, t. II, col. 1132.

S'adresserent à toy; c'estoit du vieil Pindare
Un livret incognu, et un liure nouveau
Du gentil Simonide, esueillé du tombeau.
Toy lors, comme courtois, benin et debonnaire,
Ne fis tant seulement depescher leur affaire,
Mais tu recompensas avec beaucoup d'escus
Ces livres qui avoyent tant de siècles veincus,
Et qui portoyent au front de la marge pour guide
Ce grand nom de Pindare et du grand Simonide[1],
Desquels tu as orné le sumptueux chasteau
De Beau-regard, ton œuvre, et l'en as fait plus beau
Que si des Asiens les terres despouillées
En don t'eussent baillé leurs medalles rouillées[2].

Cette noble page, toute vibrante du souffle de la Renaissance, raconte un épisode qui s'est répété bien des fois en Italie, moins souvent en France, l'arrivée de ces Grecs misérables, chassés des terres ravagées par les Turcs ou simplement attirés par le goût de chercher fortune, et qui apportaient, pour tout bagage, un de ces manuscrits antiques tant désirés en Occident. Les volumes ne contenaient, la plupart du temps, que le fatras théologique de Byzance ; mais on en espérait toujours une trouvaille précieuse. Les émigrés comptaient, dans tous les cas, sur la soif de science de leurs hôtes pour obtenir accueil et protection, au nom des exilés illustres qu'ils prétendaient ramener avec eux. Beaucoup trouvèrent, en effet, chez les princes lettrés ou chez des personnages importants, enthousiastes de l'Antiquité, le gîte et le couvert, que leurs leçons souvent maladroites, leurs manuscrits, souvent insignifiants, semblaient payer avec une royale magnificence.

Quels sont les Grecs protégés par Jean du Thier, il n'est pas aisé de le savoir; mais il y a à Paris, depuis le règne de Henri II, un Crétois auquel il est impossible de ne pas penser et qui est précisément un introducteur et un transcripteur de manuscrits. On ignore en quelles circonstances ce Constantin Palæocappa est venu d'Orient, où il était encore moine du Mont Athos en 1541 :

---

1. Ce vers décrit fort exactement un ancien manuscrit grec muni d'un titre courant.

2. Ed. L., t. V, p. 143-144. La pièce à J. du Thier est dans *Le second livre des Poèmes.*

il passe plus tard au service du cardinal de Lorraine, à qui il
dédie plusieurs manuscrits, ainsi qu'au Roi lui-même[1]. On le
trouve employé à rédiger le catalogue des manuscrits grecs de la
bibliothèque royale de Fontainebleau, sous la direction d'Ange
Vergèce, et l'on sait qu'il a un frère qui lui apporte des manuscrits de leur île maternelle[2]. L'anecdote rapportée par Ronsard
n'est pas datée; rien ne s'oppose à ce que ces frères Palæocappa
soient les deux Grecs dont il raconte la venue en France, Jean du
Thier ayant pu procurer ensuite à Constantin la protection du
cardinal de Lorraine.

La valeur des textes signalés par Ronsard peut paraître assez
douteuse. On est porté à se demander si les œuvres « inconnues »
de Pindare et de Simonide étaient un trésor aussi rare qu'il le
pensait. Il y eut alors, dans ces découvertes, beaucoup d'illusion.
Celle-ci n'a point laissé de traces, bien que les fragments de
Simonide fassent penser à ceux que Turnèbe a édités en 1553 dans
son recueil gnomique. Il ne faut pas croire pourtant que les indications du poète soient dénuées d'autorité; il avait vu le manuscrit qu'il décrit, et surtout il pouvait juger en quelque mesure
de la valeur des textes nouveaux et des morceaux inédits qui
venaient au jour de son temps.

Guillaume Colletet assure que Ronsard avait porté loin, sur
ce point, la précision de ses études : « Il pénétra si avant, dit-il,
dans les bibliothèques publiques et particulières qu'il fist un
recueil des vers de plusieurs poëtes grecs, dont nous ne connais-
sons presque que les noms, dans le dessein de les communiquer
au public, et qu'à cet effet en mourant il laissa ce recueil dans les
mains de son intime amy Jean Galandius, qui eust peu et deu
mesme nous faire part de ces antiques et nobles productions

1. Henri Omont, *Catalogue des mss. grecs copiés à Paris au XVI⁰ siècle
par Constantin Palæocappa*, dans l'*Annuaire de l'Association... des études
grecques de 1886*, p. 241-279, et *Le premier catalogue de la biblioth. de
Fontainebleau* (*Biblioth. de l'Ecole des Chartes*, t. XLVII, 1886). Les Palæocappa de l'Université de Padoue appartiennent à la même famille, originaire de La Canée (*Cydonia*).

2. V. une des préfaces publiées par Omont, que le Crétois a mises aux
recueils théologiques copiés pour le cardinal de Lorraine : « Cum frater
meus e patria ad me venisset... librum hunc secum attulit, quem ego iam
pridem Apterae, quae urbs est Cretensium, ex quodam exemplari vetustis-
simo descripseram, usque adeo vetustate carioso putrique ut vix legi posset... »

d'esprit » [1]. Le témoin contemporain qu'invoque le biographe est
l'auteur connu de l'oraison funèbre du collège de Boncourt,
Georges Crichton, et le passage original mérite d'être reproduit ;
il met en scène Galland, principal de Boncourt, le meilleur ami
de Ronsard, qui l'appelait μονοφιλούμενος, « le seul aimé », et lui
confia l'ensemble de ses papiers :

Lustrata itaque cum L. Baïfio Germaniae quadam parte, Lutetiam tandem rediit, ubi doctore usus in Graecis et in Latinis literis
Aurato, ex aureis diuini illius hominis fontibus tantum hausit, quantum si non ad satietatem saltem ad saturitatem sitientissimo cuiuis
homini poterat satisfacere. Nec enim in antiquis Graecorum aut Latinorum monumentis quid tam abditum et reconditum latet, quod ille
non perquisierit, nullus solertioris alicuius interpretis Graeci locus,
nulla paulo venustior extat fabella, quam ille non annotárit et expres-
serit.

Iam in colligendis ipsis veterum Graecorum autographis
et exemplis, in iis quae retrusa in priuatis adhuc bibliothecis iacent
recensendis quantopere diligens fuerit, testantur obsoleta multa et exesa
penè vetustate Graecorum poetarum carmina, nondum togatorum natio-
ni cognita, quae per Gallandium propediem, ut spero, lucem accipient
et omnium vestrûm manibus terentur [2].

Ce témoignage, qui n'est pas contesté [3], mène assez loin. Il révé-
lerait en Ronsard, non seulement l'humaniste savant, le liseur infa-

1. La vie de Ronsard par Colletet a été écrite en 1648. V. *Œuvres inédites de Ronsard*, pub. par Blanchemain, Paris, 1855, p. 35.
2. *G. Crittonii laudatio funebris... apud Becodianos*, p. 5 (v. plus loin,
p. 4, fin de la 2ᵉ p.). La suite du morceau rappelle les services rendus à
l'œuvre de Ronsard, après sa mort, par l'homme qui avait été le « Pylade »
de la fin de sa vie et lui offrait à Paris l'hospitalité du collège de Boncourt
(*Becodiana domus*).
3. Les observations de Laumonier (*Binet*, p. 99) tendent plutôt à en ren-
forcer l'autorité. Malgré l'unanimité des avis et l'exactitude grammaticale
du mot *ille* se rapportant à Ronsard, malgré la répétition du même pronom
dans la phrase qui continue après ce morceau l'oraison funèbre, je dois dire
que j'ai parfois appliqué ce texte dans ma pensée, non pas à l'élève, mais au
maître, non à Ronsard, mais à Dorat. Le vieux Dorat assistait sans doute à
la cérémonie de Boncourt et écoutait le discours de Crichton ; il était naturel
qu'on y parlât de lui et de ses travaux. Sa propre liaison avec Galland expliquerait qu'il lui eût confié, comme Ronsard, ses derniers papiers. Enfin,
l'auteur de la *Laudatio* a pu ajouter le passage sur son imprimé, en faisant
un mauvais raccord. Quoi qu'il en soit, à quelques nuances près, subsiste-
rait l'opinion qu'on peut garder du travail philologique de Ronsard.

tigable des poètes anciens qu'il se propose d'imiter, mais encore un philologue véritable. Les travaux auxquels il se serait livré, sous l'inspiration de Dorat et un peu de Turnèbe, ressemblent singulièrement aux travaux professionnels de ces deux maîtres. A l'étude attentive des auteurs imprimés il aurait joint l'examen et la comparaison des manuscrits dans les bibliothèques et la recherche des textes ignorés. Quelque insuffisante qu'ait pu être la méthode employée, c'est là une besogne proprement philologique; et voilà un trait notable qui s'ajoute aux divers aspects de cette figure si complexe de grand lettré. Qu'il ait fait œuvre de paléographe pour lire les manuscrits grecs, ce n'est point pour nous surprendre, puisqu'il a acquis sur ce point une suffisante expérience avec son ami Baïf, dans la compagnie d'Ange Vergèce [1]. Quant aux « librairies » fournies de livres grecs, où il a « pénétré si avant », ce sont celle du Roi à Fontainebleau, dont cette partie était précisément confiée aux soins du *scriptor* Vergèce, et qu'on transporta au Louvre sous Charles IX [2], et celle de Catherine de Médicis, qui fut d'abord aux Tuileries, puis au château de Saint-Maur-lez-Fossés. Le fonds grec de la bibliothèque appartenant à la Reine-mère provenait de Florence et était particulièrement précieux [3]. Le poète a parlé de ces trésors avec un accent qui ne saurait tromper sur l'intérêt qu'il y a pris :

1. Cf. plus haut, p. 40. — Observons, à propos des manuscrits grecs et des ligatures qui en rendent aujourd'hui pour nous la lecture moins aisée, que la typographie de l'époque en reproduisait les formes de beaucoup plus près que la nôtre. Ronsard devait lire un manuscrit aussi couramment qu'un imprimé.

2. V. l'ouvrage d'Henri Omont, *Catalogue des mss. grecs de Fontainebleau sous François Iᵉʳ et Henri II*, Paris, 1889. Le fonds grec se retrouve intégralement aujourd'hui, moins un seul volume, à la Bibliothèque Nationale. Léopold Delisle a réimprimé le poème de Dorat, *De Bibliotheca regia*, adressé à Charles IX (*Le Cabinet des mss. de la Biblioth. nat.*, t. I, Paris, 1868, p. 191). Pierre de Montdoré, qui fut maître de la librairie de 1552 à 1567, fut remplacé dans cette charge par Jacques Amyot. V. sur Montdoré (*Montaureus*) la notice de Léon Dorez, dans les *Mélanges de l'École française de Rome*, t. XII, Rome 1892.

3. Ce fonds était formé surtout des manuscrits du cardinal N. Ridolfi, mort en 1550, qu'avait achetés un grand capitaine « bien amateur de lettres », Pierre Strozzi, maréchal de France, que Ronsard a connu. Ils passèrent après lui aux mains de la Reine en des circonstances que Brantôme a racontées (éd. Lalanne, t. II, p. 242). V. Delisle, t. I, p. 209, et H. Omont, *Le premier catalogue des mss. grecs du card. Ridolfi*, dans la *Biblioth. de l'Ecole des Chartes*, année 1888, p. 309-314.

Cette royne d'honneur de telle race issue...
Pour ne degenerer de ses premiers ayeux
Soigneuse a fait chercher ses livres les plus vieux,
Hebreux, grecs et latins, traduits et à traduire,
Et par noble depense elle en a fait reluire
Son chasteau de Saint-Maur, à fin que sans danger
Le Françoys fust vainqueur du sçavoir estranger[1].

Paris comptait plusieurs bibliothèques privées assez bien pourvues et appartenant à des personnages considérables, chez qui s'étaient développés les goûts du bibliophile de cette époque, aussi curieux de manuscrits que de beaux livres imprimés. Ainsi était composée la librairie de Henri de Mesmes, riche en ouvrages grecs, qui fut toujours ouverte à Ronsard, puisque son maître Dorat y eut ses entrées de tout temps et que son ami Lambin y récolta de précieuses moissons pour ses éditions savantes[2]. Les collections du premier président de Thou, dévoué protecteur des lettres, celles de Jean Hurault, seigneur de Boistaillé, ancien ambassadeur à Venise et à Constantinople, contenaient aussi des manuscrits grecs[3]. Tous les Hurault, amis des livres et des humanistes[4], et surtout le grand chancelier de France, Philippe, seigneur de Cheverny, que Ronsard a célébré de haute façon dans le *Bocage royal*[5], ont dû tenir à honneur de satisfaire ses curiosités.

Il faudra nous imaginer Ronsard penché sur les volumes vénérables, tournant avec respect les feuillets de papier ou de parchemin, retrouvant sous cette forme nouvelle les ouvrages que les

1. Le morceau est au *Bocage royal*, éd. L., t. III, p. 296; éd. Bl., t. III, p. 379; (un premier texte porte pour variante au v. pénultième : « Le haut palais du Louvre. »)

2. V. plus haut, p. 76-77.

3. Jean Hurault (*I. Huraltus Boestallerius*) est mort en 1572. Son neveu Michel Hurault, seigneur de Bel-Esbat, chancelier de Navarre, avait hérité de la bibliothèque de Michel de l'Hospital, son aïeul maternel. Celle de Philippe Hurault, comte de Cheverny, garde des sceaux de Henri III et de Henri IV, excitait l'admiration de Scaliger. Cf. Delisle, *Le Cabinet des mss.*, t. I, p. 213.

4. Lambin en cite trois dans la préface de son *Cicéron*, parmi les grands personnages lettrés du temps.

5. Ed. L., t. III, p. 343-349; éd. Bl., t. III, p. 419-424. Dorat le loue comme « unicus doctorum patronus », et parfois sollicite ses bons offices *Poematia*, p. 105, 295, 297, 325; 2ᵉ part., p. 19, 23, 26, 103, 228; et en tête de la partie non paginée du recueil). Rappelons aussi le trésorier Nicolas Moreau.

éditions de Lyon ou de Venise, de Bâle ou de Strasbourg, lui ont rendus familiers, se figurant parfois, avec la petite fièvre qu'excitait un texte inconnu, qu'il était le premier à le déchiffrer. D'autres poètes ont connu ces émotions, et Pétrarque est de tous le plus illustre. Mais Pétrarque appartenait à l'âge des grandes découvertes, puisqu'il commençait à reconstituer par son propre effort l'ensemble dispersé de la littérature romaine [1]. Aucune des joies prodigieuses qui marquèrent la vie du poète italien ne pouvait être réservée à Ronsard, même dans le domaine des lettres grecques qui fut le sien. En ce lot de papiers que posséda Galland, son exécuteur testamentaire, et dont ses contemporains paraissaient attendre des révélations bibliographiques, on n'a dû faire aucune trouvaille qui méritât d'être communiquée au public. Ce n'était peut-être qu'un recueil de transcriptions de sa main, analogue à celui que posséda Du Cange et qui contenait les extraits « que le jeune Baïf avoit faits de vingt-trois anciens poëtes grecs pour son usage particulier » [2]. Le florilège personnel de Ronsard ne serait pour nous, si nous le retrouvions jamais, qu'une précieuse relique littéraire et une preuve superflue de son érudition d'helléniste.

Ces observations donnent, du moins, un sens plus précis à la charmante évocation de Remi Belleau, dirigeant vers son ami le vol d'un papillon et disant à la bestiole de l'aller chercher en son cabinet d'étude :

> Va-t-en mignon à mon Ronsard...
> Tu le troûuras dessus Nicandre,
> Sur Callimach, ou sur la cendre
> D'Anacreon, qui reste encor
> Plus precieuse que n'est l'or,
> Tout recourbé, moulant la grace
> De ses trais à l'antique trace
> Sur le patron des plus segrés

1. On me permettra de renvoyer à *Pétrarque et l'Humanisme*, particulièrement au t. I, p. 14 sqq., et au t. II, p. 239 sqq.

2. Augé-Chiquet, *l. c.*, p. 32, cite la description que donne Baillet de ce manuscrit très soigné, écrit par Baïf dans sa quatorzième année et où « les ponctuations surtout et les accents peuvent cautionner l'intelligence qu'il avoit de la langue ». Les florilèges de Ronsard ne devaient être guère moins délicatement calligraphiés.

Poettes Romains et poettes grécs,
Pour nous reclarcir leur vieil age [1].

Que ce fût à l'aide d'un manuscrit emprunté ou d'une édition
d'Estienne, c'était bien le travail d'un philologue que les compagnons du poète le voyaient accomplir sous leurs yeux, pour l'utiliser, il est vrai, à des fins purement littéraires. Il était alors à
l'époque la plus « livresque » de sa vie, celle qui prolongea quelque
temps l'enseignement du collège de Coqueret et lui procura,
dans la solitude de la recherche, ces belles heures d'ivresse intellectuelle dont bénéficia si largement sa poésie.

La restitution idéale de sa bibliothèque serait facile aujour-
d'hui, s'il s'agissait d'y compter les auteurs de toute langue
auxquels il a eu recours [2]. On pourrait même essayer d'indiquer,
comme nous l'avons fait quelquefois, de quelles éditions il a dû
se servir pour la lecture des textes anciens. Mais nous aimerions
retrouver ceux de ses livres où il a jeté sur les marges, comme
firent d'autres humanistes, des témoignages de son admiration
ou des observations de sa critique. L'*ex libris* même de Ronsard ne figure sur aucun volume aujourd'hui connu [3]. Son *ex dono*
seul apparaît sur un exemplaire des *Elegies, Mascarades et Bergeries* (Buon, 1565) offert à un trésorier de l'Épargne [4] et sur la
*Franciade* envoyée à Muret [5].

1. *Les Odes d'Anacréon Teïen*, Paris, Wechel, 1556, p. 70, dans le recueil
des *Petites inventions*. (Cf. *Œuvres de Belleau*, éd. M.-L., t. I, p. 52, avec
l'orthographe *secrets* et *poetes*.) Le passage est déjà cité dans la *Rhetorique
françoise* d'Antoine Foclin, Paris, 1555, p. 6.

2. V. l'introduction de Laumonier à son édition des *Odes*, t. I, p. xxxiv.

3. A cette heure, l'indication de propriété de Ronsard n'existe sur aucun
volume classé. Il est probable que sa main sera reconnue un jour sur
quelque marge annotée d'un livre de l'époque, ce qui permettra d'autres
identifications. Le seul écrivain de son groupe dont on possède un ensemble
de livres annotés est Muret. La description de cette collection a été ma
contribution de début aux *Mélanges* de l'Ecole française de Rome, année 1883
(*La bibliothèque d'un humaniste au XVIᵉ siècle*). La Bibliothèque Vittorio-
Emanuele, qui l'a héritée de l'ancien Collège Romain, a retrouvé, depuis
mon travail, un exemplaire de l'édition originale des premières *Odes* qui a
appartenu au grand humaniste (coté 71.2,A.43). Je ne vois de traces de
lecture qu'au f. 125 ; ce sont des corrections légères sur l'ode latine de
Dorat.

4. On lit sur la page de titre, de la main du poète : *Pour Monsieur de
Fictes*, et la signature : *Ronsard*. V. le fac-similé dans la précieuse anthologie ronsardienne de M. Hugues Vaganay, *Œuvres meslées de P. de Ronsard*, Lyon, Lardanchet, 1914, p. 201.

5. J'ai identifié récemment cet exemplaire, dont il est question p. 151.

Guillaume Colletet possédait encore au xvii<sup>e</sup> siècle un lot d'ouvrages italiens, par lesquels une habitude du poète nous est bien attestée : « Ronsard, qui sçavoit effectivement tout ce que l'ancienne Athenes et Rome avoient de rare et de beau, n'ignoroit rien encore de tout ce qui faisoit esclatter Florence et la nouvelle Rome [1] : ce que je recognois par les exemplaires de quelques livres italiens que Ronsard avoit lus exactement *et qui sont en mille endroits marqués et annotés de sa main propre* » [2]. Ces souvenirs précieux paraissent perdus.

Il possédait cependant beaucoup de livres, et assurément plus que Dorat, qui se contentait d'un petit nombre, toujours relus [3]. Il aimait, nous le savons, que l' « estude » fut bien parée, et quelques portraits chers à son cœur figuraient sur les murs [4], auprès des rayons où s'alignaient des trésors maintes fois rappelés avec complaisance. Un premier fonds lui venait du legs de son oncle Jean, vicaire général de l'évêque du Mans : « Habebat ab auunculo, viro omni liberali sacraque doctrina politissima... bibliothecam varia et multiplici librorum supellectile instructam » [5]. Il en parle pour la première fois « à son retour de Gascogne », après la courte infidélité que ce voyage lui a fait faire à son travail :

1. « La nouvelle Rome » désigne avec précision, dans le langage du biographe, la littérature latine de l'Humanisme.

2. « Je mets en ce rang, ajoute Colletet, les diverses rymes italiennes du cardinal Bembo et [lacune dans le ms.], qui sont tombées entre mes mains. » (Notice sur Ronsard publiée par Blanchemain, *l. c.*, p. 59).

3. Cf. *Poematia*, 1<sup>re</sup> partie, p. 61 (à son médecin Ph. Valeranus) :

> *Ast ego cui breuis est et inambitiosa supellex,*
> *Scrinia parua libris Graecis pariterque Latinis*
> *Non multis lectisque tamen...*

4. Ceux de Marie Stuart et de François II sont décrits dans la charmante *Fantaisie* des *Poëmes*, adressée à la reine d'Ecosse (éd. L., t. V, p. 9, 10; éd. Bl., t. VI, p. 14, 16) :

> Bien que le trait de vostre belle face
> Peint en mon cœur par le temps ne s'efface,
> ...J'ay toutefois, pour la chose plus rare
> (Dont mon estude et mes livres je pare)
> Vostre semblant qui fait honneur au lieu
> Comme un portrait fait honneur à son Dieu.
> ...Droit au davant de vostre portraiture
> J'ay mis d'un Roy l'excellente peinture,
> Bien jeune d'ans...

5. J. Velliard, *Laudatio funebris P. Ronsardi*, p. 12. Cf. plus haut, p. 11.

> ...Ma librerie, hélas !
> Grecque, latine, espaignole, italique,
> En me tançant d'un front melancolique
> Me dit que plus je n'adore Pallas[1].

C'est à Paris qu'il tenait cette « librairie » ; il y pense pendant le séjour qu'il fait près de Meaux, aux bords de « Marne l'Isleuse », où il jouit ardemment de tous les plaisirs de la campagne ; dès l'automne, écrit-il à un ami, je reviendrai à « ce grand Paris » et

> ...d'un pié prompt je courray pour revoir
> Mes compagnons et mes livres, que j'aime
> Plus mille fois que toy ni que moy-mesme[2].

Le sentiment reste semblable, si l'expression change, lorsqu'il célèbre, du même accent que le vieux Pétrarque et presque avec les mêmes mots[3], l'incomparable compagnie des livres aimés :

> ...Seul maistre de moy, j'allois plein de loisir
> Où le pied me portoit, conduit de mon desir,
> Ayant tousjours ès mains pour me servir de guide
> Aristote ou Platon, ou le docte Euripide,
> Mes bons hostes muets qui ne faschent jamais...[4]

Ces vers se lisent dans la noble élégie dédiée à Hélène de Surgères, où le poète livrait à son amie, et par elle à la postérité, plus d'un secret de son âme. Il y rappelait ses études les plus chères, qui avaient transporté sa vie idéale loin de celle des autres hommes et lui avaient donné la primauté dans son art.

---

1. *Odes*, t. II, p. 200.

2. *Le Bocage de P. de Ronsard*, Paris, 1554, fol. 8. *Epistre à Ambroise de la Porte, parisien*, pièce classée dans les *Gayetez*. Ed. L., t. II, p. 39 ; éd. Bl., t. VI, p. 347.

3. Pétrarque, *Epist.*, I, 7 :

> *...Comitesque latentes,*
> *...Illustres nec difficiles, quibus angulus unus*
> *Aedibus in modicis satis est, qui nulla recusant*
> *Imperia, assidueque adsint et taedia nunquam*
> *Ulla ferant. abeant.iussi redeantque vocati.*

4. *Elégie* « Six ans estoient coulez ». Ed. L., t. I, p. 337. La mention d'Aristote, assez inattendu parmi les lectures familières de Ronsard, s'explique par les éditions et commentaires dus à Turnèbe, qui a aussi édité le *Phédon* en 1553.

Elles ne l'avaient point détourné, comme beaucoup de ses contemporains, d'user de sa langue maternelle et de lui consacrer tout son génie ; elles avaient, au contraire, décuplé ses forces pour la mieux servir. S'il eut pour Dorat une reconnaissance d'écolier fidèle, il n'en garda pas une moins vive pour d'autres maîtres, les livres de l'Antiquité pieusement écoutés dans le silence de son « estude ». Il devait à ce double enseignement la formation singulière qui, sans amoindrir sa grandeur lyrique, fait de lui parmi nos poètes le plus complet des humanistes.

## DEUXIÈME PARTIE

# RONSARD ET LES HUMANISTES DE SON TEMPS

S'il est une règle littéraire du temps de la Pléiade qui ressorte de ces études, c'est que le bon poète français doit être d'abord un bon humaniste. Ronsard, qui a mainte fois promulgué le précepte, a donné le plus bel exemple d'y obéir. Mais il ne s'est pas contenté de lire les Anciens et de chercher dans leurs livres ses inspirations. Leurs interprètes de son temps l'ont eu pour disciple et pour ami ; sa carrière a tellement côtoyé, pendant toute la première partie de sa vie, celle de son maître Jean Dorat, qu'on ne peut guère s'occuper de l'une sans étudier l'autre ; enfin, beaucoup d'autres érudits se sont trouvés plus ou moins directement mêlés à ses travaux. Sa biographie intellectuelle ne saurait être complètement élucidée, si ces relations, parfois inattendues, ne sont point mises en pleine lumière.

Ce poète a passé bien des jours parmi les latinistes et les grécisants ; il a suivi les leçons de ceux qui ont professé, lu les ouvrages de ceux qui n'ont fait qu'écrire, et partagé parfois l'intimité de leur existence laborieuse. La plupart d'entre eux, de leur côté, ont su le comprendre et l'admirer. Ils n'étaient pas éloignés de le considérer comme un des leurs. On lui reconnaissait notamment, en matière de grec, une véritable autorité, que ses longues études, ses vastes lectures, ses imitations heureuses contribuaient à lui assurer. Quand Nicolas Goulu postule la chaire de langue grecque, qu'abandonne son beau-père Dorat au Collège royal, Ronsard est invité à signer, le 15 septembre 1567, le certificat collectif qui garantit les capacités du candidat. Il les atteste en même temps que quatre professeurs royaux et deux confrères de sa Pléiade, et son avis sonne avec une gravité particulière : *Ego Petrus Ronsardus affirmo me audisse publicè legentem grecè Nicolaum Gulonium et dignissimum regia legendi facultate existimare. RONSARD*[1]. Demandons-nous, à ce propos, quel poète de nos jours pourrait être appelé à apprécier en toute compétence les titres d'un professeur de grec au Collège de France.

La nature des travaux dont il nourrissait sa poésie obligeait Ronsard à consulter sans cesse les hommes qui s'étaient voués à la merveilleuse antiquité et avaient pour mission d'en commenter les chefs-d'œuvre. Sut-il voir la diversité des directions de ces études, qui commençaient à se transformer profondément sous ses yeux ? Il était plus près assurément des purs « humanistes », qui ne cherchaient dans les anciennes littératures que des modèles d'écrire et de penser et qui songeaient avant tout à en reproduire dans leurs propres œuvres la forme ou l'esprit ; il s'instruisait cependant auprès des premiers « philologues », qui, sans cesser de se rattacher à l'Humanisme, dirigeaient leurs efforts vers l'établissement de textes sûrs et la connaissance critique du monde ancien. Alors qu'un Dorat, par exemple, réunissait en lui les deux tendances, un Turnèbe ou un Henri Estienne faisaient dans leurs travaux prédominer la seconde. Comment Ronsard eût-il reconnu des différences, pourtant essentielles, qui échappaient à la plupart des contemporains? Parmi les amis de son intelligence, il appréciait successivement tous ceux qui détenaient une partie des innombrables trésors dont il était avide

I

Il en rencontra quelques-uns à la Cour, qu'il dut approcher avec respect. Sous Henri II, l' « aumosnier et precepteur du Roy Dauphin » était l'évêque de Lavaur, et celui des princes ses frères, M. de Bellozane. On reconnaît malaisément sous ces désignations deux hellénistes du plus haut renom, Pierre Danès, qui inaugura avec Toussain l'enseignement du grec au Collège royal de François Ier, et l'illustre traducteur de Plutarque, Jacques Amyot. Ronsard a eu avec ce dernier des relations personnelles assez particulières, au moment où Amyot se démit

---

1. Cf. Abel Lefranc, *La Pléiade au Collège de France en 1567*, Paris, 1903, p. 2 (réimprimé dans *Grands Ecrivains français de la Renaissance*, Paris, 1914). Les poètes sont Belleau et Baïf; les professeurs Duret, Charpentier, Léger du Chesne, Lambin et bien entendu Dorat.

volontairement en sa faveur de l'abbaye de Bellozane [1]. L'amour commun de leur chère langue grecque unissait le poète à celui qu'il appelle le « grand ministre des Muses » et dont il paraît avoir utilisé la précieuse bienveillance[2]. Il le célèbre d'un bel accent, en même temps que Danès, lorsqu'il énumère, pour répondre au mépris des protestants, les hommes d'un savoir profond qui restent fidèles à la foi catholique :

> Amyot et Danez, lumières de nostre age,
> Aux lettres consumez, en donnent tesmoignage...
> Hommes dignes d'honneur, cheres testes et rares...[3]

Enfin, la qualité de la langue d'Amyot n'a pas échappé à notre poète, puisqu'il glisse ce vers remarquable dans sa réponse à ceux qu'il a reçus du roi Charles IX :

> Ronsard te cède en vers, et Amyot en prose[4].

Le Louvre lui ménagea d'autres rencontres littéraires. Il y vit le grec fait homme en la personne du maréchal Strozzi, tué au siège de Thionville en 1558. Le biographe des *Grands Capitaines*, voulant montrer combien l'illustre Florentin fut « bien nourry et instruict aux lettres par le seigneur Philippe Strozze son père », en porte ce singulier témoignage : « Pour la plus grande preuve que j'aye jamais veu... de son sçavoir, ç'a esté les *Commantaires* de Cæsar qu'il avoit . tournées de latin en Grec, et luy-mesmes escrites de sa main, avec des commantz latins, aditions et instructions pour gens de guerre, les plus belles que je vis jamais et qui furent jamais escrites. Le langage grec estoit tres beau et tres

---

1. En 1564. Cf. René Sturel, *Jacques Amyot traducteur des Vies parallèles de Plutarque*, Paris, 1909, p. 84. On trouvera les références sur la question dans cet excellent livre du jeune savant, mort à l'ennemi, en qui nos études ont tant perdu.

2. Ed. L., t. III, p. 438 ; cf. t. VII, p. 360 ; éd. Bl., t. IV, p. 92 ; cf. t. III, p. 322.

3. *Remonstrance au peuple de France*, publiée en déc. 1562 ou janv. 1653. Après 1578, les huit vers sur Amyot et Danès disparaissent des éditions de Ronsard (éd. L., t. VII, p. 542 ; éd. Bl., t. VII, p. 61). A partir de 1578, les noms d'Amyot et de Selve sont effacés aussi dans le *Bocage royal*.

4. Ed. L., t. III, p. 180. Il s'agit des douze vers authentiques du roi, et non de ceux qu'une fausse tradition a popularisés.

éloquant, à ce que j'ay ouy dire à gens très sçavans qui l'avoient
veu et leu, comme M. de Ronsard et M. Daurat, s'estonnans de
la curiosité de cet homme à s'estre amusé de faire cette traduction, puisque l'original estoit si éloquant latin, et disoient le grec
valoir le latin. » Brantôme ajoute : « Voylà ce que je leur en ay
ouy dire, car j'entendz autant le grec comme le hault allemand[1]. »

Ce n'était pas à la Cour que Ronsard pouvait trouver les guides
de sa pensée. Bien avant d'y retourner et d'y prendre sa brillante place auprès du jeune roi qui l'a aimé, il vécut longtemps
et presque entièrement dans le monde des humanistes parisiens.
C'étaient des érudits, des professeurs modestes, dont plus d'un
sans doute fut surpris de la déférence passionnée que leur témoi-
gnait en toute occasion ce jeune gentilhomme. Plusieurs de ces
savants hommes sentaient le pédant et eussent mérité plutôt
d'exciter sa verve railleuse ; mais, chez d'autres, des manières
simples et aisées s'unissaient à la science la plus souriante. On
aime en tenir l'assurance de Ronsard lui-même. Jacques-Auguste
de Thou, bon témoin pour les mœurs littéraires de son temps,
rapporte une de ses conversations, recueillie sans doute vers
l'année 1570, alors que le futur historien était mis en relation par
Dorat avec ce qui restait de la Pléiade[2]. Il y joint une observation
bien significative sur le caractère du poète : « Sane memini
Petrum Ronsardum virum acerrimi iudicii, qui licet in dis-
pari fortuna constitutus tota vita scholastico otio
oblectatus fuerat, cum de Buchanano, Hadriano Turnebo, Antonio Goueano, M. Antonio Mureto, quibus cum arcta amicitia coniunctus fuerat, verba faceret, dicere solitum illos
homines nihil paedagogicae praeter togam et pileum habuisse,
et tamen de vulgo paedagogorum sic censere, nunquam incorri-
gibilis ineptiae ex paedagogica contractae characterem vel lon-
gissimi aeui curriculo deleri posse[3]. » Tout montre que Ronsard

1. Brantôme, éd. Lalanne, t. II, p. 241 (*Le maréchal Estrozze*). Le fils
de Pierre Strozzi montrait chez lui ce livre, sans permettre « de le trans-
porter ailleurs jamais ».
2. On rencontrera plus loin ce passage des Mémoires de J.-A. de Thou
(*Historiarum sui temporis libri CXXXVIII*, [Genève], 1620, t. I, p. 5).
Il reparle de Dorat et de Ronsard (« raris huius aeui luminibus »), à propos des fêtes données au Louvre pour les envoyés Polonais (t. II, p. 966),
et il fait d'eux de beaux éloges à la date de leur mort (t. IV, p. 62 et 266).
3. *Historiarum sui temporis libri*, t. III, p. 582 (*s. a.* 1582).

a su faire ces distinctions faciles et n'accorder qu'à bon escient
son admiration [1].

George Buchanan, qui fut un excellent poète humaniste avant
de devenir homme d'État et l'historien de son Écosse, n'a fait
que traverser la vie de Ronsard [2] ; on sait qu'il a tenu plus de
place dans celle de Montaigne, qui nomme « ce grand poëte escos-
sois », ainsi que Muret, parmi ses « precepteurs domestiques » [3].
Nos poètes l'ont rencontré souvent à l'époque où Du Bellay traduisait son élégie de l'ambition déçue : *Quam misera sit condi-
tio docentium litteras humaniores Lutetiae* [4]. Mais Ronsard a dû
surtout fréquenter Buchanan au moment où ils célébraient l'un
et l'autre, à la cour de Henri II, le mariage de Marie Stuart [5].

Le fameux juriste portugais Antonio de Gouvea, un des défenseurs d'Aristote contre Ramus, frère du principal du collège de
Guyenne au temps de Montaigne, n'est pas resté en relations avec
notre poète [6]. Il a, du moins, profité de son œuvre pour sa propre
formation littéraire, et il la possédait si bien qu'il lui arriva
d'imiter en vers latins l'églogue descriptive de la grotte de Meudon et de mériter à ce sujet les éloges de l'auteur auprès du cardinal de Lorraine. Voici l'anecdote inédite qui se trouve dans ses
papiers : « Carolus Cardinalis Lotharingus Medonii antrum

1. Le cas spécial de Pierre de Paschal, étudié à part dans ce livre, s'explique, comme on le verra, par des circonstances très particulières.

2. *G. Buchanani Scoti Elegiarum l. I, Syluarum l. I,...* Paris, M. Patisson, 1579, p. 23.

3. *Essais*, livre I, chap. XXVI.

4. Du Bellay a imprimé en 1552, à la suite de sa traduction de deux livres
de l'*Enéïde*, « L'Adieu aux Muses pris du latin de Buccanan » et la « Traduction d'une ode latine du mesme Buccanan » (éd. Marty-Laveaux, t. I,
p. 437-441). La première pièce n'est qu'une imitation fort libre de l'élégie
parisienne du poète écossais.

5. Cf. F. Hume Brown, *George Buchanan humanist and reformer*, Edimbourg, 1890, p. 182. Buchanan, né en 1506, mort à Edimbourg en 1582, a
beaucoup voyagé en France et a enseigné quelque temps à Bordeaux, sur
l'invitation d'André de Gouvea. Il est venu souvent à Paris, où il a été un
des familiers de la maison de Jean de Morel, et fut, en France et en Piémont, précepteur de Timoléon de Cossé, fils de Charles de Cossé-Brissac,
jusqu'en 1560. Sa liaison avec Ronsard peut dater de son séjour à Paris de
1553. Il est à noter que son importante correspondance ne garde aucun
indice de ses relations avec nos poètes, sauf dans une lettre de Van Giffen,
écrite d'Orléans, qui lui donne en 1567 des nouvelles de Dorat (*Buchanani
opera omnia*, Leyde, 1725, t. II, p. 726).

6. La seule mention de Gouvea faite par Ronsard est dans une lettre à
Passerat citée plus loin.

mirae pulchritudinis et artis laudandae aedificandum curauit. Hoc opus eximium Gallici fere omnes poetae carminibus celebrauerunt, praecipue Ronsardus haud ignobilis poeta; qui in antri laudem eglogam elegantem scripsit. Hanc Ioannes Truchius Delfinatus praeses prior, vir morum candore et scientiae celebritate conspicuus, Goueano dedit edixitque Cardinali periucundum fore si et ipse aliquid in laudem antri caneret. Qua de causa Goueanus hanc eclogam cecinit, argumentum Ronsardi secutus, in qua vel Ronsardo iudice Gallicas elegantias salesque non aequauit modo, sed superauit [1]. » Ces détails, orgueilleusement gardés par l'écrivain portugais, s'ajoutent à ceux que donne un de ses poèmes imprimés, pour établir sa parfaite familiarité avec les œuvres de la Pléiade ; on le voit traduisant au pied levé, et d'ailleurs très librement, la pièce de Du Bellay sur Adonis, dans un cercle lettré où l'on vient de réciter et d'applaudir les vers du poète français [2]. Si l'on voulait cependant rechercher, ainsi qu'il serait intéressant de le faire, les traces de Gouvea, comme celles de Buchanan, sur les divers points de la France où ils ont séjourné, il n'y aurait rien à prendre chez Ronsard. Ces grandes figures étrangères se sont promptement effacées de son horizon. Au contraire, Marc-Antoine de Muret [3], pendant les années de son séjour à Paris, lui a été aussi cher que Baïf et Du Bellay eux-mêmes et a partagé toute l'activité de sa jeunesse.

1. Bibliothèque nationale, *Dupuy 810*, fol. 76. La traduction de Gouvea fait partie d'un recueil manuscrit de ses poèmes, accompagnés de commentaires. La traduction curieuse de l'églogue de Ronsard est plutôt une libre imitation, où l'auteur a introduit notamment un éloge du premier président Truchy et du bibliothécaire du Roi Montdoré. Le ms. contient, au fol. 80 v°, une épigramme sur la mort de Jean Brinon, qui sert à dater le séjour de Gouvea à Paris, et, aux fol. 65 sqq., le poème sur Adonis qu'il a imité de Du Bellay.

2. Les poèmes imprimés à la fin des œuvres érudites de Gouvea portent des préambules analogues à ceux que présentent les inédits du fonds Dupuy. Voici celui qui concerne l'imitation de Du Bellay : « Adonidis notam fabulam Ioachimus Bellaius Gallicis versibus eleganter descripsit. Hi cum forte Goueano praesenti recitati essent a iuuene quodam et ab omnibus qui tum aderant laudati, idem argumentum Goueanus latinis versibus breuius elegantiusque expressurum se pollicitus est ; quod ut faceret urgentibus amicis, hos tandem versus cecinit ». (*Ant. Goueani opera iuridica, philologica, philosophica... ed. Iac. van Vaassen*, Rotterdam, 1766, p. 707).

3. Toutes les lettres originales que j'ai retrouvées du savant limousin portent la signature *Marc-Antoine de Muret*. La même forme du nom se retrouve au titre du *Commentaire*, dans l'acte de 1553 rappelé ci-dessous, etc. C'est donc celle qu'il convient d'adopter.

Bien que Muret rimât en français à ses heures, c'est comme poète latin qu'il chercha d'abord sa notoriété, c'est-à-dire en un domaine que la plupart des amis de Ronsard lui abandonnaient. Ce fut entre le jeune limousin et le groupe de la Brigade un échange de compliments et de services, où le maître prit grande part. Muret et Ronsard ont parlé l'un de l'autre fort dignement, et leur intimité est attestée par de nombreux et réciproques témoignages [1]. Le plus ancien est dans les *Juuenilia* de Muret, qui contiennent aussi des odes à Dorat et à Denisot, et des épîtres assez banales à Baïf et à Jodelle. Une odelette horatienne indique le thème que développera une charmante élégie de Du Bellay [2], l'absence du poète retenu loin de ses amis, dans son Vendômois trop chéri :

> *Ronsarde, Aonii pectinis arbiter,*
> *Qui princeps resonum sollicitas ebur,*
> *Ventorumque minas et celeres potens*
>     *Lapsus sistere fluminum,*
> *Quando te reducem Vindocino ex agro*
> *Cernemus, veterum turba sodalium ?*
> *Quis te, quis niueo vellere conditus*
>     *Nobis restituet dies ?*
> *Qui desiderio perpete nunc tui,*
> *Heu quae non facimus vota ? quibus sacros*
> *Postes muneribus cingere parcimus ?*
>     *Quas non concipimus preces ?*

1. J'ai analysé plus haut, p. 92-100, le *Commentaire* de Muret. Un acquit du 9 mai 1553, délivré par Ronsard et son collaborateur à la veuve du libraire De la Porte, concerne la vente de la seconde édition des *Amours* enrichie du *Commentaire*, qui a été évalué à trente écus d'or soleil. Sur cette somme, Ronsard reconnait avoir reçu 23 livres tournois et Muret 46 livres (E. Coyecque, dans la *Revue des livres anciens* de 1916, fasc. III). Cette pièce est le plus ancien document actuellement connu en France, qui fasse mention de droits d'auteur.

2. V. les vers qui font un écho latin à ceux de Ronsard (*Poematia*, f. 11) :

> *Nunc te culta tenent celsi vineta Sabuti,*
>  *Nunc virides Braiae, Gastineumque nemus :*
> *Et tua Laedinae respondent carmina Nymphae,*
>  *Et salit ad numeros Belleris unda tuos :*
> *Foelices Nymphae queis talem audire poetam*
>  *Et licuit sacros ducere nocte choros.*
> *Ille colit vestras, tutissima numina, syluas,*
>  *Ille antra et fluuios, saxaque vestra colit...*

*O saltem interea, quidquid agis, memor*
*Nostri vine ; ita te curribus aureis*
*Rumor per liquidum gemmeus aëra,*
*Spectandum populis vehat* [1].

Autant que le lui permettaient les labeurs du professorat, Muret aimait à se joindre à la « docte troupe » de Ronsard. Celui-ci n'a point omis de le faire figurer parmi les assistants à la « pompe du bouc », le jour où l'on fêta le succès de Jodelle. Il révèle même sa place éminente dans la Brigade, lorsqu'il lui dédie, au recueil de 1553, le poème des *Isles fortunées*. Il y convie gaiement ses compagnons à quitter un monde agité et méchant, pour se réfugier dans l'ile heureuse, où régneront pour eux les plaisirs des champs et les travaux de la poésie. Le chef du chœur, le guide parmi les belles œuvres antiques, sera Marc-Antoine de Muret ; et il n'est pas difficile de reconnaître dans ce rôle imaginaire une transposition de la réalité, c'est-à-dire des lectures à haute voix faites par l'humaniste parmi les poètes et des commentaires dont il les accompagnait :

> Là, venerable en une robe blanche
> Et couronné la teste d'une branche,
> Ou de Laurier ou d'Olivier retors,
> Guidant nos pas maintenant sur les bors
> Du flot salé, maintenant aux valées,
> Et maintenant pres des eaux reculées,
> Ou sous le frais d'un vieux chesne branchu,
> Ou sous l'abry de quelque antre fourchu,
> Divin Muret, tu nous liras Catulle,
> Liras Ovide, et Properce et Tibulle,
> Ou tu joindras au cystre Teïen
> Avec Bacchus l'enfant Cyterien [2] ;
> Ou, feuilletant un Homere plus brave,
> Tu nous liras d'une majesté grave
> Comme Venus couvrit d'une espesseur
> Ja demy-mort le Troyen ravisseur.... [3]

1. *Ad Petrum Ronsardum Gallicorum poetarum facile principem* (éd. Ruhnken, t. I, p. 730).

2. Le texte de 1553 marque nettement Alcée à côté d'Anacréon :

> Divin Muret, tu nous liras Catulle,
> Ovide, Galle, et Properce et Tibulle,
> Ou tu joindras au Sistre Teïen
> Le vers mignard du harpeur Lesbien.

3. *Poëmes*, liv. II. Éd. L., t. V, p. 161 ; éd. Bl., t. VI, p 176.

Lorsque Marc-Antoine de Muret, malgré l'enchantement de
cette jeune poésie, se décida pour la carrière savante et alla chercher fortune en Italie [1], Ronsard n'oublia point le collaborateur
dévoué qui avait servi très utilement sa gloire naissante par le
*Commentaire des Amours*. Leurs compagnons communs feuille-
taient sans cesse un ouvrage indispensable pour comprendre
entièrement son œuvre. On lut aussi avec enthousiasme, dans le
cercle de Jean Brinon, le commentaire sur Catulle, de ton tout
semblable, que Muret, momentanément campé à Venise, avait
publié à la librairie de Paul Manuce [2]. Un peu plus tard, étant
à Rome, Denys Lambin, qui ne le connaissait pas encore, lui
écrivait à Venise pour solliciter son amitié sous les auspices de
leur cher Ronsard : « Nam neque tu me unquam videras, neque
ego te ; tantum in sermone (ut fit) cum essem Lutetiae anno supe-
riore [1556], Ronsardus, Auratus, Brino ὁ μακαρίτης, qui mihi
commentarios tuos in Catullum, paucis diebus antequam e vita
excederet, dono dederat, de te amanter et honorifice mecum erant
locuti ; ita ut illorum quasi testimonio in eam de te opinionem
adductus essem, quae de viro omni humanitate perpolito et eruditissimo haberi et debet et potest [3]. » Muret prolongea son séjour

1. Il est inutile de recourir à l'explication connue d'une fuite de Muret,
qui aurait été poursuivi à Toulouse pour crime de pédérastie. J'avoue ne
rien trouver de décisif dans les racontars qui le visent et dont les polémiques du temps font quelque abus. Leur nombre, sinon leur autorité,
paraît avoir convaincu son dernier biographe, l'excellent Charles Dejob,
dont l'argumentation sur ce point est d'une faiblesse déconcertante ; ne va-
t-il pas jusqu'à faire état contre Muret de ce qu'il n'existe pas de correspondance échangée entre Ronsard et lui ?

2. La première édition (Venise, 1554) est dédiée à Bernardino Loredan,
le 15 octobre 1554. L'exemplaire de la Bibliothèque nationale est chargé
des notes de Corbinelli. Une autre publication manutienne du même temps
intéresse un personnage important en relations avec la Pléiade, l'ambassadeur Jean d'Avanson ; Muret lui dédie très curieusement son petit commentaire sur Horace, le 1er octobre 1555. Son commentaire sur Catulle renferme un souvenir de son enseignement parisien : *Cum mihi odas Horatii
Luteciae publice interpretanti, Petrus Gallandius, Latinarum literarum professor regius, homo optimus et eruditissimus, Horatium perueterem uten-
dum dedisset, eumque una ego et flos Galliae Adrianus Turnebus euoluere-
mus...* (éd. Ruhnken, t. II, p. 779).

3. Lazeri, *Miscellanea ex mss. libris bibl. Collegii Romani*, Rome, 1757,
t. II, p. 405. Cf. Dejob, *M.-A. Muret*, p. 110. La même lettre de Lambin
donne un détail qui intéresse le séjour de Joachim Du Bellay à Rome. Muret ayant demandé par lettre à un secrétaire de l'ambassadeur quels étaient

à Venise et à Padoue, puis à Ferrare, manquant ainsi l'occasion de rencontrer Joachim du Bellay à Rome, où il n'arriva lui-même qu'en 1559 avec le cardinal Hippolyte d'Este.

Bien souvent, comme Ronsard, dans cette Italie où il commençait une triomphale carrière, Muret reporta sa pensée vers cette grande amitié de sa jeunesse. Il ne reparut en France qu'une fois. Quand le cardinal d'Este y vint en qualité de légat, en 1561, il lui servit de secrétaire et l'accompagna dans ses diverses résidences [1]. Bien qu'il fût dès lors mêlé aux grandes affaires, comme orateur officiel de la France à Rome, et déjà plus qu'à moitié italianisé, il n'en montra pas moins de plaisir à fréquenter ses anciens amis. Il retrouvait son commentaire et son portrait en tête de l'édition d'ensemble des œuvres de Ronsard, la première, publiée par Gabriel Buon peu de mois auparavant. Il est vraisemblable qu'il présenta le poète au cardinal d'Este ; il revit Dorat, Turnèbe, Lambin, fit des achats chez les libraires [2], laissa un volume à imprimer entre les mains de Buon et resserra des liens, qui allaient se distendre avec le temps sans toutefois se rompre [3].

les Français qu'il voyait à Rome, celui-ci a répondu : « Gallos hic esse elegantiores Bellayum, Cardinalis Bellayi propinquum et familiarem, Dolusium, et Lambinum e comitatu Cardinalis Turnonii, alios praeterea multos. » Lambin n'est pas nommé dans les *Regrets*.

1. Notamment à l'abbaye de Châalis, que possédait le cardinal. C'est le *Carolilocum*, d'où Muret date quatre de ses lettres et que les biographes de Muret n'ont pas su reconnaître (cf. Frotscher, *Mureti epist.*, *praef.*, *orat.*, t. II, p. 62 ; Dejob, *M.-A. Muret*, p. 155).

2. J'en ai autrefois relevé la mention sur les livres de Muret provenant du Collège Romain et aujourd'hui conservés à la Bibliothèque Vittorio-Emanuele. V. *La biblioth. d'un humaniste au XVIe siècle*, dans les *Mélanges* de l'École française de Rome, 1883. D'après Lazeri (*l. c.*, t. II, p. 328), Gabriel Buon fit don à Muret, en 1562, d'un livre français assez précieux, *Les tres elegantes, tres veridiques et copieuses Annales*, de Nicole Gilles, consultées par Ronsard pour la documentation de la *Franciade*.

3. Muret a séjourné en France du mois d'août 1561 au printemps de 1563. Une lettre postérieure, à Jean Nicot, fait allusion à une explication assez vive qu'il aurait eue avec Lambin devant Turnèbe et Dorat (cf. La Croix du Maine, t. II, p. 76). Lucas Fruytiers mentionne le séjour de Muret à Paris dans le chapitre sur Properce, qu'il lui a dédié, « cum te in has Musarum sedes opportunissima Cardinalis tui Estensis legatis adduxisset » (*Fruterii Verisimilia*, Anvers, 1584, p. 85). Muret a adressé à Turnèbe la préface de son édition des *Philippiques*, écrite à Paris le 14 mars 1562 ; il y explique l'importance de la découverte du manuscrit du Vatican, et le désir qu'il a eu d'apporter quelque chose d'intéressant à ses amis de France, après huit ans de tra-

Le futur professeur du Collège Romain vécut dès lors loin
de son pays, où ses succès trouvèrent longtemps de l'écho et où
les humanistes de sa province ne cessèrent de se montrer fiers de
lui [1]. Il continua à recevoir les livres de Ronsard, à suivre avec
sympathie le développement de son œuvre, à interroger à son
sujet les voyageurs qui venaient à Rome, et il lui arriva souvent
d'écrire, comme il faisait à Claude Dupuÿ : « Si vous voiés Mons[r]
de Ronsard, recommandés moi à ses bonnes graces, et faittes lui
en part [2]. » En 1573, il désirait posséder la *Franciade*, dont l'apparition était annoncée par la renommée, et Ronsard ne manquait
point de lui adresser un exemplaire avec la dédicace de sa main :
*Pour Monsieur Muret* [3]. Un jour même (c'était après la publication du poème), Muret a envoyé tout son cœur, dans un élan
affectueux, vers le groupe de poètes et de savants du pays qu'il
ne devait plus revoir : « Illum Musarum chorum, quem litteris
tuis complexus es, τὸν μουσηγέτην Auratum ; Ronsardum pridem
Pindarum, nuper etiam Homerum Gallicum ; suauissimum mihi

vaux en Italie (*M. Tullii Ciceronis Philippicae a M. A. Mureto ad optimum
et vetustissimum exemplar tam multis locis emendatae ut nunc primum edi-
tae videri queant...* Paris, Gabriel Buon, 1541. La préface adressée à Turnèbe est datée *Lutetiae, id. Mart., anno MDLXII*. Il n'y a en tête de l'édition que sept distiques grecs ; ils sont dédiés au cardinal d'Este, protecteur de Muret, et signés de Dorat.

1. Une épître dédicatoire du limousin Beaubrueil adressée à Dorat, en
1582, rappelle en ces termes son séjour à Rome : « Je receus un grand con-
tentement de voir nostre Muret eu chaire, faisant sortir de sa bouche un
tonnerre si aggréable, que je fuz lors contrainct d'eschaper ce vers :

S'il escript bien, il dict encore mieux.

Et pouvez croire que ce ne fust poinct sanz admirer la fortune de
l'homme, le voyant passer par les rues de Romme dans un coche magnifique : mais obliroy-je les propos affables qui me recueillirent en sa maison ? « Je suis bien fort aise (disoit il) de voir aujourd'huy le filz de ce
Beaubrueil qui m'encouragea des premiers à l'amour des bonnes lettres,
et me plaict aussi grandement de scavoir des nouvelles de Dorat, que tous
deux avons heu pour maistre, et lequel j'estime avoir heu seul les delices
de la Langue grecque... » *Regulus, tragedie... par Jean de Beaubrueil, advo-
cat au siege Presidial de Lymoges*, Limoges, H. Barbou, 1582.

2. Nolhac, *Lettres inéd. de Muret*, dans *Mélanges Graux*, Paris, 1884,
p. 388.

3. J'ai récemment retrouvé à Rome ce précieux exemplaire. Il ne porte
aucune annotation de Muret et se trouve coté 6. 34. K. 1, à la Bibliothèque
nationale Vittorio-Emanuele. En le signalant à l'administration de cette
bibliothèque, je n'ai pas manqué d'attirer l'attention sur l'extrême rareté
des autographes de Ronsard.

amicissimum fratrem meum, et iam illi Homero supparem Hesiodum, Baifium : et eum, cui ego quam nomine, utinam et conditione tam propinquus essem Duretum, et elegantissimi hominem ingenii Passeratium, meos veteres amicos, quorum ego ipse recordatione recreor et aflicior intimis sensibus : eos igitur omnes mihi vicissim saluta [1]. » Ainsi le Français devenu romain avait tenu à réunir le nom de ses meilleurs amis parisiens dans sa brillante correspondance d'humaniste destinée, selon l'usage, aux presses des libraires.

II

Ronsard professe un respect particulier pour le lecteur royal en langue grecque, chargé pendant quelque temps de l'imprimerie du Roi, que la Pléiade entière honore sous le nom de « M. Tournebœuf ». Il lui sait gré d'avoir ouvert pour lui des sources nouvelles d'information et complété sur plus d'un point l'enseignement reçu à Coqueret. Il doit à Turnèbe autant qu'à Henri Estienne, l'éditeur célèbre d'Anacréon [2], et paraît l'avoir fréquenté davantage. Il s'est assis parmi son auditoire, au Collège royal, avec d'autres poètes ; il a mesuré l'importance et l'autorité de ses leçons, et ce n'est pas sans intention qu'il le range auprès des maîtres les plus vénérés de la génération précédente, qui furent en leur temps la gloire de la France :

> Un Turnèbe, un Budé, un Vatable, un Tusan [3].

Il le nomme aussi avec les nouveaux, mêlés à toutes les études de sa jeunesse, lorsqu'il proteste avec une belle éloquence contre l'ingratitude d'un siècle corrompu envers les hommes qui lui font tant d'honneur :

> Et nous, sacré troupeau des Muses, qui ne sommes
> Usuriers, ny trompeurs, ny assassineurs d'hommes,
> Qui portons Iesus Christ dans le cœur arresté,

1. *Thomae Martino suo* (éd. Ruhnken, t. I, p. 595).
2. Pour les relations de Ronsard avec H. Estienne, v. p. 107 sqq., et p. 119.
3. *Eglogue I*. Vers insérés dans l'édition de 1584 (éd. L., t. III, p. 380 ; éd. Bl., t. IV, p. 34).

Ne sommes avancez sinon de pauvreté.
Lambin, Daurat, Turneb, lumieres de nostre âge,
Doctes et bien vivans, en donnent tesmoignage [1].

Quand il dit que Turnèbe n'avait « rien du pédant que la robe
et le chapeau » [2], il se trouve employer le mot même de Montaigne parlant de ce savant : « Il n'avoit... rien de pédantesque
que le port de sa robe et quelque façon externe qui sont choses
de néant,... car au dedans c'étoit l'âme la plus polie du monde [3]. »
Ce « jugement si sain », cette « appréhension si prompte » (ce
sont encore des expressions de Montaigne), Ronsard les avait
appréciés particulièrement, le jour où, Turnèbe avait combattu
de sa plume, à côté de Du Bellay, cette race frivole et encombrante des rimeurs et écrivains courtisans, qu'il avait lui-même
en horreur [4] ; il s'était indigné qu'on eût pensionné un Paschal
comme historiographe du Roi, pour sa latinité prétendue parfaite, alors que ses amis, les grands humanistes, ne recevaient
point d'avantages de ce genre : *Eritne historiographus regius,
Turnebo Auratoque spretis* [5] ? Il se créait entre Ronsard et Turnèbe des liens toujours plus étroits, et l'affection du poète fut
grande pour cet honnête homme sévère et bon. Il alla le visiter
à son lit de mort. Jean Passerat le raconte, en immortalisant
leur commune douleur dans l'*Elégie sur le trespas d'Adrian Turnèbe*, où sont ces vers vraiment émus :

Meslons doncques, Ronsard, meslons nos pleurs ensemble,
Combien que soit trop bas de mes chordes le son,
Pour monter à l'accord de ta docte chanson...
Tu vois nostre Delbene [6] et le gentil Belleau
De leurs pleurs, comme nous, arrouser son tombeau.

1. *Complainte à la royne, mère du Roy*, dans la 2ᵉ partie du *Bocage royal*
(éd. L., t. III, p. 293 ; éd. Bl., t. III, p. 275). Ronsard avait d'abord imprimé :
« Tournebœuf et Daurat... ». Cf. ce qu'il dit des deux hommes dans son
invective inédite contre Paschal.
2. Teissier, *Les Eloges des hommes savans tirez de l'Histoire de M. de
Thou*, t. III, p. 249. Le passage original vient d'être cité.
3. *Essais*, livre I, chap. xxiv.
4. V. plus loin l'étude de leur publication commune, à l'occasion des
attaques contre Pierre de Paschal.
5. Invective inédite contre Paschal.
6. C'est Alfonso Delbene, qui collabore au « Tombeau » par une imitation
française de la prosopopée de Cornelia dans Properce.

> Du mignard de Baïf la douleur n'est pareille ;
> Il ne boit ce malheur sinon que par l'aureille ;
> Nous l'avons beu des yeux qui l'avons veu mourant [1].

Ronsard collabora lui-même au « Tombeau » du grand philologue, où tant de beaux éloges furent réunis, par le sonnet mémorable qui s'achève ainsi :

> Comme la mer sa loüange est sans rive,
> Sans bord son los, qui luist comme un flambeau.
> D'un si grand homme il ne faut qu'on escrive;
> Sans nos escrits son nom est assez beau :
> Les bouts du monde où le Soleil arrive,
> Grans comme luy, luy servent de tombeau [2].

C'était une réponse posthume aux vers où Turnèbe, abandonnant en faveur de Ronsard sa thèse de latiniste intransigeant et hostile à l'emploi de la langue vulgaire pour les hautes spéculations de l'esprit [3], avait mêlé sa voix respectée au concert unanime des lettrés de France :

> *Ronsardus carmen Musis et Apolline dignum*
> *Qui pangit, qui Graiugenae Latiaeque Camoenae*
> *Ornamenta suis aspergit plurima chartis,*
> *Atque indicta prius dies in luminis auras*
> *Multa viris priscis auctor doctissimus effert* [4]…

L'affection de Ronsard pour Lambin fut plus familière. Ils s'étaient connus chez Dorat, au collège de Coqueret, et le poète avait eu pour compagnon (*socius*), et peut-être pour répétiteur

---

1. *Adriani Turnebi regii philosophiae professoris clarissimi Tumulus al dortis quibusdam viris...*, Paris, F. Morel, 1565. V. aussi p. 117.

2. Ed. L., t. V, p. 308 ; éd. Bl., t. VII, p. 240.

3. V. la lettre que lui adresse Pasquier sur le sujet et qui reproduit, non sans éloquence, la thèse principale de la *Deffence* : « Et bien, vous estes doncques d'opinion que c'est perte de temps et de papier de rediger nos conceptions en nostre vulgaire, pour en faire part au public, estant d'advis que nostre langage est trop bas pour recevoir de nobles inventions, ains seulement destiné pour le commerce de nos affaires domestiques ; mais que si nous couvons rien de beau dedans nos poictrines, il le faut exprimer en latin » (*Œuvres*, t. II, col. 3). Depuis 1552, année de cette lettre, Turnèbe a pu trouver les meilleures raisons pour changer d'opinion.

4. *Adr. Turnebi philosophiae et Graecarum literarum professoris Regii poemata*, Paris, 1580, p. 97. Toute la pièce est à lire.

(*admonitor*), l'humaniste de Montreuil-sur-Mer, à peine plus âgé
que lui [1]. Celui-ci l'initia surtout aux divers systèmes de la philosophie antique, comme la pièce des premières *Odes*, qui lui est
dédiée, en témoigne assez clairement. Ronsard y discute en peu
de mots la doctrine de Platon sur la « réminiscence », pour y préférer la théorie sensualiste de la « table rase [2] ». Ce petit poème
paraît être un écho des conversations philosophiques des deux
jeunes hommes, en même temps que l'expression de la gratitude
du poète. L'érudit, à son tour, sut comprendre l'honneur impé-
rissable que ces vers attachaient à son nom :

> Lambin, qui sur Seine d'Eurote
> Par le doux miel de tes douceurs
> A ramené les saintes Sœurs.

Après tant de voyages au delà des Alpes, qui firent assurément de lui le plus « italianisé » de nos philologues [3], il se fixa à
Paris, lorsqu'il eût obtenu une chaire de grec au Collège royal,
à côté de celle de Dorat. Ronsard, revenu à la Cour et poète
favori de Charles IX, vivait alors dans un milieu qui l'éloignait
un peu de ses anciens amis. Mais ceux-ci restaient fiers de lui, et
Lambin fut des plus éloquents à le déclarer dans son *Lucrèce* de
1563 [4]. Touché de l'hommage, Ronsard répliquait par un court
poème destiné à paraître, en 1566, en tête de la monumentale
édition de Cicéron [5] ; il se montrait, cette fois, un pur humaniste,
car ses vers étaient des vers latins [6]. Les échanges affectueux ne
s'arrêtaient point, et Lambin en inventait un d'une forme inat-

---

1. V. plus bas la dédicace du *Lucrèce*. Lambin, né en 1519, quitta Paris en
1548 pour enseigner à Toulouse.

2. *Odes*, t. II, p. 15 :

> Que les formes de toutes choses
> Soient, comme dit Platon, encloses
> En nostre âme, et que le sçavoir
> Est seulement ramentevoir ;
> Je ne le croi...

3. Après Muret, bien entendu. Cf. *Epistolae clar. virorum... a I. Mich.
Bruto comprehensae*, Lyon, 1561, p. 416 et *passim* ; *Epist. clar. virorum
selectae*, Venise, 1563, p. 112 et 165 ; et ma note de la *Revue d'hist. et litt.
religieuses*, t. III, p. 1.

4. V. ci-dessous, p. 159.

5. Ronsard eut pour voisins Dorat (en grec et en latin), Baïf, Nicolas Vergèce et l'Ecossais Adanson.

6. On les trouvera plus loin parmi les poésies latines de Ronsard.

tendue, en insérant dans une nouvelle édition de son Horace deux grands morceaux de la *Franciade*, que Dorat traduisait en latin à l'intention des lecteurs étrangers et qui devaient servir à faire apprécier d'eux la noblesse des lettres françaises. Le commentateur d'Horace le dit clairement : « Libet mihi hoc loco occasionem et ansam nacto ex P. Ronsardi viri clariss. poetae Regii Franciade, poemate Gallico, plane cum Iliade Homerica et Aeneide Virgiliana comparando, versus aliquot Gallicos decerpere, eosque ab Io. Aurato viro singulari doctrina ornato, poeta Regio, Latinos factos, commentariorum meorum lectoribus legendos exponere, ut intelligant exterae nationes quae et qualia ingenia efferat nostra Gallia, et quantopere apud nos floreant bonae litterae liberalesque doctrinae [1]. »

Ronsard fut, avec Amyot et Henri de Mesmes, un des répondants de Lambin auprès de Charles IX, au moment où l'humaniste sollicita les fonctions de traducteur du Roi (*interpres regius*) pour la langue grecque; grâces lui en furent rendues publiquement, ainsi qu'aux autres protecteurs, dans la première leçon du cours sur le troisième livre de la *République* d'Aristote, professé au Collège royal au mois de novembre 1570 [2]. Lambin ne jouit pas longtemps des six cents livres tournois attachées annuellement à sa fonction nouvelle, puisqu'il mourut en 1574, peu après la

---

1. C'est à partir de son édition de 1567 que Lambin a inséré dans le commentaire de l'*Art poétique* d'Horace les deux passages de la *Franciade* (H. Vaganay, dans les *Annales fléchoises*, t. XII, 1911, p. 133, et t. XIII, 1912). Son *Horace*, paru pour la première fois, en 1561, est présenté au lecteur par une courte pièce de Dorat, qui est une de ses meilleures.

2. *Dionysii Lambini Monstroliensis litterarum Graecarum iampridem doctoris Regii, nuperrime earundem litterarum etiam interpretis a Regia Maiestate facti, oratio ad VII Id. Nouembr. habita pridie quam librum III Aristot. de Rep. optime administranda explicaret*, Paris, 1570. P. 13, Lambin remercie particulièrement Amyot qui, juge sévère des traductions latines de son temps, l'avait désigné comme le plus capable d'en faire de bonnes. P. 20, on relève un éloge de Charles IX, où figure encore le nom de Ronsard : « Neque vero illos eruditos solum diligit qui Musas colunt seueriores, quique ad res graueis et serias ei sunt utiles atque opportuni, Moruillerios, Albospinaeos, Amiotos, Boetallerios, Memmios, Foxios, Ferrerios, Burgenseis, Bertrandos et complureis simileis, verum etiam hos remissiorum et mansuetiorum Musarum cultores, Ronsardum, Baiffium, Auratum, Passeratium et ceteros taleis doctrinae fama illustreis et insigneis viros, eorumque versibus saepe vacuas aureis praebet atque attentas, maxime cum curis grauioribus defessus aliquid animo laxamenti quaerit. »

Saint-Barthélemy. Mais jusqu'à la fin l'amitié de Ronsard, commencée sous les auspices de Dorat, lui était demeurée serviable et fidèle. Un peu oubliée par la suite, leur liaison était notoire aux yeux des contemporains ; et l'on voit un avocat au Parlement de Paris, Guillaume de Chaumont, habitué, à ce qu'il semble, de la maison de Jean de Morel, réunir tout naturellement les trois noms de Ronsard, de Dorat et de Lambin, dans une épigramme qui mérite d'être signalée :

*In Petrum Ronsardum, Ianum Auratum et*
*Dionysium Lambinum.*
*O vos felices et terno numine claros,*
*Quorum vel radiis Gallica tota micat.*
*Pindarica illa rosa est ; Pactolo clarior alter ;*
*Hic autem ingenio certat utrique suo* [1].

Ce fut Lambin qui eut l'honneur de témoigner à Ronsard, de la façon la plus solennelle, les sentiments des savants, ses confrères, dans la page capitale pour notre sujet, qui fait une des dédicaces des livres de son *Lucrèce* [2]. Cette édition et le commentaire qui l'accompagnait formaient un travail beaucoup plus important que l'*Horace*, paru deux ans plus tôt, où Ronsard avait dû relire avec agrément un des textes antiques qui lui étaient tout à fait familiers. L'hommage que lui rendait son ami était accordé en même temps au conseiller Henri de Mesmes, à un commentateur de Virgile, Germain Vaillant de Guélis, abbé de Pimpont, poète humaniste que la Pléiade a célébré et que son chef a tenu en estime particulière [3], à deux philologues de profession,

1. *Gul. Caluimontani in supremo Parisiensi senatu patroni Syluarum liber primus*, Paris, 1571, p. 18. Plusieurs petites pièces sont adressées à Camille de Morel.

2. J'ai cité plusieurs fois l'ouvrage, plus intéressant pour l'histoire de l'humanisme que pour la préparation philologique du texte de Lucrèce. V. plus haut, p. 76.

3. Voici encore un humaniste ami de Ronsard qui devrait obtenir l'honneur d'une biographie. Son nom même est défiguré partout. Germain Vaillant de Guélis, conseiller au Parlement (qu'on appelle à tort « de la Guesle », en le rattachant sans raison à la famille parlementaire de ce nom), fut évêque d'Orléans à la fin de sa vie (1585-1587). Lambin lui a réservé la dédicace de son édition de Plaute, Paris, 1577. Il fut aussi lié avec Scaliger, et il y a deux lettres de lui dans les *Epistres françoises à J. J. de la Scala*, Harderwyck, 1624. Scév. de Sainte-Marthe lui consacre un de ses

Muret et Turnèbe, enfin, pour le sixième et dernier livre, au maître
des poètes, Jean Dorat. Lambin exposait, dans la dédicace adressée à celui-ci, la raison de ses divers choix : « In eo quod Errico
Memmio primum librum dicaui, praeter hominis dignitatem
atque amplitudinem summa eruditione coniunctam, primum spec-
tata est a me duorum Memmiorum ὁμονυμία, seu gentilitatis et
nominis communitas [1] : deinde referendae gratiae obligatio,
utpote quin in hoc negotio conficiendo plurimum a libro illo
manuscripto, quem is mihi commodato dedisset, adiutus essem...
Secundum item librum ut Petro Ronsardo donarem, multae et
magnae me causae impulerunt, quarum tu in primis conscius
es... » Ces motifs, il faut les lire dans cette langue élégante et

*Elogia*. Il y a trois pièces de sa façon parmi les liminaires de la *Franciade*,
dont un sonnet signé *P. P.* Sa signature latine est généralement *G. Valens
Guellius P. P.* Binet cite un poème latin de « Monsieur de Pimpont », adressé
à Ronsard, qui le place, de son côté, au nombre des « divines têtes sacrées
aux Muses », qu'il regrette, dans la préface posthume de la *Franciade*, de
voir écrire en latin plutôt qu'en français. Deux épigrammes de Dorat lui
sont dédiées (*Poem.*, 2ᵉ part., p. 14 et 18). Il a fait des vers pour l'*Iliade* de
Jamyn, qui a imprimé dans ses *Œuvres* un « Discours de M. de Pimpont
conseiller du Roy », d'autres pour *La Bergerie* de Remi Belleau, Paris,
1572, et pour *Les Amours et nouveaux eschanges des pierres precieuses*,
Paris, 1576, du même poète. Belleau lui paye sa dette en dédicaces et à
Baïf lui dédie une ode (éd. M.-L., t. II, p. 361). Quand Desportes imprime
pour la première fois le recueil de ses *Amours*, en 1575, il place le poème
de Guélis, *Ad Henricum Poloniae regem*, en tête de ceux qu'il a demandés à
ses amis pour recommander ses débuts, par conséquent avant les vers latins
de Dorat et de Baïf. Guélis s'y montre, en effet, brillamment inspiré. Il a
participé à la joute littéraire des poètes humanistes, à propos de la médaille
d'Alexandre rappelant l'image de Michel de l'Hospital. Enfin, on le voit
collaborer à divers « tombeaux », notamment à ceux de Turnèbe, du président de Thou et de Ronsard.
On trouverait sa trace en d'autres travaux philologiques que ceux de
Lambin et de Scaliger. Les *Verisimilia* de L. Fruytiers, qu'il a honorés de
distiques liminaires (*Germ. Valentis Guellii ad Ianum Dousam*), contiennent
un morceau à lui dédié (Anvers, 1584, p. 142). Il y a seize lettres de sa
main à Pierre Daniel, dans les mss. 141 et 450 de la Bibliothèque de Berne,
Une lettre de Th. Canter à Daniel, écrite d'Utrecht en 1570, le mentionne ainsi : « Magnopere scire desidero quid, ubi et quomodo agas, simi-
liter et quid agat communis noster amicus ac patronus D. Pimpontius,
cuius iam Elucubrationes in Virgilium Plantinus noster sub prelo habet ;
nec minus quid agat Auratus noster » (*Bernensis* 141, nᵒ 211). Il s'agit ici de
la principale publication de Vaillant de Guélis, le commentaire sur Virgile
qu'il fit paraître à Anvers en 1570, dédié à la reine Elisabeth d'Autriche.
1. Cf. Lucrèce, l. I, v. 43 (... *Memmi clara propago*).

pure, qui faisait de l'éditeur de Lucrèce, et bientôt de Cicéron, le
rival des meilleurs prosateurs latins d'Italie :

DIONYS LAMBINUS P. RONSARDO, POETARUM GALLICORUM PRINCIPI.

Cum primum T. Lucretii Cari librum de natura rerum Errico Memmio propter grauissimas, et iustissimas causas dicauissem, Ronsarde,
hunc secundum me tibi donare debere non leuioribus causis adductus
iudicaui. Primum enim poetarum Gallicorum sine controuersia princeps et es et haberis. Deinde, quemadmodum Lucretius noster Latinorum primus naturam et philosophiam (mitto dicere quam : do
etiam deliram et in multis impiam) Latinis versibus, iisque ornatissi-
mis ac politissimis illustrauit, ita tu per amoenissima omnium poëtarum Graecorum ac Latinorum nemora diu peruagatus, atque ex eorum
liquidissimis et purissimis fontibus infinita rerum nostris hominibus
inauditarum ubertate hausta, ea poëmata sermone Gallico in vulgus
edidisti, quae Homeri, Hesiodi, Pindari, Anacreontis, Apollonii, Theocriti, Callimachi, Virgilii, Horatii, Tibulli, Propertii, Ouidii et cetero-
rum ληκύθους et μυροθήκια redolerent. Huc accedit, quod | ego, paullo
te natu grandior, te adolescentem (ut probe meminisse potes) ad Graecarum litterarum studia, quamuis currentem, incitaui ; tibi etiam (ut
ipse praedicare soles) in scriptoribus Graecis ac Latinis versanti, quasi
lumen saepe praetuli. Deinde tu me elegantissimo quodam et prope
diuino carmine, quod immortale cum ceteris tuis scriptis futurum esse
confido, amplissime ornasti, memoriaeque sempiternae commen-
dasti [1]. Postremo amicitiam nostram ex optimis initiis ortam et profec-
tam cum absente me assidua mei recordatione aluisti, tum, post lon-
ginquas et diuturnas peregrinationes meas patriae reddito, plurimis et
illustribus amoris signis summisque erga me studiis amplificasti atque
auxisti. His igitur causis impulsus hunc secundum librum, in quo de
primorum corporum motu, de figuris eorum variis et tamen finitis,
numero infinito, natura simplicissima, omniumque colorum atque
adeo omnium primarum qualitatum experte, de mundis innumerabilibus, qui fortuito illorum corpusculorum concursu (rideamus licet Epi-
curi deliria) et oriuntur et intereunt, disputatur ; hunc (inquam) librum
amicitiae nostrae testem futurum sempiternum tibi libens atque ex
animo dono. Vale.

L'amitié de Ronsard et de Lambin, révélatrice des goûts pro-
fonds du poète, a laissé ses traces dans quelques correspondances
manuscrites du temps, documents que nos études ont trop rare-

1. V. l'ode citée p. 155.

ment l'occasion d'utiliser. Elles nous introduisent dans l'intimité de ces hommes, moins différents de nous qu'il ne le semble au premier abord, et dont le limpide latin suffit à rendre les sentiments et les passions. Dans les lettres que Lambin adresse à ses amis, en 1553, en revenant d'Italie où il a accompagné le cardinal de Tournon, Ronsard est quelquefois nommé, parmi d'autres humanistes qui paraissent faire alors sa société favorite [1]. Quand il écrit à Prévost, régent de ce collège de Boncourt où l'on joue les pièces de Jodelle, Lambin ne manque pas de le charger de ses amitiés pour Ronsard : *Gallandio, Turnebo, Rossardo salutem* [2]. Mais deux lettres intéressantes à tous les titres ont été écrites, cette année-là, au poète lui-même par son ami voyageur. La première lui apprend que Lambin a rencontré à Rossillon, chez le cardinal, un de ses grands amis, René d'Oradour, venu avec Charles de Pisseleu, évêque de Condom [3]. Ce même Oradour se charge de faire parvenir la lettre au poète, que Lambin est impatient de revoir à Paris pour reprendre avec lui leurs études communes :

*Rossardo S*. Cum mihi nihil longius videretur quam dum te viderem et tamen quotidie sperarem me Lutetiam profecturum, factum est ut totum hoc tempus quod Lugduni a Rossilione consumpsi, posteaquam ex Italia redii, mutum a literis abire passus sum; sed cum Episcopus Condumensis Rossilionem ad decimum Cal. Maias (*sic*) venisset et una cum eo Auradurus quidam tuus familiaris mihique notissimus visus ac salutatus esset, nato (ut fit) plurimo de te ac tuis studiis sermone, hortatus est me ut ad te scriberem simulque recepit se curaturum ut tibi litterae redderentur. Hoc ei negare non potui, tum quod studiose petebat, tum quod ego mea sponte scribere volebam. Unum

---

1. J'ai étudié, dès 1882, le ms. 8647 du fonds latin de Paris contenant la minute de la correspondance de Lambin de l'automne 1552 à la fin de 1554. M. Henri Potez a tiré depuis de ce manuscrit une élégante et substantielle étude, intitulée *Deux années de la Renaissance d'après une corresp. inéd.*, dans la *Revue d'hist. litt.* de 1906, p. 458 et 658. Il y a donné place, en les traduisant, aux lettres de Ronsard, et sa lecture d'un texte assez difficile diffère quelque peu de la mienne, que j'ai vérifiée récemment sur le ms. M. Potez ne semble pas avoir relevé les mentions de Ronsard dans les lettres à Prévost.

2. Biblioth. nat., *Lat.* 8647, fol. 34 v° et 49. Lambin emploie toujours à cette époque la forme *Rossardus*.

3. Ronsard dédie « à René d'Oradour, abbé de Beus », une de ses premières odes, et le nomme dans l'ode *A son retour de Gascogne* (*Odes*, t. I, p. 208 ; t. II, p. 299).

me a scribendo auocabat quod (ut supra scripsi) sperarem me tecum
coram propediem familiariter de more nostro locuturum. Qui mihi dies
profecto pulcherrimus et optatissimus illucescet. Quid enim mihi
dulcius accidere potest quam eum longo interuallo videre cum quo
honestissimorum studiorum societate coniunctus sum ? Cum igitur me
socio et adiutore [1] in pulcherrimo isto et gloriosissimo philosophiae et
literarum et poetices cursu, in quo versari usus sis, dubitare non
debes qum [2] congressum nostrum magnopere expetam. Quem cum
breui futurum confidam finem scribendi faciam atque ad illam diem
ea quae hic eram scripturus reseruabo. Hoc unum abs te interea petam
ut tibi persuadeas Lambinum omnia tua causa velle, tuaeque laudi et
gloriae, qum ex scriptis tuis politissimis et elegantissimis comparasti,
mirifice fauere. Rossilione, 8° calendas Aprileis.

Aurato, Turnebo, Praeuotio s. [3] Audio quaedam esse noua poemata
abs te edita, quae mihi turpe esse existimo nondum ad meas manus
peruenisse [4] ; ea igitur, ubi primum Lugdunum venero, diligenter per-
quiram ac studiose, ut tua omnia soleo, legam et deuorabo [5].

Quelques mois plus tard, en août 1553, Lambin est avec la
maison du cardinal de Tournon à la suite de la Cour. Il fait une
nouvelle rencontre, celle de Pierre de Paschal, le cicéronien que
Ronsard honore alors d'une vive amitié attestée par maint poème.
Leur conversation roule sur les mérites magnifiques du « prince
des poètes français », à qui Paschal doit remettre la lettre que
voici :

Paschalius noster cum mihi forte insperanti occurrisset, primum illa,
quae ab amicis usurpari solent longo interuallo inter se congredienti-

1. On lit nettement ce mot et non *admonitore*.
2. Lambin a hésité sur le mot, mais il l'a maintenu dans son brouillon.
3. Ce Prévost, lié avec Ronsard, est régent du Collège de Boncourt, où
vient d'avoir lieu la fameuse représentation devant le Roi de la *Cléopâtre*
et de l'*Eugène* de Jodelle ; ce régent l'a contée à Lambin, qui lui répond
le 10 mars 1553 : « Delectauit me in primis epistotae tuae locus de Comoe-
diis et Tragoediis Gallicis. Libenter enim audio linguam nostram quam cete-
rae nationes barbaram et inopem esse dicunt, antiquorum poetarum veneres
et ornamenta capere, interpretari et exprimere posse. Qua in re glorieban-
tur Itali se nobis esse superiores. Sed propediem, ut video, intelligent sibi
rem esse cum aduersariis pugnacibus et lacertosis » (Fol. 34. Potez,
p. 495). Ce rappel de l'Italie est à noter. On devra, pour l'apprécier exactement, consulter Ferd. Neri, *La prima tragedia di Et. Jodelle*, dans *Giorn.
stor. della letter ital.*, t. LXXIX, 1919, p. 50-63.
4. Les *Amours*, avec le cinquième livre des *Odes*, avaient paru le 1er
octobre 1552 ; Lambin voyageant en Italie n'avait pu les voir encore.
5. *Lat.* 8647, fol. 41.

bus, diligenter et cupide ab utroque seruata sunt, ut et ego illum et ille
me familiarissime complecteremur. Deinde cum mihi, ut fit, de meo
ex Italia reditu gratulatus esset, nulla nobis de re nulloue de homine
priusquam de te sermo ortus est. Casune an diuinitus, an propter animorum et studiorum similitudinen, quaecumque huius sermonis nobis
causa extiterat, siue casus, siue deus, siue, quod est credibilius, animorum conuinctio ex qua amicitia nascitur, tu quidem certe nobis
totius nostrae orationis argumentum fuisti. Sed quaenam fuerit illa
nostra de te oratio quaeres. Desine, obsecro te, mi Rossarde, desine
quaerere. Quid enim nos aliud putas de te esse locutos, aut quid
omnino quisque de te loqui potest, nisi quod tu mereris quodque
Gallia de te cuncta paucis exceptis iisque vel indoctis, vel inuidis,
praedicat. Quid illud est ? dices. Numquid hodie efficies ut te vel in
os laudem, vel quod non multum dissimile est mea epistola tuas laudes
persequatur. Quamuis enim epistolam dicunt non erubescere, tamen
quod cuiquam coram dicere verear ne per literas quidem significare
ausim. Itaque noli a me exspectare ut dicam te a nobis in eo sermone
Linguae Gallicae amplificatorem, nouorum verborum opi-
ficem, non usitatorum carminum ac rythmorum architec-
tum, Poëtarum Gallicorum principem nominatum [1]. Tu per
me quid de te fuerimus locuti ignorabis. Espistola quidem mea tibi
nunquam renunciabit. Sed, si scire vis, Paschalium habes hunc
ipsum, qui hanc a me epistolam quam tibi redderet expressit. Urge
ut sermonem illum nostrum tibi exponat. Nunquam faciet, si hominem bene noui. Inest enim in eius fronte et oculis pudor ille ingenuus,
doctrina et literis et Musis dignus. Quare noli neque a me neque
a Paschalio ut tibi sermonem, quem de te habuimus, flagitare. Tua
potius virtute delectare, tua te conscientia aestima quae profecto
tibi clarius quam fama popularis tuas laudes canit et praedicat.
Vale. Denique verum et incorruptum tuarum laudum praeconem posteritati reserues, quae certe quo longius abs te aberit, hoc de te ac tuis
scriptis sapientius iudicabit. Haius [2] tibi salutem dicit. Vale. 5 idus
sextiles [3].

Cette vive page est précieuse pour l'histoire de la poésie. Elle
fait constater, presque aussitôt après les premières publications

1. Sur le titre de « prince des poètes » donné à Ronsard dès cette époque,
v. Laumonier annotant Binet, p. 56.
2. Est-ce Maclou de la Haye, poète français, ou Robert de la Haye, poète
latin ? Tous les deux sont liés avec la Pléiade. Le second a composé les vers
intitulés : *Rob. Hayus de I. Bellaio et P. Ronsardo* (Chamard, p. 255, 354,
389).
3. Bibl. nat., *Lat* 8647, fol. 59 v°-60.

de Ronsard, quelle admiration générale il a provoquée. Il est
piquant de l'entendre célébrer en latin comme l'écrivain qui a
enrichi la langue nationale de mots nouveaux et comme « l'architecte » de formes poétiques et de rythmes qui n'ont pas encore
servi. C'est le sentiment de toute la France lettrée qui s'exprime
dans le juste enthousiasme de deux jeunes humanistes.

L'intimité de Ronsard et de Lambin se trouve attestée d'une
façon non moins précise dans une autre correspondance conservée
par Jean Passerat. Le futur éditeur de Plaute, venu enseigner à
Bourges en 1565 et 1566, restait en rapports avec ses amis parisiens, et nous voyons que Patouillet lui faisait tenir des lettres
de Ronsard, de Baïf et de Lambin [1]. Dans l'été de 1566, il inter-
rogea anxieusement ce dernier sur le bruit qu'on répandait de la
mort de Ronsard, alors absent de Paris : « Tristiores de Ronsardo
nostro rumores illorum capnisim qui disseminarant, ita me
nuper horrore perfuderunt ut exanimatus acerbissimo communis
amici casu pene lugubria sumpserim ; sed dolor qui iam incan-
descebat refrigerato in partem nefario sermone paulatim retine-
tur, et dii faxint ut hoc mendacium, si qua nobis omnibus impen-
dere pericula defuncti simus. Tu si me valere vis valetudini tuae
diligenter seruias, nec metuas ne non qui cauere aliis discunt
sibi confutant. Auratum meo nomine iubeto saluere, imprimis
Memmium... [2] » Passerat fut rassuré par une lettre de Lambin et
une autre que Bartolomeo Delbene adressait à son fils, étudiant
à Bourges ; mais il sentit le besoin d'en témoigner sa joie à Ronsard lui-même :

Les tristes nouvelles semées naguères par delà, et confirmées par
plusieurs assés certains auteurs, m'avoient forcé de mettre alors la
main à la plume, afin de tesmoigner par escrit une partie de l'extreme
douleur que mon ame avoit conceue pour une si grande perte. Mais
les lettres du seig[r] d'Elbene, pere de Monsieur de Hauttecombe [3],
m'apporterent depuis un incroyable plaisir, m'asseurant que ce bruit
estoit faux et que commenciez a recouvrer vostre bonne santé, et mesme

1. *Patulaeus cum litteris Ronsardi et Bayfii tuas ad nos perferendas curabit. 3° calendas apr. 1566* (Bibl. nat., *Lat.* 10327, fol. 110. Lettre à Lambin).
2. Bibl. nat., *Lat.* 8585, fol. 151.
3. Alfonso Delbene, abbé de Hautecombe, poète français, fils de Bartolomeo, poète italien, tous deux amis de Ronsard. En 1572, Passerat lui
dédie un *Hymne de la paix* (fol. 109 de son *Recueil*).

evangile nous a esté envoyé par Monsieur Lambin, qui affermoit
d'avantage vous avoir veu et salué sain et gaillard à Paris. Voilà
comme les deux contraires et principales passions, selon la sentence de
Platon, n'ont esté gueres esloignées l'une de l'autre, et avons senty la
dernière plus forte d'autant que la premiere estoit vehemente... Je ne
poursuivray ce point plus avant, ...seulement j'ay à vous supplier par
cette tant douce et desirée santé que doresnavant vous la contregardiez
pour vous, vos amys et l'honneur de toute la France... De Bourges, le
20 août 1566 [1].

A ce moment de nos guerres civiles, la mort de Ronsard eût
ravi d'aise, comme un juste châtiment du ciel, quelques huguenots échauffés qu'irritaient contre lui les *Discours des misères de
ce temps* et la *Remonstrance au peuple de France*. Avec les
pamphlets, couraient les bruits diffamatoires, dont la fameuse
inculpation d'athéisme. C'était l'ordinaire attaque du siècle, et
peu de gens de lettres échappaient à ce genre de calomnie. Si
l'accusation d'hérésie était courante [2], celle d'athéisme disquali-
fiait plus sûrement auprès des deux partis. Le bon Passerat se
désolait donc de ce qu'on disait à Bourges et d'entendre le nom
de Lambin mêlé à ces propos ; il en écrivait à celui-ci, l'in-
formant qu'on l'accusait aussi de répandre la nouvelle d'une con-
damnation infamante de Muret à Rome, dont la fable ridicule
paraît s'être établie à cette époque :

Ronsardum saluum et incolumem Lutetiam rediisse meis quoque
litteris ipsi gratulor. Tibi vero, mi Lambine, gratias ago quod me
rerum nouarum thesauro locupletaris... Hic nuper nescio unde pro-
fecti rumores M. Anton. Muretum Romae, quibusdam de causis, incen-
diariorum affectum esse supplicio. Rides? ingemui, mehercule, neque
tu non ingemisces, cum audies caetera : laudatur huius rei autor Dio.
Lambinus, qui in frequentissimo celeberrimoque Scholae Parisiensis
auditorio praedicauit tribus Theodoris liberatum esse orbem terrarum
M. R. G. alii T. [Une note marginale rétablit les noms : « Mureto,
Ronsardo, Goueano, et alii Turnebo. »] Haec quam acerbe nobis auditu

1. Bibl. nat., *Lat.* 8585, fol. 151. Ed. L., t. VII, p. 123.
2. Lambin lui-même n'a point échappé à celle-ci, et ses anciens amis
d'Italie ont cru qu'il s'était fait huguenot. Paul Manuce a rayé son nom
d'une édition de ses *Epistolae* avec ceux de François Hotman, Jean Sturm,
Gilbert Cousin, André Dudith. Sur cet incident et la protestation énergique
faite par Lambin en 1561, v. Nolhac, *Une conséquence bibliographique du
Concile de Trente*, dans la *Revue d'hist. et de litt. religieuses*, t. III, 1898,
p. 1-9.

fuerint ex tuo sensu iudicato. Conquisiuimus sane et conquirimus
horum sermonum autores nefarios, quibus nescio quid verbis atrocius
minamur. Vos autem, qui tam alte ascenditis, aequiore debetis esse
animo ac meminisse nihil vobis noui accidere, si eiusmodi veluti pro-
cellis ac tempestatibus inuidia gratiamini. Nos qui humi serpimus et
magis procuranda nobis monstra quam timenda arbitramur, nihil
amplius possum addere cum praesertim scribam inuitus, nisi ut sce-
leratam hanc epistolam quae tibi tantum mali nuntiauit conscindas,
meque mutuo diligas. Vale [1].

Nous devons à cette histoire une jolie lettre de Ronsard, non
moins précieuse par la rareté que par l'intérêt de certaines indications de caractère. Quoiqu'elle soit connue, on la goûtera mieux
parmi les documents qui l'expliquent. Du ton de l'homme qui a
subi bien d'autres ennuis, le poète raille doucement un ami ti-
moré :

A Monsieur et bon amy Monsieur Passerat, à Bourges [2].

Monsieur Passerat, Depuis ma lettre escritte, monsieur Lambin est
venu souper avec moy, qui m'a monstré vostre lettre latine en laquelle
j'ay veu comme les bons huguenots de Bourges (car autres ne peuvent
estre qu'eux) ont semé par la ville que ledit sieur Lambin avoit dit
en chaire publicquement que le monde estoit delivré de trois athées,
sçavoir Muret, Ronsard et Gouvean. Je n'ay recueilly autre fruict de
telle nouvelle, sinon l'honeur qu'on me faict de m'accoupler avec de
si grands personages, desquels je ne merite deslier la courraye du soul-
lier, et voudrois que l'on me fist tousjours de tels outrages à si bon
marché et à si bon prix, et me sentirois bien heureux de pouvoir esgal-
ler les vertus, sçavoir et doctrine et bonne vie des deux, et mesme de
Muret que j'ay cognu homme de bien. Si monsieur Lambin l'a dit, je
n'en sçay rien, cela ne m'importe en rien, et là dessus je m'en iray
demain aux Trois Poissons boire à vos bones graces, me recomman-
dant de tout mon cœur à vos divines Muses.

Vostre humble amy et serviteur,<br>
RONSARD.

Le bon Passerat, si sensible aux attaques contre les hommes qu'il
admirait, était plus jeune que Ronsard et Lambin et ne fut

---

1. Lat. 8585, fol. 152.
2. Lat. 8585, fol. 152. Ed. L., t. VII, p. 125. Blanchemain n'a pas lu le
nom de « Gouvean », Antonio de Gouvea (Goueanus). Au reste, l'orthographe du document n'est que celle d'un copiste.

appelé qu'en 1572 à enseigner au Collège royal. Son premier
hommage au poète remontait, je crois, au « Tombeau » de Turnèbe. Outre l'élégie française qu'il lui a dédiée [1], Passerat avait
composé pour cette publication une élégie latine, où il convie
Ronsard parmi les amis qui pleurent le grand helléniste et qu'il
désigne par de poétiques allusions :

> *Clarus ab hospitio, Memmii generosa propago* [2],
> *Pimpuntii studiis nobilitata domus* [3],
> *Te flet Lambinus, cuique est cognomen ab auro* [4],
> *Et Graiae et Latiae fama secunda lyrae ;*
> *Te noster vates, cuius numerisque modisque*
> *Thebanus Gallis cedere visus olor* [5].

Un peu plus tard, l'humaniste troyen fut des dix poètes qui
accompagnèrent de vers laudatifs, en 1572, l'édition de la *Franciade* [6], et il écrivit même un « Sonnet à Mademoiselle de Surgères », qui se plaisait, comme on le sait, à être comparée à
l'Hélène d'Homère [7]. Ronsard, de son côté, s'adresse à Passerat
à la fin du beau poème d'*Hylas*, qu'il lui dédie à partir de 1573 [8].
Il goûtait sa facilité de versificateur dans les deux langues ; il
appréciait sans doute à sa valeur exacte ce savant aimable, bienveillant, digne protégé de la maison de Mesmes, bon commentateur des Élégiaques latins, qui n'a pas laissé dans la science de

1. Citée plus haut, p. 153.
2. Michel de l'Hospital, Henri de Mesmes.
3. G. Vaillant de Guélis [non de la Guesle], abbé de Pimpont.
4. Dorat a donné au « Tombeau » une intéressante élégie de vingt-six
distiques latins mis en grec par lui-même (*Aduersus doctiss. et piiss. viri
Adriani Turnebi necromastigas*).
5. V. le *Tumulus* de 1565 et la réimpression dans *V. Adriani Turnebi...
opera nunc primum... in unum collecta*, Strasbourg, 1600, t. III, p. 107.
6. Blanchemain n'en reproduit que trois, dont Passerat, t. III, p. 6. Il a,
bien entendu, largement participé au *Tombeau* de Ronsard, dont l'*Epice-
dium* est reproduit dans le recueil : *Io. Passeratii... Kalendae Ianuariae*,
Paris, 1603, p. 70. Cf. p. 73, *In obitum Io. Aurati*.
7. *Recueil des œuvres poétiques de Ian Passerat, lecteur et interprète du
Roy*, Paris, 1606, fol. 237 :

> Vous n'avez rien de ceste antique Helene
> Fors que le nom et la rare beauté...

8. *Hylas*, à Jean Passerat, lecteur du Roy, excellent poëte latin et françois
(éd. L., t. V, p. 132). V. plus haut, p. 130.

l'Antiquité des traces bien profondes [1], mais que son amour des
lettres et de la poésie recommande pourtant à la postérité :

> *O Passerati, censor exactissime*
> *Priscorum, item recentium,*
> *Quotquot Poëtas Roma florens aureo*
> *Produxit olim saeculo,*
> *Et quot per Europaea passim compita*
> *Nunc gignit aeui ferrei*
> *Propago...* [2]

Les relations de Ronsard avec le Collège royal paraissent avoir
duré toute sa vie ; mais c'est pendant sa jeunesse qu'il compta ses
plus étroites amitiés avec les « lecteurs du Roi » et même longtemps avant que Dorat fût appelé à prendre place parmi eux.
Outre les savants que nous avons rencontrés tant de fois, comme
Turnèbe et Lambin, il connaissait Jean Mercier, l'hébraïsant
célèbre, successeur de Vatable, qui était le beau-fils de Jean de
Morel et dut quitter la France en 1567 comme réformé. Il voyait
aussi Ramus d'une manière assez intime, puisqu'il y eut entre
eux une véritable collaboration.

Quand Pierre de la Ramée publia, en 1555, sa *Dialectique*, où
il empruntait beaucoup d'exemples aux poètes latins, il pria
quelques-uns de nos poètes de les traduire en vers français pour
insérer leur traduction dans son texte [3]. Ronsard assuma de ce
travail la part principale, les citations de la préface dédicatoire
à leur protecteur commun, le cardinal de Lorraine, et trente et

1. Voici ce qu'écrit Scaliger, à la vérité homme irascible, en 1578 :
« Passerat et quelques autres Pedantes comme lui, qui n'ont aulcune science
que de petits fatras de corrections... » (Bibl. nat., *Dupuy 496*, fol. 13 ; cf.
fol. 180). Melissus, naturellement bienveillant, a été charmé par le goût de
Passerat pour la poésie des Romains.
2. Ce joli poème est de Paul Melissus, *Schediasmata*, p. 525.
3. *La Dialectique de Pierre de la Ramée. A Charles de Lorraine cardinal,
son Mecene*, Paris, A. Wechel, 1555. Binet, dans son texte dè 1597 (éd.
Laumonier, p. 43, 215), mentionne cet ouvrage en le confondant avec la
*Rhétorique françoise* de Foclin. Les collaborateurs de Ramus sont, avec
Ronsard, Belleau, Pasquier, Pelletier, Des Masures, le Conte d'Alsinois
(N. Denisot) ; le seul qui soit ignoré est De Brués, que Ramus a visiblement introduit par complaisance (p. 20 et 33) et sur qui l'index de notre
livre renseignera. Quelques emprunts sont faits aux œuvres de Marot. Du
Bellay n'a pas travaillé comme Ronsard spécialement pour l'ouvrage ; les
quatre passages de Virgile cités avec son nom (p. 9, 26, 59, 101) sont tirés
de sa traduction du livre IV de l'*Enéide*, parue en 1552.

une autres, dont les traductions, signées de son nom, se présentent avec des mètres variés au milieu de la prose didactique de l'auteur [1]. Ce jeu d'humaniste, destiné à enrichir un précieux livre d'enseignement, témoigne que le poète et le « lecteur en philosophie grecque et latine » étaient en rapports tout à fait cordiaux au temps du *Bocage* et des *Hymnes* [2]. Le restèrent-ils par la suite? On ne sait si Ronsard fut défavorable à la campagne violente de Charpentier, soutenu par Dorat, contre leur célèbre collègue, qui devait avoir un tragique dénouement au temps de la Saint-Barthélemy [3]. Il n'a point cité le nom de Ramus dans ses œuvres imprimées, et on ne le trouve qu'en une page latine inédite, parmi ceux de ses familiers qui « subodorèrent » les premiers l'ignorance si bien cachée de Pierre de Paschal [4].

A l'époque où Ramus était lié ainsi avec les meilleurs poètes de Paris, il les invitait à sa table, ainsi que le raconte son élève Nicolas de Nancel; possédant, comme l'assure Rabelais, « des escuz au soleil », il pouvait offrir de belles agapes aux collaborateurs de sa *Dialectique*, auxquels se joignaient Baïf et Jodelle [5], qui furent aussi de ses amis : « Cum poetis raro versatus est, quasi dispar studium sequentibus. Omnes tamen Lutetiae celeberrimos habitos aliquando ad prandium inuitauit, coryphaeo Ronsardo, velut Apolline praeeunte, sed postea nunquam ; e quibus etiam unus perdoctus Bellaius Ramum scommate diro perstrinxit, Rabelaesum pari sarcasmo insultantem imitatus [6]. » En écrivant, en effet, sa *Pétromachie*, satire marotique assez inoffensive, Du Bellay reprenait le thème qu'on trouve dans la préface du

1. Elles ont été ajoutées par Laumonier à l'œuvre poétique de Ronsard, dans la *Revue du seizième siècle* de 1916, p. 128-136, et dans son éd., t. VI, p. 396-404. Les textes traduits sont pris dans Virgile, Horace, Ovide, Catulle, Properce, Juvénal, Martial et Cicéron (*Pro Murena*). Le seul texte grec traduit par Ronsard est d'Empédocle cité par Aristote.

2. Dans les *Allusiones* de Du Bellay, publiées chez F. Morel en 1569, on trouve, p. 13, l' « allusion » du nom de Ramus, avec celles de Turnèbe, de Galland l'ancien et de Louis Le Roy.

3. V. un article de Joseph Bertrand, *J. Charpentier est-il l'assassin de Ramus ?* (*Revue des Deux Mondes*, du 15 mars 1881).

4. Ronsard : *Hominis inscitiam et fucum... nasati subolfecerunt.*

5. Sur les relations de Jodelle avec Ramus, v. ses œuvres, éd. Marty-Laveaux, t. II, p. 192, 364, 376. Ses vers sur la grammaire de l'érudit sont mis en latin par Melissus, *Schediasmata*, 3ᵉ part., p. 66.

6. *Petri Rami Veromandui... vita a Nic. Nancelio Trachyeno Nouiodunensi... descripta*, Paris, 1599, p. 65.

*Quart livre de Pantagruel* [1]. La grande brouille mise par Pierre de la Ramée et Pierre Galland dans l'Université de Paris, à propos des attaques du premier contre Aristote, semble avoir beaucoup moins intéressé Ronsard, au reste bon platonicien. On peut penser que plus tard il ne se soucia guère de participer à une querelle contre le sagace grammairien de la langue française et l'ancien ami chez qui il avait, « comme Apollon », présidé la table des Muses.

Serait-il téméraire de rechercher dans un ouvrage oublié, les *Dialogues* de Guy de Bruès, « gentilhomme au païs de Languedoc », quelques-uns des sujets traités par Ronsard dans les controverses amicales de l'entourage de Ramus ? Le livre date exactement de cette époque de la vie du poète, et lui prête des propos abondants sur les questions philosophiques du moment [2]. Ce Bruès, qui a une dédicace au *Bocage* de 1554 [3] et son nom dans un sonnet de 1555, a été compté un instant dans la Brigade ; il se réclame de Jean de Morel [4], et c'est un des libraires de Ronsard qui publie son livre. Ces titres permettent d'évoquer son témoignage, d'autant plus que sa citation de « la *Dialectique* de Pierre de la Ramée et ses animadversions contre Aristote » donne à penser qu'il connaissait l'auteur. Il a choisi, avec Ronsard, comme « entreparleurs » de ses dialogues, Jean Nicot, Guillaume Aubert et Baïf. Celui-ci expose des vues hardies sur la nécessité de vivre « suivant la nature » et non « suivant l'opinion et les lois » ;

---

1. V. la *Satyre de maistre Pierre du Cuignet sur la Pétromachie de l'Université de Paris*, dans l'éd. Marty-Laveaux, t. II, p. 408-417 et 565. Pour tous ces points d'histoire littéraire, le travail de Ch. Waddington sur Ramus est rempli d'inexactitudes.

2. *Les dialogues contre les nouveaux academiciens, que tout ne consiste point en opinion*, Paris, Guil. Cavellart, 1557. Cet ouvrage, dont le privilège est du 30 août 1556, a été dédié au cardinal de Lorraine. Publié par l'éditeur des *Odes*, « à l'enseigne de la poule grasse », il semble avoir manqué de succès, puisque les exemplaires invendus ont été remis en vente après la mort de Ronsard, avec un titre réimprimé et la date de 1587.

3. L'auteur dit dans sa préface qu'il a été encouragé à la publication par M. de Morel, « gentilhomme Ambrunois, que j'ayme et admire grandement, tant pour son intégrité que pour sa rare (le texte porte *race*) et singulière érudition ».

4. Fol. 54. C'est l'épigramme « Quel train de vie est-il bon que je suive », qui était dédiée à Muret dans le *Livret de Folastries*. Le sonnet, de 1555, commence ainsi : « Veux-tu sçavoir, Bruez, en quel estat je suis ? » (éd. L.., t. I, p. 179). Plus tard, le nom est remplacé par celui de Binet.

il est courtoisement réfuté par ses compagnons, et tout d'abord
par Ronsard lui-même. Il est certain que les opinions attribuées
à l'un et à l'autre par un aussi respectueux disciple ne pouvaient
être entièrement imaginaires et en opposition avec leur pensée
véritable. Une allusion à leur réconciliation récente, après une
brouille légère, est d'accord avec ce qu'on connaît de celle-ci.
Les propos platoniciens de Ronsard sont également conformes à
la vraisemblance et à ce qu'on sait de son respect pour les doc-
trines de l'Académie. Quant à la mise en scène des dialogues,
elle n'est pas dénuée de grâce, puisque c'est au bord d'une eau
courante, à l'ombre d'une saulaie du Parisis, que se réunissent
les personnages :

BAÏF. Il y a tout près de ces saules, que tu vois là bas en grand
nombre, un petit ruisseau à la rive duquel nous nous assoirons, sans
que le chaut nous puisse offenser... RONSARD. Allons donc, car aussy
bien

I'ay l'esprit tout ennuyé<br>
D'avoir trop estudié<br>
Les Phœnomenes d'Arate [1].

Et ie me réiouïray voyant la verdure et les petits poissons qui sau-
tellent dessus l'eau. BAÏF. Puis les propos que nous tiendrons nous
feront oublier nos ennuis ; mesmement quand nous parlerons de la
philosophie, en laquelle tu prends un merveilleux plaisir ; et pource
en tes Hymnes tu l'as diuinement loüée, combien que peut estre tu
trouveras assez estrange ce que ie t'en diray...

C'est par de tels badinages que commencent d'autres entretiens plus illustres sous les oliviers de l'Attique.


III

Parmi les maisons de Paris où se réunissaient des humanistes,
la plus connue se rattachait à la Cour, tout en gardant l'agrément et la simplicité de la bourgeoisie d'alors [2]. C'était celle

---

1. Ce sont des vers tout récents de Ronsard. Cf. plus haut, p. 87, n.
2. L'histoire de la maison de Morel mériterait d'être écrite. Aux sources
imprimées, on joindra des correspondances et des papiers provenant de lui
ou de ses filles, qui sont à la Bibliothèque nationale (*Lat.* 8589), à la Bibliothèque de l'Institut (ms. 290, anc. 292, fol. 42-48, 50, 210 v°), et surtout à la
Bibliothèque de Munich (*Coll. Camerariana*, vol. 14 et 33). Dans les lettres

de Jean de Morel, seigneur de Grigny, qui fut gouverneur
du bâtard de Henri II, Henri d'Angoulême, plus tard grand
prieur et amiral de France, à qui Dorat donna des leçons
de grec [1] ; Morel fut aussi maréchal des logis de Catherine de
Médicis et maître d'hôtel du Roi. Ronsard trouva chez lui un
des premiers cercles qui l'encouragèrent et le défendirent. Sainte-
Marthe l'indique bien nettement :

> ...*Doctos omnes doctissimus ipse fouebas.*
> *Testis erit patrii princeps et gloria plectri*
> *Ronsardus...*
> *Tu primus laudare nouoque applaudere vati*
> *Coepisti...* [2]

Le logis de Morel, rue Pavée, proche Saint-André-des-Arcs, a
été célébré, non seulement par nos écrivains, mais par les étrangers qu'il aimait à y accueillir pendant leur séjour à Paris. Lui-
même avait passé hors de France la première partie de sa vie,
et il rappelait volontiers qu'il avait vécu à Bâle, auprès d'Érasme,
et s'y était trouvé au moment de la mort de son maître illustre.
Il avait reçu de lui, avec l'initiation du lettré, celle non moins
précieuse du philosophe, et la plus haute pensée antique lui était
devenue familière. Pour un homme de la Renaissance, la demeure
d'Érasme était, à coup sûr, la plus belle école qu'on pût rêver,
et Morel, conseiller littéraire du chancelier Olivier avant et après
sa disgrâce, avait ajouté aux profits intellectuels de ce noble stage
ceux d'un voyage aux Universités d'Italie. Revenu dans son
pays, « il y acquit incontinent une si grande réputation parmi les
sçavans, à cause de la facilité qu'il avoit d'exprimer ses pensées

de Charles Uytenhove à Morel ou à sa femme que renferme la collection de
Camérarius, les mentions familières de Ronsard et de Du Bellay sont assez
nombreuses (vol. 33, fol. 179-182, 260-263). Les copies que je possédais de
ces documents ont été remises entre les mains d'un jeune érudit qui préparait un travail sur le savant Gantois et ne paraît pas l'avoir achevé.

1. V. des vers de Dorat à Henri d'Angoulême, dans ses *Poematia*, p. 302
et 305, et une note de Marty-Laveaux, *La Pléiade fr.*, *Appendice*, t. II, p.
384.

2. V. C. *Ioann. Morelli Ebredun. Consiliarii Œconomiq. Regii... Tumulus*, Paris, Fed. Morel, 1583, p. 54. Dans ce recueil, réuni par Camille de
Morel, le poème de Dorat, qui l'inaugure, a un particulier intérêt biographique. Baïf est à la p. 42 ; Ronsard manque.

et de sa profonde doctrine, que toute la cour du Roy commença
de l'avoir en grande vénération » [1]. Protégé particulier de Catherine, il eut les poètes « tous pour amis intimes » et sut les aider
de tout son crédit. La poésie latine régna chez lui de tout temps,
d'abord avec Salmon Macrin, puis avec Dorat et George Buchanan [2], et la poésie française vint un jour y tenir ses assises autour
de Du Bellay et de Ronsard.

La place que Jean de Morel occupe dans l'œuvre du poète des
*Regrets* est considérable, et Joachim, qui le nommait son « Pylade », fut assurément plus près de son cœur que Ronsard lui-
même [3] ; mais il est souvent présent dans l'œuvre de celui-ci, qui
lui a dédié son recueil de 1556, la *Nouvelle Continuation des
Amours*, où il réunit pour la première fois « petits sonnets bien
faits, belles chansons petites » [4]. Cet hommage était un témoignage de reconnaissance pour des services rendus, l'auteur voulait aussi appuyer de l'autorité d'un homme considérable, reconnu
comme bon juge des choses de l'esprit, cette tentative d'un style
nouveau, moins « fardé de mots sourcilleux » et imitant de plus
près « Nature ingénieuse ». Il appelait Morel « la fleur de mes
amis », et lui adressait l'*Hymne du Ciel*, un des meilleurs de ce
recueil philosophique qui devait particulièrement agréer au disciple d'Érasme. Il a même célébré un jour les beaux yeux de sa

1. *Eloges des hommes illustres... par Scév. de Sainte-Marthe, mis en
françois par G. Colletet*, Paris, 1644, p. 292-294.
2. V. notamment dans un recueil publié par les soins d'Uytenhove, *Geor-
gii Buchanani Scoti poetae eximii Franciscanus* [et *Odae*]... Bâle, Th. Guarinus Nervius [1568?], p. 132 du livre des odes, l'alcaïque intitulée : *Ad omnibus et Musis et Gratiis dextris notam virgunculam 13 ann, Camillam, Io.
Morelli et Antoniae Deloinae f.* ὑδάριον.
3. V. les *Lettres de Joachim du Bellay*, éd. Nolhac, Paris, 1883, p. 24-
35 ; *Revue d'hist. litt. de la France*, de 1889, p. 300. Tout le monde se rappelle l'élégie remplie de confidences douloureuses, *Ad. Janum Morellum
Ebred. Pyladem suum* (à la suite des *Xenia* imprimés par Fédéric Morel en
1569).
4. C'est le recueil rempli par les « Amours de Marie » (Laumonier, p.
165, a décrit l'édition originale). La dédicace de l'auteur (éd. L., t. VIII,
p. 351 ; éd. Bl., t. VI, p. 229) est un véritable manifeste littéraire sur les
nouvelles tendances de sa poésie, qu'une pièce de Dorat, dédiée également
à Morel, recommande presque à l'indulgence de celui-ci :

> *Tu quoque missa tibi dum perlegis ista, Morelle,*
> *Non inconcessi carmina plena ioci,*
> *Pone supercilium paulisper...*

femme, la docte Antoinette de Loynes [1], qu'un goût vif pour la
poésie et une forte connaissance du latin rendait digne compagne
de son mari [2]. Enfin Ronsard qui prépara quelque temps pour
Morel un *Hymne des Muses*, a placé dans l'*Hymne du Ciel* l'attestation d'une efficace protection reçue de lui. C'est toi, dit-il,

> Qui seul de nos François de mes vers pris la charge,
> Couverts de ta faveur, comme Ajax sous sa targe
> Couvroit l'archer Teucer... [3]

C'est à la Cour que cette protection s'était exercée. L'opposition à Ronsard, attisée par les jalousies de poètes courtisans, s'y
était manifestée avec violence, et Morel avait eu un mérite à la
combattre que ne cessa de proclamer son obligé :

> Ce seul Morel, qui d'un gentil esprit
> Premier de tous de ma muse s'esprit,
> Et mon renom sema par ces bocages
> Maugré l'envie et les ardentes rages
> Des mesdisans, qui m'ont plus advancé,
> Tant plus ils ont mon renom effacé [4].

La façon délicate dont le maître d'hôtel du Roi servait ses amis
dans un monde où sa parole était écoutée, les procédés ingénieux
qu'il employait en leur faveur se dévoilent dans une lettre que
l'on voudrait trouver adressée à Ronsard, mais qui est assurément semblable à d'autres que celui-ci a dû recevoir. Morel
écrit à l'auteur d'un *Avant-mariage* imprimé pour les noces de
Charles IX : « La chose vint bien a propos que le Roy estoit icy,
à la Majesté duquel j'en presentay un de vostre part, d'une dou-
zaine que j'avoye faict relier le plus honnestement qu'il me fut
possible pour presenter à tous ces Seigneurs et Dames, là où

1. V., pour ce détail, l'antistrophe xxɪ de l'ode à M. de l'Hospital (éd.
L., t. II, p. 144 ; éd. Bl., t. II, p. 93).
2. Les papiers de Munich renferment des lettres latines d'Antoinette de
Loynes ; j'en ai transcrit une au bâtard d'Angoulême, alors abbé de la
Chaise-Dieu, adressée à « Monseigneur de la Chaise-Dieu », et une autre
écrite fort joliment au poète Nicolas Bourbon, où Morel a noté : « De la
main propre et composition faicte sur le champ, de ma femme. » Il les a
recueillies, ainsi qu'un fragment relatif aux études d'Antoinette, avec cette
touchante indication : *In eius scrinii reliquiis post obitum repertae*, 1569.
3. Ed. L., t. IV, p. 248 ; éd. Bl., t. V, p. 138 (avec les variantes).
4. Ed. L., t. VII, p. 392.

nous avons pensé qu'ilz pourroient les mieux estre receus, car tous ne font pas cas de telles si exquises compositions. J'eus par là occasion de ramentevoir à Sa Majesté les douze sonnetz par cy devant à Elle presentez de vostre part et despuis inserez dans vostre œuvre des Imitations... J'en presentay un aultre à la Royne, qui l'a eu fort aggreable, un aultre à Madame de Montmorency et à Monseigneur le Chancelier absent ; les aultres se presenteront icy ou là ou il fauldra, ou s'envoyeront à la Court au plustost qu'on pourra avant la nopce... [1] » On ne saurait voir homme en place rendre plus délicats services à des gens de lettres. Plus d'un lui avait dû des conseils décisifs et l'élan de son esprit, et pouvait dire comme Sainte-Marthe : « Ce fut luy qui le premier me donna courage d'oser quelque chose » [2]. Mais il se plaisait aussi à assurer leur avancement dans le monde et à les mettre en relations avec des personnages importants. C'est ainsi que Ronsard eut de bonne heure la facilité de fréquenter chez lui le futur chancelier de France, Michel de L'Hospital, qui avait pris l'habitude de venir s'y reposer du souci des grandes affaires et qu'on verra plus loin continuer, sur la carrière du poète, l'action bienfaisante de son ami Morel [3].

Les trois filles de la maison, Camille, Lucrèce et Diane, élevées par des parents lettrés, faisaient honneur à leur maître, le jeune savant gantois Charles Uytenhove, que Morel gardait chez lui en ami autant qu'en précepteur, et qui possédait neuf langues dont l'hébraïque et la chaldaïque, à l'émerveillement des Parisiens. L'hébreu avait, par ailleurs, ses entrées chez Morel, puisque le docte Jean Mercier avait épousé une fille née d'un pre-

---

1. Biblioth. de l'Institut, ms. 290, fol. 42. Cette lettre, qui est un fort bel autographe de Jean de Morel, est écrite à Scévole de Sainte-Marthe, le 11 novembre 1570. L'opuscule qu'il a distribué était imprimé par Fédéric Morel (*Hymne sur l'Avant-Mariage du Roy*... 16 ff. in-8. Décrit par Jos. Dumoulin, *Vie et œuvres de F. Morel*, Paris, 1901, p. 198).

2. *Les Œuvres de Scévole de Sainte-Marthe*, Paris, M. Patisson, 1579, fol. 92 (Même texte au f. Aiiij de l'édition originale de 1569, où se trouve le *Discours sur les imitations* adressé à Morel). Cf. plus loin, p. 195, n. 2.

3. Sa femme était la marraine d'une des filles de Morel. Cf. Dupré-Lasale; *Michel de L'Hospital avant son élévation au poste de chancelier de France*, Paris, 1875, p. 97-100. Un témoignage d'intimité est la façon dont Morel se faisait adresser ses propres correspondances « au logis de Monseigneur le Chancelier de l'Hospital, à Fontaine-Belleau, à la Cour ». (*Coll. Camer.*, vol. 337, fol. 260.)

mier mariage d'Antoinette de Loynes[1]. Les jeunes filles, vivant
parmi les savants et les gens de lettres, partageaient leur esprit
entre l'érudition et la poésie. L'aînée des trois écolières d'Uytenhove, Camille, devint bientôt l'émule des femmes humanistes que
l'Italie produisait depuis longtemps en grand nombre, et qui
étaient encore assez rares en France. Elle excitait l'admiration
générale par sa science et ses précoces talents. A dix ans, elle
parlait le grec comme une fille de Robert Estienne, calligraphiait
l'hébreu comme un élève de Vatable, chantait sur le luth les vers
de la Brigade et versifiait elle-même en trois langues [2]. Quelques
œuvres éparses, imprimées ou manuscrites[3], ne justifient point
ce surnom de « dixième Muse », dont on allait abuser pour nos
dames lettrées et que Du Bellay semblait rapporter d'Italie pour
lui en faire hommage [4]. Camille de Morel intéressait aussi par
l'union en sa personne des grâces virginales et d'une intelligence
virile ; Dorat tirait de ce contraste le sujet d'une de ses grandes
odes alcaïques, où il peignait autour d'elle l'admiration des fami-

1. Jean Mercier dut quitter la France en 1567, comme réformé. Il y a dans
les mss. de la collection Camerarius des papiers provenant de son fils Josias
Mercier, le philologue, dont quelques-uns ne sont pas sans intérêt pour
l'histoire littéraire.

2. Du Bellay s'amuse, dans les vers qu'il fait pour les dix ans de Camille
(*Poemata*, f. 32), à énumérer les talents de la fille de son ami et même ses
essais de poésie française :

> *Sic versus patrios facit Camilla,*
> *Ronsardus queat inuidere ut ipse...*

Mais il faut lire surtout les odes alcaïques que Buchanan et Dorat lui ont
dédiées, et qui figurent dans le recueil de ces poètes, auquel Uytenhove a
donné ses soins en 1562 en y ajoutant ses propres vers et ceux de sa jeune
élève. On y trouve d'elle une traduction de l'hébreu d'après son maître, des
vers *Ad sereniss. Angliae reginam*, etc. Uytenhove était alors en Angleterre.
Il avait déjà associé Camille à sa publication d'un *Epitaphium* du roi
Henri II en douze langues, dont sa langue flamande (Rob. Estienne, 1560),
que suivent des vers de Dorat et de Camille, alors âgée de onze ans, et une
attestation signée *I. Bellaius* :

> *Quid mirum hos versus nostram cecinisse Camillam ?*
> *Carolus Utenhouius nempe magister erat.*

3. Sans vouloir esquisser ici une bibliographie de cette femme savante,
qui a collaboré au *Tombeau* de Du Bellay et à d'autres recueils, je signale
une feuille imprimée par Robert Estienne (Bibl. nat., Y 2910), qui contient,
avec des vers grecs de Florent Chrestien et une ode de Grévin, dédiée au
grand imprimeur, douze distiques intitulés : *In Typographiam Musarum
matrem Camilla Morella I. Morelli Ebredunaei filia ex Graeco I. Aurati.*

4. L'expression *Musarum decima* se trouve dans un dialogue de Du Bellay, inséré à la p. 81 du recueil publié par Uytenhove.

liers de son père; il revendiquait agréablement l'honneur d'être
un peu son maître, puisqu'Uytenhove suivait ses leçons et en
transmettait les notes à la jeune fille :

> *O nec paterni degener ingeni,*
> *Et matre docta filia doctior,*
> *   Si tu Morelli vera proles*
> *      Veraque filia Deloinae...*
> *Monstrum puellae tu genita es nouum,*
> *Nec vera virgo, nec puer edita,*
> *   Cui forma membris castitasque*
> *      Virginea, ingeniumque mas est.*
> *Miraculum tu nata es et alterum,*
> *Quae, virginalis cum pudor haud sinat*
> *   Inter mares nostros adesse*
> *      Discipulos, abes esque praesens;*
> *Nam Carolus te qui docet, is mihi*
> *Praesens docetur; nostra per hunc tuas*
> *   Traiecta vox appellit ad aures...*
> *      Carta mei alloquii sequestra...* [1]

L'adolescente faisait des vers grecs pour Dorat, des vers français pour Ronsard ; ceux-ci, en retour, la comparaient à Sappho
et à Corinna. Quelques années plus tard, Paul Melissus, en madri-
gaux assez ardents et d'un joli tour latin, lui attribuera la beauté
d'Hébé et la grâce décente des Heures [2]. Du Bellay, l'ami le plus
intime de ses parents, l'appelait tendrement « nostre Camille » [3].
Il voulut lui faire réciter avec Diane, Lucrèce et leur jeune frère,
un grand épithalame dialogué au festin du mariage du duc de
Savoie et de la bonne Marguerite de France ; ce festin n'eut pas
lieu et on dut se contenter d'une représentation en famille ; mais
les strophes légères du poète évoquent à merveille la mise en
scène à l'antique qu'il avait réglée, le chant et la danse des jeunes

---

1. Bibl. nat., *Lat.* 8138, fol. 80. La pièce est imprimée avec quelques
variantes, dans un recueil de Dorat (*Variorum poem. silua*, Bâle, 1568,
p. 170): Robiquet la donne sans connaître cette impression (*l. c.*, p. 133).
V. le nom d'Uytenhove à l'index de notre livre.
2. Cf. plusieurs poèmes des *Schediasmata*, Paris, 1586, 1re part., p. 194,
107, 199, 202 ; 3e part., p. 96, 243. Il y a entre eux échange de poésies en
latin.
3. *Lettres de J. du Bellay*, p. 24.

récitantes et le vol de « leurs tresses blondoyantes » [1]. La présence de ces enfants chez le maître d'hôtel du Roi et celle de « la Nymphe Deloine », c'est-à-dire « Mademoiselle de Morel », leur mère, donnait un caractère particulier à ce milieu de science et de poésie, où l'on pourrait voir comme une esquisse, en plein seizième siècle, de l'hôtel de Rambouillet. Ce fut, en tout cas, le premier en date des « salons littéraires » de Paris.

Cette maison de Jean de Morel, que Ronsard fréquenta surtout après que Du Bellay fut revenu de Rome, ne remplaça pas, pour tous les poètes de son groupe, le centre de réunion qu'ils avaient auparavant chez le conseiller Jean Brinon. Ils n'y pouvaient user de certaines libertés laissées volontiers à ses jeunes compagnons par le mécène célibataire de Médan. On admit fort peu d'entre eux chez Morel ; les humanistes, gens plus paisibles, s'y montrèrent davantage, les études grecques y étant honorées au même titre que la poésie française. Tout contribuait à y retenir Ronsard et à en faire un des lieux où il devait se plaire. C'est là sans doute que le virent pour la première fois beaucoup de ces provinciaux et de ces étrangers, auxquels Morel et sa femme accordaient l'hospitalité de leur foyer. L'excellent Scévole de Sainte-Marthe a parlé de cet accueil avec l'accent le plus vif de la reconnaissance : « Me adolescente, solebat huius viri honesta cum primis et pudica domus, tanquam sacra Musarum aedes, Lutetiae, magna eruditorum frequentia celebrari, cum et eius uxor Deloina et filiae tres, bonis omnes disciplinis et moribus ornatissimae, perelegantes utraque lingua versus inusitata felicitate concinerent, ipse autem, chori dux et princeps, Apollinis interea vicem bellissime redderet ac repraesentaret [2]. » Dans une telle demeure, Ronsard reçut assurément beaucoup d'hommages. Il était tenu à les rendre à son tour aux muses du logis ; mais il

___

1. Du Bellay, éd. Marty-Laveaux, t. I, p. 421-439. J'ai déjà signalé, dans un ms. de la Bibl. nat., *Fr.* 4600, fol. 302, l' « ordonnance » conçue par le poète : Camille devait être habillée « en Amazone ou en habit de Pallas, l'armet en teste, la Gorgonne en son bras gauche »; Lucrèce « en gentildone romaine », et Diane « en Nymphe et Déesse, son arc et flesche au poing ». Le « poëte » était représenté par Isaac de Morel, « habillé en Orphée à l'antique, couronné de laurier, une harpe à la main ». Ronsard fut peut-être consulté par Du Bellay et par Morel, sur cette récitation en l'honneur d'une princesse qui était leur bienfaitrice commune ; en tout cas, il ne put manquer d'y assister.

2. *Elogia*, Poitiers, 1606, p. 120.

NOLHAC. — *Ronsard et l'Humanisme.*                    12

me parait que les filles lui furent, avec le temps, moins agréables
que les parents, et qu'il brûla peu d'encens pour la belle Camille [1].
S'il goûtait fort l'éducation littéraire chez les femmes, peut-être
n'admirait-il pas autant qu'il eût fallu celles-là qui mettent leur
gloire aux vers grecs et latins. Camille semble avoir fiui dans le
pédantisme en même temps que dans l'hérésie, vers l'époque où
Ronsard, de plus en plus libéré de l'Antiquité, n'écrivait guère
qu'en l'honneur de Mademoiselle de Surgères.


## IV


Le poète contracta chez Morel, au début de sa carrière, des
amitiés, dont plusieurs devaient lui servir. La plus illustre, et en
même temps la plus utile, fut celle de Michel de L'Hospital. Le
futur chancelier de France tenait parmi les humanistes une place
éminente, qu'il ne devait pas seulement à ses fonctions. Sa gloire
d'homme d'État a depuis lors rejeté dans l'ombre ses titres littéraires, mais tous les contemporains les ont reconnus, et plus d'une
fois il apparut comme le porte-parole autorisé des lettres françaises [2]. Ronsard, qu'il applaudit un des premiers, trouva en lui,

1. Si Ronsard n'a pas collaboré au *Tombeau* de Morel, ce n'est point sans
une raison sérieuse, car, s'il ne se prodiguait point dans ce genre littéraire,
il ne se fût pas dérobé au devoir de rendre hommage à un tel ami. Mais il
n'a sans doute pas eu de Camille une lettre du genre de celle qu'a reçue
Sainte-Marthe, à Poitiers, et dont voici le début : « Monsieur, je vous supplie avoir pitié du tombeau de feu Monsieur de Morel mon pere, qui n'attent
plus que vostre main pour estre parachevé. Je crains que l'on trouva aul-
cunement absurd qu'il tarde tant aprez la mort de mondit sr, qui fut le
xixe du mois de nouembre 1581. Et oultre ce, je suis tellement importunée
de la vefve et heritiers du pauvre Mr Federic Morel que je n'ay plus seulement moyen de les faire tarder... » Cette demande est du 22 août 1583 et
le remerciement, qui est daté du 18 septembre, accompagnait le premier
exemplaire« sorty de chez l'imprimeur » (Bibl. de l'Institut, ms. 290, fol. 44
et 36).

2. L'Hospital a reçu des humanistes un hommage collectif que je peux
rappeler en ce livre, puisqu'il réunit des noms qui y reviennent fréquem-
ment. Je cite le texte du manuscrit de la Bibl. nat., *Lat.* 8139, qui paraît
avoir appartenu au chancelier. Fol. 90 : *Diuersorum poetarum lusus in
argenteam Aristotelis imaginem antiquo numismate expressam, quae eadem
videtur effigies esse Michaelis Hospitalis Galliae Cancellarii, cui donata est
a Memmio* [J. J. de Mesmes] *Lugduni an. D. 1564. Hadriani Turnebi, Petri
Montaurei, Valentis Pimpontii, Dionysii Lambini, Leod. a Quercu, Nicolai
Perotti, Francisci Perroli, Claudii Faucheti, Jacobi Fabri, Thomae Sibil-*

au moment où on le discutait encore, le mécène avisé, influent,
capable de donner cet appui décisif qui oriente un jeune écrivain
vers le succès. Le jurisconsulte auvergnat fut son introducteur
auprès d'Henri II, de Catherine et du cardinal de Lorraine, et
l'artisan principal de sa fortune. On en jugera par l'épisode qui va
être raconté dans son détail et qui nous ramène aux débuts du poète.

La sœur du Roi, Marguerite de France, duchesse de Berry,
qui fut plus tard duchesse de Savoie, avait pris L'Hospital pour
chancelier en 1550, et la charmante princesse soutenait de sa
confiance et de marques d'estime répétées une autorité morale,
que la culture supérieure de l'homme et la fermeté de son caractère imposaient depuis longtemps au Parlement de Paris. Les
princes, le cardinal et l'entourage des souverains recouraient
volontiers à ses lumières, même en matière de poésie, et les
rimeurs du Louvre louaient ses propres compositions avec d'autant plus d'empressement qu'il ne les produisait qu'en latin. Leur
chef de chœur, Mellin de Saint-Gelais, était obligé de compter
avec lui, dans les controverses littéraires où se complaisait une
cour cultivée et souvent occupée des choses de l'esprit. Il ne fal-
lut rien moins qu'un défenseur de cette importance, en des circonstances décisives de la carrière de Ronsard, pour tenir tête à
un poète de cour, vieilli dans la faveur royale et, d'ailleurs, bien
venu de tous pour ses façons honnêtes et la sympathie qu'il inspirait [1].

D'esprit vif et porté à la critique [2], mais sans malveillance
naturelle et prompt à louer le talent d'autrui [3], Saint-Gelais n'au-

leti, *Nicolai Vergecii, Theodori Bezae, Antonii Goueani*. La contribution de
Dorat, aux fol. 96 et 97, est connue par ses *Poematia*. Voici la plus courte
de ses trois pièces, qui donne l'esprit du recueil entier :

> *Vultus Aristotelis, vultus Michaelis et idem*
> *Alterutrum quisquis spectat utrumque videt.*
> *Vultus et amborum similis sic vita, sed artem*
> *Ille docet, factis comprobat iste suis.*

1. V. sur le personnage un chapitre d'Ed. Bourciez, *Les mœurs polies et la
littérature de cour sous Henri II*, Paris, 1886, p. 307-321 (et p. 208).
2. Un éloge inédit de Saint-Gelais par Paschal, écrit dans l'entourage de
Ronsard, insiste sur ce trait : « Eius etiam erat acumen in reprehendis aliorum scriptis (qua ex re aliquam habuit aliquando inuidiam) plane
solers » (Bibl. nat., *Dupuy 348*, fol. 8 v°).
3. Les cinq épitaphes louangeuses de Du Bellay suffiraient, parmi d'autres
témoignages de poètes, à faire rendre justice au caractère de Saint-Gelais.
Il y a aussi des vers de Dorat dans l'églogue inédite intitulée *Threnus*

rait sans doute pas engagé de lutte contre l'auteur des *Odes*, bien
que celui-ci lui refusât la moindre marque de déférence et parût,
par son silence, le comprendre dans la tourbe des écrivains qu'il
proscrivait; mais les gens furent nombreux à l'exciter, en lui
montrant le danger de laisser grandir et approcher du trône un tel
rival. Toute une campagne fut menée par ses amis, et lui-
même « Saint-Gelais », écrit un partisan de Ronsard, « abusant
du credit qu'il avoit a la Cour, prenoit plaisir à censurer les hardiesses de sa Muse naissante et à lire ses vers devant les Princes
et les Dames de la Cour, avec un son de voix qui les faisoit trouver
desagreables [1] ». On pouvait ainsi tourner aisément en ridicule
les nouveautés de langage du jeune écrivain, ses audaces poétiques, l'abus qu'il faisait des Anciens et cette érudition indigeste dont il nourrissait ses lecteurs. Il semblait facile d'abattre,
dès leur essor, les ambitions d'un débutant ardemment prôné
par le public, mais dont il suffisait, sans doute, d'éloigner les
vers des oreilles royales. Il y eut, chez le Roi, en présence de
Madame Marguerite et de son chancelier, une scène assez vive de
médisance, où le poète, violemment « mellinisé », fut aussi fort
bien défendu. Un poème imaginé par L'Hospital met dans la
bouche de Ronsard le récit de cette attaque :

> *Diceris ut nostris excerpere carmina libris*
> *Verbaque iudicio pessima quaeque tuo*
> *Trunca palam Regi recitare et Regis amicis;*
> *Quo nihil improbius gignere terra potest.*
> *Monstrares integra suis cum partibus, et quo*
> *Dicta modo, quo sint ordine, quoque loco...*
> *O caecum inuidiae crimen! non cernis ut intus*
> *Non mea sed mores rideat ille tuos [2] ?*

*Mellini Sangelasii* (Bibl. nat., *Lat.* 10327, fol. 57), où l'on apprend qu'il a
recommandé les vers de l'humaniste au Roi, à sa sœur, aux cardinaux de
Lorraine et de Châtillon, et qu'il les faisait valoir par la même habileté de
diction qui nuisait à ceux de Ronsard :

> *Me certe ille meo Regi et tibi, Margari, primum*
> *Tradidit, et vobis, mea Carole lux et Odete,*
> *Carmina prima ferens : Lemouix, ait, iste Poeta*
> *Surgit honor Gallis, si Gallia carmina curat...*

1. Scévole de Sainte-Marthe, *Eloges*, trad. Colletet, p. 88.
2. *Mich. Hospitalii Galliarum cancellarii carmina*, Amsterdam, 1732,
p. 457 (*Elegia nomine P. Ronsardi aduersus eius obtrectatores et inuidos*).
Le poème est reproduit par Blanchemain, t. IV, p. 361-362. Un texte ms.
est dans un volume du fonds Dupuy, 837, fol. 50.

Cette scène se place vers les premiers jours de juin 1550 [1]. Ronsard n'attendit pas longtemps l'occasion de riposter, que lui offrit son ami Nicolas Denisot, lorsqu'il réimprima un recueil destiné à être beaucoup lu à la Cour, le *Tombeau* de la Reine de Navarre ; une des odes nouvelles qu'y inséra le jeune auteur, invoquant pour ses vers la protection posthume de la grande princesse, lançait à la fin ce trait direct :

Preserve-moy d'infamie,      Et fais que devant mon Prince
De toute langue ennemie      Desormais plus ne me pince
Et de tout acte malin,       La tenaille de Melin [2].

En même temps intervenait L'Hospital, qui taillait pour ce combat sa meilleure plume d'humaniste. Le poème dont on vient de lire quelques vers, et qui fait parler Ronsard, grandit sa défense aux proportions d'un manifeste littéraire. On y trouve à la fois exposés les principes de la nouvelle école, louées les intentions patriotiques de son chef, réfutés les reproches faits à son style et à son culte de l'Antiquité ; et il est même piquant de voir la langue latine présenter aussi brillamment les hardiesses de la muse française :

*Magnificis aulae cultoribus atque poetis*
   *Haec Loria scribit valle poeta nouus ;*
*Excusare volens vestras quod laeserit aures,*
   *Obsessos aditus iam nisi liuor habet ;*
*Excusare volens, quod fit nouitatis amator*
   *Verborum, cum nos omnia prisca iuuent...*
*Nulla noui cernentur in his* [3] *vestigia verbi,*
   *Nec vocis nouitas nos odiosa premet...*
*Vos antiqua dari nullo discrimine nobis*

---

1. Cf. Laumonier, p. 81.

2. Cf. l'excellente étude de Vaganay, *Pour mieux connaître Ronsard, Tombeau de Marguerite de Valois*, Lyon, 1914 (extr. des *Annales Fléchoises*), p. 24. Dès la première réimpression de la pièce en 1552, au *Cinquiesme livre des Odes* qui suit les *Amours*, deux vers sont remaniés pour faire disparaître le nom propre. Cependant une allusion à l'attaque est maintenue dans ce recueil par une strophe de l'ode *A Madame Marguerite* (éd. L., t. VII, p. 289 ; éd. Bl., t. VIII, p. 136), où Ronsard la remercie de lui avoir été favorable,

      Quand par l'envieux miserable
      Mon œuvre fut Mellinisé.

3. C'est-à-dire dans le présent poème écrit en latin.

*Poscitis in medio nataque uerba foro,*
*Nos referre putamus an haec scribantur an illa,*
*Auctoris locuples linguaue pauper erit...*
*Nec... cessauere noui noua condere vates*
*Nomina verborum, parcius illa tamen.*
*Propterea Graeci scriptores atque Latini*
*Et parce et timide verba nouare iubent,*
*Prisci quod sermonis opes linguaeque videbant*
*Congestas longo tempore diuitias.*
*Nostra modo exoriens similis nascentibus illis,*
*Ne quod verborum pauper inopsque magis,*
*Qui poterit varios tenuis componere versus,*
*Diversis eadem facta referre modis,*
*Ni vel multa nouat, vel mutua plurima sumit,*
*Ni vacat augendis ingeniosa suis?* [1]

Ronsard avait dans les ressources de son génie de quoi payer
royalement de tels services. L'ode magnifique des Muses au
recueil du *Cinquiesme livre* est dédiée à Michel de L'Hospital,
qu'elle conduit pindariquement en plein Olympe, au milieu de
la plus riche mythologie [2]. Immortalisé par cet hommage, dont
il appréciait tout le prix, l'excellent homme redoubla ses bons
offices. Non seulement il continua à lire lui-même les vers de
Ronsard dans le cercle de sa maîtresse et chez le cardinal de Lorraine [3], en y joignant les commentaires qui permettaient de les
mieux goûter ; mais il désarma peu à peu, par des démarches personnelles, les animosités excitées par les ripostes de Ronsard.
Enfin, comme il craignait que son protégé ne compromît, par l'ardeur d'une rancune trop vive, les résultats déjà acquis, il le mit

1. *Mich. Hospitalii carmina*, p. 460.
2. C'est la pièce VIII du cinquième livre d'odes ajouté aux *Amours* parus
en octobre 1552. Ed. L., t. II, p. 149 ; éd. Bl., t. II, p. 68.
3. Ronsard le rappelle dans le *Chant pastoral*, qui a fait la troisième de
ses *Eglogues* ; le chancelier y est introduit sous le nom de « Michau », qui
est en France « le premier des pasteurs en sçavoir » (éd. L., t. III, p. 441 ;
éd. Bl., t. IV, p. 62) :

> Je le cognois, Bellot, je l'ay ouy chanter...
> Car il a bien souvent daigné prendre la peine
> De louër mes chansons à Charlot de Lorraine.

Il y a dans les œuvres de L'Hospital une épître au cardinal, *In Ronsardi
commendationem*, qui mérite d'être lue (*Carmina*, éd. de 1732, p. 128).

en garde contre les écueils où son inexpérience et son impétuo-
sité auraient pu le briser. Le document qui nous a révélé cette
intervention est une lettre latine de sa main à Jean de Morel,
écrite le 1ᵉʳ décembre 1552. Elle ne devait pas être montrée au
poète, dont la fierté était ombrageuse et qui n'aimait guère être
endoctriné; cependant les conseils qu'elle contenait lui furent
exactement transmis.

L'Hospital fait connaître à Morel que les puissants de la Cour,
ceux qui y déchaînaient la foudre contre Ronsard, commencent
maintenant à le fort redouter et sont prêts à chanter désormais
ses louanges. Il importe donc qu'il veille lui-même à ne plus les
attaquer. L'intérêt de sa gloire naissante [1] exige qu'il accueille
des gens qui lui font des avances et vont jusqu'à rechercher ses
bonnes grâces. « Je demande plus encore », ajoute L'Hospital,
nommant ici les personnages ; « je souhaiterais que, dans les
*Etrennes* que Ronsard se prépare à publier, il insérât quelques
vers dédiés à Carle, évêque de Riez, et à Saint-Gelais, où il leur
montrât ses bons sentiments, puisqu'ils semblent chanter la palinodie. Je ne t'aurais jamais écrit cela, si je n'y voyais l'avantage
de Ronsard, que j'ai tant de raisons d'aimer tendrement. J'allais
oublier, ce qui est important, de lui recommander de s'abstenir,
s'il veut plaire, de ces formes nouvelles et insolites, dont il prou-
vera ainsi qu'il peut se passer, quand il le veut... » Le chancelier de Marguerite de France voudrait aussi recevoir de Morel une
lettre dont il pût faire état et dont il suggère les développements;
elle éloignerait de l'esprit de Lancelot de Carle toute inquié-
tude sur l'opinion que pourrait conserver Ronsard de ses sentiments à son égard ; elle l'assurerait que celui-ci ne veut d'autres
protecteurs au Louvre que les deux hommes qui y représentent
les lettres, Saint-Gelais et lui. Ainsi se nouent de légères ruses
qu'ignorera, il est vrai, le poète, car son caractère s'en accom-
moderait mal; mais ne s'explique-t-on pas mieux certains de ses
succès, quand on le voit servi par des gens aussi dévoués et
aussi experts dans le maniement des hommes ?

Voici la lettre confidentielle de Michel de L'Hospital, petit
chef-d'œuvre de diplomatie littéraire et d'ingénieuse amitié :

1. L'expression *nascens gloria* est dans la lettre.

*A Monsieur Monsieur Morel, maréchal des logis de la Reine. —*
*A Paris.*

S. P. Hi nostri qui fulgura et tonitrua ciunt, unde tremor uniuer-
sae terrae habitatoribus, poetae nostri versus mirum in modum veren-
tur. Atque ut video, non tam amore quam metu permoti, finem aliquando maledicendi aut libere loquendi facient, et mihi pollicentur in
omne tempus fore se istius laudum praecones. Quare omni diligentia
prouidebis ne quis extet Ronsardi versus contra horum existimatio-
nem, et admonebis illum, si quis resciuit, « ut dissimulet scire ; non
enim conducit eius nascenti gloriae tot et tales obtrectatores atque
aemulos habere, praesertim cum se ipsi offerant et amicitiam eius
ultro expectant ».

Plus etiam rogo : ut in iis strenis, quas pridem meditatur, sint ad
Carlum Rhegiensem episcopum et Sangelasium aliquot versus, istius
amoris in utrumque testes, qui mihi videntur palinodiam canere.

Id nisi viderem expedire Ronsardo, cuius merito sum amantissimus,
nunquam ad te scriberem. Pene oblitus sum, quod non est praetermittendum ut in iis abstineat nouis et insolitis, si vult placere, simul
ut ostendat posse cum velit et sine iis, quum aliter facit, iudicio
facere [1], non penuria veterum aut inscitia. Hunc meum sensum tu
melius intelligis quam ego possum explicare.

Rescribes autem mihi non ad singula, sed ex hoc prescripto et for-
mula : — te cum Ronsardo locutum ex eius sermone cognouisse, neque
Rhegiensem neque alium quenquam ei in suspitionem venisse ; — putare
se eis amicum esse, quos nunquam offenderit ; — si quos habeat inuidos
aut malignos ad principem, non aliis patronis et defensoribus usu-
rum quam duobus illis, quibus si minus usu et familiaritate, studiorum
certe similitudine sit coniunctus.

Haec et alia istius modi pones in literis tuis, quas monstrare volo
Rhegiensi, quo malis inchoatam principiis amicitiam meliore fine con-
cludam.

Et mihi videor posse facere, quia sunt ingenio non tam maligno
quam ambitioso et gloriae cupido. Quid autem magis est gloriosum
quam nobilis poetae versibus celebrari ?

Expecto literas tuas. Scito me recte valere, si tu recte quoque vales,
uxor et liberi. Ex Fonte bellae aquae. Calend. decembr. [2].

---

1. On peut remarquer çà et là quelques négligences dans la prose familière de L'Hospital. La copie est plus correcte ; on y lit, par exemple, pour
cette phrase : « Ut ostendat se posse... iudicio id facere. »
2. La copie s'arrête ici.

Hanc epistolam nihil est cur seruari velim aut cuiquam alii, ne Ronsardo quidem, communicari.

De genero vestro [1] mihi curae erit, cum primum opportunitatem nactus ero conueniendi Cardinalis [2].

Ronsard suivit les conseils de ses amis et mit fin à la querelle, ce qui fit parmi les poètes un événement [3]. Il ne publia pas, il est vrai, le recueil d'*Etrennes*, où auraient pris place les dédicaces désirées ; mais il ne tarda pas à témoigner à Lancelot de Carle assez de gratitude pour que celui-ci se crût obligé, peu de temps après, de lire au Roi le premier projet de la *Franciade* et d'y intéresser sa bienveillance [4]. Carle, prélat lettré et quelque peu italianisé par des missions à Rome [5], était digne d'intéresser Ronsard comme écrivain et même comme helléniste, puisqu'il s'amusait à traduire *Théagène et Chariclée* [6]. Pour Saint-Gelais, l'arrangement était moins facile. Il dut se contenter d'abord de voir supprimer la préface des premières *Odes*, où l'école de Marot était si durement traitée, et les vers du *Tombeau* de la Reine de Navarre, qui le prenaient à parti ; il eut bien la dédicace d'une ode

1. Jean Mercier, l'hébraïsant, beau-fils de Morel, qu'il s'agit sans doute de recommander au cardinal de Lorraine.

2. Bibliothèque de Munich, *Coll. Camer.*, *33*, fol. 119. Autographe. Au fol. 177 du même volume est une copie de la pièce portant cette indication, de la main de Morel : *Mich. Hospitalis ad me Morelum epistola aduersus nonullos P. Ronsardi calumniatores aulicos.*

3. V. l'ode de Magny *A Lancelot de Carle*, dans les *Gayetez*, éd. Courbet, p. 81.

4. On lit dans l'*Amoureux repos de Guillaume des Autelz gentilhomme Charollois*, Lyon, 1553, une « façon lyrique » *De l'accord de Saintgelais et de Ronsart*, commençant ainsi :

> Pas ne convient à notre foy
> L'envie qui tant se débride
> De Pindare et de Bacchylide...

5. Une vie de Carle par Colletet a été éditée par Tamizey de Larroque, *Vies des poètes bordelais et périgourdins*, Bordeaux, 1873. Cf. P. Bonnefon, *Montaigne et ses amis*, Paris, 1898, t. I, p. 118. Carle a rempli en 1553 une mission à Rome, d'où il partait à l'automne de 1554 (*Lettres inéd. du card. d'Armagnac*, p. 57) et y a recherché des marbres pour le connétable de Montmorency. V. surtout Emile Picot, *Les Français italianisants au XVIe s.*, t. I, p. 235-249. A divers points de vue, une biographie complète du personnage serait intéressante.

6. Le premier livre de cette traduction du livre d'Héliodore a été publié par Paul Bonnefon, dans l'*Annuaire de l'Association des études grecques*, Paris, 1883.

insérée dans la seconde édition des *Amours*, et que Ronsard avait préalablement communiquée à son ami Morel [1] ; mais il mit de la bonne volonté à s'en satisfaire, car c'était presque un pardon accordé, qui constatait des excuses :

> Pource qu'à tort on me fist croire
> Qu'en fraudant le prix de ma gloire
> Tu avois mal-parlé de moy,
> Et que d'une longue risée
> Mon œuvre par toy mesprisée
> Ne servit que de farce au Roy.
> Mais ore, Melin, que tu nies
> En tant d'honnestes compaignies
> N'avoir mesdit de mon labeur,
> Et que ta bouche le confesse
> Devant moy-même, je delaisse
> Ce despit qui m'ardoit le cœur [2].

Cette façon d'accepter la réconciliation garde assez fière figure à l'auteur devant la postérité. On peut croire qu'elle est devenue tout à fait sincère et que deux écrivains, faits en somme pour s'estimer, ont fini par s'entendre et se rendre justice l'un à l'autre. Le curieux sonnet que Saint-Gelais adresse à Ronsard vers janvier 1555, en apporte l'assurance, et aussi les deux beaux textes de celui-ci, dont l'un est postérieur à la mort du vieil adversaire [3]. On voit que Dorat ne prenait pas ses désirs pour une réalité, quand il écrivait, dans une égloge inédite sur la mort de Saint-Gelais, en faisant appel au témoignage de Carle, ami comme lui des anciens rivaux :

1. On lit dans une des rares lettres conservées de Ronsard : « L'ode de Saint-Gelais est faite et ne veux la lui faire tenir sans vous l'avoir premierement communiquée. Je me recommande humblement aux plus que divines graces et charites de Mademoiselle de Morel et aux vostres pareillement » (éd. L., t. VII, p. 123).

2. Ed. L., t. II, p. 353. Cette deuxième édition des *Amours* porte un sonnet liminaire de Saint-Gelais, qui marque de son côté, mais sans allusion directe, la réconciliation des deux poètes (cf. Laumonier, p. 108, n. 4).

3. Cf. Laumonier, p. 109, 140. Ronsard dédie très noblement à Saint-Gelais l'*Hymne des Astres*, en même temps qu'à Lancelot de Carle l'*Hymne des Daimons* (1555). Il rend un éclatant hommage à son prédécesseur dans une épître au cardinal de Lorraine (éd. L., t. III, p. 274 ; éd. Bl., t. III, p. 355).

*DORYLAS* (Dorat).

*Hic quoque vos ambos olim deceperat error,*
*Melline atque Rosille, pares ut cantibus ambos,*
*Sic et amore pares, si non perstringeret ambos*
*Apis acerba, cito sed plaga refecta coiuit.*

*CARYLUS* (Carle).

*Testis ego huic fidei, testis tu certus et illi,*
*Alter in alterius qua puriter usus honorem est ;*
*Alter et alterius Regique aulaeque vicissim*
*Carmina laudauit, fuit et laudatus ab illo* [1].

Si Mellin de Saint-Gelais, comme on le sait d'une autre source [2], consentit à céder la place à la jeune école triomphante pour revenir, en ses dernières années, à la poésie latine qu'il avait autrefois pratiquée, on s'explique mieux encore que Ronsard ait pu changer complètement d'attitude à son égard. En ces heureux revirements qui préparèrent à celui-ci de nouvelles facilités de succès, on vient de voir que personne n'eut plus de part que Michel de L'Hospital, et il paraît juste qu'une reconnaissance fidèle ait tant de fois mêlé à l'œuvre du poète le nom du mieux avisé de ses protecteurs.

V

Hors de Paris et de la Cour, Ronsard comptait des fidèles assez nombreux parmi les humanistes, poètes ou non, épars dans le royaume. Férus assurément de leur latin, beaucoup étaient cependant capables de goûter avec enthousiasme sa poésie. Un débris de correspondance, une dédicace dans un recueil oublié, révèlent parfois une liaison directe du maître avec l'un d'eux ou la ferveur d'une admiration lointaine. Le plus connu de ces provinciaux est, à Poitiers, Scévole de Sainte-Marthe ; mais combien d'anciens

---

1. Bibl. nat., *Lat.* 10327, fol. 62.
2. « Il fut contraint après de céder [la palme] à Ronsard. La naissance de ce nouveau soleil l'esblouit et l'estonna tellement d'abord que s'estant resolu de changer de desscin, il abandonna la Poësie françoise, qui depuis plusieurs années l'avoit tant fait esclater à la Cour et tant estimer des Princes et des Roys, et embrassa d'une ardeur nonpareille et d'un courage invincible la Poësie Latine, qu'il avoit depuis si longtemps delaissée » (Scév. de Sainte-Marthe, *Eloges*, trad. Colletet, p. 88).

élèves de Dorat, en retournant dans leur ville natale, y apportèrent, comme le savant poitevin, le culte de Ronsard et le propagèrent dans leur entourage ! Tel fut Pierre des Mireurs, médecin de Dieppe, qui, pour avoir appartenu un instant à la Brigade, obtint l'honneur d'une strophe dans les *Bacchanales* et l'immortalité du voyage d'Arcueil [1]. Son nom, qu'on latinisait en *Mirarius*, apparaît mêlé à l'histoire des *Folastries*.

Ce petit recueil était une de ces débauches d'esprit sensuel, que se permet quelquefois la jeunesse des hommes de talent et qu'il leur arrive souvent de regretter. Les adversaires huguenots de Ronsard lui reprochèrent plus tard cette erreur d'une façon sanglante. Théodore de Bèze, qui avait pourtant sur la conscience quelques peccadilles poétiques du même genre, Florent Chrestien [2], Jacques Grévin tirèrent parti des *Folastries* contre le poète revenu à une vie plus grave et dont le caractère ecclésiastique eut particulièrement à souffrir de ce rappel. C'est peut-être à ces

1. C'est le médecin, qui regarde les convives « d'un œil expérimenté » et veille à arrêter leurs excès (éd. L., t. VII, p. 503). Il a collaboré par des vers latins au *Tombeau* de la Reine de Navarre, des trois sœurs Seymour, dont l'édition latine le fait figurer au titre : *Annae, Margaritae, Ianae sororum virginum... in mortem Diuae Marg. Val. Nau. reginae Hecatodistichon. Accessit Petri Mirarii ad easdem virgines Epistola, una cum doctorum aliquot virorum carminibus* (Paris, 1550).

2. J'accroche ici au nom de l'excellent humaniste huguenot un petit poème inédit composé par lui contre Ronsard ou plutôt contre ses amis, à propos d'une querelle littéraire qui n'est pas rapportée ailleurs (Biblioth. nat., *Dupuy 837*, fol. 90 v°) :

> *De Didone Iodeli tragoedia a Ronsardi canibus discerpta.*
>> *Saeuiit in uulnus funusque iacentis Elisae*
>> *Iodeli tragicis Gallica Musa modis.*
>> *Nec potuit digno componere membra pheretro*
>> *Vaegrandis magni simia Minciadae.*
>> *Sed culpa ingenii splendorem nobilis umbrae*
>> *Deterit et lacerans impius ossa tegit.*
>> *Non tulit haec Nemesis, lacerantia carmina morsu*
>> *Ronsardi ultores diripuere canes.*
>> *Scilicet allatrant mediocres iure Poëtae*
>> *Conferri Domino qui uoluere suo.*
>> *Aut haec turba canum cognato dente petiuit*
>> *Quem cognouerunt tempora nostra canem.*

Florent Chrestien obtiendra un jour un biographe attentif. Je lui signale par avance, dans le même fonds Dupuy, 843, f. 11, une très belle épître de Chrestien (signature identifiée par Léon Dorez) intitulée « Elegie au seigneur Salomon Certon, sur la vision de Palingène ». Ce document est intéressant sur l'idée des traductions au seizième siècle. Il contient aussi une énumération d'écrivains italiens, parmi lesquels figure Dante.

ennemis qu'on doit attribuer la réimpression intégrale faite sans son aveu en 1584, presque à la veille de sa mort, et qui put lui causer alors une certaine humiliation.

Dès la publication du *Livret de Folastries* paru sans nom d'auteur au printemps de 1553 [1], il y eut une protestation très vive de la part des esprits sérieux, et dans le milieu même du poète. Nicolas Denisot, Robert de la Haye et sans doute Michel de l'Hospital, lui adressèrent quelques reproches [2]. Il avait compris lui-même le besoin d'excuser les licences de sa muse par une épigraphe prise à Catulle :

> *Nam castum esse decet pium poetam*
> *Ipsum, versiculos nihil necesse est.*

Ses meilleures excuses ont été son talent et la verve originale dépensée pour rajeunir les thèmes usés de l'érotisme classique. Mais Pierre des Mireurs, qui prend hardiment sa défense dans une lettre à Jean de Morel, ne se borne pas à ce point. Aux censeurs du « rhapsode gaillard » il rappelle que les plus grands poètes du latin récent, Politien, Jean Second, Bembo, lui ont ouvert cette voie ; il énumère avec eux les modèles antiques très connus, qui ont servi tant de fois en Italie, depuis la composition de l'*Hermaphroditus* de Panormita, à justifier les imitations modernes, condamnées quelquefois par l'Église, mais dont les auteurs prétendent n'avoir cherché que d'inoffensifs jeux littéraires. L'avocat bénévole de Ronsard n'a garde d'oublier les précédents que fournit la France elle-même. Il relève avec une certaine crudité de langage les obscénités qu'on trouve chez Marot, Saint-Gelais et quelques autres. Il insiste aussi sur l'indulgence dont la Cour et le public ont fait preuve à l'égard de Buchanan, « le plus savant des poètes de notre siècle », lorsqu'il écrivit son élégante *Lenac defensio*. Toutefois, le plaidoyer terminé, il ne dissimule pas que l'auteur ferait bien de ne pas s'attarder à ces « gayetés »,

---

1. Le *Livret de Folastries à Janot parisien* [Baïf] porte son achevé d'imprimer du 20 avril (Marty-Laveaux, *Notice sur Jodelle*, p. xxi. Laumonier, p. 93, sqq.). L'assertion du *Temple de Ronsard* que le livret aurait été brûlé, pour cause d'obscénité, par un arrêt du Parlement, n'offre pas de vraisemblance, le privilège royal ayant été enregistré.

2. Cf. Laumonier, p. 107. Il faut noter que Ronsard a laissé réimprimer dans les éditions collectives de ses œuvres la plus grande partie du recueil qui l'avait amusé à composer et dont il ne rougissait nullement.

qui outrepassent les bornes de la pudeur. Il compte le voir appliquer son rare talent à d'autres sujets, à des pages chastes qui seront mieux d'accord avec sa vie; il exprime même le vœu d'entendre ce « Terpandre » chanter les actions de l' « Hercule chrétien », désignation qui s'applique, suivant les formules usitées par l'humanisme du temps, à Jésus-Christ lui-même. Ce dernier souhait s'inspire évidemment d'une information certaine sur les projets du poète, qui va précisément envoyer l'année suivante aux « capitouls » de Toulouse, en remerciement de l'églantine des Jeux Floraux, son hymne de l'*Hercule chrestien* [1]. Le pieux poème peut sembler, par le rapprochement des dates, destiné à faire équilibre aux *Folastries*. Quant à la lettre de Pierre des Mireurs, assez curieuse comme renseignement sur la renommée de Ronsard, elle ne l'est pas moins peut-être comme témoignage de mœurs littéraires :

Accepi litteras tuas, vir ornatissime idemque amicissime, una cum libello *Ineptiarum* [2], cuius gemina phrasis a prima statim pagina autorem suum (vel te tacente) satis prodit [3]. Ego peculiarem illum hominis ingenii sensum et stylum vere ubique sui similem mihi videor agnoscere. Descendat quantum volet e sublimi sacrae poesis fastigio, semper Terpander erit. Neque manum a tabula idcirco deposuisse velim, etiamsi subobscoena nonnulla scriptis suis inseruerit. Quis pulcherrimam alioqui mulieris faciem deformem esse dixerit, quam exiguus admodum naeuus macularit ?

Sed fortasse mihi aliquis dicat, nihil illic celebrari praeter Lyaei et Cypridis epinicia [4]. Esto. Num igitur ignari verum et imperiti homines totum libellum Veneris marito dicandum esse censent ? Quid si viuam veramque impudici amoris imaginem seu monstrum horrendum ex monstrorum colluuione compositum oculi subjiciat ? Quis unquam modis omnibus detestandam ebrietatem vel acutius vel felicius illo descripsit ? Sed instant caperatae frontis stoici, qui castitatis imaginem (si diis placet) aut alterius nempe unius ex Charitibus hunc aiunt describere oportuisse. O religionem ! nemo sani pectoris Angelum Politianum, Ioannem Secundum, Petrum Bembum et reliquos primae

1. Sur cet épisode de la vie de Ronsard, v. plus loin, un récit de ses relations avec Paschal.
2. En marge Morel a écrit : *Les Folastries*.
3. Ces « expressions géminées », qui décèlent l'auteur dès la première page, sont les mots composés dont on trouve déjà deux exemples dans la dédicace du recueil (Apollon guide-dance, Muse grecque-latine). Laumonier, p. 103.
4. *Epinicia*, ἐπινίκια.

nobilitatis poetas e medio tollendos pronunciabit, quod Venerem mas-
culam, basia et amores latine et sermone suae patriae vernaculo deli-
nearint. Amatoria Nasonis etiam pueris auditoribus permulti viri
graues publice profitentur. Circumferentur passim libelli impressi
quauis aura pestilenti deteriores, nec tamen iis publico interdicitur,
quibus nihil insultius, nihil denique quod inuentione, iudicio et arte
magis careat.

Et huic nostro, peccati causa parui, communi luce frui erit nega-
tum ? Siccine tam diuini ingenii egregios conatus remorari conspicie-
mus ? Siccine is qui poetarum veterum graecorum ac latinorum praeclara monimenta inexhaustis vigiliis ac non aestimandis laboribus erue-
rit, ceruicosorum hominum minis repente obmutescet ?.............

Sed haec hactenus. Fabulae rerum nostrarum prolixiores sunt quam
quae litteris committi possint. Tabellarius hic eruditione, integritate,
fide, modestia, humanitate mihi magis quam communi utriusque patriae
amicissimus et egregius instituendae pubis artifex Lutetiam repetit. Si
quid forte inciderit in quo possis illi gratum facere, rectissime collo-
caris officium tuum. Ex eo uno quaecumque te scire volo audies. Vale,
amicorum integerrime et charissime. Dieppae, pridie calendas Iullias.

Aut tuus aut suus non est MIRARIUS MEDICUS [1].

A l'autre bout de la France, dans la docte Toulouse, s'allumait
un autre foyer d'admiration pour Ronsard, toujours par l'initiative d'un humaniste. Étienne Forcadel, de Béziers, que Brantôme
appelle « un grand poète latin » [2] et qui est connu comme juriste
et professeur de droit, possède des titres littéraires qui mérite-
raient d'être tirés de l'oubli [3]. Bien que ses œuvres françaises

---

1. Bibliothèque de Munich, *Coll. Camer.*, 33, fol. 198-199. J'ai publié le
texte complet dans la *Revue d'hist. litt.*, t. VI, p. 358.

2. Brantôme, éd. Lalanne, t. III, p. 273. A propos de la mort de Henri II :
« ...Ce que dit un grand poète latin pour lors, qui fit son Tombeau, qui
s'appeloit Forcatel. Pour le dernier vers il dict :
*Quem Mars non rapuit, Martis imago rapit.* »

3. Il n'y a qu'une courte étude moderne consacrée au jurisconsulte toulousain, qu'il faut éviter de confondre avec son homonyme, mathématicien
du Roi au Collège royal (A. de Faniez, dans le *Bulletin de la Société historique de Béziers*, t. XIV, 1889). La date de ce travail explique qu'on n'y ait
pas considéré son rôle à la lumière des recherches nouvelles et en vue des
questions littéraires qui sont posées aujourd'hui. Dans son édition de G.-M.
Imbert, Tamizey de Larroque signalait, p. 92, à propos d'une dédicace de ce
poète, l'intérêt de la notice du ms. de G. Colletet sur Forcadel. Laumonier
(p. XLIII, 664) n'a connu que le petit volume de 1548 intitulé : *Le chant des
Sercines avec plusieurs compositions nouvelles* (traductions de Pétrarque, de
Virgile, d'Ovide, de Théocrite), paru à Paris, chez Gilles Corrozet, qui éditait la même année l'*Art poëtique* de Sibilet.

soient à peu près aussi ignorées que les latines, on pressent du moins qu'il a joué un rôle dans ce petit groupe de précurseurs de la Pléiade, détachés de l'école de Marot, passionnément avides de formes nouvelles et fortement instruits dans les lettres anciennes, à qui le génie seul a manqué pour provoquer, quelques années plus tôt, le mouvement auquel ils n'ont pu que s'associer. L'œuvre de début de Forcadel, le *Chant des Sereines*, et les poèmes lyriques d'un recueil de 1548, notables par l'originalité de l'inspiration et les innovations métriques, n'ont pas échappé à l'influence de Jacques Peletier ; et l'on établira peut-être que notre languedocien, qui s'est rattaché un moment au groupe de la reine de Navarre [1], suivit bientôt dans sa province les directions du poète manceau, au même titre que Ronsard dans Paris. Leurs relations directes nous sont assurées, au reste, par un poème du toulousain (« Au seigneur Jaques Peletier poëte venu en Languedoc » [2]) en tête de ses poésies latines, et par deux distiques composés pour lui par l'auteur de l'*Art poëtique*. C'est grâce à celui-ci, sans nul doute, que Ronsard connut l'œuvre de Forcadel, qu'il apprécia. Nous tirons ce dernier détail d'une épître adressée au jeune Henri de Mesmes, que Forcadel avait eu comme élève en droit à Toulouse [3], et à qui il écrivait en 1550 ou 1551 :

> Vray que tu m'escris que Ronsard
> Est riche tesmoing de ta part,
> Et qu'il a mes vers estimez
> Que puis peu de temps j'ay limez.
> Celuy donques m'ha daigné lire,
> Qui seul peult à prouver suffire
> Que basty fut le Ciel hautain

1. Dédicace de *Le Pleur d'Héraclite et le Ris de Democrite*; épitaphe de la Reine (*Epigr.*, p. 152); dédicace à Antoine du Moulin et épitaphe (*Poësie*, p. 131, 187).

2. *Poësie d'Estienne Forcadel*, Lyon, par Jean de Tournes, 1551, p. 150 (Bibl. nat., Rés. Ye 1824). La préface est d'un extrême intérêt. Elle se clôt sur la devise du poète (*Espoir sans espoir*), qui chante sa maîtresse sous le nom de Clytie. Une nouvelle édition augmentée a été préparée à la fin de sa vie : *Œuvres poëtiques d'Estienne Forcadel jurisconsulte. Dernière édition reveuë, corrigée et augmentée par l'Autheur*, Paris, 1579 (Arsenal, 6464 B). Le privilège, de 1572, désigne l'auteur comme « docteur, régent en la faculté de Droict civil en l'Université de Tholoze ».

3. Cf. p. 42 des *Epigrammata*, une dédicace à Jean Maledent, « a quo Graeca Homeri opera dono acceperat ».

De Dyamant, car est certain
Que si d'autre matière fusse,
A sa gloire résisté n'eusse,
Qui l'a frappé dru et souvent.
N'est-ce pas luy qui escrivant
Ha les Poëtes surpassez
Qui sont veuz des Soléils passez [1] ?

Réunissant, peu de temps après et toujours à Lyon, chez Jean de Tournes, ses épigrammes latines, Forcadel s'y montre informé à merveille des poètes qui travaillent dans la capitale. Parmi les dédicaces qu'il prodigue à ses confrères juristes, au Parlement de Toulouse, au clergé lettré et aux grands personnages qu'il est alors d'usage de louer pour s'acquérir leur bienveillance, il n'oublie ni Joachim du Bellay, ni Baïf, ni Magny, ni L'Hospital, ni Ronsard, ni bien entendu Saint-Gelais [2]. Ces efforts pour se faire écouter de Paris rappellent, quoique avec moins d'indiscrétion, ceux d'un autre provincial, Charles Fontaine, qui y parvient plus aisément, Lyon étant moins éloigné que Toulouse [3]. Les vers de Forcadel intitulés *Ad P. Ronsardum poetam nobiliss.*, dans son recueil de 1554, apportent un témoignage nouveau de l'intérêt qu'excitait déjà, à cette date, l'attente de la *Franciade* :

> *Cum saxa et syluas traheret Rhodopeius Heros* [4],
> *Credo tui similes elicuisse sonos.*
> *Ardua non frustra committent praelia Franci,*

1. *Poësie*, p. 198. *OEurres poëtiques*, p. 227 (cf. p. 143, 171, 179, des poèmes dédiés à Baïf, à Jodelle, à Amyot).

2. *Stephani Forcaduli iureconsulti Epigrammata. Ad Carolum Lotharingum cardinalem.* Lyon, 1554. V. aux p. 171, 108, 152, 56, 86 (l'œuvre est reproduite dans les *Delitiae C. poetarum Gallorum*, 1609, t. III, p. 899-922). Il y a des dédicaces aux cardinaux de Tournon, d'Este, d'Armagnac, à Marguerite de France, à Diane de Poitiers (*Dianae de Sanvalier Valentinae duci*). J'en relèverai d'autres dans l'étude sur Paschal. On trouve une élégie *In Carmen I. Aurati et libellum St. Forcatuli I. C. de pace inita mense aug. 1571*, dans les œuvres latines de Martial Monier, de Limoges (*Delitiae C. poet. Gall.*, t. II, p. 530). Il y a une lettre de Forcadel à Jean de Morel, sur les troubles de Toulouse, écrite de cette ville en 1567 (Bibl. nat., *Lat.* 8589, fol. 61).

3. Voir les dédicaces généreusement distribuées du recueil de Fontaine, en 1554 et 1555, dans le livre de R.-L. Hawkins, p. 254 à 259. Il n'oublie même pas Forcadel (p. 258).

4. Orphée.

*Si, Ronsarde, tuae sit tuba iuncta lyrae.*
*Aeternum facies victuro carmine Regem,*
*Rumpere nec Lachesin licia grata sines.*
*Docta Hippocrenes hausisti flumina vates :*
*Migrasse in Gallos aut Helicona putem* [1].

Ces brèves indications sur Étienne Forcadel ramèneront peut-être l'attention vers cette vigoureuse figure d'humaniste et de poète, qui vit s'asseoir au pied de sa chaire de Toulouse bien des étudiants moins occupés de droit que de poésie et sachant honorer en lui une double maîtrise. Un méridional entre plusieurs autres, Gérard-Marie Imbert, de Condom, l'a honoré d'une vive louange :

Forcatel, que la Muse et la Jurisprudence
Font fleurir tout ainsi qu'un arbre plantureux... [2]

Mais les écrivains parisiens se sont montrés sourds à ses avances [3]; nul poète de la Pléiade n'a répondu à ses dédicaces louangeuses, et c'est grand dommage pour sa mémoire que Ronsard ne l'ait point nommé.


## VI


Plus délié poète que Forcadel, Scévole de Sainte-Marthe a cultivé comme lui le double jardin. Mais il a eu l'avantage de passer plusieurs années de sa jeunesse auprès des maîtres, Lié avec Baïf, pendant que celui-ci étudiait à Poitiers, bientôt familier de la maison de Jean de Morel, qui lui mit la plume à la

1. *Epigrammata*, p. 33. On trouve à la p. 108 ces distiques :

Ad Oliuarium Maignyum de I. Ant. Bayfo.
*Me miseret Flacci, Bayfus quod scripserit odas :*
*Scribere si pergas, Pindare, quid facies?*
*Exercent Musae per Phocidos arua Choreas*
*Dum Bayfus digitis oreque dulce canit.*
*Anne duos, Maigny, superet, doctissime, quaeras,*
*Quid scio? te alterutro plus potuisse scio.*

2. *Première partie des Sonets exotériques de G. M. D. I.*, Bordeaux, 1578, sonnet 70. Le sonnet 30 est adressé à Scaliger.

3. Peut-être doit-on l'attribuer à l'autorité de Paschal sur le groupe parisien. Je crois pouvoir assurer, plus loin, que Forcadel appréciait celui-ci avec une juste sévérité.

main, protégé du chancelier de l'Hospital qui ne prodiguait pas
son estime, son talent se forma parmi ses aînés de la Pléiade. Sa
muse a chanté avec la leur et, si elle a été oubliée dans les réimpressions faites de nos jours, cela tient peut-être à ce qu'elle
apparaît comme la plus chaste et la plus sensée de ce temps. Ronsard la goûtait fort, et l'on sait qu'il dédia un long poème « à
Scevole de Saincte-Marthe, Poectevin, excellent Poëte » [1], en
1569, l'année même où paraissaient les *Premières œuvres* [2]. Scévole l'y célébrait, avec les timidités flatteuses du disciple :

> Ronsard dont les escrits sont un mont du Parnasse,...
> Combien peu imitable est ta divinité [3] !

Il le traduisait quelquefois en latin, et avec la même révérence :

*In versus aliquot ex P. Ronsardi Franciade latinos a se factos.*

> Aemula dum Latiis Ronsardi Gallica nostri
> Conor ego in Latios vertere scripta modos,
> Me vis maior agit solito, ignotasque per auras
> Abripit hinc tanti spiritus ille viri.
> Quique prius proprio cum plectra furore mouerem
> Vix bene sum notae serpere visus humi,
> Summa feror super astra ; iuuat quoscunque poëtas
> Despicere et sacri pectinis esse patrem.
> Sic olim aetheriis Aquilae dum Regulus alis
> Suscipitur, reliquas despicit altus aues [4].

1. C'est le *Discours d'un amoureux desespéré*, qui figure au livre I des
*Poëmes* (éd. L., t. V, p. 81-95) :

> Scevole, amy des Muses que je sers,
> Icy je t'offre au lieu de tes beaux vers
> Un froid discours larron de ta loüange...

2. *Les Œuvres de Scevole de Sainte-Marthe, gentilhomme lodunois. Dédié
à Monseigneur le chevalier d'Angoulesme*, Paris, Féd. Morel, 1569. Le dédicataire de cette édition rarissime est l'élève de Jean de Morel. A celui-ci se
trouve dédié « Le premier livre des Imitations », composé de fragments
traduits ou imités « du Zodiaque de la vie de Marcel Palingène » [Stellati].
3. Publié sur une page à part au f. 88 de l'édition citée ci-dessus ; puis
dans *Les Œuvres de Sc. de Saincte-Marthe*, Paris, M. Patisson, 1579,
fol. 158 v° (classé dans le *Recueil des Divers Sonnets à M. de Pimpont, conseiller en la cour de Parlement*).
4. *Scaeuolae Sammarthani consiliarii Regis... Poetica paraphrasis... Syluarum lib. II...*, Paris, F. Morel, 1575, fol. 37 v°. Cf. fol. 44, sept distiques
liminaires pour Jodelle : *Ad Iodelium ex Ronsardo.*

Comme son compatriote Nicolas Rapin [1], Sainte-Marthe est un fidèle de la poésie latine, dont il sait désigner les maîtres modernes avec plus de sûreté de goût que Ronsard lui-même [2]. Elle apparaît souvent dans ses *Eloges*, lorsqu'il loue, par exemple, Jean Dampierre, qui « fut le premier des Françoys qui eut raison de ne plus envier la gloire des vers Latins aux Poëtes d'Italie », et Salmon Macrin, le seul à son heure « qui s'adonnât sérieusement au noble et divin exercice de la Poësie…, puisque chacun demeura d'accord qu'après Horace, il l'emporteroit de bien loin sur tous les Poëtes Lyriques qui l'avoient précédé » [3]. Scévole marqua sa place à leur suite, et les vieux amis parisiens du trésorier royal de Poitiers surent ménager un succès considérable à sa *Paedotrophia*, poème didactique imprimé en 1584. Il nous reste, pour l'attester, la lettre délicieuse de Ronsard à Baïf, qu'il est impossible d'omettre ici : .

> Bons Dieux ! quel livre m'avez vous donné de la part de Mons<sup>r</sup> de S<sup>te</sup> Marthe ! Ce n'est pas un livre, ce sont les Muses mesmes, j'en jure tout nostre mysterieux Helicon, et s'il m'estoit permis d'y assoir mon jugement, je le veux preferer à tous ceulx de mon siecle, voire quand Bembe et Nauger et le divin Fracastor en devroient estre courroussez, car ajoignant la splandeur du vers nombreux et sonoreux à la belle et pure diction, la fable à l'histoire et la philosophie à la medecine, je di, *deus, deus ille Menalca*, et le siecle heureux qui nous a produit un tel home. C'est assez dit. Ie m'en vais dormir et vous donne le bon soir. RONSARD [4].

Les relations de Poitiers avec le groupe de Ronsard furent maintenues de tout temps. Bien avant le retour de Sainte-Marthe, le séjour d'Étienne Pasquier et le cercle fameux des dames Des Roches, où le latin était entendu comme le français, il y avait eu

---

1. *Les œuvres latines et françoises de Nicolas Rapin Poitevin, grand prevost de la Connestablie de France…*, Paris, 1610, honorent en trois passages le nom de Ronsard, p. 3, 45, 244.

2. Dans une pièce à Germain Audebert, au f. 60 du recueil de 1575, il place hors de pair Macrin, Bèze, Dorat et Muret. Les noms mis à part dans la dernière préface de la *Franciade* semblent surtout suggérés par l'amitié.

3. Je cite la traduction de Colletet (p. 58 et 67), qui admirait encore « les beaux hendécasyllabes » de Dampierre.

4. Ed. L., t. VII, p. 132 ; éd. Bl., t. VIII, p. 174. Colletet a conservé ce texte. Le fac-similé assez inquiétant d'un texte original est donné par A. de Rochambeau, *La famille de Ronsard*, p. 8.

une véritable prise de possession de la ville par la Brigade. On y
avait vu ensemble Tahureau, Vauquelin de la Fresnaye, Jean de
la Peruse et Baïf, qui y vécut neuf mois de l'année 1554 et y
découvrit sa Francine. L'Université était accueillante et les éditeurs imprimaient volontiers les poètes. L'enthousiasme professé
pour Ronsard a laissé des traces dans des ouvrages fort divers.
L'année même où paraissait à Poitiers *La Medée*, tragédie de
La Peruse, par les soins de Sainte-Marthe alors à ses débuts [1],
François de Nesmond prononçait dans cette ville un discours,
qu'il faisait imprimer avec des vers de Baïf. Ce jeune avocat tentait pour la première fois d'instituer un cours en langue française
sur le *Digeste*, s'associant ainsi à cette belle entreprise des juristes
novateurs qui voulaient donner à la France un droit français,
comme la Pléiade lui donnait une poésie nationale ; il reconnaît
nettement l'analogie des deux tentatives, en citant dans sa
harangue le chef des poètes : « Quand nous ne ferions que des-
sauvager le langage, encore ferions-nous beaucoup. Et à quoy se
peut-on plus utilement adonner ?... Vraiment, Ronsard, tu as juste
cause de dire :

> Ah France, ingrate France ! et faut-il recevoir
> Tant de derisions pour faire son devoir [2] ? »

Des traces du même genre se retrouveraient dans cette Bourges
savante, où enseigna Passerat et où existait avant lui, parmi les
élèves de Cujas, un si vif amour des lettres anciennes et récentes [3],
et à Limoges, qui nourrissait des poètes humanistes, fournissait

1. C'est dans cette édition, faite l'année après la mort du poète (« A Poitiers, par les de Marnefz et Bouchetz, freres », 1555), que fut publiée pour la
première fois (dans son « Tombeau », p. 44), la belle *Epitaphe par P. de
Ronsard vandomois :*
> Tu dois bien à ce coup, chetive Tragedie
>     Laisser tes graves jeux,
> Laisser ta scene vuide, et contre toy hardie
>     Te tordre les cheveux...

2. Cette *Oraison* est citée par Dupré-Lasale, *M. de L'Hospital avant son
élévation...*, p. 214-216. Nesmond, qui était angoumois comme La Péruse,
fut plus tard président au parlement de Bordeaux.

3. Un des plus brillants de ces étudiants, le jeune Pierre Du Faur de Saint-
Jory envoie de Bourges à L'Hospital une grande ode anacréontique en grec
très élégant, dont le ms. est au vol. 490 de la collection Dupuy (traduction
chez Dupré-Lasale, *l. c.*, p. 346). La date de 1557 suit de peu la publication
d'Estienne.

de latin les presses de Barbou et s'enorgueillissait d'avoir donné
aux Muses un Dorat et un Muret [1]. Quant à Orléans, ville d'université célèbre, comment n'aurait-elle pas propagé chez ses érudits le culte de Ronsard, par Florent Chrestien, au temps où il
était fidèle, par Vaillant de Guélis, qui le demeura toujours, par
Pierre Daniel, leur ami, l'éditeur du *Querolus* et le commentateur
de Virgile, qui vécut à Paris, avocat au Parlement, dans le milieu
le plus voisin du maître [2] ? La Champagne a envoyé auprès de lui,
vers les débuts de sa notoriété, un petit poète, Luc-Fr. Le Duchat
(Ducatius), dont les *Praeludia* contiennent de précieuses indications sur l'entourage de Jean Brinon, à qui ce recueil d'humaniste
est dédié [3]. Après avoir chanté en latin, avec Dorat, la campagne
de Médan et les fontaines poétiques, que Ronsard célèbre en français et Baïf en grec, il disparait de la scène et semble aller finir
ses jours à Troyes, sa ville natale [4]. Amiens se trouve, vers la
fin de la vie de Ronsard, un foyer d'admiration pour son œuvre,
grâce à Jean des Caurres (Caurraeus), principal du collège. C'est
un ami particulier de Dorat, qui vient le voir, loge chez lui et
multiplie les poèmes latins à son éloge et en l'honneur de sa
ville [5]. Ils se trouvent en tête et à la fin d'une énorme et indigeste compilation d'érudition et de morale, où l'on est vraiment
surpris de rencontrer, parmi des vers liminaires insignifiants, un

1. V. dans le recueil de Sainte-Marthe de 1575, les vers adressés aux
savants limousins, et les dédicaces dans *Les premieres œuvres poëtiqnes de
Ioachim Blanchon*, Paris, 1583, où les poèmes à Dorat sont aux p. 279 et
301.

2. Daniel était lié avec Vaillant de Guélis, Amadis Jamyn, Alphonse Del-
benc, Pierre de Montdoré, Scaliger, etc. Il voyait Dorat, et logeait à Paris,
où ses fonctions l'appelèrent à partir en 1574, chez « Mademoiselle de Lambin », veuve du savant, « près la porte Saint-Victor, au coq d'Inde ». Sa
correspondance conservée à la Bibliothèque de Berne, dont j'ai jadis feuilleté *raptim* quelques volumes et qui a fourni matière à deux opuscules de
Hermann Hagen (Berne, 1873) et de Louis Jarry (Orléans, 1876), mériterait
d'être publiée. Peut-être y trouverait-on mention de Ronsard.

3. Le recueil de 1554 est cité p. 61. A l'ode à Dorat devraient se joindre
les pièces dédiées à Muret (fol. 30 v°), à Baïf (fol. 37 v°), et l'élégie *Villa-
nidi Nymphae et Fonti Brinonio* (fol. 7 v°). On n'y relève pas le nom de
Ronsard.

4. Le nom de Duchat (non plus Le Duchat) s'y trouve encore porté.

5. V. notamment la pièce, non recueillie dans le volume de Dorat : *In
urbis Ambiani et gymnasii Ambianensis laudem Ioannis Aurati p. r. hospitis
Xenia*.

beau sonnet de Ronsard lui-même [1]. Le poète, qui lisait beaucoup, semble avoir pris intérêt à feuilleter ce recueil, où l'auteur a amassé une prodigieuse quantité d'anecdotes historiques et d'observations de toute qualité, et où il a vidé visiblement, sans choix et sans méthode, des cahiers entiers de son enseignement. Il y mêle des vers de sa façon, où Ronsard n'est pas oublié [2], et une interminable apologie des collèges dont le thème est celui-ci : « [Le collège] est le fondement et pepiniere des Républiques, commune boutique de tout sçavoir,... la maison des Muses, leur Hélicon et Parnasse, et la forteresse de Pallas... Un college est de plus grand profit et singuliere recommandation que ne sont sans comparaison aucune tous les hospitaux du monde, pour raison qu'icy les esprits y sont nourris, qui sont les divins celestes et immortels pourtraicts de la divinité de Dieu, où là, je veux dire ès hospitaux, seulement les corps corruptibles et mortels y sont substantez [3]. » Fort attaché aux collèges parisiens, dont il avait éprouvé les bienfaits, Ronsard souscrivait sans doute aux considérations louangeuses où se complaît le principal d'Amiens.

On allongerait aisément la liste des régions françaises ici esquissée, si l'on énumérait celles où des poètes de notre langue se sont réclamés de Ronsard et de son école. Le Charolais y serait avec Des Autels, le Quercy avec Magny, l'Auvergne avec Jean de Boyssières, la Savoie avec Buttet, et combien d'autres provinces, souvent, il est vrai, pour des noms bien médiocres de

1. *OEuvres morales et diversifiées en histoires pleines de beaux exemples...,
le tout tiré des plus signalez et remarquables Autheurs grecs, latins et françois qui ont escrit de tout temps pour l'enseignement de toutes personnes qui
aspirent à vertu et Philosophie chrestienne. Par Iean des Caurres, de Morœul,
principal du College et chanoine de S. Nicolas d'Amiens. Reveues, corrigées
et augmentées de plus des deux tiers...,* Paris, G. Chaudiere, 1584. Ce volume
ne compte pas moins de 654 ff., plus les ff. liminaires et les tables. Le sonnet de Ronsard est dans l'éd. L., t. VI, p. 439.
2. Non plus que Desportes, ni Dorat, ni La Croix du Maine, etc. (ff. 544,
547). Un de ses élèves qui le loue en latin comme en français est cet inévitable Édouard du Monin, qui nomme Ronsard dans son ode :

<table>
<tr><td>Au nombril de ta Picardie</td><td>Les saincts magasins de la Gaule,</td></tr>
<tr><td>Je veux à voix non engourdie</td><td>Et sonner d'un cleron non las</td></tr>
<tr><td>Trompeter que tu es l'Atlas</td><td>(Ployant ma graive au seul Ronsard)</td></tr>
<tr><td>Soutenant sur ta forte épaule</td><td>Qu'en toy Socrate est faict Picard.</td></tr>
</table>

3. Fol. 648. Jean des Caurres rappelle la fondation des collèges de Tournon, de Reims, de Clermont et du vieux collège de Guyenne.

vains rimailleurs. Notre recherche les écarte, ne s'appliquant qu'aux humanistes, érudits ou versificateurs latins [1]. Mais comment ne pas évoquer une grande figure provinciale, en qui se joignent fortement les deux cultures, celle de Pontus de Tyard, connaisseur expert des systèmes de la pensée antique, en même temps que poète digne d'être compté par Ronsard pour une des étoiles de sa Pléiade. A Mâcon, où il fut chanoine, à Châlon, dont il fut évêque, Pontus de Tyard édifiait paisiblement son œuvre de philosophe et de lettré [2]. Parmi les productions latines de l'écrivain platonicien des *Erreurs amoureuses* et des *Discours philosophiques*, figure un poème ainsi désigné au titre de l'édition : *Ponti Thyardi Bissiani ad Petrum Ronsardum, de coelestibus Asterismis Poematium* [3]. Ce poème, qu'inspire assurément le souvenir de l'*Hymne des Estoiles*, invente une façon ingénieuse d'honorer le prince des lettres, en marquant dans la configuration du ciel la place où l'humanité cherchera des yeux désormais l'étoile qui portera son nom. Voici le passage essentiel de l'ouvrage, emprunté non au texte latin, mais à la traduction assez heureuse d'un disciple de l'auteur. Le poète suppose que la muse Uranie, après avoir guidé ses regards dans le firmament, vient à lui parler de Ronsard :

1. Em. Picot décrit l'ouvrage d'un lorrain, qui semble curieux : *L'Hymne de la Philosophie de P. de Ronsard commenté par Pantaleon Thevenin de Commercy en Lorraine, auquel, outre l'artifice rhetorique et dialectique françoys, est sommairement traité de toutes les parties de la Philosophie..., y rapportez... les lieux plus insignes de la divine Semaine du sieur du Bartas...,* Paris, 1582. Chaque strophe de l'hymne de 1555 est entourée d'un commentaire copieux (*Catal. de la bibliothèque James de Rothschild*, t. IV, Paris, 1912, p. 227).

2. Je signale deux lettres latines de Pontus de Tyard, au ms. 8585 de notre fonds latin (ff. 23-36). La seconde est intitulée : *Epistola episcopi Cabil. ad virum quemdam amplissimum fragmentum*. Elle est importante pour la biographie morale de l'écrivain.

3. La première édition a quatre ff. seulement, imprimés à Paris, en 1573. Cf. Marty-Laveaux, *Notice sur Pontus de Tyard*, p. xxij, et Picot, *Catal. de la bibl. J. de Rothschild*, t. I, p. 487. Mais une réimpression de 1586, qui est à la Nationale, y ajoute diverses pièces intéressantes : la traduction française d'Antoine de la Bletonnière, une épître latine où celui-ci demande à son mécène châlonnais la permission de traduire son œuvre; enfin la « Priere à Dieu faicte par Monsieur de Ronsard estant malade », et qui est le poème de trente vers qu'on trouve dans l'édition Laumonier, t. VI, p. 506. Les ff. de cette seconde partie sont numérotés *B-Biiij*. Cette réimpression paraît inconnue des bibliographes.

...Ronsard, mon cher amour, à qui la destinée
A justement au ciel cette place assignée ;
Car alors qu'il aura vescu par plusieurs ans,
Et que les tristes Sœurs auront de leurs doits lens
Cessé de plus tramer le filet de sa vie,
Et que la renommée aura de vois hardie
Publié son beau nom, et qu'il aura encor,
Chantant à ses nepveus les faits du fils d'Hector,
Surpassé en honneur, avec sa Franciade,
L'Æneide Romaine et la Greque Iliade,
Il ira sur les Cieux par ce chemin icy ;
Lors le triste Apollon et les Muses aussi
Attacheront soudain sa luisante courronne
Dans ce circuit de feu que tu vois qui rayonne...

Le poème de Pontus de Tyard a été composé peu après la
mort de François II, qu'il déplore ainsi que les troubles du
royaume ; mais il a été imprimé beaucoup plus tard, une première
fois en 1573, une seconde fois au moment de la mort de Ronsard,
à laquelle une page entière est consacrée [1]. Négligé par tous les
biographes, cet opuscule nous apporte une intéressante lettre
latine, mise en guise de préface :

PONTUS TYARDEUS BISSIANUS PETRO RONSARDO S.

Verebar si hos de coelestibus Asterismis lusus ederem, ne operam
ludos facerem, cum quidam utrique nostrum amicissimus : Tu ne,
inquit, tuo Ronsardo laudem, quam scripsisti inuides ? tu ne verò
(inquam ego) suades me quas ante decennium fabulas ludens collegi,
etiam nunc tanquam seria quaedam edere ? Quasi (respondit) non
noris omnes fabulas, fabulas non esse. An non illud memoria tenes,
Ridentem dicere verum, quid vetat ? Ergo ludens corollam Ronsardi
aeternam, quam aeternis caeli Asterismis affixisti, Ronsardo dedica et
posteritati consecra ; id efflagito. Vinci igitur me passus sum (Petre
Ronsarde) et hoc Poëmatium tibi dico, doctis et aequis omnibus

---

1. On y lit le distique, qui fait la contribution de Pontus de Tyard au
*Tombeau* du poète, et ceux que voici :

> Ronsardus ad suos encomiastas.
> *Lustrali tepidos cineres aspergite lympha,*
> *Et precibus manes rite piate meos ;*
> *Nostraque nec vobis tantae sit gloria curae.*
> *Nam peperi laudis satque superque mihi.*

offero, bonaeque posteritati sacro : quod tibi gratum si fiet, nostri
seculi Poëtae doctissimo et foelicissimo satis me fecisse existimabo.
Vale [1].

Ainsi l'évêque humaniste, après avoir diverses fois nommé
Ronsard dans ses écrits, le remerciait une fois de plus, et par un
hommage inattendu, de l'avoir désigné lui-même à la gloire.

Ronsard a été lié avec le plus illustre philologue de la Renaissance, ce Joseph Scaliger, né à Agen en 1540, d'une mère
française, que l'origine italienne de son père n'empêche point
notre Gascogne de revendiquer avec orgueil [2]. La mémoire
de Jules-César Scaliger, qui tenait à rattacher son sang à celui
des Della Scala de Vérone et qui avait célébré Ronsard en beaux
asclépiades peu d'années auparavant [3], introduisit son fils auprès
du poète, lorsqu'il vint faire des études à Paris en 1561 [4]. Joseph
Scaliger connut en même temps plusieurs des écrivains de la
Pléiade, Baïf, Belleau, surtout Dorat, avec qui il conserva des
rapports d'amitié [5]. Dorat devait même écrire des vers liminaires
pour son édition des *Élégiaques* [6] et pour son grand travail sur

---

1. Cette lettre est précédée de quelques distiques dédiés à l'auteur dès
l'édition de 1573, par François d'Amboise, parisien :

> *Debebat Phoebus Ronsardo praemia vati*
> *Qualia Maeonio, qualia Virgilio...*
> *Illi cui Reges Tuba, cui Lyra panxit Amores,*
> *Non est mortalis laurea visa satis...*

2. Cf. Tamizey de Larroque, *Lettres françaises inédites de Jos. Scaliger*,
Agen et Paris, 1881. Comment un si beau sujet n'a-t-il pas suscité un livre
français? Une documentation considérable, imprimée et inédite, permet-
trait de remplacer aujourd'hui l'ouvrage célèbre de Bernays, plus intéressant au point de vue philologique que biographique. Mark Pattison préparait ce travail, dont les fragments sont dans ses *Essays*, Oxford, 1889,
t. I, p. 132-243.
3. V. ci-dessus, p. 112.
4. J. Bernays, *Jos. Justus Scaliger*, Berlin, 1855, p. 37, 119, 303.
5. Je ne trouve qu'une mention de Dorat dans sa correspondance, où il
y a si peu sur Ronsard; c'est dans une lettre écrite de Valence à P. Pithou,
en 1572 : « Fratrem, Auratum, Lambinum nostros, et Danielem saluta »
(*Jos. Scaligeri epist. omnes quae reperiri potuerunt*, Leyde, 1627, p. 140).
6. *Catulli, Tibulli, Propertj noua editio Ios. Scaliger Iul. Caesaris f. recensuit... Ad Cl. Puteanum..* , Paris, 1577. La pièce de Dorat, qui en précède une de Florent Chrestien, a pour titre : *In Cat. T. et P. a Io. Scaligero
in uene nobili, Verona oriundo, nuper emendatos :*

> *Graecia iactabat sibi tres in Amore poetas...*

Manilius [1]. Le jeune homme, dont l'intelligence fut précoce et la science promptement appréciée, se montra quelque temps dans le sillage de Ronsard ; il entrevit même, pendant son court retour en France, le commentateur des *Amours*, qu'il devait retrouver peu de temps après en Italie [2].

Ces relations de bon lettré, qui furent assez éphémères, mais dont il ne lui déplaisait pas de s'honorer, lui valurent un jour une singulière critique, lorsque le dénigrement et l'envie s'attaquèrent à sa glorieuse carrière. Son adversaire Kaspar Schoppe, le Scioppius fameux par la grossièreté de ses polémiques, l'accusa d'avoir pris part à une païenne et sacrilège cérémonie, ce prétendu sacrifice fait à Bacchus du bouc de Jodelle, que les protestants ne cessaient de reprocher à Ronsard. Scaliger se défend dans une page bien oubliée, où il tient la plume de son disciple Janus Rutgers ; sa verve s'y déploie contre le calomniateur allemand, qui s'est joué des dates et des vraisemblances ; et c'est pour lui une occasion de raconter exactement l'innocente fête littéraire de 1552, qui n'a pu scandaliser que les pédants et les sots :

« Parisienses illos amicos tuos imitaris, quos Dionysia agitasse, et hircum immolasse, fama est [3]. » — Dionysia agitare, dicit esse hircum immolare. Huius enim insimulati sunt illi, de quibus nunc agitur. Vespillonis filius, qui nunquam Lutetiae fuit, in media Suburra habitans Romae, unde hoc mendacium expiscari potuit, nisi a quibus reliqua portenta didicit ? Quos putat Dionysia agitasse, vel hircum immolasse, ut illi persuaserunt qui verum dicere, etiam si velint, non possint, ii sunt : Petrus Ronsardus, M. Anton. Muretus, Ianus Baifius, Remigius Bellaqueus, Stephanus Iodellus, Nicol. Denisottus, Ioan. Auratus, alii, omnes poetae, praeter Patoletum [4], qui in historiis conscribendis omne studium suum collocarat ; quos tam falsum est adeo

1. *M. Manilii Astronomicum libri V. Ios. Scaliger... rec. ac pristino ordini suo restituit*, Paris, 1579 La pièce manque, comme la précédente, au recueil de Dorat :
*Herculeo coeli quod sedit machina collo...*

2. En 1565. V. l'édition citée ci-dessous de la *Confutatio Burdonum*, p. 341, 361, 388, où de curieux détails seraient à utiliser. Scaliger dédie à Muret en 1562, ses traductions grecques de Catulle ; en 1565, à Rome, ses traductions d'Horace.

3. Ces mots sont tirés du pamphlet de Schoppe, *Scaliger Hypobolimaeus*, Mayence, 1607.

4. L'historien Jean Patouillet ne paraît pas avoir pris part à la fête en l'honneur de Jodelle.

execrandum, nefandum, impium facinus fecisse, quam certum est, impune illis futurum non fuisse, siquidem tam Christianae pietatis, quam existimationis suae obliti tam detestabile scelus in se admisissent. Si illi docti viri viuerent, fur non inultum tulisset. Porro tam impudentis calumniae auctor fuit sacrificulus Gentiliaci vici [1], in quo illi doctissimi viri de constituto coierant, ut de symbolis essent. Totum drama exponerem, si opus esset, ut Iosephus me docuit [2], qui illud ad unguem tenet. Sed ponamus verum esse : quid haec ad Iosephum, qui tunc puer Burdigalae primis rudimentis Latini sermonis initiabatur? An quia sexto post, septimo et octavo anno omnes, praeter Iodellum, illos vidit et familiariter nouit, ideo eiusdem criminis postulandus erit [3]?

Plus tard, Scaliger disait volontiers à ses amis de Hollande l'admiration qu'il portait à Ronsard et aussi à Du Bellay [4], et il se faisait donner des nouvelles de celui des deux, le plus grand, qui l'avait accueilli dans sa jeunesse [5]. Ronsard, de son côté, savait fort bien l'importance et l'autorité de la grande œuvre philologique que poursuivait Scaliger ; il appréciait même hautement ses qualités d'écrivain, puisqu'il regrettait de ne pas les voir au service de la langue française : « O quantesfois ay-je souhaité que les divines testes et sacrées aux Muses de Iosephe Scaliger, Daurat,... voulussent employer quelques heures à si honorable labeur ! [6] » Le poète avait dû garder longtemps dans ses papiers un essai poétique que Scaliger avait lui-même conservé parmi les siens, après le lui avoir adressé en hommage pendant son séjour

---

1. Le curé de Gentilly, près d'Arcueil, n'avait rien compris à l'aimable fantaisie de nos poètes, improvisant leur cérémonie à l'antique avec le bouc survenu par hasard au milieu du festin.

2. C'est Rutgers qui est censé parler au nom de Scaliger.

3. *Munsterus Hypobolimaeus... et Virgula diuina... Accessit his accurata Burdonum fabulae confutatio*, Leyde, 1609, p. 338-340.

4. « Ronsardus magnus poëta Gallicus ; ut Bellaius utriusque linguae latinae et gallicae, qui (quod hactenus pauci) facilitatem et dulcedinem Catulli assequutus est » (*Prima Scaligerana*, p. 144). Dans une lettre de 1578, le philologue se plaint à Pierre Pithou de méchants propos qu'a tenus Passerat sur son compte : « Ce qu'il a dict de moy, il ne le peust nier. Car il y avoit trop de gens de bien, tesmoins Monsieur Ronsard et Monsieur de Saincte-Marthe, de Poictiers » (Tamizey de Larroque, *l. c.*, p. 83).

5. Fédéric Morel le fils lui écrit de Paris, en février 1585, après avoir parlé de leurs amis communs, Cujas, Dupuy, Pithou, etc. : « Auratus ὕπαρ νεόγαμος et Ronsardus ὄναρ νεοθανὴς hic viuunt et valent » (Burmann, *Sylloges epistolarum*, t. II, p. 315).

6. Dernière préface de la *Franciade* (1587). Ed. L., t. VII, p. 97.

à Paris. C'était une traduction  en grec du  *Moretum* de Virgile, dont le manuscrit  portait : *Conuersum anno 1561, oblatum
vero Petro Ronsardo anno 1563*[1]. La dédicace  d'un  tel  travail
montre assez à  quel degré  l'on reconnaissait à Ronsard la qualité d'helléniste, et il n'est pas sans intérêt de le voir proclamer
tel par le prince des philologues.

VII

L'Humanisme a aidé, beaucoup plus qu'on ne l'a dit, à répandre
hors de France le nom de Ronsard et la lecture de ses ouvrages.
Leur influence est constatée, par les contemporains eux-mêmes,
en bien des pays. Elle étend, selon le mot de  Du  Perron, « la
gloire de nos paroles et les limites de nostre langue » et fait qu'on
« en tient eschole jusques aux parties de l'Europe les plus esloignées, jusques en la Moravie, jusques en Pologne et jusques à
Danzik, là où les œuvres de Ronsard se lisent publiquement[2] ».
Les « gens de lettres », il est vrai, ne furent pas partout les premiers à travailler à la diffusion des livres de notre poète national.
Ils furent devancés souvent par de nobles étrangers venus en
France, qui le virent apprécié de nos rois, de nos reines, des
grands du royaume, et allèrent apprendre ses mérites aux autres
cours de l'Europe.

Celle de Marie Stuart n'avait pas besoin d'être ainsi renseignée,
puisque la  reine d'Écosse s'était  montrée elle-même en France
la plus dévouée protectrice de Ronsard ; mais les ambassadeurs
et les voyageurs servirent utilement sa réputation à la cour d'Éli-
sabeth d'Angleterre, où il trouva plus d'un imitateur[3]. En Savoie,
auprès de  son  époux Emmanuel-Philibert, la  bonne duchesse

1. *Ios. Scaligeri Iul. Caes. f. Poemata omnia*, Anvers, 1615, p. 106. L'auteur a offert des *Propertiana* à G. Canter à Paris, en 1561 (Bernays, p. 303 ;
Pattison, *Essays*, t. I, p. 200).
2. Du Perron, *Oraison funèbre sur la  mort de Monsieur de Ronsard*,
Paris, 1586, p. 48.
3. Ronsard a dédié à la reine Elisabeth, en 1565, son recueil d'*Elegies,
mascarades et bergeries*, qui put contribuer à développer à la cour de
Londres le goût des « mascarades ». On trouvera dans les notes de Laumonier à Binet, p. 209, la bibliographie des ouvrages traitant de l'influence
de Ronsard sur la poésie anglaise.

Marguerite avait emporté dans ses coffres les vers de son poète favori et continuait à en faire ses délices. Elle avait auprès d'elle, pour s'en entretenir familièrement, son secrétaire Dallier, beau-fils de Jean de Morel [1], et un prélat tout à fait francisé, élevé par Morel, Jérôme de la Rovère, évêque de Toulon, puis archevêque de Turin, à qui fut dédié le « songe » de *La Vertu amoureuse* dans le *Bocage royal* [2]. L'humaniste Antonio de Gouvea, qui connaissait si bien la Pléiade [3], appartint à la cour de Turin et y mourut en 1565, maître des requêtes et conseiller secret du duc. Quant aux Français qui rimaient en Savoie, comme en Piémont, ils étaient pour la plupart de l'école de Ronsard ; tels Pierre Dumay et Jean Grangier, le poitevin et le lorrain qui menèrent les « bergeries » à la cour pour les fêtes du baptême de Charles-Emmanuel [4], Marc-Claude de Buttet, qui comptait dans la Brigade et se trouvait être, né à Chambéry, un sujet de Madame Marguerite, Jacques Peletier enfin, qui habita trois années sa ville d'Annecy et mit sous son patronage le poème *La Savoye*, qu'il y publia en 1572. N'oublions pas le séjour de Jacques Grévin à Turin, qui y mourait en 1570, ayant dédié à la princesse française ses beaux sonnets d'humaniste sur Rome, où se continuent dignement les *Antiquitez* de Du Bellay [5]. La cour de la sœur de Henri II était assurément la seule en Italie qui fût aussi pleine des échos de la Pléiade. Parmi les autres, celles qui ont raffolé des *Rime* d'Annibal Caro ne pouvaient manquer de goûter dans Ronsard au moins le poète courtisan, et ce fut même un divertissement des lettrés italiens de comparer entre eux les deux écrivains [6]. On se rappelle aussi la rencontre joliment contée par Brantôme, qui cause, dans la boutique d'un libraire de Venise,

1. Joachim Dallier écrit à Morel, de Rivoli en Piémont, le 22 octobre 1561 : « Monsieur, Tout premièrement je vien de recepvoir vostre pacquet par Monsr de Vincent avec les compositions de Monsr de Ronsard, que je feray sans faulte voir à Madame... » (Bibl. nat., *Lat.* 8589, fol. 50).

2. « A tres illustre prelat Hyeronyme de la Rouyere, evesque de Toulon » (éd. L., t. III, p. 335-343 ; cf. t. VII, p. 385). Une lettre familière du prélat à Jean de Morel, écrite pendant le colloque de Poissy, est au ms. *Lat.* 8589, fol. 37. V. la note de mon édition des *Lettres de J. du Bellay*, p. 29

3. On l'a établi plus haut, p. 145. Cf. W. Stephens, *Margaret of France*, p. 241.

4. Cf. Ferdinando Neri, *Il Chiabrera e la Pleiade francese*, Turin, 1920, p. 32-37.

5. L. Pinvert, *Jacques Grévin*, p. 358-370.

6. V. plus loin, p. 226.

avec un « magnifique », ancien ambassadeur à Paris, et comment
celui-ci s'étonne de voir un gentilhomme français rechercher les
œuvres de Pétrarque, puisque, dit-il, « vous en avez un en vostre
France, plus excellent deux fois que le nostre » [1].

Quoique si bien servie par les gens de cour, la renommée de
Ronsard hors des frontières de son pays doit davantage à cet
humanisme international dont Paris fut alors un des centres de
rayonnement. Les écrivains étrangers, qui vécurent dans
notre capitale pendant le troisième tiers du seizième siècle,
manquèrent rarement de visiter le grand poète, que les érudits
eux-mêmes considéraient comme un confrère. Un exemple digne
de mémoire est fourni par la Pologne, qui tenait alors le premier
rang intellectuel dans les pays du nord et de l'est de l'Europe et
rattachait étroitement sa civilisation à celle de l'Italie et de la
France. Son plus grand écrivain de cette époque, qui est en
même temps son meilleur humaniste, a connu notre Ronsard et
s'est inspiré directement de son œuvre. Ces relations, qu'aucun
biographe de celui-ci ne paraît avoir signalées, n'ont qu'une histoire très courte, mais pleine de signification.

Il y avait en Italie, au temps de la publication des *Amours* et
des *Hymnes*, un jeune polonais de vingt-six ans, qui s'initiait aux
lettres grecques et latines auprès des chaires les plus réputées.
Il trouvait à Venise les leçons de Muret et comptait vraisemblablement au nombre des étudiants qui inspirèrent à celui-ci une
telle admiration pour la culture de la Pologne, qu'il la compara
un jour à celle de l'Italie, en lui accordant même l'avantage [2].
Jan Kochanowski était ardent et enthousiaste ; ce fut, on peut le
supposer, par le jeune professeur, récemment arrivé de France,
qu'il apprit l'existence d'un grand poète dans ce pays et les succès
d'une école qu'il avait intérêt à connaître, puisqu'il rêvait déjà
d'accroître lui-même le trésor littéraire de sa nation. L'étudiant
polonais se mit en route pour la France en 1556, en compagnie

1. Brantôme, éd. Lalanne, t. III, p. 288. Cf. Flamini, *Studi di storia letteraria ital. e stran.*, Livourne, 1895, p. 346.
2. *Opera Mureti*, t. I, p. 490 (*Epist.* I, 66. Lettre sur les offres du roi
Et. Batory pour le décider à venir enseigner à Cracovie). Aucun biographe
de Jan Kochanowski, ni Stan. Tarnowski, ni Loewenfeld, ni Maria Kasterska,
dont le livre est le plus récent (*Les poètes latins polonais, avant 1589*, thèse,
Paris, 1918), n'a remarqué la présence simultanée à Venise de Muret et du
poète, qui étudiait aussi à Padoue.

d'un de nos compatriotes, qui devait être aussi un admirateur de la Brigade et à qui il envoya, quatre années plus tard, une élégie sur la mort de Henri II. Après avoir traversé avec cet ami la Provence et l'Aquitaine, il séjourna à Paris et vit aussi la Belgique. Voici ses vers sur notre pays, adressés à son compagnon de voyage :

> *Te duce Aquitanos et Belgica vidimus arua*
> *Extremoque sitam litore Massiliam,*
> *Cellarumque domos et quo magnae influit urbi*
> *Caerulaeus rapidis Sequana vorticibus...*
> *Et Liger et Rhodanus nostrum sensere dolorem,*
> *Cum linquenda mihi Gallica regna forent* [1].

A Paris, introduit peut-être par Muret, Kochanowski ne resta pas étranger au monde des poètes ; il rencontra Ronsard, et l'impression que fit sur lui la personne d'un tel maître ne déçut point son attente. La grandiloquence juvénile de son témoignage n'en doit pas faire suspecter la sincérité :

> *Hic illum patrio modulatum carmina plectro*
> *Ronsardum vidi, nec minus obstupui*
> *Quam si Thebanos ponentem Amphiona muros*
> *Orphaeue audissem Phoebigenamue Linum.*
> *Delinita suos inhibebant flumina cursus,*
> *Saxaque ad insolitos exsiluere sonos* [2].

C'était un poète humaniste que la Pologne envoyait à Paris ; ce fut un poète polonais qui en revint. L'exemple triomphant de Ronsard et de ses amis fit perdre au latin, dans l'esprit de Kochanowski, une part de son prestige ; il lui apparut avec évidence qu'une grande poésie, comparable à celle des Anciens, pouvait être tentée dans les idiomes modernes. Dès son temps de France, il annonce à une belle Française, dont il est amoureux, la naissance de sa « Muse slave » [3]. On voit désormais la langue nationale alterner dans sa production avec celle de l'Humanisme et y

1. *Opera Ioannis Cochanouii*, éd. Plenkiewicz, Varsovie, 1887, t. III, p. 117. L'édition originale des *Elegiae* est de Cracovie, 1584. L'auteur appelle Charles son ami français.
2. Même élégie *ad Carolum*, la 8e du livre III.
3. Kochanowski a aimé une Française, « venusta Galla », à qui il adresse, sous le nom de Lydie, mainte élégie tibullienne. Il lui déclare en passant (*Eleg.*, I, vi) qu'il la chantera aussi dans sa langue maternelle :
> *Huic si quid blandum spirant mea carmina debent,*
> *Huic Latia atque recens Slauica Musa canat.*

prendre bientôt la place principale. L'étalage de l'érudition, les
vastes imaginations mythologiques, l'imitation d'Anacréon et
d'Horace s'y retrouvent comme chez Ronsard, et l'on rapproche
avec raison l'épithalame composé par celui-ci pour le mariage de
Charles de Bourbon avec Jeanne d'Albret, de celui de Kochanowski chantant les noces de Christophe Radziwill et de Catherine Ostrowska [1]. De même, par le goût et le sens de la nature,
par l'élan lyrique et d'autres traits encore, les deux poètes sont
fort voisins l'un de l'autre, et le plus jeune a conscience de remplir dans son pays un rôle analogue à celui de son aîné, qu'il a
visiblement étudié avec ferveur.

Quand le duc d'Anjou, frère de Charles IX, partit pour la
Pologne pour y régner, on mit sans doute parmi les livres qu'em-
portait ce roi lettré, plus d'un ouvrage de Ronsard, ceux du moins
qui célébraient la victoire de Moncontour et le prince choisi pour
porter les fleurs de lis en ces régions lointaines. Le futur Henri III
emmenait avec lui, d'ailleurs, Philippe Desportes, déjà son poète
préféré et dont l'étoile naissante allait obscurcir bientôt celle du
chef de l'école. Kochanowski ne manqua point d'adresser au jeune
souverain prêt à quitter la France une ode latine exprimant l'enthousiasme et les espérances qui animaient ses compatriotes.
Mais on sait quelle fâcheuse figure fit, dans sa capitale « sar-
mate », ce prince trop habitué aux commodités de la vie française et aux plaisirs du Louvre. Desportes, qui partageait ses
regrets et ne fut pas le dernier à conseiller son départ précipité
de Cracovie à l'annonce de la mort de Charles IX, a écrit sur la
Pologne en termes légers et méprisants, bien différents de ceux
dont les poètes parisiens avaient salué l'ambassade de 1573, qui
venait offrir la couronne à son maître [2]. Il soutint contre Kochanowski une polémique littéraire, où celui-ci, défendant l'honneur
et les mérites de son pays, garde assurément le beau rôle [3]. S'ils

1. Stan. Siedlecki, *Jan Kochanowski, 1530-1564*, Cracovie, 1884, p. 7.

2. On sait quelle part Ronsard a prise, avec Dorat, à la réception de l'ambassade polonaise à Paris et à la fête donnée aux Tuileries par Catherine
de Médicis. V. surtout la publication de Féd. Morel : *Magnificentissimi spec-
taculi a Regina Regum matre in hortis suburbanis editi... descriptio, Io.
Aurati poeta regio autore*, Paris, 1573.

3. Abel Mansuy, *Le monde slave et les classiques français aux XVIe-XVIIe
siècles*, Paris, 1912, p. 42 sqq. Le chapitre sur *Un Ronsardisant oublié* met
en œuvre certains travaux de la critique polonaise, notamment ceux de Th.
Wierzbowski, sur Kochanowski.

eurent, comme il est probable, l'occasion de se rencontrer au château du Wawel, le Polonais, qui devait chanter ironiquement la « fuite » sans gloire de Henri de France [1], put s'étonner et s'indigner de trouver son entourage si médiocrement disposé pour ce grand Ronsard, resté le modèle idéal de sa propre vie.

Pendant son séjour à Paris, Kochanowski avait-il suivi les leçons de Dorat ? Celui-ci n'était-il pas enfermé encore dans son petit collège de Coqueret ? S'il eût écouté le « lecteur » célèbre du Collège royal, l'écrivain polonais y eût fait sans doute quelque allusion. On est mieux renseigné pour un autre personnage, moins important dans l'histoire des lettres, mais qui a pris une part active aux controverses intellectuelles et religieuses de l'époque, André Dudith Sbardellat. Ce parfait latiniste hongrois, connu par ses nombreuses missions en Allemagne, avait passé quelque temps de ses études à Paris et figuré parmi les élèves de Dorat, avant de devenir l'orateur au Concile de Trente et le négociateur d'universel savoir qu'admire J.-A. de Thou. Les jeunes Français qu'il avait fréquentés se rappelèrent longtemps ce brillant condisciple, et plus d'un regretta que l'extrême éloignement ne permît pas d'entretenir son amitié [2]. Ils avaient appris sans surprise qu'André Dudith était devenu, de bonne heure, évêque en Hongrie ; mais les nouvelles, plus tard, eussent paru fâcheuses à plusieurs, car la fin de sa vie fit de lui un protestant déclaré [3].

1. On lira dans le livre de M. Kasterska, p. 154-155, un petit poème en hendécasyllabes récemment retrouvé : *Io. Kochanouii de electione, coronatione et fuga Galli*. Il vient s'ajouter à la réponse faite à Desportes et intitulée *Gallo crocitanti*.

2. G.-M. Imbert, dans un de ces sonnets de vive allure écrits de sa province, rappelle le séjour du Hongrois à un condisciple flamand :

> Quelque part que tu sois, Charles Utenhovie,...
> Que fait ton Apollon ? di le moi je te prie
> Et di moi de l'estat, si tu le scais ou non,
> Dé nostre cher ami, dont tant me plaist le nom,
> Dudice Sbardellat, grand honneur de l'Hongrie.

(Sonnet 26 des *Sonets exoteriques*, Bordeaux, 1578. Le sonnet 43 est adressé à Dudith lui-même et commence par la répétition du dernier vers cité. Au sonnet 46, l'auteur se félicite modestement d'avoir été nommé par Ronsard).

3. André Dudith, dit quelquefois Sbardellat, du nom de sa mère vénitienne, naquit à Buda en 1533 et vécut jusqu'en 1589. V. l'article étendu de De Thou, traduit par Teissier, *Les Eloges*, t. IV, p. 39 ; *Catalogus codd. lat. Bibl. Monacensis*, t. II, part. I, Munich, 1874, p. 100 ; Dorez, *Cat. de la coll. Dupuy*, t. I, p. 329.

Ami et admirateur de Muret, qu'il fréquentait intimement à Padoue, en 1558 [1], il n'est pas douteux qu'à Paris il n'ait connu personnellement Ronsard. Est-ce à lui que pense Du Perron, quand il parle de ce pays un peu incertain de « Moldavie », où le poète français a trouvé des introducteurs ?


## IX


Ce fut parmi les élèves et les auditeurs de Jean Dorat que se recrutèrent le plus aisément les admirateurs de Ronsard. On peut s'expliquer par là que tout l'humanisme des Pays-Bas lui ait rendu hommage. Le groupe des jeunes savants, nés dans les provinces soumises aux Espagnols, qui vivaient en 1565 à Paris, chassés par les troubles, était formé d'élèves de Dorat. La Hollande connut le poète à travers leur enthousiasme. Le plus brillant d'entre eux, Jan van der Does, dit Janus Dousa, revendique tant d'amitiés parisiennes autour de la Pléiade qu'on peut penser que cet esprit très actif a porté à Leyde l'écho de leurs admirations. Il avait fréquenté en France, de façon familière, Dorat, Baïf, Guillaume des Autels, dédié des odes latines à Vaillant de Guélis, plus tard abbé de Pimpont, et à Jean de Morel. Comment n'aurait-il pas rencontré Ronsard avec eux? Il le lisait, en tout cas, ainsi que Belleau, et remerciait, en 1575, l'Anglais Daniel Rogers de lui envoyer les nouveaux ouvrages des poètes : « Literae illae quas aliquando post discessum meum Ronsardi Franciadi et Bellaquaei libellis comites dedisti quantam habent declarationem amoris tui [2] ?» On sait que Van der Does a influencé particulièrement son familier Jan van Hout, secrétaire de la ville de Leyde, qui a rêvé d'être le Dorat d'une nouvelle Pléiade et a défendu non sans

---

1. Cf. *Mureti opera*, t. I, p. 424, 495.

2. *Iani Duzae Nordouicis nouorum poematum secunda Lugdunensis editio. Impr. in noua Lugduni Batauorum Academia*, 1576 (non paginé). V. la préface du IV<sup>e</sup> livre des *Odes* (*Ianus Duza Danieli Rogerio suo*), où l'auteur rappelle que Rogers est cher à ses propres amis, « Valenti, Buchanano, Aurato, Baifio, Florenti [Christiano ?], Altario, Thorio ». Il parle plus loin de deux pièces qu'on retrouve à la fin de son recueil : [*Odas*] ad *Germanum Valentem et Ianum Morellum singulas, quas ante annos octo, ut nosti, a me quondam Parisiis fusas verius quam scriptas... noua demum incude refingere placuit.* Le séjour de Van der Does à Paris se place vers 1567.

autorité dans son pays les idées qui triomphaient en France avec
la nôtre [1]. De leur côté, les frères Canter, bons philologues hollandais qui ont vécu à Paris [2], ont eu Dorat pour professeur au
Collège royal et recueilli avec piété ses poèmes comme ses corrections de textes anciens ; l'aîné, Guillaume, en a même fait un
petit recueil qu'on se passait de mains en mains [3] ; ils n'ont pu
manquer de s'intéresser, pendant leur séjour, au plus grand des
disciples du maître, que leur recommandaient à la fois les sentiments de leur entourage et une ferveur commune pour les études
grecques. Il est extrêmement probable qu'ils l'ont connu [4]. La
preuve de l'ardente curiosité qu'ils lui portèrent est fournie, au
reste, par la correspondance de Théodore Canter. Il envoyait
d'Utrecht à Vulcanius, professeur à Leyde, la dernière édition
complète des œuvres de Ronsard publiée du vivant de l'auteur, et la signalait en ces termes à l'éditeur de Callimaque,
de Bion et de Moschos : « It at te tandem Ronsardus... Ego suc-
cissiuas aliquot hebdomadarum horas ei perlegendo impendi,
itaque maiore nescio an voluptate an fructu ; ita mihi accurata

1. V. l'article de J. Prinsen, analysant son livre sur Jan van Hout, dans
la *Revue de la Renaissance*, année 1907, p. 125-135.

2. V. leurs notices dans la *Bibliotheca belgica* de Foppens, Bruxelles,
1730, p. 114 et 394. On lit dans celle de Guillaume Canter (Utrecht, 1541-
Louvain, 1575) : « Aetatis anno XVI Galliam, Italiam, Germaniamque lus-
trauit et in doctissimorum virorum, Ioannis Aurati (quem in Graecis doctorem quoad vixit coluit), Caroli Sigonii, Fuluii Ursini, Ant. Mureti, alio-
rumque amicitiam venit ; quibuscum omnis illi sermo erat de litteris (Graecis praesertim in quas naturae quodam ductu ferebatur), deque bibliothecis libris bene instructis. »

3. Le fait est attesté par une lettre d'André Schott, envoyée d'Anvers à
Leyde, le 27 mai 1619, où Peter Scriverius est remercié d'un de ses
ouvrages : « ...Ego vero nescio quod ἀντίδωρον reponam, nisi forte, quia et
in poetica excellis, et Simonidae Lyrica eidem poetae comitem muneri
misisti, ad te allegem Pindarico stylo Ioan. Aurati poetae Regii quaedam,
quae a Canteris fratribus, dum viuerent, suntque Gulielmi manu ple-
raque descripta, accepi, et quaedam typis nondum esse euulgata obseruaui.
Habes itaque poeta poeticum munusculum exiguum, at magni pignus amoris habe ; quando nihil nunc quidem suppetit quod rependam » (Burmann,
*Sylloges epist.*, t. II, p. 378). Qu'est devenu ce recueil, où Schott notait
de l'inédit ?

4. Je lis dans une lettre de Th. Canter à Pierre Daniel (Utrecht, 1570) :
« Magnopere scire desidero... quid gerat Auratus noster... Saluta nobis
D. Pimpuntium et Auratum et reliquos amicos » (Biblioth. de Berne,
ms. 141, fol. 211). On a vu que Vaillant de Guélis (Pimpuntius) est un des
intimes de Ronsard.

in eo felicissimaque poetarum tam Graecorum quam Latinorum
imitatio placuit [1]. » Telle est bien la raison pour laquelle les
humanistes de tous les pays goûtent si fort l'œuvre française de
notre poète.

Il y a de même en Flandre de nombreux ronsardisants. Presque
tout le monde littéraire qui gravite autour de Christophe Plantin
a passé par les écoles de Paris et y a noué des amitiés. C'est un
public tout préparé au poète. Mais il se trouve que Plantin lui-
même, transplanté de sa Touraine natale en pays flamand, a
imprimé, au temps de ses débuts à Anvers, certains livres de Ronsard. Il en paraît assez fier, puisque dans une « Ode aus Muses ».
insérée dans ses *Éphémérides* de 1555-56, il nomme le Vandô-
mois parmi les auteurs qui laissent confier leurs ouvrages à ses
presses déjà appréciées :

> ...Puis Ronsard nous vient dire
> Ses plus belles chansons,
> Que premier sur la Lire
> R'aprit dans vos girons [2].

Il faut entendre par ces « chansons » les *Amours, Continuation, Bocage* et *Meslanges*, que Plantin imprima en 1556, en partie pour le compte d'Arnaud L'Angelier, libraire à Paris [3]. On le
voit, quelques années plus tard, préparer une réimpression du
*Theatre* de Jacques Grévin [4] et fournir de poésie française, de
l'école de Ronsard, le libraire Jean Desserans, son correspondant

1. S. Abbes Gabbema, *Epistolarum... centuriae tres,* Groningue, 1666,
p. 712. La lettre est du 17 novembre 1585. Le gueldrois Van Giffen (*Gipha-
nius*) a fait partie du groupe parisien de 1565, avec les brugeois Louis Carrion et Lucas Fruytiers ; son *Lucrèce,* paru en 1566, lui a valu des attaques
de Lambin dans la préface du sien, qui ont chargé à tort sa mémoire (v.
Ch. Nisard, dans les *Comptes rendus de l'Académie des Inscr.*, année 1882,
p. 187). Van Giffen écrit à Muret, se plaignant de Lambin : *De tua libera-
litate atque facilitate multa saepe in Gallia Auratum, Fruterium et Canterum
praedicantes audiui. (Mureti opera,* éd. Ruhnken, t. I, p. 500). Il a fait partie de l'ambassade de Paul de Foix en Italie, avec d'autres amis de Ronsard, mais il ne reste pas de trace de relations directes avec lui.
2. Max Rooses, *Christophe Plantin,* 2e éd., Anvers, 1896, p. 35.
3. Des exemplaires portent : « A Rouen, par Nicolas le Rous, 1557 ».
4. L'exemplaire de l'édition de 1562, corrigé de la main de l'auteur, est au
Musée Plantin-Moretus. Plantin n'a point fait paraître cette édition, mais il
a publié de Grévin quatre autres ouvrages, dont sa traduction de Nicandre
(1568).

de Londres. Celui-ci lui demande précisément les auteurs publiés chez Cavellart : « Vous pouriez, écrit-il, mander à vostre homme par delà [à Paris] qu'il fist quelque bon assortiment de livres nouviaulx et de tout les sortes de petits poëtes qui pourroit recouvrer de chez Guillaume Cavellart, et que il en fist une balle ou ung tonniau, et que il me les envoyast en ceste ville [1] ». Les « balles » que Plantin faisait faire sous ses yeux, en ses voyages de Paris, contenaient assurément de pareille marchandise.

Lorsque l'illustre typographe entreprit la préparation de sa fameuse Bible polyglotte, il tint chez lui, parmi ses collaborateurs les plus qualifiés, un helléniste hébraïsant, qui se dénommait à Anvers Fabricius Boderianus, mais qui était aussi, sous son nom français, un poète de quelque mérite. Guy Le Fèvre de la Boderie avait publié des *Meslanges poëtiques* et une *Galliade*, qu'on a tort de ne point citer, car elle est pleine de renseignements précieux sur les arts et les sciences de ce temps. Ses *Hymnes ecclésiastiques*, recueil de traductions d'après les Pères et les auteurs anciens et modernes, témoignent d'une immense lecture ; une des pièces est dédiée à Ronsard [2].

Au « cercle cinquiesme » de la *Galliade*, sorte d'encyclopédie laudative de notre pays depuis ses origines gauloises, La Boderie énumère les poètes et les musiciens du règne de François Ier et ceux de l'époque suivante qui ont fait, d'après lui, revivre l'art des antiques « Bardes » [3]. Le salut à Ronsard est d'un beau mouvement :

1. Lettre du 9 août 1567 (*Correspondance de Christophe Plantin*, éd. Max Rooses, t. I, Anvers et Gand, 1883, p. 165).

2. Paris, 1578. On y trouve une traduction en vers du cantique de Dante à la Vierge Marie, déjà signalée par A. Farinelli.

3. *La Galliade ou de la Revolution des Arts et Sciences, à Monseigneur fils de France, frere unique du Roy, par Guy Le Fevre de la Boderie, secretaire de Monseigneur et son interprete aux Langues Peregrines*, Paris, 1572. Il y a des exemplaires avec la date de 1578. On voit parmi les auteurs des vers liminaires deux amis particuliers de l'auteur, Dorat et Goulu, « son digne gendre », ce qui explique que l'auteur fasse leur éloge avant celui de Ronsard. Après le poète, viennent dans l'ordre suivant : Du Bellay, Jodelle, La Péruse, Garnier, Scève, Pelletier, Tyard, « le comte d'Alsinois », Baïf, Belleau, Desportes, Passerat, Toutain, Filleul, Muret, Hesteau, Davy, « les deux Jamins » et Des Autels. Les musiciens cités pour cette période sont Vaumesnil, Orlande et Courville,

> Qui sçait si doucement les mode varier
> Et aux nerfs bien tendus les Odes marier.

> Vive le grand Ronsard qui d'esprit haut et rare
> A fait en son nom clair SE REDORER PINDARE [1],
> Et Terpandre nouveau a remis sur les lois
> Des vers modulisez de nos Bardes Gaulois,
> Rapportant le premier en la terre Gallique
> Des Romains et des Grecs la Poësie antique [2].

Il devait y avoir, on le voit, dans l'imprimerie anversoise, sanctuaire de toutes les sciences et foyer intellectuel d'une bonne partie de l'Europe, un culte véritable pour le poète français. Ce culte était encore prêché dans les Flandres par le gantois Charles Uytenhove. On l'a déjà rencontré plusieurs fois dans ce livre, mêlé à la Pléiade et aux amis de celle-ci. Les années de sa jeunesse qu'il avait passées en France y avaient laissé la renommée d'un polyglotte et le souvenir d'un honnête homme. Il était regardé « comme le plus savant étranger qui fût alors en Paris », en même temps qu'il s'était « rendu agréable à nos illustres poëtes françois... « par sa docte conversation et par la douceur de ses mœurs » [3]. Il les avait tous fréquentés, alors qu'il était chez Jean de Morel, moins en précepteur des enfants qu'en ami de la maison où ils aimaient à se réunir. Combien de services alors sa vaste érudition, étendue à tant de langues et à tant d'objets, ne leur avait-elle pas rendus ! combien de dédicaces flatteuses n'avait-il pas reçues en échange [4] ! Assidu aux cours de Dorat [5], admirateur et familier de Ronsard, confident littéraire de Joachim du Bellay, il fut un temps où les poètes l'invitaient à leurs parties de pro-

1. C'est l'anagramme connue du nom de Pierre de Ronsard.

2. *La Galliade*, f. 124 v°. Ce passage n'a été cité que par Colletet. Laumonier paraît oublier l'œuvre de ce poète, qui n'est nommé qu'une fois à l'*Appendice de la Pléiade* de Marty-Laveaux (t. II, p. 404), à propos de Jodelle et seulement pour ses *Diverses meslanges poëtiques*, Paris, 1579, ouvrage beaucoup moins intéressant que la *Galliade*. La Boderie a collaboré au « tombeau » du président de Thou et à d'autres moins fameux ; il a composé des vers liminaires pour Vauquelin de la Fresnaye (1570), pour Thevet (1575), etc. Il raconte lui-même sa vie dans une pièce des *Diverses meslanges*. C'est une intéressante biographie à reconstituer.

3. Biblioth. nat., *Nouv. acq. franç.* 3073, fol. 489 (« Vie de Ch. Utenhove », par Colletet).

4. Cf. plus haut, p. 67 et 174, où plusieurs indications sur Uytenhove sont rassemblées.

5. Cf. p. 67. Dans la lettre de 1562, citée p. 217, n. 2, il nomme ses maîtres : *Turnebum, Auratum et Balduinum, a quibus doceor, frequentare soleo ; quod reliquum est temporis meis lucubrationibus limandis impendo..., bonam non noctis partem huic curae decidens.*

menade, aux « fontaines » d'Arcueil ou de Gentilly, à leurs
dîners sous la tonne au faubourg Saint-Marcel, pendant les
journées brûlantes de la canicule :

> Or viens, Grévin, viens à mon Saint-Marceau
> Avec Ronsard, Utenhove et Belleau,
> Pour nous venger d'une saison si dure [1].

Uytenhove garda longtemps ses relations avec la France, lorsqu'il revint s'établir dans sa ville natale, puis, un peu plus tard,
dans les pays rhénans [2]. Une lettre de cette dernière période de
sa vie exprime avec beaucoup de chaleur le sentiment des savants
de l'époque sur Ronsard et l'idée qu'ils se faisaient de lui. Évoquant
l'intimité née dans la demeure de Morel, il écrivait au maître,
au moment de la foire de Francfort, pour introduire auprès de
lui un étudiant particulièrement distingué, qui allait s'instruire à
Paris et y voir les gens illustres [3]. Ce jeune homme, nommé Ketteler, fils d'un conseiller du duc de Clèves, connaissait, paraît-il,
le français comme les langues anciennes et savait par cœur des
odes et des hymnes de Ronsard. L'ami d'autrefois profitait de l'occasion offerte, pour envoyer à celui-ci ce que nous appellerions
les « bonnes feuilles » d'une traduction des *Psaumes* de David,
qu'il faisait imprimer chez Plantin et pour laquelle il sollicitait la
faveur insigne de quelques vers liminaires :

1. *Les œuvres poétiques françaises de Nicolas Ellain parisien*, éd. Ach.
Genty, Paris, 1861, p. 30.
2. La notice de Foppens (*Bibliotheca belgica*, p. 165) dit bien peu sur le
personnage : « Gandauensis, vir nobilis (ad cuius parentem Carolum Mar-
kemii Toparcham, virum Gandaui consularem, et auum Nicolaum supremi
Flandriae concilii praesidem, plures epistolae leguntur Erasmi). Gramma-
ticam in patria sub Ioanne Ottone didicit [cf. les *Xenia* de Du Bellay].
Hinc Parisios profectus, bonam vitae partem egit in illo hominum eruditorum velut microcosmo, et latinae graecaeque linguae accuratam cognitio-
nem assecutus est, usus familiariter Dionisio Lambino, Adriano Turnebo,
Ioanne Aurato aliisque ; viris etiam principibus principumque legatis, ob
politam eruditionem atque eruditam quandam festiuitatem, longe gratissi-
mum. Obiit Coloniae a. 1600, aet. 64. » Cf. la notice de Teissier (*Les
Éloges*, t. IV, p. 373). L'étude de ce savant, de ses voyages et de ses travaux, sur lesquels renseignerait sa correspondance inédite, sera faite assurément un jour.
3. Biblioth. nat., *Lat.* 18592, fol. 114 v°-116. Ce ms., daté de 1598, est la
mise au net d'un recueil épistolaire d'Uytenhove, préparé pour l'impression,
et dont je n'ai pas trouvé à Paris l'édition de Cologne, *ex officina Iohannis
Gymnici*. Le ms. en tient aisément lieu. Il y a des lettres adressées à trois
Ketteler, Wilhelm, Heinrich et Gottfried, sans doute le père et les oncles

*Carolus Utenhouius Petro Ronsardo Vindocino.*

Ronsarde princeps Gallicae fidicen lyrae, commendo iuue-
nem, quem vides coram tibi, vel quia parentis optimi idem est filius, vel
quia parenti similis idem est optimo Iano Ketlero nobilissimo viro,
Ducisque consiliario Cliuensium admissionalique (Camerae nuncupant
vulgo magistrum), ... vel quia nepos patruis duobus est viris
pietate claris atque honoratissimis, quorum hic Monasteri est
fuitue episcopus, Coloniensi solo episcopo minor in gentis huius
(quam vocant Ubios) plaga, Kurlandiae dux alter in Liuonia, gener
Megapolitensis inclytus ducis, vel quia magistro Karolo Utenhouio
Ronsardi amico vetulo et integerrimo Latiam, Pelasgam Gallicamque
edoctus est linguas, ad unguem quas tenere creditur, vel quia, quod
est rei caput, Ronsardici tam nominis studiosus est, ut ipsius
studio videndi pene solo Galliam patria relicta tempore hoc pleno aleae
periculosae petere non dubitauerit, studio videndi, inquam, sacrum
Musis caput, cuius Poesin Gallicam edidicit puer potuitque memoriter
sonare quoslibet Hymnos et Odas, quas adhuc memori tenet plae-
rasque mente concinitque iugiter inter canora voce ὁμήλικας sibi [1].

Plura addere animus his erat, sed Nundinis ego Francofurdiensibus
tot occupor ad eruditos exarandis versibus totius Europes epistolaribus,
Ronsarde, ut hanc dictare filiolae meae fuerim coactus Annulae Uten-
houiae iubar ante Eoum, cuius etiam dextera simul alteratam unam
alteramque Elegiam (ni desit otium) recipies, de tuis quas Foixio scripsisse te memini meo [2], parili elaboratam atque translatam fide, quâ

de celui qui a porté la lettre à Ronsard. Parmi celles qui sont écrites à des
savants connus, notons celle où Uytenhove, retiré à Cologne, se plaint à
Fédéric Morel le fils, en 1589, d'un silence épistolaire de Dorat remontant
à quinze années. Il y a aussi une lettre à Dorat, de 1584, pour recommander
l'humaniste Janus Guilielmius, de Lubeck (*Aurate, Phoenix Galliae unice
omnis, hanc commendo Phoenicem unicum Germaniae...*)

1. On notera l'intérêt du témoignage sur les œuvres *chantées* de Ronsard.
2. C'est la pièce « A Monsieur de Foix, conseiller du Roy », que Ronsard
a recueillie au *Bocage royal* (éd. L., t. III, p. 280; éd. Bl., t. III, p. 363) et
qui commence ainsi :

> Ton bon conseil, ta prudence et ta vie
> Seront chantez du docte Outhenovie,
> A qui la Muse a mis dedans la main
> L'outil, pour faire un vers Grec et Romain.

Uytenhove quitta Paris à l'automne de 1562, pour accompagner en Angleterre Paul de Foix, ambassadeur de Charles IX ; il annonçait les circonstances de son départ à Morel dans une lettre du 2 novembre (Biblioth. nat.,
*Lat.* 8589, fol. 3). Le 31 octobre 1564, une longue lettre à Turnèbe, signée
en grec, annonce le départ d'Angleterre de l'ambassadeur envoyé en
Espagne (Biblioth. de Munich, *Coll. Camer.*, 33, fol. 185).

transtuli Dauidicae psalmos lyrae fere uniuersos, praela sub Planti-
niae, Ronsarde, si nescis, ituros (si volet Deus) officinae proximas
sub Nundinas, quorum etiam in hoc specimen puellari manu mitto exa-
ratum isthuc, ut illis et tuum, Ronsarde, iudicium vel uno disticho
tetrastichoue Gallico (quod versibus totidem Latinis exprimam fideli-
ter) (nec enim requiro Encomium) appingas. Vale, Ronsarde... tuoque
iudicio tui Utenhouici foetus beare ne graueris obsecro, meosque si
fas, nomine Auratos idem Merceridasque [1] posce, onusque cui siem
par sustinendo (rogo) mihi impone inuicem. Ketlerus illud quale-
cunque est cum suis curabit ad me perferendum litteris.

Le poète ne prodiguait point les « liminaires » ; il ne répondit
pas au désir de l'ancien ami et n'envoya pas le distique ou le quatrain qui eût honoré celui-ci devant l'Europe entière [2] ; mais il
dut être touché des chaudes paroles et de la fidélité du souvenir.


X


Ronsard paraît avoir eu peu de relations avec l'Allemagne,
malgré qu'il reçût, comme on le voit, certaines visites de la région
rhénane. Il y a eu cependant, en ce pays, un poète humaniste
fameux, qui l'a beaucoup admiré et qui a entretenu avec la
Pléiade des rapports qu'on ne saurait trop mettre en lumière.

---

1. D'après Moréri, la femme de Jean de Morel, Antoinette de Loynes,
avait épousé en premières noces Lubin Dallier, docteur ès droits, avocat
au Parlement de Paris et bailli de Saint-Germain-des-Prés, qui vivait encore
en 1540 ; elle en eut Marie Dallier, qui fut mariée le 18 janvier 1552 (anc.
st.) avec le savant Jean Mercier, professeur et lecteur public du Roi en
langue hébraïque, mort en 1567. Uytenhove, en désignant à Ronsard la
famille des « Mercerides », a surtout en vue le fils de l'hébraïsant, Josias
Mercier, qui devint plus tard conseiller d'Etat et fut le beau-père de Sau-
maise. Il avait voyagé en Angleterre et en Allemagne, dans sa jeunesse.
Divers papiers de lui sont conservés dans la collection Camerarius, à
Munich, notamment des lettres de Du Bartas, de Paul Melissus, de Nathan
Chrytraeus, de Jacobus Lectius. Ce dernier lui écrit, précisément en 1583,
« A Monsieur Mercier, au fauxbourg S. Germain à la rue de Seine, au logis
de Mad[lle] Mercier sa mère. A Paris ».
2. Au reste, le *David* d'Uytenhove ne parut pas chez Plantin, qui réimprima en 1587 la traduction en vers des *Psaumes* par Jacques Latomus le
jeune, chanoine de Louvain (Ruelens et De Backer, *Annales Plantiniennes*,
Paris, 1886, p. 297). Uytenhove parle de ses travaux sur les *Psaumes* dans une
lettre à Fr. Junius de Bourges, et dans une autre en vers à Henri Estienne,
datée de 1576 (fol. 102 et 104 du ms.). La lettre à Ronsard n'est pas datée.

C'est « le Pindare de l'Allemagne », le bibliothécaire de la Pala-
tine d'Heidelberg, Paul Schede, dit Melissus, qui, venu deux fois
à Paris au cours de ses nombreux voyages, a vécu dans le
milieu le plus propre à lui faire aimer Ronsard [1].

Durant son premier séjour, en 1567, il chercha surtout à
entendre les professeurs du Collège royal et à connaître quelques
Français de marque, comme Henri de Mesmes [2]. Il vit sans doute
l'auteur des *Odes* et des *Amours* dans la maison de Morel, où il
déposa tant de poétiques hommages aux pieds de la docte Camille [3].
D'autres écrivains du groupe l'intéressèrent : « Ce poète allemand
Paul Melisse, dit Colletet, prenoit à tache de traduire en latin les
vers françois de Jodelle [4]. » Très expert dans les choses de la
musique, il étudia les airs les plus récemment appliqués aux odes
des poètes, afin d'adapter à ses propres *melica* les mêmes principes d'accompagnement. Au milieu des vers dédiés aux musiciens français de l'époque [5], il est une ode éloquente adressée à

1. Sur Paul Melissus, v. O. Taubert, *P. Schedes Leben und Schriften*, Tor-
gau, 1864 ; le t. XXI de l'*Allgemeine deutsche Biographie* ; Nolhac, *La
biblioth, de Fulvio Orsini*, Paris, 1887, p. 63 et 441 ; Ern. Weber, *Virorum
clar. saec. XVI et XVII epistolae selectae*, Leipzig, 1894, p. 152-155 ; surtout
Augé-Chiquet, *J.-A. de Baïf*, p. 488-492.

2. Au témoignage de J.-J. Boissard, *Icones quinquaginta virorum illustrium*, Francfort, 1597-1599 ; part. II, p. 88. (On note, dans cet ouvrage non
cité par Laumonier, la biographie de Ronsard et celle de Baïf, et un grand
éloge de L'Hospital, part. I, p. 287 ; part. III, p. 37.)

3. V. à partir de la p. 194, l'édition de ses œuvres donnée à Paris par
Melissus sous ce titre : *Melissi Schediasmata poetica, secundo edita mullo
auctiora*, chez Arnold Sittart [gendre de Cavellart ; cf. p. 561], 1586, avec
privilèges de l'Empereur et du roi de France. La première et beaucoup plus
courte édition est également de Paris, 1575. Les diverses parties de la
seconde ont des titres spéciaux avec l'indication des qualités de l'auteur
(*Pauli Melissi Schedii, Franci, Germani, Comitis Palatini et equitis, Laurea-
tique poetae, Ciuis Romani...*)

4. Bibl. nationale, *Nouv. acq. franç.* 3073, fol. 253.

5. Il est naturel que Melissus se soit intéressé extrêmement aux ouvrages
lyriques de Ronsard composés sur des airs de musique, puisqu'il a initié
ses compatriotes à la musique mesurée, en soutenant que le chant doit se
plier rigoureusement au rythme de la diction. Il a composé lui-même des
*Cantiones harmonicae*, recueilli des lettres précieuses de Goudimel, célébré
l'art de Lassus (Augé-Chiquet, p. 490). On me laissera citer un passage
encore non utilisé d'une lettre de Melissus, parce qu'on peut imaginer
qu'il y est question de chansons de Ronsard. Il raconte à H. Baumgartner
un épisode de son séjour à Genève, en 1569, l'attaque de fièvre, dit-
il, « quam conceperam ex subita admiratione, cum puellam nobilem Gallam
eamque formosissimam, in aedibus Henrici Stephani, mihi ad sinistram

Ronsard, où le rôle de celui-ci dans ces nouveautés est mis en
évidence, ainsi que son influence sur l'Allemagne lettrée.
Quelques strophes feront juger de l'intérêt historique de la pièce :

> *Non Galla tantum, scita grauis soni,*
> *Te patriorum litora fluminum,*
>     *Ronsarde, clara personantem*
>     *Pectinibus citharae stupescunt :*
> *Maenus refusis Franciacus vadis* [1],
> *Me musico, odas cornibus ad tuas*
>     *Sollerter elatis serenam*
>     *Attonita bibit aure vocem.*
>     *. . . Quàm fuerant prius*
> *Nymphae poëtas indigenae sacros*
>     *Et Celtin Huttenumque, et ipsum*
>     *Lotichium* [2] *quoque prosequutae*
> *Philtris amantes ; tam philotesiis*
> *Te demereri dulcibus extera*
>     *Quamuis in ora procreatum,*
>     *Francigenam tamen, usque quaerunt...*
> *Te praeter omnes, inclite, principem*
> *Solum poëtarum indigitant ; ad haec*
>     *Patrem Camenarum fatentur*
>     *Stirpis et Hectoreae architectum*
> *Gaudens salutat Francia nobilis,*
> *Secura clausis Hercynii iugi*
>     *Siluis ; honorem saltuosus*
>     *Pinifer ingeminat triumphi.*
> *Quid multa ? cantor Franca per oppida*
> *Obliuionem carminibus tuis*
>     *Defendo, Germanos docere*
>     *Callidus insolitum canorem.*
> *Non usitatis dum ferimur viis*
> *Prisci sequentum tramitis orbitas,*

adsidentem (conueneramus aliquot musici), praesentibus honestissimis
matronis earumque maritis, Orlandi cantiones Gallicas summa cùm suaui-
tate et vocis elegantia, testudine, quam increpabat digitis, admota, modu-
lantem personantemque audiuissem » (Ern. Weber, *l. c.*, p. 29).

1. Il s'agit du Mein, qui coule en Franconie.

2. Les poètes allemands de qui Melissus se plaît à rapprocher Ronsard
ont tous écrit en latin : ce sont Konrad Celtes, Ulrich de Hutten et Peter
Lotich, professeur à Heidelberg, dont les *Elegiae* ont paru à Paris en 1551.
Aucun poète de langue allemande n'existe pour lui.

*Vestigiorum me recentum*
*Indiciis iuuat immorari.*
*Tecum perennis iam genii Petre*
*Pleno, futurum est, plenus ut ipsemet*
*Fortassis aeternem per aeuum*
*Teutonicam fidicen Camenam* [1].

Les vers de Melissus ramènent souvent le nom de Ronsard ;
on sent qu'il aime les formes de sa poésie et puise aux mêmes
sources d'inspiration. S'il s'encombre moins que lui de mythologie, il montre des goûts pareils pour la campagne, les arbres,
les fontaines [2] ; il est également une sorte de poète aulique
comme lui, puisqu'il répand ses dédicaces parmi les princes de
l'Europe entière. Cet étranger est du nombre des lettrés qui
attendent impatiemment la *Franciade*. Au moment où paraît le
poème, il le célèbre par avance comme l'œuvre d'un nouvel
Homère et d'un nouveau Virgile, et il s'y intéresse d'autant plus
que le héros Francus, avant de venir en Gaule, a régné d'abord
sur son cher pays de Franconie [3]. Il en parle à Muret, à Dorat,
d'après les œuvres qu'il connaît déjà du poète, il demande, dès
la première heure, le prêt du volume à Georges d'Averly :

*Prodiit in lucem quae nuper Francias illa*
    *Gallica, Ronsardi nobile vatis opus,*
*Mi cordi legere est ; fac ea poliamur, Auerli,*
    *Nam reor exemplar te penes esse recens.*
*Si nescis, quanti faciam tam docta poetae*
    *Carmina, cui regio vix alit ulla parem,*

1. *Schediasmata*, p. 251.
2. *Ad fontes Franciae* (Sched., p. 227); *In laurum Iani Antonii Baifii*
(p. 518); *In poemata P. Ronsardi* (3ᵉ part., p. 97).
3. V. le recueil d'épigrammes dédié à la reine Elisabeth par une lettre
en prose datée de Paris, en août 1585, qui fait la troisième partie des *Schediasmata*. On y trouve, p. 222-224, les diverses pièces sur la *Franciade*.
Celle qui est adressée à Ronsard commence ainsi :

*Laomedonteae post diruta moenia Troiae*
    *Celtica dum Phrygium mittis in arua ducem,*
*Non minus hoc laudi ponit sibi Francia tellus,*
    *Quam decus hinc captat Gallia docta suum.*
*Ut bene Gallorum fratres sincera vetustas*
    *Germanos iunctis dixit amicitiis !*
*Ut bene posteritas regum firmauit easdem,*
    *Unius imperii quam duo regna forent !*

*Dicere sufficiat : plus huic debere poesin*
*Soluere quam Musae, quam vel Apollo queat.*
*Uno aliquo veteres norunt excellere vates;*
*Sed mihi cunctorum solus hic instar erit* [1].

L'humaniste franconien, après un long séjour en Italie [2] et
maintes pérégrinations, revit son cher Paris en 1584, avec une joie
exubérante. Il y retrouvait d'anciennes amitiés, parmi des curiosités nouvelles. Goudimel était mort, et le musicien favori des
poètes était depuis longtemps Orlando de Lassus ; autour de
Ronsard apparaissaient d'autres figures, et Sainte-Marthe mena
Melissus dîner chez un écrivain à la mode, qui était Philippe
Desportes [3]. Les poèmes de cet étranger ressemblent parfois aux
pages d'un journal de voyage. Il a parlé à merveille de la « docte
Lutèce », de ses monuments, de ses jardins et même des agré-
ments de sa banlieue [4]. Mais le coin de la ville qu'il fréquenta le
plus fut la maison de Baïf, où l'attiraient à la fois la poésie, la
musique et une très chaude affection. Sa présence encourageait
le laborieux rimeur des *Passe-tems* à faire à présent des vers
latins, qu'ils relisaient et limaient ensemble [5]. Melissus habitait
tout auprès de Baïf, au faubourg Saint-Victor [6], et il adoptait ses

1. Il y a encore une allusion à la *Franciade* dans une ode, p. 215.
2. De tous les savants qu'il a vus à Rome, Muret paraît avoir été le plus
aimé. Une foule de poèmes lui sont dédiés (il y en a aussi à l'ambassadeur
Louis Chasteigner de la Rochepozay, p. 282, 554). Sa poétique promenade
parmi les antiquités de Rome (p. 278) a dû réjouir son autre grand ami,
Fulvio Orsini.
3. *Ad Philippum Portaeum* (p. 511, avec d'intéressants détails sur l'intérieur de Desportes); *Ad Scaeuolam Sammarthanum* (p. 525).
4. De vingt poèmes dignes d'être cités, je ne retiens que l'ode à A. G.
Busbequius sur sa résidence de Saint-Cloud (p. 141), une des odes à Muret
(p. 520), une ode à Estienne (p. 508), où Melissus déclare préférer Paris à
Venise et à Rome même.
5. Augé-Chiquet, *l.c.*, p. 471.
6. Il donne son adresse de sa main dans un billet de 1584, écrit à Sainte-
Marthe : « Entre la porte St Victor et la porte St Marceau, sur le fossé, à
l'image Notre Dame près du Chappeau rouge. » (Cf. recueil Ern. Weber,
p. 28.) On me permettra de donner un autre billet de la collection d'autographes de l'Institut, ms. 290, fol. 56 et 57 (cf. une ode, fol. 58). Il est
adressé aussi à Sainte-Marthe, mais de l'année suivante :
« Heri mihi indicauit H. Stephanus, qui nobiscum coenauit, te heic esse,
Sammarthane suauissime, quod si scissem, iamdudum te salutassem, quae-
sissemque an Oden, quam ad te misi superiore anno, accepisses. Diem igitur
et horam a meridie mihi significabis, qua te conueniam. Mane mihi non
vacat ; sum enim totus in meis recensendis, ut secundo edantur. Vale et
me ama. P. Melissus. — Hors la porte St Michel au pavillon de Brusquet.

idées si fraternellement qu'on l'entend célébrer, avec une émotion digne d'un des nôtres, les souvenirs qui rendaient chers
aux poètes cette demeure aimée des Muses et ce jardin où crois-
sait du laurier :

> ..... *Vatibus hic locus*
> *Iure est sacratus. Hoc viridarium*
> *Ronsardus impleuit sonore*
> *Grandiloquis numeris canorus.*
> *Auratus heic, vatum emeritus pater,*
> *Magnum sonaturam increpuit lyram.*
> *Et numine adflatis benigno*
> *Praebuit ingenium poetis* [1].

Parmi les vers écrits pour Jean Dorat, il est une ode où Paul
Melissus rapproche la belle vieillesse de l'helléniste de celle de
Pier Vettori, qu'il a connu à Florence, et il insiste pour obtenir
de sa nonchalance le recueil complet de ses poésies dispersées [2].
Il a eu de lui des distiques liminaires mis en tête de son propre
recueil [3], et il se souvenait qu'il l'avait pris pour modèle quand il
composait ses *Emmetra ad aemulationem Pindari modulata* ;
enfin, il le nomme le premier parmi les écrivains parisiens conviés
dans un poème final *Ad Academiam parisiensem*, à juger l'ensemble d'une production poétique qu'il a tenu à faire imprimer
dans leur propre ville [4]. Un homme aussi mêlé à la vie littéraire
française devait être des premiers à collaborer au *Tombeau de
Ronsard* ; son ode, envoyée à Florent Chrestien, raconte comment la douloureuse nouvelle et les détails de la mort du grand

---

1. *Sched.*, p. 510. Cf. *In laurum Ianii Antonii Baifii* (p. 518).

2. Cf. plus haut, p. 83, et *Sched.*, p. 523 :

> *Aurate, canos cum sene partiens*
> *Victorio aequos, aequaque tempora,*
> *Linguae professor utriusque et*
> *Nobilium coryphaee vatum,*
> *An erudito degis in otio*
> *Suauem senectam...*

3. A la suite de Dorat, ont écrit J.-A. de Thou, Achille Estaço, Baïf, Passerat, Fl. Chrestien, Louis Carrion, Féd. Morel, H. Estienne (en grec), etc.
L'oraison funèbre d'Anne de Thou, imprimée à Paris en 1584, contient des
vers de Dorat et de Melissus.

4. *Sched.*, p. 561. Les juges que reconnaît Melissus sont J.-A. de Thou,
Vaillant de Guélis (Pimpuntius), H. de Mesmes, Passerat, avec Scaliger,
Juste Lipse et Douza, et deux orléanais, Chrestien et Audebert.

poète lui sont parvenus en Angleterre par les soins de l'ambassadeur Rogers, et l'on sent, dans ce petit poème où il nomme
quelques amis de France, une tristesse vraiment sincère [1].


## XI


Ronsard a connu un grand nombre d'Italiens ; il parlait leur
langue, lisait leurs poètes, aimait leur Bembo et leur Arioste
comme leur Pétrarque, s'inspirait des vers de leurs humanistes,
et n'ignorait même point les noms de Cavalcanti et de Dante [2].
L'aimable et savante sœur de Henri II, à qui il était si attaché
et que l'année 1559 devait faire princesse italienne, Marguerite
de France, tenait en honneur, dès avant son mariage avec le duc
de Savoie, les poètes du pays destiné à devenir le sien. Ronsard,
dans leurs causeries du Louvre, a dû l'entretenir maintes fois de
ceux qu'elle préférait et aussi de quelques contemporains latini-
sants qu'il se plaisait à imiter en langue française et sur lesquels s'étendait déjà la protection de la princesse [3]. Aucune
jalousie, aucune défiance, à ce moment de sa carrière, ne se
mêlait à ses admirations littéraires.

L'entourage de Catherine de Médicis le mettait en relations

---

1. Je n'en cite rien, puisqu'on le lit aisément dans l'éd. Bl., t. prélim.,
p. 268. Les amis de Ronsard nommés sont F. Morel, Binet, H. Estienne et
Jean Bonnefon, auteur de *Pancharis*. Melissus rappelle que le bruit de la
mort du poète avait couru deux ans plus tôt ; il y a une curieuse épigramme de lui à Dorat sur ce sujet (*Sched.*, 3ᵉ part., p. 319).

2. V. les passages relevés par A. Farinelli au t. I de *Dante e la Francia*.
On lit dans l'*Elégie à B. Del-Bene* (éd. L., t. VI, p. 27) :

> Depuis que ton Petrarque eut surmonté la Nuit
> De Dante, et Calvacant, et de sa renommée
> Claire comme un Soleil eut la terre semée...

3. V. un livre rare de Flaminio, où se trouve une lettre-dédicace à Marguerite de France : *M. Antonii Flaminii in librum psalmorum breuis expla-
natio ad Alexandrum Farnesium cardinalem... Adiectae quoque sunt et eiusdem Ant. Flaminii carmina aliqua de rebus diuinis ad Margaritam Henrici
Gallorum regis sororem. Parisiis, ex officina Petri Galleri... 1551* (pet. in-8).
La dédicace de la dernière partie, éditée en 1550, mentionne Carnesecchi :
« Cum Petrus Carnesecus lectissimus et ornatissimus vir de tua singulari
erga Deum pietate et assiduo literarum studio ad me multa scripsisset hor-
tatusque esset ut siquid noui elucubratus essem id ad te mitterem, quod
tibi scriptorum meorum lectionem non iniucundam esse solere affirmaret... »

avec tout ce que Florence faisait vivre en France, dans les
emplois de cour ou d'armée, ou par les bénéfices d'église [1]. Il est
permis de deviner, à mainte allusion, qu'il a fini par trouver
un peu encombrant, surtout sous Henri III, le développement de
cette « petite Italie » et cette prédominance du goût transalpin,
que dénonça vigoureusement le curieux pamphlet de Henri
Estienne [2]. On sait quels furent, à partir du séjour triomphal de
Henri III à Venise et dans l'Italie du nord, l'importance accor-
dée en notre cour aux éléments étrangers, l'infiltration continue
des usages de nos voisins et le souci qu'en prirent chez nous de
très bons esprits [3] ; on sait aussi que les mœurs et les tendances
intellectuelles de ce milieu préparèrent l'éclatant succès de Desportes, au détriment de Ronsard vieillissant. En fait, les dédicaces de celui-ci à des personnages italiens sont rares à toutes les
époques de sa vie. Il n'en fréquentait pas moins, et sans doute
avec intérêt, les voyageurs reçus à la Cour, parmi lesquels les
lettrés étaient nombreux.

En 1570, le cardinal Luigi d'Este amena avec lui en France un
poète de la cour de Ferrare, Torquato Tasso, qui n'était encore
qu'à ses débuts. Si le futur auteur de la *Jérusalem délivrée* eut
cette entrevue avec Ronsard, dont les biographes de l'un et de
l'autre ont fait tant d'état, elle n'est attestée par aucun témoignage authentique [4]. Peut-être aurait-elle pu être ménagée par

---

1. Nous n'avons pas, pour les règnes de Henri II et de ses fils, l'équiva-
lent de l'excellent tableau tracé par Francesco Flamini des lettres italiennes
à la cour de François I<sup>er</sup>, dans ses *Studi di storia letteraria italiana e stra-
niera*, Livourne, 1895, p. 197-337. On consultera quelques pages du même
livre sur les *Rime* d'Odet de la Noue, les travaux sur Corbinelli et B. Delbene cités ci-dessous, le *Pétrarquisme en France* de Vianey et les recherches
restées inachevées d'Emile Picot.

2. « Vous scavez que pour quarante ou cinquante Italiens qu'on y voyoit
autresfois [à la Cour], maintenant on y voit une petite Italie » (H. Estienne,
*Dialogues du nouveau langage françois italianizé... principalement entre les
courtisans de ce temps*, éd. Liseux, Paris, 1883, t. II, p. 225). Ce témoignage
est de 1578, postérieur de quatre ans au triomphal séjour de Henri III en
Italie.

3. J'ai essayé de l'indiquer dans le livre publié en collaboration avec le
regretté Angelo Solerti : *Il viaggio in Italia di Enrico III, re di Francia e
le feste a Venezia, Ferrara, Mantova e Torino*, Turin, 1890, et dans une note
additionnelle parue au *Giorn. stor. della letter. ital.*, vol. XVII, p. 446
(*Henri III et l'influence italienne en France*).

4. On consultera sur cet épisode, en dehors des récits français presque
tous de pure fantaisie, Angelo Solerti, *Vita di Torquato Tasso*, Turin,

Jacopo Corbinelli, qui vit Tasso dans ce voyage et qui tenait
depuis peu auprès de la Reine mère une place de confiance,
comme précepteur du duc d'Alençon [1]. Mais il n'est point sûr
que Corbinelli ait connu Ronsard à cette époque, et il serait un
peu surprenant, si Tasso avait rencontré notre poète, alors en
pleine gloire, qu'il l'eût mentionné d'une façon aussi détachée au
seul passage de son œuvre qui le nomme. Cette mention est dans
le dialogue intitulé *Il Cataneo o vero de gli Idoli*, où se lisent
quelques vers en français et quelques autres traduits par Castelvetro de l'*Hymne de Henry deuxiesme* ; mais l'auteur ne s'y attache
que pour constater un défaut commun de Ronsard et d'Annibal
Caro, qui chantent tous les deux les louanges « de' principi cris-
tiani, anzi cristianissimi,... non altramente di quel che sarebbe
stato lodevole a' tempi d'Alessandro e d'Augusto » [2]. L'emprunt
de l'idée et celui de la citation sont faits à Castelvetro, ce qui
leur enlève toute importance.

Lodovico Castelvetro est le premier écrivain italien qui atteste
une connaissance directe des œuvres de Ronsard. Le morceau étendu
qu'il a cité en 1559, d'après la première édition des *Hymnes* [3],
et qu'il a ensuite littéralement traduit, lui sert dans sa polémique
contre Annibal Caro, lorsqu'il montre celui-ci fort inférieur au
poète français pour la « déification » à l'antique de la Maison de

---

1895, t. I, p. 148. Tasso arriva à Paris le 15 novembre 1571, et en partit le
20 mars 1571, après avoir suivi son cardinal à Châalis et à Villers-Cotterets.
La légende a brodé sur ce court séjour, qu'on a étendu à toute une année.
Serassi, par exemple, affirme gratuitement que Ronsard donna ses œuvres
au poète ferrarais. Celui-ci n'aurait pu lui « soumettre » les premiers chants
de la *Jérusalem*, puisqu'ils n'étaient pas encore écrits. L'anecdote d'un
prêt de deux écus fait par Ronsard à Tasso est tirée d'un manuscrit
(Alberti) fabriqué. Cf. l'éd. L., t. VIII, p. 243.

1. Rita Calderini de-Marchi, *Jacopo Corbinelli et les érudits français*,
Milan, 1914, p. 52. Les relations de Corbinelli avec Ronsard, dont il ne
subsiste aucun témoignage, n'ont pu avoir en aucun cas le caractère d'intimité qu'atteste sa correspondance avec Baïf (p. 154-156). De même Baïf,
seul de la Pléiade, dédie des vers à Bencivieni, bibliothécaire de Catherine
de Médicis (*Au seigneur Ian Batiste Bencivene, abbé de Bellebranche* (éd.
Marty-Laveaux, t. IV, p. 438).

2. *Dialoghi*, éd. Ces. Guasti, Florence, 1858-1859, t. III, p. 205. Il y a
un sonnet de Tasso sur la mort de Muret.

3. Ed. L., t. IV. p. 194-195. Ce sont vingt-huit vers commençant ainsi :

> Mais quoi ? ou ie me trompe ou pour le seur ie croy
> Que Iupiter a fait partage avec mon Roy.....

Valois tentée dans sa célèbre canzone « Venite all' ombra de
gran gigli d'oro ». « Adunque, conclut-il, poi che la Francia ha
la deificazione de suoi signori presenti, che è stata tratta più
perfettamente e più convenevolmente in canzone di lingua
francesca per opera d'un suo poeta paesano, che non è stata in
lingua italica per opera d'Annibal Caro, non è cosa veri-
simile che essa faccia molta stima della deificazione forestiere » ;
et la comparaison qui s'établit entre les deux poètes prouve à la
France « quanto di gran lunga il suo poeta francesco trapassi in
poesia il nostro italiano »[1]. Renforçant ailleurs son attaque
contre Caro, Castelvetro aurait été jusqu'à l'accuser de plagiat
(« avendo io provato che egli non era poeta, essendo la 'nven-
tione della sua Canzone stata involata à Pietro Ronzardo, sic-
come appare, e non trovata da lui »)[2]. L'accusation n'est point
justifiée : l'hymne ronsardien, d'ailleurs fort différent de la canzone, a été publié en 1555 et celle-ci date de 1553[3]. On sait aussi
que Du Bellay, qui fréquenta à Rome le poète des Farnèse, l'a
remercié par une épigramme latine, puis par une belle traduction
en vers, de l'hommage rendu à ses princes. Au reste, ni sur
Caro, ni sur aucun des poètes italiens de son âge, Ronsard ne
paraît avoir eu d'influence. C'est lorsque la forte tradition littéraire de la Renaissance s'affaiblit que s'établit son autorité,
mais alors d'une façon décisive, avec le brillant Chiabrera. L'auteur des *Canzonette* et des *Scherzi* s'appuie sur la Pléiade française pour lutter contre l'Arcadie, et proclame hautement ce qu'il
doit à l'inspiration de nos poètes et à leur métrique[4]. On aime
à penser qu'un des maîtres romains qui enseignèrent sa jeunesse,
Muret lui-même, a ouvert pour la première fois devant ses
regards éblouis les recueils lyriques de Ronsard.

1. *Ragione d'alcune cose segnate nella canzone d'Annibal Caro Venite
all'ombra...*, s. l., 1559, ff. 88-91 ; 2e éd., Venise, 1560, ff. 135-138. J'emprunte ce texte à un précieux travail de Ferdinando Neri, *Il Chiabrera e la
Pleiade francese*, Turin, 1920, p. 6.
2. Annotation sur l'*Ercolano* de Varchi (1570), citée par Neri, p. 7.
3. Ce point est établi par Neri, qui donne toute la bibliographie, p. 8.
4. Le livre de Ferd. Neri met en lumière cette imitation, qui n'est nullement isolée, et les services qu'elle rend à la poésie italienne. Pour les relations avec Muret, et aussi avec Speroni, v. p. 44 un texte autobiographique de Chiabrera sur sa jeunesse à Rome : « Poi crescendo e trattando
nello Studio pubblico, udiva leggere Marc' Antonio Mureto, ed ebbe seco
familiarità... »

Un critique comme Traiano Boccalini, qui parle de Ronsard au temps où Chiabrera l'imite, n'a peut-être rien lu de lui. Cependant ce satirique batailleur et avisé, qui défend la *Jérusalem* et combat les détracteurs de la *Divine Comédie*, donne au maître français, au cours de ses polémiques, un rôle tout à fait inattendu. Il le suppose admirateur de Dante, en le faisant intervenir dans l'allégorie d'un *Ragguaglio* intitulé : « Dante Alighieri da alcuni virtuosi travestiti, di notte essendo nella sua villa e maltrattato, del gran Ronsard francese vien soccorso e liberato »[1]. Cette fiction symbolique, dont le récit aujourd'hui semble étrange et qui eût étonné notre poète si peu instruit sur Dante, constitue pour lui, du moins, un solennel hommage. Avec Boccalini, tous les Italiens d'alors l'ont reconnu, même sans le lire, « prencipe de' poeti francesi ».

De son vivant, des poètes de cette langue, humanistes comme ils l'étaient tous, lui ont dédié des vers. On en connaît de Bartolomeo (Baccio) Delbene et de Sperone Speroni. Le premier, gentilhomme servant de la duchesse de Savoie, était le neveu de l'abbé de Hautecombe et appartenait à cette famille Delbene, à la fois militaire et lettrée, qui tirait son origine de la banque de Florence et dont trois générations servirent la France avec éclat[2]. Bartolomeo a adressé à Ronsard deux odes dont l'accent est d'un véritable disciple et que les éditions n'ont pas manqué de recueillir[3] ; elles ont, d'ailleurs, pour l'histoire des lettres,

---

1. V. le texte du *Ragguaglio* XCVIII de la *Centuria prima* reproduit par Carlo Del Balzo, *L'Italia nella letteratura francese*, Turin-Rome, 1905, p. 290-292.

2. Sur tous les Delbene, pourvus d'emplois en France et dont trois au moins appartiennent à l'histoire des lettres, v. Emile Picot, *Les Italiens en France au XVIe s.*, Bordeaux, 1902, p. 88 sqq. Sur le rôle de Bartolomeo auprès la sœur de Henri II, v. Roger Peyre, *Une Princesse de la Renaissance, Marguerite de France*, Paris, 1902, p. 13, 62 et 100.

3. Ed. Bl., t. II, p. 380 ; t. IV, p. 359. Cf. éd. L., t. VI, p. 25. C'est dans la première de ces odes, visiblement faite pour être chantée et jointe au recueil remanié de celles de Ronsard, que les rivières de son enfance (Loir, Maine, Sarthe et Loir) sont rappelées à propos des villes qui se disputaient l'honneur d'avoir vu naître Homère :

> Luer, Meno, Sartra e Lera,
> Contenderanno un giorno
> Ciascun portar sul corno,
> Bramando il nome di tua patria altera.

un prix trop longtemps dédaigné[1], et sont nécessaires pour expliquer l'élégie où le maître répond en évoquant Pétrarque :

> Del-Bene, second Cygne apres le Florentin
> Que l'art et le sçavoir, l'Amour et le Destin,
> Firent voler si haut sur Sorgue la riviere
> Qu'il laissa de bien loing tous les autres derriere,
> Sinon toy, qui de pres suis son vol et sa vois...
> Sous les ombres là bas le Calabrois Horace
> Entre les Myrthes verds te quitera sa place,
> Et Pindare Thebain te cedera son bien[2].

L'épître de Speroni à Ronsard, qui date de la fin de la vie
de l'un et de l'autre, n'est guère moins intéressante ; elle contient
une des plus nobles attestations du génie du maître français :

> Leggo spesso tra me tacito e solo,
> Dotto Ronsard, le vostre ode honorate...
> Ecco novella gloria come è giunta
> All'antica di Francia, or che più chiara
> Nè maggior non parea che esser potesse.
>                 ... e di tal gloria
> Per voi solo, Signor, si gloria e vanta
> La vostra nobil patria ; che siccome
> Generando vi fe nascer consorte
> De' vostri antichi Vandomesi eroi ;
> Così crescendo in voi fuor il nostro uso
> La virtù innanzi agli anni, a tutto il mondo
> Note fate di lei la lingua e il senno[3].

1. Cf. Ferd. Neri, *Il Chiabrera...*, p. 17-28, et la publication de Camille
Couderc, *Les poésies d'un florentin à la Cour de France, B. Delbene*, Turin,
1891 (*extr. du Giorn. stor. della letter. ital.*, t. XVII).

2. L'élégie n'a paru que dans l'éd. posthume de 1587. Ronsard dit nettement qu'elle lui a été réclamée « pour contr' eschange ».

3. *Opere di Messer Sperone Speroni degli Alvarotti*, Venise, 1740, t. IV,
p. 356-365. Le poème, écrit en 1584, n'a pas moins de 314 vers. Il y a un
charmant passage sur les Muses, à qui Ronsard fait traverser les Alpes nei-
geuses pour les conduire en son doux pays ; le poète termine sur un éloquent tableau des maux de l'Italie (« Povera Italia mia... ») et un hommage
à la grande Italienne louée par Ronsard, Catherine de Médicis. La pièce a
été imprimée avec des variantes à la fin du *Tombeau* de Ronsard, puis dans
ses éditions du xviie siècle. — L'Italie a ajouté au *Tombeau* une contribution de valeur médiocre, mais abondante. Blanchemain en a reproduit seulement quatre sonnets signés de Grigioni, Zampini, Malespina et Ruggieri.
Trois de ces personnages sont identifiés par Ferd. Neri, *Il Chiabrera...*,
p. 38. Le dernier est le Cosimo Ruggieri condamné pour avoir envoûté
Charles IX (E. Defrance, *Cath. de Médicis, ses astrologues et ses médecins-
envoûteurs*, Paris, 1911, p. 190).

Sperone Speroni, qui a su parler de Ronsard mieux qu'aucun
de ses compatriotes et qui a vécu assez pour transmettre au jeune
Chiabrera l'héritage de son admiration, avait reçu lui-même de
l'Humanisme une forte empreinte, ainsi que ses « discours » sur
Virgile suffisent à le montrer. Cependant il apparaît, surtout par
ses théories littéraires, ainsi que par la pratique de toute sa carrière, comme un des propagateurs les plus ingénieux de la langue
« vulgaire » et notre Pléiade naissante lui a dû nombre d'inspirations utiles. Ronsard ne pouvait ignorer, comme nous l'avons
fait longtemps, tout ce que son ami Du Bellay avait emprunté de
Speroni pour la composition de la *Deffence*, où sont transposées
des pages entières du *Dialogo delle lingue* et qui applique directement au français ce que l'auteur a dit, de façon excellente, pour
l'italien [1]. Il avait pu lire la traduction des *Dialogues* imprimée
à Paris en 1551. Mais il n'y a eu d'autres rapports directs entre
Ronsard et Speroni que ceux marqués par cette tardive épître.
On a parlé d'une amitié remontant à trente années et d'un livre
envoyé à Padoue par Ronsard, en 1582, par l'entremise de
Filippo Pigafetta, avec prière à Speroni d'en donner son jugement. La lettre de Pigafetta à celui-ci, qui met en scène Ronsard avec Dorat, doit être présentée au lecteur pour établir
qu'elle ne renferme rien de ce qu'on a cru y voir :

Clar. sig. mio, Dopo sedici anni, per qualche negozio che corre,
io sono ritornato in Francia ed a Parigi.. [2]. Degli amici miei vecchi ho
trovati vivi tre principalissimi : il medico Dureto, il quale fa profes-

---

1. P. Villey l'a établi de la façon la plus intéressante dans *Les sources
italiennes de la Deffence... de J. du Bellay*. Paris, 1908 ; il y reproduit le
dialogue de Speroni d'après le texte de la première édition des *Dialogi*
(Alde, 1542).

2. « E l'ho ritrouata ben d'altra forma in qualche parte di quel che era al
partir mio. Il vivere caro i due terzi più, quantunque in quantità ve ne sia
in abbondanza ; i dottori mancati, ed i scolari, i quali solevano ascendere
al numero di venti mille [chiffre donné par Lambin], ora sono scemati i due
terzi. » Du Paris humaniste vu par Pigafetta vers 1564, il y a un bref tableau
dans une lettre de lui à Juste Lipse : « La primiera volta, ch'io andasse in
Francia hebbi nello Studio di Parigi stretta conversatione (anzi fui lor audi-
tore) col Turnebo, con l'Aurato, e Lambino, e col Dureto, heroi nelle loro
professioni ; et col Ramo ancora, censore presuntuoso (per non appellarlo
bestiale) d'Aristotele ; nel qual tempo il Turnebo compilava i libri de suoi
Aversarii... » (Burmann, *Sylloges epist.*, t. II, p. 60. De Rome, 29 avril
1600).

sione di intendere Ippocrate con pochissimi nella sua lingua Ionica... [1]
Gli altri due sono Giovanni Aurato e Pietro Ronsardo, famosi poeti
e i primieri di Francia in Latino ed in Francese; coi quali ragionando
diverse fiate, e con altri letterati di questa città, che sono molti e
sommi, e fra gli altri con l'autore di questo libro, della poesia Italiana e de' poeti suoi, e di V. S. onoratissimamente, e dicendogli che già
più di ventiquattro anni io era amico suo; dunque, soggiunse, egli
essendo amico mio già trenta anni, vi piacerà di inviarli uno de' miei
volumi, pregandolo a leggerlo, e con ogni suo comodo scrivermene
con lettera breve il suo parere. Cosi ho consegnato il ditto libro al
molto Ill. Sig. Cavalier Cortese, Ambasciatore dell' Altezza di Ferrara, stimando che presto e bene l'abbia a far capitar in sua mano.
Se vorrà con una grazioza lettera rispondere all' autore, m'assicuro che
sarà opra di cavaliere, ed io gliene saprò buon grado ; e potrà diriz-
zare le lettere al sudetto Signor Ambasciatore, scrivendo in Italiano,
e la soprascritta in questa maniera : *A Mons. Mons. Claudio Fochet,
Presidente della corte delle monete, a Parigi*, con quei titoli che
convengono... [2].

L'interlocuteur de Pigafetta, dans la conversation rapportée,
est évidemment le président Fauchet, et l'ouvrage qu'il lui a remis est celui qu'il vient de publier, fruit mûri de longues
recherches, son *Recueil de l'origine de la langue et poësie françoise, ryme et romans, plus les noms et sommaire des œuvres de
127 poëtes françois vivans avant l'an MCCC* [3]. Cet historien avait
dù connaître Speroni dans sa jeunesse, alors qu'il accompagnait,
en 1554, le cardinal de Tournon en Italie; il avait appartenu
plus tard à l'entourage du chancelier de L'Hospital [4] et un instant au cercle de Ronsard [5] ; mais l'anecdote littéraire qu'on
peut tirer du document italien n'intéresse pas notre poète.

1. La lettre raconte ici la querelle philologique entre Louis Duret et
Scaliger.
2. *Opere di Sp. Speroni*, t. V, p. 371. La lettre est datée de Paris, 10 juillet 1582. La fausse interprétation adoptée par les biographes de Ronsard,
et même par Laumonier (*Binet*, p. 214), paraît remonter aux éditeurs de
Speroni (t. IV, p. 356).
3. Paris, M. Patisson, 1581.
4. On trouve Claude Fauchet parmi les poètes latins qui ont collaboré au
fameux recueil en l'honneur du chancelier, sur la médaille antique d'argent
représentant un Aristote ressemblant à L'Hospital (1564).
5. Dans les *Dialogues* (1556) de Louis Le Caron, dit Charondas, Fauchet
figure parmi les interlocuteurs du dialogue intitulé *Ronsard ou de la Poësie*,
avec Ronsard, Jodelle et Pasquier. Baïf fait état de son approbation pour
ses vers latins (*Carmina*, f. 17).

Il y a à Padoue un autre humaniste depuis longtemps accou-
tumé à suivre avec attention la production littéraire de son
époque, qui ne manque pas d'acquérir à leur apparition les œuvres de Ronsard, en même temps qu'il se fait envoyer de France
les principaux livres d'érudition, de grammaire, et même ces
traités d'orthographe qui ont si vivement passionné nos poètes.
C'est Gian-Vincenzo Pinelli, qui, sans rien publier lui-même,
met au service de ses contemporains les ressources de son érudition
presque universelle et de sa vaste bibliothèque [1]. Corbinelli et
Claude Dupuy entretiennent avec lui, de Paris, une correspondance où il est fait quelquefois mention de Ronsard. En 1575,
réclamant à Dupuy les *Moralia* de Plutarque dans la traduction d'Amyot et d'autres livres français récemment parus, il le
dispense expressément de lui envoyer la nouvelle édition des
œuvres du poète, car il peut se la procurer en Italie [2]. Dix ans
plus tard, il interroge Corbinelli sur le prix de certains volumes
isolés [3]. Enfin, Dupuy lui fait tenir la première édition posthume,
préparée par Galland. La lettre de l'érudit parisien du 22 janvier
1588, qui parle de cette expédition, donne sur les dernières
éditions de Ronsard une opinion très intéressante à recueillir à
cette date et de cette plume :

Je vous ai enuoié les œuvres de Ronsard de la dernière impression,
qui est in 12° et non in f° comme portoit vostre memoire. Celles in f°
furent imprimées du viuant de Ronsard en l'an 1583 ou 84 ; ces
dernières furent faites l'année passée seulement, comme elles auoient
esté. reueues, corrigées et augmentées par l'auteur peu avant son
trespas. ainsi qu'il est tesmoigné par l'intitulation, et la verité est

1. Sur Pinelli et son rôle, qui rappelle celui de notre Peiresc au siècle
suivant, v. *La Bibliothèque de Fulvio Orsini*, p. 74-76 et *passim*, et les
études de Crescini et de Rajna, citées dans le travail de Rita Calderini de
Marchi sur Corbinelli, entièrement composé sur la correspondance inédite
Corbinelli-Pinelli (Milan, 1914). Cf. *Revue d'hist. litt. de la France*, t. XXIV,
1917, p. 676-678. J'ai transcrit à l'Ambrosienne la plupart des lettres de
Claude Dupuy à Pinelli, dont la publication intéresserait l'histoire des lettres
et de l'érudition en France comme en Italie.

2. « Non mi curo più dell' opere di Ronsard, et una volta si troveranno di
quù, come di già l'havea trovate, et l'harei prese se non l'aspettava di
costà » (Biblioth. nat., *Dupuy 704*, fol. 35. Lettre du 13 mai 1575).

3. Corbinelli écrit, le 1er janvier 1586 : « Quanto a tre volumi in 16° del
Ronsardo legato come dice V.S., si son venduti uno scudo e testoni 10 e
questi ultimi si vendono uno scudo testoni 20 » (R. Calderini De Marchi,
*l. c.*, p. 93).

telle. Toutesfois i'aimerois beaucoup mieux les premières éditions que
ces dernières, esquelles il a tout gasté selon mon iugement, aiant
osté plusieurs belles pieces et changé les plus beaus et hardis traits des
autres, de maniere qu'on n'y recongnoist quasi plus ce grand Ronsard
qui a mis nostre poësie Françoise au parangon de la Grecque et
Romaine [1].

Avant d'être conseiller au Parlement et de devenir le célèbre
bibliophile que l'on sait, Claude Dupuy avait fait un long
voyage d'études au delà des Alpes, explorant les bibliothèques,
visitant les savants, et ses conversations très actives avaient aidé
à propager la renommée de notre poète parmi les lettrés rencontrés ou recherchés par lui. Le fait nous semble d'autant plus
assuré que tous les amis parisiens, dont il se réclame dans sa
correspondance d'alors, appartiennent à l'intimité même de
Ronsard [2]. Bien d'autres voyageurs français répandirent à leur
tour en Italie ce nom d'abord apporté par des compagnons de la
première heure, tels que Du Bellay et Magny, et que Muret y
faisait entendre avec honneur [3]. Dans le groupe d'écrivains
amenés en 1574 par la fameuse ambassade de Paul de Foix,
figuraient des amis du poète [4]. L'ambassadeur auprès de Grégoire
XIII, Louis Chasteigner de la Rochepozay, seigneur d'Abain, qui
fit accueil à Montaigne, était un élève particulier de Dorat ; il se
trouvait par cela même lié avec Ronsard, qu'une tendre amitié de
jeunesse unissait à deux de ses frères [5]. Il conviendrait de mettre

1. Biblioth. Ambrosienne, t. 167, fol. 255.
2. Biblioth. nat., *Dupuy 16*, ff. 12-13 (lettre à P. Delbene, Padoue,
1570) : « Mitto tibi versus Theocriti nunc primum ...in lucem reuocatos...
Eos velim Aurato, Lambino et Passeratio communicas... Saluta meis verbis
fratres meos, Lambinum, Passeratium, Gallandium tuum, Thorium. »
3. On peut croire à cette propagande de la part de Jacques Gillot, con-
seiller-clerc au Parlement de Paris, correspondant de Muret et l'un des
futurs auteurs de la *Satyre Ménippée*, qui va à Rome en 1586, et de Nicolas
Audebert, fils du poète humaniste Germain Audebert, qui voyage longuement en Italie de 1574 à 1578 (E. Picot, *Les français italianisants*, t. II,
p. 152; Nolhac, *La Biblioth. de Fulvio Orsini*, p. 45-68, et *N. Audebert
archéologue orléanais*, dans la *Revue archéol.* de 1887).
4. Par exemple, J.-A. de Thou et Ch. Uytenhove (*J.-A. Thuani de vita
sua*, au t. VII de l'éd. de Londres, 1733, p. 22. Cf. *La Biblioth. de Fulvio
Orsini*, p. 68).
5. V. les pièces adressées à Roch Chasteigner de la Rochepozay et à
Antoine, qui fut poète et mourut à vingt ans au siège de Thérouanne. Ronsard a composé pour ces amis de belles et touchantes épitaphes relatant

en lumière le rôle littéraire de cet ambassadeur savant, qui n'était
étranger à aucune des belles disciplines de son temps et de qui
Muret entretenait le goût du grec, en venant étudier avec lui
l'*Ethique* et la *Politique* d'Aristote [1]. C'est par son entremise
que le maître du Collège Romain recevait les publications érudites de Paris et pouvait lire, lorsqu'ils paraissaient, les
nouveaux ouvrages de Ronsard [2].

Parmi de plus modestes personnages venus à Rome vers le
même temps, on ne peut omettre un érudit, mêlé d'assez près
à la fin de la vie du poète, Claude Binet, de Beauvais, qui doit
sa notoriété littéraire à la biographie consacrée par sa piété de
disciple à ce maître vénéré : « D'autres excellens personnages »,
y écrit-il, « comme Pierre Victor, Pierre Barga et Speron
Sperone, l'ont tellement estimé que les deux premiers m'ont
dit, lorsque j'estois en Italie, que nostre langue par la divine
Poësie de nostre Ronsard s'egaloit à la Grecque et à la Latine [3]. »

leurs exploits et son amitié (Ed. L., t. II, p. 288, 495 ; t. V, p. 268-278, 472).
Cf. Longnon, *P. de Ronsard*, p. 204-206. Dorat était en correspondance
avec François, seigneur de la Rochepozay, autre frère de Louis, et il avait
passé quelque temps au château de la famille pour l'éducation du futur
ambassadeur ; « puis estant revenu à Paris, où sa charge publique le rap-
peloit, il lui envoya Joseph de la Scala... que chacun a cogneu depuis sous
le surnom de Scaliger » (André du Chesne, *Histoire généal. de la maison des
Chasteigners*, Paris, 1634, p. 124).

1. Une correspondance inédite de l'ambassadeur avec Ch. Dupuy met-
trait en lumière ces mérites oubliés. Je n'en détache qu'une page, dans
la lettre du 5 juillet 1577 : « J'ai fait vos recommendations à Monsieur
Meuret, qui vous rend les siennes tres humbles et ne sommes sans parler
souvent de vous. Nous lisons maintenant les Politiques ayant parachevé
nos Ethiques et vous promets que ledit sieur Meuret me contante tousiours
davantage, tant plus je voys en avant. Mais les infinies occupations qu'il
me fault avoir en ce lieu m'empeschent bien d'y pouvoyr employer le temps
comme je debvrois et desirroys sans le respect du service de mon maistre »
(Bibl. nat., *Dupuy* 712, fol. 28). V. outre ce ms., le vol. 350 de la même
collection et les lettres échangées entre Pier Vettori et D'Abain de la
Rochepozay, dans la correspondance de Muret. L'intimité que je signale
est attestée encore par un fort beau sonnet dans *Les Œuvres de Scévole de
Sainte-Marthe*, Paris, 1579, fol. 158 :

> Cependant que bien loin de nos terres mutines
> Avec le grand Muret vous passez vostre temps,...
> Ambassadeur du Roy sur les rives Latines.

2. On le déduit aisément d'une autre lettre (*Dupuy* 712, fol. 27).

3. Ce passage ne figure dans la vie de Ronsard qu'à partir de la seconde
édition (éd. Laumonier, p. 42). Binet l'introduit pour se faire honneur
autant qu'à son maître.

On chercherait en vain dans les ouvrages de ces Italiens célèbres
quelque ligne rappelant de tels propos. Si un jeune Français
enthousiaste, s'entretenant à Florence avec Pier Vettori, à Pise
avec Pier Angeli da Barga, a pu recueillir leur témoignage,
c'est qu'il l'a lui-même sollicité. L'ancien gonfalonier de la République florentine était devenu le plus expert des savants adonnés
à la critique des textes ; quant à l'auteur des *Cynegetica*, favorisé
de Henri III et de la Reine-mère, il passait pour le plus élégant
versificateur latin de sa génération [1]. Il n'est pas sans intérêt
de constater que leur autorité de grands humanistes s'accordait
avec l'opinion des poètes.


## XII


Le voyage en Italie du futur biographe de Ronsard, alors
avocat au Parlement de Paris, peut être fixé à l'année 1579 [2].
Les appréciations flatteuses que Binet rapporta au poète lui four-
nirent sans doute l'occasion d'entrer plus avant dans son intimité.
Il fut parmi les lettrés qui entourèrent son âge déclinant et, s'il
y a dans les détails de l'ouvrage laudatif qu'il composa après sa
mort, et surtout dans les retouches de ses éditions successives, des
parties complaisantes à l'amour-propre de certains contempo-

1. Sur Angeli et ses relations avec la France, v. E. Picot, *Les Italiens en France au XVIe s.*, Bordeaux, 1902, p. 73. On y joindra des lettres de Lam-bin dans les *Epistolae clarorum virorum*, Lyon, 1561, p. 443 et *Appendix*. Les quatre premiers livres de l'épopée d'Angeli sur la première Croisade ont été imprimés à Paris en 1582 et 1584. La *Syrias* est dédiée à Henri III et à Catherine de Médicis. Après la dédicace au Roi, est une pièce adressée à Desportes. Les Audebert, père et fils, ont donné des vers liminaires. Il n'y a nulle part mention de l'auteur de la *Franciade*.

2. Le voyage de Claude Binet, que Laumonier suppose remonter à 1568 ou 1569, a précédé au contraire de fort peu de temps la publication de son choix d'antiques épigrammes latines inédites (Poitiers, 1579), cité plus haut, p. 55, n. 5. Parmi ses propres poèmes latins, il y a précisément des dédi-caces à Vettori (Victorius) et à Angeli (Bargaeus). Cette date m'est fournie par une lettre à Achille Estaço (Statius), le commentateur des Élégiaques latins, par laquelle Binet accompagne l'envoi à Rome de son essai d'antho-logie latine : « Edidi epigrammata illa tandem quae Romae anno supe-riore tibi credideram, antiqua scilicet illa et Petronii Arbitri magna ex parte... » La lettre, qui traite de sujets philologiques et mentionne Corbi-nelli et Cujas, est datée de Paris, 1er mai 1580 (Rome, Biblioth. Valicel-liana, ms. B. 106, fol. 92).

rains, il faut néanmoins admettre qu'une bonne part de ses renseignements provient des conversations de Ronsard ou des récits authentiques de ses amis. Ceux qui se vérifient par d'autres sources permettent d'accorder à la narration de Binet au moins l'intérêt d'une sorte d'historiographie officieuse, conforme aux vues des derniers disciples [1]. Elle fut rédigée alors que Baïf et Dorat vivaient encore, et d'accord avec Jean Galland, qui assura, en même temps que l'auteur, l'exécution des dernières volontés du poète pour la réimpression de ses œuvres.

Le collège de Boncourt, dont Galland était le principal et qui était situé derrière le chevet de l'église Saint-Étienne-du-Mont, tient une grande place dans les dernières amitiés de Ronsard. Cette savante maison n'était point éloignée de celle de Baïf, bâtie sur la contrescarpe de l'enceinte de Philippe-Auguste, « entre les portes Saint-Victor et Saint-Marcel », où se réunissait, pendant la fin du règne de Charles IX, l'Académie de poésie et de musique [2]. Pour les séances solennelles, Boncourt offrait l'hospitalité à l'Académie et à ses invités, et s'ouvrait aux dames et à la Cour [3]. La demeure de Dorat, sise au faubourg Saint-Victor, était toute proche [4]. C'était aussi depuis assez longtemps, le quartier de Ronsard, puisque la « maison de l'Ange », qu'il occupa avant de quitter Paris pour ses prieurés de campagne et qui appartenait à Baïf, communiquait avec l'habitation de celui-

1. On sait qu'une discussion sévère a été instituée sur les sources de Binet par son dernier éditeur Laumonier, qui a critiqué également toute l'information relative à Ronsard sortie de Boncourt.

2. Sur la maison de Baïf, v. plus haut, p. 222, et dans le *Bulletin philol. et histor.*, année 1916, p. 15, le document tout nouveau publié par Tueley. C'est un acte du 11 septembre 1587, portant donation par J.-A. de Baïf, secrétaire du Roi, à Jeanne du Bignon [sa maîtresse], femme d'Antoine Patu, bourgeois de Paris, d'une maison voisine de la sienne, « sur lesditz fossez [Saint-Victor] où soulloit estre pour enseigne l'Ange, tenant d'une part à la maison du Chappeau Rouge audict de Baïf ». La maison donnée par Baïf à sa maîtresse (le document précise cette qualité) était donc celle que Ronsard avait habitée.

3. Sauval, *Histoire et recherches des antiquités de la ville de Paris*. Paris, 1724, t. II, p. 491. Sur l'Académie baïfienne, distincte de celle du Palais, v. l'excellent chapitre x de l'ouvrage d'Augé-Chiquet.

4. V. plus haut, p. 60. A la fin de sa vie, Dorat est revenu à l'intérieur de la ville. L'acte de donation d'une maison à Saint-Cloud, à Goulu, son gendre, et Madeleine Dorat, sa fille, le 7 janvier 1586, indique sa demeure « dans l'encloz de la commanderie de Sainct-Jean de Latran, paroisse Sainct-Benoist » (*Bull. philol. et histor.*, année 1916, p. 12).

ci par un passage percé dans le mur de la ville par autorisation
spéciale du Roi [1]. Il se rendait volontiers chez son ami pour se
récréer avec des poètes, et aussi parfois chez Dorat, bien que
les compagnies y fussent trop joyeuses pour son gré et qu'il fût
privé de leur agrément par sa surdité. Il se trouvait assurément
plus à l'aise au collège gouverné par Galland et y prenait peu à
peu ses habitudes [2]. En tout cas, ce groupement de la Pléiade
dans le Paris des études et la constante familiarité des poètes
avec les gens de l'Université resteront des faits bien établis. Ce
petit monde assez particulier est évoqué par un texte de Jacques
Auguste de Thou, qui rappelle un moment de sa jeunesse et y
associe plusieurs de nos personnages :

Iam Ioannes Auratus professioni renuntiauerat et in Sanuictoria-
num suburbium [3] concesserat, quo frequens itabat Thuanus, ex eiusque
colloquiis semper instructior redibat, de Budaeo, quem ille puer
viderat, Germano Brixio, Iacobo Tusano sedulo eum percontat-
tus. Huius etiam beneficio in notitiam P. Ronsardi discipuli vene-
rat, cuius iam tum et amicitiam poetica quadam facultate demeruit,
adeo ut, cum ultima editione opera sua recudenda Io. Galandio man-
dasset, Orphea ei cum honorifico maxime elogio dicauerit. In Io.
Antonii Baifii etiam et Remigii Bellaquei familiaritatem in
eadem occasione se insinuauit, quam postea arctius coluit [4].

Boncourt devint plus tard l'unique habitation parisienne de
Ronsard, qui y logea pendant les dix dernières années de sa vie,
toutes les fois qu'il fit séjour dans la capitale. Galland et ses
autres amis l'y retenaient le plus longtemps possible, lorsque le
« poignait » le désir de ses bois et de ses fontaines et qu'il songeait
à reprendre le chemin du Vendômois ou de la Touraine. Il aimait,
d'ailleurs, ce milieu des collèges parisiens, groupés sur la
montagne Sainte-Geneviève, parmi lesquels une partie de sa

---

1. Sauval voyait encore les traces de cette porte. Cf. Jusserand, *Ronsard*,
p. 131.

2. Le groupement des textes sur Galland est fait par Laumonier, dans
les notes de la *Vie* écrite par Binet, p. 175-178, et dans son édition de
Ronsard, t. VI, p. 45 ; t. VII, p. 132-135 ; t. VIII, p. 144.

3. Le traducteur français des *Mémoires* de De Thou, inexact pour ce passage, écrit que Dorat « s'étoit retiré *dans l'abbaye* de Saint-Victor » ; il
lisait évidemment *coenobium* pour *suburbium*.

4. *J.-A. Thuani Historiarum sui temporis libri C.XXXVIII...*, Anvers, 1620.
*Commentaria de vita sua, lib. I*, p. 5.

jeunesse s'était écoulée, et surtout ce Boncourt, où il retrouvait le souvenir des succès de son cher Jodelle [1]. Il s'y montrait d'une simplicité charmante, prenant ses repas avec les écoliers et les maîtres, leur donnant des exemples de piété et des conseils de poésie. Tous l'entouraient, quand il faisait sa promenade quotidienne dans lē jardin du collège, devenu, dit l'un d'eux, un véritable jardin d'Académus. On a trop peu recueilli de cette parole vive et savoureuse, qui instruisait et charmait ce dernier auditoire. Le poète enseignait l'amour de la langue française, à l'aide de ces brillantes images qui ont tant frappé Agrippa d'Aubigné [2] ; il traitait volontiers de la théorie de son art et de la technique du vers, appréciait sans malveillance, mais sans complaisance, le talent de ses contemporains [3], éclaircissait, avec son autorité reconnue de tous, les passages obscurs des Anciens,

1. Cf. plus haut, p. 161, n. 3, et le passage cité du principal du collège d'Amiens, p. 199.

2. « Mes enfants, deffendez vostre mere de ceux qui veulent faire servante une damoiselle de bonne maison... Je vous recommande par testament que vous ne laissiez point perdre ces vieux termes..., contre des maraux qui ne tiennent pas elegant ce qui n'est point escorché du latin et de l'italien, et qui aiment mieux dire *collauder, contemner, blasonner,* que *loüer, mespriser, blasmer.* Tout cela c'est pour l'escolier de Limosin. » Ces paroles de Ronsard sont rapportées dans l'introduction aux *Tragiques* (éd. Ch. Read, Paris, 1872, p. 6).

3. A propos de Du Bartas et de Du Monin, on entend Ronsard dire chez Baïf : « Ils sont en mon endroit tels que les courtisans d'Alexandre envers ce monarque... En toutes leurs œuvres, ils sont bien mes imitateurs en ce que j'ay escrit d'impertinent ; mais pour imiter parfaictement ce que j'ay fait d'admirable, ils ne peuvent, et n'ont point l'esprit assez beau pour y sçavoir jamais arriver » (Pierre de Deimier, *L'Académie de l'art poëtiq̃ue,* Paris, 1610, p. 119). — Je crois utile d'indiquer les ambitions de cet Edouard du Monin, qui me semble avoir été du dernier entourage de Ronsard et aussi de la société de Boncourt. Honoré d'un quatrain par Du Bartas, d'une anagramme par Dorat, il est un des introducteurs des *Poematia* de celui-ci. Il est aussi de ceux du *Premier volume de la Bibliothèque du sieur de la Croix-du-Maine,* Paris, 1584 ; et surtout il a eu l'honneur immérité de mettre des vers français à côté des latins de Dorat, au devant de l'*Art poëtique françoys* de Ronsard, édité à nouveau par Linocier, en 1585. Dans *Le Quareme de Ian Edouard du Monin, divisé en trois parties. Première. Le triple amour ou l'Amour de Dieu du monde angelique et humain...,* Paris, 1584, il a inséré p. 333 un poëme *Ad I. Galand Collegii Becod. primarium, literariae classis asylum ac perfugium.* On lit dans son épître dédicatoire : « Après Ronsard, je ne sai en France que du Bartas et moi qui assés heureusement puisse faire marcher la solide Philosophie à pieds poëtiques... » Mais Ronsard, selon Deimier, « disoit parfois à ses amis que Du Monin et Du Bartas luy avoyent gasté la Poësie ».

expliquait les emprunts qu'il leur avait faits, revenait à ses idées familières sur la supériorité des Grecs et sur la nécessité d'écrire dans la langue maternelle pour rester dans la vraie tradition des maîtres [1]. Et « le bonhomme Ronsard », comme disaient les jeunes gens, émerveillait encore ses compagnons de table ou de promenade, en improvisant de belles traductions, vers pour vers, de morceaux de Virgile et d'Horace[2].

La famille de Jean Galland était faite pour récréer un vieillard. Ronsard y trouvait autour de lui une gaie jeunesse, qui l'admirait ; Dorat plaisante à ce sujet avec ses deux amis, en ces hendécasyllabes à la façon de Catulle, par lesquels il leur apprend joyeusement son mariage de sexagénaire :

> *Optimo optima sit salus poetae,*
> *Optimo optima sit salus sodali,*
> *O Ronsarde, tibi Galandioque,*
> *Ambobus lepidis venustulisque*
> *Maternae Veneris suae columbis,*
> *Quos et saepe viae ferunt eaedem,*
> *Et quos saepe domus tegunt eaedem,*
> *Eademque domo puellae eaedem,*
> *Eadem veneres ferunt eisdem,*
> *Vestre nunc nec ego hospitalitati*
> *Nec sorti inuidulus beatiori,*
> *Hanc vobis fero gratulationem...* [3]

Chez Galland, chacun prodiguait au vieux poète les soins qu'exigeaient ses infirmités et ses longues et douloureuses attaques de goutte ; on savait en même temps lui éviter les visites importunes et l'ennui de recevoir des gens, souvent considérables, qu'attirait à Boncourt l'indiscrète curiosité d'entretenir un homme illustre. Une véritable reconnaissance le liait donc à son μονοφιλούμενος, ce bon Galland, qu'il nommait aussi « sa seconde âme ». Celui-ci l'aida à publier la dernière édition qu'il ait donnée

1. Ces dernières préoccupations sont à chercher dans la troisième préface de la *Franciade*, qui est de 1587.
2. G. Crichton, *Laudatio funebris*, fol. 10 ; J. Velliard, *Laudatio funebris*, fol. 16.
3. Ce petit poème, qui est inédit, se trouve dans le ms. 550, fol. 64, du fonds Dupuy. La suite du morceau, qui intéresse surtout la biographie de Dorat, devra être recueillie, le jour où l'on réunira les lettres et les vers de lui qui méritent d'échapper à l'oubli.

de ses œuvres, le bel in-folio à deux colonnes de 1584, à propos duquel il réclamait au libraire « soixante bons escus, pour avoir du bois pour s'aller chauffer cet hyver avec son amy Gallandius » [1].

Quand on apprit à Paris la mort du poète, survenue à Saint-Cosme-lez-Tours le 25 décembre 1585, le principal de Boncourt s'occupa de préparer dans sa maison une cérémonie d'hommage solennel. Le 24 février 1586, les admirateurs de Ronsard se réunirent dans la chapelle du collège. Il y eut le matin ceux de la Ville et l'Université ; deux professeurs, le chartrain Jacques Velliard et un écossais, Georges Crichton (Crittonius), avaient composé des éloges étendus, où furent commémorés en bon latin, avec les mérites littéraires du glorieux défunt, les liens qui l'unissaient à Boncourt [2]. On entendit ensuite un *requiem* à cinq voix, la première œuvre importante de Jacques Mauduit, le musicien le plus apprécié de l'Académie de Baïf, qui prodiguait en l'honneur de Ronsard les ressources d'un art que celui-ci avait tant aimé [3]. Un dîner abondant sépara cette première séance de la seconde, à laquelle prit part la Cour et qui fut remplie par la grande oraison funèbre en français prononcée par le jeune Du Perron, lecteur de la chambre du Roi. Nous avons les textes imprimés de toutes ces harangues et des derniers vers de Ronsard, dont l'auditoire fut régalé. Il manquait le récit direct d'un assistant ; une lettre inédite de Nicolas Rapin à Scévole de Sainte-Marthe va nous le donner :

Monsieur, J'ay présenté voz recommendations aux seigneurs mentionnez par vostre letre, qui toutz vous resaluent et vous desirent icy pour ayder à celebrer la memoyre de Monsieur de Ronsard, duquel les obseques furent solemnellement faictes lundy dernier à Boncourt, en tres notable assemblee, où apres les harangues scholastiques, et le concert de la musique excellente, et le disner sumptueux aux despens de Monsieur Galland, Monsieur du Perron fit l'orayson funebre, telle que pouvez imaginer pouvoir venir de luy ; à laquelle assisterent,

1. C'est la lettre bien connue écrite de Croix-Val, le 9 septembre 1584, et rapportée par Colletet (éd. L., t. VII, p. 132).
2. J'ai utilisé divers témoignages tirés de ces documents, notamment aux p. 11, 68, 133.
3. Cf. Julien Tiersot, *Ronsard et la musique de son temps*, Paris, 1902, p. 72 sqq. (tirage à part de la *S. I. M.*, IV⁰ année).

oultre Messieurs le Premier President et infiniz conseillers, Monsieur de Joyeuse et Mesdames de Retz et de Villeroy [1]. On presenta quelques vers faitz par le deffunct, comme ilz en portent la marque qui ne se peult contrefayre par personne vivant. Vous en jugerez : je les vous envoye, aveq une meschante elegie, que les prieres de Monsieur Binet, et l'exhortation publique qui anime chascun à ce travail, a extorqué de moy plus tost qu'aulcune alegresse ou esperance de faire rien pour moy. Vous m'en manderez, s'il vous plaist, vostre adviz et y passerez la douce lime, dont polissez voz escripz, à la charge du contre eschange, c'est a dire de me fayre veoyr ce qu'aurez faict sur mesme sugect, comme vous y estes obligé....

De Paris, ce 2 de mars 1586.

Vostre serviteur et tres obeissant amy<br>
Nicolas Rapin [2].

Les humanistes de Boncourt s'empressaient, comme on le voit, avec Claude Binet, à provoquer et à recueillir les poèmes pour le *Tombeau de Ronsard*. Destinés à figurer à la suite de la première édition de la biographie qui se préparait, les vers arrivèrent en grand nombre. Scévole de Sainte-Marthe, qui joignait à la ferveur d'admiration commune à tous les disciples tant de raisons d'être reconnaissant à un maître ami [3], envoya une contribution importante [4]; il fit même appel aux versificateurs de sa connaissance pour enrichir le monument littéraire qu'on voulait élever [5].

1. Sur Catherine de Clermont de Vivonne, duchesse de Retz, v. Hilarion de Coste, *Les Eloges...*, p. 147. Pontus de Tyard a dédié à cette dame savante la seconde édition du *Solitaire premier*. Ronsard a adressé des vers à Madeleine de l'Aubespine, poétesse mariée à son ami Nicolas de Neufville, seigneur de Villeroy, secrétaire d'Etat.

2. Biblioth. de l'Institut, ms. 290 (anc. 292), fol. 22 (« A Monsieur de Saincte-Marthe, conseiller du Roy et tresorier general de France. A Poictiers »).

3. V. plus haut, p. 194-196.

4. Marty-Laveaux, *Notice biogr. sur Ronsard*, p. cj, a publié la lettre où Binet sollicite la collaboration de Sainte-Marthe, le 24 janv. 1586 (éd. L., t. VIII, p. 271).

5. Les papiers de Sainte-Marthe contiennent une lettre écrite de Loudun, par Pierre Joyeux (Laetus), en réponse à une demande de ce genre : « Quid unquam habuit Gallia magno illo Ronsardo aut sublimius aut politius ? Tamen, nisi me excitasses, tanti viri casum siccis oculis audiebam. Quo fit ut plus tibi debere me fatear, quod tuis ex litteris perspexerim quam humano et liberali sis in me animo ; quod etiam me eorum esse cupias ex numero, qui excellentissimi Poetae memoriam magis ac magis illustrari volunt ; illud vereor ne meis versibus obscuretur potius quam ornetur...

Plusieurs pièces parvinrent trop tard pour être insérées ; mais le
recueil magnifiquement imprimé par Gabriel Buon n'est que trop
riche. Il y a beaucoup de fatras en trois langues, et même en
quatre, puisque quelques Italiens ont fourni de ces sonnets qui
leur coûtent si peu d'effort. On y goûte, en revanche, des pages
émues de Robert Garnier et d'Amadis Jamyn, et les vers français et latins où Baïf commémore une glorieuse amitié. En général, la partie latine, extrêmement abondante, se montre supérieure à la partie française, avec les nobles élégies de Sainte-
Marthe, de De Thou, de Rapin et l'ode du fidèle Melissus [1] ;
Pierre Pithou, Antoine Loisel, Antoine Hotman font entendre la
voix des juristes, et Pontus de Tyard sait tout dire en un distique :

> *Petrus Ronsardus iacet hic ; si caetera nescis,*
> *Nescis quid Phoebus, Musa, Minerua, Charis* [2].

La publication du *Tombeau*, en même temps qu'un hommage
collectif de la poésie, apparaît comme une manifestation de
l'humanisme français tout entier. Peu de noms notables manquent
à l'appel, et quelques-uns signent à la fois plusieurs pièces en
langue différente [3]. La muse grecque a dicté un *epitaphion*, où
Nicolas Goulu paye sa dette de lecteur royal, et surtout l'*epice-
dion* de Dorat [4]. Le vieux maître de Coqueret a retrouvé sa verve

Aliquot tamen ad te utraque lingua mitto, quibus non tantum tribuas velim
ut tuae in me beneuolentiae longe plus non putes esse tribuendum... Iulio-
duni, Id. April [1586]. » La lettre est accompagnée de cinq distiques, *In
obitum P. Ronsardi (Nobile quae pridem firmis super aethera pennis,)* et
d'un sonnet qui semble également inédit : « Qu'est-il besoin, Ronsard, que
des vers on te donne ? » (Biblioth. de l'Institut, ms. 290, fol. 131 et 132).

1. Cette ode, écrite à Londres en février 1586, est dédiée à Florent
Chrestien qui n'a point collaboré au *Tombeau*.

2. L'évêque de Châlon a fait réimprimer, à l'occasion de la mort de son
ami, l'opuscule latin analysé plus haut, p. 201, et y a placé le même distique.

3. La réimpression du *Tombeau de Ronsard* au t. VIII de l'édition Blanchemain est fort incomplète. L'édition originale, à peu près reproduite dans
l'in-folio de 1623, présente par exemple quatre pièces de Dorat au lieu de
deux, dont une importante, celle où il parle de Galland et de la biographie
préparée par Binet. Il y a six sonnets italiens, au lieu de quatre. Blanchemain omet, également sans avertir, la collaboration de Jean Héroard, médecin du Roi, l'épitaphe due à Germain Vaillant de Guélis, abbé de Pimpont,
un des grands amis de Ronsard, et l' « Ode saphique rimée » de Nicolas
Rapin.

4. Il y a encore quatre épigrammes grecques de Robert Estienne, quatre
distiques grecs de Daniel d'Auge, autant de Nic. Valla, quelques vers dans

de jadis pour proclamer que non seulement Terpandre, dont il
salua la résurrection en tête des premières *Odes*, mais encore
Pindare, Eschyle, Sophocle, Homère lui-même et Callimaque,
enfin Virgile et Horace, ont quitté de nouveau la terre en la
personne de Pierre de Ronsard.

Le rénovateur de notre poésie a terminé sa vie littéraire au
milieu des humanistes, ainsi qu'il l'avait commencée. Les meilleurs de son siècle l'avaient entouré et participèrent à la formation de son esprit. Par Lazare de Baïf, il se rattachait à la tradition de Budé ; par son cher Jean de Morel, à celle d'Érasme.
L'école de Dorat fut longtemps sa vraie famille ; puis les ensei-
gnements du Collège royal nourrirent sa curiosité, sans la rassa-
sier ; il écouta les leçons de Turnèbe et fréquenta chez Ramus ;
il connut les grands philologues, comme Henri Estienne et Joseph
Scaliger, et compta Lambin et Muret parmi ses amis les plus
intimes. Il accueillait volontiers à Paris les érudits étrangers et les
écrivains de langue latine, qui devenaient hors de France les
propagateurs de sa renommée. Après avoir traversé tant de
milieux divers, obtenu les suffrages de la Cour, savouré l'engouement des femmes, épuisé la faveur des princes, il ragaillardissait
ses vieux ans parmi les honnêtes régents de Boncourt, dans une
maison de l'Université qui lui rappelait la studieuse retraite de
sa jeunesse et son bel apprentissage des lettres. Cette prédilection pour certains hommes et pour certaines études, cette per-
sistance dans la pratique du grec et du latin ne sont point choses
indifférentes. Elles donnent, au contraire, à la figure de Ronsard
son caractère particulier. Toute notre poésie classique s'abreuve,
après lui, aux sources antiques ; mais il est le seul de nos grands
poètes qui soit, au sens complet et au degré le plus éminent,
un grand humaniste.

la même langue de Féd. Morel, de Louis Martel, Rouennais, et d'Antoine
Mornac. Deux épitaphes latines, en style lapidaire, sont composées par
Louis d'Orléans et Jean Héroard. Sauf celui de Féd. Morel, aucun de ces
textes n'est mentionné par Blanchemain.

## TROISIÈME PARTIE

# LES ÉCRITS LATINS DE RONSARD

Fidèle jusqu'à la fin à l'Antiquité, qui ne cessa de lui fournir la meilleure nourriture de son esprit, Ronsard ne paraît pas avoir gardé intacts les sentiments de sa jeunesse pour la littérature de l'Humanisme. Il en arriva même, un jour, à juger sans indulgence des œuvres qu'il avait pratiquées avec délices et à condamner en bloc, en exceptant celle de quelques amis, toute la poésie moderne écrite en latin. Cette proscription est formulée avec la plus ferme éloquence dans le « Discours sur la poësie héroïque », qui fut publié par les éditeurs de 1587 comme une préface posthume à la *Franciade*. On relira avec fruit cette page pleine de doctrine, une des plus belles, au surplus, qui soit sortie de la plume d'un des meilleurs prosateurs du siècle :

Je te conseille d'apprendre diligemment la langue Grecque et Latine, voire Italienne et Espagnole ; puis, quand tu les sçauras parfaitement, te retirer en ton enseigne comme un bon Soldat et composer en ta langue maternelle, comme a faict Homère, Hesiode, Platon, Aristote et Theophraste, Virgile, Tite Live, Saluste, Lucrèce et mille autres qui parloient mesme langage que les laboureurs, valets et chambrières. Car c'est un crime de leze Majesté d'abandonner le langage de son pays, vivant et florissant, pour vouloir deterrer je ne sçay quelle cendre des anciens et abbayer les verves des trespassez, et encore opiniastrement se braver là dessus, et dire : J'atteste les Muses que je ne suis point ignorant et ne crie point en langage vulgaire comme ces nouveaux venus, qui veulent corriger le Magnificat, encores que leurs escrits estrangers, tant soient-ils parfaits, ne sçauroient trouver lieu aux boutiques des Apoticaires pour faire des cornets.

Comment veux-tu qu'on te lise, Latineur, quand à peine lit-on Stace, Lucain, Seneque, Silius et Claudian, qui ne servent que d'ombre muette en une estude, ausquels on ne parle jamais que deux ou trois fois en sa vie, encore qu'ils fussent grands maistres en leur langue

maternelle ? Et tu veux qu'on te lise, qui as appris en l'escole à coups
de verges le langage estranger, que sans peine et naturellement ces
grands parloient à leurs valets, nourrices et chambrieres ? O quantesfois ay-je souhaité que les divines testes et sacrées aux Muses de
Josephe Scaliger [1], Daurat, Pimpont [2], [d'Emery [3],] Florent Chrestien [4],
Passerat [5], voulussent employer quelques heures à si honorable
labeur,

> *Gallica se quantis attollet gloria verbis* [6] *!*

Je supplie tres-humblement ceux ausquels les Muses ont inspiré
leur faveur de n'estre plus Latineurs ny Grecaniseurs, comme ils sont
plus par ostentation que par devoir, et prendre pitié, comme bons
enfants, de leur pauvre mère naturelle. Ils en rapporteront plus
d'honneur et de reputation à l'advenir que s'ils avoient, à l'imitation
de Longueil, Sadolet ou Bembe, recousu ou rabobiné je ne sçay quelles
vieilles rapetasseries de Virgile et de Ciceron, sans tant se tourmenter ;
car, quelque chose qu'ils puisseat escrire, tant soit elle excellente, ne
semblera que le cry d'une Oye, au prix du chant de ces vieils Cygnes,
oiseaux dediez à Phebus Apollon. Après la premiere lecture de leurs
escrits, on n'en tient non plus de compte que de sentir un bouquet
fani. Encore vaudroit il mieux, comme un bon Bourgeois ou Citoyen,
rechercher et faire un Lexicon des vieils mots d'Artus, Lancelot et
Gauvain, ou commenter le Romant de la Rose, que s'amuser à je ne
sçay quelle Grammaire Latine qui a passé son temps...

N'eust esté le chant de nos Eglises, et Psalmes, chantez au leuthrin,
long temps y a que la langue Romaine se fust esvanouye, comme
toutes choses humaines ont leurs cours ; et pour le jourd'huy vaut
autant parler un bon gros Latin, pourveu que l'on soit entendu, qu'un
affetté langage de Cicéron [7]. Car on ne harangue plus devant Empe-

---

1. Sur les relations de Scaliger avec Ronsard, v. plus haut, p. 202-203.
2. Sur Vaillant de Guélis, v. p. 157-158. L'abbé de Pimpont est un des
auteurs de vers liminaires pour la *Franciade*.
3. Ce nom, qui désigne Jacques-Auguste de Thou, seigneur d'Emery
(Aemerius), a été ajouté au texte dans l'édition de 1597. Il est possible
que cette addition soit une politesse des éditeurs ; on peut croire pourtant
qu'elle avait été prévue par Ronsard lui-même, qui avait eu, dans la dernière partie de sa vie, de bons rapports avec le futur historien (v. p. 144
et 237).
4. L'honneur fait au nom de Florent Chrestien atteste sa réconciliation
avec son maître.
5. Sur Jean Passerat, v. p. 163-166.
6. Ce vers pourrait être, par jeu, de Ronsard lui-même.
7. On verra, dans l'écrit inédit publié plus loin, que tel est bien le « bon
gros latin » dont use Ronsard.

reurs, ne Senateurs Romains, et la langue Latine ne sert plus de rien
que pour nous truchemanter en Allemaigne, Poloigne, Angleterre, et
autres lieux de ces pays là. D'une langue morte l'autre prend vie,
ainsi qu'il plaist à l'arrest du Destin et à Dieu, qui commande, lequel
ne veut souffrir que les choses mortelles soient éternelles comme luy,
lequel je supplie tres-humblement, Lecteur, te vouloir donner sa
grace et le desir d'augmenter le langage de ta nation [1].

Ce regard lucide jeté sur l'avenir est illuminé par l'expérience de toute une vie. Le poète achève une carrière de prodigieux labeur ; il n'a jamais été plus conscient des difficultés et
des réussites de son art ; s'il se critique lui-même, en corrigeant
et perfectionnant son œuvre à chaque édition successive, il acquiert
le droit de juger également, et avec la même sévérité, l'œuvre
d'autrui. Ses arrêts sur la littérature humaniste sont déduits si
clairement qu'ils font prévoir la ratification certaine des temps
prochains. L'événement lui a donné promptement raison contre
les meilleurs tenants de l'Humanisme. Le mouvement naturel
des lettres françaises s'écartait de formes désuètes, qui avaient
fourni bien des modèles à nos écrivains, mais dont l'efficacité
était épuisée. Nul autant que Ronsard n'avait contribué à les
discréditer. A mesure que le poète avançait en âge, il comprenait
mieux lui-même l'étendue du rôle que lui conférait son génie et
dont il n'avait vu d'abord que l'honneur, « l'honneur sans plus
du verd laurier ». Il était dans sa destinée de rejeter dans
l'ombre, non seulement cette poésie française qu'il voulait remplacer et faire oublier, mais encore toute la poésie latine moderne dont il avait été l'admirateur. Lui-même s'était mis à
l'école des humanistes d'Italie. Il avait appris d'eux l'art d'adapter
les beautés antiques à l'inspiration d'un temps nouveau, le secret des transpositions heureuses et l'audace des glorieux « pil-
lages » qui enrichissaient le temple de nos muses. Le dédain
qu'il exprimait pour eux, à la fin de sa carrière, n'allait pas sans
quelque ingratitude.

1. Ed. L.. t. VII, p. 96-99. J'ai supprimé les mots *française et*, qui figurent
à la deuxième ligne avant le mot *italienne*, et qui rendent le passage très
singulier ; l'édition de 1597 les a, d'ailleurs, fait disparaître. N'oublions pas
que ce texte a été imprimé par Binet sur un manuscrit dicté par l'auteur et
« assez mal en ordre », qu'il a dû remettre, avoue-t-il, « à peu près selon
ses intentions ».

Peut-être est-il permis d'expliquer une telle page par des circonstances qui l'auraient inspirée ? On croit y démêler des inquiétudes pour une cause littéraire qui semblait gagnée, mais qu'un
retour de mode aurait pu remettre en péril. Le poète a-t-il eu
à craindre que le latin ne reprît sur l'esprit des contemporains le
prestige que son œuvre lui avait ravi ? Il vit se produire, en
effet, quelques tentatives passagères, notamment celle de Baïf.
Le compagnon de ses premiers travaux abandonna, d'une façon
retentissante, le champ cultivé en commun et composa, pour ce
faire, quatre livres d'épigrammes, la traduction des cent cinquante
psaumes, plus de quinze mille vers latins dont il donna une partie
à juger aux lettrés en 1577. Sans doute, en renonçant délibérément,
à quarante-cinq ans, à l'usage du français, cédait-il au décou-
ragement ressenti pour l'échec de ses vers mesurés ; mais il
ne l'avouait qu'à demi, affichant surtout le désir de remettre en
honneur l'art de Sannazar, de Flaminio, de Navagero, et s'abri-
tant sous le grand nom de Dorat. S'il motivait sa résolution,
c'était à la fois sur la décadence poétique, qu'il prétendait
constater autour de lui, et sur le besoin d'atteindre, hors des
frontières de la France, tout le large public étranger qui ne lisait
point notre langue :

> *Hactenus ingratae Gallorum carmina genti*
> *Et cecini et cecinisse piget, quae forte legentur*
> *Qua Franci porrecta patent confinia regni,*
> *Nunc iuuat et flauum Rheni transcendere flumen,*
> *Transque Pyrenei montis iuga, transque niuosas*
> *Alpes ferre pedem, Dacorum notus ad oras,*
> *Germanis, pariterque Italis et clarus Iberis,*
> *Qui mea scripta canent, seu Graio pectine ludum,*
> *Seu Latio. Juuat Aonias inuisere syluas,*
> *Daphneaeque nouum capiti decus addere frondis* [1].

Vingt ans auparavant, Du Bellay avait caressé les mêmes pensées. Mais nul n'était moins suspect à Ronsard que l'auteur de la
*Deffence* et de l'*Exhortation aux François d'escrire en leur*

---

1. *Carminum Iani Antonii Baïfii liber I.*, Lutetiae, apud M. Patisson,
1577, fol. 31. La même année, paraît Μεδάνις, ποίημα ἐλέγειον, avec traduction
latine (*Parisiis, apud Ioannem Bene-natum*) ; mais le texte grec, au moins,
est une œuvre de jeunesse. V. sur toute cette production tardive de Baïf,
Augé-Chiquet, *l. c.*, p. 465-485.

*langue*; et d'ailleurs, de quelles précautions ce fidèle ami n'entourait-il pas l'annonce de ses *Poemata* :

> Et quoy, Ronsard, et quoy si au bord estranger
> Ovide osa sa langue en barbare changer
> Afin d'estre entendu, qui me pourra reprendre.
>
> D'un change plus heureux? Nul, puisque le François,
> Quoy qu'au Grec et Romain egalé tu te sois,
> Au rivage Latin ne se peult faire entendre [1].

Du Bellay excusait élégamment une muse latine que Baïf imposait avec des façons belliqueuses. Ronsard, toujours ombrageux, devait voir une hostilité déclarée aux principes de l'école en des vers où l'auteur revendiquait hardiment la qualité du « transfuge ». A-t-il écrit pour y répondre le grand morceau où il ménage peu de gens, et où Baïf n'est point nommé? C'est une hypothèse qu'il n'est pas aisé d'appuyer, le « Discours » ayant été publié après sa mort, sans être pourvu d'une date précise. Mais il a laissé aux lettres beaucoup plus que des manifestes, l'exemple de son œuvre entière. Sachant à merveille le prestige que donnait la double langue aux écrivains de son temps [2], habile autant que personne dans le maniement du latin, il n'a pas consenti, par principe, à s'en servir.

---

## LES VERS.

Les observations qui précèdent ne sont point infirmées par le petit recueil en mètres divers qu'on peut arriver à réunir et à attribuer authentiquement à Ronsard. Outre qu'il reste fort court, chacune de ces pièces s'explique par une fantaisie du moment, à laquelle le poète n'a jamais attaché d'importance, et quatre seulement se sont glissées dans ses éditions.

---

1. V. Du Bellay, éd. Marty-Laveaux, t. II, p. 172. L'*Exhortation aux François* est au t. I, p. 57.

2. On a déjà rappelé plus haut, p. 7, comment toute la Pléiade écrivit en latin.

I

*In tumulum Iani Brynonis*
*RONSARDUS*

*Quo tegitur tumulo* BRYNO *lacrimantur eodem*
*Phoebus, Amor, Charites, pullataque turba sororum.*

Ce distique figure dans un « Tombeau » de Jean Brinon, jusqu'à ce
jour ignoré et dont j'ai retrouvé un exemplaire, probablement le seul
qui soit conservé, dans le recueil *10694 A* de la Bibliothèque Mazarine. Le recueil a été formé par François Rasse des Nœux, chirurgien
de Paris, lettré curieux, qui a signé sur beaucoup de pièces de cette
collection de « Tombeaux » de son temps, dont plusieurs sont extrêmement rares. Celui de Brinon porte les nᵒˢ 14 et 15.

Il se compose de deux feuilles distinctes, imprimées au recto
chez André Wechel, et portant en titre, l'une : SUR LE TOMBEAU DE
BRYNON, l'autre : ΕΠΙΤΑΦΙΑ ΕΙΣ 'ΙΑ. ΒΡΥΝΟΝΑ. La première contient
des vers français, latins et italiens; la seconde, des vers grecs et
latins, consacrés par le cercle du jeune conseiller au Parlement à pleurer la mort prématurée d'un incomparable ami des lettres. Cet hommage lui était bien dû, s'il est vrai que l'amphitryon de Villennes et
de Médan se soit ruiné en dons et en festins pour les poètes. Jean
Brinon était mort vers le mois de mars 1554 (cf. p. 16 et 60, et Laumonier, *R. poète lyrique*, p. 134 et 136). C'est de ce moment même que
date l'impression, visiblement improvisée, du souvenir funéraire. Le
principal morceau consiste dans les trois strophes de Ronsard (éd. L.,
t. VI, p. 241 ; éd. Bl., t. VII, p. 272), qui ont trouvé place dans la
2ᵉ édition des *Meslanges*, imprimée par le poète au moment de la
mort de son ami ; notre plaquette en est la publication originale, avec
des variantes orthographiques et un dernier vers différent :

> [La terre] arrousée de ton pleur
> Soudain quelque nouvelle fleur
> *Hors de ma tombe fera naistre.*

Les autres collaborateurs sont, pour la partie française, Jodelle,
G. Aubert, ce mystérieux Calliste, à qui Ronsard adresse un sonnet
des *Amours* (éd. L., t. I, p. 327) et que le commentaire de Belleau
dit « fort docte, bien nay et bien versé en l'une et l'autre langue » ;
enfin Bernard du Poey du Luc, versificateur humaniste dont les *Odae*,
parues à Toulouse en 1551, contiennent un témoignage d'admiration
pour Ronsard auquel aucune dédicace de la Pléiade ne fait écho. Les

poètes latins sur la même feuille sont Ronsard, Belleau, Calliste et un
auteur désigné par l'abréviation *He. And.*, qui me paraît être le collaborateur de Henri Estienne pour la deuxième édition de son Anacréon, Helias Andreas ; la dédicace de sa traduction latine complète
des Odes Anacréontiques est du 25 décembre 1555. Brinon est pleuré
encore dans un sonnet italien signé *G. P. M.* Les vers de Jodelle, qui
rappellent le dénûment où il mourut, n'ont pas été recueillis par
l'auteur, comme le furent les strophes de Ronsard ; sa pièce commence
ainsi :

> Arreste toy, Passant, il faut que de ce temple
> Tu rapportes chez toy et l'une et l'autre exemple
> Que je donne en doublant ma vie par ma mort...

Quelques-uns de ces noms se retrouvent sur la feuille grecque et
latine. Les poèmes grecs sont de Dorat, de Baïf et d'un Σιμεὸν Σύλβιος,
qu'on doit identifier avec Siméon Du Boys, né à Limoges en 1536,
élève de Dorat et de Turnèbe, qui commentera, en 1580, sous le nom
de *Bosius*, les *Lettres à Atticus* (cf. Alb. Du Boys et Arbellot, *Biogr.
des hommes illustres du Limousin*, t. I, Limoges, 1854, p. 205-211).
Le latin est de Dorat, de Jodelle, de B. du Poey (*B. Podius Luc.*) et
d'un certain J. Lebon, qui ne m'est pas connu. Une des deux pièces de
Dorat est une anagramme (Ἰανὸς ὁ Βρύνων === Ἴον Ἀβροσυνῶν) ; l'autre
un assez long ἐγκωμιαστικὸν, qui commence ainsi :

> Τί νῦν ἐρῶ σε ΒΡΨΝΩΝ ;
> Τί δ'αἰνέτω σε πρῶτον
> Τί δ'ὕστατον μέσον τε ;
> Σὺ γὰρ τὰ πάντ' ἀρίστος,
> Τὰ πάντα δ'αἰνετὸς σύ...

Les distiques suivants de Dorat, entre bien d'autres vers à la
mémoire de Jean Brinon insérés dans ses recueils, donnent le ton de
toute cette poésie funèbre. On trouve la pièce et six autres du même
auteur dans la *Farrago poematum* de Léger du Chesne, citée p. 16 :

> *Nota domus nulli magis est sua, quam tua,* BRYNO,
> *Nota fuit doctis omnibus usque domus.*
> *Hic epulae, hic epulas inter doctissima mille*
> *Colloquia a claris sunt agitata viris.*
> *Quae si forte loquax paries recitare valeret,*
> *Non foret in terris doctior hoc paries.*

En même temps que cet hommage de la première heure, le groupe
de Médan en préparait un autre plus important et plus réfléchi. C'est
ce qu'indique un distique final de Dorat :

*Has dedit inferias tibi nunc pro tempore* Bryno
*Impetus : at ratio grandius urget opus.*

La première feuille traduit ainsi cette annonce :

Pour l'heure à toy ces vers offre du dueil la rage,
Brynon, mais le conseil t'apporte d'auantage.

Afin d'honorer plus abondamment le défunt, on dut faire appel à
tous les familiers de sa maison. La plaquette de Wechel fut sans doute
envoyée en Italie à Muret et à Magny. Celui-ci se montre ému de la
triste nouvelle dans le sonnet 28 de *Souspirs*, tandis que Du Bellay se
tait sur Brinon, dont il ne parait pas avoir fréquenté le cercle, probablement trop libre pour lui. Le projet d'un « tombeau » plus considérable n'eut pas de suite. Mais la mémoire du conseiller Brinon vit
assez dans les œuvres de Ronsard pour qu'aucun de ses lecteurs ne
puisse l'oublier ; et cet obscur Du Poey disait bien :

Longtemps après l'on orra son nom ;
Voila que sert d'aymer les Poëtes.

## II

### In P. Ronsardum,

*Ranae lemanicolae coaxatio.*

*Dum bibis Aonios latices in vertice Pindi,*
*Ronsarde, undenas dum quatis arte fides :*
*Vindocini ruris, grauibus, tua personat agros*
*Musa modis, Phoebus quos velit esse suos.*
*Ast ubi cura fuit praepingui abdomine ventrem*
*Setigerae latum reddere more suis,*
*Illorum explesti numerum, qui funera curant,*
*Qui referunt fucos, sunt operumque rudes.*
*Exin Missae agitas numeros : at tempore ab illo*
*Non tua Musa canit, sed tua Missa canit.*

### P. Ronsardi responsum.

*Non mea Musa canit, canit haec oracula vatis*
*Patmicolae ranis Musa Lemanicolis,*
*Obscoenas fore tres foedo cum corpore ranas,*
*Immundos potius Daemonas aut totidem.*
*Semper in ore sui qui stantes Pseudoprophetae*
*Inque Deum, inque pios verba profana crepent.*

*Vera fides vati, tu rana es.[de] tribus una,*
  *Altera Caluinus, tertia Beza tuus.*
*Beza ferens veteris Theodori nomen, eandem*
  *Deque Deo mentem, quam Theodorus, habens.*
*Talibus o ranis raucissima de tribus illa,*
  *Quae me, qua superos, garrulitate petis :*
*Aonios non tu latices in vertice Pindi,*
  *Sed bibis impuros, stagna Sabauda, lacus.*
*Nec cum pura nitet, sed cum niue turbida mixta,*
  *Et glacie fusa montibus unda fluit.*
*Inde gelata viam vocis, tumefactaque fauces*
  *Digna coaxasti carmina vate suo.*
*In quibus, ut decuit gibboso gutture monstrum,*
  *Non nisi ranalis vox strepit ulla tibi.*
*Nam quod Musa virûm doctorum voce vocatur,*
  *Id nunc Missa tibi vox inamoena sonat.*
*Non nisi rana queat sacra sic corrumpere verba :*
  *Sibila rana fera est, sibila verba crepas.*
*I nunc, et patriis interstrepe viua lacunis,*
  *Inque pios homines quidlibet, inque Deum.*
*Mortua dum, pacem ne turbes rana piorum*
  *Nigra, lacu Stygio vel Phlegetonte nates.*
*Donec in ardenti, causam raucedinis, unda*
  *Excutias frigus, quo tua Musa riget.*

Les vers de Ronsard répondent aux cinq distiques du pasteur de
Genève, qui accompagnent la première *Response aux calomnies conte-
nues au Discours et Suyte du Discours sur les miseres de ce temps...*
[Orléans], 1563. (Cf. éd. L., t. VII, p. 549; t. VIII, 112, 118.) Le
poète réimprima l'attaque, avec un titre dérisoire, et ses propres vers,
à la suite de sa *Responce de P. de Ronsard gentilhomme Vandomois
aux injures et calomnies de je ne sçay quels Predicans et Ministres
de Geneve*, Paris, Buon, 1563. Cette polémique poétique est complé-
tée par une pièce attribuée à Dorat (*In laudem Ronsardi*), dont les
premiers vers sont cités par Montaigne, sans indication de provenance,
vers le commencement de l'*Apologie de Raimond Sebond*. Les trois
poèmes suivent immédiatement le *Recipe*, c'est-à-dire l'ordonnance
facétieuse introduite par Ronsard en ce vif morceau de prose railleuse
qu'il intitule : *Aux bons et fidelles medecins predicans, sur la prise
de trois pillules* [les trois pamphlets] *qu'ils m'ont envoyées.* Ce texte
étant un exemple du latin bouffon de Ronsard, je crois devoir ne pas

l'omettre ici, bien qu'il figure dans les éditions et qu'il ait été composé vraisemblablement avec l'aide des médecins du poète. Voici la purgation qu'il conseille à ses adversaires, non sans recommandations joyeuses : « N'oubliez apres la prise vous faire ouvrir la veine moyenne senestre, et apres ventoser et scarifier deux ou trois fois la nuque du col, pour atirer et evaporer l'humeur noir et melancolique, lequel sans relache vous tourmente et gaste le cerueau » :

*Recipe radicum polypodii quercini, capparis, tamaricis, lapathi, ana unciam semis, fumiterrae, buglossi, borraginis, chamaepitheos, chamaedryos, scolopendrii, epithimi, ana manipulum semis, foliorum senne mundatorum drachmas tres, fiat decoctio pro dosi, in colatura dissolue catholici unciam unam, confectionis hamech dragmas tres, syrupi de fumoterrae dragmas sex, fiat potio, detur tempore praedicto. Quod si hoc remedium non satis purgarit humorem melancholicum, augeatur vis eius addito elleboro et lapide cyaneo praeparatis ut decet.*

Tout en laissant ici au *P. Ronsardi responsum* la place qu'on ne peut lui refuser, je crois devoir soulever un doute d'attribution. Il se tire d'un texte de Jacques Grévin, vers la fin du *Temple de Ronsard*, qui accompagne la *Seconde Response de F. de la Baronie* [Flor. Chrestien], parue en septembre 1563. Grévin, qui est un connaisseur et sait à quoi s'en tenir sur l'entourage du poète, réplique ainsi à son ancien maître : « Messire Pierre mon amy,... vous pouvez communiquer ce Temple à vostre maistre le Limosin, afin que *Agnoscat mores ille legatque suos*, le remerciant de nostre part de ce qu'il a pris la peine de defendre son disciple : vous luy direz que les grenouilles (qui font des long temps la guerre aux rats de son pays) n'ont pas été si grues, qu'ils n'ayent bien cognu le masque de sa patte. Ce qui n'a pas esté sans crier *Au rat, au rat...* » Ce passage, qu'on a cru viser seulement le poème *In laudem Ronsardi*, me semble s'appliquer surtout aux vers sur les grenouilles du lac Léman, où je suis assez incliné à retrouver, comme Grévin, le goût et la manière de maître Auratus. Rien n'interdit de penser à une collaboration *inter pocula* entre Dorat et Ronsard.

## III

### AD CAROLUM LOTHARINGUM.

*Carole, Ronsardum sine vincere, victus ab illo*
*Post tua victurus facta superstes erit.*

On lit ce distique en 1565, à la fin d'une plaquette intitulée : *Le Proces, A tresillustre Prince Charles, Cardinal de Lorraine* (s. l.

n. d.). Il se retrouve dans les éditions collectives de 1565 à 1573, à la
suite de la pièce, qui a été insérée parmi les *Poëmes* avant de prendre
place, sans le distique, dans *Le Bocage royal* (éd. L., t. III, p. 268 ;
éd. Bl., t. III, p. 349). Bien que le motif en soit simplement l'impatience du poète d'obtenir les largesses trop retardées de son protecteur, on rencontre mainte page éloquente dans ce morceau, composé
avant avril 1562 et commençant ainsi :

> J'ay proces, Monseigneur, contre vostre grandeur,
> Vous estes defendeur et je suis demandeur ;
> J'ay pour mon advocat Calliope, et pour jugé
> Phebus qui vous cognoist et qui est mon refuge...

Un distique *Ad Ronsardum*, qui répond à celui de Ronsard, est
cité par Laumonier d'après le ms. *Fr.* 4897 de la Bibl. nationale :

> *Musarum Ronsarde decus, sine vincere Carlum,*
> *Post sua nam vincens fata superstes erit.*

IV

IN CICERONEM A DYONIS. LAMBINO LOCIS INNUMERABILIBUS
EMENDATUM.

> *Qui iacuit longo post funera rosus ab aeuo,*
> *Tullius ille, decus linguae gentisque togatae,*
> *Pulcrior è tenebris surgit, lucemque reuisit*
> *Munere diuino Lambini : qui velut alter*
> *Phyllirides, illum caeco reuocauit ab Orco.*

*P. Ronsardus faciebat.*

Inconnus à tous les éditeurs de Ronsard, ces vers figurent parmi
les liminaires de l'édition de Lambin : *M. Tullii Ciceronis opera omnia
quae exstant, Dionysio Lambino Monstroliensi ex codicibus manu-
scriptis emendata et aucta... Parisiis, in aedibus Rouillij via Iacobea...
MDLXVI.* In-fol.

La présence de Ronsard parmi les poètes humanistes, qui honorent
cette grande œuvre de leurs louanges, s'explique par ses relations
d'amitié avec Lambin (v. plus haut, p. 154 sqq.). Au reste, sans parler de Dorat, qui célèbre en grec et en latin son collègue au Collège
royal, et de Henri de Mesmes, dédicataire de l'ouvrage entier, il y a
encore deux poètes de la Pléiade qui ont donné des vers au nouvel éditeur de Cicéron ; ce sont Baïf (*Qui modo mendosis maculata volumine
naeuis...*) et Belleau (*Hic qui pro rostris quem olim stupuere Qui-*

*rites...*). Toutes ces pièces sont reproduites dans : *D. Lambini Monstroliensis Tullianae emendationes... accurauit Fr. Nic. Klein,
Silesius*, Coblentz, 1830, p. LXXX sqq.

L'allusion qui termine le morceau de Ronsard se rapporte au cen-
taure Chiron, né de Saturne et de Phillyra (non *Phyllira*), expert
dans l'art de la médecine et de la chirurgie.

## V

### AD CAROLUM AGENOREUM,
#### EPISCOPUM CENOMANENSEM, EPIGRAMMA.

*Materiam vellem meliorem fata dedissent*
  *Spectandi egregios marte vel arte viros,*
*Quam nuper Gallis Ioue quam damnante dederunt*
  *Tristia proque aris praelia proque focis.*
*Si tamen haud alia licuit ratione probare*
  *In Patriam quantus fortibus esset Amor,*
*Pace tua dicam fuit hoc, ô Gallia, tanti*
  *Visa quod es vires ipsa timere tuas.*
*Si modò sic patuit pro laude subire pericla*
  *Quis posset Patriae proque salute suae*
*Ronsardus Patriam patriis defenderat armis,*
  *Carminibus patriis patria sacra canens.*
*Digna tuo quondam quae nomine Charta legatur,*
  *Carole, Agenoreae gloria magna domus :*
*Qui velut auspiciis iisdem quibus usus et ille*
  *Cenomani vindex ausus es esse soli.*
*Si tamen ut linguae post sancta pericula, linguam*
  *Non timidam fortis sit comitata manus.*

Ce poème, où résonne tant de fois et si noblement le nom de la
patrie, a été placé en tête du *Discours sur les Misères de ce temps*
dans l'édition collective de 1567. Il est supprimé à partir de 1584
(éd. L., t. VIII, p. 114). Charles d'Angennes, évêque du Mans, avait
succédé sur ce siège au cardinal du Bellay. C'est dans son diocèse
que Ronsard tenait en commende, depuis 1555, la cure d'Évaillé ; sa
paroisse natale, Couture, dépendait pour le spirituel de l'évêché du
Mans, où il avait lui-même reçu la tonsure en 1543. Le poète ne pouvait manquer de reconnaitre, en dehors de toute idée de flatterie, la
fable de la descendance de la famille d'Angennes, qui se prétendait

issue d'Agénor, héros troyen tué par Pyrrhus ; on la retrouve dans la
*Responce aux injures :*

> J'honore mon Prelat des autres l'outre-passe,
> Qui a pris d'Agenor son surnom et sa race.

## VI

### [REGIS CAROLI IX EPITAPHIUM]

> *Carolus in terris terrarum gloria vixit*
> *Maxima, Justitiae magno et Pietatis amore:*
> *Nunc idem caelo viuens est, gloria caeli,*
> *Quò se Justitiae et Pietatis sustulit alis.*

Ces vers ont paru dans *Le Tombeau du feu Roy Tres-chrestien
Charles IX, prince tres-debonnaire, tres-vertueux et tres-eloquent.
Par Pierre de Ronsard, aumosnier ordinaire de Sa Majesté, et autres
excellents Poëtes de ce temps.* A Paris, de l'imprimerie de Federic
Morel... [1574]. La marque porte *Pietate et Justitia,* devise donnée
au roi par Michel de L'Hospital et qui a inspiré d'autres vers de Ronsard. Cf. éd. L., t. VIII, p. 106, 114.

## VII

### AD TULLEUM PRIMUM PRAESIDEM.

> *Linguae, Tullee, prima Tullianae*
> *Quondam gloria, nunc Catonianae*
> *Idem primus honos seueritatis,*
> *Hoc est Justitiae atque sanctitatis,*
> *Cuius gloria summa, per fauorem*
> *Nil cuiquam dare plus minusue Justo :*
> *A te gratia nunc rogatur ista,*
> *A te sola roganda quae decenter,*
> *A te sola decenter impètranda :*
> *Ronsardo facias tuo clienti,*
> *In causa facili, probata, aperta,*
> *Non prosit fauor ullus ut nocenti,*
> *Sed ne obsit fauor ullus innocenti.*

L'original de cette pièce est conservé dans un recueil de la Bibl.
nationale, *Dupuy 837,* fol. 248. Il porte, de la main de Pierre Dupuy,

Ad Tulleum
Primum Præsidem

Lingua Tullee prima Tulliana
Quondam gloria, nunc Catoniana
Idem primus honos seueritatis,
  Hoc est Justitiæ atque sanctitatis;
Cuius gloria summa, per fauorem
Nil cuiquam dare plus minusue Justo:
A Te gratia nunc rogatur ista,
A te sola roganda quæ decenter,
A te sola decenter impetranda :
Ronsardo facias tuo Clienti
In Causa facili, probata, aperta,
Non prosit fauor vllus vt nocenti,
Sed ne obsit fauor vllus Innocenti :—

                    Ronsardi

l'indication *Ronsardi manu*, qui doit être acceptée, l'écriture étant la même que celle de l'attestation pour Nicolas Goulu et de l'hommage des volumes offerts à Muret et à M. de Fictes (v. plus haut, p. 137, 141, 151). C'est l'écriture appliquée de Ronsard, celle qu'on pourrait dire son écriture de cérémonie et dont il se sert dans le ms. du livre II de la *Franciade* reconnu par Edmond Faral. Les observations de Laumonier sur le feuillet de la collection Dupuy sont inexactes (t. VIII, p. 114). La copie existant dans les papiers de Pierre de l'Estoile avec la mention : *P. Ronsardus, ex autographo* (éd. Brunet, t. XI, p. 294), paraît faite sur ce précieux original.

Le personnage à qui Ronsard adressait ses hendécasyllabes, à l'occasion d'un litige qui n'est pas connu, est le Premier Président du Parlement de Paris, Christophe de Thou. La forme du nom *Tulleus*, choisie par le poète pour un flatteur rapprochement avec celui de Cicéron, paraît suggérée, comme l'a remarqué Blanchemain, par celui des comtes de Toul, dont la famille de Thou prétendait descendre. Léon Dorez a rapproché de la forme employée par Ronsard et aussi par Dorat (*Tullaeus*) celle dont se sert Jérôme Maurand dans la dédicace du recueil des inscriptions d'Antibes : *Praestantissimo viro [Christophoro] de Tullo* (*Itinéraire de J. Maurand d'Antibes à Constantinople, 1544*, Paris, 1901, p. v et 291). On a latinisé le même nom en *Tuthaeus* ; mais la forme consacrée est *Thuanus;* c'est celle qu'emploient les auteurs du *Tombeau* du Premier Président, imprimé en 1583, et que son fils l'historien a rendue illustre.

------

## L'Invective contre Pierre de Paschal.

L'ouvrage de prose, qui va prendre place ici parmi les écrits latins de Ronsard, est d'un tout autre intérêt que ses vers en cette langue. Il se rattache à un curieux épisode de l'histoire de la Pléiade, resté jusqu'à présent assez obscur, et révèle un aspect inattendu de l'écrivain. On le voit étendre sa maîtrise à un genre littéraire de l'Humanisme, l'invective, qui a fleuri abondamment pendant la Renaissance, et d'abord en Italie, sans laisser beaucoup de morceaux d'une qualité supérieure à celui-ci. Ronsard s'y montre assez bien l'émule des Poggio et des Philelphe. Son style vigoureux, grammaticalement correct, n'affecte l'imitation d'aucun auteur préféré ; mais, chargé volontairement des mots les plus expressifs, sans nulle préoccupation de purisme, ce « bon

gros latin » qu'il aime rappelle, au moins pour l'aisance, celui
d'Érasme et de ceux des contemporains qui conservent à la langue
des Anciens la couleur et le mouvement de la vie.

On pourrait verser cette pièce au dossier des polémiques du
« Cicéronianisme », car la question, alors tant controversée, de
l'exclusive discipline cicéronienne s'y trouve directement abor-
dée. Le Gascon ambitieux, qu'attaque Ronsard pour des raisons
à la fois littéraires et personnelles, se montre dans le milieu
parisien le représentant attitré de cette doctrine venue d'outre-
monts, dont le prestige lui a procuré de grands profits pour sa
carrière. Pierre de Paschal fit chez nous un personnage que
l'Italie a connu par centaines et qui ne fut pas commun en France,
même après les publications d'Étienne Dolet et de Robert
Estienne. Cicéronien de la plus stricte observance, théoricien
pédant et infatué, italianisant affichant son mépris pour le latin
écrit par ses compatriotes, il devait provoquer des contradictions
violentes, et l'on s'étonne seulement qu'elles aient longtemps
tardé.

Comment un tel homme, d'un talent mince et muni d'idées
assez courtes, parvint à s'imposer à des lettrés aussi fins et, en
somme, aussi avertis que Ronsard et ses disciples, j'essaie plus loin
de le conter avec l'ensemble de ses aventures. Il suffit de rappeler ici qu'il tira avantage auprès d'eux, dès son retour d'Italie,
des promesses qu'il prodigua de les immortaliser tous par ses
futurs ouvrages. Il offrait de répandre leur renommée en Europe,
grâce à la langue comprise et écrite de tous les lettrés et qui
servait si grandement déjà l'honneur des noms italiens. La Brigade avait de la gloire une avidité extraordinaire. L'idée de
figurer de compagnie, autour du maître, dans les *Illustrium
virorum elogia* que Paschal annonçait pour faire suite aux célèbres
*Elogia* de Paul Jove, mit en joie tout ce jeune monde. On
accueillit, on fêta le méridional plein d'assurance, prompt à l'enthousiasme et aux propos éloquents, détenteur par surcroît des
secrets de la plus pure latinité, et l'on contresigna, sans y regarder de près, le brevet de génie qu'il commençait par se décerner
lui-même.

Ronsard confesse, avec une bonne foi rageuse, la naïveté de
ces innombrables dupes. Se plaçant en tête de la liste, il range
Du Bellay, Jodelle, Belleau, Pontus de Tyard, Nicolas Deni-

sot, parmi les écrivains qui se laissèrent prendre avec lui à
cette mirifique « piperie ». C'était au temps de Henri II, dont
parle Étienne Pasquier, « lorsque l'on se frottoit aux robes de
ces grands Poëtes qui florirent sous ce bon Roy, pour trouver
un arrière-coin dans leurs œuvres » [1]. Paschal y fut du premier
coup logé en place d'honneur. Les plus flatteuses dédicaces, dans
les recueils publiés à partir de 1550, attestent comment se
payèrent par avance les services qu'on attendait de lui. Si celles
de Ronsard furent les premières et les plus reluisantes, les cinq
pièces des *Regrets* où Paschal est nommé auraient suffi à mener
son souvenir jusqu'à nous, sans parler d'une épître au Roi, où Du
Bellay le célèbre un jour aux côtés de Ronsard lui-même. Olivier
de Magny avait contribué plus largement que personne à fabri-
quer cette fausse renommée et, si Ronsard ne cite point, c'est
peut-être parce que le poète quercinois, plus particulièrement
lié avec l'humaniste gascon, ne voulut pas prendre part à la cla-
meur hostile qui s'éleva un jour contre celui-ci.

Quelques esprits avisés, en effet, dont étaient Dorat et Ramus,
s'aperçurent que le rusé compagnon n'avait ni les moyens ni l'intention de tenir ses engagements. Après avoir reçu lui-même des
écrivains la notoriété qu'il promettait de leur assurer, il en tirait
parti pour se munir à la Cour, grâce à la faveur du cardinal de
Lorraine et des prélats lettrés, d'une fonction bien rétribuée,
celle d'historiographe du Roi. Elle lui permettait de se passer de
ses amis et de se livrer désormais à une paresse naturelle. Se
disant absorbé par les travaux de sa charge, qu'on l'accuse de
n'avoir pas remplis, il éludait ses obligations envers ceux qui
lui avaient fait la courte échelle à force d'odes et de sonnets.
Les poètes virent enfin qu'on s'était moqué d'eux. Un de leurs
amis plus sincères, Adrien Turnèbe, déchaîna les attaques
par une satire latine ; Du Bellay s'y associa en la traduisant [2].
On était en 1559 ; la mystification avait duré dix ans.

Ronsard se montra le plus acharné. Pressé d'arracher à son
tour le masque qui l'avait abusé, il tint à employer à cet usage
la langue habituelle à l'imposteur et, par une ironie assez heu-

---

1. *Les Œuvres d'Estienne Pasquier*, Amsterdam, 1723, t. II, col. 292.
2. Toute cette histoire se trouve racontée dans la quatrième partie de
ce livre, avec les références utiles et avec une mise au point que permettent le groupement des témoignages sur Paschal et l'étude de ses écrits.

reuse, adopta la forme de l'éloge vainement attendu par tant de
poètes. S'inspirant lui-même de Paul Jove, dont les œuvres
étaient dans toutes les mains, il montra élégamment que cette
besogne d'imitateur n'était pas aussi difficile que le prétendait
Paschal. Au reste, il ne s'assujettit qu'à peine à suivre le modèle
italien et, dans le cadre qu'il emprunte, il s'abandonne librement
au caprice insolent d'une raillerie débridée, ne reculant devant
aucune audace. Le portrait physique ne le cède pas, en traits
méchants et drus, au portrait moral dont il accable son ancien
ami. Sa rancune dépasse assurément les bornes, car on verra, en
vérifiant des griefs qu'elle exagère, que Paschal, malgré ses airs
avantageux et ses défauts d' « arriviste », comme on dirait de
nos jours, n'était pas dénué de tout mérite et ne justifiait pas
tant d'outrages.

Bien que le poète l'eût menacé de faire imprimer son invective, elle ne circula qu'en manuscrit. Le succès fut grand dans le
public d'initiés auquel elle s'adressait, et Étienne Pasquier,
déjà bon défenseur de notre langue, en fit incontinent une traduction française. Il écrivait à Ronsard à ce sujet :

Voyez quel commandement ont vos ouvrages sur moy, A peine
estois-je arrivé à Argenteüil que j'ay leu et releu l'Eloge Latin que
vous avez fait de Pascal : et l'ay leu de bien bon cœur ; car quelle
chose peut venir de vostre lime, qui ne me plaise ? Vrai Dieu que vous
avez à propos descouvert sa piperie ? Comme non seulement vous avez
combatu, ains abatu ce grand monstre ? Si que je me promets (quelque
privilege d'impudence qu'il se donne) que desormais il apprendra à se
taire, et de ne publier ses inepties devant la face de nostre Prince. Parquoy soudain que j'ay esté de repos, je n'ay eu rien en plus grande
recommandation que d'habiller à la Françoise vostre Latin. Ce sera
à vous de juger si bien ou mal. D'une chose vous puis-je asseurer, que
si je ne vous ay satisfait, je me suis contenté moy-mesme pour revan-
ger une juste querelle de nostre France et des gens doctes, entre lesquels combien que je ne me donne nul lieu, si vy-je en cette espérance
que chacun d'eux, tant que vostre exemple que le mien, apprendra à
la parfin de garentir ce Royaume de cette dangereuse beste. En quoy
nous ne faisons rien qui n'ait esté attenté par ce grand personnage
Tournebu [1].

1. *Les Œuvres d'Est. Pasquier*, t. II, col. 23. La lettre à La Croix du
Maine est au t. II, col. 238.

Cette petite bataille littéraire, intéressante par les noms qui
s'y trouvent mêlés, laissa quelques souvenirs. On en trouve
l'écho dans une plaisante page de Brantôme. Pasquier lui-même
l'a narrée, en écrivant à La Croix du Maine, lorsque ce bibliographe préparait son grand ouvrage consacré aux écrivains de
son siècle ; sa lettre fait revivre assez bien les passions qui
expliquent l'opuscule de Ronsard :

J'entends que bastissez un livre qu'intitulez la Bibliothèque, qui est
un Cathalogue général de toutes sortes d'autheurs qui ont écrit en
françois, avec un recit de leurs compositions, tant imprimées qu'à
imprimer. Oeuvre certes laborieux et digne de celuy qui a beaucoup
veu et leu ; mais auquel avez à vous garder de plusieurs embuches de
ceux qui, pour ne pouvoir par adventure rien de soy, tascheront de
s'advantager en réputation, aux despens non de leurs plumes ains de
la vostre ; car ne pensez pas que la fosse de Pierre Paschal n'ait produit plusieurs rejettons. Quand je vous dis Pierre Paschal, vous sça-
vez ce que je veux dire. Et neantmoins, puisque je suis maintenant de
loisir, encore vous en feray-je le conte par manière de passe-temps.
Pierre Paschal estoit un gascon, qui sur son premier advènement se
fit amy et compagnon de la pluspart des poëtes de nom, qui floris-
soient sous le règne du Roy Henry Second. Cestuy, voyant tant de
nobles esprits mettre la main à l'œuvre, et qui luy eust esté mal séant
au milieu d'eux de se taire, commença de nous repaistre de belles promesses, se vantant de faire l'histoire de son temps, et pareillement le
sommaire des vies des gens de marque, qui lors estoient, à l'imitation
de Paul Jove. Sous ces faux gages, il sollicitoit impudemment uns et
autres poëtes de le trompeter par leurs escrits, leur promettant une
pareille et de les arranger entre ses Hommes illustres. Ses importunitez et prières porterent tel coup, qu'estant haut loüé par Monsieur de
Ronsard, et quelques autres, le bruit de son nom en vint jusques aux
aureilles du Roy Henry (ce n'est pas un petit secret des affaires du
monde d'envoyer un bon bruit de nous pour avant-coureur de nos
actions). Le Roy, au son de sa renommée, le fit son Historiographe,
aux gages de douze cens livres par an. Toutefois, après son decez, on
ne trouva rien si froid que son estude ; car aussi, pour en dire le vray,
il ne sçavoit parler ny latin, ny françois ; et le peu de latin qu'il redi-
geoit par escrit estoit tiré, piece a piece, des Commentaires de Nizo-
lius, pour dire qu'il estoit Cicéronien. De ce vous en puis-je asseurer,
comme celuy qui l'ay veu de près. Et qui est le plus beau de ce conte,
c'est qu'au mariage de la Royne d'Escosse avec le Roy Dauphin, il fit
imprimer une longue harangue fort mal bastie, dans laquelle il faisoit

parler au Roy ceste princesse fort jeune, quand elle arriva en France, tout ainsi que si elle eust eu trente ans sur la teste. Et portoit le tiltre que cette harangue avoit esté extraicte du quatre ou cinquiesme livre de són Histoire, dont il n'avoit encore encommencé le premier. Celuy qui halena premierement son fard, fut ce grand et docte Adrian de Tournebu, personnage aussi aigu et violent en satyres contre ceux qui le méritoient, comme doux en mœurs et conversation avec les gens d'honneur et de lettres; lequel luy fit une plaisante épistre sous ceste intitulation, *Ego tibi*, laquelle fut depuis mise en françois par Du Bellay; et à leur suite Ronsard, qui l'avoit tant de fois celebré par ses escrits, chantant une palinodie, fit un éloge Latin de luy, que je traduisi en François et ay encore entre mes brouillas.

A défaut de ce texte français, qui est perdu avec les « brouillons » de l'auteur des *Recherches de la France*, nous aurons l'original latin plus intéressant pour nous. Il est conservé parmi des papiers provenant de Jean de Morel, dans la *Collectio Camerariana* (vol. 33), à la Bibliothèque de Munich. Ces feuillets, dépourvus de titre et de nom d'auteur, n'attirent pas l'attention parmi tant d'autographes des amis de Morel ou de sa famille, où j'ai recueilli jadis diverses pages de Michel de L'Hospital, de Joachim du Bellay, de Dorat et de quelques autres. Ils offrent cependant les caractères d'un manuscrit original et, bien que l'ensemble paraisse de la main d'un copiste, plusieurs additions sont dues à l'auteur lui-même. Je regrette que les circonstances ne me permettent pas de vérifier en ce moment les remarques faites au moment de la transcription ; mais aucun doute n'est possible pour les deux additions importantes de la fin, celles qui portent sur les défauts physiques du Gascon; elles sont d'une écriture cursive, un peu fébrile, pleines d'abréviations et de ratures.

Dans l'édition qui suit, la graphie du manuscrit est exactement reproduite; la ponctuation a été ajoutée et des alinéas ménagés pour la commodité du lecteur.

---

[PETRI PASCHASII ELOGIUM.]

*Petrus Paschasius Vasco, ut cognomen ipsum indicat, ex infima et abiecta familia natus est, quamuis se ab Urbano tertio Pontifice originem traxisse glorietur. Ab ineunte aetate Carpen-*

*toracti in scholis publicis, non in priuatis aedibus Sadoleti, ut
iactat, prima grammatices elementa suscepit. Verum cum animaduerteret illorum, ut coeterarum deinceps artium, se nullum
progressum facere ad ius ciuile perdiscendum Tholosam profectus est. Cum autem ibi neque Iurisprudentiam neque Iurispru-
dentiae interpretes animo prorsus assequi posset, relictis tum
demum legibus, ad conscribendos versus gallicos totus se contu-
lit. Ut leges primum, ita versus, ficto quodam altioris disciplinae obtentu, nouus philosophus penitus neglexit, quamuis nescio
quid Regale Canticum (sic enim in Ludis Floralibus Tholosae
appellatur), obscurum lacerumque et labirintheo errore intertex-
tum, immodicis laudibus efferat [1].*

*Cum autem Tholosae degeret, in amicitiam Durbani[2] (viri
profecto utcunque docti), simulato literarum nomine, clanculum
ita irrepsit, ut pene Durbani altera videretur anima. Is primus
Durbanus in Gallia tale monstrum, quale in Aphricā non gene-
ratur, magnifice et cum magno apparatu prodidit et hominem
adeo ineptum et illiteratum, nimium credo indulgens amicitiae,
numero doctorum inseruit. Nunc illum laudans, nunc ab illo
vicissim laudatus, ita mutuis laudationibus ad nauseam usque
repetitis, impudentissima garrulitate eruditorum aures ubique
gentium obtundebat[3]. Cum autem ab omnibus suam inscitiam
iam deprehensam subdolus animaduertisset, Romam iuit ; ubi de
legibus in corona doctorum virorum (ut ait) publice respondit ac
doctor magno cum applausu Romanorum, legum sane expertium,
effectus est ; prouide sibi consulens, ne si quid Tholosae de legibus hisceret, ab omnibus explosus et irrisus e suggestu publico
deturbaretur.*

---

1. Le ton méprisant de Ronsard rappelle un passage bien connu de la
*Deffence* : « Me laisse toutes ces vieilles poësies françoyses aux Jeux Flo-
raux de Toulouse…, comme Rondeaux, Ballades, Vyrelaiz, Chants Royaux,
Chansons, et autres telles episseries. » On sait comment Guillaume des
Autelz a défendu contre Du Bellay le « Chant royal » et aussi « l'Eglantine
Tholosane ». Ronsard lui-même reçut celle-ci en 1554, probablement sur
l'initiative de Paschal.

2. Michel-Pierre de Mauléon, protonotaire de Durban.

3. Ronsard a célébré plus que personne l'amitié des deux inséparables
méridionaux. On remarquera qu'il ne fait point d'allusion ici, à un plaidoyer latin prononcé à Venise, au nom de la famille de Mauléon, et traduit en français par Durban, dont il a parlé dans ses premiers recueils
avec d'hyperboliques éloges.

*Perlustrata Italia, una cum Durbano Luteciam profectus est, ubi primum modestus et sibi ipsi imperans, nulla elatus superbia in literatorum virorum consortio se miscebat, ab amicis postulans ut sibi historiarum nostri temporis commentaria traderent[1] ; et ea de causa se huc venisse affirmabat, ut de rebus ad hanc rem pertinentibus certior factus historiam aliquando scriberet.*

*Interim in amicitiam Poetarum, siue quid Graece, siue quid Latine aut Gallice scribentium, importuno ambitu sensim irrepens, seipsum insinuauit, neque eorum quisquam euadere potuit, quin suum nomen immensis laudibus et penę portentosis ignominiose extortis, posteritati commendaret. Ronsardus primum, impudentissimis iisce laudationibus ad taedium et nauseam usque et usque efflagitatis, malo daemone initium dedit, quem deinceps secuti sunt Bellaius, Iodellus, Bellaeus[2], Thiartus, Denisotus et alii innumeri eodem veneno infecti, quos numerare infinitum esset. Nemo ea tempestate, qui studio sibi famam aliquam comparasset, Luteciam ingressus est, a quo in ipso etiam portarum limine impudentissimum non efflagitaret testimonium, illum per Deos Immortales, per manes paternos obsecrans ut variis laudibus Paschasium astris insereret.*

<hr>

1. D'après cette indication, Paschal aurait, dès son arrivée à Paris, annoncé l'intention d'écrire l'histoire de son temps et demandé des notes et des mémoires aux témoins des événements. Il se préparait déjà à briguer les fonctions d'historiographe.

2. On trouve, pour le nom de Remi Belleau, d'autres formes, *Bellaqua*, par exemple dans l'épitaphe de Dorat, que Piganiol de la Force lisait encore à l'église Saint-Benoît : *Cuius ex sinu prodierunt tot patriae suae decora, tot aetatis suae ornamenta, Ronsardus, Bellaïus, Bellaqua, Baïfius, Portaeus, ceterique...* Dorat a jõué lui-même, en célébrant Belleau, sur le nom très semblable de deux poètes du groupe (*Poematia,* 2ᵘ part., p. 93) :

*In Remigii Bellaquei Poemata.*

*Carmina qui posset grandi resonare cothurno*
   *Ronsardum Gallis Regia musa dedit...*
*Belli bella ambos qui Carmina ludere possent*
   *Nominibus bello bella Camena dedit.*
*Bellaium primum, te Bellaquee ante secundum*
   *Nunc etiam primum, dum prior ille iacet.*
*Musa duos dederat bellos, Parca abstulit unum ;*
   *Unus enim visus posse, quod ante duo*
*Occiderit bellus Bellaius*
               *...ast iste supersit*
*Bellaqueus, bellae qui fluat uber aquae.*

*Primi omnium Auratus, Bellayus, Ramus, Bellaeus,
Peletarius, Regius, Baifius, nonnullique eiusdem classis et
notae summi viri, crassissimam hominis inscitiam et fucum (ubi
primum inter eos de bonis literis sermo incidit) nasuti subolfecerunt*[1], *et illum eodem plane modo, quo nuper Montibouem*[2]
*non sanae mentis Poetam, dicteriis et salibus deluserunt. Verum,
ubi ab aliquo nouo laudatore se satis commendatum videt, evanes-
cit ; et proprias laudes vel typis excudendas curat, vel interpella-
tim recitat, vel in fronte scrinii collocat, ut sint omnibus ingre-
dientibus obuiae, vel in Regiam suis fautoribus defert ; ut iacta-
bunde ostentat quantus et qualis in ore hominum Paschautius*[3]
*versetur.*

*Corrogatis undique laudationibus, quas ut prorsus veras animo
sibi finxerat, spretis tot tantisque doctissimis viris, hac tempestate in omni literarum genere atque disciplinarum a pueritia
apprimè educatis, Regem et eius historias atrabile percitus animo
concepit. Nunc autem et antea mutus, inter mutos non apparet ;
sed palam ore distorto et elatis in caelum oculis, iactare non eru-
bescit se omnium eloquentissimum et plane Ciceronianum esse,
qui tamen nullo proprio marte fretus, sed auxiliaribus armis
adiutus, locis quibusdam communibus, Doleti commentariis
librisque Manutii immensis et praegrandibus thesauris Roberti
Stephani et Nizolii, in quibus phrases omnes Ciceronianae
facile reperiuntur*[4], *ea ipsa Ciceronis verba, et non alia, suae*

1. Les amis de Ronsard « qui ont eu du nez » (*nasuti*) sont Dorat, Du
Bellay, Pierre de la Ramée, Belleau, Jacques Peletier, Louis Le Roy et
Baïf. Il a oublié Turnèbe.

2. Bertrand Bergier de Montembeuf, poitevin, est le plaisant de la Brigade. H. Chamard (*J. du Bellay*, p. 47) a relevé les dédicaces des poètes à
ce fantaisiste de belle humeur, dont Ronsard loue les qualités de cœur et à
qui sont attribués quelquefois les *Dithyrambes recitez à la pompe du bouc de
Jodelle*. Du Bellay le qualifie de « poëte bedonnique bouffonique » ; il donne
dans les *Xenia* son nom latin : *Montibos poeta dithyrambicus*. Il avait fort
peu de lettres et un grain de folie, si l'on en croit ici Ronsard.

3. Il y a bien *Paschautius* en surcharge.

4. Ronsard connaît fort bien, on le voit, les commodités qu'offre la
librairie savante de l'époque aux amateurs d'imitation cicéronienne. Mario
Nizzoli, mort en 1560, est l'auteur des *Obseruationes in Ciceronem*, Brescia,
1535, et du *Thesaurus Ciceronianus* plusieurs fois imprimé. La France a
pris dans ces travaux lexicographiques une part considérable. On aime à
voir Ronsard rendre hommage aux « immenses *Trésors* » de Robert Estienne. Le *Thesaurus linguae latinae* a paru, sous sa première forme, en
1536 ; l'auteur dans sa préface remercie, parmi ses collaborateurs, Budé,

*historiae impudenter assuit. [Atque id putida ac puerili omnino
imitatione audet, nullo eruditorum excepto, aut ullo apud illos
recte et pudenter imitandi artificio recepto et approbato [1]].*

*Certe si in legendis bonis authoribus oleum et operam (ut dici-
tur) insumpsisset, diuersa verba varia et assidua lectione sibi
petita et comparata scribenti, ultro memoriae obuia neque inuita
se praeberent, neque sane ullum maius imperitiae indicium pro-
dere potest, quam iurare unius in verba magistri, et solis vesti-
giis vel Ciceronis, vel Caesaris tenaciter inhaerere [2]. Genus
dicendi amplissimum et feracissimum non in solo Tullio, quamuis eloquentissimo, bonarum literarum copia conclusa est.
Legendus est Varro, Plinius, Titus Liuius, Salustius, Cato,
Pandectae Iuris [3], Terentius, Plautus, Virgilius, Horatius
aliique omnes latini sermonis principes [4]. Et hinc magnam verborum supellectilem sibi comparare conueniebat. Sed quod iudicium de Cicerone in medium afferre posset, ille laudum usque
adeo impudens emendicator et helluo? qui nusquam Ciceronem
vidit, nec intellexit? — Vidi, inquis, Familiares Epistolas. —
At hoc non est, vir bone, Tullium perlegere. Euoluendae sunt ad
Atticum Epistolae; de Oratore, de Natura Deorum, Thuscula-
nae Quaestiones, de Finibus bonorum et malorum libri sunt ins-*

---

Lazare de Baïf et Toussain. La seconde édition, en trois tomes, est de 1542.
Les *Commentaria linguae latinae... Stephano Doleto Gallo Aurelio autore*,
dédiés à Guillaume Budé, forment deux in-folio publiés par Séb. Gryphe, à
Lyon, en 1536-1538. Le premier volume contient, aux col. 1227-1235, sous
le mot *Eloquentia*, une vive attaque contre Erasme et l'exposition complète
de la thèse cicéronienne, dont voici les sommaires : *Ciceronis nomen non
hominis, sed eloquentiae nomen est. — Pura verborum copia non aliunde
quam a Cicerone petenda. — Cicero maxime omnium imitandus Latine loqui
cupienti. — Scriptores omnes legendi, sed nullus imitandus praeter Ciceronem.* — Dolet approuve aussi l'usage du vocabulaire de Térence et juge
ridicule la trop servile et « superstitieuse » imitation usitée par certains cicéroniens; mais le parallèle qu'il établit entre Longueil et Erasme, si dur
pour ce dernier, achève de préciser les principes de toute une doctrine
littéraire, que personne n'a mieux défendue que lui.

1. Addition marginale du correcteur, qui n'est autre que Ronsard lui-
même.

2. Le glossaire personnel de Paschal, cité plus loin parmi les manuscrits
qu'on a de lui, ne renferme que des exemples de Cicéron et de César.

3. L'insertion des *Pandectes* dans la liste des ouvrages de bonne latinité
remonte à Politien, qui en avait préparé une édition. Elle est intéressante
à noter chez Ronsard.

4. L'incorrection de la phrase paraît tenir à la rapidité de la rédaction.

*piciendi*[1] *; denique totus concoquendus est Cicero, antequam roma-*
*nae, imo diuinae, illius eloquentiae te primum aut unum imitato-*
*rem et emulatorem esse praedices.*

*Verumenimuero cum Paschalius assidue animo revolueret*
*quanam ratione honestè Regi imponere posset, aulicorum amici-*
*tiam omni obseruantia et obsequio sibi comparare decreuit. Pri-*
*mum Lanceloti Carlei et Iani Monlucii*[2]*, virorum profecto*
*summorum et in omni bonarum literarum disciplina educatorum,*
*amicitiae necessitudinem blandiendo sibi demeruit ; qui, cum*
*illum diligentius inspexissent, non solum de bonis literis, verum*
*etiam de eo genere scribendi, in quo versatum se gloriatur, igna-*
*rum prorsus atque imperitum animaduertissent. Sed decepti qui-*
*busdam e Sadoleto et Bembo subrepticiis epistolis, et a qui-*
*busdam dicendi formulis e Cicerone perperam petitis, intentatum*
*atque inexploratum in commendatione apud Regem posuerunt,*
*ita ut (proh pudor) opinione sola Regius Historiographus merce-*
*narius ex imperitissimis omnium imperitissimus effectus sit.*

*O tempora, o mores! Nomophylax illum fouet*[3]*, doctissimus*
*ille Cardinalis Lotharenus videt et Rex opt. patitur. Debe-*
*rent profecto, deberent etiam grammaticuli hominem tanta*
*animi insolentia superbientem et Regis oculos vana allusione*
*perstringentem et ludificantem, flagris et priuatim et publice*
*caesum, ad grammatices vel prima perdiscenda praeceptori Mon-*
*tibouo tradere. Eritne ille Historiographus Regius, Turnebo*
*Auratoque spretis? qui ne historiae quidem ipsius nomen adhuc*
*bene nouit ? qui ne minimam quidem partem vel artis bene di-*
*cendi vel philosophiae vel mathematices vel naturalis diuinaeque*
*Theologiae vel medicinae ? Sed quorsum tam ardua persequor ?*
*Verum nec prima (uti dicebam) linguae aut artis cuiusquam*
*rudimenta summis labris unquam degustarit ? Verumenimuero,*
*si quis etiam nunc illius scurilitate fascinatus me quadam inui-*
*dia motum in eius contumeliam talia opprobria palam proferre*
*iudicat, eum ipsum interroget. Aliquid ab eo siscitetur*[4]*, illum*
*percontetur et primo quoque verbo vel obmutescet, vel prorsus*
*suam patefaciet inscitiam.*

1. On peut voir ici une liste des œuvres de Cicéron familières à Ronsard.
2. Lancelot de Carle, évêque de Riez, et Jean de Monluc, évêque de
Valence.
3. Le *Nomophylax* est le chancelier, Michel de L'Hospital.
4. *Sic* pour *sciscitetur.*

*Libros Historiarum~nostri temporis a tertio, trunco et muti-*
*lato nempe volumine, lucri gratia, vafrè aggressus est, ut Rex*
*flagrantius primum atque alterum desideraret. Nec tamen eius-*
*dem libri auctor ipse fuerat primus, sed Franciscus Rabuti-*
*nus quispiam miles gregarius, qui rebus iisce ab Henrico II Rege*
*eiusque legatis et exercitu gestis, dum Principi Niuernensi sti-*
*pendia faceret, singula prope ubique presens, diligentia non*
*plane aspernabili annotauerat, atque in commentarios quo potuit*
*sermone gallico retulerat* [1]. *Quos postea iste noster sibi ipso ab*
*Rabutino legendos censendosque forte traditos, suppresso interea*
*auctoris nomine, dum opera uti consueuit aliena subnixus lati-*
*nos facit, suos fecit* [2], *ac sibi qua vidimus ipsi impudentia pu-*
*blice apud Reges in Aula et totius Galliae oculis pro suis ascripsit*
*et arrogauit. - Sic vos non vobis fertis aratra boues* [3].

*Sed quis, quaeso, unquam historiae conscribendae a libro ter-*
*tio initium dedit? praesertim nostrorum temporum, quibus vel*
*nullius conditionis homines testes oculati, cum res agerentur,*
*praestò adfuerunt? Verum cum ex sententia non satis foeliciter*
*succederet historiae conficiendae opinio, et cum eius impostura ab*
*omnibus deprehensa cerneretur, ut magis atque magis hominum*
*iudicium pertentaret, fragmentum aliquod in Reginae Scoto-*
*rum nuptias, suppresso tamen nomine, clanculum excudendum*
*curauit* [4]. *Si ex voto successisset, epistolam quandam tertii libri*
*Historiarum in lucem emisisset, sed cum sua spe decipi (quod*
*non sperabat) animaduertisset, ne verbum quidem amplius de*
*historia, sed fragmentum illud tenaciter et obfirmato animo se*
*scripsisse denegat* [5].

1. On verra plus loin ce qu'il faut penser de ce prétendu plagiat des *Commentaires* de François de Rabutin, gentilhomme bourguignon de la compagnie du duc de Nevers, qui ont été imprimés pour la première fois en 1555.

2. Les six lignes précédentes sont chargées de retouches qui paraissent indiquer des hésitations de l'auteur dans l'expression de ses attaques.

3. On voit passer dans la prose de Ronsard des réminiscences ou des citations assez communes, qu'il est inutile d'indiquer au lecteur.

4. C'est la « harangue fort mal bastie », dont parle Etienne Pasquier.

5. Cf. plus haut, p. 262, le témoignage de Pasquier. Ant. Du Verdier, qui donne place à Paschal dans sa *Bibliothèque* (Lyon, 1585, p. 1035), fournit ce détail sur l'histoire de France qu'il était chargé d'écrire : « J'en ay veu au logis de la petite harpe, rue de la Harpe, tout ce qu'il avoit faict en sa vie, qui ne passoit pas dix ou douze feuillets, que s'en allant il avoit laissé avec quelques hardes à son hoste nommé Maugis pour gage de la somme de cinquante escus sol, qu'il luy devoit encores, de reste de despence. » Nous verrons ce qu'il faut penser de ces diverses affirmations.

*Quemadmodum qui canis furiosi dente petuntur furere non
desinunt, ita percitus atrabile ab incepto abstrahi non potest,
quin vel aliquid scribat vel aliquid recitet, vel seipsum iactet,
vel suam crebris animi iactationibus insaniam omnibus notam
et planam faciat. Sic Paschalius cum ab historia scribenda, ne
incepta quidem, manum reuocasset, Illustrium Virorum (quos
sua imperitia obscuros reddit) Imagines et Elogia non tam scribere aggressus est, quam de Pauli illius Iouii Elogiis sibi elogiorum centones istos conficere ; et ad hanc fraudem non furiose
profecto, sed ingeniose commentatur, quam si libet paucis dete-
gam.*

*Postquam honorifica commendatione illustrissimi doctissimique
principis Caroli Cardinalis Lothareni (qui tot hominum ingenia et mores pulchre callet, in hoc solo Paschalio caecu-
tiens) Regis aures iam sibi faciles habuit, intermissa vel potius
non incepta historia, Vitas et Elogia Illustriorum Virorum (quae
soloecismis scaturientia in publicum proferre non auderet) scribere pollicitus est. Ut inde Regem, Principes et Proceres et
cuiuslibet artis homines, sibi blandiendo deuinciret, et non mini-
mum lucrum e tali impostura faceret, ut pote qui pro pictorum
etiam Romae quaesitorum impensis et sumptibus a Rege liberalis-
simo duo millia ducatorum impudenter emungeret [1]; quod se sta_
tim facturum non difidit, nisi (si quis adhuc mortalibus restat
pudor) ille noster Cardinalis Lotharenus pro Galliae salute
tanquam Hercules tali monstro fortissime sese opponat.*

*Auderetne ille Historiographus Regius talia elogia hinc et hinc
verbis Tullii et uti dixi Iouii emendicata [2], assuta et locis centum
repetita, in lucem edere ? non profecto, non auderet. Dii boni,
quot soloecismi, quot literarum inuersiones quot prauae ubique
orthographiae in uno tantum elogio apparent [3]! quot periodi
integrae vel a Caesare vel a Tullio decerptae, et tanquam ex
bonis arboribus in malis praue consitae ! Verba sunt Ciceronis,
inquis. Fateor ; sed male intellecta, deprauata et, quod peius est,*

1. D'après ce texte, Paschal aurait utilisé ses relations à Rome pour y
faire travailler des peintres aux frais de Henri II. Ce détail n'est indiqué
nulle part ailleurs.

2. Ces quatre mots sont ajoutés par l'auteur.

3. Ceci paraît viser un éloge de Mellin de Saint-Gelais, le seul, comme
on le verra plus loin, qu'ait composé Paschal avant l'éloge mortuaire de
Henri II.

*perperam scripta, ut pote qui nullum in manibus librum habens,
quam Manutium vel aliquem grammaticulum.*

*Desine tandem, mi Petre Paschali, desine et Regi et Car-
dinali et omnibus denique imponere. Nemo est usquam gentium
qui tuam non videat, quam solus non vides, imperitiam, et tamen
impudens audes palam proferre te omnium quotquot sunt in
Europa (hisce auribus milies tuo ex ore percepi) esse eloquentissimum. Quapropter consilio hominum tibi fauentium lubens
acquiesce et existima sexcentos in hac urbe hispidos et incomptos
excerptores et auditores esse, qui foelicius et Ciceronem imitentur
et in bono genere dicendi te longe superent. Quapropter tuos fas-
tus et elatiores animi spiritus comprime, et tua te in cute conti-
nens, priuata verecundia imposterum te ipsum metire. Quod si
non feceris, per Deos Immortales, ut Patriam a me et a mille
aliis opem imperantem ab hac peste liberem, hoc tuum Elogium
verissimum publicis typis excudendum curabo, et Galliam viros
alere, qui in te et tua scripta durius animaduertant, tuo damno
tandem intelligas. Deus Opt. Max. meliorem mentem in posterum
tibi largiatur.*

*Est statura mediocri, vultu subpallido, perfricta fronte, § risu
frigido et prope canino* [1], *lingua loquacissima et impudentissima.*

*ß Annos quadraginta octo circiter* [2] *natus.*

*§ Subcaesiis at oculis subdolum quiddam et furiale prae se
ferentibus, nisi cum oblata fortè aliquem fallendi spe ad coac-
tam nescio quam insipidae lenitatis speciem eos consultò compo-
suerit.*

*Naso ad aliquid olfaciendum semper intento. Ore lato et ad
Allogium pro Elogio perperam ut omnia pronunciandum distorto
ac effuso. Voce aspera, subrauca, insuaui. Congressu atque di-
gressu inconstanti, fictitio, incerto ac illepido. Barba ispida,
subflaua, belluina.*

*ß Sermone barbaro, illiberali, interciso, precipiti, confragoso,
horrido, contentioso, et optimis quibusque et modestiss. permo-
lesto. Ita est non eruditum quempiam loquentem, sed currum
preterientem, asinumue clitellarium rudentem aut molossum bri-
tannicum adlatrantem audire te putes, re vera existimes.*

---

1. Ces trois mots sont ajoutés par l'auteur.
2. Ces deux mots sont ajoutés par l'auteur.

## QUATRIÈME PARTIE

# LE CICÉRONIEN DE LA BRIGADE

## RONSARD ET PIERRE DE PASCHAL

Le nom de l'humaniste qui fut historiographe de France sous Henri II figure en bonne place, pendant une dizaine d'années, dans les premiers recueils de Ronsard et de sa « Brigade ». Le personnage, par ailleurs fort mal connu, tire une sorte de célébrité des hommages que les poètes lui ont prodigués. Il en aura davantage du pamphlet latin où le plus illustre de ses amis l'a peint en un amusant portrait. Ce témoignage demande à être contrôlé par la reconstitution d'une curieuse carrière, où se groupent des observations assez neuves sur la vie littéraire autour de Ronsard.

## I

Sans doute se nommait-il simplement Pierre Paschal ; mais il était déjà d'usage d'ajouter une préposition flatteuse aux noms patronymiques qu'on voulait faire reluire, et le siècle, depuis Rabelais jusqu'à Béroalde de Verville, a plus d'une fois raillé ces vaniteuses transformations. L'écrivain, que nous verrons bâtir sa fortune à force d'audace et de volonté, ne dut point se priver de ce premier avantage. Il était né gascon en 1522, et c'est tout ce qu'on a de certain sur sa famille, qu'il se vantait de rattacher à celle du pape Urbain III. « Paschalius Vasco », dira Ronsard. « Hic Aquitanus erat, Saluaterrensis », écrit un autre contemporain [1]. Sauveterre est au pied des Pyrénées, proche la rive droite

---

1. Note marginale du recueil de Gelida, professeur au collège de Guyenne (*Ioannis Gelidae Valentini Burdigalensis ludimagistri epistolae aliquot et carmina*, La Rochelle, 1571. Ep. 42 : *Petro Paschali*). Cette lettre, écrite de Bordeaux en 1550 ou 1551, ne contient que des protestations d'amitié.

de la Garonne, à trois lieues de Saint-Bertrand-de-Comminges [1]. Cette région a été rattachée au Languedoc, et l'on peut noter qu'un oncle paternel de Paschal est chanoine d'Agde, évêché de cette province [2]. Ronsard publie son deuxième *Bocage*, celui de 1554, *Dédié à P. de Paschal, du bas païs de Languedoc*, et la même dédicace est placée par Olivier de Magny au titre du fameux recueil des *Gayetez : A Pierre Paschal, gentilhomme du bas païs de Languedoc* [3]. Gentilhomme ou non, notre homme était donc natif de la région de Toulouse et c'est, en effet, à cette ville, où devait être sa sépulture, que l'unissent la plupart des souvenirs et des liaisons de sa jeunesse [4]. Au reste, le portrait physique que Ronsard a tracé de ce petit homme bavard et avantageux marque nettement quelques traits de race, parmi des particularités tirées vers la caricature [5].

Les premières études de Paschal se firent en bon lieu, au collège de Carpentras, dont le principal était Jacques Bording, médecin de Montpellier et docteur de Bologne, bon humaniste au surplus, qui a laissé un nom dans l'histoire de l'enseignement [6].

1. Ce Sauveterre en Haute-Garonne, qui fait de Paschal presque un Toulousain, est très voisin de Mauléon (Hautes-Pyrénées), d'où sort la famille de ses amis. Bernard de La Monnoye le rattachait à la région de Bordeaux, en nommant Sauveterre-en-Bazadois (*Bibliothèque* de La Croix du Maine, t. II, p. 309). L'édition de 1772 (t. II, p. 303) corrige l'indication, probablement d'après Magny et Ronsard, et mentionne Paschal comme « un gentilhomme du bas pays de Languedoc, homme très docte et grand historien latin et françois ». Si l'on ajoute Du Verdier, qui ne parle pas de la patrie de Paschal (t. V, p. 309), et Moréri, on a nommé tous ses anciens biographes.

2. Il adresse un billet *Io. Paschasio Agatensi canonico, patrono suo*.

3. *Bocage*, Paris, 1554 (privilège du 4 janvier, achevé d'imprimer du 27 novembre). *Gayetez*, Paris, 1554 (le poème de dédicace est à Pierre de Paschal).

4. Les seules recherches faites jusqu'à présent sur sa vie sont dues à Paul Bonnefon : *Pierre de Paschal, historiographe du Roi, 1522-1565*, Paris et Bordeaux, 1883 (tiré à 90 ex.). Cet opuscule, auquel je renverrai pour les indications très utiles qu'il renferme, n'est pas exempt d'inexactitudes et ne fait qu'effleurer les parties du sujet les plus intéressantes pour nous. Ce fut le début de l'auteur dans l'érudition.

5. La voix rauque, la parole bruyante et précipitée, la démarche cauteleuse ; la barbe roussâtre et mal soignée, les yeux gris-vert au regard rusé et mobile, le nez toujours en quête, etc. On trouvera le reste au latin, p. 270.

6. On sait si peu de chose de la carrière française de Jacques Bording, que je crois utile de signaler trois lettres d'un humaniste (aux initiales PH. S.) à lui adressées. Elles sont recueillies par Henri Estienne aux pages 300-301 du singulier recueil dédié à Henri III et intitulé : *Petri Bunelli Galli,*

La conversion de Bording au calvinisme l'obligea à renoncer à la direction de ce collège et, tandis qu'il allait achever sa vie à Anvers, où il exerça son art et enseigna avec succès, il fut remplacé par Claude Baduel. Celui-ci, un des réformateurs des études au seizième siècle, était allié à la famille de Paschal, qui a parlé de lui avec déférence [1], ainsi que du médecin Jean Durant, de qui il reçut les éléments de la philosophie [2]. Il a nommé avec plus de respect encore le prélat qui occupait le siège épiscopal de Carpentras et étendait sa protection, non seulement au collège qu'il avait sous sa surveillance, mais à ceux des élèves qui montraient des dispositions pour les lettres. Les souvenirs de Paschal sont réunis dans une lettre à Antoine Armand, de Marseille, étudiant plus tard la médecine à Montpellier, à qui il rappelle les travaux de leur jeune temps. C'était à l'école de Bording, où l'évêque Sadolet se montrait pour eux un conseiller admiré et bienveillant : « Quanti enim te, et quam valde puerum Iacobus ille Sadoletus cardinalis faciebat! quibus laudibus efferebat! qua beneuolentia complectebatur ! Huius ego rei possum locupletissimus esse testis, qui illi, pro eius in me summa humanitate, in variis sermonibus collocutionibusque quotidie aderam. Iacobus vero Bordingus praeceptor noster, omnibus bonis artibus perpolitus, ut te amplexebatur ! ut in manibus habebat ! ut virtutis mirificam in te indolem ingeniique praestantiam admirabatur [3]. »

La présence de Sadolet à Carpentras et la doctrine littéraire qu'il aimait à répandre suffisent à expliquer l'enthousiasme du

---

*praeceptoris, Pauli Manutii Itali, discipuli, epistolae Ciceroniano stylo scriptae. Aliorum Gallorum pariter et Italorum epistolae eodem stylo scriptae. Anno MDLXXXI.* C'est un dossier peu connu sur la question du Cicéronisme, que notre Henri Estienne a combattu, comme on le sait, avec des armes de toute sorte.

1. Lettre de Paschal à Jean Durant : « Claudium Baduellum affinem meum meo nomine saluta » (p. 159 du recueil de 1548, qui sera analysé plus loin).

2. Même lettre : « Summo illi amico meo Antonio Armando... praeceptor fuisti nosque philosophiae rudimentis imbuisti. »

3. Page 148 du recueil de 1548. D'après Paschal; l'estime qui entoure son ami Armand s'étend jusqu'à Paris même : « Quis est enim qui nesciat quanto in pretio Lutetiae Parisiorum habearis? Lutetiae autem ? imo vero ubicunque virtus et doctrina in honore sunt. » Peut-on voir ici un indice du prestige qu'exerce Paris sur les imaginations méridionales ? Il est certain qu'Antoine Armand, Marseillais, figure parmi les poètes latins qui ont collaboré, en 1551, au *Tombeau* de la reine de Navarre.

NOLHAC. — *Ronsard et l'Humanisme.*                    18

jeune homme pour Cicéron. Le futur cardinal joignait à ses vertus de cœur et d'esprit une éloquence persuasive ; il prêchait autour de lui l'imitation de l'écrivain romain, en qui il voyait le modèle unique de la belle prose latine et dont il reproduisait habilement le style dans ses propres œuvres. Il rendait ainsi, avec art et mesure, un lustre momentané à l'autorité littéraire des Cicéroniens, combattue par l'école d'Érasme à cause de son intolérance et de ses excès. Pierre de Paschal vit avant tout dans la profession de « cicéronien » un « moyen de parvenir » ; on saura, dans la suite, qu'il n'eut pas à se plaindre de l'avoir embrassée et qu'il put dédaigner un jour, en homme bien nanti, les railleries qu'il reçut de Ronsard lui-même.

Lorsqu'il vient faire à Toulouse ses études de droit civil, mène-t-il cette dure existence des étudiants toulousains que Henri de Mesmes décrit, précisément pour cette époque, « en plus estroicte vie et pénibles travaux que ceux de maintenant ne voudroient supporter » [1] ? est-il assidu aux leçons de Corras et de Du Ferrier ? cherche-t-il le délassement du labeur juridique dans la fréquentation des professeurs humanistes, Turnèbe et Lambin par exemple, qu'il doit retrouver un jour à Paris ? Nous savons qu'il fait surtout des vers et avec succès. Il les écrit en français et obtient même une des récompenses annuelles décernées par le célèbre Collège de Rhétorique, qui deviendra l'Académie des Jeux Floraux [2]. Ronsard veut que ce soit pour un « chant royal », c'est-à-dire un des poèmes à forme fixe les plus compliqués de notre ancienne versification, un de ceux qu'il a lui-même hautement dédaignés [3]. Toulouse procure au jeune homme une amitié précieuse, celle de Michel-Pierre de Mauléon, protonotaire de Durban, de la puissante famille du comté de Foix. Ce

1. *Mém. inéd. de Henri de Mesmes*, éd. Ed. Frémy, p. 139-144. L'étudiant parisien arriva à Toulouse, avec son précepteur Jean Maledent, au début de 1546. Beaucoup plus jeune que Paschal, il ne paraît pas l'avoir connu.

2. Ecrivant d'Italie à François Revergat, qui fut après lui lauréat des Jeux Floraux, Paschal mentionne ces compositions. Il s'y plaint de n'avoir pas reçu de réponse à deux de ses lettres : « Nisi forte quia Gallice essent scriptae, contempsisti, quod certe ipsum facere non debebas. Siquidem tu in laude mihi aliquando posuisti, quod tantum operis subcisiuis perfecerim, ut Gallica scripta nostra nomini Gallico laudem aliquam afferent. Quod ego profecto nec agnosco, nec postulo, sed ipsi tibi potius et iure optimo tribuo. » Cf. plus loin, p. 282.

3. V. p. 263.

« protonotaire Durban » sera lié, lui aussi, avec la Brigade et
mainte fois célébré par elle ; il devient le meilleur ami de Paschal et leurs deux noms, comme leurs personnes, sont désormais
inséparables [1]. Disons ici que ce titre ecclésiastique de « proto-
naire », porté assez souvent dans l'entourage de nos poètes,
n'exigeait point à ce moment du siècle la gravité qu'il a conférée
depuis : « Les jeunes prothenotayres, bien qu'ilz fussent pour-
veus de quelques dignitez, estoient un peu trop muguetz jusques
à estre receus aux dances et près des dames dans une salle de
bal... et s'estudioient à dancer aussy bien et baler qu'un gentilhomme. » Brantôme ajoute à ce propos que le protonotaire Carle,
de Bordeaux, depuis évêque de Riez et grand personnage, avait
été réputé en son jeune temps comme « le meilleur danceur de
gaillarde qui fust en la court [2] ». Tel est sans doute le protonotaire de Durban, en attendant qu'il ait sa charge de conseiller-
clerc au Parlement de Toulouse, puis au Parlement de Paris.

Toulouse a toujours justifié ses prétentions littéraires et savantes,
et c'est déjà un lieu commun de la désigner comme une « nouvelle Athènes [3] ». Paschal ne manque point de s'assurer des pro-
tections et des amitiés profitables dans la société lettrée, repré-

1. Ronsard, qui raconte à sa manière la liaison de Paschal et de Durban
exceptera celui-ci de l'anathème prononcé contre son ami.

2. Brantôme, éd. Lalanne, t. III, p. 134. Il y a un rôle assez joyeux de
protonotaire dans la comédie de Grévin, *La Trésorière* (L. Pinvert, *Jacques
Grévin, 1538-1570*, Paris, 1899, p. 107).

3. Un éloge humaniste de Toulouse, à la date où nous sommes, se lit
dans un petit recueil de jeunesse de Léger du Chesne, qui fut plus tard en
relations avec la Pléiade : *Leodegarii a Quercu Praelectionum et Poematum
liber*, Paris, 1549 (dédié à Guillaume du Prat, évêque de Clermont). Le
premier discours (*Praefatio qua... usus est, quum aggrederetur interpreta-
tionem... in publico Iuris Ciuilis auditorio Tolosano*, xii *Calend. April. 1548*)
traite précisément du parallèle d'Athènes et de Toulouse, l'avantage étant
accordé à cette dernière : « Ubi grammaticorum literae, oratorum colores,
dialecticorum syllogismi, musicorum toni, arithmeticorum numeri, geome-
trarum dimensiones, astrologorum motus, medicorum alexipharmaca, chi-
rurgorum cataplasmata, Romanorum decemuirales leges ; ubi denique(si,
triuiales artes respexeris) quicquid ad pingendum, sculpendum, fingendum,
texendum, tingendum, arandum, aedificandum ac, ne singula persequar,
quicquid ad humanae vitae vel necessitatem, vel voluptatem, vel honesta-
tem pertineat, natum, educatum et traditum fuit. Ut autem non mediocrem
inde laudem Athenae sunt consequutae, quod haec omnia primum inuene-
rit, ita maiorem Tolosa laudem meretur, quod ob aliis inuenta meliora red-
diderit... »

sentée au Parlement comme à l'Université. Sa correspondance
renseigne sur les relations utiles que l'étudiant avisé sait s'y procurer. La plus brillante est celle du Premier Président Jean de
Mansencal [1], magistrat fort cultivé, à qui Antonio de Gouvea
dédie alors son commentaire des *Topica* de Cicéron [2]. Paschal l'a
comparé à Apollon, puis à Hercule, et le parlement qu'il dirige,
à une « assemblée de dieux ». C'est son remerciement pour les
moments d'opulent loisir passés dans la maison de campagne du
président, « véritable académie » où tous les plaisirs de l'esprit
et de la table sont offerts aux invités [3]. On y rencontre des magistrats ou des avocats poètes, comme ce François Revergat qui
obtiendra des dédicaces de Ronsard et qu'Olivier de Magny célé-
brera dans une ode solennelle [4]. Cette élégante société toulou-
saine paraît avoir apprécié Paschal. Comme il faut à ses petits
poèmes une Dame pour les inspirer, il a celle que son ami Magny
appelle gaiement « ta belle Rivière ». Sous ce voile transparent
on devine la femme ou la fille de Jacques Rivier, conseiller du

1. Jean de Mansencal fut premier président de 1538 à 1562, année de sa
mort. Il publia en 1558 un traité *De la vérité et autorité de la justice du Roi
Très-Chrétien*, etc. V. Dom Vaissète, *Hist. générale du Languedoc*, t. V,
Paris, 1745, p. 144 et *passim*. Cf. Tamizey de Larroque, *Lettres inéd. du
card. d'Armagnac*, p. 108. Le recueil de Léger du Chesne, cité ci-dessus,
contient un dialogue *De negligendis interpretibus Iuris* dédié *Amplissimo
viro D. Io. Mansecallo, Praesidi primo apud Tolosates* (fol. 34).
2. *Antonii Goueani Commentarius in M. T. Ciceronis Topica. Ad Ioannem
Mansencallum primum Tolosae Praesidem...* Paris, S. de Colines, 1545.
3. P. 95-97 du recueil de 1548 : « Habes non procul ab urbe, non villam,
sed Academiam, ubi a Resp. curis requiescens, otium tibi ita sumis, ut nunquam eam solitudinem, quam vacatio a forensibus et senatoriis literis affert,
languere patiare... Itaque domus tua urbana totius est oraculum ciuitatis,
rustica vero politioris humanitatis ac omnis verae philosophiae recepta-
culum. »
4. *Dernières poésies d'O. de Magny*, éd. E. Courbet, Paris, 1881, p. 51, 53 :

> C'est Revergat, qui maintes fois
> Des sons alléchants de sa vois
> A ravy l'esprit et l'oreille
> Du senat Tholosan...
> A ces mots ton Durban ie voi,
> Pascal, Forcatel et du Poi [B. du Poey ?]...

L'ode de Magny, qui paraît assez ancienne, ne nomme que des habitants
de Toulouse ; elle s'achève par un rappel de l'estime de Muret pour le talent
poétique de Revergat. Les pièces dédiées à celui-ci par Ronsard sont l'ode
du *Bocage* de 1554, connue sous le nom de L'*Amour mouillé*, et les traductions d'épigrammes sur la génisse de Myron, à la suite de la *Continuation
des Amours* (1555), dédiées plus tard à Muret.

Roi, personnage dont le jeune homme reconnaît les bienfaits dans l'ingénieux latin d'une épître [1].

L'occasion s'offrit bientôt à lui de briller sur un plus grand théâtre. Un ancien précepteur de Pierre de Mauléon, devenu auditeur de Rote [2], lui conseilla de venir prendre à Rome le bonnet de docteur, l'assurant que son grade aurait plus d'éclat s'il s'accompagnait d'un diplôme pontifical. Il se rendit en Italie, où il l'obtint à l'Université de la Sapienza. D'autres pensées l'avaient attiré dans la péninsule. Un tel voyage était déjà, pour qui pouvait l'entreprendre, le complément de l'éducation d'un lettré. Un séjour à Rome faisait le grand désir de tous ceux qui ne connaissaient l'Antiquité que par les livres. C'est pour mieux la pénétrer, disait Paschal devant un auditoire romain, qu'il s'était décidé à quitter sa patrie : « Ut hanc vestram Urbem ac maiorum vestrorum sedes ac monumenta, quae animo multo ante videram, oculis cernerem [3]. » Tel était le sentiment général des contemporains, et l'on sait que Ronsard lui-même, qui a fait dans sa vie plusieurs voyages, regretta toujours de n'y pas ajouter celui de Rome [4].


## II


La renommée littéraire de Paschal, créée de toutes pièces par les poètes de son temps, repose sur un seul opuscule latin de 164 pages, qu'il publia avant son retour en France et qui mérite un attentif examen. Ce rare livret, qu'on dépouille pres-

1. Recueil de 1548, p. 121. Cf. Magny, *Gayetez*, éd. E. Courbet, Paris, 1871, p. 1 (dédicace), et le sonnet des *Souspirs* où la dame est en belle compagnie :

> Laisse pour quelque temps ta Cassandre en arrière
> Et ta Marie aussi, mon Apollo Ronsard,
> Laisse, gentil Bellay, ton Olive à l'escart,
> Laisse, divin Pascal, ta gentille Rivière...

2. Ce *Suauius Reomanus* est nommé dans une préface de Pierre de Mauléon (v. p. 291).

3. V. p. 63 du recueil analysé ci-dessous : *Petri Paschalii oratio de Legibus, Romae apud sanctum Eustachium habita, cum iuris insignia caperet.* S. Eustachio était la paroisse de l'Université de la *Sapienza*.

4. Cf. l'ode *Au pais de Vendomois, voulant aller en Italie* (*Odes*, t. II, p. 91). Laumonier a démontré, p. 79 de son éd. de Binet, que le poète n'a jamais franchi les Alpes et que l'affirmation du biographe sur un voyage en Piémont n'est pas fondée.

que avec l'intérêt d'un manuscrit, renferme un ensemble de discours et de lettres écrites en Italie au cours de l'année 1548. Bien
qu'il porte le nom d'un grand imprimeur de Lyon, c'est en réalité une impression vénitienne, sortant des presses de Giovanni
Griffio, frère de Sébastien Gryphe, qui a reçu seulement les
exemplaires en dépôt [1]. Le titre, avec le griffon du vénitien riche-
ment encadré, se présente ainsi : PETRI PASCHALII ADVERSUS
IOANNIS MAULII PARRICIDAS ACTIO IN SENATU VENETO RECITATA.
*Eiusdem* GALLIA, *per prosopopoeiam inducta in Venetam Remp.*
ORATIO *de Legibus, Romae habita, cum Iuris insignia caperet.*
EPISTOLAE *in Italica peregrinatione exaratae. Apud Seb. Gryphium,
Lugduni, 1548* [2].

La dédicace est au cardinal Georges d'Armagnac, évêque de
Rodez, alors en résidence à Rome, que nous trouverons célébré par
Ronsard au *Bocage* de 1554. Le protonotaire de Durban a assuré
à l'auteur l'accueil bienveillant de cet illustre Mécène : « Quandiu
enim Romae tecum et apud te fui, et me vidisti libenter et audisti
libentissime ; praeterea quo vultu illa carmina, quae tibi nostra
Calliope tum in Gallia, tum etiam in Italia cecinit, excepisti » [3].
Mais le motif de l'hommage d'une œuvre, dont le morceau essentiel est un discours judiciaire prononcé à Venise, c'est l'intérêt
que le cardinal a pris à la cause qui s'y trouve défendue et les
démarches qu'il a faites lui-même pour la soutenir.

1. Cette conclusion ressort de l'examen du volume au point de vue typographique. Quelques exemplaires portent au titre : *Venetiis, Aldi filii.*
L'ancre aldine occupe un feuillet final qui suit le feuillet d'*errata* non
paginé. Ces exemplaires sont décrits par Renouard (*Annales de l'imprimerie des Alde*, t. I, Paris, 1803, p. 251), qui a ignoré la fictive édition lyonnaise.

2. Le volume ne porte point de privilège (Bibl. nat., X, 3255).

3. Georges d'Armagnac, né en 1500, évêque de Rodez en 1529, fut envoyé
par François Ier comme ambassadeur à Venise en 1536, y resta jusqu'à la
fin de 1539 et remplit à Rome les mêmes fonctions de 1540 à 1545 ; il y fut
nommé cardinal par Paul III, le 19 décembre 1544. Il parut en 1547 à la
cour de Henri II, qui lui confia à trois reprises des missions particulières
auprès du Pape ; il séjourna à Rome de 1547 à 1550, année où il prit part à
l'élection de Jules III, de 1554 à 1557, en 1559 et en 1568. On le trouve à
Toulouse en 1552, comme un des deux lieutenants généraux du Roi au pays
de Languedoc. Il fut archevêque de Toulouse, puis d'Avignon, où il mourut le 21 juillet 1585. V. l'introd. de Tamizey de Larroque aux *Lettres inéd.
du card. d'Armagnac*, Paris et Bordeaux, 1874, et P. Maruéjouls, dans les
*Positions des thèses de l'Ecole des Chartes*, 1896, p. 22-28. Ces « positions »
annonçaient un livre qui n'est pas venu.

Cette cause était juste et française. Elle méritait l'appui d'un
prince de l'Église et d'un fidèle sujet du Roi ; elle se rattachait
à la défense d'une jeunesse, attirée par ses études aux universités
d'Italie et qui ne recevait pas toujours, au pied de ces chaires,
une hospitalité exempte de jalousie. On peut conclure cet état
d'esprit de certains faits de la chronique des villes universitaires
et par exemple de la tragique aventure d'un écolier du *Studio*
de Padoue, Jean de Mauléon, survenue vers la fin du mois de
juillet 1547. Ce garçon, arrivé depuis peu, se trouva mêlé, on ne
sait comment, aux « brigues de l'Université qui se font en cette
saison », et quelques jeunes gens de Vicence et de Brescia vinrent l'assaillir en armes, en son logis : « Ainsi que le Potestat
mesme par bonne information l'a mandé à ses Seigneurs, toutesfois quelques douces prières ni remonstrances qu'il leur pust
faire, forcèrent furieusement son logis, et dedans sa chambre où
il s'estoit retiré le tuèrent plus inhumainement que je ne vous
sçaurois escrire, et avec luy deux siens serviteurs. Le meurtre
fait, ils saccagèrent tout ce qu'il avoit, que l'on estime à plus de
cinq ou six cens escus d'argent, car n'y a gueres qu'il avoit receu
sept ou huit cens escus, et se gouvernoit sagement, et oustre lui
ostèrent du col une chesne et quelques anneaux qu'il avoit aux
doigts. » Ce récit est fait par l'ambassadeur du Roi à Venise,
Jean de Morvilliers, au connétable de Montmorency [1]. Il ajoutait
que la Seigneurie, quoique promettant prompte justice, ménage-
rait sans doute des coupables. fils des meilleures familles du
domaine de la Sérénissime en *terra ferma* ; il pensait que les
Vénitiens éviteraient d'accorder des sanctions, qui cependant
touchaient « leur devoir et honneur ». Aucun des meurtriers du
jeune Mauléon ne subit, en effet, la peine capitale. Ce n'est pas
que l'ambassadeur ait cessé de la réclamer, ni surtout que
la famille de Mauléon se soit désintéressée de sa vengeance ;
bien au contraire, elle n'épargna rien pour obtenir satisfaction
et, comme le jeune Paschal, ami de la victime et de son frère,
se trouvait en Italie pour prendre son bonnet de docteur, c'est
à lui qu'elle confia la charge de plaider sa cause devant le Sénat.
Le cardinal d'Armagnac le recommanda à Morvilliers, qui fit
accueillir sa requête et sa plaidoirie.

1. Bonnefon, *l. c.*, p. 19-20.

C'est devant le Conseil des Dix, à qui le Sénat déléguait l'administration de la Justice, que fut lue (*recitata*) l'*actio* contre les assassins de Jean de Mauléon. Le texte imprimé par l'auteur montre qu'il avait fait appel à toutes les ressources de la rhétorique cicéronienne pour convaincre un auditoire de juges lettrés. Il serait possible, si cette recherche en valait la peine, de relever les passages imités du *Pro T. Milone*, du *Pro Murena*, du *Pro Sex. Roscio Amerino* ou du *Pro Q. Ligario*. La partie la plus curieuse, et qui dut étonner les auditeurs Vénitiens, se rapporte aux origines de la famille de Mauléon, laquelle se vantait de remonter, suivant une forme de prétention fréquente à cette époque, aux Manlius de l'ancienne Rome. Après avoir dit l'illustration historique de la *gens*, l'orateur conte sa légende avec gravité : « Ad illum L. Manlium Praetorem venio, qui, victo a Caesare Pompeio, perturbatissima Repub. in Aquitaniam (quae et regionum latitudine et multitudine hominum, ex tertia parte Galliae est existimanda) perfugit, maluitque in nulla quam in confusa et desperata Republica viuere.... Ea enim Aquitaniae pars, ubi is constitit, et agrorum ubertate et pastionis magnitudine facile omnibus aliis Aquitaniae terris antecellit [1]. » Suivent une description élégante de la région des Pyrénées où se trouve la vallée de Mauléon, ainsi que des détails, fabuleux ou réels, sur la famille de l'étudiant de Padoue. Le récit du crime forme un épisode d'un éclat assez emprunté, où le meurtrier de Jean de Mauléon est peint des mêmes couleurs que le Clodius flétri par Cicéron : « Ad iij Calend. Sextil. tertia fere noctis vigilia (rem tetram et horribilem attendite P. C.) Stephanus Rogerius, homo temerarius et ad omnia nefaria scelera audacissimus, manu amentium et perditorum facta, ad eam domum, in qua hic integerrimus adolescens diuersabatur, proficiscitur. Caedunt ianuam, instant ferro, intro irrumpunt... » La péroraison fait valoir que non seulement la famille désolée, mais l'Aquitaine et la France entière attendent le châtiment des coupables. Un opuscule joint au discours (« Gallia ad Venetam Remp. per prosopopoeiam inducta ») est un morceau pompeux, évidemment préparé en vue du

---

1. Recueil de 1548, p. 11. L'étymologie du nom de Mauléon est expliquée ainsi : *Longissimus temporis lapsus, ut solet omnia, paulum illud nomen deflexit; itaque et locum Maulium pro Manlio et gentem Mauliam, unica immutata litera, hodie vocant.*

plaidoyer et que l'auteur n'a pas voulu perdre ; il y rappelle sans
la moindre précision les relations séculaires du royaume de
France et de la république de Venise.

La partie intéressante du petit volume est le recueil des lettres
écrites d'Italie. Malgré l'artifice de style d'un bout à l'autre
maintenu, il apporte des renseignements précis sur le milieu où
l'auteur a vécu à Rome et sur les préoccupations habituelles à un
humaniste en voyage. La liste des correspondants est longue et
quelques-uns comptent dans l'histoire des lettres. Jean de Boisson,
l'ami de Dolet, le « très docte et vertueux Boissoné » de Rabelais, qui a contribué à la restauration des lettres à Toulouse,
appartient en ce moment au Parlement de Savoie, à Chambéry [1].
Guillaume Philandrier, lecteur de Georges d'Armagnac et protégé
de Marguerite de Navarre, est le commentateur de Quintilien,
qui vient de publier à Rome ses *Annotationes* sur Vitruve [2] ; il
joint à sa culture érudite la compétence d'un architecte instruit
par Bramante et Serlio : on sait qu'il a travaillé à la cathédrale
de Rodez, dont il fut archidiacre, et peu de Français de cette
époque offrent une figure aussi variée, aussi attachante, aussi
digne d'une étude attentive [3]. Guillaume Le Blanc, traducteur de
Xiphilin, plus tard évêque de Toulon, est aussi du cercle littéraire
du cardinal d'Armagnac. Antoine du Moulin, de Mâcon, qui a
donné la première traduction française du *Manuel* d'Epictète et
des éditions de Le Maire de Belges, de Despériers et de Marot,
a fait partie de la maison de la Reine de Navarre. C'est avec une
complaisance particulière que Paschal étale l'intimité qui semble l'unir à ces aînés de renom.

Il aurait pu écrire de même à Rabelais, qu'il a connu à Rome
et dont il fait deux mentions. La première est dans une lettre à

---

1. On pourrait rechercher des traces de Paschal dans les mss. de lettres
et de vers de Jean de Boysson conservés à la Bibliothèque de Toulouse et
utilisés partiellement par G. Guibal (*De Ioannis Boyssonei vita*, Toulouse
1863, p. 3). Dans sa courte lettre à Boysson, Paschal mentionne le vicomte
de Monclar.

2. *Gulielmi Philandri Castilionii Galli ciuis Ro. in primum lib. M. Vitruuii Pollionis de architectura annotationes*, Rome, 1544.

3. V. sur Philandrier ou Filandier, en latin *Philander* (1505-1565), l'éloge
de Sainte-Marthe, la belle page de J.-A. de Thou (Teissier, *Eloges*, t. II,
p. 226) et la notice latine de Philibert de la Mare (Dijon, 1667). Louis Delaruelle a publié une note de Budé sur une visite de Philandrier (*G. Budé, les
origines...*, p. 273).

Philandrier, que maître François a appelé un jour « nostre grand amy et seigneur M. Philander[1] » ; Paschal lui écrit de Venise au moment de rentrer en France : « Tu omnibus amicis, nominatim autem F. Rabelaeso et Ant. Angelo s. d. [2] » Très peu après, le 25 septembre 1548, il nomme encore le médecin du cardinal du Bellay : « Ego, si quid in Gallia geretur quod putem te scire curare, faciam ut scias. Fran. Rabelaeso et Hieronymo illi Viconouano a me salutem dices [3]. » Le destinataire de la lettre est François de Bouliers, frère de l'évêque de Riez et amateur de philosophie, que Paschal endoctrine longuement au sujet de l'existence de Dieu. Il appartient à la maison de Jean du Bellay [4]. Comme Philandrier, il a transmis aisément les salutations du jeune humaniste à Rabelais, qui habite avec lui le palais des Saints-Apôtres [5].

Le Parlement de Toulouse est représenté parmi les correspondants de Paschal par plusieurs de ses magistrats, et par son Premier Président, Jean de Mansencal, à qui il adresse une longue épître. L'écrivain n'omet point de s'intéresser aux Jeux Floraux et aux usages de la compagnie littéraire à laquelle il appartient. Il écrit à François Revergat : « Quid his ludis Floralibus Tolosae actum fuerit, quisue palmam tulerit, valde scire aueo. Tametsi non dubito, quin, cum duarum palmarum iure optimo vir fueris, trium quoque hoc tempore sis. Quod si ita est, tibi gratulor et te in Collegium nostrum cooptatum esse immortaliter gaudeo [6]. » Il veut que sa province lettrée le considère dans Rome comme son délégué, chargé d'en maintenir la réputation. Il met en lumière sans cesse les succès qu'il remporte comme candidat au doctorat

---

1. Cf. Rathery, *Notice biographique sur Rabelais*, p. 55, et A. Heulhardé, *Rabelais, ses voyages en Italie*, Paris, 1891, p. 277 et 280.

2. Recueil de 1548, p. 155 (*Venetiis, VI, id. Sept.*). Le personnage nomm, avec Rabelais est Antoine Lange, d'Amiens.

3. Recueil de 1548, p. 121. L'évêque de Riez est Jean-Louis de Bouliers, qui occupe ce siège épiscopal de 1546 à 1550, et a pour successeur Lancelot de Carle (Gams, *Series episcoporum*).

4. Au nombre des conclavistes du cardinal du Bellay pendant le conclave de 1549-1550, on trouve *Franciscus de Bolleris, clericus Taurinensis diocesis*.

5. Rabelais est arrivé à Rome le 27 septembre 1547 et en est reparti le 22 septembre 1549 (L. Romier, *Notes crit. sur le dernier voyage de Rabelais en Italie*, extrait de la *Revue des études rabelaisiennes*, t. X, 1912).

6. Recueil de 1548, p. 110.

ès lois dans l'Université romaine et comme avocat devant le Conseil des Dix. Il attend que ses compatriotes soient fiers de lui et, pour justifier la publication qui va solliciter leur suffrage, il se fait délivrer, pendant son séjour à Venise, une sorte de certificat par le dépositaire attitré de la tradition cicéronienne, le célèbre imprimeur Paul Manuce [1].

Fils et continuateur d'un père qui dans son art fut plus grand que lui et dont le nom évoque les plus magnifiques initiatives de la typographie italienne, Paul Manuce a visé au renom d'écrivain et surtout à celui d'épistolier. D'une vaste correspondance internationale entretenue sur des matières littéraires et parfois politiques, il est peu de morceaux qu'il ait négligé de garder pour grossir ses recueils. On n'y trouve point cependant le billet de pure politesse que notre Paschal a obtenu de lui et joint vaniteusement à son opuscule. Interrogé par celui-ci sur le mérite de son plaidoyer vénitien, l'imprimeur n'a pas manqué d'y louer « une grande maturité pour son âge » et d'encourager une publication. C'est là sans doute conseil de typographe ; mais Manuce, à qui Paschal projetait de confier les soins de l'impression, s'en déchargea sur son confrère Griffio, en prenant simplement quelques exemplaires sous l'ancre illustre des Alde. Le reste de l'édition fut envoyé à Lyon, chez Sébastien Gryphe, frère de l'imprimeur vénitien [2]. Celui-ci y avait mis la perfection qu'assuraient les presses aldines dans leur meilleur temps. On regrette presque qu'une telle élégance typographique se soit appliquée à ce médiocre ouvrage ; mais on y reconnaît l'esprit avisé d'un auteur qui comprenait l'avantage de présenter noblement, et comme une chose précieuse, le livret latin qui avait coûté tant de peine à sa naturelle indolence.

Le jeune écrivain compte bien, en effet, vivre longtemps sur le labeur accompli pour mettre au jour ces quelques pages. Il a pris soin, à tout hasard, d'apprendre à ses prochains admirateurs que ses œuvres abondent ; une lettre mentionne quantité de vers et

---

1. « Orationem nostram, de qua tecum mane sum locutus, Manuti doctiss., ad te mitto, quam velim perlegas mihique significes num illam in apertum proferendum putes. Quod si abs te probabitur, in lucem emittam... Venetiis, prid. cal. Sept. » (p. 164).

2. Sur ces particularités assez curieuses, voir ci-dessus, p. 278. Les *errata* considérables indiquent la précipitation du travail ou l'absence de l'auteur au moment du tirage.

de prose, et même une « comédie », qu'il recommande à son ami
Durban de recueillir, au cas où il serait assassiné à Venise, victime du dévouement déployé pour sa famille. Il a laissé des
manuscrits à Nîmes, à Toulouse, d'autres encore : « Odas, Ele-
gias, Epigrammata, quae tibi in librum congesta reliqui, Lugdunum (si esse edenda putabis) ad Ioannem Tornaesium mittes [1]. »
Aucune de ces compositions n'a vu le jour, soit qu'elles fussent
imaginaires, soit que l'auteur ait renoncé à produire des essais
juvéniles qui ne pouvaient plus lui servir.

S'il y a beaucoup de verbiage dans le mince volume et si le
plaidoyer laisse une piètre idée de l'éloquence judiciaire des cicéroniens, les lettres témoignent, comme d'autres du même temps,
de l'espèce d'ivresse intellectuelle que le séjour en Italie et le
contact de l'Antiquité procuraient aux Transalpins. Quelques
détails se rattachent aux événements de l'époque. Paschal trans-
met les nouvelles parvenues à sa connaissance et qui doivent
intéresser d'autant plus ses correspondants que les informations
politiques circulent alors avec difficulté. C'est une occasion de
montrer sa virtuosité, en narrant dans les formules de son cher
Cicéron les faits de la vie contemporaine. Il apprend, par
exemple, au Premier Président de Toulouse ce qu'on dit du Concile de Bologne, dont l'empereur Charles-Quint exige de Paul III
le transfert dans la ville de Trente ; il conte les rumeurs qui
courent à Rome, les inquiétudes qu'excite la duplicité impériale ;
il parle des concentrations de troupes, de la mise en état de
défense de Parme et des villes pontificales [2]. Les nouvelles

1. Recueil de 1548, p. 161 : « ...Si quid acciderit, omnem meam, quan-
tulacunque est, bibliothecam tibi obuenire volo. Orationes et epistolas,
quas dum Iacobo Bordingo Carpentoracti operam darem scriptitaui,
Nemauso ad te perferendas curabis. Eas autem in apertum ut proferas
nihil postulo. Comoediam, quam Tolosae apud Carolum Viadellum hospi-
tem nostrum reliqui, politius abs te limatam, si tibi videbitur, foras dabis. »
Le projet de publication posthume chez J. de Tournes est accompagné
de cette chaste réserve : « Illud velim diligenter videas (quod ego, mi Dur-
bane, tui in me amoris supremum testimonium esse cupio) ne ea quae a
me iuueniliter sunt scripta, quaeque potius animos hominum effoeminare
quam aliquid ad communem fructum afferre posse videbuntur, emittas, sed
ita comprimas, ut nunquam e tuis manibus emanent. »
2. Recueil de 1548, p. 98-101 (*Ex Urbe*, xv calend. Mart.). Le pape est
ainsi jugé : « Paulus, quo nec cautior, nec animosior senex unquam fuit,
ita ad omnia se parat, ut alter'ille intelligere possit sibi non modo cum
sapiente et copioso sene, sed cum fortissimo rege et munitissima Rep. esse
pugnandum. »

d'Allemagne sont transmises au conseiller Rivier : « Habes quae
ex Germania nouissime Romam perlata sunt. — Quae Romae
gerantur, accipies ex Durbano ; nam ad eum res omnes urbanas
scripsi, et eundem eas tecum ut communicaret rogaui [1]. » C'est
ici un exemple de la manière dont les nouvelles internationales
étaient répandues par les correspondances privées.

Paschal est à Rome au moment de la mort du cardinal Sadolet, et l'annonce qu'il en fait prend un accent personnel, puisqu'il tient à rappeler l'accueil du prélat à l'évêché de Carpentras ;
Sadolet étant, de plus, le prince des Cicéroniens, il convient aux
disciples de pleurer congrument leur maître : « Iac. Sadoletus
cardinalis XV cal. Nov. e vita discessit, quam placide, quam
constanter, malo te coram quam ex meis literis intelligere. Cum
enim illius et mortis et humanitatis venit in mentem, conficior
lacrymis. Sperabamus, ut scis, et mihi tanti viri beneuolentiam
Romae amplam fore, et illi ipsi veterem illam nostram necessitudinem visum iri non indignam. Sed propius erat illius, quam nos
putaremus, supremus ille dies [2]. »

Une assez vivante description de journées romaines nous introduit parmi les lettrés réunis autour du cardinal d'Armagnac et
auxquels Rabelais se joignait quelquefois :

Quo modo hic hyemem traducimus audi. Traducimus autem, mihi
crede, admodum iucunde ; diem enim ita consumo ut matutina tempora
Ciceroni (quo cum in gratiam diis approbantibus redii) et a prima luce
ad horam XVI tribuam ; a XVI ad undeuigesimam obeundo Urbem in
prandium exerceor. Quam cum oculis atque animo lustro, varie
mediusfidius afficior. Cumulor gaudio, cum mihi licet intueri non
solum urbem, sed etiam proprios domos atque lares ubi tot homines
immortali virtute praediti nati et educati fuerunt, ubi res praeclaras
admirabilesque gesserunt, ubi non urbem, sed orbem, non moenibus,
sed singulari quadam virtute ac animi magnitudine firmatum atque
obuallatum tenuerunt..... In eo sum solo, in his sum regionibus, quas
primi omnium Siculi, deinde Aborigenes tenuerunt, in quibus
Saturnus, Ianus, Faunus, Hercules (quos vetustas in Deorum immor-
talium numerum retulit) regnauerunt. Quorum aut fanorum, aut
sepulcrorum vestigia quotidie cerno. Et ut ad proximiora veniam,
qua me laetitia affici putas, cum eandem ipsam Lupam, de qua meni-

---

1. Recueil, p. 104 et 121 (*Ex Urbe*, iii *id. Febr.* et *prid. cal. Mart.*).
2. Recueil, p. 92 (lettre à Durban).

nit Cicero, et Romulum et Remum paruos et lactentes uberibus lupi-
nis inhiantes in Capitolio video [1] ? quando Auentinum montem et in
eius vertice Remoriam ubi Remus de condenda Urbe, et Palatium ubi
Romulus auspicatus est, intueor ? Plane videor volantes vultures et
Remum tristem sinistro augurio, Romulum secundo laetum atque
iucundum videre. Incredibile est quam sit mihi suaue ambulare in ipso
solo, in quo Reges, Coss., Imperatores omnium gentium domini inces-
serunt, frui eodem coelo ac spiritu quo tot Poetae, Philosophi, Oratores atque omni doctrinarum genere viri praestantissimi ac excel-
lentes. Quos omnes tales fuisse docent cum aeneae statuae, praecla-
rissimaeque inscriptiones, tum ipsi libri in quibus vitam eorum tanquam in speculo intueri ac cernere possumus. Mouet me rursum
angitque vehementer, dum qualis fuerit olim Roma et quae nunc sit
cogito. Nam, ut omittam Urbem dirutam atque desertam, Vias Appias
et Aurelias incultas frondibusque et virgultis iandiu interclusas, colum-
nas, templa, porticus, signa aenaea et marmorea fracta et comminu-
ta..., qua molestia affici putas, cum video istorum hominum animos,
qui ut quemadmodum sunt, sic etiam diuini et immortales putantur,
ita tamen a maioribus suis degenerasse, ut ex illis nunquam orti et ex
se nati prorsus esse videantur?

Cette description de la ruine de Rome et cette opposition de
sa grandeur à sa décadence auraient pour nous un attrait plus
vif, si elles ne se rencontraient bien des fois dans la littérature de
l'Humanisme [2]. Pétrarque le premier, en d'admirables lettres, a
développé le thème d'une façon originale, et avec une éloquence
qu'aucun de ses successeurs n'a dépassée. Cette page d'un Français nous apprend du moins qu'on y revenait volontiers dans l'entourage du cardinal d'Armagnac, et il ne faut pas oublier que,
de cette banale antithèse ressassée par les Italiens en vers et en
prose, vont sortir tout prochainement les *Antiquitez de Rome* de
Du Bellay [3].

1. C'est la Louve de bronze du Palais des Conservateurs.
2. Nous avons sur ce sujet, à côté des pages de Chamard, celles de Vianey
dans *Le Pétrarquisme en France*, p. 318 et suiv. J'essaie d'y ajouter quelque
chose.
3. Paschal fournirait aussi plus d'un trait à une annotation des *Regrets*.
Il est dur pour le monde intellectuel de Rome (dans la suite du passage
précédent) : « At sunt Romae poetae, philosophi atque oratores. Certe, sed
quos audire aut omnino videre nolis. Poetas vocant mimos, histriones,
comoedos, qui vicatim poti vulgaria quaedam carmina bacchantur, quae
nihil habent praeter muliebres risus lasciuiamque numeris quibusdam et
rithmis inuolutam. Philosophi huius sunt generis ut omnia voluptate metian-
tur, ut nihil naturae non tribuant... »

A cito domum Armeignaci Cardinalis, ad Corneillanum [1] aut Phi-
laudrum, quos scis nobis cum perpetua animorum voluntate coniunc-
tos, tum litteris et artibus nostris deditissimos, me confero, ibique tempus variis sermonibus ducimus. Inde aut in Vaticanum, aut Quirina-
lem, aut Viminalem montem, aut quo suauissimus Blaesius, utriusque
nostrum amantissimus, me ducit eo. Marmoratas veterum laudes ac
scriptiones digitis saepe effodimus, nonnunquam etiam exscribimus.
Postea me in cubiculum abdo, ad multamque noctem meo more vigi-
lo. Ad easdem vices cum luce reuertor [2].

Le tableau a, par endroits, du pittoresque. On devine l'autorité savante d'un Philandrier sur cette troupe d'archéologues
improvisés [3]. On aime les voir chercher sur les « sept costaux »
les « sainctes ruines » que chantera l'ami de Ronsard, suivre
avec les doigts les caractères gravés sur le marbre antique et
transcrire curieusement des inscriptions intéressantes [4]. Plus d'un
étranger rapportait ainsi dans son pays quelque *sylloge*, remplie
souvent de maladroites lectures ; Paschal suivait cette mode
propre à lui faire honneur parmi les savants, et tenait à parler de
ces travaux : « Hunc februarium in perquirendis et inuestigandis
veterum monumentis consumam [5]. » Quelques bribes de son butin
épigraphique passeront un jour dans ses narrations à l'antique de
l'histoire française.

Avec l'ami Revergat, c'est l'antre de la Sibylle qu'évoquent ses
rêves : « Quid in Italia viderim, didicerim, egerim, praesenti ser-
moni reseruo. Ego in speluncam Cumaeae Sibyllae perendie cogito ; nam hic mirabilia de ea quaedam dicuntur, quae cum videro
faciam ut scias [6]. » Le projet ne se réalise pas ; Paschal est envoyé
à Venise par la famille de Mauléon, et il ne s'embarque point à

1. Jacques de Corneillan, devenu en 1554 évêque de Vabres, était neveu
du cardinal, qui résigna en sa faveur l'évêché de Rodez, en 1560.
2. Recueil, p. 85-90 (lettre à Durban).
3. On juge de l'expérience romaine de Philandrier par ses *Annotationes*
sur Vitruve, que termine, dans l'édition de 1544, la mention suivante : *Haec
Philander commentabatur Romae III. Calend. Augusti M.D.XL, suadente
impellenteque et adiuuante Maecenate suo Georgio Armeniaco Ruthenorum
episcopi, tum regio ad Paulum III Pont. Max. legato.*
4. Les sculptures les intéressent moins ; pourtant, durant sa mission de
1555 à Rome, le cardinal d'Armagnac veillera à l'expédition d'œuvres d'art
antiques au connétable de Montmorency (Tamizey de Larroque, *Lettres
inéd. du card. d'Armagnac*, p. 69).
5. Recueil, p. 108 (autre lettre à Durban).
6. Recueil, p. 103 et 112.

Naples, mais à Ancone. Ses amis y ont gagné la description
d'une tempête sur l'Adriatique, qu'il adresse à Philandrier, et où
ne manque aucun des lieux communs d'un tel récit [1]. Il assure
qu'au plus fort du danger, il pensait succcessivement à chacun
de ses protecteurs et aux amis qu'il n'espérait plus revoir ; leur
pompeuse énumération, en ce moment de la narration, est
assez comique. Après tant de périls et d'émotions, il arrive
enfin à Venise, où trois jours de repos sont nécessaires avant
d'ouvrir ses coffres et d'en tirer, parmi des manuscrits mouillés,
ceux qu'il va présenter à Paul Manuce [2].

Son séjour est surtout rempli par les démarches de l'affaire
des Mauléon et par la production du fameux plaidoyer. Il lui
reste peu de temps pour s'intéresser à Venise elle-même. Ni les
édifices, ni les particularités de mœurs ne le retiennent. Comme
il n'y a point de monument romain, aucun souvenir ne lui semble
digne d'être noté ; mais il trouve le moyen de parler des canaux
vénitiens à un ami dans le langage du siècle d'Auguste : « Si
forte es nescius, scito me Venetiis esse. At quam procul a Musis !
Omnia in his locis Tritonis vocibus personant. Non dulcis ille
Apollinis sonus complet, ut solebat, aures meas ; neque mihi
Nereidas, utpote qui ad Naïadas exarserim, adhuc conciliaui.
Sed quid ego haec in familiari praesertim epistola [3]. » Il arrange
son retour par Padoue, Brescia, Mantoue, Plaisance, Parme et
Turin, excellent complément de son voyage d'Italie [4].

La recherche des manuscrits anciens, qui tient tant de place
dans les correspondances d'humanistes et notamment dans celle
de Paul Manuce, n'a pas pas encore apparu chez leur imitateur.

---

1. Recueil, p. 151-153.
2. « At dum me sic colligo, dum meos libros euoluo, omnes aqua madi-
dos reperio, illudque quod Paulo Manutio eram daturus, ita distractum et
laceratum vix ut ego recognoscerèm. Collegi tamen omnia, ut potui, eique
obtuli. Qui me suo more perhumaniter amplexus est, nostraque scripta sic
probauit ut mihi maxime autor fuerit ne ea in lucem emittere dubitarem. »
V. plus haut, p. 283.
3. Recueil, p. 133.
4. « Cras... Patauium veniam, inde Bressam sum profecturus, postea
Mantuam ; Mantua Placentiam et Parmam cogito. Nam eae urbes Italiae
sunt mihi reliquae, quas ego adhuc non vidi. Breuiter, ut omnia quae
cupio videam, erit mihi in patriam itineribus deuiis redeundum. Si frater
tuus Riuensis episcopus fuerit Taurini, eum conueniam... Venetiis, V cal.
Oct. » (Recueil, p. 120).

Elle se glisse fort à point dans le post-scriptum de la lettre
envoyée de Venise à Philandrier. Paschal y fait mention de
certains manuscrits de Vitruve et de Cicéron signalés à Lyon
par Antoine du Moulin et qu'il tiendrait à étudier à son passage
dans cette ville. Il en écrit à Du Moulin lui-même [1]. On pourrait
attacher quelque intérêt à ce détail, si l'on était sûr qu'il ne l'a
point introduit *ad ostentationem*. Il serait naturel qu'il partageât
les goûts de l'entourage du cardinal d'Armagnac, qui achète de
nombreux textes grecs et latins, en fait transcrire d'autres par
un calligraphe en renom, et envoie des explorateurs dans toute
l'Italie et en Grèce même, pour enrichir sa bibliothèque ainsi que
celle de son roi. On ne voit pas cependant que Paschal s'en soit
occupé le moins du monde pendant son séjour romain, ce qui
donne à supposer que le morceau sur les manuscrits de Lyon peut
n'être qu'un simple ornement pour son recueil.

La lettre à Antoine du Moulin se termine par ces compliments :
« Seb. Gryphium, Ioan. Tornaesium saluere velim iubeas meis
verbis plurimum. Si Nicolaus Borbonius, noster ille Ouidius,
istic fuerit, illum meo nomine salutabis ». Paschal rencontra-
t-il à Lyon le poète humaniste qu'il comparait à Ovide, ce Nicolas Bourbon, à qui des *Nugae* plusieurs fois réimprimées avaient
valu quelque réputation [2]? Jean de Tournes, l'imprimeur lettré qui

1. « Cal. Sept. literae a te mihi redditae sunt, quibus intellexi te nostri
esse amantissimum. De quo etsi nihil unquam dubitaui, tamen illud in tuis
literis per mihi gratum perque iucundum fuit. Quod scribis te in quadam
bibliotheca Vitruuii exemplar vetustate insigne et manu scriptum reperiisse
alio omnino exemplo, quam quod hodie vulgo circunfertur, rem mihi nouam
multoque iucundissimam nuntias. Neque enim nescis quam obscurus
quamque difficilis est autor ille et quam grauiter doctorum hominum ingenia eius difficultas hactenus torserit... » Il l'engage à donner une édition de
Vitruve : « Huius igitur rei Guilielmum Philandrum certiorem feci. Scis enim
quibus luminibus vir ille doctissimus autorem illum illustrarit. Epistolas
ad Atticum, quas te etiam nactum esse nuper ad me scripsisti, istic videbo.
Utinam, cum ita sis fortunatus, illos quoque Ciceronis de Republica libros,
quos desideramus, posteritati reperires... » Recueil, p. 155-156.

2. Nicolas Bourbon avait publié à Lyon, chez Sébast. Gryphe, son *Opus-
culum puerile ad pueros de moribus* (1536) et l'édition augmentée, en huit
livres, de ses *Nugae* (1538). V. Carré, *De Nicolai Borbonii vita et operibus*,
Paris, 1888. Jacques Toussain comparait déjà à Ovide ce Bourbon, qui s'en
défendait modestement :

> *Naso tibi videor, Tussane, intelligo : nempe*
> *Scribo Tomianis carmina digna Getis.*

Les filles de Jean de Morel correspondaient en latin avec Bourbon, ce

édita entre tant d'autres les œuvres de Louise Labé et de Pontus de
Tyard, put s'entendre avec Gryphe pour la mise en vente du volume
qui arrivait tout imprimé d'Italie. Il est probable que Paschal se
dirigea ensuite vers Toulouse ; mais c'est à Paris que Durban
« son grand amy » fit publier, quelques mois plus tard, la traduction de son discours : « L'oraison de M. Pierre Paschal prononcée au Sénat de Venise contre les meurtriers de l'archidiacre de
Mauléon, traduicte du latin en françois par le Protonotaire Durban et nouvellement imprimée par commandement de la Royne
de Navarre. Du mesme, France par prosopopée à la Républicque
de Venise. A Paris, par Vascosan, rüe S. Jaques, M. D. XLIX. [1] »

Un détail montre des relations déjà nouées avec le jeune groupe
de Ronsard ; c'est un sonnet liminaire de ce livret, « prins sur le
grec de Claude Rammile » et signé *I. A. de Baif*, qui se trouve
la première pièce de vers que Baïf ait publiée [2]. Quant au patronage de la Reine de Navarre, alors si honorable pour les écrivains,
il est ainsi invoqué par le traducteur : « Ne trouve pas estrange,
amy lecteur, si à present je veux publier à tous ceste mienne
traduction, l'ayant par cy devant voulu communiquer à peu de
personnes ; mais entens s'il te plaist que la Royne de Navarre,
ces jours passez, apres en avoir (je ne scay par quelle fortune)
ouy faire lecture, m'auoit commandé expressement qu'elle feust
bien tost imprimée.... Il feust son plaisir d'user de la puissance
qu'elle a sur moy, qui suis son treshumble et tresobéissant
homme vassal et serviteur subject ; et ne luy pleust oncques
admettre aucune de mes excuses [3]. » La dédicace, adressée par
Durban à son cousin Mauléon, est composée pour rehausser l'importance de cette publication, non seulement dans la famille dont
elle proclame l'illustration, mais aux yeux de tous les lettrés :

qui amène son nom au voisinage de Ronsard. Il y a, à ee sujet, une jolie
lettre de leur mère à cet humaniste dans un ms. de Munich (coll. Camer,
vol. 33, fol. 131).

1. Bibl. nat., Rés. X 2527. Feuillets marqués de A à Giij. Le passage de
la dédicace cité plus loin n'atteste pas l'existence d'une édition manutienne,
ou portant le nom des Alde ; il ne vise que le texte latin.

2. Le sonnet de Baïf, traduit des distiques grecs de ce Rammille qui se
trouvent dans le recueil de Gryphe, manque à l'édition Marty-Laveaux. Il
n'a point échappé à Augé-Chiquet, *La vie... de J.-A. de Baif*, p. 55.

3. Marguerite de Navarre n'a pu voir la publication française, étant
morte à Odos en Bigorre, le 21 décembre. La page d'agréable description
des Pyrénées n'aurait pas manqué de lui plaire.

Davantaige n'est-il raison que ceulx qui sont des nostres à present
et naistront d'eulx à l'advenir sachent que M. le Reverendissime
Cardinal d'Armaignac advoua ton frere et les siens pour parens,
Paschal pour gentilhomme de sa maison, et print ceste cause autant
à cœur, que le plus important de ses propres affaires ? Ce que M. de
Morvilliers, Ambassadeur pour le Roy, a solicité à Venise, et M. de
Termes soutenu en Piedmond, ne mérite il pas d'estre cogneu par
ceulx à qui touche l'offense ? ne sommes nous pas redevables de beaucoup à M. de Corneillan, evesque dè Vabres, et à M. l'auditeur Reomanus, autrefois mon precepteur, qui se sont monstrez autant liberaulx
à n'y espargner leur bien, que voluntaires à y employer leurs personnes ? Doibt il estre caché l'honneur que Paschal a fait à nostre maison,
le vouloir qu'il nous a monstré, la peine qu'il en a prinse, les dangers
où il s'est exposé et la memoire qu'il a laissée de sa charge ? Scaurions
nous taire l'honnesteté de P. Manutius, un des premiers hommes qui
se meslent des lettres, qui a voulu imprimer soubs sa marque l'œuvre
dudict Paschal ou plustost la nostre, aimant mieulx soustenir le party
de la verité que favorir les coulpables de sa propre patrie ?

Ces deux petits volumes, qui se réduisent à un seul ouvrage,
vont être pendant longtemps tout le bagage littéraire du jeune
humaniste. Mais il est de ces gens de plume qui font de leurs
moindres pages une distribution avisée et avantageuse. Après en
avoir tiré gloire parmi ses amis de province, Paschal a gardé
quelques exemplaires du tirage pour les faire circuler dans la
capitale, où il a décidé de chercher fortune. S'il l'a offert aux
personnes en place, il n'a pas manqué d'en munir les poètes.
Ronsard, qui l'a reçu, y fera plus d'une allusion directe. Chacun
l'accueille avec bienveillance, et ce n'est que plus tard qu'Étienne
Pasquier y dénoncera, comme le poète déçu, la médiocrité de la
composition, les emprunts du style, la servile imitation des
Italiens [1]. Au début, presque tout le monde y est trompé. Une
seule protestation paraît s'élever contre les prétentions de l'auteur. Elle vient d'un de ses anciens maîtres de Toulouse, le professeur de droit civil, Étienne Forcadel. Cet écrivain, qui n'a pas
été sans relations avec Ronsard [2], a déjà des liens avec le groupe
de protecteurs dont se réclame Paschal ; il dédie des vers au cardinal d'Armagnac, à Jacques de Corneillan (*Cornelianus*), à Phi-

1. V. plus haut, p. 261, 265.
2. V. p. 192.

landrier [1], à Antoine du Moulin, à Pierre de Mauléon lui-même, au Premier Président et aux conseillers de Toulouse [2]. Du même milieu littéraire que Paschal, et son aîné, il ne se laisse pas prendre à tant d'étalage ; son recueil de 1551 contient une petite pièce, qui le vise assurément :

*A l'imitateur de Cicero.*

Toy Orateur, singe du grand Romain,
Oy ce que dit sa dorée eloquence :
Que le parler, tant doux soit il, est vain,
Si quand et luy n'y ha bonne sentence :
Profond savoir, mais rude, c'est enfance,
Les mots ornez et nuds, temerité :
Qui parle bien avecques gravité
Semble le champ fleurissant et fertile :
Car en tous poincts ha le prix merité,
Qui scet le doux accoupler à l'utile [3].

Il semble que le talent qu'elle a vu naître inspire à Toulouse quelque défiance. Il n'en est pas de même pour Paris, où s'exercera sans contrôle sur les lettrés le prestige des succès d'Italie et de l'imperturbable faconde du cicéronien.


## II


Ce fut Ronsard lui-même qui commença la renommée de Pierre de Paschal. La sienne débutait à peine et n'était guère sortie du cercle de poètes où son génie était fraternellement reconnu. En 1550, paraissait son premier volume, le fier recueil des *Quatre*

1. *Stephani Forcatuli iureconsulti epigrammata*, Lyon, J. de Tournes, 1551, p. 87, 145, 170. Une pièce est dédiée à Jean de Mauléon : *M. P. Durbano Maulio Senatori nobiliss.* ; une autre *Ad Io. Mensencallum Senatus Tol. praesidem Max.*, p. 53, 153). Les vers adressés à Philandrier sont intitulés : *De Gulielmo Philandro Architecturae bonarumque artium peritiss.* Le poète suppose que Phébus est inquiet pour son palais, qui menace ruine ; son embarras ne durera point : *Ecce Philander adest.*
2. *Poésie d'Estienne Forcadel*, Lyon, J. de Tournes, 1551, p. 131, 138.
3. *Poésie*, p. 152. Les *Epigrammata* ne contiennent qu'un distique insignifiant adressé *Pe. Paschalio doct.* (p. 111). Paschal mentionne Forcadel dans une lettre à Revergat : *Forcatulum nostrum meis verbis salutabis* (Recueil de 1548, p. 135).

*premiers livres des Odes*, où s'affirme le chef de l'école. Dès le
premier livre, Paschal obtient sa dédicace, et l'on va voir de quel
ton Ronsard associe à sa fortune ce jeune homme inconnu, cet
autre Pierre, qu'il se charge d'immortaliser avec lui. N'aurais-je
point tort, dit-il avec emphase,

> Si je n'emplumoi la gloire
> De toi, mon Paschal, affin
> Qu'elle voltige sans fin
> Dans le temple de Mémoire ?
>     La cheine qui entrelace
> Ton esprit avec le mien,
> Et mon nom semblable au tien
> Commande que je le face.
> ...Ia ton Languedoc se vante
> D'honnorer son nourrisson

> Fait immortel par le son
> Du Vandomois qui le chante.
>     Vraiment mes vers manifestes
> Diront que tu fus ami
> De moi, t'elevant parmi
> L'honneur des troupes celestes.
>     La carrière du tens use
> Les palais laborieus,
> Non les traits victorieus
> Venant de l'arc de ma muse [1].

Comment ce lien est-il si promptement noué entre deux écrivains fort dissemblables de talent et de caractère ? comment
Paschal a-t-il eu la fortune d'entrer dans le petit monde de Ronsard ? On peut penser à une rencontre au cours de ce voyage en
Gascogne et aux Pyrénées, dont l'itinéraire nous est si mal
connu et que le poète paraît avoir fait au cours de l'année 1549.
Ce voyage l'a au moins intéressé à la province d'où Paschal est
originaire [2]. Sans recourir à une hypothèse, il est plus simple
d'admettre que la réputation de l'enseignement de Jean Dorat
vient d'attirer au collège de Coqueret, parmi les auditeurs du
grand humaniste parisien, Pierre de Mauléon et son ami revenant
d'Italie. Nous avons le témoignage même du poète, qui, sans

---

1. C'est l'ode xix de ce livre I, où sont les grandes dédicaces littéraires et
amicales à Du Bellay, à Dorat, à Baïf, etc. *Odes*, éd. Laumonier, t. I, p. 160.
Les deux derniers quatrains viennent d'Horace, *Carm.* IV, viii, 13 et suiv.
Ils subissent dans l'édition de 1555 la variante significative qu'on trouvera
plus loin.

2. On ne paraît pas avoir relevé, à propos du voyage de Ronsard aux
Pyrénées, que rappellent les vers sur la mort de sa haquenée (*Odes*, t. I.
p. 205), d'autres vers de l'*Hymne de Charles cardinal de Lorraine* (éd. L. t. IV,
p. 233), qui ont tout l'accent du souvenir personnel :

> Qui a point veu courir à bruyantes ondées
> Un torrent franchissant ses rives desbordées,
> Ou sur les monts d'Auvergne, ou sur le plus haut mont
> Des cloistres Pyrenez, quand la neige se fond
> Et que par gros monceaux le Soleil la consomme ?

préciser absolument la première rencontre, assure que sa liaison intellectuelle avec les jeunes méridionaux a commencé chez Dorat :

> ...Chez lui premierement,
> Nostre ferme amitié print son commencement,
> Laquelle dans mon âme, à tout jamais, et celle
> De ton ami Durban, sera perpétuelle [1].

C'est donc l'Humanisme qui les a unis, et ce qu'on sait des dispositions d'esprit de Ronsard, à cette époque de sa formation, explique aisément son enthousiasme. Sensible à la belle phrase latine, qu'il pratiquait avec moins d'adresse que Paschal, il l'est aussi à l'autorité conférée par ce séjour d'Italie, qu'il souhaite pour lui-même. Dorat, plus averti, semble s'être détaché très vite de ces beaux parleurs. On peut croire qu'un maître aussi informé ne fit qu'un cas médiocre de la supériorité à l'italienne dont Paschal était fier ; il ne le nomme qu'une fois dans ses écrits, sans louange particulière, et n'a conservé avec Durban lui-même aucune relation. Des élégances purement verbales, qui le laissaient indifférent, devaient au contraire éblouir le jeune Ronsard. Celui-ci ne se contentait pas, dans son recueil de 1550, de l'ode à la louange de Paschal ; il revenait à lui, dans une seconde pièce, qui célébrait avec la même chaleur pédante les qualités d'esprit du conseiller au Parlement de Toulouse :

> Languedoc me sert de temoin,
> Voire Venise, qui plus loin
> S'emerveilla de voir la grace
> De ton Paschal, qui louengeant
> Les Mauleons, alla vengeant
> L'outrage fait contre ta race,
>   Lorsqu'au meillieu des Pères Vieus,
> Degorgeant le present des Dieus
> Par les torrents de sa harangue,
> Il embla l'esprit des oians
> Comme épics çà et là ploians
> Dessous le dous vent de sa langue [2].

Deux ans plus tard, le second recueil de Ronsard, les *Amours*, montre la même admiration affectueuse pour Paschal. Voici le

1. *Bocage* de 1554 ( épître biographique *A P. de Paschal*).
2. *Odes*, t. II, p. 84-85. La fin de l'ode indique la préparation d'un ouvrage d'astrologie que Durban n'a pas publié.

sonnet qu'il lui adresse à Toulouse, y faisant sonner six fois son
nom, et que va commenter Muret :

> De toi, Paschal, il me plait que j'ecrive,
> Qui de bien loin le peuple abandonnant,
> Vas de l'Arpin les tresors moissonnant,
> Le lon des bors où ta Garonne arrive.
> Haut d'une langue eternellement vive,
> Son cher Paschal Tolose aille sonnant,
> Paschal, Paschal Garonne resonnant,
> Rien que Paschal ne responde sa rive.
> Si ton Durban l'honneur de nostre tans
> Lit quelque fois ces vers par passetans,
> Di lui, Paschal, (ainsi l'apre secousse
> Qui m'a fait choir, ne te puisse émouvoir)
> Ce pauvre Amant estoit dinne d'avoir
> Une maitresse ou moins belle ou plus douce.

Il adresse ce Sonet à Pierre Paschal, gentilhomme natif du bas pais
de Languedoc, homme, outre la conoissance des sciences dignes d'un
bon esprit (ausquelles il a peu d'egaus), garni d'une telle eloquence
Latine, que mesme le Senat de Venise s'en est quelque fois emerveillé
...*Vas de l'Arpin les tresors moissonnant.* Vas soigneusement recueil-
lant les richesses de l'eloquence de Ciceron. Il dit cela, parce que
Paschal est un des hommes les mieux versés en Ciceron, qui vivent
pour le jourd'hui... *Si ton Durban.* Michel Pierre de Mauleon, Proto-
notere de Durban, conseiller en parlement à Tolose, homme tant
excellent.... Entre luy et Paschal est une si grande amitié qu'elle est
suffisante pour effacer toutes celles qui sont par les anciens auteurs
recommandées [1].

Pendant que tant des vers de Ronsard ajoutaient au lustre de
cette amitié incomparable, Paschal faisait encore de Toulouse,
écrit Muret, « sa plus ordinaire residance » ; mais il était quelquefois sur le chemin de Paris, et Magny le mentionne dans une ode
*Aux nynfes du Loth, pour caresser Paschal passant par Cahors.*
Il annonce à ces nymphes qu'il ira bientôt chanter leur gloire
sur les bords de la Seine, où son ami va le devancer :

1. Muret cite en témoignage trois strophes de l'ode à Durban (*Les
Amours, d'après le texte de 1578,* éd. Vaganay, p. 391. Ed. L., t. VI, p. 160).
La seule variante que présente l'édition de 1552 est au v. 3 : *Vas du
Arpin....* Notons qu'il n'y a aucune place faite à Paschal dans le recueil
des *Juuenilia.*

> Naguière, Mignonnes, vous vistes
> L'autre mignon des trois Charites,
> Son Durban l'ornement françoys :
> Paschal, Nynfes, vous voiez ores,
> Vous voiez l'autre Arpin ainçois,
> Et bien tost vous verrez encores
> Vostre nourrisson Quercynois [1].

Paschal se trouvait à Paris, au carnaval de 1553, lors de la représentation de la *Cléopâtre* de Jodelle en l'hôtel de Reims, devant le Roi, bientôt suivie de celle du collège de Boncourt, que Pasquier a si bien contée : « Toutes les fenestres estoient tapissées d'une infinité de personnages d'honneur, et la cour si pleine d'escholiers que les portes du collège en regorgeoient... Et les entreparleurs estoient tous hommes de nom, car mesme Remi Belleau et Jean de la Péruse jouoient les principaux rollets [2]. » Notre humaniste assista au festin d'Arcueil, où les poètes fêtèrent le succès d'un des leurs, et il a l'honneur de figurer dans l'énumération des *Dithyrambes recitez à la pompe du bouc de Jodelle* :

> Tout forcené à leur bruit je fremy ;
>   J'entrevoy Bayf et Remy,
> Colet, Janvier et Vergesse et le Conte,
> Paschal, Muret et Ronsard qui monte
>   Dessus le bouc, qui de son gré
>   Marche affin d'estre sacré
>   Aux pieds immortelz de Jodelle,
> Bouc le seul pris de sa gloire eternelle,
>   Pour avoir d'une voix hardie
>   Renouvellé la Tragédie... [3]

La même année, Ronsard, publiant avec quelques odes récentes la deuxième édition des *Amours*, introduit le nouvel ami dans une réunion d'un caractère plus sérieux. C'est celle de la « chère bande » idéale, choisie pour aller vivre aux *Isles fortunées*, parmi le repos et la solitude consacrée aux Muses. Le texte original

---

1. *Gayetez*, éd. E. Courbet, p. 39.
2. Gustave Lanson, dans ses *Etudes sur les origines de la Tragédie classique en France*, a reporté à 1553 cet intéressant épisode de notre histoire littéraire. (*Revue d'hist. litt.*, 1903, p. 187-189 et 195). Cf. Laumonier, *R. poète lyrique*, p. 100, et l'éd. de Binet, p. 154.
3. Éd. L., t. VI, p. 186. La pièce a paru dans les *Folastries*.

du poème dédié à Muret porte en bonne place le nom de Paschal,
disparu des éditions suivantes :

> Je voy Baïf, Denizot, Tahureau,
> Mesme, du Parc, Bellai, Dorat et celle
> Troupe de gens que devance Jodelle.
> Ici Maclou, là Castaigne conduit,
> Et là j'avise un grand peuple qui suit
> Notre Paschal... [1]

Au mois d'août de cet an mémorable, Denys Lambin, en
voyage aux environs de Paris avec le train du cardinal de Tournon, rencontre Paschal, qu'il a dû connaître à Toulouse. Il
raconte à Ronsard leur conversation à son sujet, et loue la
réserve et la bonne tenue du jeune lettré (« inest enim in eius
fronte et oculis pudor ille ingenuus, doctrina et literis.... dignus »)[2]. Quoi qu'on pense de ce dernier détail, la lettre atteste
que Paschal fait bien partie de la Brigade.

C'est le moment où la renommée de Ronsard s'étend avec rapidité et où la France littéraire se prend tout entière à l'acclamer.
Une preuve, entre bien d'autres, est l'anecdote des Jeux Floraux,
à laquelle Paschal se trouve mêlé. Un passage ampoulé et peu
exact de Claude Binet raconte comment son maître « reçeut de
Tolouze une gratification, non seulement libérale, mais qui temoi-
gnoit le bon esprit et jugement de ceux qui l'offroient et le
mérite de celuy qui la recevoit » ; ce fut le prix de l'églantine
des Jeux Floraux, « instituez par ceste noble dame Clemence
Isore »[3]. Binet fait honneur à Pibrac de cette initiative ;
il semble bien qu'elle revient plutôt à Paschal, si l'on
interprète le texte de la délibération du Collège de rhétorique de
Toulouse, du 3 mai 1554 : « Quant à la fleur de l'églantine, fut
par commun advis et délibération arresté qu'elle seroit adjugée à
M. Pierre de Ronsard, poëte ordinaire du Roy nostre sire, pour
excellense et vertu de sa personne, et que la dicte fleur soit aug-

---

1. Texte publié par Laumonier (*Revue d'hist. litt.*, 1905, p. 249). Il est tiré
des *Amours* de 1553, achevés d'imprimer le 24 mai et accompagnés de quatre
pièces « non encor imprimées », dont *Les Isles fortunées*. L'énumération a
souvent changé suivant la fantaisie de Ronsard. Cf. éd. Bl., t. VI, p. 173.
En 1560, le nom de Paschal est remplacé par celui de Magny.

2. V. p. 161.

3. *La vie de P. de Ronsard*, éd. L., p. 23, et l'annotation, p. 146-150.

mentée de prix selon ce qui seroit advisé, laquelle luy seroit
envoyée et portée en la court, et en son lieu seroit reçue et acceptée par M. Pierre Pascal, docteur et maistre en la dicte science. »
Le greffier consigne en son livre rouge qu'il a délivré, dans la
séance solennelle de l'année, « la fleur de l'églantier audict Paschal, tenant lieu du sieur de Ronsard poëte »[1]. Cette formalité
fut accomplie dans la séance annuelle où le Collège reçut les
remerciements des précédents lauréats[2]; mais la fleur réservée à
Ronsard ne fut point envoyée et, l'année suivante, par délibération commune du Collège et des Capitouls, convertissant et aug-
mentant le prix de l'églantine, on fit exécuter par un orfèvre de
la ville une Pallas d'argent, qui prit le chemin de Paris. Ronsard adressa des remerciements pour un présent qui paraît lui
avoir été agréable et qu'il offrait, à son tour, au roi Henri II. On a
six courtes pièces latines de Du Bellay, consacrées à célébrer le
don d'une ville lettrée et sa destination dernière[3]; elles prouvent
l'intérêt que prit à cet hommage l'entourage du poète, et con-
trastent avec le dédain affiché, quelques années plus tôt, dans le
manifeste batailleur de la *Deffense*, pour ces Jeux Floraux de
Toulouse, bons, semblait-il, à couronner des « épisseries » et à
prolonger misérablement l'existence des formes désuètes de notre
poésie[4].

Cet épisode, qui prouve tout au moins que Paschal savait être
agréable aux gens, n'a laissé chez Ronsard aucun sentiment de
reconnaissance. Il l'oublie naturellement, le jour où il lui con-

1. Du Mège, *Histoire des institutions de Toulouse*, t. IV, p. 310 (cité par
Paul Bonnefon, *l. c.*, p. 39). J. de Labondès, dans le *Bulletin de la Société
archéologique du Midi de la France*, année 1908, p. 183-185. Les documents
de ces deux publications se complètent sur notre sujet.

2. Voici ces noms sans gloire, d'après Du Mège, qui voisinent avec Ronsard : Roguiéris, Moèan et Podius. Ce dernier ne serait-il pas B. du Pooy
du Luc ?

3. *Poemata*, Paris, 1558, fol. 20 v° à 28 : *In Mineruam argenteam à S. P. Q.
Tholosano Petro Ronsardo ludis Floralibus decretam et posteà ab ipso Ronsardo Herrico Regi Christianiss. dicatam*. On notera surtout la pièce qui
commence ainsi :

> *Cur, Ronsarde, nouo atque inusitato*
> *Decreto tibi nobilis Tholosa*
> *Caelatam modo detulit Mineruam ?*
> *Vt qui scilicicet et usitata Gallis*
> *Sic uestigia linquit...*

4. *Deffence*, l. II, ch. IV. Cf. plus haut, p. 263, n. 1.

vient de faire un récit satirique de la conduite adoptée par le Gascon pour se faire bien venir des poètes. On ne peut peindre avec plus de férocité l'indiscrétion du quémandeur et ces flagorneries mutuelles dont usent quelquefois encore les gens de lettres. Pas un écrivain n'échappait aux sollicitations, même ceux qui composaient en grec ; aucun ne savait s'en défendre ; et Ronsard s'accuse d'avoir donné l'exemple de la pire faiblesse (« impudentissimis iisce laudationibus, ad taedium et nauseam usque et usque efflagitatis, malo daemone initium dedit »). Il cite quatre noms de sa future Pléiade parmi ceux des innombrables dupes (« alii innumeri eodem veleno infecti ») [1].

Quels que soient les procédés, ils ne laissent pas de réussir. Paschal recueille de tous côtés les attestations louangeuses. Du Bellay lui dédie, dès 1553, un sonnet où il lui confie ses ennuis de plaideur au Palais et son labeur de traducteur du VI<sup>e</sup> livre de l'*Enéide*. Le ton y est tout pareil à celui de Ronsard :

> Docte Paschal, honneur de la Garonne,
> Qui, retraçant d'une diuine main
> Les plus beaux traicts du mieux disant Romain,
> T'es mis au chef la plus docte couronne [2]...

Jacques Tahureau compose une longue épître *A Pierre de Paschal et aux dieux en sa faveur*. Que glaner dans ces trois cents vers, où l'éloge du « divin Paschal » et l'analyse de son fameux discours de Venise s'entremêlent de prolixes évocations mythologiques ? Celle-ci a le mérite de quitter l'Olympe :

> Je voy, je voy desjà près des belles fontaines
> S'assembler les beautez des nimphes Tholozaines ;
> Je les voy, ce me semble, aux bords des cleres eaux,
> Tortiller de leurs doys mille odorans chapeaux
> De fleurettes d'eslite, et toutes faisans feste
> A Paschal, à l'envy luy en couvrir la teste [3]...

---

1. V. p. 264.

2. Du Bellay, *OEuvres poétiques*, éd. Chamard, t. II, Paris, 1910, p. 284 (éd. M.-L., t. II, p. 141). La date est établie par Chamard, *J. du Bellay*, p. 248.

3. *Les premières poësies de Iaques Tahureau*, Poitiers, 1554 (dans les *Poësies de J. Tahureau*, éd. Blanchemain, Paris, 1870, t. I, p. 75-91). Le poème, dont Colletet parle avec un éloge qui surprend, fait allusion au procès de Paschal mentionné plus loin.

Loys le Caron nomme l'humaniste parmi les nobles esprits

Qui ont rendu au François
Un vaillant brûit eternel [1].

Mais c'est surtout Olivier de Magny qui donne à Paschal une place considérable et, de son propre aveu, encombrante. Leur caractère autant que leur origine les prédisposent à s'entendre. Il y a en Magny le plus aimable des cadets de Gascogne, qui a pu accorder à Paschal une sympathie sans réserve, étant lui-même fort habile à bien aménager son destin. Venu avant lui à Paris, son charme et son talent l'ont fait adopter de bonne heure par la Brigade. Il commence, à vingt-trois ans, d'édifier sa fortune sur le recueil de ses *Amours* et aussi sur le souvenir de son maître, le célèbre aumônier de François Ier, un des amis de la Reine de Navarre, Hugues Salel, abbé de Saint-Chéron, dont il a été plusieurs années le secrétaire. Le titre même des *Amours* du jeune poëte de Cahors annonce des vers inédits de Salel, qu'il a cru pouvoir joindre à ses propres œuvres [2]. La précaution est ingénieuse, et les vers liminaires, dont il est honoré avec une abondance extrême, attestent l'avantage qu'il tire de la mémoire respectée de l'helléniste, sous le patronage duquel il abrite ses débuts. Il a préparé en même temps l'édition des livres X et XI de l'*Iliade*, traduite par Salel. Cette publication, destinée à compléter celle des dix premiers livres mise à l'impression du vivant de l'auteur, témoigne à nouveau du culte que Magny lui garde, ainsi que de la part prise à ses derniers travaux ; il y joint un *Tombeau* de Salel, où il sait grouper de beaux hommages posthumes, parmi lesquels un poème de Ronsard lui-même [3]. Paschal y figure par une simple épitaphe latine, rappelant surtout la retraite à Chartres et les dernières années du traducteur de l'*Iliade* : HVGONI SALELLIO

1. *La Poësie*, Paris, 1554, fol. 47 v°.
2. *Les Amours d'Olivier de Magny Quercinois, et quelques odes de luy. Ensemble un recueil d'aucunes œuvres de Monsieur Salel, abbé de Saint-Chéron, non encore veües*, Paris, Est. Groulleau, 1553. Le privilège est du 18 mars 1552.
3. *Les unzieme et douzieme livres de l'Iliade d'Homere, traduictz de grec en françois par feu Hugues Salel... avec quelques vers mis sur son tombeau par divers poëtes de ce temps*, Paris, Sertenas, 1554. Le privilège est du 25 juillet 1554, et la dédicace est à Jean d'Avanson. Cf. l'édition des *Soupirs* d'E. Courbet, p. xij, et Jules Favre, *Olivier de Magny*, Paris, 1883, p. 45-49.

Cadvrco, *qui ex regia mortuo Francisco, ut se totum otio et doctrinae dederet, Carnutum venit, ubi aliquot post annos diuturno et mortifero morbo affectus de vita placide et constanter decessit. Anno a salute mortalibus restituta M. D. LIII. Vixit an. XLIX, men. VI.* C'est le ton des inscriptions relevées par l'auteur sur les tombes italiennes de l'époque ; Paschal se plaira à en composer d'autres, et celle qu'il fera pour Joachim du Bellay est vraiment un modèle du genre. N'oublions pas que cette sorte de travail ne lui coûte guère et qu'il aimera toujours éblouir ses contemporains à peu de frais. L'éditeur prête à « l'ombre de Salel » ce remerciement :

> Je te veux dire aussi comme je vien d'entendre
> Le Ciceron Paschal, qui daigne sur ma cendre,
> Tesmoignant mes vertuz, respandre de sa main
> Les tresors plus divins de son parler Romain [1].

Magny célèbre encore, dès sa première ode, l'orgueil qu'il ressent de cette amitié. D'après lui, Paschal a attiré les regards du Roi, l'estime du poète de la Cour, Mellin de Saint-Gelais, et Toulouse est de plus en plus fière d'un fils aussi glorieux :

> Ja desja je voy ce grand Roy,
> Ce grand Henri, Dieu de la France
> S'aprivoysant dessous la loy
> De tes escritz pleins d'excellance ;
> Je voy comme beant il fait
> Jugement saint de ta doctrine,
> Et comme il estime parfait
> L'enfantement de ta poitrine.
> Je voy le mignon d'Apollin,
> Celuy qui repaist son oreille,
> Le graue-doux savant Mellin
> Tout ravy de ceste merveille ;
>
> Je voy son esprit et ses yeux
> Fichez d'un travail qui recrée
> Sur le distillant gracieux
> De ta langue docte-sucrée....
> Je voy Garonne desborder
> Orgueilleuse de sa victoire,
> Et avec Tholose acorder
> L'hinne consacré de ta gloire ; .
> Je voy encor les Seurs au bal,
> Mignardans un chant delectable
> Qui ne resonne que Paschal,
> Leur cher Paschal inimitable [2]...

La dédicace des *Gayetez* constitue un nouvel hommage [3]. Le recueil a une réputation fâcheuse, qu'il ne justifie qu'à demi, car le ton lascif y est assez rare et, pour peu qu'on ait feuilleté une

1. *Odes*, éd. E. Courbet, Paris, 1876, t. I, p. 58 (à Monsieur d'Avanson).
2. *Amours*, éd. E. Courbet, Paris, 1878, p. 92-94. Les « Seurs au bal » sont les Muses. L'ode a, bien entendu, une strophe consacrée à Durban.
3. V. p. 272.

certaine littérature latine de la Renaissance, on est porté à moins
de sévérité pour cette gaîté gauloise et plutôt bachique. La pim-
pante pièce des *Martinales*, qui ne serait point indigne de la veine
plaisante de Ronsard, désoblige à peine un instant les chastes
oreilles. Paschal y paraît plusieurs fois, dans les attitudes les
plus joviales, mêlé à ce groupe d'amis réunis autour de François
de Charbonier et de sa « nynfe geolière » pour fêter Bacchus,
« le bon Denis, le bon père », sous la treille du cabaret parisien.
La compagnie est au rendez-vous, et la faim l' « espoinçonne »;
la perdrix se dessèche sur la broche, parce que Paschal est en
retard; il arrive, s'excusant sur la pluie « qui l'a moitement trem-
pé ». On se met à table, le garçon passe « l'aiguière lavandière »
et, tandis qu'on attaque les viandes et que Charbonier découpe le
« poulastre indien », Magny entonne l'éloge des convives :

> Dieu gard Paschal, qui les Graces.
> Par leur trasses
> Suyt tousjours d'un libre pas...
> Voyez Paschal notre guide
> Comme il vuyde
> Ce verre plein de vin blanc....

Les belles Muses ne sont point oubliées, non plus que les
maîtres absents. On évoque le « Pétrarque Vendomois », on rappelle le festin d'Arcueil, et tous boivent en chœur « à ce tout
divin Jodelle », s'essayent à vider le pot à la ronde, avalent « au
tireligot » le malvoisie « et ce bon gros vin de grave — qui les
lave — de tristesse et de tourment » :

> Paschal enseigne et radresse  
>   De la presse  
> Ceulx qui faillent en cecy,  
> Et nous monstre la maniere  
>   Taverniere  
> D'escarbouiller le soucy.
>
> Voyez le comme il enserre  
>   De ce verre  
> Les despouilles dedans soy,  
> En l'honneur de son Oreste  
>   Tout celeste,  
> Son Durban à qui je boi [1].

Tout cela est innocent et joyeux, dans une tradition qu'on sait
assez être nationale; Ronsard n'a pas dédaigné d'accorder son

---

1. *Gagetez*, éd. E. Courbet, p. 64, 65, 70, 72. La date est donnée par le
motif du retard que met Pascal à rejoindre la compagnie :
> Pascal, qui plus la decore,
> Est encore
> Par la ville à son procès...

luth à de telles chansons, et son élève ne s'y montre point mala-
droit. Il peint vivement un Paschal de belle humeur, hors du
ton gourmé de pédant, qu'il reprend ailleurs avec son latin et
qu'il affiche avec avantage en d'autres lieux. Ses amis de lettres
s'entendent à merveille à soutenir son ambition en bataille et à le
pousser dans le monde. Il faut s'adresser encore à Magny, dans
ses *Odes*, pour savoir jusqu'où s'enfle, chez un poète d'alors,
l'hyperbole de l'amitié. Le livre II est presque entièrement rempli par la gloire et les intérêts de Paschal.

Un procès important, qu'il soutient à Paris, fournit matière à
trois longues odes adressées à M. d'Avanson, premier président au
Grand Conseil du Roi, à Jean Bertrand et à Nicolas Compain,
conseillers au même Conseil, toutes « en faveur de Pierre de Paschal ». Le poète décrit dans la première les tourments du plaideur, « son front qui trop se ride », sa face « trop humide » ; il
dit comment se lamentent ses amis

> Et la docte Tholoze encore,
> Qui par l'honneur de son sçavoir
> Tant d'honneur se sent recevoir
> Qu'en l'honorant elle s'honore.
> Je cognoy parmy cette bande
> Son Durban, le mignon des Dieux[1] ...

L'ode au conseiller Bertrand lui annonce que Paschal a pris
en main l'éloge de l'illustre famille à laquelle il appartient, et
qu'il va célébrer dans la langue « du mieux disant Romain » :

> Je rencontray l'œuvre latine,
> Ainçois de Paschal les torrentz,
> Plains d'eloquence et de doctrine
> Qui bruyoient l'honneur des Bertrandz...
> Paschal que les Graces chérissent,
> Paschal que les Muses nourrissent [2]...

Ce nourrisson des Muses, si dévoué à la famille des Bertrand,
mérite qu'on se hâte d'arrêter une ordonnance en sa faveur ;

1. *Odes*, t. I, p. 88-89. Après Durban et Panjas, le poète énumère
Tumery, Revergat, la Roze, Dubuix [du Pocy ?], Charbonier. C'est le
groupe toulousain de Paschal ; les *Martinales* l'ont montré à Paris dans un
autre groupe, avec Magny, Charbonier, Cappel, Navières, etc. Mis au net
en 1557, le recueil des *Odes* contient des pièces de diverses époques.
2. *Odes*, t. I, p. 102.

un tel geste est digne du magistrat ami des lettres, qui se fait

> Bien aymer des Cygnes parfaitz,
> Des Cygnes qui sont les Poëtes...

Les mêmes adjurations sont adressées au conseiller Nicolas Compain, à qui l'écrivain promet de chanter son los sur la Seine, le Lot et la Loire, à la manière des Anciens, c'est-à-dire de façon pindarique, « tout ainsi que notre Ronsard [1] ». L'ami soutenu auprès de ses juges de cette façon originale gagna-t-il ce fameux procès ? Il obtint, du moins, fort peu de temps après, un succès beaucoup plus considérable. Dans la dernière ode du livre, Magny instruit la postérité de la nouvelle dignité de son héros. Elle a pour titre : *Sur son partement de France pour aller en Italye, à Pierre de Paschal, historiographe du Roy* [2]. Les premières strophes annoncent à celui-ci le départ de Magny, avec l'ambassadeur Avanson, et le plaisir qu'il aura de retrouver à Rome Panjas et Du Bellay, parmi « les plus belles antiquitez », cependant que leur ami commun tiendra à Paris une plume honorée :

> Tandis sur le mestier Romain
> Tu tixtras de ta docte main
> Le fil de ta Françoise histoire,
> Empennant si bien la victoire
> Et l'honneur de nostre grand Roy,
> Qu'à jamais sa gloire par toy
> Volera vive en la mémoire.
>
> Certes noz nepveuz qui viendront
> Grandement heureux tiendront
> Nostre belle et fertile France,
> De quoy dechassant L'Ignorance
> Elle allaicte ore en son giron
> Un Paschal qui de Ciceron
> Egalle la douce eloquence.

---

1. *Odes*, t. I, p. 111-112. Le sonnet xcii des *Souspirs* mentionne avec Paschal le même conseiller au Grand Conseil.

2. On assigne communément à ce départ, avec l'ambassadeur Avanson, la date de 1553. Mais Avanson paraît avoir fait le voyage de Rome plus d'une fois, et c'est à l'année 1554 qu'il convient de reporter la nomination de Paschal.

> Aussi ce grand Roy le sçait bien,
> Qui soigneux d'acquerir le bien
> A qui nul bien se parangonne,
> Maintenant la charge te donne
> D'escrire tout ce que soubz luy
> Nous avons veu iusqu'au jourd'huy,
> Depuis qu'il vint à la couronne [1].

Interrompons ici le défilé des poètes qui ont célébré notre humaniste, pour le contempler dans ses fonctions inattendues d'historiographe de France.

### III

Pierre de Paschal voyait ses ambitions comblées. Il obtenait, pour l'unique mérite de son pur langage, d'être chargé d'écrire l'histoire de son temps et de son roi, honneur insigne que son modèle cicéronien, Étienne Dolet lui-même, avait sollicité et espéré vainement de François Ier [2]. Le petit Gascon, dont la seule force était de croire en soi-même, avait fini par imposer cette confiance autour de lui et en tirait un prodigieux parti. Fort attaché aux biens terrestres, il pouvait regarder sa fortune faite. Il avait charge de cour ; il approchait les grands, recevait pension du Roi. Cette pension était de douze à quinze cents livres selon Brantôme, qui le peint, en un malin portrait, « tout glorieux » au temps de sa « piaffe » [3]. Le pamphlet de Ronsard donne, sur les moyens qu'il employa pour réussir, des détails particuliers que nous pouvons vérifier en partie.

Le bruit extravagant fait par les poètes autour de lui servit assurément à son succès. Mais il eut des répondants plus sérieux auprès de Henri II, de Catherine de Médicis et du cardinal de Lorraine, qui le fit choisir ; ce furent deux prélats lettrés, importants à la Cour, auxquels il fut recommandé sans doute par le

----

1. *Odes*, t. I, p. 114-115. L'ode prévient un reproche déjà entendu :

> Si quelcun, Paschal, te trouvant
> Dedans mon livre si souvent,
> Envieux, m'en vouloit reprendre...

2. Voir l'épître par laquelle Dolet dédie au Roi le second tome des *Commentaria linguae latinae*, Lyon, 1538.

3. Voir plus loin, p. 338.

cardinal d'Armagnac. L'un, le disert Lancelot de Carle, évêque de
Riez, appréciait l'Italie et la culture qu'on en rapportait [1]; l'autre
Jean de Monluc, évêque de Valence, frère du grand capitaine et
fort différent de lui par le caractère, était mêlé de près à la politique royale et se rapprochait des idées conciliatrices de Michel de
L'Hospital ; Ronsard louera ses vertus ecclésiastiques, notamment
dans la *Complainte à la Royne mère*, de qui Monluc sera un
intime conseiller [2]. Le poète assure que la flatterie n'a pas suffi
à Paschal pour obtenir l'appui de ces éminents personnages,
mais qu'il a exploité leur goût sincère des bonnes lettres, en se
faisant valoir à leurs yeux par des épîtres pillées chez les cicéroniens qualifiés (« decepti quibusdam e Sadoleto et Bembo subrepticiis epistolis et a quibusdam dicendi formulis e Cicerone perperam petitis »)[3]. Il oublie que lui-même fut le premier prôneur d'un
obscur écrivain proclamé par lui le Cicéron de la France.

Comment s'y prit Paschal pour faire réussir ses démarches, on
le voit dans une lettre adressée à un de ses parents, Guillaume
Bohier, président au Parlement de Toulouse, personnage influent
et consulté [4]. Ce document, qui a trouvé le chemin de la Cour,
définit en bons termes toute la doctrine littéraire qu'il exploite.
On y apprend par quels arguments il fait soutenir sa candidature
au poste lucratif sur lequel il a jeté son dévolu, et aussi quelles
sont les idées régnantes sur l'art de l'histoire et sur la convenance
de ne l'écrire qu'en pur langage cicéronien [5]:

... Auere te certo scio tum Gallicarum rerum historiam pure et
latine scriptam videre, tum a me scriptam. Quod quidem quam sit

1. V. p. 185.
2. Ed. L., t. II, p. 14; t. VII, p. 569 (*Bocage royal*). Monluc fut ambassadeur en Pologne où il assura l'élection royale du duc d'Anjou. Tamizey
de Larroque a publié des *Notes et doc. inéd. pour servir à la biographie de
Jean de Monluc*, 1868. Émile Picot a esquissé cette biographie, *l. c.*, t. I,
p. 254-269. Son rôle équivoque lors de la Saint-Barthélemy est mis en
lumière, à propos de l'*Epistola* de Pibrac, par René Radouant, dans la
*Revue d'hist. litt.*, 1919, p. 17-28.
3. V. p. 265.
4. Il avait été lié avec Lazare de Baïf, ayant été chargé de procéder, de
concert avec lui, pendant sa mission de 1544 en Languedoc, aux engagements du domaine, négociations d'emprunts, etc. (*Catalogue des actes de
François I<sup>er</sup>*, t. IV, p. 668.)
5. Bibl. nat., *Lat.* 8585, fol. 47-48. « P. Paschalius G. Boerio Praesidi
S. D. » Ces quatre pages autographes sont la seule lettre originale de Paschal que j'aie retrouvée.

magnum, quamque et magnae et arduae cogitationis indigeat vel ex
hoc ipso intelligi potest, quod hominem qui pro dignitate id praestare potuerit adhuc vidimus neminem. Quotus enim quisque est qui
de horridis rebus nitidam, de ieiunis plenam, de peruulgatis nouam
orationem faciat? Permulti sunt in Gallia, fateor, qui non pessime illi
quidem loquuntur, et literatius fortasse quam caeteri ; sed qui plane,
qui dilucide, qui ad rem et dignitatem ornate scribant, non ita multi.
Unus inanem quandam verborum volubilitatem eloquentiam esse
putat ; alter una aut altera oratione, horridis verbis et insolentibus
ab autoribus omnibus sine ullo delectu sumptis, quoquo modo com-
posita eloquentem se esse praedicat [1]. Quid quaeris ? Tota illa vetus
copiose loquens sapientia, hoc est eloquentia, in obliuione quasi perpetua iacet. Et nisi Ciceroniani quidam, qui iampridem Dei Opt. Max:
quodam veluti munere ex Italia sunt exorti, illam ab obliuione hominum atque a silentio vindicassent, obruta omnino iaceret.

Horum ego hominum sectam atque institutionem iuuenis apud
Iacobum Sadoletum Cardinalem (qui fuit eodem ex studio non apud
Italos solum, sed apud omnes gentes etiam vir, ut scis, eruditissimus)
diligenter satis sum prosecutus [2] ; idque me unum assecutum esse
confido, ut scriptorum subtilitatem aliorum et elegantiam perspiciam;
subtiliter vero ac eleganter, et antiquo illo et Romano more me
scribere posse plane desperem. Quare, Boeri, dolet mihi, et vehementer quidem dolet, cum honestae tuae postulationi, ut maxime vellem,
concedere non possum.

Veruntamen fac me eum esse qui hoc ample praestare et cumulate
possim. Fac meam eius generis esse orationem quae nostrorum Cice-
ronianorum (quos enumerare perfacile est, ita sunt pauci) teretibus
ac religiosis auribus abunde satisfaciat... At Regis annales, et Regis
praesertim omni praestantia praecellentis, conficere; nostrorum
Imperatorum rei militaris virtute caeteris omnibus praestantium, et
eruditionem, nostrorum denique temporum consilia atque euentus
historiis latinis ita mandare, ut veteris illius eloquentiae pressum
aliquod vestigium perpetuo appareat, magnum hoc totum est, fateor,
atque haud scio an de caeteris omnibus aliis rebus longe maximum.

Quod quoniam proximis his superioribus annis quidam, orationis
faciundae ac poliendae meo quidem iudicio plane ignari, attingere
sunt conati, quid in hoc ego genere possim non experiar. Tantum
dicam me nuper in quendam historicum forte incidisse, qui tanta
verborum ieiunitate et fame de laudibus Francisci illius, illius inquam

1. Ceci touche au point essentiel de la théorie cicéronienne.
2. Cf. plus haut, p. 273.

magni Francisci Gallorum Regis patriae totius ac Musarum omnium
vere parentis, scripsit, ut ego humunculus Manium tanti Regis sanc-
tissimorum quodam modo misererer [1]. Atqua tali impudentia amarior
factus, non solum genus scribendi putidum, sed hominem etiam ipsum
quem nunquam videram, sum stomachatus. Videbatur enim certe
tanti Regis splendorem, nescio quibus laudibus, maculare... Alicunde
est tibi, Boeri, Ciceronianus aliquis requirendus ; in hoc quod petis
unus, mihi crede, satis erit. Ille enim potest, quod isti volunt ; ille
solus perficiet, quod isti conantur...

Le morceau est joli et adroit. Rien n'y manque, ni la fausse
modestie, ni la féroce critique des prédécesseurs et des rivaux.
L'autorité de l'Italie est invoquée avantageusement dans une cour
où l'italianisme sous toutes ses formes gagne du terrain, grâce à la
Reine et à son entourage. La thèse cicéronienne est défendue dans
un style qui veut joindre l'exemple à la théorie. Ne nous éton-
nons pas de voir purement littéraires les titres qu'a fait valoir
Paschal à écrire l'histoire de France. Telle était la tradition de
l'historiographie officielle en langue latine, à laquelle avaient
procuré quelque éclat les travaux sur les rois français du véronais Paul Émile [2]. Cette tradition devait se maintenir, lorsque
le français fut tardivement adopté pour narrer les gestes de nos
princes et de notre nation. La charge resta littéraire, et même
oratoire, jusqu'au temps de Mézeray, et il suffit de rappeler les
noms d'écrivains qui la tinrent au XVIII<sup>e</sup> siècle, Voltaire, Duclos,
Marmontel, et aux vingt et un volumes de *Discours sur l'histoire*

---

1. L'historiographe de François I<sup>er</sup>, dont Paschal parle avec mépris
parce qu'il n'est pas cicéronien, ne peut être qu'Arnoul le Ferron (1515-
1563), le célèbre jurisconsulte bordelais, dont la continuation de Paul Émile
s'arrête à la mort de François I<sup>er</sup>. Son ouvrage historique venait d'être
précisément publié par Vascosan. A la fin de sa vie, mieux éclairé sur les
mérites d'Arnoul le Ferron ou n'ayant plus à diminuer un rival, on verra
Paschal lui consacrer un court éloge funèbre.

2. Vascosan réimprime à Paris, en 1555, l'ouvrage suivant : *Pauli Aemylii
Veronensis historici clarissimi de Rebus gestis Francorum libri X. Arnoldi
Ferroni Burdigalensis, Regis consiliarii, de rebus gestis Gallorum libri IX
ad historiam Pauli Aemylii additi, Chronicon I. Tilii de regibus Francorum,
a Pharamundo usque ad Henricum II* (in-8 de 448 p.). La dédicace de
Michel Vascosan à François I<sup>er</sup> est datée *Lut. Par. III non. Mart. 1539*. Le
recueil ne dépasse pas le règne de Charles VIII et, malgré la promesse du
titre, ne contient que l'œuvre de Paul Émile. La liste chronologique des
rois comprend Henri II, qui est le 57<sup>e</sup> depuis Pharamond.

*de France* laissés par Moreau, pour s'apercevoir qu'elle garda jusqu'à la fin des traces de son origine [1].

Une quinzaine d'années après l'épisode ici raconté, Ronsard semble avoir compris la vanité d'une composition historique où la recherche de la forme reste le premier souci de l'écrivain. Il pense peut-être à l'expérience faite avec Paschal, il donne en tous cas un avis mûri par le temps et d'une éloquente autorité, lorsqu'il définit le rôle de l'historien dans un sonnet adressé au traducteur de Guichardin :

> Non, ce n'est pas le mot, Chomedey, c'est la chose
> Qui rend vive l'Histoire à la postérité;
> Ce n'est le beau parler, mais c'est la verité
> Qui est le seul Trésor dont l'Histoire est enclose.
>
> Celui qui pour son but ces deux poincts se propose
> D'estre ensemble eloquent et loing de vanité,
> Victorieux des ans, celuy a merité
> Qu'au giron de Pallas son Livre se repose... [2]

L'ami de nos poètes n'eut point d'ambition aussi haute. Mais son travail historique ne fut pas une pure illusion, comme les contemporains l'ont cru. S'il y mit une lenteur exagérée, qu'explique son laborieux artifice, on ne peut nier qu'il ait accompli au moins une partie de la tâche pour laquelle il fut pensionné [3]. Ses

1. Lacurne de Sainte-Palaye, dans son *Dictionnaire des Antiquités nationales* que possède le fonds Moreau de la Bibl. nat., a dressé une liste insuffisante, quoique abondante, des écrivains qui ont porté le titre d'*historiographe*. (La liste est résumée par Chéruel, *Dict. hist.*, t. I, p. 548.) Un arrêt du Parlement est relatif au choix de l'avocat Jacques Gohorry et à des émoluments de 500 livres tournois à prendre sur un legs de Ramus ; on y voit assez bien quelle incertitude régnait dans la continuation de nos chroniques. Le ms. de Sainte-Palaye assigne à l'année 1553 la nomination de Paschal (fonds Moreau, 1518). Le titre d'historiographe de Henri II a été porté par un autre des premiers amis de la Brigade, Denys Sauvage, sieur du Parc.

2. Éd. L. t. VI, p. 422; éd. Bl., t. V, p. 356. Le sonnet a paru en titre de la traduction de l'*Histoire d'Italie... translatée par Hierosme Chomedey*, Paris, 1568.

3. L'historiographe était appelé à rendre par sa plume des services à la politique royale. Le premier travail de Paschal, à peine investi de sa fonction, fut précisément la publication d'un pamphlet intitulé : *Ad principes christianos cohortatio pacificatoria* (Lyon, Tournes, 1555), que lui attribue Dupuy. 29 pages in-8. *Cum priuilegio Regis.* (V. Léon Dorez, *Inv. de la coll. Dupuy*, t. II, p. 154, description du vol. 624.)

manuscrits existent; on pourrait aujourd'hui les étudier, et même avec utilité [1]. Ce sont trois volumes de brouillons et de mise au net, équivalant à peu près aux quatre premiers livres de son ouvrage [2]. Le témoignage sur certains faits de son temps prendra même un réel intérêt au premier livre (qui commence à l'an 1547 et s'achève sur le récit de la naissance de la princesse Claude de France à Fontainebleau), si la mention suivante, que je trouve à l'*explicit*, est tout à fait véridique : « Primus hic liber (rerum ab Henrico rege gestarum) totus ex Caroli Lotharingi cardinalis commentariis est confectus ; qui, quia maxi[mis] occupationibus distentus persequi historiam non potest, aduersaria scribit. At, ut hunc primum librum suis commentariis, sic caeteros omnes aduersariis, ut spero, illustrabit. VNI DEO HONOR ET GLORIA IN SEMPITERNVM AEVVM [3]. » Il y a une tradition assez incertaine sur des mémoires écrits par le cardinal de Lorraine, dont rien ne s'est retrouvé jusqu'à présent. Cette collaboration illustre, attestée par la minute même de Paschal et dont il s'est fait gloire devant le public dans la dédicace de son éloge de Henri II, mérite sans doute d'être relevée dans son œuvre.

Ronsard, après leur brouille, l'accusera non seulement d'esquiver par paresse les obligations de sa charge, mais même de pratiquer le plagiat. Il nommera un personnage, simple homme d'armes des armées royales, dont l'historiographe aurait pillé les notes rédigées en français pour les transcrire en son latin [4]. Cette

1. Le mérite de l'étude de Paul Bonnefon a été de mettre en lumière l'existence de ces manuscrits et d'établir que l'œuvre de Paschal n'est pas aussi infime que l'on s'est plu à le redire après Pasquier, Brantôme et La Croix du Maine. Bonnefon a publié, comme spécimen du travail de Paschal, un important fragment de son livre II contenant le récit des émeutes bordelaises de 1545 (*Pierre de Paschal*, p. 62-71).

2. Bibl. nat., *Dupuy 624* (Dorez, t. II, p. 154); fragments autographes du Ier et du IIe livre. *Lat.* 11481 : fragment du Ier livre, en brouillon, et notes diverses. *Lat.* 18339 : les livres II, III et IV.

3. Bibl. nat., *Lat.* 11481, fol. 50. On lira plus loin, dans la lettre au cardinal de Lorraine, une autre attestation de cette collaboration et de l'existence de ces *Commentaires*.

4. V. p. 268. Ce texte du poète précise pour la première fois l'accusation de plagiat contre Paschal, portée par les contemporains et vaguement recueillie par le P. Lelong et par Aubery, qui paraît le confondre avec Charles Paschal, traducteur français d'un éloge de Catherine de Médicis (Bonnefon, p. 36). Le texte d'Aubery mentionne la disparition d'« une très ample et très curieuse histoire du règne de Henri II », rédigée par le car-

fois, la passion l'égare hors des limites de la bonne foi. On reconnaît aisément à quel ouvrage il fait allusion ; ce sont les *Commentaires sur le faict des dernières guerres en la Gaule Belgique entre Henri II<sup>e</sup> et Charles V<sup>e</sup>*, qu'a publiés en 1555 François de Rabutin, gentilhomme bourguignon de la compagnie du duc de Nevers, et qui ont été plusieurs fois réimprimés [1]. Or, l'auteur conte, dans la dédicace à son duc, comment il s'y prit pour tirer parti des notes journalières recueillies sur les faits qu'il avait vus et quels secours il dut solliciter :

Au retour du camp, fortune m'a porté à Paris, lieu honoré pour l'excellence de plusieurs hommes de bon esprit ; je m'enquiers des plus suffisans, je les recherche, cognoy, frequente, et finablement m'efforce d'acquerir leur bonne grace. Entre autres je m'addresse à monsieur Barthelemy, Maistre des Requestes du Roy, des plus estimez; je luy communique mes brouillons et memoires, je luy fais ouverture de mon intention ;... il cognoit mon labeur avoir esté grand et mes escrits conformes à la vérité de ce qu'il en avoit sceu et entendu. Parquoy me conseille et m'admoneste de les faire imprimer et mettre en lumiere, non toutefois sans derechef les avoir communiquez à gens doctes; entre lesquels, pour la singuliere amitié qu'il portoit à P. Paschal, gentilhomme de rare doctrine et sçavoir, il m'adressa à luy. Qui, voyant mon œuvre mal digeré et le stile mal limé et poly, ce que moy-mesme je cognoissois, tant à cause du peu de temps qui m'estoit resté à les disposer en bonne forme, que pour le default que je puis avoir des lettres, s'offrit de bon cueur à m'y vouloir ayder. Et ne pouvant satisfaire à ce labeur, *pour estre continuellement occupé à escrire nøz histoires Françoises en Latin (je dis en Latin, Monseigneur, pource que, selon l'opinion des plus sçavans hommes, il ne semble point que ce soit un François, mais un César ou un Saluste escrivant)*, il pria un gentilhomme sien amy, nommé Guy de Bruès de Languedoc, proveu de grand sçavoir et humanité, vouloir m'ayder de son opinion. Lequel, pour divers empeschements, qui luy ostoient le moyen de veoir les autres, retint seulement le sixième livre...

dinal de Lorraine et confiée par lui à Paschal. La souscription du livre I<sup>er</sup> des histoires de celui-ci, qu'on vient de lire, donne toute précision sur ces divers points.

1. Une *Continuation des Commentaires* a paru en 1559. Guy de Bruès, lié aussi avec Ronsard, les a continués jusqu'en 1562 (Hauser, *Les sources de l'histoire de France, XVI<sup>e</sup> siècle*, n° 1253). Je cite le texte de 1574.

Telle est la source du renseignement envenimé par Ronsard. L'accusation de plagiat a dû laisser Paschal indifférent. Il se croyait en droit d'emprunter des récits de soldat, puisqu'il les fondait dans un texte bien à lui. A ses yeux, tout le mérite de ce texte était d'être celui d'« un César ou Salluste écrivant » ; c'est aussi le défaut de ce qui nous reste de son histoire. La plus élégante uniformité ne cesse d'y régner. Le détail n'y tient de place que dans la description des cérémonies, où l'auteur paraît se complaire. S'il aborde une chronique plus familière, c'est sans quitter le ton noble, ce qui en enlève l'intérêt. Il est tout à fait à l'aise dans le discours, *oratio* ou *concio*, et dans l'éloge des princes et des grands personnages qui paraissent dans son récit. On voit qu'il s'est attaché par exemple, après avoir narré dans tous ses détails la pompe funèbre de François Ier, à Saint-Denys, à consacrer plusieurs pages au portrait moral et intellectuel du protecteur des lettres et des arts et à l'énumération des grands esprits qui ont honoré son règne [1]. Ce morceau devait, dans sa pensée, faire valoir sa prose abondante aux dépens du style sec de l'historiographe du roi chevalier, Arnoul le Ferron. Les narrations militaires l'intéressent beaucoup moins ; elles sont presque toujours traitées sans particularités bien précises et la phrase y est empruntée d'aussi près que possible à Cicéron ou à César.

Des notes conservées dans les brouillons de Paschal, et rédigées sous forme de lexique, témoignent de sa manière de lire les Anciens et d'en extraire les termes techniques qu'il peut utiliser sans trahir la pureté de la langue. La source est généralement indiquée et l'expression française est quelquefois mise en regard [2]. Ce travail d'adaptation du vocabulaire antique aux choses modernes est revendiqué dans sa préface comme un mérite considérable. Quelque médiocre valeur que garde cette œuvre de pur

---

1. L'éloge de François Ier et des écrivains de son temps ne manque pas d'un intérêt littéraire. On le trouve au ms. *Dupuy 624*, fol. 56.

2. Voici quelques-unes de ces notes, tirées du ms. *Lat.* 11481 : « *Sustinere equos*. Les tenir en bride et faire aller au petit pas. — *Cohors, turma.* Une bande de gendarmes. — *Turmatim*, par bandes. — Archiers de la garde. *Stipatores.* — Escarmoches. *Prima excursio leuis armaturae. Cic.* — Espuiser. *Nox illa tota exinanienda naui consumitur. In Ver.* — Un homme perdu. *Nemo est inquam inuentus tam profligatus, tam perditus. Cic. Pro Rab.* » — Dans un autre ordre d'idées, je relève une phrase que l'auteur applique à son cher cardinal d'Armagnac : « ARMEIG. *Est oratione suauis et ita moratus ut prae se probitatem quandam et ingenuitatem ferat. Cic.* »

humanisme, l'auteur y a travaillé avec méthode, se conformant à l'exemple de ses modèles italiens, eux-mêmes imitateurs des Anciens, et c'est justement ce qui lui constituait, dans le milieu français de son temps, la sorte d'originalité dont il était si vain. L'effort coûtait à sa nonchalance; il le faisait cependant, et s'en exagérait l'importance. Au surplus, il était assuré d'écrire un latin meilleur que celui qui s'employait autour de lui. On ne peut donc pas dire, comme Ronsard, qu'il n'avait même pas commencé son travail, ni, comme Brantôme, qu'il vivait dans la fourberie et « amusoit le monde ». Il semble, au contraire, à qui parcourt ses manuscrits, qu'il croyait à son œuvre et qu'il était lui-même sa propre dupe.

IV

L'élévation de Paschal lui valut, parmi les poètes, un renouveau d'admiration. Aucun d'eux ne mettait en doute qu'on ne vît sortir un chef-d'œuvre historique de ses doctes veilles ; aucun ne jalousait l'honneur rendu à des mérites aussi rares ; ils y voyaient plutôt l'assurance que des faveurs analogues les attendaient sous d'autres formes. Joachim du Bellay s'inspire de cette espérance dans le discours qu'il adresse à Henri II pour lui recommander d'honorer Ronsard et de le traiter aussi bien que son historiographe. Le poète parle très noblement de ce qu'un roi peut attendre de l'histoire ; la postérité s'étonne seulement de le voir, même dans ce poème de circonstance, réunir deux noms aussi inégaux :

> Sire, parlant ainsi du pouvoir de l'histoire,
> Je parle du poète, estant assez notoire
> Que tous deux sont esmeuz d'un semblable désir,
> Qui est de profiter et de donner plaisir.
> Tous deux par leurs escripts mesme chose pretendent,
> Mais par divers moyens à mesme fin ilz tendent.
>   Cestuy-là, sans user d'aucune fiction,
> Représente le vray de chascune action,
> Comme un qui, sans oser s'esgayer davantage,
> Rapporte après le vif un naturel visage :
> Cestuy-cy, plus hardy, d'un art non limité
> Sous mille fictions cache la verité,

> Comme un peinctre qui fait d'une brave entreprise
> La figure d'un camp ou d'une ville prise;
> Un orage, une guerre, ou mesme il fait les Dieux
> En façon de mortelz se monstrer à nos yeux.
> Tel que ce premier là est vostre Ianet, Sire,
> Et tel que le second Michelange on peult dire [1] :
> A l'un vostre Paschal est semblable en son art,
> A l'autre est ressemblant votre docte Ronsard.
> Je ne veux pas icy par le menu deduire
> Plusieurs autres raisons, que je pourrois induire
> Pour monstrer ce qui est de semblable en ces deux,
> Et ce qui est aussi de difference entre eux.... [2]

Le même rapprochement se retrouve sous la plume de Magny, qui l'insérit dans une dédicace commune : *A Pierre de Ronsard et Pierre de Paschal, ode* ; onze strophes y poursuivent ce singulier parallèle :

> Quand je voy Ronsard et Paschal,
> Qui d'un nœud saintement fatal
> Se lient par amour ensemble,
> Je beneiz l'estoile des cieux,
> Qui d'un accord si precieux
> Deux espritz si rares assemble.
>
> Puys quand je m'arreste pour veoir
> De l'un et l'autre le sçavoir
> Et l'heur qu'ilz ont de la nature,
> Admirant leurs espritz aigus,
> Ronsard je compare à Phebus
> Et Paschal j'esgalle à Mercure.
>
> Phebus à la table des Dieux,
> Avecq son luth melodieux,
> Paist des Dieux les sainctes oreilles :
> Et Ronsard à celle des Roys,
> Mariant son luth à sa voix,
> Paist les Roys de grandes merveilles...
>
> Quand la Mort les hommes a pris,
> Mercure en guide les espriz

---

1. Ronsard comparé à Michel-Ange, c'est un souvenir du séjour à Rome. Puis-je indiquer que j'ai établi que Du Bellay a habité le Palais Farnèse, à l'époque où Michel-Ange y faisait travailler à sa fameuse corniche ? (*Souvenirs d'un vieux Romain*, Paris, 1921, p. 48).

2. Du Bellay, éd. Marty-Laveaux, t. I, p. 216.

Là bas aux bordz de la noire unde :
Mais Paschal fait plus de sa voix,
Car il y va quérir noz Roys
Et les faif revenir au monde [1].

Malgré son bel orgueil, Ronsard n'eut jamais l'idée de s'offus-
quer de ces comparaisons. Il renchérissait, au contraire, sur ses
propres hommages ; il créait à ce Paschal, qui n'avait rien produit de sérieux, une gloire factice ; il lui prodiguait le laurier, au
point de s'attirer de vigoureux reproches d'Etienne Pasquier :
« Je souhaitterois que ne fissiez si bon marché de votre plume à
hault-loüer quelques-uns de ceux que nous sçavons notoirement
n'en estre dignes ; car en ce faisant, vous faictes tort aux gens
d'honneur. Je sçay bien que vous me direz qu'estes contraint par
leurs importunitez de ce faire, ores que n'en ayez envie. Je le
croy ; mais la plume d'un bon Poëte... doit estre seulement voüée
à la celebration de ceux qui le meritent [2]. » En dépit de ces
avertissements, aucun des recueils que publie alors le jeune
maître ne paraît sans être orné du nom de son ami. Dans les
*Hymnes* (1555) où l'*Hymne de la Mort* lui est dédié, il le nomme
dans une des plus nobles listes qu'il ait dressée de contemporains
glorieux, celle où il n'y a que trois autres noms, ceux de Dorat,
de Du Bellay et de Michel de L'Hospital. Elle se lit dans l'*Hymne
de Charles, cardinal de Lorraine*. Le poète rappelle qu'au commencement du règne de Henri II, « la Muse estoit sans grâce »
et que la protection du cardinal vint réveiller « les courages »
des Français :

> Mais si tost qu'il te pleut, par un destin fatal,
> Regarder d'un bon œil ce divin l'Hospital,
> Nourriçon d'Apollon, que si doctement touche
> La lyre, et qui le miel fait couler de sa bouche ;
> Et si tost qu'il te pleut prendre dessous ta main
> Du Bellay, que la Muse a nourri dans son sein

---

1. *Odes*, éd. Courbet, t. I, p. 44-46.
2. Lettre à Ronsard datée de 1555 (*OEuvres d'Est. Pasquier*, t. II, col.
14). Que Paschal soit particulièrement visé, on peut en être assuré par
l'animosité que Pasquier témoigne contre lui et par sa lettre à La Croix
du Maine, où l'on retrouve les mêmes expressions que dans celle-ci : « Ses
*importunitez* et prières portèrent tel coup qu'estant *haut loüé* par Monsieur
de Ronsard... » V. plus haut, p. 261.

> Et qui par ses chansons les Grâces nous r'ameine ;
> Et Paschal qui nous fait nostre histoire Romaine,
> A qui tu as commis les honneurs des François ;
> Et Dorat qui en Grec surpasse les Gregeois... [1]

Un autre prince de l'Église, le cardinal protecteur de Paschal, Georges d'Armagnac, apparaît dans un poème de cette époque, en ce *Bocage* de 1554, où Gascogne et Gascons tiennent une énorme place [2]. Le passage, qui sera remarqué à Rome, où réside alors Du Bellay, est dans une pièce dédiée à l'ami de celui-ci, Jean de Pardaillan, protonotaire de Panjas. Ronsard y loue le prélat, que Pardaillan vient de suivre en Italie;

> Ton Georges d'Armagnac, Cardinal qui enserre
> Tout le bien et l'honneur qui vient du ciel en terre,
> Et qui sans recevoir nul service de moi
> Daigne loüer ma Muse, esmeu comme je croi
> Des propos de Pascal, qui de tous coutés sonne
> Les vers que moi de France en françois je façonne... [3]

Le recueil entier de ce *Bocage* appartient à Paschal. L'ode dédicatoire, qui sera supprimée dès la première édition collective de 1560 [4], commence par des images d'une élégante mélancolie, inspirées de Callimaque :

1. Ed. L., t. IV, p. 245.
2. On trouve une suite de dédicaces à Durban, à Panjas, à Magny, à Revergat, à Brués, et aussi à Jean Nicot, de Nîmes. Ce groupement d'amis de Paschal est significatif.
3. Ed. L., t. VII, p. 258. Le morceau est supprimé à partir de 1560. Le protonotaire de Panjas a suivi G. d'Armagnac à Rome, comme secrétaire, en avril 1554.
4. Elle n'a été reprise que dans l'édition Marty-Laveaux, t. VI, p. 359 ; éd. L., t. VI, p. 200. L'impression du *Bocage* est achevée le 27 novembre 1554, pour la veuve M. de La Porte (Laumonier, *R. poëte lyrique*, p. 125). La même année, en mars, avait paru l'édition du pseudo-Anacréon (v. p. 109). Cet événement fut salué par l'odelette où Ronsard boit à Henri Estienne. Paschal est des convives du festin :

> Fay moy venir d'Aurat icy,
> Paschal et mon Pangeas aussy,
> Charbonier et toute la troupe...

Le recueil des *Meslanges*, paru chez Gilles Corrozet avec la date de 1555, contient une petite ode adressée à Paschal : « Tu me fais mourir de me dire » (éd. L., t. II, p. 363 ; t. V, p. 289). La dédicace a passé plus tard à Pasquier. Dans les *Hymnes*, autre recueil de 1555, l'*Hymne de la Mort* est dédié à Paschal.

> Toutes les fleurs espanoüyes.
> Dont le chef je me suis orné
> Au vent se sont evanoüyes...
> Mais la leçon, que par l'oüye
> La Muse m'a mise au cerveau,
> Ne s'est perdüe evanoüye,
> Comme une fleur du renouveau :
> Car tous les jours elle foisonne
> En fruict qui n'a point son egal.
> Tesmoing ce livre que je donne
> Pour un présent à mon Paschal.
> Quelcun trouvera bien estrange
> Et ridera son front, de quoi
> J'heûre Paschal d'une louange
> Dont heureux se tiendroit un Roi :
> Mais moi contant, qui ne mandie
> Des Rois ni bienfaictz, ni honneurs,
> Aux sçavans mes vers je dedie
> Plus volontiers qu'aux grans Seigneurs.
> Car leur faveur n'est perdurable
> Et leurs bienfaictz sont inconstans :
> Mais la science venerable
> Dure pour jamais, ou long tems.
> Puis j'espère qu'en recompense,
> Paschal me fera quelquesfois
> Immortel par son eloquence
> Qui vault mieux que le bien des Rois [1].

Cet espoir, Ronsard le précise en réimprimant sa vieille ode de 1550, dont la fin se trouve changée. Ce n'est plus le poète qui promet d'immortaliser l'humaniste ; c'est celui-ci qui va se charger d'établir la gloire du poète :

> Quoy ! C'est toy qui m'eternise !    Car jamais le temps n'ameine,
> Et si j'ay quelque renom,    Comme aux autres, des oublis
> Je ne l'ay, Paschal, sinon    Aux escrits qui sont polis
> Que par ta vois, qui me prise.    Par ta langue si romaine [2].

Que s'est-il donc passé et quel surcroît peut attendre la renommée de Ronsard de l'éloquence d'un historiographe ? C'est

1. Cf. Laumonier, *l. c.*, p. 126.
2. *Odes*, éd. L., t. 1, p. 162. Le lecteur a trouvé plus haut le texte de 1550.

que Paschal annonce qu'il fera une place à l'histoire des lettres
dans le récit des faits contemporains et qu'on le verra, à l'imitation de Paul Jove, y fixer pour la postérité l'éloge des hommes
doctes de son temps. A chacun des poètes qui l'ont célébré lui-
même jusqu'à présent par pure amitié, il promet de travailler
pour lui à son tour, dans la langue de l'histoire qui assure l'immortalité. Ronsard a narré tout au long cette entreprise de
mutuel encensement, où il a compté trouver sa grande part [1].
Pendant plusieurs années le projet est pris au sérieux. Les
poètes comme les humanistes restent convaincus, à cette époque,
que le latin seul, traité à la façon des grands Italiens, peut
répandre un nom dans l'Europe lettrée. Tant de manifestes
bruyants et sincères en faveur de la langue nationale n'em-
pêchent pas cette idée de dominer les esprits, et Ronsard lui-
même, visant à la gloire universelle, se persuade qu'un Paschal
peut la lui donner.

Notre grand homme compose alors, pour servir d'aide-mémoire
à son futur biographe, une sorte de récit des origines de sa
famille et des événements de sa jeunesse. Nous devons à cette
circonstance le précieux poème autobiographique qui deviendra
plus tard l'*Elégie à Remi Belleau*, tant de fois citée, et dont les
historiens de Ronsard se sont parfois servis assez mal, parce qu'ils
ont ignoré l'esprit qui en a dirigé la composition. Sous sa forme
première, celle du *Bocage* de 1554, elle est adressée à l'humaniste :

> Je veus, mon cher Pascal (*sic*), que tu n'ignores point
> D'où, ne qui est celui que les Muses ont ioint
> D'un neud si ferme à toi, afin que des années
> A nos nepveus futurs les courses empanées
> Ne celent que Paschal et Ronsard n'estoient qu'un
> Et que tous deus n'avoient qu'un mesme cœur commun... [2]

On a, de ces sentiments de Ronsard, un témoignage indirect,
mais singulièrement pittoresque et précis. C'est la dernière page
des *Dialogues philosophiques*, publiés en 1557, où le Languedocien Guy de Bruès le met en scène avec Baïf, Aubert et Nicot.

1. V. p. 264, 269.
2. Le poème est intitulé : *A Pierre de Paschal, du bas païs du Languedoc* (*Bocage* de 1554, fol. 22). Marty-Laveaux (*Notice sur P. de Ronsard*,
Paris, 1893, p. ij) a le premier signalé cette forme originelle de l'*Élégie* à
Remi Belleau (éd. Blanchemain, t. IV, p. 296).

Ronsard tient naturellement la première place parmi les « entre-parleurs », et les propos qui lui sont prêtés sont conformes à la vraisemblance. Après une suite de causeries au bord d'un ruisseau, à l'ombre d'une saulaie, Ronsard donne le signal de la séparation pour se diriger lui-même chez son ami Paschal :

RONSARD. Or mes amys, puisqu'il a pleu à Dieu de nous faire la grace d'avoir amené nostre dispute à une si honeste fin, vous ne serez marris, s'il vous plaist, que ie laisse maintenant la compaignie, attendu mesmement que i'ay promis à PIERRE PASCHAL, hystoriographe du tres-chrestien et tres-puissant Roy Henry, de l'aller voir, et ie serois marri de luy faucer ma promesse, ioint que ce m'est un plaisir incredible de lire l'histoire qu'il a desia faitte, tant pour la gravité des sentences, que aussi pour l'aornement et elegance du langage, qui ne semble en rien differant d'aveq celuy de Ciceron ou de Cesar, sinon de tant qu'il a rencontré un subiect, qui luy apreste tout les moiens de faire la plus belle et memorable histoire que nous ayons encore veüe du Roy ny d'aucun Empereur qui ait iamais esté. — AUBERT. Ie te prie, Ronsard, que ie t'y accompaigne, car ie voy bien que NICOT et BAÏF ont quelques affaires, et par ce moien ils seront bien ayses qu'on les laisse tous seuls, et ie le seray encore plus d'aller voir PASCHAL et de lire son his-toire avec toy. Et ie croy certainement que, si nous avons tenu en quelque reputation les hystoriens estranges, d'oresnavant ils auront le nostre à une grande admiration, et luy donneront l'honneur d'avoir amené Cesar et Ciceron en nostre France [1].

Derrière leur chef, les poètes s'empressent. Chacun s'évertue à gagner les bonnes grâces de ce distributeur prochain du « verd laurier ». Baïf le convie en ces termes à célébrer sa Francine :

Pascal, qui nostre temps illustres noblement,
   Ornant les hommes preux et les faits de nostre âge
   D'un si pur et Romain et tant loué langage
   Que ton honneur en doit vivre immortellement :
Que ne t'employes tu pour ce rare ornement
   De la terre, ains du monde.... [2]

1. *Les dialogues contre les nouveaux académiciens*, p. 305 (cités plus haut, p. 169). Dans le *Bocage* de 1554, fol. 54, Ronsard a dédié à Bruès l'épigramme « Quel train de vie est-il bon que je suive », qui portait le nom de Muret dans les *Folastries*.

2. *Evvres en rime de Ian Antoine de Baïf*, Paris, 1573 (éd. M.-L., t. I, p. 184).

Jacques Grévin, alors tout dévoué à Ronsard, ne manque pas de dédier un sonnet à Paschal dans chacun de ses recueils. Celui de la première *Gélodacrye* commence ainsi :

> Pascal, si je pouvois emprunter ta science
> Ou que je fusse tant favorisé des cieux
> Que sçavoir entonner quelque son gracieux
> Qui peut heureusement contenter nostre France;
> Je suis tánt animé que j'aurois espérance
> D'envoyer une histoire aux ans de nos neveux... [1].

Les rimeurs des provinces font écho à ceux de Paris. Charles Fontaine adresse une de ces plates compositions, qu'il ose dénommer odes, « à Pierre Pascal, chroniqueur du Roy » :

> Si le Philosophe ancien
> Grand Philosophe Samien
> Revivoit et venoit en France,
> Oyant ta Latine éloquence,
>
> Il te diroit par grand bonheur
> De l'Arpinat l'ame et l'honneur,
> De l'Arpinat l'honneur et l'ame,
> Que le Tybre encores reclame[2].

Le savoisien Marc-Claude de Buttet indique l'œuvre de Paschal, aussitôt après avoir parlé de Ronsard et de la *Françiade* dans une ode où il annonce l'immortalité au cardinal de Châtillon :

> J'oi, ce me semble, Pascal,
> Qui ja tonne en ses Annales
> De ton frère l'Admiral
> Les grands batailles navales,
> Pouvänt tous les tiens nommer
> Foudres des bandes guerrieres,
> En la terre et en la mer... [3]

1. *L'Olimpe de Iacques Grevin... Ensemble les autres œuvres poetiques dudict auteur*, Paris, R. Estienne, 1560, p. 98. L'histoire de Grévin eût été, paraît-il, celle de la rébellion de Jupin et de la chute de son père Saturne. Dans la seconde *Gélodacrye* (*Le théâtre de Iacques Grevin*, Paris, V. Sertenas, 1561, p. 305), le sonnet n'est qu'un lieu commun de déclamation contre la femme :

> Trop heureux nous fussions sans coste beste estrange
> Qui l'homme accompagna des le commencement...
> Sans elle, mon Paschal, l'homme seroit un Ange;
> L'homme seroit parfaict de corps, d'entendement...

2. *Odes, enigmes et epigrammes... par Charles Fontaine Parisien*, Lyon, Jean Citoys, 1557, p. 33.

3. *Le premier livre des vers de M.-C. de Buttet Savoisien*, Paris, 1561 (dans les *Œuvres poétiques*, éd. du bibl. Jacob, Paris, 1880, t. II, p. 29).

Il n'est pas jusqu'à Dorat qui ne consente à placer, au moins une fois, le nom de l'historiographe dans son latin. Au cours d'une *Exhortatio ad milites Gallicos*, imprimée chez Wechel en 1558 et qui latinise un éloquent discours de Ronsard aux soldats de Guise et de Montmorency, il proclame que leur renommée sera due à l'histoire qui va s'écrire :

> *Paschalis labor hic, cui Rex mandata perenni*
> *Acta suae gentis tradidit historiae...* [1]

Mais c'est à Rome que se préparent des sonnets assurés de mêler à jamais un nom au souvenir des poètes. Les *Souspirs* de Magny, les *Regrets* de Du Bellay, conçus sous la même inspiration et composés parallèlement, font défiler les mêmes personnages français ou romains. Cinq fois, Magny interpelle son Paschal.[2], le fait confident de ses observations de mœurs, du chagrin de sa destinée ou tout simplement de ses ennuis de secrétaire :

> Cependant, mon Paschal, que tu fais ton histoire,
> Ton dous style egallant au mieux disant Romain,
> Icy, sans liberté, un espoir inhumain
> Me tient pris en ses rets et rit de sa victoire...

On se rappelle aussi le sonnet des nouvelles de Paris :

> Assié-toi là, Guyon, et me dy des nouvelles,
> Nous nous sommes assez embrassés et cheriz ;
> Que dit on à la court, que fait on à Paris?...
> Quels seigneurs y void on et quelles damoiselles ?...
> As tu point apporté quelque livre nouveau ?
> As tu point veu Ronsard, ou Paschal, ou Belleau ?
> Que dit on, que fait on? dy moi je te demande... [3]

---

1. *Ronsardi exhortatio ad milites Gallicos latinis versibus de Gallicis expressa a Io. Aurato Lemouice*, Paris, Wechel, 1558, 4 ff. non chiffrés. Le nom de Paschal doit figurer dans le texte de Ronsard paru à cette date.

2. *Les Souspirs d'Olivier de Magny*, Paris, Jean Dallier et V. Sertenas, 1558, sonnet CXLVI. (Dans l'édition E. Courbet, Paris, 1874, p. 102. Cf. p. 32, 66, 81, 91, 103.) Le sonnet CXXIX intéresse l'ami à ses amours :

> Après avoir, Paschal, d'une sçavante main
> Remply de cent discours ton histoire immortelle,
> Ornant nostre grand Roy d'une gloire aussi belle
> Que celle d'Alexandre et du jeune Aphricain...

3. Sonnet XXXVIII (éd. Courbet, p. 30).

Dès le seuil des *Regrets*, s'étale le nom de Paschal ; il est à la première dédicace, au sonnet sur cette rime « si facile » que le poète défie ses rivaux d'imiter :

> Un plus sçavant que moy (Paschal) ira songer
> Aveques l'Ascrean dessus la double cyme...

Une des pièces contre le « pedante », le fameux sonnet du conclave (« Il fait bon voir, Paschal, un conclave serré »), un autre sur le Pape et les cardinaux faits « de tout bois », un autre enfin sur Marguerite de France, duchesse de Savoie, portent à cinq, comme dans les *Soupirs*, le nombre des sonnets dédiés. Le dernier parle du travail de l'historien :

> Paschal, je ne veulx point Juppiter assommer,
> Ny, comme fit Vulcan, luy rompre la cervelle
> Pour en tirer dehors une Pallas nouvelle,
> Puis qu'on veult de ce nom ma Princesse nommer...
> Mais suivant, comme toy, la véritable histoire,
> D'un vers non fabuleux je veulx chanter sa gloire
> A nous, à noz enfans, et ceulx qui naistront d'eulx [1].

C'est un honneur aussi d'être au nombre des amis par qui le poète exilé attend d'être fêté à son retour :

> Je voy mon grand Ronsard, je le cognois d'ici,
> Je voy mon cher Morel, et mon Dorat aussi,
> Je voy mon Delahaie, et mon Paschal encore :
> Et voy un peu plus loing (si je ne suis deceu)
> Mon divin Mauleon, duquel, sans l'avoir veu,
> La grace, le sçavoir et la vertu j'adore [2].

En ces vers, qui sont parmi ses derniers écrits à Rome, dans l'été de 1557, Du Bellay nomme, avec Jean de Morel et Robert de la Haye, et divinise l'ancien protonotaire de Durban, que Paschal lui a tant vanté et qu'il va connaître enfin, puisqu'on l'a pourvu, depuis son départ, d'un siège au Parlement de Paris. Le poète a dû s'embarquer à Cività-Vecchia vers la fin d'août, et revoit ses amis Parisiens à l'automne de 1557. Le privilège de

---

1. *Œuvres françoises de J. du Bellay*, éd. Marty-Laveaux, t. II, p. 168, 200, 207, 218, 257 ; *Œuvres poétiques*, éd. Chamard, t. II, p. 53, 103, 113, 132, 200).

2. Sonnet CXXIX (éd. Marty-Laveaux, p. 227 ; éd. Chamard, p. 155).

ses *Regrets* est du 17 janvier suivant ; c'est vers ce moment qu'il
compose le parallèle du poète et de l'historien, adressé à Henri II.
On va bientôt le voir directement mêlé à la levée de boucliers
assez brusque contre Paschal, à la tête de laquelle se met Ronsard.

<h1 style="text-align:center">V</h1>

L'attaque vint du côté des humanistes. Les deux savants le
plus étroitement liés avec les poètes, Dorat et Turnèbe, n'avaient
jamais pris au sérieux les puérilités cicéroniennes qui en imposaient à leurs amis. Épris de connaissances solides et plus préoc-
cupés de la science de l'Antiquité que de l'imitation d'un style,
ils goûtaient fort peu la mode dont Paschal se réclamait. Ils
mirent les gens en garde, dès le début, contre ces prétentions
transalpines. Si Muret se montra moins sévère pour le nouvel
ami que Ronsard alors portait aux nues, c'est que lui-même,
artiste autant qu'érudit et extrêmement sensible à la forme, songeait déjà à édifier une carrière en Italie, où le renom de parfait
cicéronien devait lui servir. Nos durs Français furent impitoyables.
Parmi les savants qui se chargèrent de l'exécution, Ronsard
nomme, avec Ramus et Jacques Peletier, cet excellent helléniste
Louis Le Roy, avec qui Du Bellay, brouillé par des racontars
venus jusqu'à Rome, venait de se réconcilier à son retour et
célébrait comme « nostre Platon françoys » [1]. C'était un groupe
d'adversaires redoutables pour le Gascon italianisé.

Il n'a pas seulement outrepassé la vantardise ; il excite aussi,
chez plusieurs, le sentiment de l'envie. Ronsard s'indigne que la
Cour l'ait choisi, au lieu de Dorat ou de Turnèbe, tout désignés
pour écrire en latin l'histoire du Roi ; un autre observe qu'il
reçoit, pour cette besogne, des émoluments triples de ceux des
professeurs au Collège royal [2]. On se plaît donc à lui tendre des
pièges, à l'interroger à l'improviste, à l'embarrasser sur une
quantité de points de philosophie, d'histoire et de grammaire,
dont il ne semble pas informé. Son ignorance universelle, hors
la précieuse « éloquence » de ses modèles, éclate peu à peu à

1. V. p. 85, pour Le Roy, et p. 265, pour le texte de Ronsard.
2. Du Verdier, *Bibliothèque*, t. III, p. 309.

tous les yeux, et l'on commence à le tourmenter sans répit. Ce
jeu cruel se poursuit même à la Cour, où sa suffisance irrite également. Brantôme l'y montre assez vite démasqué, « encore qu'il
vomist quelquefois quelques sentences latines, de parade seulement, mais non pas de durée, car il estoit si fin qu'il s'engar-
doit bien de s'enfoncer dans un grand gué de discours [1]. »

Le signal est donné par Turnèbe. Il a assurément entendu
parler de Paschal, quand celui-ci étudiait à Toulouse et s'y poussait dans le monde ; le savant professeur n'a quitté cette ville
qu'en 1547, lorsque le cardinal de Châtillon lui a procuré, au Collège royal, la chaire de grec rendue vacante par la mort de Toussain [2]. Doit-on croire qu'il a déjà sur le jeune homme l'opinion qu'il
exprimera dans la suite [3] ? L'étude spéciale qu'il consacre alors
à Cicéron, sur qui il multiplie les éditions et les commentaires,
doit le rendre particulièrement sensible à certaines prétentions
de Paschal, et peut-être celui-ci a-t-il commis l'imprudence de se
mêler aux détracteurs dont Turnèbe a eu à se défendre [4]. En
tout cas, le savant n'a pris aucune part au concert de louanges
qui s'éleva dans la capitale, et auquel Dorat a consenti un instant à unir sa voix, lorsqu'on a attendu de l'historiographe royal
une sorte d'éloge officiel des hommes illustres. Ce chef-d'œuvre
ne s'achevant point, et le travail de l'annaliste ne paraissant pas
avancer davantage, Turnèbe « despité de voir la France ainsi
befflée », comme dit Pasquier, décide de faire connaître sous son
vrai jour un homme qui exploite, selon lui, la crédulité de la
Cour et de ses confrères.

La satire en vers qu'il fait imprimer sans la signer aura du

1. V. plus loin, p. 336, pour le portrait de Brantôme.
2. Clément, *De Adriani Turnebi regii professoris praefationibus et poematis*, Paris, 1899, p. 9. On va trouver plusieurs renvois à cet excellent
travail. H. Chamard est arrivé aux mêmes conclusions que l'auteur, en
reconnaissant Paschal dans la satire latine qu'a traduite Du Bellay (*J. du
Bellay*, p. 412-418). Mais Clément a approfondi la question et doit être signalé ici comme un des très rares lecteurs du recueil de 1548.
3. Clément, p. 60. Cette supposition s'attache à un poète désigné sous
le nom de *Turquatulus* et attaqué pour ses médisances dans les lettres de
Paschal (p. 112, 127, 129).
4. Il l'a fait par une publication, dédiée à Lancelot de Carle, qui me
paraît viser des contradicteurs beaucoup plus savants que Paschal : *Adr.
Turnebi Apologia aduersus quorundam calumnias, ad librum primum Ciceronis de Legibus*, Paris, impr. Turnèbe, 1554.

succès parmi les lettrés. Elle s'intitule : *De noua captandae utilitatis e litteris ratione epistola ad Leoquernum* [1]. Ce *Leoquernus* est Léger du Chesne, ancien professeur de Toulouse comme Turnèbe et l'un de ses meilleurs amis [2]. Presque aussitôt, une pièce imprimée sur huit pages paraît « à Poitiers », jetant dans un public plus étendu une traduction de bonne facture; les initiés peuvent y reconnaître l'élégante typographie de l'éditeur des *Regrets* et le pseudonyme de fantaisie qui s'étale sur le titre trompe peu de gens. C'est *La nouvelle manière de faire son profit des lettres, traduitte de Latin en François par I. Quintil du Tronssay en Poictou. Ensemble le Poëte courtisan* [3]. Les deux plaquettes, la latine et la française, sont datées de 1559; la seconde est de Joachim du Bellay.

Nos deux auteurs prétendent s'en prendre à un travers général; mais le portrait individuel se glisse vite dans leur satire. Il s'est introduit depuis peu, disent-ils, parmi les gens qui font profession des lettres, l'habitude de suivre Mercure plus qu'Apollon; il ne suffit pas d'être docte pour réussir; certaines manœuvres sont nécessaires, quand on veut acquérir gloire et fortune. La première est de tirer orgueil d'un voyage en Italie, qui permet de mépriser son propre pays :

> *Hinc pretiosa venit merx, quae nos ducit hiantes*
> *Defixosque tenet ; si quis mendacia plaustris*
> *Quattuor inde refert simulatis oblita fucis,*
> *Si Romam sonat et Pataui si perstrepit urbem,*
> *Undiuagos et si Venetos, atque Appula rura,*
> *Si prae se Gallas contemnit et improbus artes,*
> *Despuit inque sinum Gallae sermone Mineruae,*
> *Nauseat offensusque, cibo ceu pastus amaro* [4].

1. *Parisiis, apud viduam P. Attaignant..., 1559.*

2. Léger du Chesne, que les titres de ses livres appellent *Leodegarius a Quercu*, et dont j'ai eu à parler p. 16, a publié en 1565, chez Morel, le *Tumulus* de Turnèbe, où reparurent d'anciens vers de Du Bellay. Il a professé l'éloquence au Collège royal de 1568 à 1586, et sa fille épousa en 1581 Fédéric Morel le jeune.

3. L'attentif bibliographe, qui a donné les « annales » de Morel, n'a pas compris ce petit pamphlet dans la liste des publications de l'ami de Du Bellay (Jos. Dumoulin, *Vie et œuvres de Fédéric Morel*, Paris, 1901). Cf. Clément, p. 57, n. 2.

4. Quelques variantes sont à relever dans l'édition intitulée : *Adr. Turnebi... poemata*, Paris, 1580, p. 36 et suiv. Je cite le recueil où Léger du

La traduction très libre de Du Bellay transpose à merveille ce vif début, d'accord avec les rancunes de son séjour romain :

> ... Tu dois veoir l'Italie et les Alpes passer :
> Car c'est de là que vient la fine marchandise,
> Qu'en bëant on admire, et que si hault on prise,
> Si le rusé marchand est menteur asseuré,
> Et s'il sçait pallier d'un fard bien coloré
> Mille bourdes qu'il a en France rapportées,
> Assez pour en charger quatre grandes chartées :
> S'il sçait, parlant de Rome, un chacun estonner,
> Si du nom de Pavie il fait tout resonner,
> Si des Venitiens, que la mer environne,
> Si des champs de la Pouille il discourt et raisonne,
> Si vanteur il sçait bien son art authoriser,
> Loüer les estrangers, les François mepriser,
> Si des lettres l'honneur à luy seul il reserve,
> Et desdaigne en crachant la Françoise Minerve.

Inutile de se morfondre « à l'estude », comme on le fait en France ; avoir vu l'Italie suffit à conférer le renom de « grand clerc » et de « singe-sçavant ». Il sera bon d'user des manières à la mode au-delà des Alpes :

> Mais tu retourneras Italien aussi
> De gestes et d'habits, de port et de langage :
> Bref d'un Italien tu auras le pelaige,
> Afin qu'entre les tiens admirable tu sois.
> Ce sont les vrays appas pour prendre noz François [1]...
> Il sera bon aussi de te faire advoüer,
> De quelque Cardinal, ou te faire loüer

Chesne a réuni, parmi beaucoup de poètes latins (dont L'Hôpital, Dorat, Du Bellay), un choix de l'œuvre de son ami. *Farrago poematum ex optimis quibusque et antiquioribus, et aetatis nostrae poetis selecta...*, Paris, 1560, p. 133 et suiv.). Dès l'année qui suit la publication anonyme, Turnèbe accepte la paternité de la satire, que les derniers vers attribuent à un rustre : *Grunius Gatianus*, dont le nom signifierait peut-être « pourceau du Gâtinais ».

1. Rapprochons ce détail de ce que disait de lui-même Paschal en Italie, écrivant à Durban : « Quod scribis te subuereri ne non me ad Italorum mores fingere et accommodare possim ; ego vero eo sum iam vultu, oratione, omni reliquo corporis motu, ut me non Gallum agnosceres, sed totum Italum iudicares. Neque quemadmodum solebam, ingenuo liberoque fastidio ineptias hominum respuo, sed omnia laudo, omnia approbo... » (Recueil de 1548, p. 107).

> Par quelque homme sçavant, afin que tes louënges
> Volent par ce moyen par les bouches estranges :
> Mais il fault que le livre où ton nom sera mis
> Tu donnes çà et là à tes doctes amys.....

Tous ces traits tombent sur Paschal, y compris l'allusion au cardinal d'Armagnac [1]. On le montre ensuite occupé à flatter les gens de cour, les « gentils reciteurs », qui rendent l'opinion favorable à leurs amis, « au bout d'une table, au disner des seigneurs », et surtout les dames « qui ont bruit de savoir » et dont le suffrage emporte celui des plus grands. Dédaigner toujours ou blàmer à propos ce que publient les autres, vous fait passer aisément pour plus savant qu'eux. Si l'on risque à l'imprimerie quelques feuillets, qu'on n'y mette point son nom ; on les désavouera, s'ils n'ont pas de succès :

> Le plus seur toutefois seroit en tout se taire :
> Et c'est un beau mestier, et fort facile à faire...

Voici maintenant le manège de Paschal dénoncé aussi clairement que si son nom se trouvait écrit. Bien que Turnèbe et Du Bellay semblent s'en prendre à plusieurs personnages, toute la fin de leur satire ne vise que lui :

> Quelque autre dit avoir entrepris un ouvrage
> Des plus illustres noms qu'on lise de nostre age,
> Et jà douze ou quinze ans nous deçoit par cet art :
> Mais il accomplira sa promesse plus tard
> Que l'an de jugement. Toutefois par sa ruse
> Des plus ambitieux l'esperance il abuse,
> Car ceulx là qui sont plus de la gloire envieux
> Le flattent à l'envy, et tachent curieux
> De gaigner quelque place en ce tant docté livre,
> Qui peut à tout jamais leur beau nom faire vivre [2]...
> Et nul (comme il promet) n'immortalisera :
> Mais il peindra le nez à tous, et pour sa peine
> De les avoir trompez d'une esperance vaine,
> Dessus un cheval blanc ses monstres il fera
> Par la ville, et du Roy aux gages il sera.

---

1. Un seul portrait plus loin paraît viser un autre personnage (Clément, p. 63).

2. L'aveu de ces flatteries intéressées, bien plus court dans Turnèbe, est à remarquer chez Du Bellay. Le latin de Ronsard ne les dissimule pas.

C'est un gentil apas pour les oyseaux attraire
Ce que d'un autre [1] dit le commun populaire,
Qui par les cabaretz tout exprés delaissoit
Quatre lignes d'un livre, et outre ne passoit,
Avec un titre au front, qui se donnoit la gloire
D'estre le livre quart de la Françoyse histoire.
Qui doncques, je te pry, nyra que cestuy çi
Ne soit des plus heureux sans se donner soucy
Qui quatre livres peult de quatre lignes faire,
Qui du doy pour cela est montré du vulgaire,
Qui pour cela de France est dit l'Historien
Et auquel pour cela on fait beaucoup de bien [2] ?

Les feuillets de l'historiographe royal oubliés au cabaret font une piquante anecdote, qui sera reprise par d'autres. Ce dernier morceau ne figure pas au texte primitif, et le prétendu « Quintil du Tronssay » en a joint les vers latins à son opuscule. Ils pourraient être de Du Bellay lui-même, car ils ont le ton aisé de ses *Pœmata* ; mais il est plus naturel de croire que Turnèbe, non moins bon poète que lui en langue latine, les ayant ajoutés après coup à la satire, les a communiqués à son complice pour achever le portrait de leur commune victime.

Comme Du Bellay mourut le 1ᵉʳ janvier 1560, il est possible que Paschal ne sût pas encore à ce moment qui avait assuré avec tant de malice la diffusion de ce latin méchant, si loin d'être de méchant latin. Soit qu'il l'ait ignoré, soit qu'il ait jugé plus avantageux de se parer jusqu'à la fin d'une si belle liaison, il tint à collaborer avec éclat au recueil des *Épitaphes sur le trespas de Joachim du Bellay, Angevin, Poète Latin et François*. Il y apporta une inscription à la fois éloquente et précise, qui est certainement sa meilleure page [3]. Cette épitaphe donne, avec une brièveté toute romaine, des détails sur la carrière du poète et sur ses derniers jours ; elle se

---

1. Il s'agit toujours de Paschal, mais c'est ici que commence le passage rajouté.

2. Ed. Marty-Laveaux, t. I, p. 469.

3. Les biographes de Du Bellay, et particulièrement H. Chamard, ont tiré parti des détails de cette inscription. Mais on ne la trouve reproduite, sous sa forme originale, qu'au tome II de l'*Appendice à la Pléiade françoise* de Marty-Laveaux. Les *Allusiones* parues dans le recueil posthume : *Joachimi Bellaii Andini poetae clarissimi Xenia*, Paris, 1569, contiennent (fol. 11 v°) deux distiques en l'honneur de l'historiographe.

termine par l'attestation plus pompeuse que véridique d'une
amitié sans nuage :

. . . . . . . . . . . .PETRVS PASCHALIVS

ET VETVS ET VERVS AMICVS AMICO

INCOMPARABILI    DOLENS    POSVIT.

A la satire de Turnèbe et de Du Bellay venait s'adjoindre le
pamphlet plus direct, dont Ronsard désabusé accablait Paschal
dans sa propre langue d'humaniste. Il faut qu'une circonstance
l'ait bien personnellement blessé pour qu'il ait pris ce ton violent et se soit complu à une vengeance aussi laborieuse. Je relève
une coïncidence de dates qui en apporte peut-être l'explication.
De tous ces éloges vainement promis, Paschal n'a composé qu'un
seul, resté manuscrit et dont le poète a pu avoir connaissance au
commencement de 1559. Il se trouve être celui de son ancien
rival, Mellin de Saint-Gelais, mort au mois d'octobre précédent [1].
Quoique Ronsard n'ait plus d'aigreur contre Mellin et sache lui
rendre justice [2], il ne peut admettre une primauté à son détriment. Bien plus, certain passage l'atteint au vif de ses prétentions d'inventeur lyrique, et plus d'une allusion est de celles
qu'un orgueil sensible comme le sien ne saurait pardonner.
Voici quelques lignes de ce panégyrique, qui ont dû lui être
particulièrement désagréables :

Gallice omnium in Gallia primus amatorios [versus] et omnis generis innumeros, ornatissimos et optimos fudit, ac poetae melici nomen
summa omnium approbatione obtinuit. Fidibus praeclare homo musicorum prostudiosus cecinit, idque ut cetera omnia singulari quadam
cum dignitate ac venustate fecit... Si qui erant in Regia ludi paratis-
simi magnificentissimique apparandi, si quid amatorie, si quid facete
et urbane, si quid acute arguteque erat scribendum, si quid trac-
tandum ingeniose ad Sangelasium tanquam ad Apollinem concurre-
batur. Erant enim in eo celeres animi atque ingenii motus ad exco-
gitandum sane acuti, ad explicandum et ornandum uberrimi. Eius
etiam erat acumen in reprehendis aliorum scriptis (qua ex re aliquam
habuit aliquando inuidiam) plane solers [3].

<hr>

1. Je publie ce texte, qui date de la fin de 1558, d'après l'autographe de
la collection Dupuy, dans le volume du *Cinquantenaire de l'École des Hautes
Études*, Paris, 1921, p. 23-27.

2. V. p. 185-187.

3. Biblioth. nat., *Dupuy 348*, fol. 8.

En fallait-il davantage pour irriter le poète? C'était de la part
de Paschal maladresse plus encore que trahison. En tout cas, ne
devait-il pas le premier des éloges à ce Ronsard de qui il tenait
tout ? On le lui fit bien voir, et l'invective fut écrite pour lui
apprendre à se conduire.

Mais il ne pouvait rester sous le coup d'une agression, que
les cercles lettrés de la Cour n'ignoraient pas et qui allait
porter une sérieuse atteinte au prestige qu'il y conservait encore.
Le moment était d'autant plus fâcheux pour lui, que le roi qui
l'avait pris en gré, et auprès de qui sa situation restait assu-
rée, disparaissait brusquement de la scène du monde. Henri II
était blessé mortellement par Montgomery, au tournoi du
29 juin 1559. Cette mort fournit, du moins, à l'historiographe
l'occasion de se montrer à son avantage et de répondre indirectement à ses détracteurs.

On le voit publier, peu de temps après l'événement tragique
et sous le patronage même de Catherine de Médicis, un panégyrique du roi défunt, qu'il présente comme le résumé d'une grande
œuvre historique consacrée au règne qui vient de finir. Il est
imprimé chez Michel Vascosan, en un magnifique in-folio intitulé : *Henrici II Gallorum regis Elogium, cum eius verissime
expressa effigie, Petro Paschalio autore. Eiusdem Henrici tumulus autore eodem* [1]. Ce recueil, de seize feuillets seulement, a
exigé toutes les ressources de l'art typographique du temps. Il
s'y trouve un beau portrait du Roi au burin et une image de
son tombeau gravée sur bois, qui sont des ouvrages de Jean Cousin [2], puis six feuillets d'inscriptions funéraires entourées d'en-
cadrements et composées en lettres capitales (SISTE VIATOR... — NE
MIRERE VIATOR QVISQVIS ES...). Ce sont les formules chères à la
Renaissance italienne, qui les empruntait depuis longtemps aux
marbres antiques. Bien qu'élégamment tournées, elles ne valent
point la noble épitaphe que Joachim du Bellay, autre italiani-

---

1. *Lutetiae Parisiorum, apud Michaelem Vascosanum M. D. L. X. Ex.
priuilegio Regis.* 16 ff. in-folio. Chacune des trois traductions qui suivent a
une pagination distincte, de 15, 16 et 13 pages. L'un des trois exemplaires
de la Bibl. nat. est celui que Catherine de Médicis avait à Fontainebleau.
(Vascosan a publié, sous la même date, une édition in-8 comprenant aussi
les traductions.)

2. G. Duplessis, *Le Peintre-Graveur*, t. IX, Paris, 1865, p. 5.

sant, vient de composer en l'honneur des soldats français tués
pour la patrie au siège de Saint-Quentin [1].

La dédicace au cardinal de Lorraine n'est pas seulement un
hommage de reconnaissance, c'est un appel à son témoignage.
Paschal mentionne les livres de l'histoire de Henri II qu'il a
écrits, que des gens doctes ont lus et approuvés, et pour lesquels
il a eu la précieuse collaboration du cardinal en personne. Il fait
allusion à ces *Éloges* d'hommes illustres qu'il a entrepris, et qui
sont précisément l'ouvrage que Ronsard prétend tout à fait fic-
tif ; l'occasion d'en attester l'existence devant le public ne peut
être plus solennelle ni plus habilement choisie :

CAROLO LOTHARINGIO S. R. E. CARDINALI ILLUSTRISS.
PETRUS PASCHASIUS S. D.

Quoniam tu penè unus scribendae Henrici Regis historiae non solum
auctor, sed adiutor etiam fuisti, et virorum quoque quorundam
illustrium elogiorum conficiendorum suasor, Princeps illustris-
sime; idcirco quicquid iam a me est profectum proficisceturque in posterum, non magis meum esse duco quam tuum. Neque enim illi historiarum libri, quos confecimus, quosque nonnulli doctissimi viri tan-
topere probarunt, sunt toti nostri; tui sunt maiore ex parte et ex
doctissimis tuis commentariis decerpti. Hoc autem regium elogium,
quod nondum perfectum, semel atque iterum Henrico Regi perlegisti,
sic vel ipso nutu (aderam enim ipse praesens) emendasti, ut illud non
indignum quod in manus hominum perueniat iam tandem iudicem.
Quare illo nobis erepto Rege confectoque hoc eius elogio, visum mihi
et tibi libitum est ut id in apertum nunc demum proferremus, et
tanti Regis tam illustres laudes ab obliuione hominum, quantum in
nobis esset, atque a silentio vindicaremus. Quod facio illudque interea
dum nostri temporis integram historiam, maximarum sane
vigiliarum opus, contexto, in tuo clarissimo nomine apparere
cupio. Huic ego elogio eius sanctissimi Regis demortui formam et
imaginem, ut non solum iis qui eum nunquam viderunt, sed iis etiam
qui multis post seculis futuri sunt, ipsa quasi de facie sit cognitus,
optimis ab artificibus expressam, praeponendam typoque aeneo, quod
tibi posteritatique gratum futurum spero, imprimendam curaui. Munus
igitur hoc, sapientissime Princeps, magnificum illud quidem (de uno
enim magnificentissimo Rege, tuique, dum vixit, amantissimo, est

1. Ce curieux morceau accompagne une élégie patriotique sur le même
sujet (*Poemata*, fol. 53 v°, et *Poésies fr. et lat. de J. du Bellay*, éd. E. Courbet, Paris, 1918, t. I, p. 520).

totum) a tantulo tuo Paschalio oblatum, aequo animo accipe ; et
homini, et tui et caeterorum illustrium virorum nominis memoriam
aeternis monumentis consacrare exoptanti, perpetuò faue. Vale. Lutetiae Parisiorum, Calend. Sextil. M. D. LIX.

Les traductions qui grossissent le volume font quelque honneur à l'original. La française, écrite par exprès commandement
de la Reine mère, est de Lancelot de Carle, l'italienne d'Antoine
Carraciolo, évêque de Troyes, et l'espagnole de Garci Sylves de
Tolède. Brantôme, chaud admirateur du roi Henri II, ne s'est
point laissé prendre à ce luxe de présentation et qualifie l'ouvrage de « chétif éloge » d'un si grand maître. On appréciera
cependant certains détails, qui sortent de la banalité du genre.
En voici qui se rapportent aux arts ; en les prenant dans la traduction française, on aura un exemple du style de ce Carle, qu'a
loué Ronsard et qui mériterait d'être mieux connu :

Tout ainsi qu'il [Henri II] aimoit la cognoissance de toutes choses
honnestes, aussi se delectoit il singulierement de l'Architecture. Il feit
bastir en plusieurs endroits, au temps mesme de son regne que la fortune sembloit luy estre plus ennemie. Et fut le premier de tous ses
predecesseurs qui feit ouvrir dans les mons Pyrenees des quarrieres,
que le long temps avoit couvertes, et plusieurs autres nouvelles, dont
il feit tirer et amener par eau dedans Paris infinies sortes de tres
beaus marbres. Il feit parachever avec tres grande magnificence celle
partie du chasteau du Louvre qui regarde vers l'Orient, laquelle avoit
esté commencee par le Roy François son pere. Il faisoit faveur aux
gens de lettres, tant de son naturel que incité par l'exemple du feu
Roy Francois son pere ; et faisoit principalement cas des beaus esprits,
qui peuvent rendre immortels les faits des grands et illustres personnages. Il entendoit la langue latine...

Catherine de Médicis vit, dans le travail de l'historiographe à
la mémoire du roi disparu, un hommage digne d'être conservé à
la postérité. On a l'exemplaire, magnifiquement relié à ses armes
et devises et orné d'un frontispice peint, qu'elle fit placer dans
la bibliothèque de Fontainebleau. Elle voulut qu'il en fût déposé
un autre par les soins du Parlement de Paris dans le Trésor des
Chartes ou parmi les registres de cette cour [1]. L'auteur adressa

1. « A Nos seigneurs du Parlement suplie humblement Pierre de Paschal,
docteur ès droit, conseiller et bistoriographe du Roy. Comme le dit sup-
pliant a, par le commandement de la Reine mère du Roy et pour le devoir

une requête à ce sujet; satisfaction lui fut donnée, et sur l'avis
du procureur général, le Parlement ordonna que le livre serait
« mis au greffe de ladite cour pour y être gardé sous clef », honneur qui pouvait consoler Paschal des méchancetés des « gens de
lettres »[1].

## IV

La brouille avec Ronsard n'avait pu être dissimulée. Le poète
l'affichait avec une rage orgueilleuse, ne pardonnant point à Paschal l'attitude ridicule où tant de ses vers flatteurs l'avaient mis.
Son terrible *Elogium* faisait quelque bruit parmi les rimeurs et
dans le petit monde de lettrés qui gravitait autour d'eux. L'auteur fut pourtant bien inspiré de ne pas le livrer aux presses ;
les lecteurs eussent trop aisément souligné la contradiction éclatante de ses jugements sur la science et l'éloquence du « divin
Paschal ». Mais les belles dédicaces disparurent, le nom s'effaça
de l'édition collective de 1560, et la plupart des amis du poète
cessèrent de faire bon visage à l'historiographe. Ce fut probablement le cas de Jean de Morel ; mais il n'alla pas jusqu'à accepter
le transfert d'une dédicace, celle de l'*Hymne de la Mort*, que
Ronsard retirait à Paschal pour la lui offrir ; il refusa, « ne voulant estre honoré des dépouilles d'autruy », et sa fille, la brillante
Camille, ne consentit pas davantage à accepter cette dédicace dis-
ponible. Peu de temps après, Morel fit accueil à la belle épitaphe qui fut la contribution de Paschal au « Tombeau » de
Du Bellay, préparé par Uytenhove dans la maison de la rue

de la charge en laquelle il est appelé d'écrire l'histoire de France, dressé et
rédigé en bref l'éloge de la vie et gestes du feu Roy, Henry 2e de ce nom, et
reçeu commandement exprès de la dite dame d'icelluy présenter à la dite
Cour pour y estre mis et gardé à perpétuelle mémoire ; ce considéré, il
vous plaise, tant pour la décharge du commandement que le dit supliant a
reçeu de la dite dame Reine que pour la louable et recommandable mémoire
du dit sieur feu Roy, ordonner le dit éloge estre reçeu et mis entre les
registres du temps et règne du dit feu Roy, ou au Trésor des Chartes, et de
la réception du dit éloge décerner, et expédier au dit supliant ordonnance
de la dite Cour, et vous ferez bien. Ainsy signé Paschal. » (Registre du Conseil du Parlement de Paris, cité par Bonnefon, *l. c.*, p. 35).

1. On vient de lire cette expression dans le morceau de Lancelot de
Carle. Elle est tout à fait courante à la fin du siècle, par exemple chez Brantôme.

Pavée[1]. Ce fut le premier signe de la rentrée en grâce du coupable.

Ayant mis sa colère en latin, Ronsard n'y associa point sa muse. Les initiés reconnurent la querelle au passage, en lisant le morceau de l'élégie « au sieur L'Huillier », où le poète se plaint de ne recevoir de ses beaux labeurs nulle récompense, alors que les rois, les princes et particulièrement le cardinal de Lorraine comblent de libéralités des protégés indignes :

> Il me fache de veoir, ore que je suis vieulx,
> Un lourd Prothenotaire, un muguet envieux,
> Un plaisant courtizeur, *un ravaudeur d'histoire,*
> *Un qui pour se vanter nous veult forcer de croyre*
> *Que c'est un Cicéron,* advancez devant moy,
> Qui puys de tous coste/ semer l'honneur d'un Roy.
> Il faudroit qu'on gardast les vacqans benefices
> A ceux qui font aux Rois et aux princes services,
> Et non pas les donner aux hommes incogneuz
> Que comme potirons à la Court sont venuz,
> Vieux Corbeaux affamez, qui faucement heritent
> Des biens et des honneurs que les autres meritent[2].

Mais le ressentiment des poètes ne dure le plus souvent que le temps d'en trouver une expression satisfaisante. Après avoir fortement manifesté le sien, le nôtre cessa d'y attacher de l'importance. Au reste, Paschal n'ayant riposté qu'indirectement, leurs amis de la Cour durent travailler à une réconciliation. Dès 1563, c'est-à-dire après quatre ans à peine, Ronsard accorde son absolution publique, au cours de la *Remonstrance au peuple de France*[3]. Répondant aux attaques des huguenots, qui accusent la vieille religion de ne plus convenir aux savants et aux hommes de jugement, il évoque contre eux, en un passage éloquent, de grandes et doctes figures, « Amyot et Danès, lumières de notre âge » ; beaucoup plus loin, et sans risquer de parallèle, il fait apparaître un troisième personnage :

1. Voir sa plaisante réponse dans le livre de Henri Longnon, *Pierre de Ronsard*, p. 281-282. Cf. éd. L., t. IV, p. 364. L'hymne échut à Des Mazures.

2. Ed. L., t. VII, p. 382 ; éd. Bl., t. III, p. 401. Le morceau est dans l'éd. de 1560 seulement.

3. La *Remonstrance* a été imprimée pour la première fois à Paris, chez G. Buon, en 1563, in-4 de 16 ff.

Toy, Paschal, qui as fait un œuvre si divin,
Ne le veux-tu point mettre en évidence, afin
Que le peuple le voye et l'apprenne et le lise
A l'honneur de ton Prince et de toute l'Eglise ?
Eh bien ! tu me diras : « Aussi tost qu'ils verront
Noz escrits imprimez, soudain ils nous tueront ;
Car ils ont de fureur l'ame plus animée
Que freslons en un chesne estouffez de fumée. »
Quant à mourir, Paschal, j'y suis tout resolu,
Et mourray par leurs mains, si le ciel l'a voulu.
Si ne veux-je pourtant me retenir d'escrire,
D'aymer la vérité, la prescher et la dire [1].

En mêlant ainsi à d'autres noms, dans un discours de portée
générale, le nom de l'ami réconcilié, le poète lui faisait sans
s'humilier amende honorable [2] ; il rendait justice, en même temps,
à une œuvre historique, qui s'édifiait peu à peu et cessait d'être
la grande mystification qu'on avait cru. En dépit de leurs défauts
et de leurs artifices, les *Res ab Henrico rege gestae* prenaient
figure et l'on pouvait croire qu'elles seraient un jour publiées.
Mais les attaques de Turnèbe et des écrivains dépités pesaient
toujours sur la réputation de Paschal ; Florent Chrestien, converti
au protestantisme et donnant par de vifs pamphlets des gages à
son parti, les reprenait les unes après les autres pour accabler
l'auteur de la *Remonstrance* et ruiner ses autorités. Elles repa-
raissent dans la *Seconde reponse de F. de la Baronie à Messire
Pierre de Ronsard, prestre-gentilhomme Vandomois, evesque
futur.* Le pamphlétaire écarte, en quelques mots de mépris, le

---

1. Ed. L., t. VII, p. 543 ; éd. Bl., t. VII, p. 70. Ces douze vers disparaissent des réimpressions après 1578. L'édition de 1584 conserve encore par
inadvertance le nom de Paschal, remplacé à partir de 1587 par le mot
*Lecteur*, dans le morceau qui suit les douze vers supprimés (éd. L., t. V,
p. 382 ; t. VII, p. 544) :

> Je sçay qu'ils sont cruels et tyrans inhumains ;
> N'agueres le bon Dieu me sauva de leurs mains ;
> Après m'avoir tiré cinq coups de harquebuse,
> Encor il n'a voulu perdre ma pauvre Muse.
> Je vis encor', Paschal, et ce bien je reçoy
> Par un miracle grand que Dieu fist dessus moy.

2. En 1567, le nom de l'humaniste reparaît dans un sonnet nouveau des
*Amours* (« Je meurs, Paschal, quand je la voy si belle... »). Ed. L., t. I,
p. 39. Cf. *Les Amours*, éd. H. Vaganay, p. 151. Le commentaire très court
est de Belleau.

« lecteur » Danès et le « traducteur » Amyot ; il s'en prend à
l'historiographe, étant documenté par Ronsard lüi-même :

> Quant à ton cher Paschal, tout le monde confesse
> Qu'il est docte et sçavant, l'Italie et la Grece
> Le cognoissent fort bien, car par tout l'univers
> On ne lit que le nom de Paschal en tes vers.
> Puis l'attente qu'on a de sa Françoise histoire
> Fera graver son nom au dos de la memoire,
> Histoire que jamais peut estre ne mourra,
> Car peut estre qu'aussi jamais ne vivera...
> C'est luy qui a premier d'une façon nouvelle
> Fait croire qu'il estoit historien fidele
> Sans rien mettre en escrit ; c'est luy qui finement
> Entretenoit un Roy de mines seulement...
> Il est vray qu'autresfois pour cacher ceste ruze
> Il en a bien tracé quatre lignes d'excuse,
> Car ce pendant tousjours ses gages il tiroit,
> Et pour estre admiré de ceux qu'il désiroit
> (S'il est vray ce que dit l'Epistre à Leoquerne)
> Il les laissoit tomber mesmes, dans la taverne,
> Là où quelqu'un venant amassoit ce papier
> Que l'aucteur tout expres vouloit bien oublier [1]...

Le plus grave pour Paschal était que la Cour se dégoutait de
lui. Privé de l'appui du souverain qui l'avait attaché à sa personne, son crédit ne tarda pas à décroître, et l'écho des brocards
littéraires parvint à des oreilles qui n'y furent point insensibles.
C'est au Louvre, et chez le cardinal de Lorraine, qu'ont été
recueillis les traits d'une image peinte du pinceau de Brantôme.
Honorant Henri II dans *Les vies des grands capitaines*, il regrette
l'insuffisance des écrivains qui ont narré ses hauts faits, et notamment de « ce bel abuseur de Paschal », si vaniteux dans sa
charge :

Il en tiroit une bonne pention tous les ans, de douze à quinze cens
livres par an, et promettoit un histoire de nostre temps la nompareille
du monde ; si bien que j'ay veu noz roys et noz princes, et M. le car-

<hr>

1. La *Seconde Reponse* (s. l., 1563) n'est pas paginée. Le morceau sur
Paschal n'occupe pas moins de trois pages, où l'injure du partisan ne le
ménage pas :

> Venez, Muses, venez pour accoler Paschal,
> Donnez luy le chappeau digne d'un cardinal ;
> Asnes rouges, venez,...

dinal, pour cela faire grand cas de luy ; et luy faisoit la bonne mine.
Pensez qu'il songeoit en soy et disoit soubs bourre en se mocquant :
«... Ce n'est pas ce que vous pensez, mes bons amis ; il y a de la
fourbe » ; et si s'en monstroit tout glorieux, car je l'ay veu en telle
piaffe. Après avoir faict monstre de faire enfanter des montagnes, pour
tout pottage il n'a produit qu'un chétif éloge après la mort du Roy,
que j'ay vu en latin.... Et qui plus est, on n'a trouvé après en sa
bibliothèque un seul chétif beau mémoire qui peut monstrer l'envie
qu'il eut en cela de s'acquicter de ses debtes, encor qu'il fust d'ordinaire à la suite de la court, et qu'il vist à l'œil et entendist de son
Roy et des grandz, et eust toute matière en place pour bien bastir son
œuvre ; mais, comme disoit M. le cardinal, l'art et la science lui
failloient pour si haute entreprise [1].

Ainsi fut établie, pour durer jusqu'à nos jours, la légende
accréditée contre Paschal par sa paresse et sa fatuité. Elle put
achever de le dégoûter d'un ouvrage, dont il avait cependant mis
au point des parties considérables. Il dut sentir sa présence
importune à la Cour, où il n'eut bientôt plus de fonction.
Celle d'historiographe du nouveau règne venait d'être confiée à
François Hotman, recommandé par le chancelier de L'Hospital[2].
C'est à lui peut-être que pensait Ronsard, quand il s'écriait au
*Discours des misères de ce temps,* invoquant ce témoin des dis-
cordes françaises :

> O toy historien, qui d'encre non menteuse
> Escris de nostre temps l'histoire monstrueuse,
> Raconte à nos enfans tout ce malheur fatal,
> Afin qu'en te lisant ils pleurent nostre mal
> Et qu'ils prennent exemple aux pechez de leurs peres...[3].

Paschal était encore à Paris au printemps de 1563, car Lambin
le mentionne parmi les personnages intervenus dans une affaire
intéressant les lecteurs du Collège royal [4]. On le voit bientôt

1. Ed. Lalanne, t. III, p. 283-285. Cf. plus haut, p. 324. Lalanne n'ignorait point que Brantôme était mal informé des ouvrages de Paschal et signalait déjà l'existence de nos autographes conservés dans le fonds Dupuy.
2. *Revue historique,* t. II, p. 50.
3. Ed. L., t. V, p. 333 ; éd. Bl., t. III, p. 13.
4. Dans le discours d'ouverture de son cours sur la *Rhétorique* d'Aristote
prononcé en avril 1563, Lambin remercie ceux qui ont fait des démarches
pour faire payer leurs gages en retard aux lecteurs royaux : L'Hospital,
Amyot, Lancelot de Carle, Henri de Mesmes et, enfin, *Petrus Paschalius*

après finir sa vie dans sa province d'origine. Le cardinal d'Armagnac, promu à l'archevêché de Toulouse, continuait de réunir son
cercle de savants ; il y retrouva sa place d'autrefois. Il se reprit
à composer des vers, comme ceux qui lui avaient valu ses premiers succès parmi les lettrés de la docte ville. De cette époque
date sa courte élégie sur la mort du légiste bordelais Arnoul le
Ferron, son prédécesseur comme historiographe de François Ier,
dont la gloire la plus certaine vient de ses fameux *Commentaires
sur la Coutume de Guyenne*. Jules-César Scaliger, qui était son
ami, le célébra aussi en vers latins. Les vers de Paschal, les
seuls qui restent de lui, ne sont faits que de réminiscences
classiques [1]; ceux de Scaliger ont assurément plus d'accent [2].

L'historiographe de Henri II n'avait que quarante-cinq ans,
lorsqu'il mourut à Toulouse, le 15 février 1565. Trois jours après,
mourait chez le cardinal d'Armagnac Guillaume Philandrier,
dont la science de l'Antiquité était grande, mais qui, par sa négli-
gence à publier ses travaux, avait déçu, lui aussi, ses admirateurs [3]. On enterra les deux amis côte à côte dans le cloître Saint-
Étienne, réservé à la sépulture des illustres de la cité. Le
monument funéraire du premier reçut une épitaphe, dont on a
le texte [4]; elle consacrait en peu de mots toutes les prétentions
littéraires de sa courte vie :

PETRO PASCHALIO RERVM GESTARVM AB

HENRICO II GALLIARVM REGE

SCRIPTORI POLITISSIMO ANTIQVAE

VIRTVTIS ET ROMANAE ELOQVENT.

AEMVLATORI PRAESTANTISS. AMICI

MOERENTES B. M. P.

VIXIT ANNOS XLV. OBIIT XIIII KL. MAR.

AN. POST CHRISTVM NATVM M. DLXV.

*historicus Regius ; hi omnes certatim suo quisque loco causam nostram
accurate egerant (Duae orationes D. Lambini... in aula gymnasii Samaro-
brinensis habitae*, Paris, 1563, p. 5).

1. Ces vers, cités par P. Bonnefon, *l. c.*, p. 44, sont imprimés en tête de
l'édition in-folio des *Commentaires sur la Coutume*.

2. L'ode de J.-C. Scaliger à la louange d'Arnaud le Ferron (*Poemata*, p.353)
est citée par Sainte-Marthe et par Tissier, *Éloges*, t. II, p. 107.

3. Le témoignage de J.-A. de Thou est bien significatif à ce sujet.

4. Cf. P. Bonnefon, *l. c.*, p. 26-27. Je lui emprunte le texte de l'inscription, jadis donné par Moréri et Le Duchat, et recueilli par A. du Mège sur
la pierre avant sa disparition.

Peu de temps après la mort de Paschal, Dorat écrivait à un ami qu'il préparait la traduction des odes de Pindare dans les mètres originaux [1], et qu'il en dédierait une au défunt en reconnaissance d'une belle libéralité : « Alteram destino Paschalio amico Historico Regis, nuper vita functo, qui singulos anulos aureos singulis amicis, Tornaebo, Ronsardo, mihi, pluribus moriens legauit... Ferreus sim, non aureus aut auratus, si non hoc ego munus amem, et muneris etiam magis auctorem [2]. » Ces anneaux d'or, collectionnés par l'humaniste et légués à ses confrères de Paris, avaient une signification : ils attestaient sa réconciliation complète avec le groupe de Ronsard. L'adroit cicéronien, qui n'était point un méchant homme, avait trouvé une façon délicate d'effacer ce qui pouvait rester de mauvais souvenirs au cœur de ses anciens amis.

1. « Et quia Latinum aliquando Pindarum meditor iisdem numeris edere et singulas Odas singulis amicis consecrare, tua iam esto... »

2. André Du Chesne, *Hist. généal. de la maison de Chasteigner*, p. 125 (lettre à Fr. de Chasteigner de la Rochepozay). Les *Scaligerana* mentionnent le legs « à Aurat et autres de beaux et riches anneaux ; le moindre valoit 50 escus, et il y en avoit qui valoient 100 escus » (Amsterdam, 1740, t. II, p. 493).

ADDENDA

Le lecteur ne peut s'étonner que, pendant l'impression de ce livre
commencée depuis plusieurs années, d'assez nombreuses additions se
soient offertes, qu'il a semblé utile de recueillir.

P. 36. Comment Jean Dorat a-t-il été introduit chez Lazare de
Baïf ? On peut établir que l'ambassadeur de François Ier le connaissait
par sa première réputation littéraire dès 1540. C'est à Baïf, en effet,
qu'est dédié le recueil : *Roberti Britanni Atrebatensis epistolarum libri
duo,* Paris, 1540 (fol. 64 : *Lazaro Baifio libellorum magistro*), où les
productions poétiques du jeune Limousin sont déjà louées avec
enthousiasme : « Delectauit me tuum carmen ne dici quidem potest
quanta utilitate animi et ingenii mei. Erant enim in illo splendida et
acuta omnia... Ego, ut iam me tibi aperiam, neminem esse puto his
temporibus qui tantum lyrica valeat venustate quam tu ; unum excipio
Macrinum, cui tu facile concedis... » (fol. 59 v°). Trois distiques de
Dorat sont à la fin du recueil de vers de ce même Robert Breton,
d'Arras, dédié à Arnoul le Ferron et contenant des pièces adressées
à Dolet, Toussain, Turnèbe, Ant. de Gouvea. Un long poème en
distiques, à Dorat lui-même, témoigne de la cordialité de leurs rapports (*R. Britanni Atreb. carminum liber unus*, Paris, 1541, fol. 17 v°.
Cf. Marty-Laveaux, *Notice sur Dorat*, p. xij). Mais une lettre du précédent recueil nous met sur une autre piste. L'humaniste d'Arras
l'adresse au compatriote de Dorat, Jean Maledent, à l'occasion de son
entrée comme précepteur dans la maison de Mesmes (« Agis in domo
honorifica. Magnum est Propraetoris ciuilis nomen, sed virtus Mesmii
multo maior... » Fol. 59 v°). Or, le jeune Henri de Mesmes et Maledent fréquentaient la maison de l'ambassadeur : « Mon précepteur me
menoit quelquefois chez Lazarus Baïfius, Tussanus, Strazellius, Castel-
lanus et Danesius, avec honeur et progrès ès lettres » (*Mémoires*,
p. 137). Il est naturel qu'ils aient recommandé leur ami Dorat, avec
qui j'ai mis en lumière leurs étroites relations (p. 67 n.), lorsque Baïf
a cherché un maître pour son fils. Tel fut sans doute l'enchaînement
des circonstances qui conduisirent Dorat vers Ronsard.

P. 37, l. 15. Tous les bibliographes, depuis Du Verdier jusqu'à
Émile Picot, se sont accordés à attribuer à Lazare de Baïf la traduction en vers de l'*Hécube* d'Euripide, parue sans nom d'auteur en 1544
et réimprimée en 1550. Dans la dédicace du livret à François Ier, on a

interprété les mots « mes enfants » comme une expression de tendresse
paternelle de l'ambassadeur pour le jeune Ronsard, ainsi assimilé à
son propre fils, compagnon de son travail. Cette attribution de l'ouvrage à Baïf (et par conséquent ce que j'ai cru pouvoir en tirer aux
p. 38 et 39) tombe devant une démonstration de René Sturel, dans
les *Mélanges Émile Chatelain*, Paris, 1910, p. 576-580. L'*Hécube* a
été traduite dans la maison du berrichon Guillaume Bochetel, secrétaire du Roi, qui avait alors Jacques Amyot pour précepteur de ses
fils. Amyot semble l'auteur d'une traduction en vers des *Troades*
dont le ms. est au Musée Condé. En tout cas, c'est à lui, non point à
Dorat, que s'appliquent les observations sur l'*Hécube*, de même
qu'on s'explique comment la *Deffence* de Du Bellay ne mentionne pas
cette traduction, à côté de celle d'*Électre*, de Sophocle, qui est due à
Lazare de Baïf.

P. 47, l. 16. Aux précisions que je crois apporter sur les origines
de l'ode pindarique en France manquait celle des circonstances qui ont
introduit l'œuvre de Benedetto Lampridio auprès de Dorat et de nos
poètes. Les *Elogia virorum literis illustrium* de Paul Jove, qu'ils ont
bien connus et qui ont été publiés pour la première fois en 1546, contiennent un article sur le poète crémonais (« Scripsit odas aemulatione
Pindarica eruditas et graues... »), accompagné d'une épigramme de
Marcantonio Flaminio. (La bibliographie récente de la « lirica pinda-
reggiante » en Italie est donnée par Ferdin. Neri, avec qui l'on verra
que je me suis rencontré sur le rôle de Lampridio : *Il Chiabrera.e la
Pleiade francese*, Turin, 1920, p. 106.) Mais le propagateur des odes
de Lampridio en France est certainement Michel de L'Hospital, qui a
fait à Padoue six années d'études littéraires autant que juridiques, de
1526 à 1532. Non seulement je le vois citer Pindare parmi les auteurs
qu'il étudiait, mais il nomme expressément son imitateur avec Longueil
et Lazaro Bonamico, parmi les trois maîtres de Padoue qu'il a le plus
aimés (*Carmina*, Amsterdam, 1732, p. 429) :

> ...*Nam me dulcis amor tenet aeternumque tenebit
> Urbis Palladiae, Longoli, Lampridiique
> Vatis, et egregii Bonamica gente magistri.*

P. 121, n. 5. Henri Guy désigne l'ouvrage de Michel Psellos, dont
Ronsard a fait un résumé assez exact dans l'*Hymne des Daimons*; c'est
le dialogue publié dans Migne, *Patrologia graeca*, t. CXXII, col. 816-
876. (*Les sources françaises de Ronsard*, dans la *Revue d'hist. litt.*
de 1902, p. 227.)

P. 123, n. 1. Dans le travail cité ci-dessus, H. Guy, qui a commencé par un volume sur les *Rhétoriqueurs* sa précieuse *Histoire de*

*la poésie française au seizième siècle*, donne une très utile analyse des passages des *Illustrations de Gaule et Singularitez de Troye*, par Jean Lemaire de Belges, qui ont inspiré l'auteur de la *Franciade*. Il observe la liberté du poète à l'égard de la légende de Francus et le peu de créance qu'il accorde lui-même à la réalité historique de son sujet. Ronsard écrit qu'Homère et Virgile ont inventé la matière de leurs poèmes : « Suivant ces deux grands personnages, dit-il, j'ai fait le semblable. »

P. 130, n. 2. Cette épigramme d'Estienne Pasquier n'est pas la seule qu'il dédie à Ronsard. On la trouve avec deux autres dans la première édition de son recueil : *Steph. Paschasii iurisc. Paris. ac in supremo Galliarum Senatu patroni Epigrammatum libri VI*, Paris, P. l'Huillier, 1582. V. les ff. 7, 54 et 81. Les hendécasyllabes semblent antérieurs aux projets d'épopée, rappelés dans les distiques :

> *Dum te delectat strepitus clangorque tuharum,*
> *Armaque Franciadum saeuaque bella canis...*

P. 135, l. 11. Aymar de Ranconet, qui fut président aux Enquêtes du Parlement, possédait des mss. grecs. Turnèbe, qui a consacré à Eschyle sa première publication de textes anciens (Paris, 1552, avec une lettre dédicatoire en grec à Michel de L'Hospital), a trouvé chez Ranconet un bon ms. de trois tragédies. Son Sophocle (Paris, 1553), qui est dédié à ce dernier, mentionne le prêt de mss. du poète et de son commentateur Demetrios Triclinios. Ces éditions sont celles qu'a le plus pratiquées Ronsard.

P. 135, l. 20. Ronsard a dû connaître l'humaniste Papire Masson, historien de Charles IX, chez le chancelier de Cheverny, dont ce fécond polygraphe fut le bibliothécaire pendant six ans. Masson fait intervenir le souvenir du poète dans l'éloge de Dorat, lorsqu'il s'écrie : « O si hodie discipulus eius Petrus Ronsardus insignis poeta viueret, quas ille naenias aut quae epitaphia scriberet ! » (*Elogia*, cités plus haut, p. 59, n. 2 ; p. 60, n. 3).

P. 135, n. 5. Sur le bibliophile Nicolas Moreau, seigneur d'Auteuil, trésorier de France de 1571 à 1586, v. l'étude d'A. Vidier, dans les *Mélanges Émile Picot*, Paris, 1913, t. II, p. 371. N'est-ce pas à lui, plutôt qu'à son père Raoul Moreau, qu'est adressé le poème de Ronsard *Au tresorier de l'Espargne* (éd. L., t. VI, p. 51-56 ; cf. t. VIII, p. 9) ? J'ai cité, p. 58, un poème dédié à Nicolas Moreau dans le recueil de Dorat.

P. 157, n. 3. On trouvera deux jolies lettres de G. Vaillant de Guélis à Scaliger dans le recueil publié par J. de Reves, *Lettres fran-*

*çoises des personnages illustres et doctes à Mons* Joseph Juste de la Scala*, Harderwyck, 1624, p. 186 et 336. Des lettres de J. Gillot, p. 116 et 437 du même recueil, montrent Scaliger en relations avec Desportes, mais après la mort de Ronsard.

P. 186, n. 1. « Mademoiselle de Morel » est Antoinette de Loynes, femme de Jean de Morel. J'ai quelque soupçon que cette unique lettre connue de Ronsard à son ami est celle-là même qui a disparu du ms. *Lat.* 8589 de la Bibliothèque nationale. Ce ms., où j'ai retrouvé jadis les premiers autographes de Du Bellay, est formé de lettres originales réunies par Morel et la table ancienne révèle la disparition d'une lettre de Ronsard à lui adressée, ainsi que d'une lettre de Jodelle. L'autographe d'où l'on tient le texte connu a appartenu à Feuillet de Conches, avant de figurer dans les collections Benj. Fillon et Bovet; il a été revendu par Charavay, le 27 nov. 1888, et j'ignore où il se trouve aujourd'hui.

P. 187, l. 5. La faute de quantité *ǎpis* est répétée plusieurs fois.

P. 196. En regard de la lettre de Ronsard sur le livre de Sainte-Marthe, on mettra une lettre d'humaniste qui loue le même ouvrage. Elle est adressée par Fédéric Morel à l'auteur de la *Paedotrophia* « apud Pictones », et commence par un éloge de Poitiers au temps des dames Desroches : « Felices istic esse vos quis neget ?... Habetis ibi iurisconsultissimos, ῥητορικωτάτους, γραμματικωτάτους, Poetas et poetrias longe meliores Homero et Sappho. Θαῦμα ἰδέσθαι. Ex Pictonum, urbe, velut ex equo Troiano innumeri viri magna et excellenti literarum peritia insigniti prodiere. Tu quidem certe, quem iure omnes maiorum gentium vatibus inserunt, sublimi feries sidera vertice. Cuius cum eximia sint omnia, tamen illud postremum opus παιδο-τροφίας micat, velut inter ignes Luna minores. Mirifice sane id probat Poeta Regius [Dorat] ; nec ullum unquam poema ab illo de meliore nota commendari memini... Cal. aug. Lut. 1579 » (Biblioth. de l'Institut, ms. 292, fol. 48).

P. 198, n. 4. François Le Duchat, qui avait publié son recueil à dix-huit ans et dont la tragédie d'*Agamemnon*, imitée de Sénèque, parut en 1561 (avec un privilège de 1553), est mort prématurément. L'Hospital, qui l'avait protégé auprès de Marguerite de France et du cardinal de Lorraine, a composé une élégie sur sa mort (*Carmina*, p. 205, 218).

P. 200, l. 2. Les recueils de vers que font imprimer les jeunes étudiants humanistes, pendant leur séjour à Paris, contiennent souvent un hommage à Ronsard. Le limousin Martial Petiot, par exemple, lui adresse une épigramme pour lui souhaiter longue vie (*Variorum ad amicos pro Xeniis Epigrammatum libellus*, Paris, 1573, f. 11), dans un recueil où il n'est guère question que de gens des collèges (à Dorat, f. 7, à Goulu, f. 12, à Léger du Chesne, f. 13). Plus intéressant est Jean de la Gessée, de Mauvesin en Gascogne, qui est un familier de la maison de Morel. Dans le recueil intitulé : *I. Gessei Mauuesii in Vasconia epigrammaton ad principes et magnates Galliae permultosque alios insignes viros pro Xeniis libri duo*, Paris, 1574 (vers liminaires de Dorat et de Camille de Morel et portrait à 23 ans), on lit de petites pièces dédiées à Ronsard, à Dorat, à Morel, à Jodelle, à Passerat et Jacq. (*sic*) Garnier, à Belleforest, etc. Il écrit à Baïf :

> *Nepos maxime maximis Baifi,*
> *Cui par disparibus modis Camoena*
> *Aurati numeros referre Graios,*
> *Ronsardi numeros referre Gallos*
> *Exaequando dat annuente Phoebo,*
> *A tuo data sume dona Gesseo...*

Le jeune gascon, qui a aussi rimé en français, met ses essais latins sous le patronage de Ronsard :

> *...Dignior et ausim doctae me adiungere turbae*
> *Si mea Ronsardo iudice Musa placet.*

Il a dédié au maître d'autres vers dans le « Tombeau » de Belleau (*Remigii Bellaquei Poetae Tumulus*, Paris, M. Patisson, 1577). Non loin du quatrain de Ronsard paraît le nom de La Gessée. Ses vers, *De Remigio Bellaqueo defuncto ad P. Ronsardum*, commencent ainsi :

> *Ille Bellaqueus tuus meusque,*
> *Imò Pieridum comes Dearum,*
> *Cuius scripta venusta, tersa, docta,*
> *Communi studio student probare*
> *Phoebus, et Charis, et nouem Sorores ;*
> *Ille inquam tuus ac meus vicissim,*
> *Siue Remigium libet vocare,*
> *Siue Bellaqueum vocare mauis,*
> *Pro ! Ronsarde, tibi, mihi omnibusque*
> *Ereptus modò, nos reliquit inter*
> *Planctus, murmura, lacrymationes !...*

P. 202, n. 2. Le séjour de Scaliger à Leyde vient d'être excellemment étudié par Gust. Cohen, dans ses *Écrivains français en Hollande*, Paris, 1920, p. 187-217.

P. 202, n. 5. Ces relations peu connues de Joseph Scaliger avec la Pléiade intéressent assez nos études pour qu'on m'excuse de citer encore un fragment de correspondance familière de Dorat. C'est la lettre (utilisée à la p. 339) que reçut François de Chasteigner au mois d'avril 1565, au château de la Rochepozay, en remerciement d'un don libéral dont le *poeta regius* avait eu, dit-il, fort grand besoin : « La necessité où je me suis trouvé ces jours passés me le fait trouver μυρίον ὅσον plus grand. Je ne sçay si Monsieur de l'Escale vous l'a dict, car à luy seul comme *tutissimis auribus deponere ausus eram, ut ille non ignarus mali aliquando miseris succurrere disceret.* La cause de ma necessité a hesté les procès, l'aquisition de ma maison et reparation d'icelle, et qui pis est la longue absence du Roy, qui est πολλῶν ταμίας, in quibus etiam meus, comme dict nostre Pindare duquel je achevois la premiere Ode des Pythies, où il presche fort de la liberalité des Seigneurs envers les lettrés, quand vostre χρυσέα φόρμιγξ Ἀπόλλωνος καὶ ἰοπλοκάμων σύνδικον Μοισᾶν κτέανον m'a esté apporté, *dulce in sudore leuamen*, par vostre bon Marc. Et afin que la petite lettre ne soit pas ἀφιλολόγητος, je vous prie de demander à vostre Phoenix [l'interprétation complète du mot σύνδικόν]. » Le *Phoenix* de la Rochepozay est appelé plus loin *noster Scaliger.*

P. 211, l. 18. La preuve des relations que je supposais entre Jan Van der Does et Ronsard m'est fournie par le premier recueil de vers du célèbre écrivain hollandais : *Iani Douzae a Noortwyck Epigrammatum lib. II, Satyrae lib. II, Elegorum lib. I, Siluarum lib. II. Ad virum illustr. Germanum Valentem Pimpontium, Regium in Curia suprema Parisiensi Senatorem,* Anvers, G. Silvius, 1569. Portrait gravé *anno aetatis 23.* (Brunet ne cite qu'une édition de 1570.) Ce recueil, d'un extrême intérêt pour nous par les souvenirs du séjour à Paris de Van der Does, contient des poèmes adressés à Guillaume des Autelz, à Dorat (*ad Aur. praecept.*), à Baïf, à Thorius Bellio, et des vers dédiés au jeune hollandais par Vaillant de Guélis, Des Autelz, Florent Chrestien, Lucas Fruytiers, D. Rogers, etc., d'où l'on tirerait aisément un vivant tableau de ce petit monde d'étudiants de tous pays, férus de poésie latine et parmi lesquels Ronsard était adoré. Voici, en attendant, un témoignage sur notre poète, dans une épître *Ad Gulielmum Cripium Hayhiensem I. C.* (p. 109), où Van der Does prie ce compatriote, lui-même poète, d'accueillir ses vers; ils n'en sont pas indignes, dit-il, puisqu'il est lu et estimé de Ronsard et de ses amis :

> *Te quoque Parrisiae vatem admirantur Athenae.*
> *Testis ego, et Franca positi tellure sodales,*
> *Quos inter, memini, non unam Bellio de te*

*Iliadem mecum decurrere saepe solebat.*
*Et miraris adhuc, si te quoque versibus addat*
*Douza suis turbetque nouo tua seria lusu?*
*Desine. Nil praeter solitum leuis ille minatur :*
*Cum multis pateris communia. Legit eundem*
*Et prius ipse pater vatum Ronsardus, et illo*
*Doctior Auratus, Tragicique Baifius oris,*
*Quosque alios longum foret enumerare poëtas.*
*Te quoque ne pigeat Celtarum exempla secutum*
*Douzaeae mala ferre morae, nutuque secundo*
*Ad mea plausuros dimittere carmina vultus.*

P. 216, l. 12. Plusieurs documents ronsardiens non signalés figurent dans le très rare volume des *Xenia* de Ch. Uytenhove, dédiés à la reine Elisabeth (*Xenia seu ad illustrium aliquot Europae hominum nomina Allusionum... liber*), qui font suite aux poèmes de Buchanan et à la triple *Silua* (Turnèbe, L'Hospital, Dorat), édités à Bâle, s. d. [1568], par l'imprimeur belge Thomas Guarinus. Le recueil du Gantois a formé une sorte de pendant aux *Xenia* de son cher ami Du Bellay, et leurs papiers, mêlés pour la publication qu'ils projetaient ensemble, avaient été triés par les soins de Morel (cf. Chamard, *J. du Bellay*, p. 479). Uytenhove a imprimé aux p. 83-87 : des distiques grecs et latins sur l'anagramme connue du nom de Ronsard, les sept distiques de Du Bellay sur le même sujet (signés *I. B.*), une *comparatio* des deux poètes, deux sonnets et un petit poème latin dédiés à Ronsard, enfin une traduction en hexamètres du début du discours au duc de Savoie (« Vous Empereurs, Vous Princes et vous Roys... » Ed. L. t. III, p. 259). Voici une partie de ces morceaux :

<pre>
     I. Bellaii et P. Ronsardi comparatio.
  amabilis          ( admirandus )
  Bellaius          ) Ronsardus  (  ambo pares.
  promptior ingenio ( doctior    )
     Bellaius, Ronsardus, amabilis, admirandus,
     Promptior ingenio, doctior, ambo pares.
</pre>

*Ad P. Ronsardum Vindocinum, cum ab eo ad coenam*
*vocatus esset.*

*Si mihi te potior sit Persica coena, vocatus*
*Protinus ad coenam sim tibi iamque comes.*
*Sim tibi, sim Comiti comes Alsinooque libenter*
*Callirhooque comes, Paschalioque comes.*
*Ipse sed ad dubiae cur me conuiuia coenae,*
*Ad te non potius Docte poeta vocas?*

*Te sine non epulis capior, torpente palato,*
*Te sine vina mihi sunt aqua, coena fames.*
*Ad coenam quoties tibi me condicere coges,*
*Huc ades ad coenam, non mihi dic, sed ades.*
*Carole, dic ades egregium visere Poëtam,*
*Nunc tibi conuiuas inter et hospes ero.*
*Ah valeant coenae quicunque cupidine ducti*
*Visere Ronsardum, Callirhoumque parant.*
*Coena tuae mihi sunt diuina poemata Musae,*
*Non amet ob coenam te, scio, quisquis amat.*

Les amis cités dans ce poème sont Denisot, Paschal et Belleau.
Celui-ci est en effet désigné dans une des *allusiones* sous le nom
transparent de *Callirhous*. — Le premier sonnet d'Uytenhove *A P.
de Ronsard poëie tresexcellent* est daté de 1557 et convie le poète, qui
vient de publier les *Hymnes*, à se consacrer à la poésie religieuse :

    ... Si tu me crois, Ronsard, tu changeras la Muse
    De ton diuin esprit à chanter desormais
    Les louanges de Dieu plus que ne fis jamais ;
    A chanter ce grand Roy personne ne s'abuse...

Cette pièce vient se placer à côté de celle de Denisot, qui félicite
Ronsard pour la composition de l'*Hercule chrestien* (Éd. L., t. IV,
p. 247. Cf. Pierre Perdrizet, *Ronsard et la Réforme*, Paris, 1902,
p. 61-63). Le second sonnet, écrit sans doute en Angleterre, répond au
*Discours* envoyé à l'ambassadeur Paul de Foix, qui a été recueilli au
*Bocage royal* (éd. L., t. III, p. 280-285) :

    J'ai leu, Ronsard, et releu l'Elegie
      Qu'auez escripte à Monseigneur de Foix
      Comme un ouvrage excellent, mille foix,
      Et plus la lis, et plus m'en prent enuie.
    Aussi faut il que pour donner la vie
      Au livre (ainsi comme en vostre françois
      Auez sceu faire) en Latin et Gregeois
      Pour Guide on ayt ce qu'on nomme Genie :
    C'est un esprit d'Enthusiasme tout-plein,
      Plein de fureur, d'un jugement bien sain,
      Plein de sauoir, plein de diuinité,
    Comme le vostre à vray dire, qui estes
      Sans compagnon le premier des Poëtes
      Qui sont, seront, et ont oncques esté.

P. 217, n. 2. Les circonstances qui ont éloigné de Paris Charles Uytenhove sont établies par sa lettre autographe à Morel, du 2 nov. 1562, d'où j'extrais les détails suivants : « Rouerium [cf. la dédicace de Ronsard à Girol. della Rovere, rappelée p. 206] diuinae indolis adolescentem... summa cum voluptate doceo. Turnebum, Auratum et Balduinum, a quibus doceor, frequentare soleo. Quod reliquum est temporis meis lucubratiunculis limandis, perpoliendis... expendo,... bonam non noctis partem huic curae decedens... Postridie venit ad me Balduinus cum Regis oratore [l'ambassadeur Paul de Foix], qui hodie in Angliam legationis nescio cuius obeundae gratia ablegatur, num et me sibi comitem adiungere vellem ex me quaerens... Heri cum eo coenaui... Incertus sum an unquam in Galliam sim rediturus... » La lettre à Turnèbe citée dans la même note, et qui exprime un souvenir pour Lambin et Ange Vergèce, est une copie de la main de Camille de Morel ; les billets écrits de Paris et de Grigny, où Uytenhove mentionne Du Bellay et Ronsard, sont autographes.

P. 218, n. 1. Longtemps après sa démarche auprès de Ronsard, Uytenhove continuait à intéresser ses amis à sa traduction des *Psaumes*, qui ne parut jamais. En 1593, Melissus et J. Gruter en recevaient des parties à Heidelberg (E. Weber, *Virorum clar. epist. sel.*, Leipzig, 1894, p. 41).

P. 219, l. 4. Un autre Rhénan de marque, le médecin-poète Jean Posthius, qui traversait la France et s'arrêtait à Paris après un séjour d'études à l'Université de Montpellier, a eu avec Ronsard et son groupe des relations personnelles. Le distique *Ad Ronsardum*, qu'on lit dans son recueil (*Ioan. Posthii Germershemii archiatri Wirzeburgici Parerga poetica*, Wurzbourg, 1580, f. 58), est assez banal :

> *Tum nomen Ronsarde tuum laudesque peribunt,*
> *Quando erit in nullo Gallicus ore sonus.*

Mais l'épigramme *Ad Iohannem Passeratium poetam doctiss* (f. 64 v°) est beaucoup plus significative :

> *Tandem magnificam veni, quod laetor, in urbem*
> *Cui Paris aeternum nomen habere dedit.*
> *Omnia sunt maiora fide, maiora videntur*
> *Omnia, fama prius quam mihi rettulerat.*
> *Sed licet ostendet miranda Lutetia multa,*
> *Quae sunt luminibus grata theatra meis;*
> *Nil tamen hic vidi Ronsardo gratius, huius*
> *Colloquium reliquis omnibus ante fero.*

> *Nunc desiderio cupidus malè torqueor uno,*
> *Ut dominam aspiciam, Iane diserte, tuam.*

Le voyage de Posthius en France succédant à un long séjour en Italie, que Boissard raconte dans ses *Icones* et auquel fait des allusions son ami Melissus, est de l'année 1567. La partie de son recueil intitulée *Gallica* contient des pièces dédiées à Dorat, à Henri Estienne, à Scévole de Sainte-Marthe, à François Hotman et une autre intitulée *Ad Mich. Hospitalii villam*.

P. 219, n. 3. La première édition des poésies de Paul Melissus n'a point été imprimée à Paris, mais à Francfort, en deux parties : *Melissi Schediasmata poetica...*, 1574 (194 p., avec 31 p. pour les *Flumina* de F. Fidler) et *Melissi Schediasmatum reliquiae*, 1575 (459 p.). Le premier de ces volumes contient, p. 21-23, un *Dialogus P. Melissi et N. Clementis Trelaei* qui raconte comment ce jeune Nicolas Clément de Treles, lorrain du pays de Vaudémont et lui-même un peu poète, a révélé à Melissus Ronsard ignoré en Allemagne :

> *Clemens, dulcis ocelle Gratiarum,*
> *Quas dignè tibi pro lepore plenis*
> Ronsardi *celeberrimi libellis*
> *Me persoluere gratias decebit?...*

Ce document fait connaître un nouveau propagateur des œuvres et des théories de Ronsard hors de France. Il faut joindre à Nicolas Clément un autre ami de Melissus, petit poète ronsardisant, inconnu des répertoires français, François d'Averly, qui fut un agent du prince de Condé auprès de l'Electeur Palatin à Heidelberg. On trouvera des détails sur ces personnages, avec des extraits du *Dialogus*, dans une prochaine étude sur *Un poète Rhénan ami de la Pléiade* (et d'abord dans la *Revue de littérature comparée*, t. I, 1921).

P. 251, l. 10. Si Du Bellay n'a pas nommé Brinon dans ses œuvres françaises, on trouve parmi ses *Tumuli*, dans les *Poemata* (*Poésies fr. et lat.*, éd. E. Courbet, t. I, p. 512), quatre petites pièces en distiques élégiaques : *Iani Brynonis senatoris Parisiensis*. Elles furent composées à Rome pour le second « tombeau », qui n'a pas été réalisé. Le poète y fait allusion à la ruine du jeune conseiller, qu'il compare à Tibulle pour sa fin prématurée.

P. 257, l. 5. Le livre II de la *Franciade* écrit de la main de Ronsard et offert à Charles IX est aujourd'hui le ms. *Fr.* 19141 de la Bibl. nationale. Cf. E. Faral, dans la *Revue d'hist. litt.* de 1910, p. 685 sqq. (avec un fac-similé). L'auteur a cru devoir, un peu plus tard, frapper lui-même d'un doute ses intéressantes conclusions (*Revue* de 1913, p. 672). J'ai dit pourquoi la multiplicité des textes, corroborée par le témoignage de Pierre Dupuy, me fait rejeter l'opinion de Laumonier sur la question si controversée de l'écriture du poète.

P. 270, l. 20. Le portrait physique tracé dans le latin de Ronsard suit, avec une intention satirique, celui qu'on trouve dans l'éloge de Saint-Gelais par Paschal. Cf. le texte publié dans le vol. du *Cinquantenaire de l'École des Hautes Études*, p. 27.

P. 277, n. 2. Seul de la Pléiade, Baïf est allé en Italie après Du Bellay ; mais il n'en a rien écrit, sinon qu'il a visité Venise, « sa naissance ». Ce fut au printemps de 1563, après cinq mois d'un ennuyeux séjour dans « Trente pierreuse » (éd. Marty-Laveaux, t. IV, p. 278) :

> ...Laisson, Griffin, laisson le Concile et faison
> Un voyage à Mantoue, à Vincence et Veronne.
> Je fretille d'aller, je desire de voir
> Les villes d'Italie et veu ramentevoir
> Les marques des Romains, jadis Rois de la terre.

Ronsard écrivait de même à Odet de Châtillon, dans le *Discours contre fortune* composé vers 1558 :

> Aucunefois, Prelat, il me prend une envie
> (Où jamais je ne fus) d'aller en Italie.

On pense avec regret à tout ce que la poésie française pouvait attendre d'un tel voyage.

P. 333, l. 20. Ronsard n'a point collaboré au « tombeau » de Morel : *V. C. Ioan. Morelli Ebredun. consiliarii oeconomiq: Regii, moderatoris illustrissimi principis Enrici Engolismaei, magni Franciae Prioris, Tumulus*, Paris, Féd. Morel, 1583 (56 p.). Le poète avait été cependant sollicité à nouveau, au cours de l'impression (p. 45), par une élégie pressante de la fille du défunt : *Camilla Morella ad Ronsardum* : (...*Sic Patris manes iam negligis ?*). Elle sollicitait de même façon Sainte-Marthe, qui finit par se décider (p. 49). Cf. ses deux lettres conservées par celui-ci (Bibl. de l'Institut, ms. 290). Quelque explication qu'on doive chercher pour l'abstention de Ronsard, alors loin de Paris et souvent malade, il n'est point permis de penser à l'ingratitude. Dorat parlait pour tout le groupe dans une longue pièce que ses *Poematia* n'ont pas recueillie et qui commence ainsi :

> *Debita Morello quis carmina iure negarit,*
> *Omnia doctorum solitus qui carmina vatum*

*Magno cum studio conquirere, et illa referre*
*In numerum, ut possent prodesse sequentibus annis ?*
*Dulce ministerium, duplexque duos simul erga*
*Officium, authori primum cui fama superstes,*
*Auspice Morello per saecula longa manebit.*
*Testis erit Xenius, Xeniique poemata, partim*
*Iam 'vulgata, suis partim nunc condita cistis.*
*Testis Bellaii quae iam nascentia famae*
*Tradidit, haud iussus dedit in penetralia Vestae ;*
*Ne numerem uiuos plures, aliosque sepultos,*
*Pignoribus quorum hic obstetrix et pia nutrix.*

Les « cassettes » de Morel, indiquées par un témoignage aussi précis, contenaient diverses séries de papiers, dont la plus nombreuse
passa chez Camerarius et qui nous révèlent tant de choses sur Du
Bellay et sur Ronsard.


— Peut-on mieux terminer ce livre que par ce témoignage d'humaniste, retrouvé dans l'*Histoire de la maison de Chasteigner* d'André
Du Chesne. p. 382? C'est le dernier document sur l'amitié de Ronsard
et de Muret. Celui-ci écrit à l'ambassadeur d'Abain, qui vient de
quitter Rome en 1581 pour rentrer en France : « Je vous supplie,
quand vous verrez M. d'Aurat, que vous lui fassiez foi que je l'aymc
et l'honore à bon escient et de même à M. Cujas, à M. de la Scale
[Scaliger], au grand Monsieur de Ronsard, ἐνὶ λόγῳ à tout le chœur
des Muses, encore que le seul nom de Ronsard embrasse toutes les
Muses et toutes les Grâces qui furent onques au monde ! »

# INDEX

DES NOMS ANTÉRIEURS AU XVII<sup>e</sup> SIÈCLE

Le portrait de Dorat, placé en face de la p. 80, est au Cabinet des Estampes de la Bibliothèque nationale (N. A. 21 a, fol. 172). Je serais tenté de voir en ce crayon inédit une œuvre de Nicolas Denisot, le peintre de la Brigade; mais on ne connaît jusqu'à présent de cet artiste que des portraits gravés (la Reine de Navarre, Muret, Grévin).

La pièce autographe de Ronsard, placée en face de la p. 256, est au Cabinet des Manuscrits, *Dupuy 837*, fol. 248.

## CORRIGENDA

P. 6, l. 7. LIRE Chrichton ; l. 12. LIRE pangenda.

P. 7, l. 7. LIRE Chrichton ; l. 28. LIRE Tyard.

P. 19, l. penult. LIRE *Neaera*.

P. 25, l. 13 des notes. SUPPRIMER ne ; l. 25. REMPLACER Lazare de Baïf PAR Guillaume Bochetel.

P. 78, l. 10 des notes ; p. 89, l. 15 des notes ; p. 214, l. 2 ; p. 219, l. 12 des notes. LIRE Cavellat.

P. 129, l. 11. LIRE En tête du dernier tome d'une édition ; l. 14. LIRE qui ces vers liront ; l. 16. LIRE En lieu.

P. 129, l. 17. AJOUTER LE RENVOI Ed. L., t. III, p. 2. Cf. Laumonier, *Tableau chronol.*, 2º éd., p. 64.

P. 177, l. 1 des notes. LIRE T. II.

P. 220, l. 6. LIRE *clarae* ; l. 25. LIRE *iugii* ; l. 22. VIRGULE APRÈS *fatentur*.

P. 221, l. ult. LIRE *quom*.

P. 226, l. 1 des notes. LIRE 15 novembre 1570.

P. 228, l. 18. AU LIEU DE neveu LIRE père ; l. 12 des notes. LIRE Sarthe et Loire.

P. 233, l. 1 des notes. LIRE T. 167 ; l. 13. SUPPRIMER et Ch. Uytenhove.

P. 247, l. 32. POINT APRÈS *regni* ; l. 37. LIRE *ludam*.

P. 292. POUR II, LIRE III ; p. 305. LIRE IV ; p. 313. V ; p. 323. VI ; p. 333. VII.

# TABLE DES MATIÈRES

## DEUXIÈME PARTIE

### RONSARD ET LES HUMANISTES DE SON TEMPS.



## TROISIÈME PARTIE

### LES ÉCRITS LATINS DE RONSARD.

## QUATRIÈME PARTIE

### LE CICÉRONIEN DE LA BRIGADE. RONSARD ET PIERRE DE PASCHAL.

MACON, PROTAT FRÈRES, IMPRIMEURS.